Das Buch

Das Badhaus zu Mainz nach dem Abklingen der ersten großen Pest: halb Heilstätte, halb Hurenhaus, in dem Familienfeiern ausgebadet werden und jedermann vor dem Arm des Gesetzes sicher ist. Herr im Haus ist Matthes Fuß, 42 Jahre alt, Vater zweier Töchter (einer eigenen und einer angenommenen) und da unbeweibt, erneut auf Brautschau. Ein ganz junges Ding hat er sich angelacht, ein halbes Kind noch, das Röschen aus Nierstein – aber aus der Hochzeit will nichts werden, die Verhandlungen über das Brautgeld ziehen sich hin . . . Um Matthes den Bader lassen die Autoren Hans Georg Thiemt und Hans Dieter Schreeb das ganze Mittelalter entstehen – gar nicht so dunkel, wie oft behauptet wird, sondern blutvoll, lebenslustig, menschlich.

Die Autoren

Hans Georg Thiemt (1924–1999) war Autor und Regisseur. Hans Dieter Schreeb, geboren 1938, war Redakteur bei Tageszeitungen und beim Fernsehen und ist seit Anfang der sechziger Jahre freier Autor. Hans Georg Thiemt und Hans Dieter Schreeb arbeiteten über dreißig Jahre zusammen. Sie haben zahlreiche TV-Spiele und -Serien geschrieben und zählen zu den erfolgreichsten Autoren des deutschen Fernsehens.

Hans Georg Thiemt / Hans Dieter Schreeb

Der Bader von Mainz

Roman

Ullstein

Besuchen Sie uns im Internet:
www.ullstein-taschenbuch.de

Umwelthinweis:
Dieses Buch wurde auf chlor- und säurefreiem Papier gedruckt.

Ungekürzte Ausgabe im Ullstein Taschenbuch
12. Auflage 2006

Umschlaggestaltung: Büro Hamburg
(nach einer Vorlage von Bezaubernde GINI, München)
Titelabbildung: Bildarchiv Preußischer Kulturbesitz (Miniatur aus:
Valerius Maximus »Facta et dicta memorabilia«, ca. 1470)
Druck und Bindearbeiten: Ebner & Spiegel, Ulm
Printed in Germany
ISBN-13: 978-3-548-22783-2
ISBN-10: 3-548-22783-X

I.

1.

Dies ist also der Tag, den der Bader Matthes so herbeigewünscht hat. Das soll er sein?

Er ist es. Heute wird man ihm seine Braut bringen, das Röschen aus Nierstein. Nun gut, soll man sie ihm bringen. Er hat lange genug darauf gewartet. Der Runge hat sie ihm angepriesen als Geschöpf von Milch und Honig. Doch was will das schon heißen? Welcher Vater würde das nicht tun? Besonders, wenn er so versessen auf den Gewinn ist, den ihm die Heirat bringt.

Der Runge wollte ihn überreden, die Heiratsabreden zu treffen, nur auf die Erinnerung hin. Er sollte sich erinnern, wie wohlgestalt sein Röschen schon im vergangenen Jahr gewesen sei. Und in diesem Jahr sei sie noch mehr erblüht, die junge Rose. Matthes hat sich darauf nicht eingelassen. Wo kommen wir bei solchen Sitten hin? Jeder Esel wird dem Käufer vorgeführt, und er soll eine Braut nehmen, nur weil er sich an ihre flinken Augen und ihre Haare - flaumig wie Wolle auf der Spindel - erinnern kann? Nein, er hat darauf bestanden, der Runge soll sie herbringen. Damit man sieht, worum man feilscht. Damit die verborgenen Mängel offenkundig werden, die die Sache so oder so haben wird.

Der Bader will sicher sein, daß es sich zu handeln lohnt. Im Augenblick zweifelt er am Nutzen des ganzen Plans. Vielleicht wäre es das beste, denkt er, den Handel eine Weile zu treiben und ihn dann unter einem beliebigen Vorwand abzublasen. Es muß nicht heute oder morgen sein. Man hätte seinen Spaß und schonte seine Ersparnisse. Der Matthes liebt das Gezänk, das mit jedem Geschäft und erst recht mit einer Brautwerbung verbunden ist. Aber jetzt hat er Sorge, der Runge, Halsabschneider und Wucherer, der er ist, werde das Feilschen mehr beherrschen als er selbst.

Wie kommt er dazu, sein einziges Kind einem Bader geben zu

wollen? So nötig wird er das Geld doch nicht brauchen. Immerhin ist er Schaffner der Niersteiner Klarissen und besorgt denen ein ansehnliches Weingut. Dafür wird er sicher nicht schlecht entlohnt und was sie nicht freiwillig herausrücken, die Nönnchen, wird er sich schon zu nehmen wissen. Hat man je von einem Schaffner gehört, der am Hungertuch nagt?

Oder ist etwas an seiner Rose, daß er keinen ehrlichen Mann für sie findet? Soll sie schon schal geworden sein, wo sie schäumen müßte? Man wird sehen. Und sehr genau sehen. Mit dem bloßen Augenschein wird er sich nicht begnügen. Er wird auf einigen Proben ihrer Kunst bestehen. Der Runge wird doch nicht glauben, er werde die Katze im Sack kaufen.

Soll er denken, was er will; er, der Matthes Fuß, Bader zu Mainz, in seinem Gewerbe erfahren und in seiner Zunft angesehen, wird sich nicht ohne weiteres übers Ohr hauen lassen.

Warum nun diese trüben Gedanken an einem Tag, der von Glück und Lachen erfüllt sein sollte? Sicher hat wesentlich schuld, daß er schlecht geschlafen und schlecht geträumt hat. Matthes hat im Traum Rösser mit feurigen Schweifen gesehen und seinen Badeknecht Wenzel. Sein ungeschlachter, ewig aus dem Maul stinkender Wenzel hat auf dem Hausdach gesessen und mit einer Fahne gewunken. Sein Oberkörper war dabei frei und seine Brandnarben, die er auf Brust und Rücken trägt wie Male, haben rot geleuchtet.

Wie das zusammengeht, ob sich da eins mit dem anderen verknüpft, die Ankunft der Braut und die eifrige Art, wie der Wenzel sie begrüßen will, das kann ein geringer Mann, wie er einer ist, auch mit hartnäckigem Grübeln nicht erfassen. Soll es bedeuten, der Wenzel winkt das Röschen eifriger herbei als er selbst oder handelt er nur für ihn und wie es ein treuer Knecht tun soll?

Doch welcher Traum ist einfach zu verstehen? Wie oft hat er eine Auslegung versucht und der Wahrsager hat ihn gänzlich anders gedeutet und darin lag weit mehr Sinn als in seiner eigenen beschränkten Vermutung.

Kann es nicht sein, der Wenzel hat den Pferden zugewunken und es bedeutet, der Wenzel will weiterziehen? Aber wohin? Hat er's denn hier nicht gut? Was hat er zu klagen?

Während der Bader noch auf dem Bettrand sitzt und an dem

Traum zerrt wie ein Hund am Knochen (der Matthes ist abergläubisch und achtet auf Vorzeichen; doch wer tut das nicht?), während er also über die Stacheln seines Kinns streicht und die Warnung des Traums bedenkt, wächst in ihm die Beklemmung, die er wegen seiner Heiratsabsicht spürt. Er steht unentschlossen auf, drückt ein Tuch vor sein vom Schlaf noch immer angeschwollenes Glied und stößt den Fensterladen auf. Er sieht, wie es seine Gewohnheit ist, auf die Gasse hinab, prüft (ohne wirklich zu sehen), ob in den Häusern der Nachbarn und in seinem eigenen alles den rechten Gang geht – es geht –, gähnt großmäulig und hockt sich schwerfällig (noch immer die Lähmung des Schlafs im Leib) auf einen Schemel.

Er weiß nicht: Soll er, bevor er den Runge und sein Röschen begrüßt, noch einmal zum Judensand hinauspilgern und mit dem Astronomen über die Traumbilder sprechen? Natürlich hat er, wie bei allen wichtigen Entscheidungen in den letzten Jahren, den Wahrsager auch in diesem Punkt um Rat gefragt. Der Gregorius hat sich nicht klar ausgedrückt. Das tut er nie. So weit der Matthes ihn jedoch verstanden hat, sind die Konjunktionen in dieser Sache vorderhand ungünstig. Mars – oder ist es Saturn? – steht angeblich in Opposition zu was auch immer und im zweiten Haus, dem Haus des Glücks und des Reichtums, steht es ebenfalls nicht zum besten.

Es muß aber nicht so sein, auch das Gegenteil kann eintreten.

Der Wahrsager ist schwer zu verstehen und haßt es, Dinge zweimal zu erklären. Matthes wagt es deshalb schon lange nicht mehr, ihm genaue Fragen zu stellen. Er sagt: Magister, das und das habe ich vor. Der Magister stellt daraufhin seine Berechnungen an und gibt seine mit lateinischen Ausdrücken gespickten Ratschläge, aus Verkürzungen, Andeutungen und geheimnisvollem Raunen gemischte Vorhersagen, die den Bader mehr verwirren als ihm helfen. Matthes Töchter schütteln über den Astrologen nur den Kopf. Mehr noch über ihren Vater, der sich nie entscheiden mag, ohne dem gelehrten Sterngucker sein Opfer gebracht zu haben. Wenn er wenigstens auf die Empfehlungen hörte, die man ihm gibt, beklagen sie sich. Aber nein, letzten Endes entscheidet er doch so, wie es ihm gerade in den Kopf kommt oder wie man es von ihm verlangt. Warum trägt er dann sein sauer verdientes Geld in die düstere, speckige Höhle des Sterndeuters?

Wie kann, überlegt Matthes, ein Mensch von solch ungeheurem, die Zukunft vorausnehmenden Wissen so kläglich hausen? In einem Erdloch, ärmlicher als der ärmste Bettler, dem man noch eine Ecke im Keller als Gottesherberge freimacht. Der Bader meint manchmal, der Astrologe setze sich freiwillig in das Verlies, in das man ihn früher oder später eh werfen wird. Um das vorauszusagen, muß man wenig von den Sternen kennen, nur einiges von den Menschen.

Matthes weiß nämlich, der Astrologe, von dem hier die Rede ist, ist bei dem verfluchten Cecco d'Ascoli in der Lehre gewesen; diesem Ketzer, der selbst Jesus Christus, unserem Herrn, das Horoskop gestellt hat. Selbst dessen Leben - das Leben des Gottessohnes! - hatte der Verfluchte behauptet, habe unter dem Gebot der Sterne gestanden und nichts sei aus freiem Willen geschehen. Weder sein Predigen gegen die Hohen Priester noch sein Tod am Kreuz: alles Bestimmung der Sterne? Kein Wunder, daß man ihn verbrannt hat. Natürlich wiederholt der auf dem Judensand solche Ungeheuerlichkeiten nicht vor Fremden. Dem Matthes hatte er diese Ketzereien nach einer langen Sitzung einmal anvertraut, wie man sein Herz manchmal vor Unbekannten öffnet, weil man keinen anderen hat, dem man es zeigen kann. Der Bader erinnert sich noch, wie es ihm bei dieser Offenbarung kalt den Rücken heruntergelaufen ist.

Eine Weile hat er danach den Wahrsager gemieden. Aber wen kann er sonst fragen, wenn es um die Zukunft geht? Die übrigen Hellseher in der Stadt (und wenige sind es nicht, die sich in dieser Kunst versuchen) sind nur Pfuscher, die die Dummen balbieren.

Einer dieser Wichtigtuer vor dem Herrn badet sogar regelmäßig bei ihm. Den würde er nicht mal fragen, ob's heute regnet oder schneit!

Aber der Herr und die versessenen Weiber ernähren ihn doch!

Immer noch mißgelaunt betrachtet der Matthes das kurze harte Bett, das er nun schon seit fast fünf Jahren mit dem Wenzel teilt. Ja, seit beinahe fünf Jahren. Er rechnet: Weihnachten 1353 war der Kaiser das letzte Mal in Mainz, der böhmische Kaiser Karl und damals ist der Wenzel hiergeblieben und seitdem hat er ihn im Haus und im Bett.

Wie kommt er eigentlich dazu? Warum läßt er den Kerl nicht unten in der Badstube liegen? Oder im Bett der Beghine? Er hat die beiden sowieso in Verdacht, daß sie sich ab und zu den Liebesdienst erweisen. Sollen sie seinetwegen zusammenkriechen! Sie wird wohl nicht die einzige Fromme sein, die gewärmt wird.

Wie er das Amulett umhängt, das er des Nachts immer neben sich hinlegt (wie leicht könnte es sonst geschehen, im Schlaf legt er sich darauf und dann könnten ihn schlechte Geister packen), bedenkt er: Nimmt er die Rose, wird sich sowieso alles im Haus ändern. Ja, er wird sie wohl nehmen. Es ist ein gut geratenes Kind. Vorausgesetzt, es ist noch so, wie es vor einem Jahr war; da war es gerade dreizehn geworden und die ersten Rundungen zeichneten sich ab. Nach den Beschreibungen des Runge hat sich alles so entwickelt, wie es sein soll: die Brust handlich gewölbt, der Hintern nicht zu klein und nicht zu ausladend und alles an den richtigen Stellen. Ihre Augen hat er gut in Erinnerung behalten. Sie haben viel Neugier und viel geheime Lust versprochen und keine Scheu vor den Männern gezeigt, auch nicht vor einem alten wie ihm. So ist es richtig. Wenn er schon ein Weib nimmt, will er Leben spüren. Er hat zwei Töchter, eine dritte braucht er nicht.

Das Ärgste an der Geschichte ist die Sache mit der umgekehrten Mitgift. Statt vom Brautvater etwas blank auf die Hand zu erhalten oder wenigstens eine Zusage auf spätere Rechte und Erben, soll er dem Runge was geben. So ist es stillschweigend abgemacht; nur mit langen Pausen und verstehenden Blicken. Bis heute war das nur ein Versprechen. Kein schönes zwar, doch eines, das zu nichts verpflichtete. Nun soll daraus ein Vertrag werden und mit dem Handschlag wird die erste Zahlung fällig. Und die wird nicht gering sein. Je angesehener die Herren, um so habgieriger sind sie. Und der Runge ist Schaffner und Vertrauter der Nonnen! Die Oberin ist ihm wohlgeworden und Patin der Rose! Das will er alles bezahlt haben.

Die Aussicht, bald vom Ersparten abgeben zu müssen, wird dem Matthes saurer und saurer.

Denn darin ist er mit sich ehrlich: Er muß raffen wie andere verschwenden oder huren oder herrschen müssen. Bei den ersten Verhandlungen wollte er dem Runge ein krankes Herz vorspielen, das geschont werden muß; natürlich um Zugeständnisse herauszulokken. Sein Herz ist zum Glück gesund; nur der Stein in seinem Inneren macht ihm zu schaffen. Doch das muß man einem jungen Mädchen nicht vor der Hochzeit verraten.

Der Runge hat sich nicht täuschen lassen. Im Gegenteil, er wurde noch hartnäckiger. Matthes hat es ihm nicht verübelt. Er an dessen Stelle hätte nicht anders gehandelt. Nein, das Feilschen kann Matthes niemandem ankreiden. Dafür giert er selbst zu sehr nach Geld, kein Jota weniger als der Runge.

Der Matthes will sich trösten, daß er nicht nur verliert. Er erhält auch was. Bald wird statt des schweigsamen, mißtrauischen Wenzels (jeden Satz muß man ihm abpressen) eine versilberte Jungfrau neben ihm auf dem Stroh liegen. Doch selbst dieser Trost will ihm nicht gelingen. Der nächtliche Traum kommt ihm wieder in den Sinn: wie der Wenzel die Fahne geschwungen hat. Sollte der sich denken, für ihn sei auch in der neuen Konstellation eine Ecke im Bett frei und er könne bei der Rose sein Banner flattern lassen, wird er seinen Meister kennenlernen.

»Vater«, ruft von unten, wohl vom Fuß der Treppe, Anna, die ältere Tochter des Baders. »Zieh dich endlich an. Die wollen früh kommen . . .«

»Früh! Die kommen nicht mit dem Schiff.«

Er erhält keine Antwort; Anna wird ihn nicht gehört haben.

Vor Mittag werden sie nicht kommen. Von Nierstein bis hier sind es auch einige Stunden.

Sie haben sich gestern gestritten, wie der Runge seine Ware herbringt. Die Anna meint, der Runge werde das Marktschiff nehmen, und er glaubt, der Runge kommt mit einem Karren. Er kennt doch den Runge. Was wird der Geld vergeuden, wenn er welches gewinnen kann?

Der Matthes steht auf, entleert sich ohne Anstrengung in den Eimer – eine Wohltat nach der Tröpfelei der vergangenen Wochen –, prüft pflichtschuldig die Pisse (der Harn zum Glück wieder ungetrübt) und kleidet sich endlich an. Zur Feier des Tages zieht er ein Hemd unter den Kittel; es ist schließlich März, die Sonne hat noch keine Kraft und er will sich nicht noch mal was holen, wenn er den Runge an der Dietpforte empfängt. Ein Katarrh genügt. Er schwankt, den neuen Tappert anzulegen. Der Schneider hat ihn überredet, sich für das zu erwartende Ereignis ein neues Stück nähen zu lassen; man hat sie jetzt eng und stoffreich und gegürtet, hat er ihm wortreich erklärt.

Reine Verschwendung!

Der Matthes nimmt den Tappert vom Haken. Am unteren Rand hat er Schlitze und Zatteln. Er meint, er ist zu auffällig für einen Bader. Der Schneider hat zwar bei allen Heiligen beteuert, anders dürfte ein Tappert gar nicht sein. Was ist das auch für eine Mode heute! Die Kleider sind oft gestreift und gewürfelt; die eine Hälfte blau, die andere rot und an Schellen, übermäßigen Hängeärmeln und Zatteln wird nicht gespart.

Man darf es keinem sagen: Der Stoff, aus welchem der Tappert gearbeitet ist, ist aus Kamelott; das ist ein Wollstoff mit Kamelhaar. Ein Tappert aus Kamelott für einen Bader!

Als ob es Barchent nicht auch täte.

Aber nein, der Schneider hat nicht nachgegeben. Kamelott! Aus Brabant! ›Das Beste, was es gibt. Das hält ein Leben lang‹, hat der Schneider immer wieder beteuert und mit dem Handrücken ehrfürchtig über den Stoff gestrichen. Bei dem Preis darf es auch nicht anders sein!

Der Matthes hängt das teure Stück wieder an den Haken und zieht den alten Tappert über den Kopf.

Den Schneider wird er wohl zur Hochzeit einladen müssen; er hat sich das mit viel Entgegenkommen erkauft. Seitdem der Matthes in Mainz ist, eigentlich vom ersten Tag seines Hierseins an, war ihm der Schneider gewogen.

Unschlüssig, ob er in dem neuen Tappert nicht doch mehr hermache, betrachtet er noch einmal das Gewand, das er sich für die Hochzeit hat machen lassen. Eine saubere Arbeit, das muß man dem Schneider – er heißt Maskopp, aber Matthes spricht ihn lieber mit seinem Beruf an, als sei das ein Titel – lassen. Der Schneider kann sich in seinem Gewerbe sehen lassen. Er ist klatschsüchtig und hämisch und falsch. Dennoch empfindet Matthes eine mit viel Vorsicht getränkte Neigung für ihn. Er hat ihm nur ungenau zu verstehen gegeben, für welchen Zweck der Rock gedacht ist. Das hat genügt. Der Schneider hat sich rasch den Rest zurechtgereimt. Von da an hat er Matthes mit deftigen Bemerkungen über die Kraft alter Männer und die Kraft junger Männer unterhalten und wie Frauen den Unterschied feststellen. Matthes hat es sich ohne Widerrede angehört. Das Röschen wird er schon bei der Stange halten können; darüber braucht sich der Schneider nicht zu bekümmern. Aber der Matthes weiß, wie es gemeint ist. Könnte er sich mit jemandem anfreunden, mit dem Schneider wäre er befreundet.

Das alles ist noch lange kein Grund, den neuen Rock schon heute vorzuführen. Man muß niemanden neidisch machen. Das junge Ding soll nicht glauben, er, ihr zukünftiger Herr, werfe das Geld zum Fenster hinaus.

Und ihr Vater erst recht nicht.

2.

Eine Stunde später steht der Matthes an der Dietpforte und wartet und wartet. Es kann auch zwei Stunden später sein. Die Zeit will nicht vergehen; sie streckt und streckt sich, als wolle sie den Bader foppen.

Je länger er herumsteht, desto schwärzer werden seine Gedanken. Warum kommen sie nicht? Ist ihnen etwas zugestoßen? Hinter jedem Strauch können Wegelagerer liegen, aber er, der Runge, der Rechner, scheut das Geld, das eine Schiffsfahrt kostet. Matthes meint ihn bis ins Mark zu kennen; der Runge wird die Gelegenheit nutzen und nicht nur seinen Augenstern bringen, sondern auch noch das eine oder andere Fuder Wein. Denn der Runge ist nicht nur Schaffner, sondern unter der Hand und wenn es keiner erfährt, auch Weinhändler. Er verwaltet den Klarissen von Nierstein nicht nur das Weingut (die Nönnchen sind angeblich dem Herrn und der Armut vermählt; in Wirklichkeit sind sie wie die Teufel hinter jedem Heller her, behauptet der Runge), sondern verkauft ihnen auch den Wein. Ob alles für deren Rechnung, wer will es nachprüfen? Wenn man dem Runge gut zuredet, kann man bei ihm günstig wohlschmeckenden Wein beziehen, mit viel Schwefel und weniger Schwefel, geharzt oder ungeharzt, wie man es liebt, aber in jedem Fall günstig. Dann darf man nur nicht fragen, ob die Nonnen von dem Verkauf wissen. Anders geht's wohl nicht auf der Welt. Täten wir alle nur, was erlaubt wäre, hätten wir nichts zu beichten und die Pfaffen nichts zu beißen.

Hier in Mainz hat der Runge seine besten Kunden. Er beliefert auch den Hollerwirt; den Wirt, der dem Matthes das Essen und die Getränke ins Badhaus bringt. Der Bader selbst darf ja nicht ausschenken; die Wirte würden ihm den Kopf abreißen! Jedenfalls hat der Matthes den Runge bei einem seiner Geschäfte mit dem Hollerwirt kennengelernt.

In die Gedanken des Runge kann er sich leicht versetzen: Das geht in einem Aufwasch, denkt er sich, Verlobung und Weinlieferung mit einer Fuhre und klappt der eine Handel nicht, dann der andere.

Mißmutig, wie er schon den ganzen Morgen ist, ärgert sich der Bader darüber, daß er hier an einem Stadttor herumsteht.

Was wäre es ein schönes Bild, träfen sie mit dem Schiff ein. Das Segel straff flatternd wie das Banner, von welchem er geträumt; sanft knirschend würde das Schiff an der Eisernen Pforte auf den Strand auflaufen, die Schiffer legten Bretter aus und über diesen schwankenden Steg würde der Runge seine Tochter geleiten und führte sie ihm zu.

So wäre das richtig. So käme es einem Bräutigam seines Alters zu. So müßte es sein, nach einem Leben voller Mühsal und Anstrengung, nach einem Leben, in dem man sich unter den Schlägen der Gottesgeißel geduckt hat. Nach einem Leben, wo man mit Verstand und List und Härte sein Vermögen zusammengetragen hat, wo man sich gewehrt und seine Widersacher erdrückt hat und ihnen, wenn es sein mußte, auch den Hals gebrochen. Da sollte man sich das Recht erworben haben, seine Braut mit Stolz zu empfangen. Da sollte es einem zustehen, sich seines Glücks zu erfreuen und es zu bekennen. Doch statt dessen? Eine Braut auf einigen Fässern Wein thronend.

Matthes spürt, wie Selbstmitleid in ihm hochsteigt. Das ist eine Galle, die mehr verdirbt als Gift. Fängt man an, sich zu bedauern, verliert die Welt ihre Farben. Für solche hat selbst das Gold keinen Glanz mehr. Matthes weiß es wie jeder andere; doch was nutzt alles Wissen, wenn einen die Schwermut überfällt oder der Gedanke, getäuscht zu werden. Am liebsten würde sich der Bader umdrehen und das Mädchen und seinen mit Wein und Töchtern handelnden Vater vergessen.

Er kommt nicht von seinem Traum los. War er nicht Warnung genug? War das Bild nicht deutlich, immer noch nicht abschreckend genug? Wie haben sich die Pferde aufgebäumt und der Wenzel hat seine Fahne geschwenkt, als wolle er sie anstacheln. Und dann Schweife aus Feuer! Wie soll denn die Warnung aussehen, auf die er hören wird?

Wofür braucht er das Röschen? Für seine Geilheit jedenfalls nicht. Geile Frauen findet er an jeder Ecke; das heilige Mainz ist ein großes Freudenhaus. Für diese Gelüste kann er sich seine Badedirnen nehmen und seine Reiberinnen; die machen nicht viel Federlesens, auch wenn er sie dafür nicht entlohnt.

Was kann man sonst mit einer Vierzehnjährigen anfangen? Steht ihm keine Frau zu, die man achtet? Was zählt schon ein Schaffner, der seine Hübsche einem Bader verkauft? So denkt er ja selbst. Da sollen die Nachbarn oder die Gäste anders über ihn denken? Er fühlt, seine eigenen Töchter mißbilligen den Heiratsplan und im Tiefsten fürchtet er, die Heirat mit einem Röschen werde ihm mehr Spott als Ansehen eintragen.

Ein wenig spät fällt ihm das alles ein. Er hat dem Runge mehr oder minder zugesagt. Jetzt kann er doch gar nicht mehr zurück. Wenn er jetzt umkehrt, macht er sich einen Feind fürs Leben.

Dann sollten sie wenigstens kommen! Oder hat sich der Runge auch anders besonnen? Am Ende - warum ist ihm der Gedanke nicht schon vorher gekommen? - hat sich womöglich das Röschen den schlauen Absichten ihres Alten widersetzt? Den Matthes würde es nicht wundern, wäre es nicht so fügsam, wie es der Runge in seiner Berechnung geschildert hat. Nach dem Gesetz ist sie schon lange volljährig; kann nehmen und ablehnen, wen sie will. Was sollte sie davon abhalten, von ihrem Recht Gebrauch zu machen? Der Gehorsam, den man den Eltern schuldet, hat sich doch schon lange in Rauch aufgelöst. Hören denn seine eigenen auf seine Wünsche? Nein, das Röschen ist nicht die erste und wird nicht die letzte sein, die ihren Kopf durchsetzen will.

Er meint, die Stadtknechte, die die ein- und ausfahrenden Fuhrwerke kontrollieren und den Zoll kassieren, beobachteten ihn mit Seitenblicken. Vielleicht haben sie schon herausgebracht, warum er sich hier die Beine in den Bauch steht. Ein Glück nur, daß er nicht den neuen Tappert angelegt hat! Dann sähe er noch mehr aus wie ein Freier, dem man die Tür vor der Nase zugeschlagen hat. So können sie ihn für einen Handwerker halten, der auf eine Fuhre Holz wartet oder für einen Wirt, der gute Gäste mit Ehrerbietung empfangen will.

Aber das werden sie nicht. Natürlich durchschauen sie seine Lächerlichkeit.

Mißtrauisch dreht er sich ab und zu nach den groben Hackklötzen um; als müsse er sie auf frischer Tat erwischen. Die Männer machen nur ihre Arbeit. Gelangweilt prüfen sie das Fleisch und das Mehl, die Kälber und Kühe, die Federn und Häute und was das Land sonst noch der Stadt zu bringen hat. Und es ist unglaublich, was eine große Stadt alles verschlingt. Ganze Herden werden Tag für Tag in die Stadt getrieben, um abgestochen, abgezogen und abgenagt zu werden. Immer schon haben die Leute nur an ihren Bauch gedacht. Aber nach der Pest scheint jeder fressen zu wollen, bis er platzt. Es gibt nur noch halb so viel Leute in der Stadt, aber das Doppelte wird herangeschafft. Jeder scheint jetzt für vier zu schlingen. Vor der Pest hatten nur die hohen Herren Wänste, jetzt laufen selbst die Taglöhner mit Fettbäuchen herum. Wer vordem mit Brot aus Gerste und Spelzen zufrieden war, gönnt sich nun Lämmer, am liebsten dreimal in der Woche. Anscheinend werden die Überlebenden für das Leid belohnt oder sie lohnen es sich selbst

Umständlich und mit Geschrei rechnen die Stadtknechte den Zoll aus. Mehr als einmal gibt es darüber Streitigkeiten, weil entweder die Bauern oder die Knechte nicht rechnen können oder beide nicht. Und weil sie Waren nehmen müssen, da die Bauern und kleinen Händler selten Geld haben und mit dem bezahlen wollen, was sie in ihren Körben und Truhen, auf ihren Rücken und Karren mit sich führen. Immer meinen sie, die Städter suchten sie zu betrügen und die Knechte gäben nicht genug für ihre Hühner oder Rüben oder was immer sie haben.

Einmal gibt es Aufruhr, weil sich Bettelpack in die Stadt einschleichen will. Es wird verscheucht wie streunende Hunde. Das goldene

Mainz hat immer noch genug eigene Arme zu ernähren; mehr von dem Pack braucht es nicht. Das stirbt nie aus; dafür müßte es jedes Jahr eine Pest geben.

Sollte der Runge einen anderen Weg genommen haben, überlegt Matthes. Es gibt doch gar keinen anderen. Wenn man von Worms und Oppen heimkommt, muß man durch dieses Stadttor. Er tritt durch die Pforte (den Stadtknechten eine maulende Erklärung gebend, die jene nicht verlangen) und auf die Brücke über dem Stadtgraben und hält vor der Mauer Ausschau. Die Straße windet sich durch kahle Weinhänge den Jakobsberg hinauf oder für den Runge, so er denn käme, den Berg hinunter. Die knorrigen Rebstöcke, scheinbar tot im Winter, mahnen Matthes düster an Grabkreuze. In den schlammigen Radspuren steht noch der Regen der letzten Nacht und plötzlich sieht Matthes eine Kröte, die einige plumpe Sätze auf ihn zumacht und dann in seiner Nähe wie abwartend sitzenbleibt. Die Kröte blickt ihn an, als habe sie etwas mit ihm zu bereden.

Ausgerechnet eine Kröte, das Zeichen der Fruchtbarkeit.

Das Röschen wird sich Bälger wünschen, schließt Matthes daraus. Kein falscher Wunsch. Soll sie.

Spuckt man einer Kröte dreimal ins Maul, bleibt eine Frau unfruchtbar.

Zur Vorsicht spuckt der Matthes auf das Vieh, aber es springt schon nach dem ersten Spucken davon.

Wo bleiben sie nur?

Endlich glaubt er, den Runge zu entdecken: neben einem Pferdekarren, wie er vermutet hat, und auf dem Karren das Röschen. Doch wie der Karren näherkommt, erkennt er seinen Irrtum. Die beiden auf und neben dem Wagen sind Wilhelmiten, zwei hagere Vögel aus der großen Schar der Bettelmönche, die einem von morgens bis abends mit vorwurfsvollen Blicken und leeren Schüsseln verfolgen. Man kann sie kaum auseinanderhalten, die bettelnden Heiligen, die Augustiner und Franziskaner, Karmeliter und Dominikaner, Kartäuser und vor allem nicht zu vergessen die Antoniter, seine besonderen Freunde. Die Wilhelmiten sind allerdings mit allen nicht zu vergleichen. Sie sind von anderer Art, besonders befremdliche Patrone. Sie haben ihre Klause wenige Schritte von hier, irgendwo oberhalb des Stadtgrabens. Es ist mehr eine Scheune als ein Kloster, Wände und Dächer lieblos in uraltes verwittertes Gemäuer gepreßt. Selbst die Aussätzigen haben bessere Hütten. Sie sind nur wenige, die Wilhelmiten; schweigsame Männer, von denen seltsame Geschichten erzählt werden. Manche meinen, sie äßen nichts. Sie ernährten sich nur von Wasser und dem Brot des Herrn.

Matthes fühlt Scheu und Beklemmung, als sie näherkommen. Einen erkennt er: den Älteren, einen Mann mit einer kratzenden Stimme und einem Vogelkopf. Er hat schon öfter im Badhaus gebettelt; hat sich nicht abhalten lassen, an die Badebütten zu treten und war so lange stumm und wie mit verhaltener Wut neben den Gästen stehengeblieben, bis alle gegeben hatten. Er geht barfuß. Auch der auf dem Karren trägt kein Schuhwerk. Beiden scheint die Kälte und Nässe (es nieselt leicht) nichts auszumachen. Im Gegenteil, der Ältere schreitet auf dem steinigen Grund - auf dem untersten Stück, in der Nähe des Tores, ist die Straße mit grobem Schotter befestigt - so bestimmt und mit wuchtigen Schritten aus, daß man wirklich glauben kann, wie es erzählt wird, die heiligen Männer hätten nicht Fleisch und Haut wie wir; hätten sich vielmehr durch ihr Gebet und Fasten in fremde Wesen verwandelt.

Fast schuldbewußt wühlt Matthes in seiner Tasche, sucht nach einer kleinen Münze, da hört er hinter sich Käthes Stimme: »Vater, sie sind da ...«

Verwirrt wendet er sich um. Wer ist da?

Käthe, seine Jüngere, kommt heran, außer Atem, wiederholt noch einmal, daß sie da seien. Endlich begreift der Matthes, der erwartete Besuch ist eingetroffen, seine Braut und der Brautvater.

»Wieso?« fragt er, noch immer zweifelnd, als er mit seiner Tochter umkehrt und den Weg nach Hause einschlägt. »Wie sind sie denn gekommen?«

»Mit dem Schiff!«

»Also doch! Deine Schwester wußte es wieder besser. Ich hab gesagt: ›Die nehmen das Schiff‹, aber sie wußte es besser ... Wie sieht sie aus?«

»Wie letztes Jahr.«

»Wie letztes Jahr? Nicht kräftiger geworden?«

»Doch . . .«

»Na, also. Mach doch mal den Mund auf! Hat sie was auf den Rippen?«

»Wenig.«

»Ist sie Frau geworden oder nicht?«

»Du siehst sie ja gleich . . . Lauf nicht so. Du kommst in Schweiß.«

Matthes gönnt seiner Tochter einen Blick; sie ist drei Jahre älter als das Röschen und doch weiß er nicht, ob sie schon einen Mann erkannt hat. Sie ist blaß und scheu und das, was sie im Badhaus zu sehen kriegt - das ist ein Ort, wo die Menschen sich so zeigen, wie sie sind; und nicht nur, weil sie alle Kleider ablegen - ängstigt sie. Sie ist sehr groß, fast so groß wie er selbst, dünn. Ihre Arme und Beine sind zum Zerbrechen dünn. Wenn sie sich nur ein wenig anstrengt (wenn sie eine Pfanne aufnimmt oder einen Eimer Wasser leert) sieht man die Sehnen wie bei alten Weibern und ihre Nase, hager und mit scharfen Nüstern, macht sie für Männer nicht anziehender. Über ihren Blick ist er manchmal erschrocken. Sie hat, wenn sie inbrünstig betet - oft auf dem Boden der Kammer ausgestreckt wie eine Nonne - den Blick einer Besessenen. Sie war es, die ihm die Beghine ins Haus geholt hat, dieses verrückte Weibsstück, zu nichts nutze. Von morgens bis abends brabbelt diese Unsinn, auf den niemand achtet. Matthes glaubt, nicht mal unser Vater im Himmel hört ihr zu. Doch Käthe hat so lange gebettelt, bis er die fromme Frau aufgenommen hat. Schönes Badhaus, mit einer Beghine und einem Nönnchen, das sich selbst geweiht hat. Wenn man nur wüßte, wo Käthe das alles herhat. Ihr Vater war ein einfacher Mann wie er selbst; ein Harnischfeger, sagt die Käthe. Der Matthes hat ihn nie zu sehen bekommen. Er hat nur ihre Mutter gesehen, wie sie von der Pest gezeichnet auf einem Feld lag und die versteinerte Käthe saß in ihrer Nähe und wartete auch auf den Tod. Da hat er sie weggeführt und mit sich genommen. Die Käthe war damals acht und seitdem ist sie bei ihm und seine Tochter. Matthes hat es schon fast vergessen. Manchmal meint er, er hat mehr Mitleid als Liebe für sie.

Matthes bleibt stehen, will Käthe tröstend streicheln. Sie mißversteht ihn, tupft ihm mit einem Stoffetzen den Schweiß ab.

»Soll ich sie wegschicken?« fragt er seine Käthe.

Sie sieht ihn aus ihren Nonnenaugen an und schüttelt den Kopf.

»Ehre sie, Vater!« verlangt sie.

Das bringt den Matthes wieder zur Vernunft. Was ist denn das für ein frommes falsches Getue? Sie haben ein Badhaus, wischen fremden Leuten den Arsch ab und in den Kammern wälzen sich Niedrige und Hochgestellte mit den Bademädchen (und nicht wenige, die ewige Keuschheit gelobt haben) und diese hier redet, als sei die heilige Hildegardis auferstanden.

»Ich ficke, wen ich will«, sagt Matthes daraufhin grob, böser als er fühlt.

Schweigend gehen sie die Augustinergasse entlang. Das ist die größte und schönste Straße der Stadt. Sie führt zum Dom; in ihrer Hälfte öffnet sich auf der linken Seite der Kirschgarten, ein Platz von vier gleichen Seiten mit einem Brunnen in der Mitte. Von da sind es nur noch wenige Schritte zum Kirschborn, wo sich das Badhaus des Matthes befindet. Käthe und Matthes sprechen kein Wort, bis sie vor dem Haus angelangt sind.

Käthe, die auf Matthes rechter Seite gegangen ist, bleibt stehen, will Matthes den Vortritt lassen.

Aber auch Matthes hält inne, holt Atem und Mut und reckt sich ein wenig. Er kann nicht mit Jugend und Schönheit glänzen. Im Gegenteil, er hat eine halbe Glatze (alles Einreiben mit Bärenfett und der Asche aus Weizenstroh- und Dinkelstroh, das Mittel, das er für solche Fälle empfiehlt, schlägt bei ihm nicht an), einige Zähne sind ihm bei einer Rauferei mit besoffenen Gästen und, bei anderer Gelegenheit, von mordlustigen Söldnern ausgeschlagen worden und seine Hände sind vom ewigen Hantieren mit Menschenfleisch aufgequollen. Da will er wenigstens mit würdigem Auftreten für sich einnehmen. Würde wird einem Bader zwar so wenig zugestanden wie ein vorderer Platz in der Prozession. Aber mancher nimmt sich, was ihm nicht zusteht, und wenn er es lange genug in den Händen hält, läßt man es ihm am Ende.

Warum zögert er immer noch, in sein eigenes Haus zu treten? Warum ist ihm die Brautwerbung ein solcher Einschnitt? Jeden Tag freien junge Leute, mit und ohne den Segen der Pfaffen; jeden Tag tun sich Paare zusammen. Einem Bader ist die Heirat aber etwas ganz anderes. Ein Bader gehört zum Auswurf; mit Landstreichern,

Gauklern und Henkern in einem Stand. Es ist, als wollten die Menschen ihn büßen lassen, daß sie vor ihm alle Scham verlieren. Als könne man seine Schwären nur einem Nichts zeigen, seine Brunftschreie nur einen Sklaven hören lassen. Wenn man so einem ein ehrliches Mädchen gibt, wenn Matthes mit dem Röschen, der Tochter eines wohlgelittenen Mannes und Patenkind einer Mutter Oberin, die Ehe eingehen darf – unter den Augen der Stadt, auf den Stufen einer Kirche –, dann bekommt er mehr als man mit Gold aufwiegen kann. Hinterher wird keiner mehr fragen, was er gezahlt oder erhalten hat, ob die Braut das Jungfernhäutchen noch hatte (seine wird ja wohl, oder?) oder schon drei Ehemänner überlebte. Er, der Matthes, hat lange genug geglaubt, es genüge zu wissen, was man versteckt und in den Truhen der Geldwechsler eingelegt hat, um seinen Frieden mit sich zu haben. Nein, man will auch die Achtung, selbst den Neid der Leute. Das Röschen wird sie ihm bringen, die Achtung. Und alle Gedanken vom Feilschen mit dem Runge und wie er ihn hereinlegen kann, sind grober Unfug. Er müßte dem Weinpanscher geben, was der haben will und einiges dazu und ihm die Hände küssen.

Ja, er wird das Röschen nehmen und achten, wie es Käthe verlangt hat.

Nun endlich mit sich im reinen betritt Matthes sein Reich, das Badhaus »Zum Fuß«, acht Wannen und ein Schweißbad.

3.

Aus der Badstube dringt der Lärm einer fröhlichen Gesellschaft, Lauten-Musik und Gelächter. Einige seiner Mägde tragen, halbnackt wie sie bei der Arbeit nun einmal sind, Stapel von Badewäsche im Gänsemarsch in die Stube. Es muß um einen Scherz gehen oder um ein Spiel. Die Weiber können kaum erkennen, was vor ihnen ist und die Wäschestapel schwanken bedenklich. Es fehlte nicht viel und die Neue liefe gegen eine Mauer statt in die Stube. Matthes hat sich ihren Namen noch nicht eingeprägt. Die Dinger schwirren herbei und flattern davon wie Zugvögel und hat er sich einen Namen eingeprägt, geht sie. Oft verabschiedet sich eine Maria und es kommt eine Magdalena. Oder eine Anna Magdalena geht und eine Anna kommt. Es lohnt nicht, sich ihre Namen zu merken.

Jedenfalls werden die Weiber in der Badstube mit großem Gekreisch empfangen.

Der Bader möchte ihnen folgen und mit dem Drang des Hausherrn, die Ordnung in seinen Wänden zu wahren, nach dem Rechten sehen. Dennoch zögert er.

Unter der Treppe zum Schweißbad sitzt der Brautvater mit zwei Gästen, dem Herrn Melchior von Eibisch, Prokurator vom Heiligen Mainzer Stuhl und in aller Heimlichkeit Protektor des Badhauses, und einem Weib, das dieser wohl mitgebracht hat. Die Wohltaten, die der Richter dem Matthes erwiesen hat, lassen sich kaum zählen. Gäbe es ihn nicht, wer weiß, was aus dem Matthes und seinen Töchtern geworden wäre. Er ist, selbst wie er da ohne Kleider sitzt, eine recht eindrucksvolle Erscheinung: sehr streng aufgerichtet, ohne Fett und Bauch, aber nicht mager, sehr schlanke Hände. Die Finger können hervorschießen wie ein Falke auf sein Opfer stößt und die Stimme ist wohltönend. Nur er hat die Angewohnheit, unversehens zu donnern, selbst wenn es um ganz unwichtige Nebensächlichkeiten geht. Manchmal meint man, er vernichte einen Widersacher, aber es geht nur um eine Wurst, die ihm nicht geschmeckt hat. Er ist einer der höchsten Richter im ganzen heiligen Reich und ein solcher Mann schenkt dem Matthes Beachtung und Gunst!

Jetzt hat er eine mollige Frau mit sehr schlecht gefärbten Haaren bei sich und die versucht ersichtlich, ihn im allem zu erfreuen. Nachher erfährt der Bader, sie ist eine Ehefrau, die trotz aller Anstrengungen nicht von ihrem Mann getrennt wird und nun versucht, den Richter für sich zu gewinnen und von ihm Rat zu erhalten, wie sie ihren Alten noch los wird.

Der Runge sitzt sehr selbstzufrieden bei ihnen, die Hände wie ein Pfaff im Schoß gefaltet und trinkt mit ihnen Bier. Der Herr Melchior gönnt sich wohl gerade eine Pause vom anstrengenden Schwitzbad, das er so liebt. Er und die Frau haben sich Tücher umgelegt und genießen die kühlende Luft, die durch den Raum streicht. Der Runge hat es sich gleichfalls bequem gemacht. Er hat die Schuhe ausgezogen (sie werden irgendwo trocknen) und läßt seine Füße in einer Schüssel Seifenwasser faulenzen.

Wegen des Hin und Her an den Türen bemerkt der Runge nicht, daß der Bader heimgekehrt ist. Matthes könnte unentdeckt in die Badstube eintreten. Schließlich entscheidet er sich wahrhaftig für sein Gewerbe und gegen sein Vergnügen. Seine Braut wird ihm schon nicht davonlaufen; Gäste gehen vor.

In der Badstube - ein niedriger Raum mit Fenstern aus ölgetränktem graufasrigem Papier, das ein Licht wie ewiger Regen macht - stehen mehrere Adams im Kreis und reiben ihre Evas ab; eine wehrt sich gegen den heiteren Dienst und wird mit weit ausgespannten Tüchern eingefangen wie die Drossel vom Vogler. Die Mägde sind eifrig bemüht, den Herren behilflich zu sein. So ist in der Badstube mehr Gebalge nackter Leiber als Baderei und der Spielmann unterstreicht jeden gelungenen Griff mit hellen Akkorden. Soweit es der Matthes erkennt, sitzt nur ein Pärchen in einer der Wannen. Allerdings sind die Vorhänge um die letzte Wanne zugezogen. Möglicherweise genießt dort noch jemand die Wärme des Wassers oder die lindernde Wirkung der Tinkturen. Dem Matthes ist alles recht. Er hat die Brüder Pallitini erkannt und ihnen mit tiefer Achtung zugenickt. Das sind schlaue lombardische Bankiers, denen das Gold locker sitzt, vor allem wenn sie ihre Kunden bewirten. Sie waren schon mehrfach hier; Matthes hat sie schätzen gelernt, angenehme Menschen. Die übrigen Herren werden ihre Freunde sein oder welche, mit denen die Lombarden Geschäfte machen. Er selbst bringt ein Teil seines Geldes zu ihnen, daß sie es ihm verwalten und daß es Junge macht. Allerdings sprechen sie dann nicht mit ihm, nur ihre Beauftragten.

Beruhigt, daß alles zum Besten steht, kehrt Matthes in den Vorraum zurück. Der Prokurator verbreitet sich dort dröhnend über seine Wallfahrt nach Santiago de Compostela. Er kann gar nicht anders als für ein ganzes Auditorium zu sprechen. Matthes hat ihn einmal in St. Quintin laut, sehr laut das Ave Maria beten hören. Nach und nach war der Messpriester am Altar ängstlich verstummt. Die Stimme des Richters hatte am Ende den ganzen Raum gefüllt. Es war, als wolle er die Mauern von Jericho zum zweiten Mal einstürzen lassen.

Die Wallfahrt nach Compostela ist die Offenbarung des Prokurators, sein privater Kreuzzug. Wie gern läßt er sich darüber aus. Und wie oft hat er schon von dem Wunder berichtet, das er dort miterlebte. Da hatte er in einer Herberge zwei Mönche aus Irland getroffen und sich mit ihnen angefreundet. Die nächsten Tage zog er mit ihnen (und zahlreichen anderen Pilgern) durch einen sehr tiefen Wald; aus einem Grund, den er nicht mehr weiß, hatten sich die Mönche von dem Pilgerzug getrennt und waren vorausgeeilt, entweder weil sie etwas erledigen wollten oder aus anderen Gründen. Jedenfalls den nächsten Tag fand er sie wieder. Da lagen sie in einer Kirche aufgebahrt, von Unbekannten erschlagen und beraubt. Doch als der Prokurator in Compostela, dem berühmten Wallfahrtsort an der Grenze der Welt eintraf, waren die beiden Ermordeten schon da und wandelten so lange und völlig leibhaftig durch die Menge, bis sie ihren Mörder fanden und ihn bezeichneten.

Der Richter hat darüber schon so oft berichtet, daß der Matthes jeden Satz davon kennt. Die Frau und dem Runge erzeugt er damit noch den Schauder, den auch der Matthes beim ersten Hören empfunden hatte. Ansonsten hatte der Richter auf seiner Wallfahrt keine weiteren Erlebnisse. Anscheinend ist er nur hingezogen, hat Ablaß und Segen und die Muschel des heiligen Jakobus erhalten und ist wieder umgekehrt. Also wird er von dem Mord und wie er aufgedeckt wurde bis zum Jüngsten Gericht zehren.

Für Mord und Totschlag brauchte er nicht so weit zu ziehen. Auch ohne lebendige Leichname ist die Welt voll der schauerlichsten Begebenheiten. Man muß nur auf die Tortürme klettern, da kann man mit bloßem Auge zusehen, wie der Kaiser seinen Erzkanzler belagert (konnte es wenigstens vor wenigen Jahren). Es ist nämlich erst wenige Jahre her, da haben sich die Mainzer Erzbischöfe – es gab deren zwei gleichzeitig und jeder hat den anderen einen Lügner und einen falschen Priester genannt – untereinander um ihre Stadt bekämpft und bekriegt und mal hatten sie die Kaiser auf ihrer Seite und mal nicht. 1346 hat der Herr Papst den Bischof Heinrich des abscheulichen Undanks und der Verbindung mit einem von Gott verfluchten Schismatiker und Häretiker, dem Kaiser Ludwig nämlich, angeklagt und aller bischöflichen Würden und Rechte für verlustig erklärt und den Mainzer Domdekan Gerlach von Nassau an seiner Stelle zum neuen Erzbischof ausgerufen. Aber fast zehn Jahre, über all die Jahre der Pest hinaus, hatte Bischof Heinrich sein Erzbistum halten können und alle Angriffe des Gerlach abgewehrt. Wäre er nicht von einem Schlaganfall getroffen und gefällt worden, wer weiß, wer jetzt das Bistum in Händen hielte.

Von diesem mörderischen Streit zwischen einem Unwürdigen und einem Verdammten (und dem Streit zwischen den Kaisern und den Päpsten, der darin verwoben ist) weiß der Prokurator natürlich jeden Winkelzug und jede Drehung und Wendung, doch darüber äußert er sich selten. Da ist er der heiligen Mutter Kirche zu sehr ergeben, als daß er einen Fleck auf ihrem Kleid sehen möchte. Da erzählt er lieber und ausgiebig, wie seine toten Mönche jedem, der die Stadt Santiago betrat, ins Gesicht schauten und wie ihr Mörder schreiend seine Schuld zugab, als sie ihm ins Antlitz blickten.

Gibt's wirklich nichts Wichtigeres? Könnte er nicht von den Mainzer Bürgern sprechen, die wegen ihres Rats und welche Rechte ihm zukommen und wer darin sitzen darf, sich so in die Wolle gerieten, daß sie sich gegenseitig die Häuser niederbrannten? Wer Lust daran hat, kann sich an sechs von sieben Tagen einer Woche betrachten, wie in der Ketzergrube - ein paar Schritte vor der Mauer - Verbrecher gesotten, gevierteilt und verbrannt werden. In den Elendsjahren sind die Ärmsten kreischend vor Hunger umhergelaufen, mit Bäuchen wie leeren Säcken; Kinder haben sich für ein Stück Brot zum Kauf angeboten. Den Aussätzigen vor der Stadt faulen die Glieder bei lebendigem Leibe; wo vordem Ohren oder Nasen waren, sind schwarze Löcher; jeder ihrer Schritte gemahnt an Hölle und ewige Verdammnis.

Wenn man nur ein wenig Geduld hat oder nur einige Lenze auf der Welt ist, kennt man jeden der apokalyptischen Reiter einzeln. Doch der Prokurator hat von nichts anderem zu berichten als von spanischer Hitze und wie teuer die Herbergen auf dem Weg dorthin sind und eben den getöteten Mönchen. Die fruchtbaren Weiden der Wahrheit, die der wirkliche Pilger sucht, waren ihm die Kneipen, wo es süßen Wein und fette Würste gab.

Allem Anschein nach fesselt die laue Rede des Prokurators den Runge doch. Er hört geduldig zu, tut wenigstens so. Für die Frau, die seine Unterstützung sucht, ist jedes seiner Worte offenbar Honig. Sie nickt zu allem begierig und wischt sich das Bier ab, das ihr auf den fülligen Busen tropft.

Wie der Matthes zu seinem künftigen Schwiegervater geht, fällt ihm auf, wie sehr die Locken des Runge ihre Farbe bewahrt haben. Das Röschen hat sein Goldhaar von seinem Erzeuger geerbt; Matthes hatte es vergessen. Bestimmt wird es auch einige graue Fäden im Kopfputz des Runge geben, aber im ganzen wirkt er wie ein sehr junger Mensch. Wie er da selbstzufrieden und seiner Sache sicher sitzt, könnte er der große Bruder seines Röschens sein. Dabei meint sich der Bader zu erinnern, ist der Schaffner nur drei oder vier Jahre jünger als er selbst. Gibt es am Ende doch ein Kraut oder einen Zauber, der einem die Kraft erhält und die Hamsterbacken? Oft genug nimmt ihn einer der Gäste vertraulich zur Seite und geht ihn um ein solches Wundermittel an. Reich und reicher könnte man damit werden.

Manchmal verkauft der Matthes sogar einige seiner Säfte als Mittel fürs ewige Leben. Allerdings hält er sich gewisse Schlupflöcher bei diesen heiklen Verkäufen offen. Der Zauber wirke nicht bei jedermann; er kann nur genommen werden, wenn Seele und Körper vorher gründlich gereinigt sind und ähnliches.

Denn, gäbe es solche Extrakte, der Matthes wäre sicher der erste, der sie nähme. Er hält sich mit seinen zweiundvierzig Jahren für einen Mann am Rand des Grabes; jeder weitere Tag ist ihm ein Geschenk. Seine Töchter wollen ihm das ausreden und behaupten, zweiundvierzig sei kein Alter. Dabei weiß jeder, nach dem dreiunddreißigsten Lebensjahr - dem Alter, in welchem Jesus Christus, unser Herr und Heiland, sein irdisches Leben vollendet hat -, stürzt der Mensch seinem leiblichen Ende entgegen.

Nur wenn man den Runge betrachtet, mag man daran nicht mehr glauben. Wahrhaftig gibt es auch Leute, die doppelt so viele Jahre auf dem Buckel haben wie der Matthes. Doch hat der Matthes noch keinen von ihnen getroffen. Wohin er blickt, sieht er junge Menschen. Mit zwanzig sitzen sie im Domkapitel oder im Rat - wenn sie nur hoch genug geboren sind. Allerdings erzählt der Herr Melchior immer voller Vergnügen, wie sich das Konklave ganz besonders schlau anstellen wollte und einen fast Achtzigjährigen zum Papst wählte, den Papst Johannes. Und was geschah? Die nächsten zwölf Jahre hatten die Eminenzen unter seinem Starrsinn und seiner Habgier zu leiden; die übrige Christenheit allerdings noch mehr.

So betrachtet wäre zweiundvierzig wirklich kein Alter.

Der Runge bemerkt endlich seinen werdenden Schwiegersohn. Erfreut steht er auf und kommt mit ausgestreckten Armen auf ihn zu. Die Rollen haben sich umgekehrt. Matthes wird begrüßt, als sei er hier der Besucher und der Runge gibt sich als Hausvater.

Die beiden umarmen sich; dann erklärt Matthes, wo und wie lange er gewartet hat und der Runge gibt zu, daß er zuerst vorhatte, mit dem Röschen und einem Faß Wein als Gastgeschenk zu kommen, es sich aber im letzten Moment anders überlegt und die bequemere Fahrt mit dem Marktschiff von Oppenheim (unter nach Mist stinkenden Bauern und einem halben Dutzend Kälber und ebensoviel Schweinen) gewählt hat.

Und sonst alles wohlauf?

Alles wohlauf.

Der Runge bückt sich, überreicht dem Matthes statt des zurückgelassenen Weins ein anderes Gastgeschenk - ein längliches Päckchen von geringem Gewicht. Mit bedeutsamer Miene wartet er, daß der Matthes das Päckchen öffne.

Der tut ihm den Gefallen, schlägt den Stoff, in welches das Geschenk gehüllt ist, auseinander und ein Löffel aus Zinn kommt zum Vorschein. Er faßt sich gut an und auf der Vorderseite des Griffs spürt man die Gestalt einer Frau. Matthes betrachtet sie mit ausgestreckten Armen; seine Sehkraft wird besser, je weiter die Dinge in der Ferne sind. Doch auch, wie er den Löffel von sich weghält, kann er nichts Genaues erkennen; sicher ist es eine Heilige, die auf dem Löffelstiel abgebildet ist.

»Vornehm«, sagt der Matthes und bedankt sich angemessen beim Runge. Der will ihm weismachen, der Löffel sei ihm von den Nonnen für treue Dienste geschenkt worden. Wer's glaubt, findet Einlaß ins Paradies, denkt der Matthes. Man müßte mal die Niersteiner Klarissen fragen, ob sie einen solchen Löffel vermissen.

Und wo ist das Röschen? Kann man es begrüßen?

Der Runge schiebt dem Matthes die Hand traulich unter den Arm und führt ihn in die Küche.

Das Röschen steht neben Anna am Herd, rollt sich gerade einen Pfannkuchen, den ihr Anna gebacken hat und will ihn sich in den Mund schieben. Etwas ertappt blickt sie um sich, als ihr Vater und ihr zukünftiger Gemahl näherkommen.

»Da ist mein Röschen«, grüßt Matthes mit gespieltem Wohlwollen und angestrengter Leutseligkeit. Das Mädchen knickst steif, aber nicht ängstlich. Es weiß nicht, ob es den Pfannkuchen lassen soll, weiß überhaupt nicht, wie sich jetzt benehmen. Fragend sieht sie nach ihrem Vater. Der ist aber von Matthes verdeckt und kann ihr nicht beistehen und so versucht sie es mit einem unbestimmten Lächeln; ein Lächeln wie ein Schatten, der sich verzieht, ehe man ihn wahrgenommen hat. Das Lächeln, kommt es Matthes vor, hat nichts Kindliches, eher etwas Berechnendes.

Matthes verwirrt, wie unreif ihr Körper ist. Er hat nach den Schilderungen mehr Frau erwartet; hatte eigentlich geglaubt, im letzten Jahr sei sie schon erwachsener gewesen.

»Und? Gute Fahrt gehabt?« fragt Matthes, um überhaupt etwas zu sagen. »Iß ruhig ... In dem Alter hat man Hunger.«

Das Mädchen nickt, pustet auf den heißen Pfannkuchen und beißt hinein.

Matthes hat alles so lange bedacht und nun denkt er, er hat alles falsch bedacht. Das Bräutchen eine Jungfer, der Brautvater wie ein Springfrosch und der Bräutigam ein Greis. Was soll das werden? Hat er allen Verstand verloren?

Der Runge, der den Matthes beobachtet hat, versucht den ungünstigen Eindruck wegzuwischen.

»Wir haben seit dem Aufstehen nichts gegessen«, erklärt er, als sei diese erste Begegnung nur wegen Röschens Hunger mißraten.

»Ja, Matthes, da ist dein Röschen«, setzt er mit Kreide in der Stimme hinzu. Als müsse er einem noch nicht ganz überzeugten Kunden den letzten Stoß geben.

Die Anstrengung könnte er sich erlassen. Matthes hat sich schon wieder gefangen. Er war entschlossen, sie zu nehmen und ist es wieder. Der Augenschein kann nichts mehr ändern. Jugend ist kein Fehler, will er sich einreden, älter wird sie ohnehin von Tag zu Tag und dicker kann man sie füttern und machen.

»Willkommen in meinem Haus, Bräutchen ...« Mit beiden Händen packt er ihre Schultern und zieht sie ein wenig an sich heran, als könne er sie erst jetzt richtig erkennen. »Ich habe an der Dietpforte auf euch gewartet. Wer konnte denken, daß ihr mit dem Schiff kommt wie die hohen Herrschaften ...«

»Ich hab gesagt, es ist die Brautfahrt. Die macht man nur einmal im Leben«, antwortet der Brautvater schnell anstelle seines Röschens.

»Ja, zusammen mit den Kälbern«, sagt Anna, Matthes' Ältere, mit mildem Spott.

Das Bräutchen verzieht darauf wieder etwas die Mundwinkel. Nein, sie hat keine Angst vor ihm und dem, was auf sie wartet. Um so besser. Man muß ihr nur ein wenig Zeit lassen. Es wird schon mit ihr werden.

Dennoch widerspricht Matthes seiner Tochter und dem Runge. So rasch ergibt er sich nicht: »Die Brautfahrt wird's wohl noch nicht gewesen sein. Wir wollen uns erst mal einigen, Runge.«

Damit wären dann die Unterhandlungen eröffnet. Beide Männer haben versucht, die Pflöcke einzuschlagen. Jeder natürlich auf dem Feld des anderen. So was gehört wohl zu Kauf und Verkauf; damit kann weder der Runge den Matthes noch der den Brautvater beeindrucken.

»Das Wichtigste, ihr seid heil eingetroffen«, lenkt nun Matthes ein, und Anna setzt hinzu: »Ja, jetzt haben wir unser Röschen hier.«

Es kommt nicht nur dem Matthes vor, sie mache sich damit über die Männer lustig.

Anna ist hartnäckig gegen diese Heirat. Sie hat es dem Vater gesagt, seitdem der Gedanke das erstemal zwischen Matthes und dem Runge hin- und hergeschoben wurde. Gestern hat sie es ihm zum letzten Mal aufgetischt. Jetzt muß es sich nur zeigen, ob sie sich gegen ihren Vater erheben wird oder nicht.

Anna ist eine starke mutige Person. Wenn sie sich wehrt, fliegen die Fetzen.

Aber soll sie es wagen, gegen ihren eigenen Vater aufzustehen!

Anna nimmt jedoch im Gegenteil das Vögelchen beschützend in die Arme und lobt das Aussehen der Rose. Schöne rote Bäckchen habe sie seit dem letzten Mal gekriegt.

Schöne rote Bäckchen! Das sagt man zu einem Kind, nicht zu seiner werdenden Stiefmutter. Soll sie nur so weitermachen! Soll sie nur versuchen, sie ihm zu verleiden. Das wird ihr rasch leid tun.

Der Runge scheint ähnlich zu empfinden. Er meint, in den geheimen Kampf eingreifen zu müssen: »Ja, sie hat sich gut entwickelt.

Da kann man zugucken, wie sich alles rundet ... Was habe ich versprochen? Alles wohlgeraten, was, Matthes?«

Er fährt über die Arme seines Fleisch und Bluts. Die Bewegung läßt Matthes an den Schneider und seinen Ballen Kamelott denken.

»Na, Röschen, willst du deinen Bräutigam nicht richtig begrüßen?« drängt der kuppelnde Brautvater.

Das Röschen, immer weniger schüchtern, tritt nun zum Matthes und drückt ihm einen Kuß auf die Wange, wie sie das wohl bei Spielgefährten gelernt hat. Matthes, nun seinerseits mit seinem Latein am Ende, hält verlegen still. Er spürt den Druck des Schnäuzchens und ein bißchen Spucke und sonst nichts. Schließlich streichelt er ihr wie väterlich über den Kopf.

Dieses schwankende Glück währt nur kurz. Doch nicht der Matthes oder der Runge oder die Weiber machen ihm ein Ende, sondern der Wenzel, ein Mensch, von dem bisher zwar schon die Rede war, doch zu wenig. Er ist eine der wichtigsten Personen im Badhaus »Zum Fuß« und im Leben des Matthes.

Der Wenzel ist sein erster Knecht und noch viel mehr. Er ist rechte Hand und Spießgeselle und Ersatz für den Sohn, den der Matthes sich gewünscht und nicht gekriegt hat.

Er ist Böhme; ein Kerl weit über Mittelgröße und mit unglaublicher Kraft. Wenn man ihn sieht, glaubt man, er kann Ochsen mit bloßen Armen den Garaus machen. Er ist breit von Brust und Schultern und gelenk von Gliedern. Was die Natur ihm an Kraft gegeben hat, hat sie ihm an Schönheit verweigert. Seine Züge sind grob, die Nase eingedrückt, das Kinn eckig und das linke Ohr eingerissen. Handgroße Brandnarben auf den Armen, der Brust und den Beinen verunstalten ihn noch weiter. Die Narben leuchten, noch nach so vielen Jahren, seitdem er sich die zugezogen hat, rot wie Affenhintern. Man kann sie nicht übersehen: Der Wenzel bindet sich bei der Arbeit nur ein Stück Leinwand um die Hüften und zwischen die Beine; sonst trägt er nur noch den aus groben Weiden geflochtenen Korbhut der Bader, ihre Krone, wie Anna darüber scherzt. Oft genug läuft der Wenzel in diesem Habit selbst auf der Straße herum. Sogar wenn es draußen fröstelt und nieselt. Ihn schert das nicht; er stammt aus finsteren Wäldern.

Dabei kennt Wenzel die Welt. Er ist im Gefolge des Kaisers – des jetzigen, des böhmischen – umhergezogen; er war mit ihm auf Schlachtfeldern und im Papstpalast von Avignon. Nicht gerade an der Seite des Kaisers; vielmehr irgendwo versteckt in der Schar seiner Soldaten, Edelleute, Schreiber, Diener und Prälaten und was ein Kaiser an Gefolge sonst noch mit sich herumführt. Mehr als einmal hat der Wenzel den Kaiser jedoch nackt in den Fingern gehabt. Da hat er ihn in seinem Zelt im Feldlager gewalkt und geknetet. Der Wenzel sagt, daß der Kaiser ein kleiner Mann ist, leicht verwachsen; »das Buckelchen« nennen ihn seine Leute. Das ist nicht abfällig gemeint. Er soll einen schwarzen Bart haben und schwarze Haare, über der Stirn kahl, ein breites Gesicht und dunkle Augen. So beschreibt ihn jedenfalls der Wenzel. (Wenn auch nicht in einem Zug; der Wenzel spricht ungern und meistens mit einer Hand über dem Mund, als müsse er faule Zähne verbergen. Dabei sind die noch das Beste an ihm.) Bei seinen Audienzen schneidet der Kaiser wortlos an einem Weidenstock herum, sagt der Wenzel, und scheint nicht zuzuhören; die Bittenden müssen knien und wenn er etwas gewährt, geschieht das unerwartet und beinahe wie im Zorn. Der Wenzel meint, den vierten Karl plagt die Gicht und das Baden macht sein Leiden eher schlimmer als leichter.

Natürlich hat es sich rasch in der Stadt Mainz herumgesprochen, daß ein Bader des Kaisers beim Matthes Fuß ist und seitdem hat er bessere und edlere Männer und Frauen unter seinen Gästen. Den Matthes schmerzt es wenig, daß sein Knecht mehr Ruhm hat als er selbst; er ist allerdings schlau genug, diesen Ruhm für sich zu nutzen.

Es ist reiner Zufall, daß der Wenzel bei ihm ist. Der Wenzel ist gekommen, als wieder ein Giftanschlag auf den Kaiser verübt wurde. Das war Weihnachten 1353, als sich der Kaiser in Mainz aufhielt und die, die den Vorfall untersuchten – und vertuschten –, waren der Ansicht, er sei noch Folge des großen Bistumsstreits oder späte Rache, daß der Kaiser den vorherigen deutschen König und Kaiser Ludwig vom Thron gestoßen hatte. Aber es war bei weitem nicht der erste Anschlag auf das Leben des Kaisers. Einmal (da war der Wenzel noch nicht bei ihm) ist, als der Kaiser in seinen italienischen Städten war, alles Gefolge des Herrschers vergiftet worden. Der böhmische Herr wurde nur verschont, weil er diesen Morgen an der Kommunion teilnehmen wollte und deswegen nichts frühstückte. Da und bei anderer Gelegenheit war der Kaiser dem Gift entronnen und seine Anhänger nahmen das als Zeichen, daß Gott seine Hand über ihn halte. Doch der Wenzel fürchtete, über ihn werde der Herr weniger wachen und es könne geschehen, daß er statt des Kaisers dem Gift erliege, das seinem Herrn zugedacht sei, bleibe er bei ihm. Nach dem Mainzer Attentat ist er deswegen von ihm gegangen, und es war glücklicher Umstand, daß er da zum Matthes fand. Übrigens ißt der Wenzel noch immer nichts, was er nicht selbst gekocht hat. Lieber hungert er, als daß er etwas zu sich nimmt, von dem er nicht weiß, wie es zubereitet ist.

Um sich nun aber nicht länger mit dem Leben des Wenzels oder seines Kaisers aufzuhalten: Der Badknecht macht also dem Glück des Baders oder des Röschens oder seines Vaters – sollte einer von ihnen überhaupt welches empfinden – ein Ende, indem er sagt: »Meister, Wasser steht im Keller! Krach – ich dachte, im Keller ist was umgefallen. Ich sehe nach: Steine sind aus der Decke gebrochen und die Wand ist naß ...«

Wenzel spricht nach Art der Böhmen weich und breit; Unheil klingt in seinem Mund nach einem Mißgeschick.

Wie es auch immer vorgetragen wird, für den Matthes bedeutet der Vorfall neuen Verdruß und neue Geldausgabe.

Das ist der Unstern, den der Astrologe vorausgesehen hat.

Das Wasser drückt schon lange vom Brunnen durch undichtes Mauerwerk in den Keller. Bei jedem größeren Guß fühlt der Matthes die Kellerwand besorgt nach Feuchtigkeit ab. Auch der Brunnenmacher hat ihn schon vor Jahren gewarnt, lange werde das Mauerwerk nicht mehr halten. Doch bis jetzt hat es gehalten. Warum nicht länger?

Dem Matthes schießt es durch den Kopf: Es wird doch nichts mit dem Erscheinen des Röschens zu tun haben? Diesen krausen Gedanken wischt er sofort wieder weg. Das Wasser hat nichts anderes zu bedeuten als Geldverlust. Alle wollen ihn rupfen, ausnahmslos alle. Dafür scheint er auf der Erde zu sein: damit er gerupft werden kann. Der Brunnenmacher gehört nicht gerade zu den Bescheidenen. Würde er einen anderen kennen ... Er kennt jedoch keinen.

»Geht es wirklich nicht mehr, Wenzel?«

»Guck's dir an, Vater!« verlangt Anna, und der Wenzel erwartet auch, daß der Meister Braut und Brautvater sich selbst überläßt und sich dem Wichtigen zuwendet.

Der Runge deutet mit Augenaufschlag an, daß er nicht anders handelte. So löst sich der Bader Matthes von seinem Röschen und taucht wieder in den Alltag ein.

Der Keller ist, so merkwürdig es sich anhören mag, des Matthes Stolz.

Auf den ersten Blick ist er nicht anders als der seiner Nachbarn: ein gemauertes Gewölbe, vollgestopft mit bauchigen Korbflaschen, mit Töpfen und Tiegeln aus Steingut, darin die Kräuter in Salz oder Öl eingelegt, oder den Sud von Kräutern, die Schätze eines Baders; als da sind: Beifuß, Eberraute, Wermut und Nessel, Eibisch, Ysop, Weiße Lilie, Schwarze Lilie und Portulak, Kreuzkraut, Pfefferkraut, Schöllkraut und Tausendgüldenkraut, Gichtwurz, Wilder Galgant, Osterluzei und Quendel, um einige zu nennen. Alle Pflanzen, wie es die Priester verlangen, bei christlichem Gebet gesammelt, mit dem Credo und dem Pater noster auf den Lippen, nicht ein einziges mit satanischen Zaubersprüchen.

Der Matthes befiehlt es so seinen Kräuterweibern, die ihm die Pflanzen bringen. Ob sie sich auch im Herzen an die Vorschrift halten, wer kann es prüfen? Wer will wissen, ob sie sich in ihrer Waldeinsamkeit, am Wegrand und auf stoppeligen Feldern an das halten, was der Matthes ihnen aufgetragen hat? Was wäre, sie glaubten, die Kräuter hätten nur dann ihre heilenden und wirkenden Kräfte, wenn sie sie – ohne daß sie dabei die Lippen bewegen – mit den alten Sprüchen belegen? Was sollte er erfahren? Und schadete es den Kräutern oder nutzte es ihnen?

Sei es nun wie es sei, der Matthes hat von den Weibern verlangt, was man von ihm verlangt und alles andere ist nicht seine Sache.

Aber weiter über den Keller, den Stolz des Matthes. An einer Seite ist ein Loch, breit und rund wie ein Brunnenschacht. Und dieses Loch ist der Eingang zu einer anderen Welt. Hier muß man auf eine Leiter steigen und kann sich in einen weiteren, darunter liegenden Keller hinablassen. Dieser zweite Keller, ohne jedes Licht bis auf die

Strahlen, die durch die Deckenöffnung fallen, ist nicht wie der obere aus Bruchsteinen gemauert, sondern aus gebrannten Ziegeln, im rechten Winkel und größer als die Grundfläche des Hauses. Er reicht unter das Anwesen des Nachbarn, ohne daß der Zugang zu diesem Keller hat.

Der vorherige Bader Herbold, Vorgänger des Matthes und Opfer des großen Sterbens, Gott hab ihn selig, muß von dem Eingang zu dem zweiten und tieferen Keller gewußt haben. Matthes hat Sachen von ihm hier unten gefunden. Er hatte den Eingang jedoch zugestellt und Matthes hat ihn nur durch schieren Zufall entdeckt.

Der Keller ist aus anderen Zeiten. Der Brunnenmacher hat ihn belehrt, aus der römischen, ein Jahrtausend oder weiter zurückliegend. Matthes, weiß der Himmel kein Mann zarter Gefühle, schaudert's immer, wenn er daran denkt, daß er nur einige Fässer zur Seite rollen muß und so weit in andere Welten zurücksteigen kann.

Ein Gast hat einmal von einer denkwürdigen Reise berichtet, bei der jener vom Weg abkam und unverhofft den Vorhof des Paradieses erblickte. Eine Gegend, hat der Gast gesagt, wo den ganzen Winter und den ganzen Sommer die Blumen blühen und die Bäume allezeit süße Frucht tragen, in der es niemals Nacht wird und in der die Zeit stillsteht. So wie jener Mann wenige Schritte neben dem Weg eine andere Existenz fand und alle Zeit verlor, so ergeht es dem Matthes mit seinem Keller. Er ist hier und er ist am Anfang der Zeiten.

Der Mann, der diesen Keller gebaut hat, hat vielleicht unseren Herrn Jesus noch seine Wunder verrichten sehen und er stand gaffend dabei, als Er sein Kreuz nach Golgatha schleppte. In einer Ecke, verdeckt von Sand, hat der Matthes eine Lanzenspitze gefunden, verrostet und an den Seiten wie angenagt, immerhin noch in ihrer Form und nach ihrem Zweck zu erkennen. Wüßte der Matthes nicht, daß die Lanze, die unserem Herrn die Seite geöffnet hat, heute ein Heiligtum ist – diese könnte es gewesen sein. Wegen dieser eisernen Spitze glaubt er, der Erbauer des Hauses war Soldat oder ein Hauptmann der Soldaten. Arm kann er nicht gewesen sein; wer ein solches Fundament legt, muß reich sein, in seiner wie in jeder anderen Zeit.

Matthes hat sich oft, wenn er hier unten war – und wegen des feuchten bröckelnden Mauerwerks muß er öfter hier unten sein, als ihm lieb ist - vorstellen wollen, woher dieser erste Bewohner des Hauses kam und was ihn an den Rhein getrieben hat. War es die Aussicht auf ein freieres Leben? Oder hat man ihn ganz im Gegenteil hierher beordert und er hat sich nach seiner Heimat verzehrt? Kam er aus Rom oder Byzanz, dem anderen Rom, oder aus den Sandmeeren Afrikas? Oder gar von den Pforten des Himmels, dort wo das römische Reich endete und alles natürliche Leben? Wo es Wesen gibt, halb Mensch und halb Tier, von unvorstellbaren Eigenschaften und Gewohnheiten. Und wenn er ihm begegnet wäre, der ferne Nachbar, hätte er, Matthes, vor ihm den Buckel krummachen müssen oder hätte der ihn als seinen Nachfahren freundschaftlich begrüßt?

Natürlich hat Matthes jetzt keine Zeit für solche Betrachtungen; die kann er sich nur erlauben, wenn der Tag ohne wichtige Ereignisse ist; wenn sich Stunden aneinanderreihen, die mit nichts anderem angefüllt sind als mit dem Klatschen der Wedel auf nackter Haut, mit dem Schrubben der Böden und dem Auffüllen der Wannen, mit Zahnziehen und dem Ansetzen der Blutegel. Dann denkt er manchmal über solche Fragen nach, die für niemanden von Wichtigkeit sind, nicht einmal für ihn, und die ihn dennoch beschäftigen.

Jetzt und heute hat Matthes andere Sorgen.

Wenzel hat es richtig gemeldet: Steine sind aus der Decke zum oberen Keller gebrochen, eine Wand ist naß wie ein Schwamm und, das Schlimmste von allem, das Wasser steht schon zwei Fuß hoch im Keller. Man kann nicht erkennen, wo es eindringt. Matthes versucht mit der Öllampe den Ritz oder das Loch zu finden, durch den das Wasser hereinschleicht. Er sieht nichts anderes als Schatten und die drohend-unheimliche Glätte des schwarzen Wassers auf dem Kellergrund.

Wenzel gibt gute Ratschläge. Das Wasser muß ausgeschöpft werden und die Wand abgedichtet und sicher muß man ...

Matthes hört sich das nicht lange an: »Das wird abgestützt! Der Regen läßt auch mal nach, dann trocknet das wieder. Oder es trocknet nicht, dann ist es auch recht. Soll's naß sein hier unten. Wer hat einen Schaden davon?«

Matthes klopft gegen eine der Ziegelmauern: »Solange ich lebe, hält's!«

Anna, die sich nun einfindet, läßt das nicht zu: »Das Haus soll auch noch stehen, wenn du nicht mehr bist. Das wird richtig gemacht. Du holst den Brunnenmacher . . .«

Matthes wehrt sich dem Anschein nach eine Weile und einige unfreundliche Sätze gehen hin und her, aber im Grunde wird er doch tun, was Anna sagt. Sie ist im Recht und ein Haus verschlingt, solange man darin sitzt.

4.

Der Bader hat sich vorgenommen, die Ankunft des Runge mit einem festlichen Bad zu feiern. Wenn andere ihre Hochzeiten bei ihm einbaden oder ihren Leichenschmaus hier ausbaden, ja, selbst den Seelen längst Verblichener noch ein Bad gönnen, wird er wohl sein Röschen und den Brautvater mit einem gelungenen Badfest erheitern dürfen.

Doch dieser Tag, an dem so vieles schiefsteht und schiefgeht, hält immer neuen Ärger bereit. Als ob sie sich gegen den Matthes und seine Wünsche verschworen hätten, drängen sich heute die Gäste. Gibt es keinen weiteren Badetag mehr? Gut, der März ist immer ein betriebsamer Monat. Einer der besten im Jahr, wie der Matthes hinter vorgehaltener Hand zugeben würde. Nicht ohne Grund lautet die Monatsregel des Meisters Alexander: »Im März iß Braten, folg mir/Und bad oft, das rat ich dir.«

Der Spruch ist in Wahrheit viel länger und viel genauer. Der Meister verlangt, sich in diesem Monat, kann man's vermeiden, nicht die Ader schlagen zu lassen, morgens und abends die Haut mit Salz abzureiben und einmal am Tag einen Trank, gewürzt mit Rautenpulver, Fenchel und Peterlein, mit Ingwer, Ciminum und Cardamon zu nehmen. Der Matthes hält sich sklavisch daran wie auch an die übrigen Weisheiten des großen Gelehrten. Damit ist er bis jetzt gut gefahren.

Und augenscheinlich denkt das übrige Volk nicht viel anders über die Jahresregel. Den ganzen Tag ist Betrieb im Badhaus und noch gegen Abend läßt er nicht nach. Ständig sind alle Wannen besetzt; man muß gern gesehene Gäste abweisen. Die beiden Knechte, die der Matthes neben dem Wenzel beschäftigt - den eifrigen Heiner und einen lahmarschigen Barbier - kommen kaum mit dem Schlagen des Holzes und dem Feuern des Ofens nach und im Schweißbad könnte man nicht mehr ein Plätzchen für ein Wickelkind finden. Man weiß nicht, wen zuerst und wen zuletzt bedienen. Dem Bader bleibt gar nichts anderes übrig, als ebenfalls die Kleidung abzulegen, den Schurz umzubinden und zuzupacken. Das Röschen und ihren Vater muß er sich selbst überlassen oder der Anna.

Zuerst versucht Anna noch, das Röschen freundlich auszufragen oder dem Runge den einen oder anderen Wunsch zu erfüllen.

Aber bald ist auch sie von ihren Pflichten in Anspruch genommen - Anna muß die Mägde beaufsichtigen und alles besorgen, was mit Geld verbunden ist - und kann sich deswegen nicht viel um den Besuch aus Nierstein bekümmern.

Dem Runge ist das nur recht. Er ist ein geborener Faulsack, hockt am liebsten irgendwo herum und läßt andere schaffen. Während eines Tages schluckt er an die zehn Kannen Bier (aus Wein macht er sich nicht viel); er wird davon aber nicht trunken. Nur sein Bauch und die blauen Äderchen der Nase verraten ihn. Seine gleichbleibende gutmütige Faulheit könnte für ihn einnehmen, würde sie bemerkt. Es ist jedoch niemand da, dem sie auffallen kann. Seine Gesprächspartner wechseln naturgemäß. Der Prokurator ist schon lange gegangen und ihm sind einige mit sich selbst Beschäftigte gefolgt: zwei Schreiber aus der Dompropstei, die sich regelmäßig einfinden; eine ältliche Witwe und ihre ebenso verblühte Tochter, ein Goldschmied, der sein Gewerbe mit Gewinn verkauft hat und nun, ähnlich wie der Runge, verzehrt, was ihm der Tag an Genuß bringt.

Das Röschen hockt bei der Beghine auf der Treppe. Die fromme Frau liebt es, auf den Treppenstufen zu den Schlafkammern zu sitzen und von dort, wie ein hungriger Spatz im Nest, das Treiben im Haus zu verfolgen. Wenn sie nicht gerade wieder betet. Die Beghine hält sich nämlich an die Stunden-Gebete als wäre sie im Konvent. Sogar nachts steht sie zu den vorgeschriebenen Stunden auf und verrichtet die selbst auferlegte Buße.

Was die Rose dazu gebracht hat, sich zu ihr zu schlagen, wird sie selbst nicht wissen. Das Röschen hat natürlich bald bemerkt, daß die Beghine wirr im Kopf ist oder andere Gedanken verfolgt als die übrige Menschheit und doch hat sie sich nicht von ihr abgewandt. Vielleicht erinnert sie sie an das Kloster, aus welchem sie kommt und das bis gestern ihr Heim war. Die fromme Frau hat unverdrossen mit ihr geplappert, obwohl sie doch keine Antwort erhalten hat außer gutmütigem »Ja« oder »So wird es sein«. Das Röschen hat sich nicht weiter Mühe gemacht, sie zu verstehen. Allem Anschein nach waren ihr die Litaneien der Beghine ausreichend; neugierig hat sie vielmehr beobachtet, wenn sich Paare in eine der engen Buhlkammern, gerade so groß, daß ein Bett darin Platz hat, zurückgezogen haben. Manche von ihnen haben sich nicht mal die Mühe gemacht, die Tür hinter sich fest zu schließen (oder hatten es zu eilig dazu). Durch den Türspalt konnte das Mädchen die rasche Begegnung der Leiber erahnen. Das Röschen hat dann angestrengt, mit leicht offenem Mund und heftiger werdendem Atem wahrgenommen, was da vorging. Eine Weile hat die Beghine sie gewähren lassen, dann das lernwillige Bräutchen verscheucht. Das Röschen ist darauf, kindlich hüpfend, die Stufen hinuntergesprungen und fast einem Besucher in die Arme gefallen.

Der hat sie im Scherz aufgefangen und einen Augenblick lang hoch genommen. Das Mädchen hat es - mit einem beinahe spöttischen, aber auch forschenden Blick - geduldet. »Wen hab' ich mir denn hier gefangen? Wer bist du denn?« hat der Mann gefragt und das Röschen hat geantwortet: »Ich heirate den Matthes.« Darauf hat der Gast erstaunt von ihr abgelassen und sie behutsam, als könne sie zerbrechen, niedergesetzt; es mochte sein, er wußte nicht, ob nun er oder das Mädchen sich falsch benommen haben. Jedenfalls hatte er ihr, sich wundernd, noch nachgeblickt, als sie auf ihren Storchenbeinen zu ihrem Vater hüpfte.

Zum Glück hat niemand den kleinen Vorfall wahrgenommen. Aus solchen Harmlosigkeiten ist mehr als ein Zwist erwachsen, der tödlich endete. Der Wenzel erzählt, die Schwester des Kaisers sei vor nicht langer Zeit von ihrem guten Mann, dem französischen König, nur deshalb vergiftet worden, weil sie einige schöne Blicke geworfen habe. Bei der Furcht des Wenzel vor Gift, mag es sein oder nicht. Sicher ist, in einem anderen als dem Fuß'schen Badhaus (Mainz ist mit Badstuben reich gesegnet. Es gibt so viele wie es Apostel gibt, demnach zwölf), in einem anderen Badhaus also hat ein eifersüchtiger Ehemann einem Nebenbuhler das Fleisch so lange mit einem eisernen Striegel von den Knochen gerissen, bis dieser zu Tode kam, und alles im Beisein des ehebrecherischen Weibes, das mit ihrem Liebhaber in einer Wanne gesessen hatte. Die dabei waren und dem Rasen des Mannes nicht Einhalt gebieten konnten, haben berichtet, die Wanne habe nachher ausgesehen wie die Schlachtbütte eines Metzgers.

Bei solchen Bräuchen will man sich nicht an der Liebe eines Baders vergreifen. Und sei's aus Versehen.

Es ist schon lange finster. Die Öllampen sind aufgefüllt worden und wieder heruntergebrannt, da erst beendet der Matthes sein Tagwerk.

Dabei planschen immer noch einige allerletzte Besucher in den Wannen. Anna wollte sie nicht mehr einlassen; Matthes, in seinem Eifer nach jedem Pfennig, hat auch ihnen noch aufgetan. Zu seiner Ehre muß allerdings gesagt werden, bei einem hat er - gemeinsam mit dem Wenzel - ein wahrhaft notwendiges und gutes Werk verrichtet. Da hat man ihm einen Menschen gebracht, der sich mit einem Sturz beinahe alle Wirbel ausgerenkt hat. So wie er bei jeder Berührung geschrien hat, war sein ganzes Knochengerüst in Unordnung geraten. Matthes und sein Gehilfe haben den Verletzten auf ein Gestell gepackt, das für solche Gelegenheiten bereitsteht: eine Art Streckbrett, am oberen Ende mit Dreheisen versehen. Ein Gerät, nicht viel anders als jenes, an welchem der Inquisitor seine peinlichen Fragen stellt.

Hier dient es jedoch einem mildtätigen Zweck. Oder, wenn das ungenau ist, weil auch die Ausforschung der Wahrheit eine christliche Tat ist, dann einem dem Körper hilfreichen Zweck. Die Seile werden dabei um Hände und Füße gelegt und diese um das Fußteil und die Winde gespannt. Ist das vollbracht, dreht der Matthes vorsichtig das Kreuzrad und während dies geschieht, rückt und drückt der Wenzel, auch darin erfahren, kraftvoll und doch behutsam die Knochen des Unglücklichen wieder an die dafür vorgesehenen Stellen. So ist es auch heute geschehen. Die ganze Prozedur hat nicht weniger als eine Stunde gedauert; eine Stunde der Marter für den Verletzten und eine Stunde Achtsamkeit für die Bader. Für die übrigen Gäste war es ein Schauspiel: das Stöhnen und Schreien des Verletzten gab ihnen die Genugtuung, für heute zu den Glücklichen, weil Verschonten zu gehören. Wer weiß, wen es morgen trifft.

Unter den Gaffern ist auch das Röschen gewesen. Matthes hat ab und zu ihre weit aufgerissenen Augen erkannt; er wollte darin Bewunderung für ihn lesen. Als die Bader mit ihrer Arbeit zu Ende waren, haben die Gäste ihn und den Wenzel beklatscht wie die Spielleute auf ihren Bühnen. Das Röschen hat er da schon nicht mehr bemerkt und über die weitere Arbeit auch vergessen.

Jetzt, wo der Bader nach der geschilderten und anderen Anstrengungen keine Kraft mehr in Armen und Beinen spürt, erinnert er sich seines Bräutchens. Er sucht es und findet es mit ihrem Vater in der Küche, zusammen mit seinen Töchtern und der Beghine. Sie geben ein Bild der Eintracht ab. Käthe verliest Linsen - rasch geschieht das, fast mit geschlossenen Augen - und die Beghine geht ihr halbherzig zur Hand. Der Runge und Anna sitzen auf der Bank hinterm Tisch, lehnen beide in gleicher Stellung die Rücken gegen die Wand und sammeln Kräfte. Der Runge für den nächsten Tag Faulenzerei, Anna für einen weiteren Tag der Hetze. Der Runge hat einen weiteren Humpen Bier in der Hand, sabbelt schwerfällig (sieh an, die Trinkerei bleibt bei ihm doch nicht ohne Folgen) und die Beghine setzt auf jedes seiner Worte kichernd und unverständlich ein zweites - wie ein verdrehtes Echo.

Der Regen hat nicht nachgelassen, bemerkt der Matthes besorgt; er ist eher beharrlicher und bösartiger geworden. Weil heute aber ein besonderer Tag ist, will er weder davon noch von dem Brunnen reden, nicht einmal an ihn denken.

Vor dem Runge und seinem Röschen stehen, kaum angerührt, zwei Schalen Hirse-Brei mit fettigen Fleischbrocken drin. Matthes mault, daß Anna und Käthe den Besuchern nichts Besseres vorgesetzt haben. Solcher Brei ist für die Knechte und Mägde; damit die sich damit den Bauch vollschlagen können, nichts für liebe Gäste. Im Kessel auf dem Herd schmort Tag und Nacht eine Suppe aus mehrerlei Fleisch; sie haben Barsche im Haus und Hecht und Salm, dazu Wachteln, Wasserhühner und Taucher. Zwar sind die Wachteln in Käfigen aufgezogen – die im Freien gefangenen sind wohlschmeckender –, jedoch ist alles für den Einzug des Röschens und den Empfang des Runge angemessener als Brei.

Auf die Mahnungen des Matthes (wie ein zäher Scherz vorgetragen, aber mit dem Knüppel in der Stimme) antworten der Runge und sein Röschen aus einem Mund. Sie hätten sich nichts anderes gewünscht, behaupten sie; morgen scheine wieder die Sonne (hoffentlich keine fromme Hoffnung, sonst wird's noch ärgeres Wasserschöpfen im Keller geben als heute) und fürs Feiern sei der morgige Tag allemal besser geeignet als der heutige. Auch habe die Käthe ihnen reichlich angeboten. Nur mit Rücksicht auf die heutige Plakkerei hätten sie abgelehnt. Auch seien sie mäßig im Essen.

»Dem Ochsen, der da drischt, soll man das Maul nicht verbinden«, antwortet Matthes unzufrieden und setzt sich darauf ebenfalls an den Tisch. Das Röschen muß rücken, bleibt aber so sitzen, daß Matthes es mit seinem Schenkel berührt. Diese Zutraulichkeit wärmt den Matthes etwas auf und er nickt dem Mädchen zu; diese nickt zurück, als wäre das ein Spiel und das sei ihr Part. Der Matthes kommt langsam zur Ruhe; »otium« nennt der Prokurator diesen Zustand aus Erschöpfung und Muße.

»Nimm erst mal einen Löffel voll, ehe du schreist«, hat Anna ihren Vater schon beschwichtigen wollen, als er hereinkam und sich über die karge Kost beschwerte. Nun wiederholte sie ihre Aufforderung, von dem Brei zu kosten.

Matthes will nicht; man muß ihm zureden, und zu guter Letzt hebt er, mit einem Lob für die Kochkunst der Käthe, die Schüssel des Röschens auf, läßt sich auch ihren Löffel reichen und stochert ohne Hunger in dem kalt gewordenen Brei.

»Schmeckt er nicht?«

»Er schmeckt.«

Es hat aber nicht den Anschein. Matthes kratzt die Fettschicht herunter – kalter Rindertalg ist nicht nach jedermanns Geschmack; keinesfalls nach dem seinigen – und streicht das Fett an einem leeren Napf ab. Dabei merkt er, auch der Löffel des Röschens ist aus Zinn und nicht anders als der, den ihm der Runge geschenkt hat.

Und wie er ihn ins Maul schiebt, fällt ihm auf, es ißt sich mit einem solch glatten Löffel ganz anders als aus dem plumpen, hölzernen Stück, wie es an seinem Tisch während des Essens herumgeht.

Daraufhin leckt er den zinnen' Löffel mit mehr Bewußtsein ab. Er hat, merkt er, ein viel besseres Gefühl auf der Zunge als er es für gewöhnlich kennt - glatt wie ... Ja, wie? Wie Eis ohne Kälte, entschließt er sich. Noch niemals ist seine Zunge über so viel angenehme Glätte gefahren. Mit den Eigenschaften des Löffels scheint sich auch der Geschmack des Breis zu verändern: Matthes bildet sich ein, mit einem solchen Besteck biete das Essen größeren Genuß; als würden neue Gerüche und andere Geschmäcker frei. Wen würde es wundern? Die Herrschaften, die sich solche Löffel leisten, verstehen zu leben. Sie wissen, warum sie nicht von Holz schlürfen wie der gemeine Mann. Kein Wunder, daß sie ihre Löffel nie aus der Hand (zumindest nicht aus den Augen) lassen. Wenn sie zum Speisen entschlossen sind, bringen sie ihre Gerätschaften ins Badhaus mit und halten sie immer in Griffweite.

In all diesen Überlegungen stört niemand den Matthes. Der Runge ist schläfrig verstummt und die übrigen sind gleichfalls in apathischer, jede Anspannung scheuende Laune versunken.

»So hab ich's mir gewünscht mit euch ...«, versucht der Matthes nach einer Weile faulen Schweigens zu scherzen. »Das Röschen den ersten Tag im neuen Haus und gleich ein Trauerschmaus.«

Der Runge wehrt ab: »Alles morgen, Matthes. Wenn der Herr schon sieben Tage für Sein Werk gebraucht hat, was sollen wir uns hetzen? Wie halten wir's mit dem Schlafen?«

Als habe er damit die Gedanken aller getroffen, gehen die Köpfe hoch und wenden sich ihm zu.

Der Matthes bestimmt: »Ihr könnt bleiben, Runge, oder 'rüber in den Hollerbaum; die haben einen Platz für Euch. Das Röschen bleibt hier. Was, Röschen, du bleibst bei deinem Bräutigam? Für dich haben wir hier eine Schlafstatt.«

Der Matthes tätschelt ihre Hand; die Rose zeigt weder Zustimmung noch Ablehnung, läßt die Hand auf dem Tisch liegen, läßt sich betätscheln und wartet ab, was beschlossen wird.

Der Runge widerspricht, ganz in dem freundlichen Ton, den der Matthes angeschlagen hat. Noch sei es nicht soweit, daß Matthes von den jungen Früchten naschen dürfe. Eins nach dem anderen, wie er selbst gesagt habe. Ganz beiläufig (wenn man schläfrig ist, kann man's rasch überhören; der Matthes ist bei so etwas jedoch wacher als ein Has in seiner Grube) deutet er an, man sei sich über den Preis für das Röschen noch nicht ganz einig, und bis in diesem Punkt Einigkeit herrsche, müsse man sich solcher Freuden enthalten. Ehe Matthes dazu nur ja oder nein sagen kann, geschweige denn das, was wirklich dazu gesagt werden müsse, antwortet Anna für ihn: »Wir stecken sie zu uns ins Bett - zur Käthe und mir.«

Der Runge prüft mit schnellen Blicken, ob darin eine List liegt oder eine Falle für ihn und sein Geschäft. Nach einigem zögernden Nachdenken willigt er schließlich in den Vorschlag der Anna ein.

Anna erhebt sich, will auch dem Röschen aufhelfen. Der Matthes läßt das nicht zu. Wenn es schon keine Feier gibt, will er wenigstens mit seinen lieben Gästen einen letzten Umtrunk nehmen. Käthe füllt die Becher bis zum Rand, trotz der Mahnung der Schwester, die Hälfte tue es auch. Zwischen dem schlappen Matthes und dem angeschlagenen Runge gehen einige Trink- und Segenssprüche hin und her. Sie laufen darauf hinaus, der Bader soll glücklich sein, daß er eine solche Braut gefunden hat, und die Braut und der Runge sollen dafür dankbar sein, daß das Röschen in solch fürsorgliche Hände gelangt. Erst nachdem das alles umständlich und in der gehörigen Ordnung besprochen worden ist, von der Beghine mit gackerndem Gekicher besiegelt und auch der letzte Tropfen ausgetrunken, begibt man sich zu Bett.

Das Tor und die Türen werden verrammelt. Danach prüft Matthes, gewissenhafter Hausvater, der er ist, ob sich niemand in dunklen Ecken versteckt hat. Man kann nie wissen. Einem Sackträger in der Nachbarschaft, ein armer Teufel im Leben und ein armer Teufel noch im Tod, haben Diebe im Schlaf die Kehle durchgeschnitten und alles an sich gebracht, was jener in den Ritzen seines Hauses versteckt hatte. Dabei, was kann ein Sackträger schon ersparen?

Der Heiner, der jüngere Knecht, hat sich ein Lager auf der Ofenbank gemacht. Er dreht dem Matthes den apfelfesten Hintern zu, als der in der Badstube nach dem Rechten sieht. Der Heiner ist fünfzehn oder sechzehn. Sein wahres Alter kennt er selbst nicht, sogar seines Namens ist er sich nicht sicher. Er ist auch einer von denen, die mit dem großen Pestschiff gestrandet sind. Dem Matthes ist er lieb, weil er willig und anstellig ist; der Bader hat ihn gern um sich. Jetzt erwidert er den Nachtgruß allerdings nicht; er wird schon eingeschlafen sein.

Neben der Badstube ist eine Buhlkammer, die größte im Haus und nur für Gäste, die beim Matthes in Ansehen stehen. Und für ältere Männer, denen das Treppensteigen beschwerlich ist. Er hört leises Flüstern und Kichern, das ihm nichts Gutes verheißt (sind Männer über die Nacht geblieben?) und öffnet entschlossen die Tür der Kammer. Im Bett - Federzeug auf einer knarrenden Unterlage aus Buchenholz - liegen jedoch nur zwei seiner Reiberinnen in enger Umarmung. Liebschönchen, die Ältere der beiden, ein Stück festes Fleisch und mit großer Lust am Lachen und derben Scherzen, hält Gunde, ihre Milchschwester, umschlungen, als würde sie ihr sonst noch in dieser Nacht davonlaufen. Dabei kennt Gunde keinen größeren und heiligeren Wunsch, als ihrer Schwester in allem gefällig zu sein. Matthes, der sich nicht bemerkbar gemacht hat, zieht behutsam die Tür wieder zu und wendet sich nach oben. Auf halber Treppe, über eine Art Empore zu erreichen (just jene, unter welcher der Runge den größten Teil dieses Tages versoffen hat), ist das Schweißbad.

Damals, als der Matthes das Haus in Besitz genommen hat, gab es kein Schweißbad. Nur die Wannen unten, und selbst von ihnen kaum mehr als die Hälfte. Dort, wo jetzt das Schweißbad ist, waren Schlafkammern und ein Raum, in dem die Badewäsche aufbewahrt wurde. Für den Baumeister war es nicht einfach, einen Platz für einen weiteren Badraum zu finden und als er gefunden war, ihm neue Gestalt und neuen Zweck zu geben. Der ganze Plan des Hauses geriet über den Umbau in Unordnung. Was vordem Harmonie und klarer Gedanke war, wurde Durcheinander. Das Haus geriet zum Fuchsbau. Es entstanden Winkel und Nischen, die schwer zu entdecken sind. Wenn man sich nun im Haus verkriechen will, ist man wie von der Erde verschwunden. Die Beghine haust in einem solchen Loch. Der Matthes läßt es ihr, viel könnte man eh nicht damit anfangen.

Der Umbau des Hauses war eine Unternehmung, die der Matthes nicht noch einmal anstrengen möchte. Schon die Erlaubnis für das

Schweißbad zu erhalten, hatte mehr Hartnäckigkeit erfordert, als die meisten aufzubringen vermöchten. Ursprünglich wollte man ihm die Erlaubnis verweigern. Der Rat fürchtete um seine sowieso rasch schmelzenden Holzvorräte und die Baderzunft die Konkurrenz. Mit dem Rat hatte er sich nach zähem Feilschen (und bei einigem Daumendruck seines Gönners Melchior) einigen können. Matthes mußte sich verpflichten, auf Holzrechte aus dem Stadtwald zu verzichten. Bis heute muß er deswegen das teure, weil den Main heruntergeflößte Holz aus dem Spessart verfeuern.

Die Zunftgenossen ließen sich mit einigen Goldstücken beschwichtigen.

Zu besseren Zeiten bekämpften sie jeden fremden Bader als Todfeind; manche heimliche, verbissene Fehde zwischen denen aus der Zunft und einem Neuankömmling endete mit einem hastigen Messerstich in dunkler Ecke. Der besondere Augenblick nach dem Erlöschen der Pest, dieser Augenblick des Haders mit Gott, auch des Handels mit dem Himmel, war ihm jedoch günstig. Anno fünfzig, einundfünfzig waren einige der Badstuben verwaist, andere wurden mehr schlecht als recht am Leben gehalten. Da wurde auch einmal ein Fremder zugelassen. Am Ende allen Streites erteilte man ihm jedenfalls die Erlaubnis, die er angestrebt hatte. Wie oft mußte er aber dem Zunftvorsteher Gallus in den Hintern kriechen, bis es soweit war!

Und, um es gleich zu berichten, weil es an anderer Stelle doch offenbar wird: Bei dieser Gelegenheit ist der Herr Melchior von Eibisch nicht nur der Fürsprech des Matthes geworden, sondern in aller Heimlichkeit auch sein Teilhaber. Beide Männer halten streng geheim, daß das Badhaus seine Pfründe ist. Außer der Anna weiß kein Mensch davon. Begnügt sich die Kirche sonst mit dem Zehnten, verlangt der Herr Eibisch für seinen Schutz das Doppelte und erhält es. Einmal im Jahr, an Martini, läßt er sich zustecken, was ihm zusteht. So bitter dem Matthes ankommt, zwei Zehntel allen Gewinns abzugeben – er gibt. Einen Zank mit dem Herrn kann er sich nicht leisten; zu seinem Glück wohl auch kaum ein anderer.

Die Tür des Schweißbades steht, wie der Matthes es fordert, ein Stück weit auf, damit sich die Feuchtigkeit besser verflüchtigen kann. Der Bader leuchtet unter jede der drei Reihen Sitzbänke, übereinander angeordnet wie Treppenstufen. Auf der obersten ist bei Betrieb die größte Hitze und das meiste Gedränge. Matthes' Sorgfalt wird belohnt. Unter einer der Bänke entdeckt er ein klatschnasses Leinentuch, achtlos liegengelassen. Dabei gehören die Tücher auf die Leine am ausglühenden Ofen. Aber wer macht sich schon die Mühe? Es kostet alles nichts. Der Matthes kann zahlen!

Während er das Tuch aufhängt, bemerkt er einen Schimmer Licht aus dem Verschlag der Beghine. Am liebsten ginge er hinein, so wie er bei den beiden Mägden nach dem Rechten gesehen hat. Schließlich kann eine umfallende Kerze die ganze Stadt abbrennen, und man weiß nie, was in ihrem verwirrten Kopf vorgeht. Daß die Beghine ihre täglichen Verrichtungen erfüllen kann, fordert ihm immer wieder unwilliges Staunen ab.

Er bringt es nicht zusammen. Da ist ihr sinnloses Geplapper, in dem sich alle Heiligen und alle Sünder des Alten und des Neuen Testaments versammeln – in sonderbarer Vermischung, wie bei einem Hexensabbat. Und da ist, zu anderer Zeit, ihr Vermögen, die kleinen Pflichten des Alltags zu verrichten. Oder soll es so sein, daß ihr Gerede nur für unser Ohr ohne Sinn ist, für Wesen von anderer Gestalt und anderem Gehalt, gleich ob Engel, Hexen oder Teufel, aber sehr wohl Bedeutung hat? Etwa, wie eine fremde Sprache in einem Land nur Laute sind, in einem anderen aber alles bezeichnen, was man sagen will.

Deswegen weiß Matthes oft nicht, wie mit ihr umgehen, und deswegen zögert er auch jetzt, in ihre Kammer einzutreten. Während des Tages behandelt er sie wie ein Huhn, das wenig Eier legt und selbst von seinesgleichen nicht beachtet wird. Wenn er sie aber wie jetzt auf ihrem Betschemel glaubt, empfindet er eine gewisse Scheu gegen sie. Ganz im geheimen meint er, der Herr werde am Ende ihr Gestammel doch verstehen. Heißt es nicht, daß er gerade dem Letzten und der Letzten unter Seinen Dienern und Dienerinnen Sein Ohr leiht?

Schon wie sie in den Besitz des Betschemels gelangte, war ein Wunder. Dessen ist er sich gewiß.

Eines Tages hat sie aufgeregt den Wenzel und den anderen Knecht nach draußen gerufen und auf einen Betschemel gezeigt. Der stand auf der Gasse, wie ein ausgesetzter Säugling vor der Pforte eines Nonnenklosters liegt. Keiner konnte sagen, wo er herkam. Niemand, von wem und wie er hergetragen worden war. Dabei ereignete sich der Vorfall am hellen Tag und in allen Häusern rundherum und auf der Gasse waren Menschen. Viele hat er nachher gefragt; alle sagten ihm, sie hätten nie einen Betschemel auf der Straße gesehen und noch weniger Mann, Frau oder Kind, welche ihn gebracht haben könnten. Aus dem Gekicher und Gebrabbel der Beghine (auch ihr Name ist schon lange in Vergessenheit geraten, als brauche sie ihn ebensowenig wie sonstiges irdisches Gut; manche Gäste nennen sie halb im Scherz, halb ernsthaft auch »Mater« oder »Schwester« oder wie sie eben sonst Nonnen ansprechen) war schon gar nicht zu entnehmen, wer ihr das Stück gelassen hatte. Dabei hatte sie ganz sicher verlangt, ihr den Stuhl in die Kammer zu tragen; als könne es gar nicht anders sein und das Möbel sei für sie bestimmt. Ausgerechnet sie, die nie fordert.

Man sieht dem Stuhl an, daß er einmal in einem reichen Haus gestanden hat. Oder dort stehen sollte. Er hat eine gepolsterte Fußbank, eine Bequemlichkeit, die dem Matthes nie vorher unter die Augen gekommen ist. Alles Holzwerk ist über und über mit Schnitzereien bedeckt, Weinranken und Weintrauben in der Hauptsache. Selbst St. Martin, der Mainzer Schutzpatron, ist zu erkennen, wie er die Hälfte seines Mantels hergibt. Die Käthe vermutet, der Stadtheilige habe gewollt, daß der Betstuhl der Beghine zukommt. Daran erscheint dem Matthes manches wahr. Andererseits, warum ausgerechnet der Beghine und warum? Ist sie so fromm oder dem Herrn so wohlgelitten? Und warum kann sie nicht auf dem Boden knien wie alle übrigen?

Der Betstuhl füllt die halbe Kammer der Beghine, der Stuhl und das Strohlager, auf dem sie sich bettet, die andere Hälfte. Braucht der Mensch mehr als einen Platz zum Liegen und einen Platz zum Beten?

Matthes leuchtet auch in den letzten Winkel des Hauses. Die Buhlkammern im oberen Stock sind in der Nacht ohne Leben; die Mägde und Knechte, außer den genannten, schlafen außerhalb des Hauses. Manche der Frauen bei ihren Männern, andere bei ihren Kindern und manche sind froh, wenn sie für die Nacht in einem fremden Bett

Unterschlupf finden. Die Neue zum Beispiel; sie hat Matthes am Anfang ihres Hierseins gebeten, bei ihm nächtigen zu dürfen. Er hat es verweigert. Er will nur Menschen um sich haben, die er kennt. Die heute hier und morgen da sind, die kennt er nicht und denen traut er nicht. Tagsüber kann er sie im Auge behalten; was sie nachts in seinem Haus treiben, das weiß er nicht, und dieser Gefahr möchte er sich nicht aussetzen.

Nachdem er ohne Hast geprüft und geordnet hat, steigt Matthes endlich die schmale Treppe, steil wie eine Leiter, zum zweiten Geschoß hinauf, wo sich seine Kammer und die der Mädchen befinden.

Auch die Töchter schlafen noch nicht.

So seltsam es sich anhören mag, erst jetzt, wo er die Stimmen von Anna und Käthe wieder vernimmt, denkt er auch wieder an das Röschen. Als er hinter dem Runge den Riegel vorgelegt hat, hat er sie aus seinem Kopf ausgesperrt. Jetzt, wo er in ihrer Nähe ist, nur durch einige Bretter und Schritte von ihr getrennt, ist er plötzlich Mann und Vater und Bräutigam in einer Person. Er holt tief Luft, auch weil ihn das Treppensteigen angestrengt hat und verharrt. Er kann sich nicht entschließen, weiterzugehen oder die Tür zu öffnen. Er hört sich atmen, nähert sich unwillkürlich weiter der Tür, als wolle er lauschen. Anna erzählt ruhig und gleichmütig von einem unverschämt fordernden Gast und Käthe antwortet in heiterer Weise mit dem Psalm: »Was betrübst du dich, meine Seele, und bist so unruhig in mir, harre auf Gott.«

Was wird das Röschen bei solch frommen Sprüchen empfinden? Doch eine, die aus dem Kloster kommt, wird nichts anderes kennen und es ist das Selbstverständliche. Oder schläft sie schon und träumt von der Brautnacht? Oder liegt sie ängstlich und verzagt wach und versucht, die neuen Menschen um sich zu verstehen? Und wenn sie wach ist, warum gönnen Anna oder Käthe ihr nicht ein Wort?

Fast heftig stößt Matthes die Tür auf, überrascht Anna, die gerade ihr Hemd ablegen will. Sie hat es schon halb über dem Kopf und bietet ihm ihre stämmigen Beine dar und ein schwarzes Dreieck aus hartem, festem Haar, ungebärdig wie Anna selbst. Käthe, die dabei ist, sich einen Verband um ihren entzündeten Arm zu erneuern, hält in der Bewegung inne, als erschrecke sie über einen Einbrecher. Die

Rose dagegen, die sich am meisten vor seiner Roheit fürchten müßte, blickt ihn an, als heiße sie ihn willkommen. Das Licht (Kerzengeflacker und der Schein seiner Lampe) ist trügerisch. Vielleicht sind ihre Augen ebenso stumm wie die der Töchter und ein Lichthauch zaubert die Zustimmung, die Matthes zu sehen glaubt.

Matthes macht die Probe auf seine Gedanken. Er tritt ans Bett, reicht dem Mädchen die Hand und verlangt: »Komm . . .«

Darauf steigt das Röschen, nackt wie es ist, aus den Laken und Decken hervor, folgt ihm ohne Zögern und ohne Scham und Ziererei, ganz als habe es nichts anderes erwartet und gewollt.

Das Mädchen ist, als es nun neben ihm geht und sich zu seinem Brautlager führen läßt, fast so wie er es einmal im Traum erblickt hat: knochig, Brust und Hintern noch hart, unreife Pfirsiche eben. Doch wie sie geht und ihre Hand in seine gelegt hat, ist da Wissen und Lust. Sie will die Hochzeit, sogar mehr als der Matthes.

5.

Den nächsten Morgen erwacht Matthes, weil man den Fensterladen aufstößt. Der Lärm der Straße, der Lärm von Handwerkern, der Wettstreit der Glocken (wimmernd, bettelnd, rechthaberisch, gebieterisch, je nachdem, wer und wo sich in die Seile wirft), das Knarren von schwerfälligen, überladenen Fuhrwerken, das Schreien von Ausrufern, kurz, ein schmerzender Lärm überfällt ihn, als wolle er ihn erschlagen.

Matthes wälzt sich herum, will den Wenzel für seine Grobheit tadeln. An den Wenzel als Bettgenossen ist er so gewohnt, daß ihm in seinem Halbschlaf gar nicht der Einfall kommt, ein anderer könne den schweren Laden (ein Deckel auf seinem Schlaf, glaubt er immer) aufgestoßen haben. Wie er den Knecht anfauchen will, bemerkt Matthes das Röschen am Fenster. Es hat sich ein Hemd übergestreift und steht auf den Zehenspitzen, die Hände und Arme auf das Fensterbrett gestützt. Die Fersen scheinen blaß und bei der Anstrengung des Röschens, sich auf den Fußspitzen zu halten, bemerkt er winzige Fältchen über den Fersen. Sonst ist ihr Körper von dem groben Leinen des grauen Hemdes bedeckt. Und über das

Hemd (am Saum ist es schwarz und einige Flecken hat es auch; Anna würde keine Badedirne so herumlaufen lassen) flutet der goldene Flachs des Haares, noch wirr und vom Schlaf zerdrückt.

Dem Matthes gefällt der kindliche Eifer, mit dem das Mädchen – nein, jetzt ist es seine Frau; er hat jedoch Mühe, sich an den Gedanken zu gewöhnen – das Leben einsaugen will. Dem Matthes gefällt, daß die Kleine nicht andere Lüste hat als er selbst. Daß sie, bevor sie sich um sich selbst bekümmert, wissen will, was in der Welt vorgeht: Ob die Straße noch ist und die Stadt Mainz und die Welt. Wobei das eine kaum ohne das andere sein kann; die Stadt nicht ohne die Erde; aber auch die Erde nicht ohne das heilige Mainz. Behutsam verlagert sie ihr Gewicht von den Fußspitzen auf die ganze wohlgeformte Fußsohle und fragt, ohne sich nach ihm umzusehen: »Gefalle ich dir?«

Matthes ist erstaunt und erfreut, daß sie sein Erwachen wahrgenommen hat.

Das Röschen hat in der Nacht ein Gefühl in ihm erweckt, das er nicht in sich vermutet hat: heitere Zärtlichkeit. Jetzt ist der Wunsch wieder da, mit ihr jung zu sein, mit ihr zu tollen.

Er weiß genau, was er spürt, ist nicht die liebende Fürsorge, mit der er in manchen Momenten seine Töchter umarmen will. Für das Röschen hat er eine Empfindung, die er bisher nicht kannte. Nicht für die Frau, mit der er Anna in die Welt setzte, nicht für die andere, die er ernährt und neben sich geduldet hat, bis er sie nicht mehr ertragen konnte, nicht bei einem der Weiber, die ihm für weniges gefällig waren.

»Laß dich streicheln«, sagt er mit belegter Zunge. Er hat ein Verlangen nach ihr, als habe er seit Jahren keine Frau mehr in den Armen gehabt.

Langsam wendet sich das Röschen um und kommt zum Lager zurück. Wieder spürt Matthes den heißen Hauch der Liebe, deutlicher als habe ihn Drachenglut gestreift. Das Mädchen war ihm in der Nacht eine so willige und gelehrige Schülerin, daß er mit jedem Zipfel Haut, den er berührt und geküßt und geleckt hat, ein Stück von ihr in sich aufgenommen hat. Sie bleibt, stumm und tief atmend, neben dem Bett stehen und läßt sich von ihrem Mann aufs Laken ziehen. Ungeduldig versucht er, ihr Hemd hochzuziehen und abzustreifen. Sein Eifer führt zu nichts anderem, als daß sich der Stoff um ihren Körper wickelt und sie fesselt statt daß ihre Nacktheit freikommt.

Das Mädchen lacht darüber hell. Ihre Stimme hat sich anscheinend über Nacht verändert: Dem Matthes will es scheinen, sie lacht nun wie eine junge Frau, nicht mehr wie ein Kind aus Nierstein.

Behutsam drückt er ihre glatten, knochigen Beine (selbst die Täuschungen der Liebe können sie nicht runden) auseinander, um sich erneut an ihnen und dem, was dazwischen ist, zu erfreuen; er bemerkt Tau auf ihrer dünnlippigen, empfindsamen Spalte und ein Tröpfchen Seim schimmert perlenmatt und beides, Versprechen und Bereitschaft, weckt die männliche Gier.

Wenn sie nicht Ehefrau sein kann, denkt Matthes, während er ihre Beine noch ein Stückchen weiter öffnet, wird sie Hure werden.

Voller Eifer beteiligt sich das Mädchen, das von Matthes düsteren Prophezeiungen nichts wissen kann, am Spiel und verlangt flüsternd, er solle wieder in sie eindringen. Rasch, ganz rasch.

Später scheucht Anna das Paar aus dem Bett.

Der Brunnenbauer Butz ist mit seinen Männern bei der Arbeit. Um den Brunnen steht es schlechter, als man vermuten konnte, und vom Matthes werden Entscheidungen erwartet.

Der Bader erhebt sich, müde vom Liebesspiel, aber auch stolz auf seine Mannestugenden und streichelt und tätschelt das Röschen so ausgiebig, daß Anna unwillig die Kammer verläßt.

»Wirst du endlich fertig«, sagt Anna. »Immer dasselbe. Wenn man's dir richtig besorgt . . .«

»Anna, kriegst auch einen!« erwidert der Matthes wohlgelaunt.

Das Röschen erschrickt über die Worte der Anna. Ist es wahr, für den Matthes ist sie nur eine von vielen? Der Matthes erkennt ihre Angst und in seinem Liebesrausch verrät er sofort seine Älteste, seine Vertraute, *seinen* Stab und Stecken.

»Die braucht einen Kerl. Oder ich muß ihr mal den Arsch versohlen«, sagt er und fügt weich an: »Mein Augapfel . . .«

Und ist wirklich Verrat in seinen Worten? Fühlt er nicht wahrhaftig, das Röschen ist sein neues Leben, das eigentliche Leben? Bleibt dahinter nicht Anna und alles übrige zurück?

Dann aber läßt er seine Überlegungen. Er zieht einen Kittel an und verläßt das Röschen, das ihm verdutzt folgt, wie ein junger Hund begreift, daß die Dinge anders geworden sind, wenn auch nicht warum.

Der Runge sitzt schon wieder unter der Treppe, mit einem Humpen Bier in der Hand und will den Matthes begrüßen, als seien sie Verschworene. Der Bader hat aber jetzt nur den Brunnen im Kopf und die Kosten, die er verursachen wird, und wimmelt ihn ab. Der Runge wird deswegen nicht ungehalten. Im Gegenteil, er lobt den Matthes für seine Hausherrntugend. Hört man ihn, kennt er in Nierstein auch nichts anderes als Arbeit und Fürsorge. Der Matthes ärgert sich über den gönnerhaften Ton, den der andere anschlägt, verkneift sich allerdings eine Antwort. Was ihn eher stutzig macht, sind die raschen Blicke, die zwischen dem Röschen und ihrem Kuppelvater hin- und hergehen. Er nimmt sie nicht sehr aufmerksam wahr, aber ganz entgehen sie ihm eben auch nicht. Dem Matthes kommt es vor, der Runge stelle, ohne die Lippen zu bewegen, eine Frage und das Röschen beantworte sie mit einem unschuldigen Nein.

Nun, bei so was kann man sich leicht täuschen. Der Matthes wird auch von Käthe und Anna mit anderen Sachen behelligt und deswegen bleibt ihm keine Zeit, darüber nachzusinnen oder Vater und Tochter auf den Zahn zu fühlen.

Im Hof lädt der Butz Stützbalken von einem Karren ab; zwei seiner Knechte und der Wenzel sind ihm dabei behilflich. Der Brunnenbauer ist ein flinker, kleinerer Mann, mindestens einen Kopf kleiner als der Matthes und etwas verwachsen. Sein Hals ist fast so dick wie der Kopf und beides geht ohne Trennung ineinander über. Er weiß genau, was er will. Bei der Arbeit ist er zum Glück so schnell wie beim Reden. Leider ist er auch beim Fordern so hurtig. Als er das letzte Mal im Haus war, hat er sich wie ein Raubritter gezeigt. Jeder Handgriff hat gekostet! Diesmal wird Matthes seine Finger besser draufhalten, nimmt er sich vor.

Ehe der Matthes richtig zu Wort kommt, erklärt ihm der Brunnenmacher schon, was gemacht werden muß und wie er vorgehen wird: Eine zweite Ringmauer muß um den ganzen Brunnen gelegt werden und anders geht's nicht. Ganz beiläufig läßt er einfließen, das sei nicht für ein paar Pfennige zu machen, weder Mainzer noch Kölner noch Aachener. Der Matthes werde leider tiefer in seinen Beutel greifen müssen. Matthes, auf diesem Ohr besonders empfindsam, will sich dagegen stemmen. Es muß billiger gehen, nicht gleich ein ganz neuer Brunnen!

Wird's nicht, verspricht der Butz. Nur eine Ringmauer! Nur!

Gegen den Sachverstand und die Redewut des Butz kommt der Bader nicht an. Dennoch will er sich nicht so schnell in sein Schicksal fügen.

»Was darf ich denn noch entscheiden?« fragt er heftig. »Die Anna will, daß ich entscheide. Ist ja nichts mehr zu entscheiden. Ich kann nur noch zahlen. Das ist, was mir bleibt - zahlen. Dafür bin ich auf der Welt. Zahlen soll ich!«

»Bist nicht der einzige, der sich ums Bezahlen drücken will. Wie ich meine Leute satt kriege und die Steine herkriege, das braucht dich nicht zu bekümmern. Matthes, glaub mir, ich würd's dir schenken, so dauerst du mich. Bist der Ärmste unter der Sonne! Wüßte ich einen, der's billiger kann, ich schickte ihn dir. Auf der Stelle! Aber es gibt keinen, und es geht nicht anders als mit einer Mauer. Und darum beißen wir, du und ich, in den sauren Apfel und ziehen sie hoch.«

»Was beißt du in einen sauren Apfel? In welchen?«

»Matthes, ich schenk dir meine Arbeit. Ich schenk dir die Arbeit meiner Leute. Ich will nur den Mörtel und die Steine wiederhaben. Und immer noch bist du nicht zufrieden?« Und dann beschwörend: »Matthes, ich würde es doch nicht verlangen, wenn's anders ging. Es muß sein! Wir müssen die Keller trockenlegen und wenn's einen Sinn haben soll, muß . . .«

»Muß! Bis jetzt ging's auch anders. Tausend Jahr.«

»Richtig. Tausend Jahr. Und ging's nach dir, müßte es noch mal tausend Jahr halten. Aber es geht nicht nach dir! Jetzt stehen die Keller unter Wasser und bald . . .«

»Einer! Einer steht unter Wasser«, widerspricht Matthes gereizt.

»Der zweite kann auch schnell vollaufen. Schneller, als uns allen lieb ist. Matthes, wir kommen nicht drumherum: Wir müssen die Mauer abfangen.«

Während er das sagt, gibt er schon Anweisungen an seine Leute (den Wenzel bezieht er mit ein, als gehöre er dazu) und den Matthes läßt er dabei stehen wie einen Bittsteller.

»Was kostet der Spaß?« fragt der, um wenigstens etwas von seinem Hausrecht zu retten.

Der Butz weicht einer Antwort und einer Zahl aus. Er macht's so billig, wie es geht, verspricht er.

»Ungefähr!« drängt Matthes.

Es kostet nicht das Himmelreich, wiederholt der Butz sein Versprechen.

Tröstliches Versprechen! Wer weiß, wer alles von dem neuen Brunnen Nutzen haben wird. Der Matthes hat den Butz in Verdacht, er muß mehrere Bälger in der Stadt unterhalten. Soll er's treiben, wies ihm gefällt! Aber nicht vom Geld des Matthes!

Der Brunnenbauer hört nicht mehr zu. Matthes kann maulen, was er will.

Als erstes läßt der Butz im unteren Keller Stützbalken setzen. Was nutzt ein neuer Brunnen, wenn das Badhaus darüber wegbricht?

Matthes steigt den Männern in die Finsternis nach und hält eine Fackel, um sich nützlich zu machen. Er kommt sich aber in der Nässe und Kälte und Dunkelheit bald überflüssig vor.

Der Butz beherrscht wenigstens seine Arbeit. Auch keine Selbstverständlichkeit mehr nach der Pest. Manchmal kann man glauben, der Tod habe mit bösartigem Witz die Tüchtigen weggerafft und die Pfuscher am Leben gelassen. Wer sich heute alles Meister nennt! Und keiner prüft die Siegel und die Zeugen, die beschwören, wer alles wo in der Lehre gewesen sein soll ...

Wie um den Matthes zu trösten, erzählt der Butz, welche anderen Keller in den letzten Wochen unter Wasser gestanden haben und wie er mit denen fertig geworden ist. Von da bis zum trübsinnig stimmenden, krank machenden Regen ist nur ein kurzer Schritt. Es regnete viel in den letzten Jahren; aber alles nichts gegen die Zeit, in der der Butz geboren wurde. Er wurde in eine wahre Sintflut hineingeboren. Die Jahre 1316, 1317 und 1318 waren ein einziger langer Regen. Seine Eltern haben es ihm oft genug geschildert: Das Korn ist kaum höher gewachsen als bis zur Wade und auf dem Halm ist es verfault. Drei Jahre hintereinander gab es keine Ernte; die Bienen verhungerten in ihren Stöcken, das Obst fiel unreif vom Baum, hart und ohne Saft; die Mühlen lagen wie vergessen, die letzten Krumen waren aufgebraucht.

Und zehn Jahre später wiederholte sich diese Apokalypse und noch einmal im Leben des Butz, in diesem von Gott verlassenen vierzehnten Jahrhundert nach Christi Geburt und aller Meinung nach letzten dieser Erde. Ein Scholar hat dem Brunnenbauer die sechs Alter der Erde erklärt. Danach ist nun die sechste Zeit herangekommen, die der Altersschwäche, der unvermeidlich das Ende aller Schöpfung folgt.

Dem Matthes ist die ganze Jeremiade des Butz, entgegen der Vermutung des Brunnenbauers kein Trost. »Ich war dabei«, sagt er unwillig. »Bei jeder Hungersnot und jeder Teuerung ... Geht die Welt zu Ende, soll sie gehen. Ich hab alles am eigenen Leib gespürt. Mehr braucht's davon nicht zu geben ... Du wirst doch auch wieder so eine ägyptische Plage.«

Der Butz soll seine Arbeit verrichten und nicht predigen. Für den Geschmack des Matthes wird schon viel zu viel Sprüchemacherei in diesem Haus betrieben. Dafür braucht er keinen Brunnenbauer zu bezahlen.

Der Butz läßt nicht nach. Er verlangt etwas von einem seiner Männer (einer der Balken muß besser verkeilt werden), dann berichtet er, daß er vor einigen Tagen über diese Frage ausführlich mit dem erwähnten Scholaren disputiert hat. »Wofür will Er uns so züchtigen?« hat er den umherziehenden Schüler gefragt und der hat geantwortet: »Weil wir wie die Schweine im Dreck wühlen.«

Dem Matthes will die Antwort gar nicht schlecht erscheinen, sollte der Butz gemeint sein. Ihm geht die Geduld aus, mit dem Butz über das Diesseits und das Jenseits zu verhandeln. Der Butz soll eine Versicherung abgeben, daß sich der Schaden mit einer neuen Mauer um den Brunnen nicht wiederholt, und soll sich um die Balken kümmern und darum, daß das Wasser endlich aus dem Haus kommt, nicht um Gottes Heilspläne.

Diesen Tag hat Matthes zwei Leute im Haus, die keine Hand rühren: den Runge und seine Tochter.

Das Röschen versucht zwar des Morgens, der Käthe in der Küche zur Hand zu gehen. Dabei stellt sich heraus, von Hausarbeit versteht sie wenig; sie ist ungeschickt und ungeübt. Die Nonnen haben ihr Lesen und Schreiben beigebracht und Lieder zu singen, sogar sie zu zimmern. Alles recht abseitige Künste für eine Baderin; was soll sie lesen? Was schreiben? Aber nicht deswegen sitzt sie bald reglos neben ihrem Vater, die Hände wie im Gebet gefaltet, beinahe eine Heilige auf einem Kirchenfenster. Der wahre Grund dafür ist der Runge. Er verbietet seinem Blut, sich nützlich zu machen, Zwiebeln zu schneiden oder Fleisch in der Pfanne zu wenden.

»Du bist hier Braut und nicht Magd«, sagt er seinem Kindchen und verlangt, daß sie bei ihm sitzt.

So kommt es, daß Käthe nicht nur den Brautvater, sondern auch das Bräutchen zu bedienen hat.

Man weiß nicht, ob der Runge erfahren hat, wie sich die Dinge über Nacht geändert haben und die neuen Umstände nicht wissen will oder ob ihm sein Herzblatt verheimlicht, daß sie schon Hochzeit gehalten hat.

Der Runge gibt sich jedenfalls ganz so, als habe er eine begehrte Ware feilzubieten und müsse auf den rechten Käufer warten. Wenn ihn Anna oder der Matthes ermuntern wollen, sich die Stadt anzusehen oder dem Röschen von den Weltwundern zu zeigen, die Mainz birgt, winkt er ab. »Ich kenn's und das Kind wird's bald kennenlernen – am Arm vom Matthes ...«, sagt er breit, bauernschlau lächelnd und gönnt sich noch einen Schluck Bier. »Matthes, wann können wir reden? Wann hast du Zeit?«

Der Matthes weicht den geschäftlichen Unterhandlungen aus. Erst schiebt er Arbeit vor, dann muß er sich um die Brunnenbauer kümmern und danach hat er wieder Arbeit. Der Runge zeigt keine Eile. Eine Eierfrau sitzt so vor ihren Eierkörben, hält ein Schwätzchen nach rechts und nach links und ist sich ganz sicher, den Abend wird sie den Markt mit leeren Körben und vollem Beutel wieder verlassen.

Gegen Abend ist es endlich soweit. Der Matthes kann keinen neuen Vorwand finden, dem Gespräch über Geld und Zahlungen auszuweichen und gesellt sich zum Runge. Erst reden sie hiervon und davon, als seien sie zufällige Gefährten am Beginn einer Reise und wollten herausfinden, mit wem sie es zu tun haben. Nach und nach, vom Runge zielvoll dorthin gelenkt, kommen sie doch auf den Punkt. Was will der Matthes geben?

Na ja, im allgemeinen erhält der Mann die Mitgift und muß sie nicht geben, erwidert der Matthes vorsichtig.

Umgekehrt, sagt der Runge. Die Braut erhält die Morgengabe.

Also gut, gesteht der Matthes, er rechnet damit, daß er ein Weniges geben muß. Viel kann er nicht geben, weil er's nicht hat. Der Runge sieht's mit eigenen Augen, wie es ist. Jeden Pfennig und jede Gabe, die er erhält (viele Gäste zahlen ja mit ihren Waren oder ihrem Können; der Schuster flickt ihnen die Schuhe, ohne was zu berechnen und andere bringen fürs Baden vom Selbstgeschlachteten oder Selbstgezogenen), also was der Matthes auch einnimmt, das reißen ihm die Knechte oder Mägde wieder aus der Hand. Und was die ihm lassen, schluckt das Haus und was das nicht frißt ...

Neunzig Pfund Mainzer Heller, verlangt der Runge ungerührt.

Matthes ist von der Summe wie benommen. Neunzig Pfund Heller? Das ist ein großes Haus in Mainz und werden zwei in Nierstein sein. Das kann er nicht! Das macht er nicht! Hat der Runge, der Hundsfott, den Verstand verloren? Zwei Häuser für ein paar Pfund Leber, Milz und Lunge, für ein bißchen fischig glatte Haut und harte Knochen? Ist er besoffen?

Der Schaffner macht nicht den Anschein. Er gönnt sich einen weiteren Schluck und wartet ab, bis der Matthes den Schlag verdaut hat.

Er macht sich nicht die Mühe, dem Matthes Gründe für die Forderung zu nennen. Er verlangt nur: neunzig Pfund Heller und außerdem die Zusicherung, wenn das Röschen im Kindbett bleiben solle (»was die Jungfrau und alle Heiligen verhüten mögen«), auch dann soll man ihn im Besitz dieser Summe belassen. Und mit dem Kindsbett, macht er deutlich, ist das erste gemeint oder das zehnte, sollte der Matthes die Kraft haben, sie so oft zu schwängern.

Matthes, der in seinem Leben mehr Leichen gesehen hat als tote Fliegen, dem das Sterben so vertraut ist wie das Klatschen der Ruten auf den Leibern im Schweißbad und auch nicht mehr bedeutet, Matthes wird es kalt bei diesen Worten. Der Runge rechnet so fest damit, daß sein Kind im Bett verbluten wird, wie er sich des Liebestaumels des Matthes gewiß ist.

Dennoch, obwohl er jede Silbe verstanden und jede Schattierung erfaßt hat, will Matthes nicht glauben, was er gehört hat. Wie er den Runge nun anblickt, steht sein Mund wie blöde offen.

Der Schaffner macht nicht den geringsten Versuch, zu beschönigen oder abzuschwächen. Für ihn ist es eine ausgemachte Sache, das Röslein, zart wie es nun einmal ist, schmal in den Hüften und eng im Becken, wird mit der Leibesfrucht des Matthes im Bauch das Zeitliche segnen und dann will er, der Runge, die Mitgift behalten.

Darauf steht Matthes wortlos auf, geht in den Hof seines Anwesens und beginnt zu kotzen.

Er kotzt alles aus sich heraus, sein Essen, seine Wut auf den Runge, seine Wut auf sich selbst: daß er nach dem blassen Fleisch des Röschens giert, nach ihren zerbrechlichen Knochen und ihrem Duft von Moschus und Schweiß. Er bricht und bricht; bald ist der Magen leer und er spuckt weißlichen Schleim; den Schleim des Lebens, ohne den wir alle nicht existieren können. Ja, es ist ihm, als würde er selbst das Ungeborene aus sich herauswürgen, das er in der vergangenen Nacht vielleicht gezeugt hat oder diese Nacht zeugen wird.

Nach einer Weile, als der Brechreiz nachgelassen hat und er nur noch den galligen Geschmack im Hals spürt, wischt Matthes etwas von dem Erbrochenen von seinem Kittel und kehrt wieder ins Badhaus zurück.

Drinn' ist alles unverändert. Der Runge sitzt und trinkt und läßt sich von den Frauen bedienen und ist weder nüchterner noch trunkener geworden.

»Nimm sie wieder mit«, sagt der Matthes entschlossen.

Der Runge rührt sich nicht und darauf wiederholt Matthes lauter und schärfer: »Nimm dein Röschen und verschwinde!«

Sein Gast (und Versucher) scheint von der Forderung nicht überrascht, trifft aber keine Anstalten, sich zu erheben.

»Raus!« schreit der Matthes, zerrt den Niersteiner Schaffner hoch und schwenkt dessen Arm. Seltsamerweise kann er den Arm hin- und herschleudern als wäre er nicht richtig am Körper befestigt; Matthes spürt jedenfalls keinen Widerstand.

Der Runge verliert nichts von seiner eigentümlichen Ruhe. »Wir reden morgen weiter, Matthes«, sagt er nur, anscheinend freundlich, und ruft nach dem Röschen.

»Wir gehen, Rose. Wir schlafen im Hollerbaum«, erklärt er seiner Tochter.

Die bewegt sich nicht.

»Wir gehen!« sagt der Runge von der Pforte aus, wieder mit der unnatürlichen Freundlichkeit, die so wenig zu dem Streit paßt.

Das Röschen bewegt kaum merklich den Kopf. »Ich bleibe hier. Ich bleibe beim Matthes«, sagt sie quengelnd.

Daraufhin lächelt der Runge vieldeutig und erwidert: »Was du sagst. Du bleibst. Na, wenn du hier besser liegst ...«

Danach verläßt er das Badhaus des Matthes und läßt den Bader in einem Aufruhr widerstreitender Gefühle zurück. Seine Töchter und das Röschen warten ab, da wo sie gerade stehen, was er entscheidet. Schließlich versucht der Matthes zu erläutern: »Er wollte neunzig Pfund Heller ...«

Anna wartet auf weiteres und als nichts kommt, wendet sie sich um. Man kann denken, sie habe eine Bestellung eines Gastes auszuführen. Ihre Schwester schließt sich ihr mit einem Ausdruck von Abscheu an, dem Abscheu einer Oberin, die von einem Inkubus geweckt wurde.

Für eine winzige Zeitspanne sind Matthes und das Röschen allein. So allein, als gäbe es sonst niemanden auf der Welt. Der Matthes ist aufgewühlt, daß ihm alle Glieder schwer sind; sein Körper ist mit Blei ausgegossen. Er kann sich ihr nicht nähern, sie nicht nehmen noch sie davonjagen.

Die Rose (er vermag es immer noch nicht zu glauben, sie sei seine Frau geworden) scheint es spüren. Sehr behutsam kommt sie auf ihn zu, reckt sich etwas auf und preßt ihre dünnen, blutleeren Lippen auf seine.

6.

Den nächsten Tag legt der Matthes den neuen Tappert an.

Da läßt er Arbeit Arbeit sein und was ihm der Brunnenbauer noch abzwacken will, ist ihm auch gleichgültig.

Er nimmt vielmehr seine Rose an die Hand und führt sie voller Stolz durch die Stadt, ihr zu zeigen, welch Juwel unter den Städten ihre neue Heimat ist, und den Mainzern, welch Goldstückchen nun sein ist. Wäre es schicklich, würde er den Erstbesten anhalten und sagen: »Guck sie dir an! Ist sie nicht schöner als die Muttergottes mit dem Strahlenkranz? Und sie ist die Meine.«

Die Rose hat für diesen Gang das Gebende umgebunden, den Kopfschmuck der verheirateten Frau, aus ganz feinem Linnen, so fein, daß der Matthes es beim ersten Hinsehen für Sendel, den leichten Seidenstoff gehalten hat.

Das Kleid, das sie trägt, ist lichtblau, ohne Gürtel, Oberteil und Unterteil aneinander genäht und über der Brust geschnürt. Lange hat die Rose geschwankt, ob sie es bis zum Hals schnüren solle oder dem Betrachter einen Blick auf ihre unreifen Brüstchen lassen. Endlich hat sie sich entschlossen, es verführerisch zu tragen und dem Matthes ist es recht so. Sollen sie ihn alle beneiden!

So schlendern sie durch die Stadt, weichen den Pfützen aus, wie es nur geht. Und wenn es nicht geht, springen sie darüber oder planschen hinein. An manchen Stellen steht das Wasser fußhoch. Zum Glück hat der Regen nachgelassen, hin und wieder lugt sogar die Sonne durch die grauschwarzen Wolken, wie ein neugieriges Weib durch Vorhänge späht. Dennoch sind bald die Säume der Gewänder naß und die Schuhe durchweicht. Zur Feier des Tages hat der Matthes auf seine Holzschuhe verzichtet und lederne angetan, was ihn bald reut.

Der Matthes schlägt - wer würde es anders machen? - als erstes den Weg zum Dom ein.

Denn der Mainzer Dom ist eins der Wunder dieser Erde. Ungeheuer schwer lastet er auf dem Grund, als habe Gott selbst ihn in den Boden gedrückt und gleichzeitig ist alles darin Weite und Höhe und von geheimnisvollem Licht durchflutet, daß man sich gehoben fühlt, wenn man nur in ihm sein darf.

Und ein ungeheurer Reichtum umgibt einen.

Zu den Seiten des Langhauses sind Kapellen aufgereiht wie die Perlen am Rosenkranz. Darin sind Altäre errichtet aus reinem Gold und die Heiligenfiguren darauf sind aus purem Silber; andere sind aus schimmerndem Elfenbein, weich und lebendig wie Frauenfleisch, über und über mit Perlen und Edelsteinen besetzt, wie ein Zuckerbäcker seine Backwerke in Zucker wälzt. Die reichen Bürger wetteifern, den kostbarsten Altar zu stiften und zu unterhalten. Das hilft hier und in der Ewigkeit; in dieser Welt schafft es Ansehen und die huldvolle Zustimmung des Klerus bei vielfältigem Tun und in der jenseitigen Welt erspart es, wenn schon nicht das Fegefeuer, dann wenigstens die Hölle. Im günstigsten Fall sichert die Spende einen Platz im Himmel. Gibt es besseres Handeln? Für einige Pfund Gold und einen Barren Silber Glückseligkeit für alle Zeiten und alle Ewigkeiten.

Der Prokurator sagt, der Mainzer Domschatz könne wegen seiner Kostbarkeiten mit dem Throngut großer Reiche um den Ruhm streiten und dann sei es noch lange nicht ausgemacht, wo größerer Reichtum versammelt sei. Man kann es mit bloßem Auge erkennen: Die Meßgewänder für die hohen Feiertage, sogar für die Fastenzeit, sind so schwer mit Gold besetzt, daß nur sehr kräftige Priester sie tragen können. Kleinere oder schwache Männer würden unter der Last zusammenbrechen.

Nun darf man aber nicht glauben, der Dom sei nur ein Ort der Heiligkeit und des Glaubens. Er dient auch viel profaneren Zwekken. Denn wie die Rose staunend umhergeht und alles bewundert, was der Matthes ihr zeigt, als habe er selbst es hierhin gestellt, kommen sie auch zu den Stufen des Hochaltars. Und da hocken zwei Huren und sind, breitbeinig sitzend und den Rock über den Knien, in Verhandlungen mit zwei Männern, denen die Aussicht auf zu erwartende Freuden die Gesichter gerötet hat.

Die Mädchen wollen sich hier wohl vor Regen bewahren; es mag auch sein, daß der Dom ihr übliches Jagdrevier ist. Der Dom ist nämlich auch Marktplatz und Börse; Kaufleute treffen sich hier zu vertraulicher Unterredung und Handlanger fragen hier nach Arbeit und dabei werden alle Zeit (zumindest, seit dem Herrn Papst das wieder so gefällt) in den Kapellen oder an den Altären der Seitenschiffe Messen gelesen. Hunderte von Priestern müssen die Altäre ernähren und tun es auch.

Der Matthes will die Rose danach (nachdem er sich genügend an der Bewunderung des Röschens über all die Herrlichkeiten des Doms erfreut hat), zum Kaufhaus führen, der anderen großen Zierde der Stadt. Um dahin zu gelangen, muß man an Dutzenden von Buden und Gaden vorbei. Vom Domplatz bis zum Kaufhaus reiht sich eine Bude an die nächste und ein Laden an den anderen. Hier wird feilgehalten, was Mainz so anziehend macht, namentlich den Frauen: Schmuck und Gold und Silberwaren, Pelze und Tuche. Die Stadt ist ein gefräßiges Tier, das ständig gefüttert werden will, und die Händler wissen es und schaffen mit Schiff und Karren herbei, was die Welt erzeugt.

Alles verschwindet als würde es verschluckt. Je teurer ein Stück, desto leichter läßt es sich verkaufen. Das heilige Mainz ist ein Ort der Kirche und der Kirchenmänner. Jeder zweite ist Kanoniker oder Vikar, Mönch, Pfarrer oder wenigstens Pleban. Und doch, welch Wunder, was sich am leichtesten losschlagen läßt, sind kostbare Geschmeide und Stoffe, von denen keiner weiß, wie sie gemacht sein könnten. Die es wissen, haben einen Eid abgelegt, ihre Kunst nie zu verraten und sollten sie ihren Schwur brechen, wird man sie unter den gräßlichsten Torturen zu Tode bringen.

Die Rose faßt staunend das eine oder andere Tuch an und legt es wieder zurück, wenn der Händler sie oder den Matthes anspricht. Die schönsten aller Tücher sind bunte Seiden. Sie kommen aus Ländern am Rande der Welt. Dort gibt es Wesen, die in nichts einem Christenmenschen gleichen; sie sind nicht Tier, aber auch nicht Mann oder Frau mit Armen und Beinen wie wir. Was über sie berichtet wird, widerspricht sich; jeder mag sie sich so vorstellen, wie er will. Wie diese Wesen aber immer beschaffen sein mögen, sie weben Seiden von überirdischer Schönheit und überirdischem Glanz, leider auch von überirdischem Preis.

Den Schmuckhändlern entgehen der Matthes und die Rose nicht so leicht. Die haben ein feines Gefühl dafür, wer und zu welchen Zeiten an ihren Sachen Gefallen findet. Jedenfalls werden die beiden bedrängt, sie sollen hierhin kommen oder dahin, sich dieses ansehen oder jenes, und alles natürlich ohne jeden weiteren Zwang. Man schwatzt ihnen kleine Kuchen und in Schmalz Gebackenes auf, und die Rose und der Matthes dürfen erst weiterziehen, als sie silbernen Schmuck für den Hals und einen fein gehämmerten Dusing, sehr locker um die Hüften zu tragen, gekauft haben. Die Rose spricht beim Handel sehr wenig; nur ihre Hände, die eifrig in den Sachen wühlen, und die Röte auf ihren Wangen verraten sie.

Genau besehen, entflammen sie die Ketten und Ringelchen, die man ihr aufreden will, weit mehr als alle Altäre und Fenster und Steinmetzarbeiten des Doms.

Vom Kaufhaus scheint sie sich weitere Preziosen zu erwarten.

Das Kaufhaus, ein prächtiges Gebäude aus Stein, mit Erkern an allen vier Ecken und einer Madonna über dem Portal, den Kaiser und die sieben Kurfürsten auf den Zinnen und Malereien auf den Wänden, ist vom Hellwerden bis zur Dunkelheit ein Bienenkorb. Kaufleute und ihre Diener und Beauftragte laufen hier zusammen, als würden ihnen fürs bloße Erscheinen die Taschen mit Gold vollgestopft. Und ohrenbetäubender Lärm herrscht hier (und in allen anderen Vierteln, in denen Kaufleute handeln und Handwerker ihrem Gewerbe nachgehen.)

Alle Waren, die den Rhein hinauf- und hinunterschwimmen und natürlich erst recht alle, die auf Wagen durch die Stadt getrieben werden, müssen nach Sitte und Privileg des Kaisers drei Tage lang den Mainzern angeboten werden.

Deswegen werden alle Stunden des Tages Fässer und Ballen und Kisten vom Rhein herangerollt und gezerrt und geschoben und zum Kaufhaus gebracht und wieder, falls sie von den Mainzern verschmäht worden sind, denselben Weg zurückgekarrt und getragen und gerollt. Was nicht hierher gebracht wird, verschwindet in den Höfen und Schuppen und Gewölben der handeltreibenden Patrizier. Selbst die über die ganze Stadt verstreuten Herbergen sind eher Lagerplätze als Gasthäuser. Vier reisende Kaufleute können sich ein Bett teilen. Aber ihre Kisten und Kasten brauchen Platz und noch mal Platz, und jedes Rücken und Räumen ist mit Quietschen und Schlagen und Hämmern verbunden.

Und bleiben die Dinge auch in der Stadt, wird es um sie nicht leiser. Man meint, Weinschröter und Sackträger oder die Männer, die die Waren mit Winden in den oberen Saal des Kaufhauses hieven oder wieder herunterbringen, könnten ihre Arbeit nur verrichten, wenn sie sich dabei möglichst die Seele aus dem Leib schrien. Jeder, der nicht jung ist und die Rufe der Waagenmeister und Fuhrleute und Dienstleute nicht für den Gesang von Troubadouren hält, bittet den Herrn dreimal täglich um ein Winziges an Stille; ein Wunsch, der selten erhört wird.

Zum Kaufhaus hat das Röschen keinen Zutritt. Darin machen nur die Fernhändler und Großkaufleute ihre Geschäfte.

Zu hören, daß sie nicht in das Kaufhaus eintreten darf, enttäuscht die Rose ein wenig, aber rasch lächelt sie wieder und hängt sich ganz fest am Arm des Matthes ein.

Auf sein beharrliches Drängen, ihre Meinung über das Gezeigte zu sagen und ihm zu verraten, was ihr von der Stadt Mainz am besten gefalle, soweit sie sie bis jetzt gesehen hat, denkt die Rose angestrengt nach (die Stirn etwas in Falten legend). Schließlich antwortet sie, es sind nicht die Bauten oder die Sachen, die ihr am besten gefallen, sondern daß sich so viele Menschen auf den Gassen und Plätzen bewegen. Sie sagt, die Straßen kommen ihr wie viele Bühnen vor. In Nierstein seien des Tags nur wenige Leute zu sehen, hier aber wechselten die Bilder wie die Wolken vorbeiziehen und das gefalle ihr.

Ja, erwidert der Matthes selbstgefällig, die Stadt Mainz ist eine der größten im Abendland. Sie hat siebentausend oder zehntausend oder zwanzigtausend Einwohner; keiner zähle sie. Vor der Pest seien es mehr gewesen, aber auch jetzt lebten in allen Häusern wieder Menschen. Daß ein Haus vollkommen menschenleer sei, das gebe es nicht mehr.

Natürlich treffen sie hier und da Leute, die den Matthes kennen und wenn sie mit ihm sprechen, stellt er die Rose als seine Frau vor und die knickst jedesmal, und das läßt ihm das Herz schlagen.

Wie er die Rose aber zum Holztor führt, ihr zu zeigen, in welchen Käfigen die Verbrecher ausgestellt werden, kommt der Prokurator aus dem Turm, in welchem er wegen seines Amtes zu tun hatte und sieht den Matthes.

Er begrüßt die Rose, als kenne er sie seit langer Zeit und erbietet sich, den Matthes und sein junges Weib zu begleiten. Der Matthes dankt herzlich für das Anerbieten und wirklich fühlt er sich geehrt, daß der Richter ihn selbst auf der Straße in seiner Gesellschaft duldet.

Binnen kurzem wandeln sich aber seine Gefühle. Der Herr Melchior scherzt und tändelt nämlich mit der Rose, als wolle er sie für sich gewinnen und die schlägt den gleichen Ton an. Bald hat der Richter die Rose am Arm und der Matthes trottelt ein wenig hinter ihnen her, als habe er ihnen Sachen nachzutragen.

Der Richter fragt die Rose, was der Matthes ihr schon gezeigt habe. Als sie antwortet, den Dom und die Silberhändler, erwidert der Prokurator, so sei es richtig. Die gehörten zusammen. Schon in Jerusalem seien die Geldwechsler im Tempel gestanden.

Ob der Matthes ihr die Bedeutung der Stadt erläutert habe? Der Mainzer Bischof sei nämlich Inhaber des ersten und ältesten deutschen Erzbistums und damit *Primas Germaniae* und als Fürst des Reiches Erzkanzler. Früher habe er bei der Kaiserwahl das Erststimmrecht gehabt; seit neuestem, seit dem Reichstag von Rhense und dem Erlaß der Goldenen Bulle, habe er die letzte und oft entscheidende Stimme bei der Wahl eines Kaisers. Die Mainzer Kirchenprovinz sei die größte des ganzen Abendlandes, nicht einmal der Herr Papst gebiete über eine größere. Sie reiche von der unteren Elbe bis an die Graubündener Alpen, von den Vogesen bis zur Thüringer Saale und umfasse die Suffraganbistümer Chur, Konstanz, Augsburg, Eichstätt, Würzburg, Straßburg, Worms, Paderborn, Hildesheim, Halberstadt und Verden und wäre der jetzige Kaiser nicht ein Geschöpf der Kirche, wären auch die böhmischen Bistümer bei Mainz geblieben, wo sie rechtens hingehörten. Doch das sei Politik; habe der Kaiser dem Papst gegeben, habe auch der ihm geben müssen.

Aber immer noch gelte *Aurea moguncia sancte romane specialis vera filia* – Goldenes Mainz, der heiligen römischen Kirche wahre Lieblingstochter!

Die Rose fragt wie ein Kind, wenn der Herr Erzbischof so mächtig sei, wohne er wohl in einem großen Palast und wo der sei und ob man ihn besehen könne.

Der Prokurator lächelt gütig und sagt ihr, Mensch und Amt seien zweierlei. Der Herr Erzbischof sei ein bescheidener Mann ohne große Ansprüche und halte sich die meiste Zeit in seiner Burg zu Eltville im Rheingau auf. Komme er in seine Stadt Mainz, nehme er in einem sehr schlichten Haus nicht weit vom Dom Quartier. Doch das sei selten genug und jedesmal gingen einem Besuch lange Verhandlungen mit dem Rat voraus, in denen umständlich geregelt werde, wie viele Berittene der Herr Erzbischof mit in die Stadt bringen dürfe und wie viele Dienerschaft und am Ende sei es jedesmal nur eine kleine Schar. Man könne natürlich die Bürger verstehen, nach den grausamen Wirren, die mit dieser Bischofswahl verbunden waren, wollten sie nicht wieder eine harte Faust spüren.

Sieben Jahre nach seiner Wahl hätte der Herr Gerlach bekanntlich um den Besitz seines Bistums ringen müssen und was habe er nachher noch für ungeheure Abfindungen an den Falkensteiner abgeben müssen, der sich Vormund des vorherigen Erzbischofs genannt habe. Der habe selbst nach dem Spruch von Kaiser und Papst und nach dem Tod des Bischofs Heinrich keine Ruhe gegeben.

Ja, betrachte man wie er Fundamente und Stützpfeiler, erkenne man, es sei vieles in der Kirche und in der Welt nicht mehr in der richtigen Ordnung. Darum entziehe uns Gott seine Gnade! Darum müßten wir das Leid erdulden, das über uns gekommen sei.

Wie unersättlich und unerbittlich sei allein die Kurie in ihren Geldforderungen. »Nicht mehr ist vom Weiden der Schafe die Rede«, sagt er plötzlich bitter, »sondern nur von ihrer Wolle und ihrem Scheren!«

Ausführlich und mit viel Latein getränkt schildert er der Rose, wie ungerecht es oft vor Gericht zugehe.

Der Matthes wird nur pro forma einbezogen und der wird darüber unlustig. Was versteht ein Ding wie die Rose von den Sachen, die der Richter erzählt? Was bläht er sich auf und spielt den Pfau? Soll er sich selbst ein Liebchen suchen! Für neunzig Pfund Heller wird er auch eins finden.

Der Prokurator, der nicht wissen kann, wie er mit seiner Belehrung den Matthes stört (und die Rose langweilt) erklärt weitschweifig, man unterscheide Recht und Ehre und wer den höheren Rang habe, brauche kein Recht zu haben; er nehme es sich einfach. Wie oft erlebe er es in seiner Tätigkeit, daß es Adelige für erlaubt hielten, selbst die beträchtlichsten Güter an sich zu ziehen, einfach weil sie danach trachteten. Er erlebe es, daß sie frank und frei gestünden, keinerlei Rechtstitel auf bestimmten Besitz zu haben und ihn dennoch für sich verlangten. Mit dem schimpflichen Mittel der Fehde wollten sie angeblich ihre Ehre sichern und brächten doch nur Ländereien oder Dörfer an sich. Gegen jedes Gefühl von Gerechtigkeit behielten sie sogar noch nach verlorenen Prozessen, was sie geraubt hätten.

Zufällig wirft er einen Blick auf den Matthes, und dabei scheint er sich zu erinnern, daß er den Bader ebenfalls nicht wenig bluten läßt. Er wechselt jedenfalls das Gespräch und beginnt zu scherzen.

Glücklicherweise habe die Rechtspflege auch ihre heiteren Seiten und man müsse auch über solche Probleme brüten wie ob ein vom Tode Auferstandener sein erstes Testament breche? Oder ob ein Geköpfter, lebe er zufällig wieder auf, ein zweites Mal geköpft werden müsse und woher den Kopf nehmen? Oder könne es einen Knecht ohne Herrn geben? Sei *matrimonium mentale*, eine Ehe ausschließlich im Sinn, rechtens? Habe das Pferd eines Studenten die gleichen Rechte wie der Student?

Da komme er darauf, letztens sei ihm allen Ernstes die Frage vorgelegt worden: Wie könne der Tod eines Pferdes bewiesen werden, da man doch keine Auszüge aus den Kirchenbüchern dazu bekommen könne?

Der Matthes sagt, wenn er das hört, müsse der Herr Melchior ja weise sein wie Salomon!

Der Richter antwortet etwas verdutzt und auch lahm, ja, es seien schon recht schwierige Fragen, die zu entscheiden seien.

7.

Die Verhandlungen um das Brautgeld ziehen sich über eine Woche hin.

Manchmal knurrt und keift der Matthes, er werde den Runge im Rhein ersäufen (einen Stein um den Hals und an der tiefsten Stelle ersäuft!), ein andermal trinkt er mit ihm, bis sie beide unter den Tisch fallen. Nach und nach werden sie sich über alles einig: Wann Hochzeit gefeiert wird - im Juni, am Johannistag, am Beginn des Sommers - und wer eingeladen wird und was aufgetischt werden soll. Über alles können sie sich verständigen. Selbst über den Papst in Avignon und die feste Hand des Kaisers und wie wohltuend es ist, daß wieder Eintracht zwischen Papst und Kaiser besteht; wie schrecklich es war, als in Deutschland die Glocken nicht läuteten und wie man den Bettelmönchen dankbar sein mußte, daß wenigstens sie die Sakramente erteilten. Mit einem Wort, über das Große und das Kleine können sie sich verständigen. Nur die neunzig Pfund Heller stehen wie ein Klotz zwischen den Männern.

Mehr als einmal bespricht sich Matthes mit Anna. Soll er zahlen oder soll er's lassen?

»Vater, haben wir's? Oder müssen wir für dein Vergnügen Haus und Hof hergeben?«

»Nicht für mein Vergnügen«, begehrt der Bader auf. »Für meine Ehre, Anna! Das ist auch deine! Sollen wir ewig Abschaum sein? Dürfen wir uns nur im Schlamm suhlen?«

»Haben wir's oder haben wir's nicht?«

»Wir haben's«, stößt der Bader fast gegen seinen Willen heraus.

»Wo?«

»Wir haben's!«

»Wo?«

Matthes bleibt die Antwort schuldig. Anna zweifelt nicht daran, er hat sich die Wahrheit abgerungen. Also muß er eine solche Summe irgendwo vergraben haben, hier im Haus oder bei den schlauen Lombarden. Anna wundert sich, wie er ein solches Vermögen auf die Seite bringen konnte. Vor zehn Jahren besaßen sie kaum mehr als sie auf dem Leib trugen und jetzt kann ihr Vater einen solchen Schatz hervorziehen? Gut, sie haben eingenommen und gespart und er hat gegeizt. Dennoch, daß er neunzig Pfund Heller herbeiholen kann, als wären es Erbsen oder Linsen, das hätte sie nicht für möglich gehalten. Und noch mehr verwundert es sie, daß er sein Herzblut für ein Mädchen hergeben will, das kaum mehr kann als ihr Haar kämmen und niedliche Lieder singen und fromm die Augen niederschlagen.

Dabei ist die Rose aber nicht von wahrer Demut oder echter Frömmigkeit. Der Käthe ist es Bedürfnis zu beten wie es ihr Bedürfnis zu atmen ist; die Rose tut nur so, als spreche sie mit Gott oder der Jungfrau Maria. Sie ist jung und geil und andere Vorzüge hat sie nicht.

»Vater, was willst du mit dem Stück? Gibt's nicht eine Frau für dich? In einem vernünftigen Alter? Die könnte fast *mein* Kind sein . . .«

Darauf breitet der Matthes hilflos die Arme aus. Anna hat nicht unrecht, das weiß er, aber er kann nicht mehr anders. Sie hat ihn verhext, die kleine Gerte. Er hat sich auch mit dem Astronomen beraten. Die Konjunktionen lassen keine Wahl. Das Röschen wird ihn nicht mehr lassen, ihn vielmehr bis an sein Ende umkreisen, hat der Astronom bildhaft gemacht, wie ein Planet den Stern.

Anna hört sich das ungläubig an. Er wird sie nicht lange haben, das Röschen. Darin hat ihr Verkäufer sicher recht: Sie wird im ersten Kindbett bleiben.

An dieser Stelle gibt der Matthes mit einer Handbewegung zu verstehen, daran muß die Sache nicht scheitern. Er tritt an die Tür der Schlafkammer, sieht nach, ob sie allein sind. Für die Unterhaltung haben sie sich in den abgeschiedensten Winkel des Hauses zurückgezogen; dennoch will er vor der witternden Beghine sicher sein. Er schließt also die Tür und flüstert: »Anna, ich bin zu alt für Kindergeschrei. Ich hab dich und ich hab die Käthe - mehr Kinder brauche ich nicht . . .«

»Du willst ihren Bauch nicht füllen?«

Der Matthes verzieht das Gesicht; ein schiefes Grinsen erscheint, so nicht gewollt. »Ich stopf ihr alles, was sie gestopft haben will . . . Das Röschen will im Bett stöhnen - nicht um ihr Leben schreien . . .«

Anna versteht, der Matthes will sie nicht zur Frau, sondern zur angetrauten Hure. Sie soll dieselben Kräutersäfte (angereichert mit zerstoßenen Spitzen der Sade und dem Samen von Sellerie) schlukken und dieselben Schwämme einlegen wie die Badedirnen; wie die sich vor Kindern hüten, so soll auch das Röschen um ihr Eigentliches gebracht werden.

»Vater, du versündigst dich! Das ist ein junges Mädchen. Jetzt weiß sie nicht, worauf sie sich einläßt. Kriegt sie ein bißchen Verstand, will sie Kinder. Alles andere ist Sünde. Was du willst - da ist jedes Beilager Ehebruch und Frevel . . . Willst du sie um ihr ewiges Heil bringen, damit du eine Puppe rumzeigen kannst? Guckt sie euch an! Ihr Vater ist Schaffner der Niersteiner Nonnen und ihre Patin eine gelehrte Frau? Ist das alles, was du denken kannst? Das ist ein getaufter Mensch und du willst, daß sie jede Nacht gegen Gottes Gesetz verstößt?«

»Gott, Gott, Gott . . . Weißt du nichts anderes? Wenn ich mit der Käthe reden will, rede ich mit der Käthe. Hab ich die Welt eingerichtet? Ich laß dem Runge keine neunzig Pfund Heller, wenn sie eingeht. Wofür? Für schöne Träume?«

Anna will zornig die Kammer verlassen. »Jetzt kenne ich dich wieder. Das ist dir nur ein Geschäft. Du willst ein Geschäft machen: Hier das Geld, her mit dem Gut. Kauf dir doch gleich eine Sklavin! Deine Lombarden schaffen sie dir her. Für neunzig Pfund Heller wirst du auch zwei kriegen. Mohrenschwarze, wenn du willst. Wie du sie willst. Nur ausgesucht, nur verlangt!«

»Du weißt ja Bescheid!«

»Frag deine Lombarden! Die holen sie dir her.«

»Ich will eine Frau, die mir Achtung bringt . . .«

»Dann such dir eine.«

Sie will an ihm vorbei. Matthes läßt Anna nicht aus der Kammer. »Anna«, will er sie beschwichtigen, »und was ist, wenn ich das Röschen nicht nehme? Steigt irgend ein Bauer auf sie und neun Monate später ist sie unter der Erde. Ist das besser? Die bleibt nicht im Kloster. Die nicht! Die kannst du nicht mehr anbinden. Die will was spüren . . .«

»Hoffentlich reicht's ihr, was du ihr geben kannst.«

»Es reicht ihr«, behauptet der Matthes fest. Ein Röschen wird er immer sättigen können. Anna mag ihn an sein Alter erinnern, so oft sie will, diese Pflicht schreckt ihn nicht. Die wird er bis zum letzten Tag verrichten können.

»Na, dann ist ja alles bestimmt«, sagt Anna und will sich an ihm vorbeidrängen.

Matthes hält sie fest.

»Anna, du mußt auch mit ihr leben, du und Käthe . . .«

»Mit einem Röschen werde ich *auch* fertig!«

Matthes kann aber, sowenig wie sonst jemand, über seinen Schatten springen. Er holt die neunzig Pfund Heller nicht aus der Truhe (wo immer die Truhe stehen mag) und noch weniger will er dem Runge zugestehen, daß der sein eisern erspartes Geld nach dem vorzeitigen Hinscheiden des Röschens behalten darf.

Der Runge verliert darüber nicht den Kopf. Faul, wie er nun mal ist, ist ihm alles recht. Wenn sich die Unterhandlungen hinschleppen, schleppen sie sich eben hin. Die Klarissen in Nierstein werden ihn nicht missen und falls doch, müssen sie warten. Er spricht mit dem Evangelisten: »Herr, hier ist gut sein.«

Dabei tut der Matthes im übrigen weiter, als sei ihm das Röschen schon zugefallen. Er führt sie, findet er nur ein wenig Zeit dazu, in der Stadt herum, kauft ihr Geschenke und bestellt für sie Kleider. Mit dem Schneider gibt es aus diesem Anlaß Disput. Matthes hat den Schneider Maskopp überredet, das Röschen und ihn bei der Auswahl der Stoffe zu beraten und der Schneider hat eingewilligt. Wie sie nun die Gaden der Tuchhändler aufsuchen, die gute und preiswerte Tuche haben, ist dem Matthes nichts recht. Er will für sein Röschen Stoffe, als stamme sie aus altem Geschlecht und er, der Matthes, sitze im Rat, wenn nicht gleich bei den Räten des Königs. Er scheint gar nicht zu begreifen, daß die Tuche, die er haben will - selbst vor Baldikin, einem mit Goldfäden durchwebten Stoff und mit Purpur gefärbt, schreckt er nicht zurück –, daß diese Stoffe also weit über ihrer beider Stand wertvoll sind. Er scheint vergessen zu haben, welche Grenzen uns allen gesetzt sind. In seiner merkwürdigen Verliebtheit hat er allem Anschein nach die einfachsten Gesetze vergessen.

Umgekehrt hat auch das Röschen keine Scheu, sich aller Welt als Frau des Baders zu zeigen. Sie geht mit ihm zur Messe, kaut für ihn das Fleisch, das ihm zu zäh ist und steigt, als könne es nicht anders sein, in sein Bett. Eine eigenartige Neigung hat sie für das Baden. Jeden Tag huscht sie einmal, mehr oder minder nackt, in die Badstube und nimmt in einer der Wannen Platz, manchmal bei Frauen, manchmal bei Männern, wie es gerade kommt.

Anna und Käthe sind davon wenig erbaut. Matthes sagt, es sei ihm recht so; sie habe da seine Einwilligung. Vielleicht ist es ihm wirklich recht. Er freut sich über jeden Lobpreis ihres Körpers. Der eine rühmt ihre Augen, ein anderer ist von ihrer Gewandtheit (»wie ein Reh«) angetan oder von ihrem Lachen. Die Rose spricht wenig, aber sie lacht gern und an den richtigen Stellen. Wenn man darauf achtet, merkt man, ihr Lachen ist eine eigene Tonleiter; sie kann ganze Melodien damit ausdrücken. Mehr: fast alle Gefühlsregungen kann sie damit wiedergeben. Spott und Lebenslust und Unglauben, auch Zustimmung und Vertrauen, Abneigung und Zurückweisung. Sie hat keine Scheu, sich zu berühmten hohen Herren in die

Wanne zu setzen. Anfangs fürchtet der Bader, das werde ihr oder ihm nicht geduldet. Doch als er merkt, das Röschen wird ebenso heiter empfangen wie es sich gibt, duldet er es gern. Er achtet allerdings darauf, daß sich niemand Handgreiflichkeiten herausnimmt. Darin muß er sich jedoch keine Sorgen machen. Das Röschen scheint einen Schild um sich zu haben. Es wird gern gesehen und gern geduldet, aber niemand verwechselt es mit den Reiberinnen.

Der Niersteiner Schaffner läßt alle und alles gewähren. Wie er so auf seinem Stammplatz unter der Treppe sitzt, erinnert er an einen Kater, der sein Plätzchen gefunden hat und den im übrigen weder Katzen noch Mäuse zu reizen vermögen. Spricht er über die neunzig Pfund Heller, macht er das vorsichtig. Erkennbar soll dem Matthes nicht die Galle überlaufen. In seiner Rede ist dann aber ein bestimmter Unterton. Ganz als sei es beschlossene Sache, er gehe nicht eher aus dem Haus, bis er das Geld vorgezählt erhalte. Daß der Matthes es hartnäckig ablehnt, auch nur die Hälfte zu geben, scheint keine Wichtigkeit zu haben. Als seien die Worte des Matthes nur dazu bestimmt, irgendwelche Zuhörer zu täuschen, während in Wahrheit bestes Einvernehmen bestehe.

Der Matthes verlegt sich abwechselnd aufs Betteln und Fluchen: mal will er das Röschen umsonst, mal würde er alle Herrlichkeit dieser Erde fürs Röschen geben, hätte er sie nur. Der Runge ist weder damit noch damit zu beeindrucken. Er sagt: »Matthes, was denn gleich alle Reichtümer. Neunzig Pfund Heller und nicht mehr und nicht weniger . . .«

Das Röschen hält sich heraus oder wird herausgehalten. Auch ihm scheint alles endgültig und bis an den Rest seiner Tage geregelt zu sein. Seit seinem Hiersein ist es so etwas wie die Stiefschwester von Käthe und Anna und die Bettgenossin des Matthes. Es beansprucht keine Rechte, will nicht bedient werden, allerdings auch keine Arbeit verrichten. Es will einfach nur da sein, sich putzen und baden und alle Freuden des Körpers genießen. Darin ist es unersättlich.

Das gilt selbst fürs Essen. So schlank die Rose ist, so gern ißt sie.

Beim Matthes gibt es nur einmal am Tag eine wirkliche Mahlzeit. »Eine Mahlzeit am Tag ist himmlisch, zwei sind menschlich, drei bestialisch«, heißt der Spruch des Matthes dazu. Bei seinen Mahlzeiten wird allerdings nicht gespart. Das ist anders als bei den üblichen Geizhälsen, die sich gerade beim Essen kasteien. Möglich, er hat zu viel Hunger in seinem Leben kennengelernt und fürchtet nun, mit leerem Bauch und ohne Fett auf den Rippen in eine neue Hungersnot zu geraten. Wahrscheinlicher ist es, Anna läßt nicht zu, daß man sich nur mit Grütze um die Zähne bringt. Sie läßt auch nicht zu, daß die Knechte und Mägde mit Resten und Schlechtem abgespeist werden, wie es anderswo ist. Was es für den Matthes Fuß gibt, das gibt es auch für seine Bediensteten.

Ein paarmal in der Woche wird Fleisch gebraten, oft süß und sauer angerichtet. Gans wird mit viel Eigelb und viel Safran in Honigmilch gekocht, Hasen in Mandelteig gebraten, Küken in Zucker gebräunt (Zucker ist diese Kostbarkeit aus fernen Ländern und deswegen muß der Matthes schon sehr gut gelaunt sein, daß er das zugibt). Freitags gibt's Fisch: gedünstet, gesotten, gebraten und in Pasteten. Und oft mit der Lieblingssauce des Matthes, einer Sauce aus Walnüssen, Petersilie, Thymian, Zitronenmelisse, Rosmarin und Zimt. Sonntags trägt die Küchenmagd, ist die Zeit danach, oft Ziegenfleisch auf oder das Fleisch von jungen Hennen; das ist das beste von allem Fleisch; in ihm ist keine Bosheit und es macht gutes Blut. Nur sonntags deshalb, weil man es nur Leuten vorsetzen darf, die müßig gehen. Würde man es bei schwerer Anstrengung essen, verdürbe es den Leib, ganz wie umgekehrt schwere Kost den Kranken umbringt.

In den Eßregeln kennt sich der Wenzel gut aus; er hat sie von den Ärzten des böhmischen Königs vernommen. Zum Beispiel darf man kein Mark essen, sei es nun in Vögeln oder anderen Tieren. Würde man es unvernünftigerweise tun, verlöre man sein Gedächtnis. Schon kleine Mengen genossen und der Mensch wird die Dinge vergessen, die er vordem gehört oder gelernt hat. Oder: Stare, Fasane und alle Vögel, die Wacholderbeeren picken, sind gesund für den Menschen; Enten und Gänse nur in Maßen. Denn diese Tiere sind hitzig und führen zu Unlust am Essen.

Von all dem rührt der Wenzel nichts an, ist es nicht unter seinen Augen gekocht. Geht es nur eben, stellt sich der Wenzel in die Küche und sieht der Magd zu, was die bereitet. Geht das nicht, und das ist meistens so, kocht er sich selbst etwas und sei es mitten in der Nacht. Sogar beim Trinken läßt er größte Vorsicht walten. Am liebsten schluckt er Wasser, das er sich aus dem Brunnen geschöpft hat. Natürlich ist das lästig; der Matthes läßt ihn jedoch gewähren. Was sieht er seinem geschätzten Knecht nicht alles nach!

Das Röschen, um nun wieder das Wesen zu betrachten, welches den Matthes zur Zeit am meisten bewegt, ißt, was ihm vorgesetzt wird. Wenn's ihm schmeckt, schlingt es wie ein Holzhacker.

Noch weniger Maß kennt es in der Liebe. Es wartet nicht ab, bis sich der Matthes des Nachts zu ihr legt. Auch während des Tages verführt sie den Mann, zerrt ihn manchmal in eine der Buhlkammern, vereinigt sich mit ihm auf dem Fußboden der Küche oder im Holzschuppen. Dem Matthes ist die Sache nicht immer geheuer. Er fühlt, er verfällt mehr und mehr ihrem Zauber, doch wehrt er sich nicht dagegen.

Er will es so. Etwas Ähnliches hat er nie erlebt, nicht einmal davon vernommen. Es kommt ihm vor, er werde von Tag zu Tag mehr mit dem Röschen beschenkt.

8.

Das Ausschöpfen des Kellers und das Freilegen des Brunnens ist eine Quälerei, ähnlich der Anstrengung des Sisyphos.

Als erstes hat der Brunnenbauer angeordnet, muß der Brunnen des ihn umgebenden Erdreichs entkleidet werden. Die Männer graben und schaufeln und karren Erdreich zur Seite, eigentlich nur Schlamm und eine Brühe aus Schlamm, dringen bei dem erschrekkenden, weil nicht endenden Regen (einmal auch bei Hagel, der die Haut aufreißt wie eine Geißel) Elle um Elle und Fuß um Fuß tiefer und legen auf diese Weise die Mauern des Brunnens frei.

Es sind grobgeschichtete Mauern; die Steine haben sich gegeneinander verschoben, sind auf der Innenseite glitschig und moosig und auf der Außenseite wie angefault. Der Brunnen mahnt bald, wo er nackt und frei und fremd aus dem Boden ragt, an die Knochen eines alten Ochsen nach dem Häuten und Ausweiden. Statt der genäßten Erde, die vordem, wenn auch unvollkommen, das Wasser am Austreten gehindert hat, sollen nun Werg und Pech bewirken, daß das Wasser im Brunnen bleibt und der Brunnen selbst nicht den letzten Halt verliert.

Trotz aller Bemühungen gelingt dem Butz nur unvollkommen, was er beabsichtigt. Ständig reißen neue Löcher auf und aus Ritzen läuft das Wasser wie Blut aus einer Ader. Der Butz schiebt das Mißlingen seiner Anstrengungen auf das Wetter. Würde und wäre, behauptet er mit immer neuen Beispielen, wäre dieses und würde jenes ... Der Matthes will alles nicht hören. Er will nur, daß die Männer fertig werden und der Brunnen kein Anlaß der Sorgen mehr ist.

Denn brächen die Mauern nieder, stürzte der Brunnen in sich zusammen, wäre dies ein Unstern, wie er unseliger kaum sein könnte. In mancher Weise gewährt der Brunnen dem Matthes die Existenz, fast mehr als das Haus. Ein Haus kann man neu aufbauen; einen verschütteten Brunnen nicht. Das Wasserrecht ist eines der kostbarsten Privilegien – so eigentümlich sich das anhören mag, wenn niederstürzender Regen, Überschwemmung und ein auslaufender Brunnen einem das Herz abdrücken wollen. Es gibt Städte, in denen man in trockenen Sommern jeden Tropfen Wasser mit Gold aufwiegen muß. Mainz ist da glücklicher dran. Aber man weiß, wieviel Wasser jedes Gewerbe verschlingt, und wie man sich mit Gott und der Welt gutstellen muß, damit einem die Menge Naß zugesprochen wird, die man für sein Tun benötigt. Für die niedrigen Leute müssen die öffentlichen Brunnen ausreichen und das, was die Wasserträger heranschleppen. Ihnen wird es auch reichen. Wieviel braucht schon ein Webersknecht oder ein Handlanger am Rheinkran? Das Wenige, das sie am Tag verzehren, was sie am Tag versaufen und woraus sie ihre Suppe kochen und was sie dem Vieh in den Trog schütten. Der Matthes weiß gut, welches Vorrecht es ist, das Wasser aus dem eigenen Brunnen schöpfen zu können. Und welchen Nutzen er daraus hat.

Der Butz arbeitet mit einem Trupp Männer und schwerem, standfestem Gerät. An ihm liegt es nicht, daß die Arbeit so saumselig vorankommt. Alles ist eine einzige Wühlerei in Morast und trübem Wasser. Anna will, daß das Badhaus für eine Weile geschlossen wird. Während des ganzen Tages tragen nämlich die Männer des Butz ihre Eimer im Hof und im Haus hin und her, belästigen die Gäste, ohne daß sie es wollen oder es anders vermöchten. Trotz ihres Fleißes oder gerade deswegen sind sie eine Plage. Sie beginnen ihr Tagwerk beim Hellwerden und hören erst damit auf, wenn sie ihre Hände und Füße nicht mehr sehen, wie man sagt. Ständig waten sie in Schlamm und kein Wunder, daß der bald im ganzen Haus herumgetragen wird. So oft können die Weiber gar nicht putzen, wie wieder jemand etwas verschüttet oder verdreckt.

Der Bader läßt sich nicht auf den Gedanken ein, für eine Weile zu schließen. Er zetert, wie man sich bei seiner Gemütsart denken kann, wegen des weiteren Geldverlustes. Als wolle Anna ihn ausrauben, so zeigt er sich. Er ist nur bereit, den Gästen die eine oder andere Guttat unentgeltlich zu gewähren. Am besten solche, die niemanden etwas kosten. Am Ende müssen die Badedirnen den Gästen die Belästigung wettmachen.

Während die Brunnenbauer immer mehr in ihrer urgrundlosen Welt versinken (oft müssen sie sich mit Seilen vor dem Absturz in den Morast sichern), während also alles zur Rettung des Brunnens unternommen wird, wird im Haus weiter gebadet und Musik gemacht, wird zur Ader gelassen und werden die Bärte gestutzt, wird weiter Männlein und Weiblein im Schweißbad eingeheizt. Und während all dieser Zeit säuft der Runge und schwafelt der Prokurator. Er gönnt sich das Badevergnügen zweimal jede Woche. Und darin ist er weiß der Himmel und zum Glück nicht der einzige. Viele, die ein städtisches oder geistliches Amt haben, baden nicht weniger wütig. Der Badpfennig gehört ganz selbstverständlich zu ihren Pfründen. Warum sollten sie ihn dann schonen? Selbst die Handwerksgesellen halten jeden Samstag bei ihrem Meister die Hand für ein Badgeld auf und erhalten es ohne Widerspruch.

So ist es also um die Dinge im Badhaus bestellt, als ein neuer Schlag auf den Matthes niedergeht.

Ursache und Anfang sind nichtig, wie oft in solchen Fällen. Er ist gerade in der Badstube und setzt einem verfetteten Weib Blutegel, da hört er ein verdächtiges Geräusch: Wie wenn sich Balken ächzend neuen Halt suchen. Matthes will schon glauben, er hat sich getäuscht, da entsteht Lärmen und Rufen und Rennen. Der Bader sieht nach und erfährt von Käthe, im unteren Keller werden Hände gebraucht. Er will den Heiner schicken und als der nicht sofort begreift, gibt er ihm eins hinter den Löffel. Er soll sich sputen und hier nicht das Maul aufsperren, daß Gänse reinfliegen können! Endlich weiß der Heiner, was er soll (macht jedenfalls, wie er geheißen wurde) und verschwindet.

Einige Zeit herrscht Ruhe, dann noch größere Erregung. Matthes schreit nach Anna, und als er keine Antwort erhält, hastet er selbst in den Keller wie er ist: nur ein Kittel über den nackten Leib gezogen und ohne jedes Schuhwerk. Der Butz steht da und preßt seinen Rükken mit großer Kraft, beinahe letzter Kraft, meint man, gegen einen Strebbalken und zwei seiner Männer versuchen, umgestürzte Balken zur Seite zu zerren und Geröll wegzukratzen. Der Heiner liegt unter den Stempeln. Er bewegt sich nicht, stöhnt nicht einmal. Man weiß nicht, hat er das Zeitliche gesegnet oder ist er nur benommen?

Der Matthes will sich um den Burschen kümmern, aber der Butz verlangt von ihm, er soll ihm Hilfe leisten. Er fürchtet, die Kellerdekke bricht sonst herunter oder die Außenwand hält dem Druck nicht weiter stand. Der Brunnenbauer ist von Erschöpfung weiß; so will es dem Matthes wenigstens erscheinen. Er tritt an die Stelle des Butz und befiehlt, man soll eilig den Wenzel holen. Erst jetzt, wo er nach ihm verlangt, bemerkt er, der Wenzel bemüht sich bereits nach Kräften um den Heiner. Er hat nicht bemerkt, wann der Wenzel gekommen ist. Es muß bald nach ihm gewesen sein. Mit Hilfe aller und der Kraft einer Winde gelingt es, die Streben und Balken wieder in ihre vorherige Lage oder ihren vorherigen Stand zu bewegen und den Heiner (»Vorsicht! Vorsicht!!«) nach oben zu befördern.

Im Licht des Tages erkennt man, wie tief sein Schädel gespalten ist. In dem Brei aus geronnenem Blut und verklebten Haaren sieht man das Gekröse des Gehirns, eine weißlich-graue Masse, kaum anders als Nürnberger Brot. Der Heiner lebt, doch nur noch schwach. Matthes kann kaum den Atem wahrnehmen. Der Wenzel beugt sich über den Jungen, preßt seine Lippen auf die des Heiner und haucht ihm Odem ein. Dem Matthes ist es, als wollte der Knecht einen Toten zum Leben erwecken.

Anna kommt mit einem Akoluthen, einem Menschen mit Weihen, aber ohne eigene Einkünfte. Er wohnt in der Nachbarschaft, kaum besser als ein Bettler. Es ist ein wenig freundlicher Gesell, halb verhungert. Sein Vater ist Meßpriester, aber selbst er ist nur der letzte in einer Kette, die sich einen Altar in der Augustiner-Kirche teilt. Der Akoluth, fahl und pickelig wie er ist, geht immer geduckt, als müsse er sich verstecken. Bei aller Bescheidenheit ist er jedoch niemals wirklich friedfertig. Oft streicht er um das Badhaus, blickt die Badedirnen finster an, verwünscht sie auch manchmal halblaut. Dabei kommt es Matthes vor, als verlange er mehr nach den Frauen als andere sich nach einem Stück Brot verzehren. Doch ob er nun darbt oder schwelgt, sich des Fleisches enthält oder es mißbraucht, in dieser Notlage ist er nichts anderes als Gottes Bote. Ohne sich lange zu zieren, kniet er neben dem Heiner nieder und beginnt die Sterbegebete zu murmeln und ihm die letzte Beichte abzunehmen. Der Heiner kann nicht sprechen. Für ihn bittet der Matthes um die Vergebung seiner Sünden und der Priester entbindet den Heiner mit der Gnade, die ihm vom Herrn verliehen ist, aller Schuld.

Danach wird der Heiner auf ein Brett gelegt und zwei der Männer des Butz packen an und tragen den Burschen ins Spital.

Der Matthes wirft sich ein Obergewand über und begleitet sie.

Möge Gott den Heiner bewahren!

Den Matthes käme es hart an, verlöre er den Burschen.

9.

Vom Badhaus des Matthes zum Spital »Zum Heiligen Geist« – direkt an der Mauer, dem Rhein zu – sind es für einen Vogel nur einige Flügelschläge. Für jemanden, der es eilig hat, ist es eine Ewigkeit, die dunklen, winkligen, vollgepferchten Gassen, die mit Ständen und Buden vollgestopften Plätze mit einem Sterbenden entlangzuhasten. Keiner macht Platz; niemand kümmert sich um den Leblosen auf seiner schwankenden Trage.

Der Matthes hadert mit sich, daß er nicht befohlen hat, den Weg zum Rhein zu gehen und vor der Mauer zu laufen. Das ist der weitere Weg, aber der raschere. Eins der Törchen des Spitals ist Stadttor, wenn man so sagen darf. Wer nach Dunkelwerden, wenn die großen Tore geschlossen sind, noch in der Stadt Einlaß finden will, klopft hier an.

Hätte er doch nur diesen Weg genommen, verflucht sich der Matthes und stößt eine Alte zur Seite, die nicht rasch genug weicht.

Mit einer Peitsche müßte man sich Platz schaffen!

Endlich erreichen sie Heilig Geist. Das Spital ist eine Feste der Krankheit und des Lebens, aus Stein aufgeführt, wehrhaft wie eine Burg. Und wie an jeder Burg treiben sich Wächter und Gruppen von Schwatzenden und Feilschenden am Tor herum und alle stehen so, daß sie dem Matthes (und noch mehr dem Heiner) den Weg versperren. Der Matthes schreit um Platz und jagt welche grob zur Seite und dabei ist es ihm gleichgültig, was man ihm nachruft. Was haben sich diese Müßiggänger und Faulpelze, diese jammernden Anverwandten und zukünftigen Erbschleicher ausgerechnet an den Portalen herumzudrücken? Sollen sie ihre Schwätzereien halten, wo sie wollen!

Im Spital macht der Matthes einen ebensolchen Aufruhr, daß man auf ihn und seine Last aufmerksam wird. Zwei geschäftige Pflegeweiber, kaum älter als die Käthe, eilen herzu, werfen einen Blick auf den Heiner, bekreuzigen sich, beraten sich hastig und führen dann die Männer mit dem Heiner in den großen Saal, in welchem die Betten stehen.

Es ist kalt in der steinernen Höhle (viele schwere Säulen, die sich verzweigen wie Bäume und deren Kreuzrippen die sich reckenden Decken tragen); in einigen gefräßigen Kaminen glühen Holzscheite und geben ihrer nächsten Umgebung Hitze ab. Den Bader fröstelt, und er fühlt sich bedrückt. Der Geruch von Siechtum und Tod, der in dem gewaltigen Saal hängt wie der von Rosenwasser und venezianischer Seife in seiner Badstube macht ihm Unwohlsein. Vielleicht ist es auch nur der Gestank, der ihn einhüllt. Es riecht nach den Ausdünstungen alter Männer und nach Schweiß, nach Verdorbenem und Exkrementen und Medikamenten und Kohlsuppe. Ohne daß er es will, hält er Mund und Nase zu. Wie um ihn zu verhöhnen, hebt ein kindischer Greis, kaum größer als ein Zwerg und mit verbildeten Armen und Beinen, sein Hemd, dreht dem Matthes den stacheligen Hintern zu und furzt mit einer Lautstärke, als wolle er zur Ankunft des Heiner die Posaune blasen.

Der Spitalmeister - ein selbstbewußter großgewachsener Herr in weltlichem Gewand - kommt heran, besieht den Heiner ohne Regung und Rührung und weist ihm ein Bett an, in welchem schon zwei Männer liegen und Schach spielen. Ohne daß der Matthes es will, denkt er darüber nach: Wie sind sie wohl an die Spielfiguren gelangt, die der Matthes sonst nur in den Händen der Reichen sieht? Bei welcher Gelegenheit werden sie die wohl an sich genommen haben?

Der Spitalmeister heißt sie etwas zur Seite zu rutschen, und die tun es ohne Widerspruch.

Das Bett ist für vier Menschen breit genug. Dennoch merkt man den beiden Bettinsassen an (einer ist ein Bursche, dessen Gesicht und Körper über und über mit Schwären bedeckt ist; der andere ist unter seinen Verbänden kaum zu erkennen. Nur seine Augen und Nase sind frei), sie hätten sich einen weniger verletzten Genossen gewünscht. Vielleicht haben sie darauf gehofft, einen zu finden, mit dem sie sich die Zeit besser verkürzen können.

Der Spitalmeister will, daß ein Priester die Letzte Ölung erteilt.

Der Matthes erklärt darauf eifernd, daß der Heiner bereits Vergebung seiner Sünden erlangt hat.

Der Spitalmeister würdigt ihn keiner Antwort.

Darauf wird der Bader, fuchtig wie er ist, ausfallend. Er will, daß der Arzt kommt und nicht noch einer, der sich um die Seele sorgt.

Der Spitalmeister hat darauf einen kurzen, harten Blick für den Matthes, erwidert aber nichts.

Damit kann man den Bader nicht einschüchtern. Er unterwirft sich selbst den hohen Herrn nicht, hat er sich erst mal zum Kampf entschlossen oder – besser – zwingt man ihn dazu; im Gegenteil, gerade sein Wissen, von allen verachtet zu werden, macht ihn manches Mal bis zum eigenen Schaden eigensinnig, aber auch stark.

Er beharrt darauf, daß der Arzt geholt wird.

Mainz hat nämlich zwei Ärzte, die ihr Wissen auf einer Hohen Schule erworben haben. Einer von ihnen dient den Kranken hier im Heilig-Geist-Spital, der andere beweist den Antonitern seine Kunst. Matthes kennt beide vom Ansehen und er meint, auch die Ärzte wüßten, wer er ist. Zwar hat er weder mit dem einen noch mit dem anderen je ein Wort gewechselt. Ärzte geben sich gern hochmütig und ganz besonders gegen Bader. Aber so wie er von ihrem Dasein weiß, so werden sie von seinem wissen.

Brotneid hat den Bader dazu gebracht, sich über beide Ärzte genaue Kenntnisse zu verschaffen; hinter vorgehaltener Hand und mit geheuchelter Teilnahmslosigkeit natürlich. Die Leute, die es angeblich genau wissen, sagen, beide Mainzer Ärzte haben sich ihr Wissen in Paris geholt, dem neuen Salerno, berühmter als die altehrwürdige Schule der Medizin, von welcher vordem die angesehensten Mediziner kamen.

Dennoch, beim Warten auf den Arzt, erwachsen dem Matthes heftige Zweifel, ob er das Richtige für den Heiner gewählt hat. War es richtig, den Heiner hierher zu bringen? Kann er oder kann der Wenzel nicht auch alles tun, was man hier für ihn tut? Und mehr? Ließe er den Heiner so lange liegen und auf Pflege warten?

Matthes hält dem reglosen Jungen Hände und Kopf, fühlt wieder nach seinem Puls. Erst meint er, Herz und Blut hätten ihren Dienst beendet. Dann wiederum denkt er, noch müsse er ihn nicht aufgeben. Er kann sich an Verletzte und Verstümmelte erinnern, die ähnlich aussahen und die doch ins Leben wiederfanden.

Kann das auch ein Arzt vollbringen?

Hat der wirklich Kenntnisse, mit denen ein erfahrener Bader nicht aufwarten kann?

Dazu muß man wissen, zwischen den Badern und Medizinern herrscht ein stiller zäher Kampf, der noch lange nicht entschieden ist. Womit der Matthes aufwarten kann, wollen die Ärzte nicht gelten lassen und er hinwiederum ist von ihrer Gelehrsamkeit überzeugt, doch weniger von ihrem Können.

Zwar kann er nicht mit ihnen über den geheimen Sinn einer Krankheit disputieren. Er weiß nicht wie diese darüber zu streiten, ob Krankheit und Leiden eine Gnade des Herrn sind, denen gewährt, die er liebt und die er prüft, daß sie der Ewigen Seligkeit teilhaftig werden. Oder ganz im Gegenteil, eine Strafe für falsches Leben und falsches Denken.

Matthes weiß nur die grundlegenden Dinge der Heilkunde; das, was er von seinem Lehrherrn erfahren hat. Würde man ihn aus dem tiefsten Schlaf reißen, er könnte die Lehren hersagen. Alle Gebilde der Welt sind aus den vier Elementen Feuer, Wasser, Erde und Luft zusammengesetzt und diese Ordnung herrscht auch im Menschen. Selbst das Ebenbild Gottes ist in dieser harmonischen Weise und aus den genannten Elementen geschaffen. Deshalb haben die vier Kardinalflüssigkeiten des Menschen die vier Eigenschaften feurig und kalt, trocken und feucht. Blut ist feucht und warm und bitter, Schleim kalt und feucht, auch salzig oder süß; rote Galle warm und trocken und bitter, schwarze Galle trocken und kalt, stark und scharf.

Diese Säfte bewirken, daß der Mensch auf Erden wandeln kann. Dabei hat ein Saft in jedem Menschen die Vorherrschaft; einer der vier Säfte bestimmt sein Temperament. Wie die Säfte gemischt sind, macht Gesundheit und Krankheit, frühen Tod oder langes Leben aus. *Abundantia*, der Überfluß der Säfte, oder *corruptio*, die Verdorbenheit der Säfte, führen gleichermaßen zu Krankheiten. Dieses, und daß die Säfte in Verbindung mit den Tages- und Jahreszeiten stehen, mit den Lebensaltern und dem Stand der Sterne – mehr weiß Matthes nicht von den Dingen, die sich im Inneren des Körpers ereignen. Aber muß er mehr wissen?

Bisher schienen ihm seine Kenntnisse (und natürlich die Wirkweisen der Kräuter und Tinkturen) ausreichend. Wieviel Engel auf einer Nadelspitze Platz finden und warum sie dort versammelt (oder ähnliche Gelehrsamkeiten), schien ihm nicht wichtig zu wissen.

Jetzt, beim Warten auf den Arzt, dünken ihm seine Kenntnisse sogar mehr als ausreichend. Wenn die Leuchte der Medizin (auch der Rhetorik und Dialektik) nicht auf der Stelle erscheint, wird er den Heiner wieder mitnehmen und zu Hause auf seine Weise pflegen!

Das denkt der Matthes und so führt er sich auch auf. Ziemlich ruppig (er ist selbst über die Heftigkeit seiner Rede erstaunt) erkundigt er sich, wann sich der Arzt endlich zeige.

Der Spitalmeister benimmt sich, als habe der Matthes nichts von Bedeutung geäußert. Er fordert vielmehr streng, der Matthes solle für den Heiner ein Gebet sprechen oder seinen Mund halten. Er solle sich um die Seele sorgen, nicht um den Leib.

In seiner Erregung antwortet ihm der Bader ungehörig. Für den Heiner sei der Leib bei weitem wichtiger als die Seele; der könne er nicht verlustig gehen, aber des Lebens. Für den Jungen habe das Leben erst begonnen. Es könne nicht Gottes Plan sein, ihn schon jetzt zu rufen!

»Wenn du Gott liebst, liebst du auch, was Gott tut. Dann liebst du auch seine Heimsuchungen!« fährt ihn der Spitalmeister scharf an.

Nur das Heil der ewigen Seele sei wichtig; der Körper sterblich. Zehn Jahre früher oder später verwest, mache für einen Menschen in Christo keinen Unterschied. Und als auch darauf der Bader etwas setzen will, heißt er ihn schweigen. Der Matthes soll beten und nicht Satanas versuchen!

Von dieser Strafpredigt eingeschüchtert, kniet der Matthes wahrhaftig neben dem Bett des Heiner nieder und will dem Jungen ein Fürsprech bei unserem Herrn sein. Unwichtig und unwürdig, wie er sich empfindet, wagt er aber nicht daran zu glauben, er wäre ein Beistand, wie der Heiner ihn nun benötigt. Dennoch betet er. Sein Gebet ist nichts weiter als Gestammel für das Überleben des Heiner. Er ist nicht einmal in der Lage, seine Augen und seine Gedanken vom Alltag abzuwenden. Er kann sich nicht, wie wahre Fromme das vermögen (vielleicht schon die Beghine) nach innen versenken.

Selbst jetzt, wo ihm die Anrufung des Herrn und aller seiner Diener und aller seiner Getreuen und Heiligen ernst ist, vermag er nicht anders, als auch unsere Welt wahrzunehmen, wie sie nun einmal ist.

Er sieht wieder das Schachbrett aus Elfenbein auf dem Bett und meint, die Burschen werden es gestohlen haben und wundert sich über ihre Dreistigkeit, ihren Raub aller Welt vorzuführen!

Dann wendet er sich, während die Lippen noch das Gebet formen, wieder seinem Heiner zu. Der Junge rührt und regt sich nicht mehr. Nicht einmal seine Augenlider bewegen sich, geschweige denn Arm oder Bein oder andere Gliedmaßen. Und doch ist der Matthes ganz sicher, er atmet schwach. Er ist beinahe gewiß (woher er diese Gewißheit hat, könnte er nicht erklären), der Heiner könnte diese Not überstehen, wenn er endlich die Hilfe eines Arztes fände oder wenigstens einen richtigen Advokaten bei Gott und allen Heiligen.

Mit Bitternis bemerkt er, daß der Spitalpriester, ein jüngerer Mensch – Anfang zwanzig, würde der Matthes glauben – würdevoll, den Kopf etwas zur Seite gelegt (ungesund gelbe Augen, denkt der Matthes, bald wird er selbst auf einem Bett liegen), unendlich langsam herankommt. Als habe der Heiner Zeit in Hülle und Fülle. Dabei ist es dem Bader nur ein recht geringer Trost, daß der Spitalmeister ungeduldig in die Hände klatscht, ganz so, wie der Matthes seine Reiberinnen zur Eile antreibt, wenn die sich nicht zur Arbeit bequemen wollen.

Auch der Priester befragt den Matthes nicht nach den Umständen des Unglücks, nicht, ob der Heiner noch im Hier- oder bereits im Jenseits ist. Er will nur erfahren, wann der Heiner das letzte Mal die Beichte abgelegt hat und den Leib des Herrn empfangen.

Der Bader sagt es ihm, wie er es denkt und darauf wird die Prozedur der Letzten Ölung wiederholt.

Dabei geht die Betriebsamkeit im Krankensaal weiter, wie wenn das Armesünder-Glöckchen nicht läutete und niemand zur letzten Reise aufbrechen wollte. Pflegefrauen und andere Helfer eilen von einem Bett zum nächsten. Jedes Bett, mit Vorhängen und einem Dach versehen, ist wie eine kleine Krankenstube. Wenn man die Vorhänge zuzieht, schließt man die Welt aus.

Dem Matthes fällt auf, daß einige der Kranken ausgestreckt liegen und schlafen. Achtet denn keiner darauf, daß ihnen der Teufel ins Maul einfahren kann, wenn sie im Schlaf den Kopf nicht hochhalten?

Er tröstet sich damit, der Teufel wage sich wohl nicht in diesen von so viel Heiligen bewachten Raum. Oder habe es nicht mehr nötig, da die meisten ihm sowieso zufielen.

Dieser letzte Gedanke scheint dem Matthes ungehörig. Kann er sorglos sein, während der Heiner mit dem Tode ringt?

Beschämt wendet er sich wieder seinem Knecht zu, der – nun doppelt gesalbt und doppelt losgesprochen – sicher wie eine Taube ins Paradies fliegen würde, riefe ihn der Herr zu sich.

Während er wieder für den Jungen betet, kann der Matthes seine Augen nicht von dem Priester und dem Spitalmeister lassen. Der überwacht den Jüngeren, wie ein jeglicher Handwerker seinen Lehrling bei dessen Verrichtungen im Auge behält: ohne letztes Vertrauen in dessen Fähigkeiten und auf dem Sprung, einzugreifen und seine Fehler wettzumachen.

Nur von Frömmigkeit und Glauben ist nichts zu erkennen.

Und das macht den Matthes nun endgültig fuchsteufelswild.

Noch ehe die Prozedur ihr Ende gefunden hat, erhebt er sich und beginnt den Spitalmeister und seinen Adlatus anzuschreien. Sie seien Arschlöcher und Schaumschläger und wenn sie nicht auf der Stelle den Arzt holten, statt hier weiter ...

Er kommt nicht einmal dazu, seine Drohungen auszustoßen. Nach dem ersten Erstaunen und Erschrecken im Krankensaal - selbst die Diebe im Bett des Heiner lassen die Figuren sinken - greifen mehrere Helfer und Diener ein, packen den sich wehrenden, tobenden Matthes und werfen ihn ohne weitere Umstände aus dem Saal, vor das Portal, in den Dreck des aufgeweichten Bodens.

Die Umstehenden bekümmert das nicht weiter. Anscheinend wird hier nicht selten so verfahren.

10.

Verdreckt und mit aufgerissenen Kleidern und einer Miene wie ein Schlächter, der vom Schlachtvieh verhöhnt worden ist, kehrt der Bader nach Hause zurück. Er sieht nicht, wer ihm begegnet, wer ihn begrüßt und wer sich nach ihm umdreht.

Er spürt nur Wut und Haß und Enttäuschung. Er hat sich einreden wollen, weil hohe Herren, Vertraute von Bischöfen und Kardinälen, Leute von Stand und Namen, in seinen Bütten sitzen und sich von ihm Brust und Rücken einreiben lassen, seine Tinkturen nehmen und die Adern von ihm schlagen lassen, sei er ein Mensch, ein jemand, dem man einen Funken Achtung gewähren müsse.

Er ist es nicht, hat ihm der Spitalmeister gezeigt. Er ist ein Köter, den man mit einem Fußtritt davonjagen kann.

Der Matthes bleibt stehen, weil er einen stechenden Schmerz in seiner Blase spürt und einen quälenden Druck. Er wendet sich einer Mauer zu, hebt seinen Rock, ergreift mit der rechten Faust sein Glied und will Wasser lassen.

Nur wenige Tropfen kann er sich abpressen. Er wartet, hofft, sein Körper werde seinem Willen gehorchen; allerdings mit wachsender Furcht, er werde nicht, auch mit wachsender Verbitterung.

Harn und Harnblase verweigern wahrhaftig den Gehorsam und als der Matthes erkennt, er ist erneut krank oder noch krank, befällt ihn Angst. Steht es mit ihm ernster als er es wahrhaben wollte?

Er läßt den Rock fallen, rührt sich jedoch nur unmerklich aus seiner Stellung. Eine Weile bleibt er noch wie ein Jude an der Klagemauer stehen, beobachtet (ohne sie wirklich wahrzunehmen) die Steine vor sich und denkt darüber nach, ob es nicht besser gewesen wäre, hätte ihn der Balken getroffen statt des Heiner.

Wie er in sein Haus zurückkehrt, wird er von den Töchtern aufgeregt angehalten zu berichten, wie es dem Heiner ergeht.

Wütend fährt der Matthes sie an: »Wärt ihr mal gekommen! Hättet ihr mal geguckt! Aber wenn man hier Hilfe braucht . . .«

Die beiden Frauen sind sich keiner Schuld bewußt. Dennoch versuchen sie eifrig und mit falschen Vorwürfen zu erklären, warum sie ihm nicht gefolgt sind. Gäste hatten wie immer Wünsche und Gäste zählen ja hier mehr als alles andere. Sie könnten erklären, was sie wollten. Der Matthes hört ihnen kaum zu. Er reißt vielmehr seine Kleidung vom Körper, wäscht sich knurrend die schmutzverkrusteten Füße und Beine, bindet sein Lendentuch um, gibt dem Wenzel Befehle (in einem Ton, als sei der Wenzel sein Feind) und kriegt sich mit dem Butz in die Haare.

Wenn der Heiner nicht davonkomme, sei der Butz ein Mörder und so werde er ihn betrachten und behandeln. Gehängt gehöre er für seine Pfuscharbeit. Er könne nicht mal ein paar Stempel stellen!

Der Brunnenbauer denkt nicht daran, die Beschimpfungen des Matthes zu dulden, und so kommt der Bader auch mit dem Butz aneinander. Daß der Matthes den Butz bei dieser Gelegenheit als Beutelschneider und Wucherer beschimpft, der wegen seiner Habgier an den Galgen gehöre, versteht sich von selbst.

Bei alledem bewahren nur zwei Menschen im Haus ihre zielstrebige Ruhe: das Röschen und sein Kuppelvater.

Beim Röschen liegen die Gründe auf der Hand und sind achtenswert. Es ist voll der keimenden Liebe und gesättigt von dem Genuß, den sie dem Matthes Nacht für Nacht (und Tag für Tag) abluchst. Beim Runge ist die Gelassenheit weniger zu begreifen. Ist er denn von den Niersteiner Klarissen davongejagt worden oder muß er vor sonst jemandem Vorsicht bewahren, daß er keine Anstalten macht, das Badhaus wieder zu verlassen? Er hockt nur herum wie der Maulwurf in seinem Bau, säuft, bis er sabbert und ist damit vollkommen zufrieden. Selbst den Matthes an die Brautsumme zu erinnern, hat er aufgegeben. Der denkt auch ohne weitere Anstöße daran, wird er wohl vermuten. Wenn wenigstens ein äußerer Beweggrund für sein Herumhocken zu erkennen wäre. Wenn er Lust daran hätte, sich an den Badmädchen zu vergreifen oder wenn er die Gesellschaft der Badgäste genösse; wenn er es zu schätzen vermöchte, in einer der schönsten und größten Städte des Reiches zu sein oder wenn er sich Gelegenheiten für neue Geschäftchen suchte, die er doch sonst heftig betrieb.

Nichts von alledem. Er läßt sich Bier vorsetzen und tut im übrigen so, als sei er mit allem einverstanden und zufrieden.

Tut er so? Oder ist er es, fragt sich der Matthes manchmal. Er kommt darüber zu keinem Schluß.

Je länger der Runge hier ist, desto auffallender ist es, daß der Schaffner kaum von sich spricht. Was er erlebt hat und was er noch zu erleben gedenkt (oder wenigstens erhofft), darüber verliert er selten ein Wort.

So wie er sich aufführt, muß man glauben, er sei Witwer oder nie verheiratet gewesen. Von ihm erfährt der Matthes also nicht, daß der Schaffner noch eine Frau hat. Aber er erfährt es. Die Frau lebt in einem Nest namens Sachsenhausen. Das muß ein Dorf in der Nähe von Frankfurt sein, jedenfalls am Main. Dort betreibt sie eine Wassermühle; hat vielmehr - mit zwei Genossen - eine verpachtet und lebt von den Erträgen. Und die werden nicht gering sein. Eine Mühle verpachten zu können, bedeutet Wohlstand. Außerdem backt sie Brot und verkauft es in Frankfurt. Wie das zusammengehen soll, versteht der Matthes nicht. Aber die Rose beschwört es und dann soll es so sein. Die Rose sagt, ihre Mutter lebe in sehr angenehmen Verhältnissen. Sie habe mehrere Knechte und Mägde und ein schönes Haus (in dem allerdings auch Fremde lebten) und Nürnberger Geschmeide.

Warum sie nicht bei ihrem Mann ist, weiß die Rose nicht zu sagen.

Ist sie denn eine schlechte Frau, daß ihr Mann sie davongejagt hat?

Nein, glaubt die Rose, das nicht. Sie werde vom ganzen Dorf gegrüßt.

Das, meint der Matthes, wolle nicht viel sagen. Der Reichtum vermöge zwar keine Achtung zu erzwingen, aber freundliche Mienen.

Sein Wissen über die Mutter hat er eines Nachts, zwischen zwei Ritten, aus der Rose herausgebracht. Sie ist von ihrem Vater angehalten worden, über die Mutter zu schweigen, hat sie ihm gestanden. Der Matthes war von ihrer Ehrlichkeit gerührt; auch daß sie ihm mehr vertraut als ihrem Vater, hat ihm gefallen. Es hat ihm gezeigt, die Rose neigt ihm zu. Allerdings konnte oder wollte sie ihm nicht angeben, warum ihr Vater seine Frau geheimhalten will. Daß das Röschen nicht auf einer Wiese gewachsen ist, wird sich jeder denken können. Warum dann die Heimlichkeiten? Es ist schließlich keine Schande, nicht bei seiner Frau zu leben und zu liegen. Wie viele sind nicht da, wo sie sein wollten und sollten. Auch woher die Mutter das Vermögen hat, weiß die Rose angeblich nicht.

Der Matthes reimt sich die Geschichte so zusammen, daß der Runge den Nonnen oder anderen Geld oder wertvolles Gut geraubt hat und daß dies nun in den Händen seiner Frau ist. Nach außen hin sind sich Mann und Frau feind und in Wirklichkeit stecken sie unter einer Decke. So muß es sein. Eine Mühle, selbst nur Teile einer Mühle, sind zu wertvoll, als daß man sie sich mit redlicher Arbeit und redlichem Verdienst erwerben könnte.

Wenn das die Wahrheit ist, paßt eins zum anderen. Der Runge wird sich unrecht bereichert haben, und jetzt fordert man von ihm die Schuld zurück und er, der Matthes, soll mit dem Brautgeld dafür einstehen. Wenn es nur reicht! Mehr als neunzig Pfund Heller wird der Runge nie aus ihm herausschlagen. Da wird er sich die Zähne ausbeißen, sollte er es versuchen. Soll er die Mühle zurückgeben. Neunzig Pfund sind auch Wucher!

Die Rose beteuert, sie könne ihm nicht mehr verraten als sie getan habe. Der Vater habe sie über alles im unklaren gelassen und die Nonnen erst recht. Die seien auf der Seite ihres Vaters und die Mutter sei schon vor langer Zeit davongegangen, daß sie sich der Umstände nicht erinnere, sollte sie sie je gewußt haben.

Allerdings hat die Rose ihre Mutter in der letzten Zeit gesehen; der letzte Besuch liegt erst ein halbes Jahr zurück. Da sollen Mutter und Tochter nicht darüber gesprochen haben, warum sie nicht bei ihrem Mann und ihrem Kind ist?

Der Matthes will seinem Röschen alles glauben. Manchmal kriecht ihm aber der Argwohn den Rücken hoch.

Was treibt den Niersteiner Schaffner dazu, sinnt er dann, ausgerechnet ihm seine Tochter zu verkaufen? Gibt's wirklich keinen anderen, der für sie bietet oder ist die Hochzeit eine neue Schlaumeierei, wie die mit der Mühle eine zu sein scheint?

Der Matthes macht sich manchmal, wenn er schlaflos neben der Rose liegt, auch über deren Mutter Gedanken. Weiß die von dem Handel, den er mit ihrem Gemahl schließen will? Ist die damit einverstanden, daß die Rose in einem Badhaus endet?

Oder steckt hinter allem ein arger Plan? Will der Runge das Geld und dann verschwindet erst er und danach die Rose? Oder gleich beide auf einen Streich?

Einmal weckt er die Rose und fragt, was sie bei ihm suche.

Die Rose, aus tiefem Schlaf gerissen, begreift nicht, was er von ihr will.

»Warum bist du hier?« dringt der Matthes in sie.

»Weil ich sollte . . .«, erwidert sie, ängstlich, nicht die erwartete Antwort gegeben zu haben.

»Und warum solltest du?« bleibt der Matthes beharrlich.

Die Rose läßt sich mit der Antwort Zeit; schließlich sagt sie, er solle ihren Vater fragen.

Dem Matthes gefällt die Erklärung nicht, doch sie muß ihm genügen. Was soll die Rose sonst erwidern, ist sie ehrlich?

In halb kindlichem, halb berechnendem Einfall schlingt nun die Rose die Arme um den Hals des Matthes und sagt, sie gehe nie mehr von ihm fort. Niemals mehr gehe sie aus der herrlichen Stadt Mainz und schon gar nicht zu den Nonnen.

Nun kann man zu den Zauderern gehören oder zu denen, die sich mutig stellen. Welches Temperament man auch immer hat, die Eiterbeule bricht auf, wenn sie reif ist.

Der Matthes erlebt es nicht anders.

Am Abend eines Unglückstages – bei der Gereiztheit seines Gemüts kann es beinahe nicht anders kommen – gerät der künftige Eidam auch mit seinem werdenden Schwiegervater über Kreuz. Dabei streiten sich die Männer nicht über Geld und Gut, sondern über die Frage, ob das Gehirn wächst, wenn man viel Mandeln verzehrt oder ob es im Gegenteil schrumpft. Nun weiß jeder, der einige Kenntnis von diesen Dingen hat, Mandeln stärken den Geist. Außerdem machen sie, mit reichlich Süßem genossen, gutes, reines Blut. Der Runge, Nichtskönner in diesem Fach, maßt sich an, das Gegenteil zu behaupten. Er will sogar Beweise für die Richtigkeit seiner Meinung aus eigener Anschauung beibringen können. Wie das so geht, ein Wort gibt das andere und binnen kurzem ist man beim Brautgeld.

Der Matthes erklärt, er hat alles nachgerechnet. Neunzig Pfund Heller kann er nicht geben - höchstens schwäbische Heller, die nur den halben Wert des Mainzer Geldes haben.

Der Niersteiner Schaffner bleibt ruhig, aber seine Augen und seine Haltung warnen. Er zeigt eine Entschlossenheit, die Angst einflößen kann.

»Mainzer Heller. Neunzig Pfund!« verlangt er.

Der Matthes wirft darauf dem Runge einiges an den Kopf, was diesen jedoch nicht zu einer Widerrede bewegen kann.

Statt sich zu mäßigen, wird der Matthes ausfallend und ausfallender. Er achtet nicht auf Gäste, die noch im Haus sind (viele sind es zum Glück nicht) und nicht auf sein Ansehen bei den Nachbarn. Sein Toben ist nämlich so ungebärdig, daß man es in allen Häusern im Umkreis hören kann; meint man zumindest.

Zuerst versucht er noch, mit einiger Vernunft ans Ziel zu gelangen. Und das Ziel kann nur heißen, dem Runge die Flügel zu stutzen. Er bringt vor, es sei nicht Sitte, Brautgeld zu geben, sondern zu empfangen.

Mit ganz schmalen Augen und die Hand geballt fragt der Runge ruhig, aber drohend: »Fängst du wieder von vorne an? Und wer sagt, das Wittum ist nicht Brauch? Solange sich die Sonne des Morgens erhebt und des Abends niedersinkt, so lange ist das Wittum Brauch.«

»Ja, für die Braut. Nicht für den Brautvater! Dem Röschen geb ich alles, was ich hab. Die kann alles kriegen, was ich hab. Alles! Aber nicht du! Beklau weiter die Nonnen. Die brauchen's nicht und für die ist Geben seliger denn Nehmen.«

Weinend und die Flügel schlagend kommt just jetzt die Beghine aus ihrer Kammer, will den Matthes umarmen und brabbelt etwas vom Heiner.

»Was spinnst du?« fragt der Matthes ungeduldig und schiebt die Frau von sich weg.

Die Beghine läßt sich nicht abschütteln, umfaßt vielmehr mit beiden Händen Matthes linken Arm und zischelt und heult wieder in ihrer unverständlichen Weise. Deutlich versteht man nur den Namen Heiner, begreift aber nicht, ob sie nach dem Burschen fragt oder von ihm berichten will.

Was sie will, fährt sie der Matthes wieder an.

Ihre Augen sind jetzt die Augen einer Irren.

Weiß sie etwas? Ist der Heiner tot? Hat sie ein Zeichen empfangen?

Sie gurrt und zischelt und daraus kann man entnehmen, sie will nicht, daß der Heiner ins Fegfeuer gestoßen wird.

»Gib Ruhe! Noch ist er nicht tot«, bestimmt der Matthes, zeigt aber bei allem Verständnis für den Schmerz der Frau.

Der Runge fühlt sich jedoch in seinen Verhandlungen sehr gestört und sagt roh: »Und wenn er sich weggemacht hat. Nirgends schläfts sich besser als im Sarg.«

Das ist das Wort, das alles weitere bestimmt.

Jetzt wäre allerdings jedes seiner Worte falsch. Der Matthes, ohnehin bis aufs Blut gereizt, wartet nur auf einen Vorwand, mit ihm abzurechnen. Er tobt, der Runge solle sich entheben; der Heiner sei ihm zehnmal lieber als das Röschen und sein Erzeuger zusammen und wenn er einem den Tod an den Hals wünsche, dann dem Runge. Er, der Biersäufer und Halsabschneider, solle endlich auf Nimmerwiedersehen verschwinden. Er habe seinen schändlichen Plan endlich erkannt. Er sei ein Narr gewesen, das nicht früher zu durchschauen. Aber besser spät als nie! Er könne das Röschen mit sich wegführen oder hierlassen, wie es ihm beliebe. Doch auf nur einen Heller zu hoffen, müsse er sich verkneifen.

Der Runge bleibt bei dem Ausbruch des Matthes gefaßt, wie nicht gemeint.

Die Überheblichkeit, auch Überlegenheit, die der Matthes darin erkennt, läßt ihn handgreiflich werden. Er will den Runge vom Stuhl zerren, reißt an dessen Arm und will nach dessen Schulter greifen. Trotz seiner Körperkräfte ist er dem Runge jedoch nur um weniges überlegen. Mit einigen geschickten Bewegungen kann sich der Gutsschaffner dem Matthes entziehen und den Bader von sich stoßen. Er sieht ihn nur verächtlich an; als sei der Matthes besoffen oder vom gleichen Zuschnitt wie seine fromme Frau. Mit beleidigender Gleichgültigkeit verlangt er in Ruhe gelassen zu werden und die Unterredung des nächsten Tages fortzusetzen.

Der Bader will ihm die Tür weisen, doch der Runge bleibt dabei: »Wir reden morgen weiter, Matthes!« Ganz, als habe er hier zu bestimmen und niemand sonst.

Auch Käthe und Anna, vom Toben des Matthes herbeigerufen, versuchen den Bader zu beruhigen.

Der hat längst Kopf und Übersicht verloren, will vielleicht auch mit seiner Tobsucht die Dinge zu ihrem Ende treiben. Wie die Töchter auf ihn einreden, scheint er sich für geraume Zeit zu beruhigen; Anna kann ihn sogar von dem weiterhin unnatürlich gelassen dasitzenden Runge wegführen. Man mag schon glauben, die Leidenschaft erlösche, da packt der Matthes unversehens eine eiserne Gerätschaft (einen mit einer Spitze bewehrten Schürhaken, glühend, weil er durch Zufall mit einem Teil im offenen Feuer lag) und will damit auf den Schaffner los. So gewalttätig schlägt er mit dem Werkzeug um sich, daß selbst die Töchter zurückweichen und der Runge erkennt, daß ihm nur die Flucht bleibt, wenn er nicht erschlagen werden will.

Langsam erhebt er sich, geht rückwärts und sucht dabei den Matthes mit Worten zu beschwichtigen. Er spricht davon, daß man alles beschlafen und den nächsten Tag weiter bereden solle.

»Wir haben nichts mehr zu reden. Wir haben alles beredet. Raus! Raus! Raus für immer!«

Wieder schlägt der Matthes mit Kraft und Härte und Blindheit nach dem Niersteiner.

Dieser bewahrt weiterhin bewundernswerte Vorsicht, auch jetzt Unbeteiligtkeit vortäuschend oder diese sogar empfindend. Sehr achtsam, beinahe Fuß um Fuß, nähert sich der Runge der Tür. Dabei läßt er den Matthes nicht aus den Augen, auf der Hut vor dem letzten, alles entscheidenden Schlag des Baders. Würde er sich umwenden oder versuchte er davonzulaufen, der Matthes würde ihn erschlagen wie man tollwütiges Vieh erschlägt.

Auf diese, sein kaltes Blut beweisende Art erreicht der Runge die Tür, öffnet sie, tritt aber nicht aus dem Haus; trotz der wuchtigen Schläge, die der Matthes wieder nach ihm führt. Diesmal weicht der Runge mit einer Behendigkeit aus, die man ihm bei seiner Körperfülle nie zubilligen würde. Wieder redet er dem Matthes zu. Er spricht davon, daß das Röschen für den Matthes geschaffen sei; daß er nicht ein zweites Mal in seinem Leben eine solche Blume knicken könne.

»Raus! Verschwinde! Laß dich nie mehr blicken! Und nimm sie mit, deine Brut, dein Röschen . . .«

Der Matthes ruft den Namen seiner jungen Braut, seiner wilden Geliebten: »Rose! Rose!!« Und als sich das Röschen auf der Treppe zeigt (am Geländer des oberen Treppenabsatzes, am üblichen Hochsitz der Beghine) deutet der Matthes mit dem eisernen Prügel auf sie und begehrt, daß sie mit ihrem Vater das Haus verläßt.

Das Mädchen geht darauf, mit der gleichen unnatürlichen Ruhe wie ihr Vater sie zeigt, die Treppe hinunter, durchschreitet den Raum zwischen der Treppe und dem Standplatz des Matthes und bleibt dann, bleich, aber nicht ängstlich, in seiner Nähe stehen.

Der Matthes achtet nicht auf sie, hält sich vielmehr den Runge vom Leib, der sich ihm mit begütigenden Worten nähern will, und gibt dem Schaffner den aus Rachsucht und verletztem Stolz gemischten Rat: »Verkauf sie, wo du willst und an wen du willst . . . Wer dir am meisten gibt, der kriegt sie . . . Verkauf sie. Aber schaff sie mir aus den Augen! Ich will euch nicht mehr sehen, alle beide!«

Der Runge scheint nun zu erkennen, daß die Würfel gegen ihn gefallen sind. Beinahe zustimmend, als habe sich alles so entwickelt, wie ausgemacht, sagt er: »Gut, wir gehen!«

Er wartet darauf, daß seine Tochter zu ihm tritt. Vielleicht will er das Haus erhobenen Kopfes verlassen, sein Kind an der Hand. So wie er es dem Matthes zuführen wollte. Wie eine lebendige Gabe.

Das Mädchen scheint die Aufforderung aber nicht vernommen zu haben. Sie beharrt auf ihrem Platz.

»Rose, wir gehen!« ruft der Niersteiner seinem Blut zu.

Noch immer rührt sich das Kind nicht vom Fleck.

Der Runge wird nun zum ersten Mal ausfällig. »Kommst du her, du Lotterstück!«

Darauf bewegt sich das Mädchen, geht aber nur auf den Matthes zu, bleibt vor ihm stehen, den Kopf hochgereckt, die Augen starr und sagt: »Ich bleibe bei meinem Mann!«

»Bei deinem Mann?« höhnt der Runge.

»Bei meinem Mann«, erwidert das Mädchen mit aufgeregt hoher und gleichzeitig fester Stimme, Widerspruch erwartend und entschlossen, ihn abzuwehren.

Doch erwidert ihr niemand etwas.

Weder der Matthes, noch seine Töchter, noch der Runge.

Alle fühlen, sie erleben einen außergewöhnlichen Moment, ein Schauspiel und einen Blick auf eine Wahrheit, die aus einer anderen Tiefe kommt als die alltägliche, auf der Hand liegende.

Sie spüren, das Röschen, äußerlich noch immer ein Kind, hat für sich entschieden und für den Matthes, und niemand kann jetzt diese Entscheidung anfechten oder gar umstoßen.

»Ja, du bleibst bei mir«, sagt darauf der Matthes schwerfällig, legt seine Hand auf ihre Schulter und bemüht sich um ein Lächeln, das ihm jedoch nicht gelingen will.

Der Runge verläßt ohne weitere Worte das Haus und wie er geht, wird das Mädchen katzenweich und drängt sich an den Matthes.

Der Mann beginnt darüber zu weinen und zieht seine Frau in seine Arme, den Schürhaken immer noch in der Hand haltend.

II.

1.

Anna kniet vor dem Bild des heiligen Blasius und erbittet seinen Segen und seinen Schutz.

Der Heilige zählt nicht zu den Großen im Reich der Seligen; er gehört gewiß nicht zu denen,die zur Rechten Gottes thronen. Wie die Heiligen Erasmus, Eustachius und Achatius ist er einer der vierzehn Nothelfer. Einer, von denen man in besonderen Gefahren Hilfe erwartet, praktische Hilfe und rasche Hilfe. Sein Leben hat er als Märtyrer beendet. Aber wirklich unvergessen ist, wie er einen Knaben von einer todbringenden Gräte befreite. Seither denkt man bei Halsweh und Halskatarrhen an ihn, sonst muß er sich bescheiden.

Selbst im heiligen Mainz, das den Jubel und Preis des Herrn und seiner Diener und Getreuen über alles stellt, ist er recht stiefmütterlich bedacht. Das Kapellchen am Kirschgarten, das man ihm geweiht hat (wenige Schritte vom Badhaus des Matthes entfernt), ist unansehnlich. Wasserflecken an den grob geputzten Wänden zeigen, wie undicht das Dach ist und der Weihrauch, bei Messen und Andachten entzündet, überdeckt nur flüchtig den Modergeruch, der vom Gemäuer ausgeht. Sogar das Bildnis des Heiligen, vor welchem Anna ihre Andacht verrichtet, ehemals sehr bunt und ungelenk ausgeführt, ist ohne allen Schmuck von Gold und Silber und Perlen. An vielen Stellen ist es rissig und schon lange hat es seinen Glanz verloren. An einer Ecke ist es erblindet; Anna will es scheinen, bei jedem ihrer Besuche sei das Bild um ein Winziges trüber geworden, wie der Star ein Auge überzieht und es starrer und starrer werden läßt.

Die Kapelle hält ihre Tür - schwere Bohlen, ohne alles Schnitzwerk, kaum besser als eine gewöhnliche Stalltür - beinahe Tag und Nacht offen. Und doch finden sich nur die nächsten Nachbarn hier ein. Die Priester, die hier Messe lesen und Beichte abnehmen, meistens Minderbrüder und Barfüßer, wechseln oft, sind beinahe so unständig wie die Reiberinnen des Matthes. Sie haben hier wenig zu gewinnen; der Altar ist kaum mit Stiftungen bedacht. Was er einträgt, scheint nicht mal für die Fastenden zu reichen.

Auch Anna würde hier nicht beten und hier nicht um Vergebung ihrer Sünden bitten, wäre sie nicht ständig in Hetze. Was soll sie bis zur Augustinerkirche oder gar bis zum Dom laufen, wenn das Kapellchen am Weg liegt?

Sie betet und denkt gleichzeitig an den Tag und wartet darauf, daß die Frau, die als letzte den Beichtstuhl betreten hat, endlich mit der Aufzählung ihrer Verfehlungen am Ende ist. Anna will den morgigen Tag, dem Festtag Johannes des Täufers, den Leib des Herrn empfangen und deswegen muß sie die Beichte ablegen. Die Käthe hat sie zur Kommunion aufgefordert, doch hat sie selbst das Bedürfnis danach. Mehrere Tage ist sie schon nicht mehr in die Kirche gekommen und es ist Wochen her, daß man ihr zum letzten Mal die Hostie auf die Zunge gelegt hat.

Anna hat bei weitem nicht die Frömmigkeit der Käthe; sie glaubt, was man ihr zu glauben aufträgt und verrichtet die Bußen, die man ihr auferlegt. Das aber ohne lange nach dem Sinn oder dem Lohn zu fragen. Sie gibt eben Gott, was Gottes ist und dem Kaiser, was des Kaisers ist und vor allem dem Matthes, was diesem gebührt. Niemals würde Anna, wie es die Käthe erfährt und erleidet, etwa des nachts zu zittern beginnen, weil sie sich nicht mehr in der Gnade des Herrn fühlt oder weiß.

Die Käthe ist von einer beinahe unnatürlichen Frömmigkeit. Nicht, daß etwas bei ihr gespielt wäre oder von dem berechnenden Getue der Beghine. Anna glaubt der frommen Frau nicht, daß sie wirklich fromm ist. Sie hat sie im Verdacht, sie hält die Welt zum Narren und will sich im Badhaus ein bequemes Leben sichern. Der Gottesliebe der Schwester ist sie sich dagegen gewiß. Doch weiß sie nicht, aus welchen Quellen sie sich speist und wieso ein Mädchen, das nichts anderes sieht als nackte Leiber und wenig anderes hört als das Gemurmel der Ehebrecher und das Stöhnen der Unzüchtigen, mit einer solchen Inbrunst an Christus und seiner Mutter Maria hängt.

Anna liebt ihre Schwester. Sie ist der einzige Mensch auf Erden, für den sie ihr Leben opferte und alles, was sie besitzt. Aber sie liebt sie mit einer scheuen Zurückhaltung und gleichzeitig mit einer offenbaren Hingabe, die jeder ausnutzen würde, der nicht von der Heiligkeit der Käthe ist.

Ja, für Anna hat Käthe etwas von einer Heiligen. Sie würde das nie aussprechen, sie wagt es nicht einmal zu denken. Dennoch ist es so. Käthe ist in ihren Augen nicht ein junges Mädchen, das einmal im Monat blutet und sich danach sehnt, von einem Mann durchbohrt zu werden, kein Mädchen, das Kleider liebt und Tand und Gesang und Tanz. Wenn man sie zu Vergnügen auffordert (und die Gäste tun das täglich), dann entzieht sie sich dem mit einer freundlichen Selbstverständlichkeit, die niemanden verletzt oder zum Widerspruch herausfordert und die dennoch endgültig ist.

Anna hat sich schon oft gefragt, warum niemand die Käthe zu packen und zu überwältigen, auch zu vergewaltigen versucht. Mein Gott, wie oft werden Frauen zu Dingen gezwungen, die sie nicht wollen. Und nur, weil man ihre Ablehnung (und ihre Reinheit, denkt Anna) nicht ertragen kann.

Doch die Käthe war nie in einer solchen Lage. Oder sie hat nicht davon gesprochen. Anna hat es nie verstanden und nie vermocht, die Jüngere danach zu fragen. Wahrscheinlich hätte sie keine Antwort zu geben vermocht. Ihr selbst will sie nicht gelingen.

Auch jetzt kann Anna nicht zum Grund dieses Rätsels vordringen. Die Frau, die vor ihr in den Beichtstuhl gegangen ist, ist ihrer Sünden losgesprochen worden und schlurft zu dem Altar, vor welchem Anna betet. Schwerfällig läßt sie sich auf die Knie nieder, um die Ave Marias zu beten, die man ihr aufgegeben hat. Anna hört ihre alten Gelenke knacken und hat ihren Geruch von Fäulnis und stinkender Wäsche in der Nase und denkt, wider Willen hoffärtig: »Laß mich nie so verfallen, Herr. Lieber tot als bei lebendigem Leib verwesen!«

Die Alte, die Witwe des Metzgers Eilbert, wie Anna nun erkennt, wendet ihren Vogelkopf (im Alter eingeschrumpft wie eine Pflaume in der Sonne dörrt) Anna zu und sagt: »Du kannst 'rein, Anna.« Aus ihrem zahnlosen Mund hört es sich an, als habe sie die Worte gemahlen. Anna muß sich zu einer Freundlichkeit zwingen, und es gelingt ihr nur schwer.

Sie betritt den Beichtstuhl, zieht den schwarzen Filzvorhang hinter sich zu und ist erst einmal von der plötzlichen Finsternis gefangen.

Ihre Augen gewöhnen sich an die Düsternis und sie erkennt den Priester auf der anderen Seite des Gitters; mehr an der Form seines gewaltigen, runden Kopfes als an seiner Stimme. Es ist ein Karmeliter, der ihr bereits früher die Beichte abgenommen hat; ein Mann, der fragt und der sich zu verstehen bemüht, nicht zu verurteilen und zu bestrafen. Und vor allem einer, der nicht in geschlechtlichen Verfehlungen herumwühlt wie ein Schwein in seiner Suhle. Auch solche Hirten Gottes gibt es, wie Anna mehr als einmal erfahren hat; manche scheinen die Beichte mehr zu genießen als die Buhler die Mägde.

Der Priester spricht einen kurzen Segen (unverständlich, weil lateinisch und doch mit seinem klösterlichen Singsang Vertrauen erweckend und Wärme), dann wartet er ab, was die Frau vor ihm, Tochter Evas und geborene Sünderin, zu bekennen hat.

Anna beginnt mit läßlichen Verfehlungen. Wann sie vergessen hat, das Nachtgebet zu sprechen oder das Kreuz über dem Mahl zu schlagen. Sie gesteht, über wen sie geklatscht und wen sie übervorteilt hat.

Der Pater hört geduldig zu, fragt nicht wie ein Richter, sondern ermutigt die Frau vielmehr, über das zu sprechen, was sie in der Seele beschäftigt und bewegt, und womit sie Gott wahrhaftig erzürnt hat. Das tut er beinahe wie ein Freund den Freund zum Reden bewegt und ehe sie es weiß, wie sie dahin gelangt ist, spricht Anna über das Röschen.

Sie weiß nicht, ob sie dem Röschen die Gunst ihres Vaters neidet, ob sie dem jungen Ding im Herzen mißgünstig ist oder ob sie am Ende doch beide bedauert.

Denn die Sucht der beiden aufeinander, des Röschens auf ihren Mann und des Baders auf das junge Fleisch scheinen ihr sündig.

»Sind sie vor Gott vereint?« fragt der Beichtvater, weil er nicht ganz verstanden hat, ob der Matthes und das Röschen den Segen der Kirche haben oder nicht.

»Nein«, gesteht Anna. »Sie führen eine Friedelehe . . .«

»Sie haben sich das Wort gegeben und meinen, das reiche aus?«

fragt der Beichtvater ruhig, auch ein wenig ungläubig über so viel Torheit! »Niemand hat das Brautlager gesegnet, niemand die erste Beiwohnung und die Narren glauben, auf einer solchen Ehe ruhe Gottes Wohlgefallen?«

»Sie wollen auch vor dem Priester heiraten«, behauptet Anna, ihren Vater verteidigend.

»Wollen? Warum tun sie es nicht?«

Anna zögert. Soll sie sagen, sie wisse es nicht und mit einer Lüge Schuld auf sich laden? Oder soll sie sagen, wegen des Geizes des Matthes? Denn es steckt kalte, im besten Falle menschenkluge Berechnung dahinter, daß er das Röschen nicht vor die Kirchentür führt und sich dort den Segen und das Sakrament holt.

Der Beichtiger spürt, wie schwer es Anna fällt, wahrhaftig zu antworten. Er gibt sich deshalb zufrieden, als sie sagt: »Ich setze meinem Vater zu, er soll die Gebote achten . . . Aber er hört nicht auf mich . . .«

»Und sie? Das Weib?«

»Der ist es gleichgültig . . . Der ist alles gleichgültig; der ist nur wichtig, sie kriegt, was sie will . . .«

Sie sagt nicht, was das Röschen verlangt. Sie meint, ein jeder müsse das wissen. Der Pater will es aber erfahren: »Erhält sie, was sie begehrt?«

»Das bekommt sie reichlich. Wahrhaftig reichlich!« erwidert Anna heftig.

»Und was will sie?« fragt der Beichtherr; nur damit sich im Gespräch zwischen ihm und der Frau auf der anderen Seite des Gitters keine Mißverständnisse auftun.

»Was sie will? Was die Weiber wollen! Tag und Nacht verkriechen sie sich in ihre Kammer, mein Vater und sie.«

Anna vergißt, wo sie ist und daß sie vor Gott spricht. In ihrer raschen unbedachten Antwort ist ihre ganze Verachtung der Rose. Anfangs, bei seinem Eintreffen, hat sie das Mädchen bedauert. Sie hat geglaubt, man müsse ein Kind, das noch mit Puppen spielen wolle, vor den Gelüsten des Mannes bewahren. Sie hatte sich vorgenommen, wo immer es möglich und notwendig sei, für sie einzutreten. Doch nun, wo sie sieht, nicht das Röschen ist das Opfer der hitzigen Liebe, sondern der Matthes und das Röschen schürt (mit welcher Berechnung auch immer) das Feuer in dem alten Mann, wie sie es nur vermag, ist ihr Mitleiden einer geheimen Verachtung und auch Abneigung gewichen.

Zwar will sie die weder ihrem Vater noch dem Röschen zeigen. Sie fürchtet, man werde sie des Neides beschuldigen und daran mag sogar Wahres sein. Doch immer, wenn sie in die wasserhellen herausfordernden Augen des Mädchens blickt - Anna bringt es bei aller heftigen Leidenschaft, die der Matthes und Röschen füreinander zeigen, nicht übers Herz, das Weibchen als die Frau des Vaters zu betrachten; sie denkt von dem Röschen immer noch als einer Jungfrau - oder wenn sie die täppischen Liebkosungen des Vaters bemerkt, mit denen der sich des Röschens versichern will, glaubt sie, diese Verbindung sei sündig und falsch.

Nicht, daß sie einander suchen und finden, ist in Annas Augen das Falsche. Unrecht und wider Gottes und der Menschen Gesetz sind die Maßlosigkeit und Zügellosigkeit, mit der sie sich einander in die Arme werfen. Sie achten weder die Sonntage noch die Fastentage, weder die hohen Feiertage noch die Tage, an denen die Frau unrein ist und an denen ihr noch mehr als an allen anderen genannten Tagen der Umgang mit dem Mann verboten ist. Anna hat nie zuvor von einem solchen Begehren erfahren. Manche der Badedirnen legen sich wahllos mit Männern hin, an manchen Tagen mit fünfen nacheinander. Und dennoch gleicht alles nicht dem Betragen des Matthes und dem des Röschens. Deren Benehmen beginnt Anna zu ängstigen. Anna meint zu fühlen, das Röschen quäle den Matthes und der bereite dem Röschen Qual, und diese Qualen verwandelten sie in keuchender Anstrengung in Gier und Lust; wie der Alchemist ganz gewöhnliche Stoffe mischt und schlägt und kocht und daraus am Ende den einen, den alles bewegenden Stoff gewinnt, die *quinta essentia.*

Mit großer Mühe bekennt Anna dies alles, auch mit Pausen, in denen sie die Worte sucht und in welchen sie vor Scham und Entsetzen stockt.

Der Beichtvater läßt ihr Zeit, stellt keine Fragen, wartet nur ab. Erst, als er glaubt, Anna habe alles herausgebracht, was sie bedrängt, richtet er weitere Fragen an sie. Benutzt das Weib Hexenkünste? Nimmt sie Mittel, um sich den Matthes gefügig zu machen?

»Welche Mittel?« fragt Anna.

»Muß ich das einer Baderin sagen?« tadelt der Pater milde.

Anna gesteht stockend, sie vermutet, das Röschen und der Matthes steigerten ihre Liebesglut auf die bekannte Weise, seinen Samen in ihr Essen und ihr Monatsblut in das seinige. Sie habe das zwar nie mit eigenen Augen wahrgenommen, aber zu manchen Zeiten schicke der Matthes die Käthe und die Küchenmagd unter Vorwänden aus der Küche und mache sich dort selbst an den Speisen zu schaffen, und das habe sie auf den Gedanken gebracht.

Wieder spricht der Pater nicht, sinnt vielmehr über Annas Worte nach oder läßt ihr Zeit, selbst über das Gesagte nachzudenken. Dann hat er Tröstungen für sie; sagt, Gott werde sich in seiner Weisheit und Güte auch des irregeleiteten Vaters und seines begehrlichen Weibes annehmen. Danach erinnert er sie an das Wort Salomons: »Falsche Waage ist dem Herrn ein Greuel, aber völliges Gewicht ist sein Wohlgefallen.« Anna soll gestehen, ob sie und was sie tut, den Vater und seine Gefährtin in der Sünde – denn der Kirche genügt nicht, was den Menschen genügt: In ihren Augen ist die Ehe des Matthes keine, sondern im Gegenteil Verfehlung und Verstoß gegen Gottes Gebot –, sie soll also bekennen, ob sie es bis jetzt unterlassen hat, den Matthes auf den rechten Weg zurückzuführen. Stilles Gewährenlassen erzeuge eigene Schuld.

»Was kann ich tun? Was soll ich machen?« fragt Anna hilflos. »Er macht ja nur noch, was *sie* will ...«

Dabei ist Kränkung in ihrer Stimme; Gekränktheit, daß sie den Einfluß auf den Vater verloren hat. Vordem, bevor dieses Niersteiner Gewächs mit seinen langen Haaren, seinen besitzergreifenden Händen und den gespitzten Nägeln erschienen war, konnte sie den Vater zu vielem bewegen, was recht und gut für das Haus, die Familie und das Gewerbe ist.

Nun wittert er in allem Vorwurf. Aus allem meint er herauszuhören, man wolle ihm das Röschen verleiden oder das Vergnügen an ihr. Er ist empfindlich geworden; als sei jedes Wort von der Käthe oder von ihr ein brennendes Holzscheit und versenge ihn.

»Glaubt er niemandem mehr?« will der Beichtiger erfahren.

»Niemandem!« behauptet Anna, und im selben Augenblick weiß sie, es ist nicht die Wahrheit.

Auf Käthe, die heiligenmäßige Käthe, hört der Matthes noch ein wenig, wenn auch murrend und nicht anhaltend. Wenn die ihm ins Gewissen redet, hört er ihr wenigstens zu. Er bemüht sich sogar zu befolgen, was sie ihm ans Herz legt. Doch ein Wort oder eine Geste des Röschens - wie sie ihre Beine spreizt oder mit offenem Mund und fremdem Gesichtsausdruck tief atmet - genügt, den Matthes von allem abzubringen, was er geschworen hat und seine Pflicht ist.

Der Mönch, der bis jetzt mit abgewandtem Gesicht zugehört hat, den Kopf in seiner linken Hand vergraben, richtet nun sein Auge auf Anna.

Sie glaubt, er wolle ihr die übliche Buße aufgeben und ihr (nach Empfang des Beichtpfennigs, den sie während des ganzen Bekenntnisses in der Hand gehalten hat) die Absolution erteilen.

Der Beichtvater spricht aber weiterhin fast freundschaftlich mit ihr; er sagt, sie müsse wohl derzeit ein Tal der Tränen und des Zweifels durchwandern. Oft werde sie glauben, keinen Vater mehr zu besitzen. Oder einen, der ihr feindlich gesonnen sei. Sie solle aber, das rate die menschliche Klugheit und verlange die Nachfolge unseres Herrn Jesus Christus, Schlechtes mit Gutem vergelten. Sie solle dem Matthes Verständnis entgegenbringen und dem Röschen keinen Haß.

»Haß? Ich kann das Röschen nicht hassen«, widerspricht Anna.

»Nun«, sagt der Beichtvater, »weit bist du davon nicht entfernt.« Dabei spricht er milde, mit der Stimme lächelnd.

Nein, behauptet Anna heftig, sie könne das Röschen nicht hassen. Sie könne überhaupt niemanden hassen.

»Weib, in dir ist Torheit. Ärger, in dir ist Hochmut. Jeder Mensch kann hassen! Und jeder haßt«, erwiderte der Beichtvater mit erschreckender Strenge und Kälte.

Anna weiß nicht, womit sie den plötzlichen Zorn herausgefordert hat.

Sie solle sich prüfen, verlangt der Beichtvater fast wütend. Und sehr gründlich prüfen, daß nicht sie am Ende der Verdammung anheimfalle. Haß, gleich aus welchem Grund, und wenn er eine Todsünde bekämpfen wolle, sei nicht weniger schändlich als die Sünde selbst. Haß zerstöre die Liebe und ohne Liebe könnten wir nicht sein; nicht Mensch und nicht Christ.

Dann wendet sich der Pater ab, ganz als habe sie seine Geduld über Gebühr verlangt, spricht in einem harten bäuerlichen Latein die Lossprechungen und gibt ihr dabei mit knappen Bewegungen den Segen.

Anna, von dem brüsken Wechsel seines Verhaltens verwirrt, bekreuzigt sich, will aufstehen und den Beichtstuhl verlassen. Da schiebt der Beichtiger den Vorhang an seiner Tür zur Seite und verlangt den ihm zustehenden Obolus.

Die Baderin streckt die Hand aus; der Pater - nun sieht sie, es ist ein häßlicher Mensch, dessen Haut von einer Krankheit zerfressen ist - nimmt das Geld, zählt die Summe, mißtrauisch wie ein Fischhändler an seinem Stand, läßt sie unter seiner Kukulle verschwinden und schiebt den Vorhang wieder vor.

Anna wartet, daß er sich noch einmal zeigt. Und wenn es nur ist, um ihr eine Buße aufzuerlegen. Der Pater bleibt jedoch hinter seinem Tuch verborgen. Unschlüssig geht Anna noch einmal zum Altar, kniet wieder vor dem Bild des heiligen Blasius nieder. Während sie mit den Lippen einige Gebete spricht, denkt sie an das Röschen.

Was brachte den Pater auf den Gedanken, sie sei dem Röschen feindlich?

Warum hat er ihr nicht geglaubt, als sie sagte, niemals habe sie Haß gegen das Röschen gehegt noch werde sie je welchen hegen?

Doch während sie das denkt, befallen sie Zweifel.

Muß man denn nicht verachten und hassen, was das Röschen treibt? Ist es nicht Ausschweifung, Laster und Unzucht und Sünde, worin sie gefangen ist und worin sie den Matthes festhält? Das soll man nicht hassen und ausreißen wie Unkraut?

2.

Die Stadt Mainz hat sich dem heiligen Martin geweiht. Er ist ihr Schirm. In jedes Amtssiegel ist der Heilige geschnitten; ist abgebildet, wie er seinen Mantel teilt. Entsprechend feierlich wird sein Fest begangen: mit allem Pomp und aller Pracht, die der reichen Stadt und der schier grenzenlos vermögenden Erzdiözese zur Verfügung stehen.

Und doch ist die Geburt Johannes des Täufers ein Fest, an welchem die Mainzer Bürger mehr Freude haben.

Das mag seinen Grund darin haben, daß es unbeschwerter, herzlicher ist. Der Sommer beginnt; nie ist der Tag länger als an diesem Tag und die Nacht nie kürzer und kurzweiliger als in dieser Nacht. Leuchtend golden blüht das Johanniskraut und die jungen Mädchen in ihren leichten Kleidern, Blütenkränzen um die Stirn und Sträuße in der Hand, sind an diesem Tag nichts anderes als heitere Versprechen der Natur.

Am Johannistag läßt der Matthes keine Kundschaft ein. An allen hohen Feiertagen, und den Sonntagen selbstverständlich, hält er es so. Nach der Anstrengung des Vortags (vor Festlichkeiten verlangt der Brauch noch den Ärmsten ab, das Badhaus aufzusuchen) wird länger geschlafen als üblich.

Anna erhebt sich dennoch sehr früh, vor den übrigen im Haus. Das ist ihr Gewohnheit, beinahe Bedürfnis. Sie genießt es, wach zu sein, wenn die anderen erschöpft schlafen. Die Geräusche des ganz frühen Morgens (wenn er sich noch an der Grenze der Nacht bewegt) scheinen nur für sie gemacht. Oft klopft eine vorlaute Amsel an das Brett des Fensters. Aus einem Grund, den nur der kleine Vogel kennt, macht er sich fast täglich den Spaß; Anna kennt ihn gut und sie meint, auch die Amsel wisse, wer sie ist. Und aus dem Stefans-Stift hört Anna ganz rasches, beinahe ängstliches Läuten, wenn dort zu den *laudes*, den ersten Lobgesängen des Tages, gerufen wird.

Heute ist auch Anna später dran und doch kann sie sicher sein, sie wird die erste im Haus sein.

Käthe schläft immer an der Kante des Bettes und Anna muß über sie steigen, wenn sie die Bettstatt verlassen will. Deswegen bemerkt die Schwester, ohne wirklich zu erwachen, daß Anna aufsteht. Sie streckt wie suchend den Arm aus und Anna streichelt ihr vorsichtig über die Hand. Darauf wendet sich Käthe zufrieden gurrend um.

Anna zögert, ob sie ein Arbeitsgewand über das Hemd ziehen soll, in welchem sie geschlafen hat. Nicht aus Schamgefühl legt sich Anna bekleidet nieder; wie die anderen Hausinsassen würde sie sich nackt ausstrecken, vertrüge sie ziehende Luft an der Schulter. Käthe will nämlich, daß sommers wie winters das Fenster ein Stück weit offen gehalten wird, und Anna läßt ihr diesen Wunsch. Was nun das Gewand angeht: Anna meint, niemand werde sie zu dieser frühen Stunde sehen und deswegen könne sie auf weitere Kleidung verzichten. Sie will eben, barfuß und in ihrem Hemd aus Flachs, in den Gang treten, da murmelt Käthe etwas. Anna ist nicht sicher, ob sie im Schlaf gesprochen hat oder bei Bewußtsein und will dem keine Beachtung schenken. Käthe fragt jedoch noch einmal und deshalb wendet sich Anna ihr zu.

»Gehen wir heute dorthin?« fragt Käthe mit dem Vertrauen eines Kindes, das sich ein Geschenk erbittet.

»Wohin? Zur Prozession?

»Nicht zur Prozession . . .«, sagt Käthe schlaftrunken.

»Wo willst du denn hin?«

»Zum Heiner.«

»Ja, den Nachmittag«, verspricht Anna, und augenblicklich läßt sich Käthe wieder in den Schlaf sinken.

Anna hat sich eine Visite beim Heiner schon für die vergangene Woche vorgenommen; immer wieder hat Arbeit sie davon abgehalten, ihren Vorsatz auszuführen. Die Beghine ist einmal bei ihm gewesen und hat danach in ihrer geheimniskrämerischen Art Schlimmes berichtet. Mit dem Heiner stehe es auf Leben und Tod. Doch da die fromme Frau immer übertreibt (außer bei wirklichen Verhängnissen; da lacht sie falsch und in Tönen, als ob Räder geschmiert werden müssen), hat Anna das nicht weiter wichtig genommen. Bei ihrem letzten Besuch vor zwei Wochen – nein, es ist schon drei Wochen her, rechnet Anna nach – ging es dem Heiner recht leidlich. Es ist ohnehin verwunderlich, daß seine Verletzungen so schlecht ausheilen. Andere, die ärger aussahen, haben schon lange das Spital verlassen; der Heiner ist immer noch dort. Keiner weiß eine Erklärung dafür, und der Matthes kündigt hin und wieder an, er werde den Burschen holen und bei sich pflegen. Bei diesen Versprechungen bleibt es.

Anna tritt nun aus der Kammer (gebückt, weil sich die Querbalken senken; das ganze Haus scheint wie ein alter Mensch mit den Jahren in sich zusammenzusinken) horcht, wie immer, ob ihr im Haus etwas ungewöhnlich vorkomme – nichts! – und geht die Treppe hinunter.

Unten, am Fuß der Treppe, liegt ein geheimnisvolles Wesen, das Anna im Halbdunkel nicht erkennen kann. Argwöhnisch nähert sie sich dem Tier oder um welche Kreatur es sich handelt und entdeckt, es ist ein Stoffknäuel. Bei noch genauerem Hinsehen wird ihr deutlich, es ist das Kleid des Röschens, welches sie den gestrigen Tag getragen hat - offenbar im Spiel abgestreift und hier weggeworfen.

Anna ist versucht, es aufzuheben. Sie bückt sich schon, läßt es jedoch liegen. Ist sie die Dienerin der Rose?

Diese kleine Erinnerung an die Verhältnisse im Haus würde ihr unter anderen Umständen den Tag verderben. Doch Anna freut sich zu sehr auf das Fest, als daß sie der Versuchung nachgäbe, sich erneut über das Röschen zu ärgern.

Dieser Tag versöhnt mit dem kalten und regnerischen Frühling, der hinter den Menschen liegt. Es war ein Frühjahr, mit schwer zu ertragender bleierner Trübsal und mehreren Hochwassern, die allesamt gewaltigen Verderb gebracht haben. Er versöhnt mit bleichen Blüten und von Käfern und Gewürm kahlgefressenem Strauchwerk, mit Bäumen, die lange nicht ausschlagen wollten und noch lange keinen Fruchtansatz zeigten. Er versöhnt selbst jene Schwarzseher, die schon wieder Hungersnot und Teuerung vorausgesagt haben. Alle Mutlosigkeit ist vergessen; die Sonne, seit Tagen strahlend, dringt heute bis auf den Grund der engsten Gasse, läßt glänzen und blinken und schimmern, vergoldet die Engel auf den Kirchtürmen und die Spitzen der Fahnenstangen, welche die Gläubigen bei ihrer Prozession mit sich herumführen und läßt die Monstranz, die ein junger Priester triumphierend hochhält, zu einem einzigen Funkeln werden. Es ist, als wolle die Sonne am Johannistag des Jahres 1358 nach Gottes Menschwerdung die ganze Stadt Mainz umarmen.

Anna und Käthe sind unter den Frauen der Stadt, die nach alter Sitte an den Rhein ziehen, um sich dort gleichnishaft zu reinigen. Sie haben einige ihrer Reiberinnen und Badedirnen im Gefolge. Nicht alle jedoch; einige haben es vorgezogen, selbst an diesem hohen Feiertag bei ihren Kerlen zu bleiben. Anna kann es ihnen nicht verargen. Wieviel Kleriker zweifeln an Gott und seiner Kirche, wenden sich ab oder bekämpfen, was sie zu schützen gelobten. Da sollen ausgerechnet die Badedirnen die Frömmsten der Frommen sein?

Die Frauen aus dem Badhaus »Zum Fuß« und die Frauen der übrigen Badhäuser gehören zu den letzten des gewaltigen Zuges. Denn auch bei dieser Prozession wird der Rang der einzelnen gewahrt; die Baderinnen haben Gauklerinnen und Sängerinnen, die Weiber der Scharfrichter und Henker und andere unehrliche Frauensleute zu ihrer unmittelbaren Nachbarschaft. Im Dom, beim Pontifikalamt voller Glorie und Majestät, hatten sie gemeinsam in den letzten Reihen gestanden, dicht am Ausgang und bei den Töchtern der Maria Magdalena.

Doch weder zuvor in der Bischofskirche noch jetzt fühlen sich die Töchter des Matthes zurückgesetzt. Denn im Gegensatz zum Matthes machen sich Anna oder Käthe wenig aus ihrem Platz in der menschlichen Rangordnung. Anna verschwendet niemals Gedanken an Dinge, die nicht zu ändern sind. Wie man geboren wird, läßt sich unter keinen Umständen verändern. Und Käthe ist nur besorgt, daß sie bei einer anderen, ewigen Rangfolge nicht ausgeschlossen wird. Ihr ist die Verheißung des Herrn, daß die Letzten die Ersten sein werden, das wahre Lebenselixier. Daraus zieht sie ihren Mut. Anna erinnert sie darin an manchen Alten, der fest an die Gebräue des Matthes glaubt und sich mit einem Krügelchen seiner Wundermittel unterm Bett gar zutraut, ein junges Weib zu freien.

Die Prozession bewegt sich durch das Eiserne Tor vor die Stadt hinaus; der Weg ist mit Grün geschmückt, Fahnen wehen, Fahnen der Bruderschaften und der Gilden (und wenn das eins ist, dann die doppelte Menge), Fahnen der großen Geschlechter, Fahnen des Bischofs Gerlach und selbst das Gelb und Weiß des Papstes bewegt sich im lauen Wind. Wenige nur achten darauf, halten es für selbstverständlich. Und doch, welcher Jubel, als sich der Papst vor nicht langer Zeit wieder mit seiner Stadt Mainz ausgesöhnt hatte. Eine Aussöhnung, die die Mainzer Bürgerschaft auf Generationen mit Abgaben belegen wird; sollte die Versöhnung so lange anhalten. Der Prokurator hat jedoch erst neulich lauthals verkündet, sie halte nicht. Er wundere sich nicht, werde bald wieder das Interdikt über das Erzbistum verhängt; verstummten wieder die Glocken und verweigerten die Priester wieder die Sakramente. Es seien heftige Geldstreitigkeit zwischen Kurie und Domkapitel und in solchem Falle greife Avignon gern zu den schärfsten Schwertern.

Während des Zuges werden Anna und Käthe von den Nachdrängenden mehrmals getrennt. Dann sucht Käthe immer die Schwester, mit hochgerecktem Hals und ängstlich, als sei sie in der Menge verloren, halte Anna sie nicht an der Hand. Wenn Anna sie wieder gefunden oder Käthe sie wieder erreicht hat, atmet die Jüngere ersichtlich auf; die verwirrte Anspannung verläßt sie und Anna hat dann immer das Gefühl, Käthe sei eigentlich nicht ihre Schwester sondern ihr Kind.

Auf der großen Wiese vor den Mauern angelangt - sie ist noch immer sumpfig von der nicht lange zurückliegenden letzten Überschwemmung - treten die Männer weit zurück, bilden für die Frauen eine sehr breite Straße und die ziehen, dabei Lieder zum Lobe Mariens und des Herrns singend, an das Ufer des Rheins. Wieder beten Priester an einem für diesen Tag errichteten Altar auf hoher Empore, dann schreiten die ersten Reihen der Frauen - Äbtissinnen und Novizinnen der Frauenklöster und ritterliche Damen, auch Frauen der Mainzer Patrizier - zum Rheinstrand hinunter, knien auf dem Sand nieder, entblößen die Arme und tauchen Hände und Arme ins Wasser. Nun reiben sie gründlich, ganz wie Waschweiber es nach der Arbeit tun, die Gliedmaßen, als seien sie wahrhaftig ein Jahr nicht mehr gereinigt worden. Und danach halten sie Hände und Arme noch einmal ins grünlich schimmernde Wasser des Flusses, als müsse letzter Schmutz weggeschwemmt werden. Dabei murmeln die Frauen Dank- und Bittsprüche und Diakone segnen sie heftig mit Weihwasser.

Weil alles, was Weib ist, an dieser Zeremonie teilnimmt, dauert es eine geraume Weile, bis die gewöhnlichen Bürgerfrauen ans Wasser gelangen. Je länger die Prozedur anhält, desto mehr kommt in den hinteren Reihen eine Stimmung wie Karneval und Kirmes auf. Erst wird das Getuschel und Gelächter noch unterdrückt und man erlaubt es sich nur hinter vorgehaltener Hand. Aber nach und nach geht die Scham verloren, und die Weiber werden freier. Sie beginnen, den Männern, die sie begaffen und ihnen Scherzworte zutuscheln, entsprechend zu antworten; manche der Frauen zeigen rasch ihre Beine oder ihre blanken Hintern und lassen einen tiefen Blick auf die Paradiesäpfel zu. Es fehlt nicht viel und alles artet in einen Liebesmarkt aus.

Anna beobachtet Käthe: Als eine Frau ihren Hintern an einen der gaffenden Männer drängt und ihn mit einigen derben Stößen ihres Unterleibs lachend zum Kampf auffordert, schließt die Käthe die Augen und scheint sich in sich zu versenken. Anna würde es nicht verwundern, würde sie inmitten all des Getümmels zu beten beginnen.

So weltvergessen ist nun Anna nicht.

Sie bemerkt es durchaus, daß sich einer unter den Zuschauern, ein untersetzter Bursche von kräftiger Gestalt, mit wuscheligen blonden Haaren, flinken Augen und einem strubbeligen Bart in ihrer Nähe zu halten versucht. Er ist wie ein Gaukler gewandet und wird wohl auch einer sein. Kein Handwerker und kein Lohnarbeiter würde sich so zeigen und ein Bürger schon gar nicht: Das Wams weit offen und eine behaarte Brust darbietend und bunte Schuhe mit kleinen Glöckchen an den Spitzen und sogar hölzerne Trippen unter den Sohlen. Diese wohl für die Haltbarkeit der Sohlen und damit sein Träger ein Stück größer wird. Wenn Anna vorrückt, kämpft auch er sich ein Stück weit vor. Ab und zu gibt er ihr mit einem Lächeln und langen Blicken zu verstehen, daß dies kein Zufall ist.

Anna gefällt er. Allerdings ermuntert sie ihn nicht. Doch Possenreißer bedürfen selten der Aufforderung der Weiber; sie würden wohl auch verhungern und in jedem Fall ohne Nachkommen bleiben, warteten sie darauf, daß man sie ruft oder bittet. Selbst der verfettete Woldemar, der im Badhaus des Matthes aufspielt, findet leicht kecke Worte für die Frauen. Dabei ist er brav verheiratet und Jahr für Jahr wird er Vater.

Nach einer Weile ist sich der Bursche Annas Wohlwollen sicher. Man weiß nicht wie, auf einmal steht er neben ihr. Das macht er so geschickt, daß es für jemanden, der nicht darauf geachtet hat, schierer Zufall ist, wie er ihr plötzlich hübsche Worte ins Ohr flüstern kann. Zwar macht er sich keine Mühe, neue Reime und neue Bilder zu finden – wie er schmeichelt, ähnelt sehr dem, was der Woldemar als Alltagskost bietet: Schöne Dame, ewige Minne und ewige Treue kommen darin vor – aber Anna genießt seine Worte dennoch.

Warum sollte es auch nicht? In ihren Jahren und an einem solchen Tag?

Wie der Gaukler gerade ein wenig vertrauter werden will, drängt ihn der Schwätzer Gieselher, der Wirt des »Hollerbaums«, zur Seite. Der Wirt ist, wie früher schon gesagt, der Nachbar und Lehnsmann des Matthes. Aus dem »Hollerbaum« läßt sich der Matthes nämlich die Mahlzeiten und die Getränke für seine Gäste kommen; als Bader darf er ja niemanden beköstigen. Der Gieselher ist dem Matthes hörig und das nicht ohne Grund. Er lebt zum großen Teil von dem, was ihm der Bader zu Verdienst läßt. Daß er dabei nicht fett wird, versteht sich.

Immerhin, der Wirt meint, bei Anna Rechte wie ein Pate zu haben und deshalb nimmt er nicht die geringste Rücksicht auf den jungen Mann (Wer würde auch schon auf einen Schausteller Rücksicht nehmen?) und auch nicht darauf, ob es der Anna gefällt, nun mit häuslichen Sorgen belastet zu werden.

»Anna«, schnauft der Gieselher (er bekommt schwer Luft, alles Aderlassen schlägt bei ihm nicht an), »was ist mit deinem Alten?«

»Was soll sein?«

»Ich wollte vorhin zu ihm«, macht's der Wirt geheimnisvoll. »Ich wollte nur hören, was ich morgen machen soll . . . Ich muß ja wissen, was ich machen soll. Verschlungen ist es schnell. Ich muß es doch erst mal heimholen! Ich muß wenigstens erfahren dürfen, was ich machen soll. Aber er hat mich nicht reingelassen. Ist was mit deinem Alten?«

»Wie nicht reingelassen?«

»Nicht reingelassen. Wie ich's sage . . . Wie soll ich denn kochen, wenn ich nicht weiß, *was* ich kochen soll?«

Der Gieselher sieht Anna mit traurigem Hundeblick an, als habe die ihm die Auskunft verweigert.

»Fisch ist billig«, jammert er. »Aber wenn ich Aale bringe, und er will keine Aale sehen? Ist was mit deinem Alten?«

»Mach Aal«, sagt Anna ungeduldig und blickt sich nach dem Gaukler um. Der hat sich aber zurückgezogen, läßt sich in der Menge treiben und winkt ihr auf ihren suchenden Blick wie abschiednehmend zu.

Der Wirt gibt nicht nach: »Recht, mach ich Aal und Bohnen. Es ist doch was mit deinem Alten . . .?«

»Was soll mit ihm sein?«

»Merkt ihr's nicht? Seid ihr blind? Das geht doch, seit er ... seit er sein Röschen hat, ist er falsch ... Röschen hinten, Röschen vorne ... Wo ist es denn? Habt ihrs nicht mitgebracht?«

»Nein.«

»Schad. Hier würde es hingehören ... Wirklich schad. So'n Fest gibts nicht oft ...«

»Ja«, stimmt ihm Anna abfällig zu, »hier wäre ihr Platz. Hier fehlt das Röschen.«

Am Morgen, als die Schwestern das Haus verlassen haben, hat das Weibchen noch geruht.

Der Vater hatte matte Entschuldigungen für sein Röschen; es fühle sich nicht wohl, könne auch nicht so lange stehen oder vertrage die Hitze nicht oder ähnlich fadenscheinige Lügen. Käthe und Anna haben sich damit zufriedengegeben. Sie zeigen sich nicht gern mit dem Röschen. Wohl, weil sie nicht wissen, wie mit ihr zu reden und umzugehen. Einerseits hat sie den Verstand einer Vierzehnjährigen und manchmal sehr kindische Wünsche, dann ist sie wieder verschlagen, weiß rasch ihren Vorteil zu erreichen und manchmal denken Anna und Käthe, sie stachele den Matthes gegen seine Töchter auf. Wie sie das allerdings bewirken könne, vermögen sich die Schwestern nicht vorzustellen.

Die Schwestern haben das Röschen nicht mehr im Kopf, wie sie später, sehr heiteren Gemüts, nach Hause kommen. Zu ihrer Verwunderung sind die Türen abgeschlossen und die meisten Läden vorgelegt.

Anna klopft heftig und nach einer Weile tut ihnen die Beghine auf.

»Was treibt ihr? Warum macht ihr nicht auf?« fragt Anna.

Die Beghine lacht wissend (ganz wie eine schadenfrohe Alte. Dabei ist sie nur weniges älter als Anna; noch keine dreißig) und spielt die Schalkhafte.

Anna sucht den Vater und das Röschen in der Küche; dort sind die Töpfe aber nicht auf dem Feuer und die Küchenmagd sitzt im Hof und läßt die Beine baumeln und der Wenzel schichtet Holz und feuert den Badofen.

»Was ist hier los?« wundert sich Anna und ruft nach dem Matthes.

Die Beghine hat sich die Treppe halb hinaufgeschlichen und beobachtet von dort aus den Fortgang der Ereignisse.

»Wo sind sie? Immer noch im Bett?« will Anna von ihr wissen.

Die Beghine kichert nur.

»Die hole ich jetzt aber raus«, sagt Anna und will die Treppe hinaufsteigen. »So schnell waren die noch nie aus dem Bett!«

Da hält Käthe sie fest.

»Laß doch«, will Käthe abwiegeln.

»Was soll hier werden?« fragt Anna unschlüssig.

In diesem Augenblick wird die Tür der Badstube geöffnet und das Röschen tritt naß und völlig nackt heraus. Überrascht blickt es auf die heimgekehrten Schwestern, faßt sich und sagt: »Der Matthes will Wein . . .«, zeigt wie zum Beweis den leeren Krug, den es in der Hand hält und springt unbeschwert in den Keller hinunter.

»Jetzt ist Schluß«, schimpft Anna und geht in den Badraum. In einer der vorderen Wannen sitzt der Matthes, genießt das Wasser und die Muße und erwartet, die Arme hinter dem Kopf verschränkt, weitere Freuden; augenscheinlich ist er zu dieser Stunde sein eigener Gast.

»Ist so *dein* Johannisfest?« fragt Anna.

Der Matthes wendet sich ihr zu. Es ist ihm nicht recht, daß sie ihn bei seinem Vergnügen überrascht. Das merkt man; gleichzeitig will er ihren Vorwürfen zuvorkommen. Deswegen wird er sofort polternd: »Kümmerst du dich nicht mehr ums Haus? Treibst du dich heute nur draußen rum?«

»Was fehlt denn noch zu deinem Glück?«

»Und wer sorgt sich um die Küche? Deine Betschwester?«

»Und was ist mit deinem Röschen? Kann die nicht mal was schaffen? Will die hier nie einen Finger rühren? Nur die Beine?«

»Hüte dich!«

Das Röschen kehrt zurück, schenkt dem Matthes den Becher voll (als könne alles gar nicht anders sein und sei so in schönster Ordnung) und steigt dann, den Weinkrug in der Rechten balancierend, zu ihrem Mann in die Wanne zurück.

Anna, selten um ein Wort oder eine Tat verlegen, weiß nicht, was sie sagen soll. Sie verläßt die Badstube und wirft die Tür hinter sich zu.

Der Matthes ruft etwas; Anna achtet nicht darauf und geht nach oben, um ihr Festkleid abzulegen.

Sie ist noch nicht in der Kammer, da kommt der Matthes hinter ihr her, puterrot im Gesicht und von Wasser tropfend, und hält ihr eine Predigt, wie sie Anna lange nicht (wenn jemals) erfahren hat. Der Matthes sagt ihr, er sei der Herr hier; er könne über das Röschen bestimmen, aber auch über sie. Und wenn sie den schuldigen Gehorsam verweigere, dann sei er nicht länger ihr Vater und nicht länger ihr gnädiger Meister, dann zerschneide er das Tuch zwischen ihnen und sie könne sich trollen und ihr Brot suchen, wo sie es findet.

3.

Nach dem Mittag des Johannistages geht Anna nach dem Heiner zu sehen.

Sie ist noch nicht am Spitaltor, da hört sie schon Musik von Fiedeln und Pfeifen, Stimmen fröhlicher Menschen und Getrampel, wie es entsteht, wenn Ungeübte tanzen.

Die Tore von »Heilig Geist« stehen weit offen. Und im Hof hopsen wahrhaftig Gesunde mit Genesenden, Nonnen mit Nönnchen, alte Männer mit jungen Dingern und triefäugige runzlige Weiber mit anderen, die gleich ihnen am Rand des Grabes stehen.

Wie bei allen Tanzvergnügen besteht der Hauptspaß darin, die Röcke der Frauen so hoch fliegen zu lassen, daß man die Schenkel oder noch besser das Vlies der Tanzenden sieht. Hier erreichen die Männer ihr Vergnügen besonders leicht. Die meisten der Kranken haben nur die Leinenkittel an, in die man sie bei der Aufnahme ins Spital gesteckt hat und so hüpft manche schlaffe Brust aus dem Latz und manch welker Arsch wird zum ersten Mal nach langer Zeit wieder von der Sonne beschienen. Jede Entblößung wird mit großem Gejohle begrüßt und selbst die Blinden, die auf Stühlen und steinernen Bänken sitzen, gebärden sich wie toll. Zwischen allem laufen Kinder im Spiel hin und her (befehden sich auch mit selbstgezimmerten Schwertern und Morgensternen, daß man Angst um Haupt und Glieder bekommen kann) und Anna, die sich das wilde Schauspiel eine Weile besieht, lächelt einem Dreijährigen aufmunternd zu, der mit weit aufgerissenen Augen und sehr ernstem Gesicht auf seinem Schaukelpferd reitet und sich das Höllenspektakel nicht erklären kann.

Anna sucht nach dem Heiner, bemerkt ihn nicht und wendet sich schließlich an einen fetten kleinen Pfleger, der eifrig wie ein Frettchen durch den Hof eilt und Getränke (wohl Lauerwein und schwaches Bier) ausschenkt.

»Ist der Heiner nicht hier draußen?« fragt sie ihn.

»Welcher Heiner?«

»Der Badknecht . . .«

»Hier sind wir alle nur Gottes Knechte«, sagt der Pfleger und eilt mit seinen Kannen zu einer kleinen Gruppe, die sich um den Spitalmeister geschart hat.

Der Krankensaal ist von einer beängstigenden Stille; Anna hört ihre Schritte hallen, wie sie zum Bett des Heiner geht. Wo sonst die Kranken unter dem Lärm von Reden oder Weinen, auch von Angst- und Schmerzensschreien wie unter einer Decke gelegen haben, ist nun Frösteln machendes Schweigen. Zum ersten Mal spürt Anna, dem Menschen gibt es Vertrauen und große Hoffnung, unter anderen Menschen zu sein, mögen sie selbst gelähmt oder gefesselt und in Ketten geschlagen sein. Daß nun alle, die sich halbwegs auf den Beinen halten können, im Freien sind, drückt den im Saal Zurückgelassenen ein Mal auf.

»Wir sind die wahren Siechen und die Verlorenen«, scheinen sie mit stummem Mund zu flüstern.

Der Heiner liegt allein in dem großen Bett; seine neuen Gefährten (die Schachspieler von ehedem sind schon lange nicht mehr da; einer ist rasch genesen, der andere an verdorbenem Blut gestorben) werden sich im Hof ihrer Existenz erfreuen. Auch die Betten, die in der Nachbarschaft stehen, sind verlassen. Nur in einem schläft, mit Stricken an Händen und Füßen gefesselt und einen Knebel im Mund, ein Unseliger, der an der Tobsucht leidet. Schon mehrmals ist er exorziert worden; der Satan fährt jedoch nicht aus seinem Körper, quält ihn vielmehr oft auf das Unerträglichste.

Der Heiner ist nicht wach und er schläft auch nicht, als Anna an sein Bett tritt. Seine Augen sind auf und er erkennt Anna, doch verzieht er seinen Mund nicht zu einem Lächeln. Vielmehr bleibt er gefaßt, als wäre sie sein Richter. Allerdings rückt er auch nicht von ihr ab, wie er das bei ihrem letzten Besuch getan hat. Während der ganzen Zeit, die Anna bei ihm ist, spricht er wie im Traum. Manche seiner Sätze sind klar und vernünftig, dann sagt er wieder Dinge, die nichts mit seinem Leben im Spital und nichts mit seinem Leben beim Matthes zu tun haben.

Anna ist über sein Aussehen entsetzt. Seine Augen liegen schwarz in ihren Höhlen, das Fleisch über den Knochen scheint langsam wegzuschmelzen, ist kaum noch vorhanden. Am ärgsten ist jedoch, daß die Wunde am Kopf immer noch näßt. Vielleicht sogar mehr als früher. Der Verband, der um seinen Schädel geschlungen ist, müßte gewechselt werden; an einer Stelle ist er feucht wie ein nasser Schwamm.

»Hast du Schmerzen?« will Anna von ihm wissen, als sie sich zu ihm setzt.

Der Heiner sieht sie darauf nur an.

Anna packt Essen aus, das sie mitgebracht hat. Der Heiner rührt nichts davon an, redet vielmehr von Jerusalem und großer Hitze und gewaltigem Wasser.

Anna nimmt seine Hand: »Willst du nach Jerusalem? Willst du auf Pilgerfahrt gehen?«

Der Heiner entzieht ihr seine Hand, aber nur um sich zu kratzen. Anna bemerkt, seine Hände und Arme sind über und über von Flohstichen bedeckt; sie schiebt sein Hemd zur Seite, auch auf der Brust ist die Haut aufgekratzt und getrocknetes Blut macht, daß sein Körper aussieht, als sei er vom Aussatz befallen. Bei ihrem letzten Besuch war er bei weitem nicht so geplagt.

Anna meint, er wollte vom Haus hören und berichtet, wie es allen ergeht. Alles gehe seinen gewohnten Gang und der Matthes und der Wenzel und alle übrigen im Haus ließen grüßen. Die Käthe, die ihn so gern sehen wollte, könne leider nicht kommen. Anna behauptet, die Schwester sei zu beschäftigt, vertraut darauf, daß der Heiner nicht weiß, welcher hohe Feiertag heute ist.

Denn natürlich ist das nicht die Wahrheit; womit sollte die Käthe heute beschäftigt sein? In Wirklichkeit war sie nach dem Streit mit dem Vater aus dem Haus gelaufen und noch nach Stunden nicht zurückgekehrt. Nicht zum ersten Mal ist die Käthe davongelaufen; schon mehrmals ist sie geflüchtet, wenn man sie tadelte oder ungerecht behandelte. Meist versteckte sie sich bei solchen Vorfällen in einer Kirche oder einer Kapelle. Doch wo dann suchen? Einmal hatte sie sich sogar in einer Feldkapelle bei dem Ort Weisenau, weit vor den Mauern, eingenistet und hat sich erst nach zwei Tagen wieder eingefunden.

Zu Annas Verwunderung antwortet der Heiner darauf ganz klar. Er will hören, wie es dem Röschen ergeht.

»Der Rose?« wiederholt sie.

»Geht sie mit nach Jerusalem?«

Die Frage kommt mit solcher Befürchtung und Anspannung, daß Anna ihn mit einer weiteren Lüge tröstet. Ja, sie gehe mit nach Jerusalem, verspricht sie. Darauf nickt der Heiner und versucht ein Lächeln. Es läßt Anna das Herz gefrieren. Es ist, als lächele sie der Tod an.

Anna denkt darüber nach, warum der Heiner ausgerechnet die Rose auf seine Pilgerfahrt mitnehmen will. Hat sie etwa auch sein Herz gewonnen? Trotz der traurig stimmenden Umstände muß sie ein wenig bei dem Gedanken lächeln, daß ausgerechnet der Heiner der stille Nebenbuhler des Matthes sein soll. Welche Verrücktheit läge darin, würde im Matthes ausgerechnet gegen den Heiner Eifersucht erwachsen. Und doch, wäre es nicht viel mehr in der rechten Ordnung, die Rose wäre das Weibchen des Heiner statt des alten Baders?

»Die Rose sieht bald wieder nach dir«, verspricht Anna. Dabei weiß sie nicht, ob sie überhaupt schon mal im Spital war. Wenn, hat sie nicht darüber gesprochen.

Der Pfleger, der Anna zuvor Auskunft gegeben hat, versorgt nun die Kranken im unteren Saal mit seinem Gesöff. Als er zum Heiner kommt, sagt er freundlich: »Unser Löwenherz ... Wir dachten schon, diesen Tag ist er nicht mehr bei uns. Er hält sich tapfer ...«

Er schenkt ihm Bier in den Becher und will weiterwieseln.

Anna packt ihn an seinem Ärmel. »Das glaubt der Arzt? Er geht von uns?« fragt sie mit gepreßter Stimme.

Der Mann blickt auf Anna, begreift, sie wollte sich bisher nicht eingestehen, wie es um den Heiner steht, und er weicht mit den Augen aus. So wollte er Anna die Wahrheit nicht beibringen. »Gott lenkt unser Schifflein«, sagt er ein wenig abwehrend, löst Annas Hand von seinem Kittel und lobt den Heiner noch einmal wegen seiner Tapferkeit. Wie er sich entfernt, ist er merklich bedrückt und erst, als er sich ein Stück weit entfernt hat, findet er wieder zu seiner gewöhnlichen Geschäftigkeit.

Anna nimmt den Heiner in einer Aufwallung des Herzens in den Arm, drückt ihn an sich. Der Heiner weiß nicht, was es bedeutet und läßt es ohne Erwiderung oder Bewegung mit sich geschehen. Darauf versucht Anna, tränenden Auges, dem Heiner etwas Gutes zu tun, irgend etwas. Sie greift nach dem Becher und flößt ihm ein wenig von dem Bier ein. Der Junge öffnet wie eingeübt den Mund. Er hat aber den ersten Schluck noch nicht unten, da spuckt er das Bier wieder aus und sinkt kraftlos in Annas Arm zusammen.

Anna hält ihn so eine Weile und bettet ihn dann in die Kissen zurück, wacht noch eine Weile. Der Heiner liegt nun wie tot da; sein Atem ist kaum zu vernehmen. Würde er nicht ab und an gleich einem Fisch auf dem Trockenen zucken, müßte man glauben, er sei schon nicht mehr unter den Lebenden. Endlich erhebt sie sich und verläßt das Spital.

Draußen scheinen sich die Tanzenden unterdessen keine Pause gegönnt zu haben. Eher sind die Tänze noch wüster und tobender geworden und noch mehr der Versuch, sich gegen unser aller Verderben und Ende zu stemmen.

Angesichts dieser Freude kommen ihr die Tränen, die sie bis jetzt zurückgehalten hat.

4.

Der Matthes und sein Röschen sind nicht im Haus, als Anna zurückkehrt.

»Wo sind sie?« fragt Anna die Beghine. Die feixt, als hüte sie ein wer weiß wie großes Geheimnis.

»Und die Käthe?«

Wieder kichert die Beghine. Anna hätte Lust, grob zu werden. »Ist sie da oder ist sie nicht da?« fragt sie so gereizt, daß sich die Beghine zu einer Antwort bequemt. Sie deutet mit dem Daumen der rechten Hand in einer schnellen Bewegung nach oben, wendet sich wie verschämt ab und huscht die Treppe hinauf. Anna folgt ihr und sucht die Schwester in der Schlafkammer.

Die Käthe liegt auf dem Boden, die Arme ausgebreitet und betet mit weit offenen Augen. Wie Anna nun die Tür kräftig aufreißt, wie es ihre Art ist, fährt sie auf, als fürchte sie einen Überfall.

»Wo ist der Matthes?« will Anna wissen.

»Er wollte zum Schneider. Und die Rose wollte zum Tanz . . .«

»Werden sie wohl zum Tanz sein«, sagt Anna wütend. »Der Heiner liegt auf den Tod . . .«

»Ich habe ihn gesehen«, erwidert Käthe ruhig, steht auf und klopft sich den Staub ab.

»Wann?« fragt Anna verblüfft.

Sie erfährt, die Käthe war vor ihr im Spital. Der Heiner hat geschlafen; sie hat ihn nicht geweckt. Sie hat auch mit niemandem über den Heiner gesprochen, aber sein Aussehen hat ihr alles verraten.

»Ich habe jeden Tag für ihn gebetet«, sagt Käthe voller Vorwurf gegen Gott oder die Menschen. »Ich hab alles versprochen, daß er uns bleibt. Aber er muß gehen . . .«

»Wer sagt das?« versucht Anna gegen das eigene Wissen zu reden. »Wer sagt uns, daß er gehen muß? Es kommt doch vor . . .«

»Der Augenschein sagt's uns«, antwortet Käthe im vorherigen aufsässigen Ton, den Anna selten von ihr vernommen hat. »Und die Beghine sagt's uns.«

Der letzte Beweis ist für Käthe wohl der stärkste. Das Wort einer heiligen Närrin ist ihr mehr wert als das Wort des klügsten Sünders.

Anna nimmt die Schwester in den Arm, und wie sie Käthe tröstet, ist sie selbst ganz gefaßt. Diesmal bleiben ihr die Tränen aus.

»Wir holen ihn ins Haus. Im Spital wird er nicht die Augen zumachen!« verspricht Anna, eigentlich mehr sich als der Käthe. »Er stirbt hier. Wenn er sterben muß . . .«

»Es ist ungerecht. Ungerecht, ungerecht«, rebelliert unverhofft die immer geduldige Käthe gegen Gott. »Er hat nicht gelebt und soll sterben?«

Darauf wendet sich Anna ab, um nicht antworten zu müssen. Sie empfindet nicht anders als Käthe. Aber wer sind sie, daß sie Gottes Ratschluß erkennen könnten?

Der Heiner scheint dem Herrn wirklich besonders lieb, daß er ihn so rasch bei sich haben will. Schon beim großen Sterben ist er dem Tod nur um Winziges entgangen. Diesmal kann's nach allem menschlichen Ermessen keine Rettung für ihn geben.

Die Käthe hat recht: Der Heiner kennt beinahe nur die Nacht des Lebens, nicht den lichten Morgen, nicht die Freuden des Daseins, nicht das Glück. Er hat nichts erfahren, das ihn für die Schrecknisse seiner Kindheit entschädigen könnte, und nun muß er diese Welt wieder verlassen.

Nur ganz dunkel erinnert sich der Heiner seiner Eltern und Paten. Er kann sich an einen Mann im Bauernkittel mit einem strähnigen Bart und lichten Haaren und groben und doch zärtlichen Händen erinnern. Er glaubt, das war sein Vater, jedenfalls ein sehr naher Verwandter. Denn oft, wenn er gespielt hat, hat der Mann ihn aufgefangen und auf die Schulter genommen und umhergetragen. Und seine Mutter, denkt er, war eine Frau mit harten Brüsten und kleinen harten Händen. Er hat nur wenige Bilder in seinem Gedächtnis, wie jeder sie hat, der aus einem Dorf stammt: Eine sehr niedrige Bauernhütte, in der der Rauch der Feuerstelle (nur ein paar Steinplatten auf dem Boden und darüber ein eisernes Dreibein, an welchem der Topf hängt) nie abzog; ständig tränten die Augen und er meint, auch die anderen Leute, die mit in der Hütte waren, sicher seine Geschwister oder andere Angehörige, hatten immer geschwollene, gerötete Augen. Vieh, Ziegen und einige magere Schweine, lebten und schliefen mit in der Hütte, und der Heiner weiß noch, welches Entsetzen es ihm bereitete, wenn die Tiere im Herbst geschlachtet wurden; über den Winter konnten sie nicht gefüttert werden. Das Dorf, in welchem er geboren wurde, war in einem engen Tal und ringsum war Wald. Der Heiner hat den Namen seines Dorfes vergessen; wenn er ihn je gewußt hat. Nach aller Beschreibung, welchen Weg er später genommen hat, kann es irgendwo in den Wäldern des Odenwaldes gewesen sein.

Er war ungefähr fünf, als die Pest sogar dieses vor aller Welt versteckte Dorf fand und die Menschen schlug und wegraffte, wen sie nur erwischte.

Merkwürdigerweise hat der Heiner, der kaum etwas von seiner Mutter in seinem Gedächtnis behalten hat, noch klare Erinnerung, in welcher Weise das Unheil den Mann, den er für seinen Vater hält, überfiel. Er meint, der Mann hatte von einer Stunde zur nächsten brandige schwärzliche Flecken an seinem Körper. Buchstäblich über Nacht bildeten sich faustgroße Beulen unter den Achseln und an den Leisten. Den nächsten oder den Tag darauf brachen sie mit Gestank auf. Da lag der Vater oder wer er war schon mit Fieber danieder und wieder zwei oder drei Tage später war er nicht mehr.

Im Kopf des Heiner können sich diese Bilder mit anderen, ganz gleichen, vermischt haben. In den folgenden Monaten hat er viele Menschen in solch grausiger Weise enden sehen. Wer nicht? Wer diese Heimsuchung - furchtbarer als alles, was Gott je über seine Kinder geschickt hat - überstanden hat, mag es schier nicht begreifen, daß er nicht vor Angst den Verstand verloren hat.

Als die Leute im Dorf des Heiner erkannten, welches Verhängnis auch über diesen Ort hereingebrochen war, waren sie wie toll umhergelaufen, hatten einander bedroht, sich gegenseitig der ärgsten Verfehlungen beschuldigt, ja, einander totgeschlagen. Jeder hatte in dem Nächsten den Feind und Verderber gesehen. Und hatten sie nicht recht gehabt? Käme denn solcher Jammer über die Menschen, verrieten sie nicht täglich den Herrn? Der eine betrügt den anderen. Nimmt er ihm nicht sein Gut oder den Lohn seiner Arbeit, dann sein Weib. Wer will da sagen, wen der Herr meint und wen er schonen will?

In allen Menschen zeigte sich eine Unnatur, die man nie in ihnen vermutet hätte: Eltern hatten ihre Kinder geflohen; diese sich von ihren dürstenden und fiebernden Eltern abgewandt, als hätten sie nie etwas miteinander zu schaffen gehabt. Und Ärzte liefen davon, wenn die Pest gegen eine Stadt oder ein Kloster oder wo immer sie waren, anrückte. Sie hatten sich sogar die Versicherung geben lassen, solches Verhalten sei rechtens. Und muß man nicht für alles Nachsicht üben? Ist es nicht wahrhaftig menschenklug, sich in einer solchen Lage zu meiden? Genügt nicht ein verdorbener Atemhauch, manchmal ein einziger Blick, den Nächsten hinzustrecken?

Mitten in all dem Elend war im Dorf des Heiner ein junger Bursche umhergezogen (wohl auch in anderen Dörfern der Umgebung; sonst hätte seine Gefolgschaft später nicht so groß sein können) und hatte alle Kinder und Halbwüchsigen aufgefordert, ihm um Christi Barmherzigkeit willen zu folgen. Und wirklich, wer der Gewalt der Eltern entweichen konnte, hatte sich ihm angeschlossen. Viele werden an ihn geglaubt haben. In Notzeiten folgt man jedem, der nur fest genug das Heil zu versprechen weiß. Manche werden da schon keine Eltern mehr gehabt haben, die sie hindern konnten, und nur weggerannt sein, weil sie hofften, irgendwo anders dem gräßlichen Sterben zu entgehen. Auch die Geschwister des Heiner (nach seiner Erzählung zwei oder drei Brüder) waren dem Burschen gefolgt, und der hatte sie in die Wälder geführt.

Hier waren sie größtenteils gestorben; nicht alle an der Pest. Manche an Auszehrung oder wegen des Gedankens, die Nächsten kalten Herzens ihrem Schicksal überlassen zu haben. Bis zum Winter war die Schar auf fünf oder sechs zusammengeschmolzen. Der frühere Anführer war da schon längst nicht mehr. Er war von einem hohen Felsen gesprungen; ob des Elends und bei dem Gedanken, daß niemand die segne, die ihre Seele Gott befehlen wollten, hatte er sich selbst zerschmettert. So lange er gelebt hatte, hatte er streng darauf geachtet, daß die letzten Augenblicke des Sterbenden dem Herrn geweiht waren. Doch kann natürlich nichts der Absolution eines Priesters gleichkommen; treten wir unsere letzte Reise im Zustand der Sünde an, wird sie unweigerlich in die Hölle führen. Und trotz dieses Wissens hatte der Mensch sich getötet.

Die Strenge des Winters hatte die gering gewordene Schar, auch völlig verwilderte Schar, denn mancher glich mehr einem Waldtier denn dem Ebenbild Gottes, hatte also diese Schar wieder in die Nähe der Menschen getrieben. Sie hatten die Dörfer gesucht, aus denen sie stammten, aber nicht gefunden oder nicht erreicht.

Statt dessen waren sie in eine Ansiedlung (eigentlich nur ein großes Gehöft und einige Meiereien im Umkreis) gekommen, in der kein Leben mehr war. Die Leichen von Tier und Mensch lagen, wie sie zuletzt gefallen waren. Alle Kadaver in grausiger Verfassung, halb verwest und halb von Getier und Gewürm zerfressen. Wo man hinsah, war verfaultes, gewesenes Fleisch.

Die bisher überlebt hatten, räumten ein Haus leer, suchten, was sie an Essen fanden, machten Feuer und kümmerten sich nicht um die Toten. Doch konnten sie ihnen nicht ausweichen. Das Wasser des Brunnens war stinkig, weil sich Sterbende in ihrer Todesqual hineingestürzt hatten; wie sie den großen Dorfbackofen öffneten, fanden sie ein Weib, das sich allem Augenschein nach vor dem großen Schnitter hatte verbergen wollen und den Pfaffen entdeckten sie am Altar, im vollen Meßornat und eine Hand in die Altardecke gekrallt.

Alle Vorsicht, dem schleichenden Tod zu entgehen, war vergebens. Bis auf zwei - einen Burschen, der ihn später nach Mainz geführt und eben den Heiner selbst - kamen in diesem Weiler noch die übrigen aus der Flüchtigenschar um ihr Leben.

Kurz vor dem zweiten Winter kehrten Menschen zurück, kümmerten sich um die Häuser und die Felder, pflegten den verwahrlosten Heiner und den anderen. Im nächsten Frühjahr schickten sie die beiden davon; vielleicht fürchteten sie sich insgeheim vor ihnen.

Wie es Anna vorausgesagt hat: der Matthes hat dem Schneider Maskopp keinen Besuch gemacht und ist, nach dem Wunsch der Rose, den Nachmittag und Abend mit seinem Weibchen zu einem Tanzfest gegangen.

In aller Einfalt hatte das Röschen begehrt, zum großen Tanz ins Kaufhaus geführt zu werden; zu dem Fest also, mit welchem die Patrizier und Stadtadeligen den Johannistag begehen. Der Matthes hatte ihr das ausreden wollen und die Rose hatte schließlich verstanden, daß man sie nicht einlassen werde. Dennoch hatte sie nicht von ihrem Wunsch abgelassen und es wirklich mit einigen schönen Worten vermocht, für eine Weile Zutritt zu dem Festvergnügen zu erlangen.

Der Matthes weiß bei seiner Heimkehr nicht, wie er und ob er seinen Töchtern erzählen soll, was das Röschen erreicht hat. Einerseits erfüllt es ihn mit einem unverkennbaren Stolz, daß die Rose so gefällt. Andererseits war es ihm nicht recht, daß er auf der Straße warten mußte, während sein Weibchen (von einem erhöhten Fenster aus) die Tanzenden im Saal und deren Roben bewunderte.

Statt des schweigsamen Matthes redet das Röschen sprudelnd

von diesem Tanz und auch, wie vergnüglich es auf dem Fest der Bader-, Bartscherer- und Bierbrauer-Zunft zugegangen ist. Seit langem feiern die drei gemeinsam, teilen sich an Werktagen die Trinkstube und treten überhaupt bei vielem einig auf. In Eintracht können sie sich gegen die großen Zünfte, etwa der Bäcker, der Fleischhacker, der Schuhmacher und Flickschuster, besser behaupten.

Die Rose plappert, wie ausgelassen der Matthes getanzt habe und wie sie gar kein Ende haben finden wollen. Darauf deutet der Matthes an – er will nicht, daß seine Töchter denken, er habe nur tölpelhaft und täppisch wie ein Greis den Launen seines Weibes nachgegeben –, daß er ganz wichtige Gespräche mit den Zunftbrüdern geführt habe. Man werde ihn wohl demnächst ins Zunftgericht bestellen. Dann berichtet er vom neuesten Klatsch. Ein blutjunger Gesell aus der Badstube »Unter den Mauern«, noch nicht lange in Mainz, hat eine ältliche Dirne aus einem Frauenhaus geheiratet. Der Geselle behauptet, eine übergroße Neigung für sie habe ihn zu diesem Schritt getrieben. Sein Meister glaubt dagegen, er habe nur das Geld gefreit, mit welchem die Stadt Huren für ihr Alter abfindet. Die Bader sind sich einig, man wird den Gesellen, sonst ein ganz brauchbarer Mensch, wohl unverzüglich aus der Zunft ausschließen müssen.

Darauf lacht die Rose. Sie findet es lustig, daß ausgerechnet die Bader eine so verletzliche Zunftehre haben; gerade sie, die einem als erstes einfallen, denkt man an unehrliche Leute. In diesem Punkt versteht der Matthes keinen Spaß. Streng rügt er die Rose. Wie sollen einen andere achten, wenn die eigene Frau ...

Anna läßt ihn nicht zu Ende kommen.

»Der Heiner wird heute oder morgen sterben«, sagt sie hart.

Über diese grausige Wahrheit erschrocken, schlägt das Röschen eine Hand vor den Mund; als habe es bisher zuviel oder das Falsche gesagt.

Der Matthes wird dagegen streitsüchtig: »Jetzt der Heiner! Erst läuft das Weib da aus dem Haus ...« – er deutet mit dem Finger auf Käthe, die aufrecht und anklagend dasitzt – »und nun willst du einen mit dem Heiner erschrecken. Darf man sich bei euch nie freuen?«

»Denkst du nur an dich?« fragt Anna wütend.

»Ach was ... der Heiner und sterben!« wehrt sich der Matthes.

»Ich habe den Heiner noch vor zwei Wochen gesehen. Da war er auf dem rechten Weg. Ich hab doch gescherzt: Heiner, bei Johannis springst du mit uns übers Feuer . . .«

»Und? Springt er?« fährt Anna ihren Vater an.

»Noch zwei, drei Wochen und er schleppt wieder seine Eimer«, behauptet der Bader starrköpfig. »Eher sterbe ich als der Heiner.«

»Geh doch hin. Sieh ihn dir an!« rechtet Anna mit ihm. »Über dein Röschen ist alles unwichtig geworden . . . Soll er doch sterben. Hauptsache, du hast dein Röschen im Bett!«

»Such dir einen Hengst, dann . . .«

»Was soll ich?«

»Laß ihn, Anna«, mahnt Käthe.

»Der Verstand ist ihm ins Glied gerutscht!«

Merkwürdigerweise streichelt nun das Röschen Annas Arm, ganz als sei die eine Puppe und habe gegen ihre Natur Schmerz gezeigt. Darauf verstummt Anna und weiß nicht, wie dem Röschen begegnen.

Die Geste des Röschens verändert auch den Matthes. Er gibt nun zu, der Heiner habe ihm schon beim letzten Besehen Sorge bereitet. Er rückt sogar mit der ganzen Wahrheit heraus: Er hat mit einem vom Spital über den Heiner gesprochen und Ratschläge erteilen wollen, wie man der Wunde am Kopf besser beikomme. Der Pfleger hatte zwar zugehört, aber mit einer Miene, die sagte, auf die Weisheiten eines Baders könne hier verzichtet werden. Binnen kurzem ergeht sich der Matthes in immer wüsteren Beschimpfungen. Die Spitalbrüder, vor allem der Medicus vom »Heilig Geist«, seien allesamt und allerwegen Pfuscher vor dem Herrn; seien es immer gewesen und blieben es bis ans unselige Ende.

»Etwas werden sie im Spital auch vermögen«, vermutet Anna, und daraus entwickelt sich aufs neue heftiger Streit. Statt zu ihrem Vater halte sie zu Habgier und Simonie, wirft der Bader seiner Tochter vor.

»Was hat die Habgier damit zu tun? Welche Habgier?«

»Das steht ihnen doch in den Augen geschrieben, den Kerlen.«

Man weiß nicht genau, meint er die Ärzte oder die Bruderschaft, welche das Spital besorgt. Es wird auch nicht klarer, wie er in seinem Geschimpfe fortfährt: »Denen geht's doch nur um die Pfründe. Lieber nehmen sie einen gesunden Reichen zur Pflege als fünf arme Kranke zur Heilung ...«

Die Spitalbrüder habe er längst durchschaut. Von denen könne man nur lernen. Wieviel einfacher und einträglicher sei es, einem braven Alten das Vermögen abzunehmen und ihm dafür eine dünne Suppe hinzustellen, statt einen wahrhaft Siechen zu pflegen. Wo sei die Welt hingekommen, barmt er. Nichts sei mehr wie in alten Zeiten, da die Hospitäler ein Hort der Armen und Kranken gewesen seien, und nicht wie heute Stätten, an denen man sich bereichern wolle. Wer heute im Spital überleben wolle, brauche sehr viel gesundes Blut und noch mehr gesundes Geld. Für Geld und Gut seien der Arzt und die Brüder aufmerksam, habe man solches, sparten sie nicht an teuren Medizinen und Tinkturen. Wer jedoch als armer Schlucker auf ihre Barmherzigkeit vertraue, sei schon dem Satan zugefallen. Und hätten sie selbst besseren Willen, was verstünden sie schon von Pflege und Heilung? So gut wie nichts. Nur davon, wie man seinen Besitz vermehren könne. Davon verstünden sie alles. Sie häuften Schenkung auf Schenkung und im übrigen ertrügen sie es geduldig, daß ihnen die Kranken wegstürben.

»Kannst du es besser?« ärgert sich Anna.

»Bei mir sähe der Heiner nicht so aus.«

Der Heiner wäre schon längst wieder auf den Beinen und an der Arbeit, hätte er sich selbst um die Gesundheit des Burschen gekümmert, behauptet er. Das habe er auch ursprünglich gewollt, aber man habe es ihm ausgeredet. Jetzt sehe man, was dabei rauskomme und mache ihm noch Vorwürfe obendrein.

»Warum holst du ihn nicht heim?« fragt Käthe ruhig.

»Wie soll ich ihn heimholen? Wie soll das gehen? Ist er ein Stück Holz? Soll ich ihn unter dem Arm wegtragen? Holen! Die werden ihn mir nicht lassen ... Lehr mich die Brüder kennen!«

»Morgen holen wir ihn«, beschließt Anna.

5.

Das Heimholen des Heiner erweist sich als weitaus einfacher, als der Matthes vermutet hat.

Den nächsten Morgen macht sich Anna mit dem Wenzel und einem Handkarren auf den Weg zum Spital. Sie ist darauf gefaßt, sich mit den Spitalbrüdern oder gar mit dem Provisor (so nennen die Pfleger den Spitalmeister) herumschlagen zu müssen; auch fest entschlossen, nicht nachzugeben. Die Pfleger überlassen ihr den Heiner jedoch mit großer Bereitwilligkeit, wie der Metzger Knochen hergibt, für welche er keine Verwendung mehr hat.

Das Bild kommt Anna in den Sinn, als sie am Bett des Heiner steht. Der scheint nur noch Haut und Skelett zu sein. Mit einer Hand könnte der Wenzel ihn aufheben, so ist er vom Fleisch gefallen. Ganz behutsam, als zerbreche er ihnen sonst, nehmen die Baderin und der Badknecht den Heiner an Armen und Beinen und tragen ihn zum Karren. Wie er darauf liegt - ohne sich zu rühren und mit seltsam verschränkten Gliedmaßen -, erinnert er mehr an eine Märtyrerfigur, wie die Steinmetze sie schlagen, als an einen lebenden Menschen. Seine Augen sind erloschen. Anna weiß nicht einmal, ob der Heiner sie heute erkennt und ob er versteht, was mit ihm geschieht.

Beim Fahren springt sein Kopf auf und nieder, als sitze er nicht sehr fest auf dem Hals. Anna mahnt jedesmal den Wenzel, mehr Obacht zu bewahren und der gibt zurück, sorgsamer könne er nicht. Wie soll er auch bei dem buckligen Pflaster? Dabei sind nur die großen Straßen gepflastert; die kleineren Gassen haben ihre in Jahrhunderten fest getretenen, fest gestampften und ausgefahrenen Lehm- und Mergelböden; fest wenigstens bis zum nächsten großen Regen. Die sind noch holperiger als Markt- und Augustinergasse mit ihren rundgelaufenen Katzenköpfen. Sonst stört's keinen, auch Anna nicht. Wie sie aber den Heiner betrachtet, möchte sie ihn am liebsten tragen.

Ab und zu wirft jemand einen mitleidigen Blick auf den Burschen und schlägt ein Kreuz. Offenbar ist er für die übrigen schon tot.

Im Badhaus weiß man erst nicht, wohin mit dem Heiner. Die Schwestern wollen ihr Bett hergeben, aber das läßt der Matthes nicht zu und so legt man den Kranken am Ende der Beghine ins Nest. Die sieht mit flackernden Augen zu, was man ihr da bringt; beschwert sich jedoch nicht, daß sie die Bettstatt hergeben muß.

Badedirnen rufen nach dem Wenzel. Der Matthes läßt nicht zu, daß er antwortet, geschweige, daß er gehen dürfte. Er soll sich ganz um den Heiner bemühen und das tut er auch. Nachdem er ihm den Verband um den Kopf abgenommen hat, sehen alle mit Erschrekken, der Aufenthalt im Spital hat das Befinden des Heiner nur verschlechtert.

»So hat er nicht mal ausgesehen, als wir ihn hingebracht haben . . .«, sagt der Bader erbittert.

Die Männer beraten, welche Tinkturen dem Heiner noch helfen können. Der Wenzel will, man soll frische Eichenblätter holen. Eichenblätter sind das beste, was es bei offenen Wunden gibt. Der Matthes schickt sofort den Barbier; ihm ist es gleich, daß die Badweiber nun sich selbst überlassen sind. Und der Bartscherer soll sich ja sputen!

»Einmal im Leben, du lahmer Sack!« verwarnt ihn der Meister.

Wieviel er bringen soll?

Einige Zweige.

Mit der Eiche hat Gott den Menschen ein großes Geschenk gemacht; Blätter, Holz und Frucht davon sind gleich gut zu nutzen. Eichenholz gibt besseres Feuer als jedes andere; sein Rauch schützt gegen Pestilenz und lindert Husten und Brustschmerzen. Die Blätter des Baums sind nicht nur gut gegen Wunden, sondern auch gegen Krebs und das wilde Feuer. Im Badwasser heilen sie Wassersucht und Aussatz. Auch die Eichel, die Mistel und der Gallapfel von der Eiche sind ebenso Gottesgaben. Eicheln – zu Pulver zerstoßen – helfen bei Bauchschmerzen, Frauenleiden und Harnbeschwerden. (Mit gestoßenen Eicheln kuriert der Matthes auch sein eigenes Leiden.) Wem die Leber fault, muß Pulver von Eichenmisteln mit gutem Wein mischen und des Morgens und Abends zu sich nehmen.

Gestoßener, gesottener und warm verzehrter Gallapfel bewirkt wahre Wunder bei Frauensucht. Und einer Frau, die ein Kind erwartet, soll man (mit einem Löffel Wein) Pulver aus Gallapfel geben –

im Namen des Kreuzes Christi, der am Holz alle Welt erlöst hat. So erlöst auch das Pulver die Frauen und so kommen sie sanfter nieder.

»Könnt ihr den Heiner retten?« fragt Anna beklommen, während sie zusieht, wie der Wenzel die Wunde säubert.

»Den Heiner kann nur noch der Herr retten ...«, erwidert Matthes, der Wahrheit gemäß.

Während sie weiter auf den Barbier und die Medizinen warten, spricht niemand. Nur undeutliches, schier sinnloses Gemurmel der Beghine und ab und zu Seufzer des Heiner erfüllen den Raum. Die Beghine kniet auf ihrem Betschemel, das Gesicht gegen ein Kreuz an der Wand gerichtet, ihr Mund geht auf und zu und doch glaubt Anna nicht, sie spricht Gebete. Ihr will es scheinen, die Beghine ahme Frömmigkeit nach wie Schauspieler auf der Bühne Edelleute und Bettler nachahmen.

»Wo soll denn unsere heilige Frau bleiben?« überlegt Anna.

»Was meinst du?«

»Wo sie schlafen soll ...«

»Wo der Wenzel auch geblieben ist. Kann sich nachts ins Schwitzbad legen. Beim Heiner wird sie wohl nicht liegen wollen.«

Der Matthes denkt sich dabei nichts oder jedenfalls sehr wenig. Anna erst auch nicht. Doch zufällig wirft sie einen Blick auf die Beghine und ihr fällt auf, wie angespannt die auf einmal kniet. Ganz offenbar hat sie den Rosenkranz in ihrer Hand vergessen; jedenfalls bewegt sie ihn nicht um eine Perle weiter. Sie tut so, als höre sie nicht, daß über sie verhandelt wird und dabei verrät ihre Haltung, sie achtet auf jedes Wort. Man kann glauben, es habe für sie Bedeutung, wie entschieden werde.

»Mir soll's recht sein, im Schwitzbad«, sagt Anna. »Wenn's den beiden darin nur nicht zu heiß wird ...«

Der Matthes versteht erst nicht, was seine Tochter meint. »Wieso soll's nachts heiß werden?« Dann grinst er. »Ja«, sagt er gutmütig zur Beghine, »paßt nur auf, daß ihr nicht ins Schwitzen kommt! Sonst ist Schluß mit deiner Heiligkeit.«

Darauf prustet die Beghine los und stürzt mit puterrotem Kopf aus der Kammer. In ihrer Hast rennt sie fast den Bartkratzer um, der mit den Tüchern und den Eichenblättern zurückkehrt.

Der Matthes stößt seine Tochter in die Seite, schmunzelt: »Unsere fromme Frau . . .«, und hat den Vorfall schon vergessen. Mit der Sorgfalt eines Meisters, der gewissenhafte Arbeit verrichten will, prüft der Wenzel, ob die Blätter die nötige Frische haben und die Tücher die richtige Tränke.

Er legt die Blätter auf die Wunde und weist den Matthes an, sie behutsam anzudrücken und nach einiger Zeit gegen frische zu wechseln.

»Soll das nicht eine von den Frauen machen?« fragt Anna erstaunt.

»Ich wache bei dem Heiner . . .«, erwidert der Matthes knapp, und wie sich Anna darüber verwundert zeigt, fragt er: »Weißt du was Wichtigeres?«

»Ich hab nichts gesagt . . .«

»Ist auch nicht nötig.«

In den kommenden Tagen bessert sich das Befinden des Heiner nicht. Alles, was die Bader bewirken können, ist, daß der Bursche nicht endgültig die Augen schließt.

Manchmal flackert sein Kerzlein so dünn, daß man denkt, die nächste Stunde werde es erloschen sein. Dann träufelt ihm der Matthes von den Kräutersäften ein und mit den Elixieren im Leib stemmt sich der Heiner weiter gegen sein Ende. Oder eigentlich nur sein Körper; er selbst kommt nicht zu Bewußtsein. Auf diese Weise bringt der Bursche Stunde um Stunde auf Erden zu und doch gewinnt niemand mehr Hoffnung für ihn.

»Müssen wir nicht einen Priester holen?« fragt Käthe, als es wieder einmal besonders arg um ihn bestellt ist.

»Für was?« antwortet der Matthes mit Grimm. »Haben sie ihn im Spital nicht oft genug gesalbt?«

»Er muß einen Priester . . .«

»Für was sollen wir schon wieder zahlen? Er hat schon lange keine Sünde mehr auf sich laden können. Ich will keinen Pfaffen sehen! Was haben sie denn in Heilig Geist anders mit ihm gemacht, als ihm jeden Tag die Letzte Ölung zu geben?«

Die Käthe glaubt erst – und schon das erfüllt sie mit großem Entsetzen – der Matthes spreche aus einer Laune oder einer Verärgerung heraus.

Doch der Bader bleibt fest und weigert sich rundweg, einem Mönch Einlaß zu gewähren, den Käthe von der Straße weg zu dem Heiner holen will.

Anna schlägt sich auf die Seite der Schwester und selbst die Rose unterstützt sie gegen den Matthes. Der Matthes bleibt uneinsichtig. Man weiß nicht, aus gekränktem Stolz oder weil er wirklich an den Priestern sparen will.

Die Rede darüber geht hin und her, und auf einmal sieht es aus, als habe der Matthes letztlich die Schuld am Unglück des Heiner.

»Ich? Wieso ich?«

Käthe erinnert ihn, er hat den Heiner angewiesen, eine Arbeit zu verrichten, die eigentlich die Leute des Brunnenbauers ausführen mußten. Hätte er ihm dieses Tun nicht befohlen, weist ihm die Tochter mit Advokatenschläue nach (eine Eigenschaft, die manchmal unverhofft ausbricht), hätte der niederstürzende Balken den Heiner nicht treffen können. Nun wolle der Matthes in seiner Verstocktheit den armen Heiner gar um das ewige Heil bringen. Und nur, weil er von den Spitalbrüdern zu wenig geachtet worden sei!

In seinem Zorn weiß der Matthes nicht, was er bei seiner Erwiderung spricht. Alles sei falsch, das Wort werde ihm im Mund umgedreht und seine Taten ins Gegenteil verkehrt. Er sei der einzige im Haus, der dem Heiner immer gewogen gewesen sei. Die Töchter hätten ihn des Anfangs kaum wahrgenommen. Im Gegenteil, sie seien voller Eifersucht gewesen und hätten, als sie erkannten, wie lieb ihm der Heiner geworden sei, den Burschen davongejagt, hätte er es nur zugegeben.

Der Käthe fließen Tränen der Wut über so viel Unverstand und Bosheit.

»Heul nur. Heul! Das ist alles, was der Heiner von euch hat. Geflenne!« streut Matthes Salz in die Wunde.

Käthe läuft aus der Küche, wo sich dieser letzte Disput zugetragen hat und eilt in die Kammer des Heiner und umarmt den Heiner, dieses Bündel allerletzten Zuckens, als könne und müsse ihre Inbrunst ihn erretten.

Sie fleht dabei Gott um Gnade an und um das Leben dieses Menschen, und bietet sich statt seiner an. Sie wolle sich ihm weihen und widmen, wenn er den Heiner verschone.

Darauf wird Anna, die ihr gefolgt ist, sehr streng.

Nicht Käthe solle ein Gelübde ablegen, sondern der Matthes. Der Meister des Jungen und sein Verderber und derjenige, der sich über die Kunst der Spitalbrüder erhoben habe und nun zuallerletzt dem Heiner den Beistand der Heiligen Mutter Kirche verwehre. *Er* solle sich bei Gott für Heiner verwenden. Eben habe er es noch ausgesprochen, wie lieb ihm der Heiner sei. Nun solle *er* ein Opfer versprechen, nicht die Schwester!

Käthe wird bei dieser Bestimmtheit nüchterner, wischt mit den Fäusten ihre Tränen weg und will von Anna, dabei immer noch etwas schluchzend, hören, was der Matthes Gott anbieten solle.

Anna kann darauf nicht sogleich antworten. Wie aber ihr Blick auf den Heiner fällt, kommt ihr wieder ihr Besuch im Spital in den Sinn und wie dem Heiner da das Trugbild von Jerusalem und einer Pilgerfahrt übers Wasser vor Augen stand. Diesen Gedanken betrachtet sie als einen Wink der Engel oder der allerheiligsten Jungfrau.

»Der Matthes kann auf Pilgerschaft gehen...«, sagt sie der Käthe.

»Der Matthes? Auf Pilgerschaft?«

»Warum nicht? Kommen wir nicht eine Weile ohne ihn zurecht?«

»Er muß es wollen... Er muß Gott aus freien Stücken und freudigen Herzens das Opfer bringen wollen ... Sonst ist es besser, er bleibt hier.«

»Aus freien Stücken macht er selten was«, lächelt Anna. Und Käthe lächelt ebenfalls, als Anna hinzufügt: »Muß er auch nicht. Er kann ja mit Gott feilschen. Vielleicht kriegt er noch was anderes heraus als nur das Leben des Heiner...«

»Das wird's ihm schmackhafter machen« stimmt Käthe zu. Einen Flügelschlag lang ist es, wie wenn die Sonne nach dem Gewitter durchbricht und einen Regenbogen malt.

Der Matthes will erst nichts von diesem Vorschlag hören.

»Wo wollt ihr mich hinschicken? Bis Jerusalem? Soll ich die Sarazenen aus dem Heiligen Land jagen...? Was die Kreuzritter nicht vermocht haben – der Matthes aus Mainz vermag es! Ganze Heerscharen sind zerschmettert worden. Wen kümmert's? Der Matthes rückt an und vertreibt die Ungläubigen mit eigener Hand und dem Badequest!«

»Wer hat was vom Heiligen Land gesagt? Wallfahrtsorte gibt es doch wahrhaftig reichlich!« zürnt Anna mit dem Vater, und die Käthe will ihn belehren: »Niemand will dich schicken! Du mußt für den Herrn bereit sein ... Sonst ist es besser ...«

»Wollt ihr mich loswerden? Soll ich aus dem Haus?«

»Sollen wir wallfahren?«

»Das könnte euch gefallen. Ich ziehe los und kehre nie wieder! Irgendwo werde ich überfallen und ausgeraubt und abgestochen! Habt ihr endlich, was ihr wollt. Könnt ihr ein Kloster aus meinem Badhaus machen. Der Heiner wird geweiht und ihr nehmt den Schleier und die Beghine bringt's euch bei, was ihr noch wissen müßt, ihr Heiligen. Wann wollt ihr, daß ich losziehe? Heute noch? Habt ihr den Stecken schon bereitgelegt?«

»Du hast dein Röschen vergessen«, ärgert sich Anna. »Willst du sie nicht auf deine Pilgerfahrt mitnehmen? Oder soll sie auch den Schleier nehmen?«

Der Matthes wird darüber so fuchtig, daß seine Adern gefährlich anschwellen. Er schreit einiges herum, beschuldigt Anna der dumpfsten Eifersucht - schon lange sei sie ihm aufgefallen, ihre zerfressende Eifersucht - und gibt der Tochter den wohlgemeinten Rat, sich mit einem geilen Gast in die Wannen zu setzen oder hinzulegen, wo es ihr gefalle, statt dem Röschen das Vergnügen zu neiden und ihn mit ihren Vorwürfen zu verfolgen.

»Das ist also alles, was du für den Heiner tun willst - zugucken, wie der Wenzel ihm Tücher um den Kopf bindet«, antwortet darauf Anna ruhig, und das bringt den Matthes wieder zur Vernunft.

Er schenkt sich Bier ein, läßt auch das Röschen davon trinken und beruhigt sich sichtlich. Daß die Rose kaum erwähnt wird, hat damit zu tun, daß sie sich bei allen Streitigkeiten möglichst unsichtbar macht; es bedeutet aber nicht, daß sie nicht zur Rechten ihres Herrn und Meisters sitzt, wo es nur möglich ist.

Nach einer Weile beginnt der Matthes, ernsthaft über den Gedanken der Tochter nachzusinnen.

Könnte er dem Heiner wahrhaftig mit einer Wallfahrt beistehen?

»Wie sonst?«

Käthe will ihn in sanfter Weise darin erinnern, welche gewaltigen Wünsche anderen Pilgern bei einer Wallfahrt schon gewährt worden sind – ganz nach Annas Vorsatz, dem Matthes einen Handel mit dem Herrn schmackhaft zu machen.

Anna gibt der Schwester einen Wink, den Matthes zu lassen. Sie spürt, in ihm wächst auch ohne weitere Verführung die Bereitschaft, an einem Gnadenort für den Heiner zu bitten. Schließlich ist Pilgerschaft das üblichste von der Welt. Tag für Tag sind auf allen großen Straßen Scharen unterwegs, die die Gnade und das Heil suchen. Nicht wenige von ihnen ziehen singend und betend und bettelnd durch Mainz. Vor einigen Jahren hat man, seitdem Heilig Geist nur noch Kranke und Wohlhabende (zu deren Versorgung im Alter) aufnimmt, am Altmünstertor ein eigenes Hospiz für Pilger eingerichtet. Es reicht schon nicht mehr aus. Deswegen wird bereits im entgegengesetzten Teil der Stadt, nahe dem Rhein, gleich hinter dem Holztor, an einer zweiten Pilgerherberge gebaut. Sie wird wohl für diejenigen bestimmt sein, die auf Schiffen kommen. Und in der Vilzbach, einem Ort vor den Mauern der Stadt, soll, wie man erzählt, ein drittes Pilgerhospiz errichtet werden.

Wenn das halbe Land unterwegs ist, warum soll sich der Matthes dann nicht auch aufmachen können?

Aber kann er denn gehen? Wer würde seine Arbeit tun? Wie lange kann er sein Haus ohne Aufsicht lassen? Und wohin sollte er gehen? Das ist schließlich die wichtigste Frage von allen: Welches Opfer verlangt der Herr? Eine Pilgerfahrt, wo man des einen Tags losgeht und des nächsten zurück, ist keine.

Bei kurzem Nachdenken zeigt sich, die Auswahl, wohin er pilgern könnte, ist gewaltig. Die Welt ist ein einziger monströser Markt an gnadenreichen Madonnen, Wunder vollbringenden Reliquien, heiligen Röcken und heiligen Grabtüchern, an geweihten und gesegneten Brünnlein, Wassern, Schwertern, Knochen und Kreuzen. Der Matthes kann sich nach Trier und nach Einsiedeln und nach Marburg und nach Kevelaer aufmachen, in den Hennegau oder ins Welschland, nach Lucca, Siena und Assisi oder gar nach Rom selbst, nach Böhmen oder Polen oder nach Santiago de Compostela, dem Ort, der allen aus den Erzählungen des Prokurators am vertrautesten ist. Und das sind nur einige der berühmten Namen; wie viele Nester, Kapellen und Kapellchen sind überall verstreut, deren Besuch Gott fast ebenso gefällig ist.

Gemeinsam mit den Töchtern überlegt der Matthes, welches Ziel der Sache angemessen ist, aber auch erreicht werden kann. Wer hat schließlich etwas davon, wenn zwar der Heiner gesundet, der Matthes aber auf Nimmerwiedersehen verschwindet? Je ferner der Ort ist, den sich der Matthes vornähme, desto mehr Gefahren wären zu bestehen, ihn zu erreichen und heil wiederzukehren. Zwar hat der Pilger den Schutz des Herrn und der Gesetze, doch wer hält sich noch daran? Wenn selbst Könige nach der Fahrt ins Heilige Land gefangen gesetzt werden, des Lösegeldes wegen, wer wird da die Rechte eines Baders achten? Endlich ist auch die Frage des Geldes zu bedenken, die eine solche Pilgerfahrt verschlingt. Da muß man essen, Fährgelder und Stadtzölle zahlen, für die Übernachtung in Pilgerherbergen oder verwanzten Gasthäusern gutes Geld hinlegen.

Und der Segen am Gnadenort selbst ist auch nicht gerade billig. Jede Handreichung verkaufen die Priester: Jedes Sakrament und jedes Wort der Predigt und jeden Krumen geweihter Erde kostet und nicht wenig. Der Prokurator hat nach seiner Wallfahrt errechnet: Für das Geld, das er ausgegeben hat, hätte er einen Altar stiften können, mit täglicher Messe noch für Enkel und Urenkel, hätte er denn welche.

Die Käthe fürchtet, wie der Matthes anfängt zu rechnen, er wolle dem Herrn am Ende Geld anbieten - er wolle Gott den Heiner abkaufen, so wie er sein Röschen hat kaufen wollen. Deswegen sagt sie: »Vater, wenn der Heiner gesunden soll, mußt du Gott ein Opfer bringen. Schachern kannst du nicht mit ihm.«

Darauf sieht der Matthes erst Käthe, dann die Anna und als letzte die Rose an. Schließlich gelobt er feierlich eine Wallfahrt, komme der Heiner wieder auf.

6.

Ungerufen und unerwartet steht eines Tages der Runge im Haus.

Er wirkt sehr erschöpft, kann sich schwer auf den Beinen halten, seine rechte Gesichtshälfte schimmert zwischen schwarz und violett, ist auch angeschwollen und die Nase scheint gebrochen und etwas verrutscht zu sein.

Der Matthes ist bei der Wiederkehr seines Schwiegervaters in der Badstube und dort unabkömmlich. Ein Mündel des Domdekans, in Wahrheit wohl einer seiner über die Stadt und das Bistum verstreuten Söhne, zecht und sumpft mit seinen Freunden in den Wannen. Es sind alles sehr junge Männer, die jüngsten noch nicht im Stimmbruch, die älteren vielleicht fünfzehn oder sechzehn, und alle zusammen feiern die Erhebung des Mündels zu geistlichen Würden. Der frischgesalbte Kleriker selbst ist erst im letzten Monat vierzehn und damit volljährig geworden und gegen alles kanonische Recht ist er - in diesem Alter! - letzte Woche schon geweiht und diese Woche zum Vorsteher einer berühmten alten Abtei gewählt worden.

Wo andere in ihren Stiften vom Scholaster noch das Wesen von Theologie und Philosophie, von Rhetorik und Dialektik erfahren, hat er offenbar alle Weisheit schon in sich; sie ist ihm wohl angeboren. Man vermag es sich vorzustellen, wer ihm bei dieser Wahl hilfreich zur Seite stand und wo die gewaltigen Provisionen herkamen, die in solchen Fällen an das Kloster, an das Domkapitel und an die geldfressende Kurie in Avignon zu zahlen sind. Allein der Dispens, der alle Altersgrenzen auf wunderbare Weise davonfliegen ließ, wird ein kleines Vermögen gekostet haben.

War's denn mit dem Herrn Gerlach von Nassau, dem jetzigen Erzbischof viel anders? Auch er war nicht älter als das Mündel jetzt, als er seine erste geistliche Stelle erhielt und Kanoniker am Mainzer Dom ward, mit einer Anwartschaft auf eine nicht geringe Pfründe. Mit vierundzwanzig hat man ihn zum Mainzer Erzbischof gemacht. Zum Ersten unter den Bischöfen des Reiches. Mit vierundzwanzig! Daß der Herr Heinrich nicht weichen wollte, war ein anderes Blatt. Der Säufer wäre auch keinem anderen gewichen.

Gäbe es Gerechtigkeit auf dieser Welt, würde der junge Herr feiern, daß er der Zuchtrute entronnen ist, statt auf das ehrwürdige Amt (und vor allem dessen angenehme Erträge) den Becher zu heben. Wenn er die Rute je erhalten hat! Der neue Abt des Erzklosters Antonsberg ist, wie's scheint, ein ungebärdiges und hochfahrendes Herrchen und auf die Mönche wartet ein launisches Regiment. Junger Wein muß gären, entschuldigt sein verständnisvoller Vormund.

Er hat verlangt, daß das Badhaus an diesem Tag für alle übrigen verschlossen ist und nur seinem Schützling und dessen Gefährten offensteht. Bei dem großzügigen Entgelt, das er anbot, hat der Matthes dem Wunsch gern entsprochen.

Hoffentlich kommt später wirklich die versprochene Summe. Anna hat ein ungutes Gefühl. Der Domdekan hat freigiebig mehr angeboten als verlangt wurde. Bei so etwas kommen ihr Zweifel. Nur wer nichts geben will, verspricht alles.

Der Matthes hat sie deswegen angefahren: »Soll man nicht mehr auf das Wort eines Dekans vertrauen dürfen?«

Nun, man wird es bald erfahren.

Mehr als einmal und bei anderen Gästen konnte der Matthes nur knirschend stillhalten, weil man ihm ins Gesicht gesagt hat, wage er es nochmals, an eine Schuldsumme zu erinnern, werde man sich mit ihm beschäftigen. Sein Haus sei ein Sündenpfuhl und gehöre niedergerissen statt bezahlt. Einklagen kann ein Bader nichts. Was er nicht selbst nimmt, gibt ihm niemand. Man verlangt von ihm wenig Steuern, nur für sein Haus, nicht für sein Gewerbe und seine Knechte und Mägde sind gänzlich von der Besteuerung ausgeschlossen. Allerdings gewährt man ihm auch keinen Schutz, kommt er wegen Geld mit seinen Kunden in Streit.

Soweit ist es noch nicht. Erst mal haben der Bader und die Badedirnen alle Hände voll zu tun, den jungen Herrn Abt und seine Freunde zufriedenzustellen. Die Badedirnen naturgemäß mehr als der Matthes. Bei ihnen kann man die Redensart sogar wörtlich verstehen. So jung die Burschen sind, so genau wissen sie die Stellen bei den Frauen zu finden, die Vergnügen bereiten. Da sich alle, Gäste und Mägde, ganz ungestört fühlen, treiben sie in den Wannen und vor den Wannen ihre Spiele, manche kindisch harmlos mit viel Wasserplanschereien, andere so, daß den Mönchen auf dem Antonsberg die Schamröte ins Gesicht träte, könnten sie sehen, welchen Neigungen ihr frisch bestimmter Abt anhängt. Ihm fällt es nicht schwer, sich der Weiber zu enthalten, wenn auch nicht der Fleischeslust. Eine Neigung, die er besser verbergen sollte. Wird er jemandem mißliebig, könnte er ihn wegen der Abart – Prior hin oder her – vors Gericht bringen und seinen Hals unters Beil.

Dabei werden seine Schafe gleichfalls heimliche Vergnügungen kennen, bei denen sie sich besser nicht erwischen lassen!

Im Badhaus verkehrt ein weggelaufener Mönch, und was er berichtet, läßt einen sehr an der Zucht der Klosterbrüder zweifeln. Es wird nicht ohne Grund sein, daß nach der Klosterregel im Dormitorium, dem gemeinsamen Schlafsaal der Mönche, die ganze Nacht Lampen brennen sollen und ein Bruder den Schlaf der übrigen zu bewachen hat. Dafür nimmt man gern den ältesten der Brüder und denjenigen, dem am raschesten die Augen zufallen.

Dies wird alles erzählt, damit man weiß, warum statt des Matthes Anna den Runge empfängt. Würde sie ihn nicht so gut kennen und hätte sie ihn im geheimen nicht schon längst erwartet, wüßte sie kaum, wer ihnen da die Freude machen will. So verändert sieht er aus.

Alle frühere Sicherheit ist von ihm gewichen. Er gibt sich wie einer auf der Flucht, sieht sich mehrmals verstohlen um und das lange Messer, das er im Gürtel hat, ist nicht Manneszierde, sondern ganz offenbar eine Waffe, von der er im Zweifel Gebrauch machen will.

Was geschehen sei, erkundigt sich Anna.

Der Runge schüttelt den Kopf: »Später.« Er setzt sich schwerfällig und seine ganze Art drückt aus: Er will erst mal verschnaufen, nichts berichten und nichts erklären.

Annas erste Aufwallung ist es, den Runge hinauszujagen. Was kann er schon anderes bringen als Unfrieden? Die Käthe ist dagegen und meint, das sei Sache des Matthes und sie sollten ihn behandeln wie jeden anderen Gast auch. Er sei schließlich enger Verwandter und habe Anspruch auf eine ehrenvolle Behandlung. Widerstrebend fügt sich Anna diesem Rat und bewirtet den Runge. Welches seine Gewohnheiten sind, weiß mittlerweile jeder im Haus, und deswegen stellt man ihm gleich die größte Kanne Bier vor.

»Wo ist die Tochter?« fragt er, nachdem er sich einen ersten beglückenden Zug gegönnt hat.

»Wo sie sich am wohlsten fühlt, in der Badstube«, antwortet Anna ungnädig. Noch immer kann sie es nicht verstehen, daß der Matthes diese Gewohnheit duldet. Ist er blind? Sieht er nicht, wie das Röschen mehr und mehr Gefallen am Lotterleben findet, und wie es nur eine Frage von Zeit sein kann, bis sic sich mit den Gästen vergnügt? Wenn sie es nicht schon tut. Will er eine Hure zum Wcib?

In Anna steckt vor allem deshalb so viel Zorn, weil der Matthes nichts hören und sehen will, was gegen das Röschen spricht. Er behauptet (und das scheint ihm völliger Ernst zu sein), das Röschen habe einen unsichtbaren Schild, an dem jede Unreinheit abpralle – wie wenn sie in Drachenblut gebadet hätte. Die Töchter wagen ihm kaum noch die Wahrheit zu sagen, was die Rose angeht.

»So, in der Badstube ist sie ... Fehlt einem doch, die falsche Kröte, wenn sie nicht mehr um einen ist ... Werde ich sie mal drükken ...«

Der Schaffner erhebt sich, um seine Absicht auszuführen. Er ist noch nicht ganz auf, da kommt der Matthes aus der Badstube.

Anna, die ihren Vater nicht aus den Augen läßt, beobachtet, wie er sich in der Gewalt behält. Nur eine Winzigkeit lang ist er bestürzt. Dann entschließt er sich, Freude zu heucheln und macht es so geschickt, daß er bis auf Anna alle täuschen kann. Er übersieht das Messer, das zerschlagene Gesicht und den Angstschweiß des Runge. Er reißt vielmehr die Arme auseinander und tut so, als werde ihm mit der Begegnung ein großer Wunsch erfüllt.

Der Schaffner (einiges später stellt sich heraus, zu dieser Zeit ist er es nicht mehr) weiß erst nicht, ob sich Matthes über ihn lustig macht. Nach und nach verliert er jedoch seinen Argwohn. Nun erzählt er eine wilde Geschichte, wie er Wegelagerern in die Finger gefallen und wie er sich von denen befreien konnte. Eigentlich habe er schon alle Hoffnung aufgegeben, schildert er, aber die Strauchdiebe hätten – weil sie auf Lösegeld ausgewesen seien – auch einen des Wegs ziehenden Tempelherren gefangengesetzt. Doch statt nun für ihn Geld zu erhalten, wie sie es erhoffen konnten, habe der ihnen den Tod gebracht. Freunde des Templers seien nämlich überraschend erschienen und hätten die Strauchdiebe allesamt niedergemacht, und in diesem Gemetzel sei er, der Runge, entkommen.

Matthes beglückwünscht ihn aufs herzlichste zu dieser Errettung und tut so, als halte er jedes Wort des Runge für einen Psalm aus der Bibel.

»Habt ihr gehört, Käthe? Das passiert einem auf der Straße. Leib und Leben sind in Gefahr und ihr wollt ...«

»Vater, du hast es gelobt«, mahnt ihn Käthe mit steigender Stimme.

»Was ich gelobe, halte ich. Ich wollte es euch nur vor Augen führen, wie es zugeht auf der Straße ... Wann kommen unsereinem schon Tempelritter zu Hilfe?« Und dem Runge erklärt er, es könne sein, er werde bald selbst über die Landstraßen ziehen, und deswegen sei es lehrreich zu erfahren, wie es der Gevatter gehalten habe.

»Wieso wollt Ihr ziehen? Wohin?« fragt der Runge und das ist das erste Mal, daß er den Bader nicht duzt.

Der Matthes nennt ihm den Grund; der Runge glaubt offenbar kein Zipfel davon. Wie die Käthe die Worte des Vaters eifrig bestätigt, nickt er allmählich zustimmend. Versteht er's auch nicht, daß man sich eines Badeknechts wegen diese Plagen aufladen will, begreift er doch wenigstens, daß die Weiber den Matthes so weit gebracht haben.

»So, der Heiner . . .«, sagt er friedfertig. »Ich hab schon gedacht: Wo ist er? Den seh ich gar nicht. Sonst hat er immer mit seinen Eimern hier rumgeschwappt. Ich dachte, er ist nicht mehr hier. So, ist er dem Teufel von der Schaufel gesprungen . . .«

»Noch nicht . . . Aber es geht besser«, bescheidet ihn der Bader.

»Besser?« fragen seine Töchter aus einem Mund. Sie hören das Gespräch nicht in Gänze. Schließlich zähmen die jungen Herrn in der Badstube ihre Wünsche nicht, weil der Runge eingetroffen ist. Immerhin können sie beim Hin- und Herlaufen das Wichtigste der Unterredung verfolgen. Anna sagt, der Wenzel habe sich sehr verdient gemacht und Käthe setzt hinzu, es sei ein wahres Wunder, wie sich die Gesundheit des Heiner wieder zeige. Ein wirkliches Wunder und dafür könne man Gott nicht genug preisen.

»Na, Wunder ist was anderes . . .«, dämpft sie der Matthes. »Meine Frauen sehen schnell Wunder.«

Sie, der Wenzel und er hätten gehörig um das Leben des Heiner gerungen. Er gibt sogar zu (was ihm nicht ganz leicht fällt), der Wenzel habe größeres Verdienst an der Heilung als er selbst. Was nun die Blessuren des Runge angehe, darum wolle er sich gern selbst bemühen, vertraue sich der Runge ihm an.

Das ist dem Runge sehr angenehm zu hören, und er gibt gern die Einwilligung dazu. Nun betrachtet der Bader in aller Ruhe die Wunden des Runge, tastet sein Gesicht ab, fühlt die Nase (sie ist doch nicht gebrochen) und während er noch prüft, gibt er dem Schwiegervater schon Bescheid. Es sieht alles ärger aus als es ist.

Er läßt eine die Schmerzen lindernde Salbe bringen, trägt sie dem

Runge auf und will dabei von seinen Heilkenntnissen sprechen. Der Runge soll nicht glauben, nur der Wenzel verstehe sein Gewerbe.

Der hat aber den Kern seines Abenteuers noch nicht angebracht und deswegen wartet er auf die nächstbeste Gelegenheit, die Unterhaltung wieder in diese Richtung zu führen. Ausführlich beschreibt er, wie und wo sich sein Ungemach ereignet habe. Nämlich bei Flörsheim, einem befestigten Platz am Main und Kurmainzer Besitz; Anfang der vergangenen Woche sei er festgesetzt worden und gestern in der Frühe sei ihm die Flucht gelungen. Er deutet an, bei den Strauchdieben habe es sich wohl um Leute des Kuno von Falkenstein gehandelt; eben jenes berüchtigten Falkensteiners, der die Mainzer Bürger im Auftrag und mit Zustimmung des vorigen Erzbischofs bis aufs Blut gequält und ausgepreßt hatte und immer noch sein Unwesen treibe. Übrigens sei jetzt in der Burg von Bingen ein geheimer Gang zum Schlafzimmer des Erzbischofs entdeckt worden. Den habe der Falkensteiner anlegen lassen, um den Erzbischof bei seinem nächsten Besuch in Bingen ermorden zu lassen!

»Ja«, stimmt der Matthes bedeutsam zu. Über den Falkensteiner brauche man ihn nicht zu belehren. Dem traue er jede Schändlichkeit zu.

Es werde wohl so sein, wiederholt der Runge, daß er Leuten des Kuno von Falkenstein in die Hände gefallen sei.

Auch da widerspricht der Bader nicht, hält alles für denkbar und sogar wahrscheinlich und erkundigt sich beiläufig, was der Runge denn in Flörsheim verloren habe, daß man ihm dort nach dem Leben trachten konnte.

Diese Frage hat der Runge wohl erwartet. Wenn es nicht eigentlich diejenige ist, auf die er dem Matthes antworten will. Er behauptet mit großer Sicherheit, er sei in Geschäften für die Klarissen unterwegs gewesen und das Pfand, das er für jene eingetrieben habe, sei ihm natürlich abgenommen worden. Womöglich hätten die Strauchdiebe sehr genau gewußt, wer er sei und was sich in seinen Taschen befunden habe. Denn aus seiner Kleidung und seinem Benehmen hätten die Diebe unmöglich schließen können, um wen es sich bei ihm handele. Den guten Rat wollte er auch dem Matthes mit auf die Wallfahrt geben: Es gebe nur einen Schutz gegen Räuber und der sei, sie über die Verhältnisse zu täuschen.

»Leider hat's in deinem Fall nicht gelingen wollen«, sagt darauf Anna spitz und der Runge nickt ihr bekümmert zu. Ja, sagt der Runge, was er an Leibes- und Seelenpein erlitten habe, wolle er gerne vergessen. Leid tue es ihm um das Gut der Klarissen! Daß er es denen nicht zu bringen vermöchte, wo sie doch so große Stücke auf ihn hielten und nun womöglich noch zu denken vermöchten, er habe das Pfand (Ringe und goldene Becher und zwei edle Steine) gar nicht hergeben müssen und alles sei eine Finte!

»So kann man's meinen«, antwortet Anna und läßt die Männer allein. Es liegt wohl auf der Hand, was der Runge will: Was er nicht im Handel mit dem Röschen erzielte, will er erbetteln. Da wird er sich am Matthes die Zähne ausbeißen, denkt Anna. Wenn's um Geld geht, ist er zäher als das älteste Huhn im Topf.

7.

In der Folgezeit ereignen sich gleich drei unerhörte Geschehnisse.

Das erste ist, der Heiner kommt immer weiter von seiner Verletzung auf. Nach zwei oder drei Wochen kann er sich von seinem Lager erheben und die ersten zaghaften Schritte tun. Dabei muß er von Anna gestützt werden, weil ihm die Kraft fehlt; und er kann nur vorsichtig Schritt vor Schritt setzen wie ein ganz kleines Kind, welches das Gehen erlernen will. Wie sollte es anders sein?

Käthe ermahnt den Vater, sein Versprechen zu halten und seine Pilgerfahrt nicht zu vergessen.

»Ich halte, was ich verspreche. Ich brauche keine Belehrung!« fährt der Matthes sie an, denkt jedoch nicht daran (weder jetzt noch in der Zeit danach), Anstalten für eine Wallfahrt zu treffen.

Käthe will, daß Anna ihm ins Gewissen rede. Mehrmals bittet sie die Schwester darum und immer drängender. Das letzte Mal in der Schlafkammer nach einem langen anstrengenden Tag.

Anna ist so ermattet, daß sie die Mühe scheut, sich auszuziehen. Sie sitzt regungslos auf dem Rand der kurzen Bettstatt, bemerkt, daß die schweren Vorhänge, mit denen man aus dem Bett eine bergende Höhle machen kann, gewaschen werden müßten – sie riechen nach Staub und tranigem Rapsöl; ein Geruch, der von den Dielenbrettern aufsteigt und sich im Gewebe festsetzt – und hört und hört auch wieder nicht, was die Schwester in immer gleichem Tonfall, freundlich und doch eindringlich, über das Gelübde des Matthes zu klagen hat.

Sie hofft, Käthe werde endlich davon ablassen.

Vergebliche Hoffnung.

Schließlich rafft sich Anna zu einer Antwort auf. Sie sagt, auch sie wolle Gott nicht betrügen; doch in diesem Fall sei sie auf der Seite des Matthes. Erst solle der Heiner wieder im alten Zustand sein, dann sei immer noch Zeit zu wallen.

Käthe blickt sie darauf enttäuscht und wie aus waidwunden Augen an. Ihr Vertrauen in Anna wankt.

Anna zieht sie neben sich auf die Bettkante, legt den Arm um sie, will, daß die Käthe zu ihr rutscht. Die Schwester bleibt aber abwehrend, wendet den Kopf weg.

»Käthe, du hast wenig Mitleid mit den Menschen«, sagt Anna zu ihr und ihrer Stimme ist anzumerken, wieviel Anstrengung es sie kostet, sich gegen den Schlaf zu wehren und der Schwester noch Trost zu geben.

Käthe achtet nicht auf Annas Müdigkeit. Die Bemerkung der Anna ist ihr ein schwerer Tadel; deshalb will sie sich rechtfertigen und widerspricht. Sie habe kein Mitleid? Was bringe Anna darauf? Warum sage sie so etwas?

»Käthe, morgen . . .«

»Wieso kein Mitleid?«

»Kein Mitleid und kein Vertrauen . . .«

»Du und der Matthes – *ihr* denkt doch von allen das Schlimmste. Wie kann ich denn dem Matthes glauben, daß er sein Gelübde hält. Er macht sich doch darüber lustig. Ich habe ihn gehört, wie er mit dem Runge . . . Und dann sagst du, ich habe kein Verständnis. Ich habe wahrlich kein Vertrauen! Wie kann ich denn?«

»Käthe, meine liebe Schwester Käthe, der Matthes hängt nicht weniger am Heiner als du. Er weiß, was er zu tun hat und wann . . .«

Käthe nickt. Annas Worte haben sie nicht erreicht.

Und das zweite verwunderliche Geschehen, welches das Badhaus sieht: Der Matthes duldet den Runge im Haus.

Allerdings stellt sich die alte Traulichkeit nicht wieder ein. Statt wie vordem Bier zu saufen und mit den Gästen zu disputieren, verläßt der Runge nun in der Frühe das Haus und kehrt spät zurück, oft erst, wenn es dunkel wird oder noch später. Er sagt nicht, wo er sich herumtreibt, macht nur geheimnisvolle Bemerkungen, daß er den Klarissen wieder zu den Pachten und Zinsen verhelfen wolle, die man ihm, dem ehrlichen Treuhänder, entrissen hat.

Dem Matthes und seinen Töchtern - und dem Röschen schon gar! - ist es herzlich gleichgültig, welche Geschäfte ihn aus dem Haus treiben. Alle halten seine Flörsheimer Gefangenschaft für ein Märchen. Sie haben sich untereinander darauf geeinigt, er werde wohl mit Schimpf und Schande und harten Prügeln aus Nierstein davongejagt worden sein. Das Röschen hat dem Matthes in der Verschwiegenheit der Nacht anvertraut, seine Amtsführung sei mehrmals beanstandet worden, und der Runge selbst habe es nicht begreifen können, daß man ihn noch behalten habe. Wahrscheinlich hätten sich die Nonnen gedacht, der nächste Verwalter werde sie ähnlich schröpfen wie der Runge und da sei es wenig hilfreich, das bekannte Übel gegen ein noch unbekanntes zu tauschen. Wenn er doch weg mußte, habe er es wahrscheinlich zuletzt besonders arg getrieben.

Was der Matthes gern erführe: Hat sein Schwiegervater für sich was retten können oder ist er mittellos? Manchmal denkt er, der Runge habe was an sich bringen können. Dann denkt er wieder, er besitze nicht mehr, als er auf dem Leib trägt.

Ganz zu Anfang versucht der Runge einmal, von dem Brautgeld zu sprechen. Doch da er es unter anderen, für ihn viel glücklicheren Umständen nicht hatte eintreiben können, hat er diesmal wenig Hoffnung, es könne gelingen.

Anna nimmt ihm noch die letzte Hoffnung.

»Der Matthes und sein Röschen haben ein Glück gefunden, das nicht von dieser Welt ist«, höhnt sie. »Für so was zahlt man nicht.«

Immerhin zeigt der Matthes seine Dankbarkeit dafür, daß ihm die Rose als Geschenk zugefallen ist, indem er ihrem Erzeuger Unterschlupf gewährt, ohne nach Grund und Dauer zu fragen.

Dabei wird das Benehmen des Runge, je länger er da ist, immer geheimnisvoller. Manchmal kommt es vor, daß der frühere Schaffner noch nachts im Haus herumschleicht wie ein Dieb. Diesmal schläft er, wie man vermutet haben wird, nicht im »Hollerbaum«, sondern unter der Treppe und der Wenzel oder die Töchter hören ihn, wenn er herumgeistert.

Sein Herumwandern macht der Käthe Angst.

»Was sucht er?« fragt sie den Matthes.

»Bei uns kann er nicht viel finden . . .«

»Meinst du, er versteckt was?«

»Was soll er verstecken?«

»Ich meine, er hätte was ins Haus getragen.«

»Reingetragen?« fragt der Matthes ungläubig.

»Es schien mir so . . . Er hat schon zweimal was unterm Arm getragen, und ein Hemd drüber gebreitet. Er glaubte, es hätte niemand gesehen.«

»Aber du hast es doch gesehen, meine Käthe«, sagt der Matthes gutmütig spottend. »Dann soll er nur aufpassen, daß wir es nicht finden.«

»Und wenn er das Gut der Klarissen . . .?«

»Soll er es reintragen. Besser er bringt uns was, als daß er uns was wegträgt.«

Die Käthe, furchtsam und redlich wie sie nun einmal ist, warnt sicher vor Geistern, die nur sie sieht.

Immerhin macht sie den Matthes auf diese Weise doch nachdenklich. Wie der Runge in einer Nacht wieder mal keine Ruhe gibt, stellt ihn der Matthes.

Der Runge redet sich mit den üblichen Ausflüchten heraus. Er habe nicht schlafen können und wäre wegen des schweren Essens mehrmals auf dem Pröve im Hof gewesen. Ehe der Matthes dazu was sagen kann, fängt der Runge ein langes Gespräch über die Abortgrube an. Ob der Prozeß mit dem Nachbarn erledigt sei? Bei seinem letzten Aufenthalt hat er nämlich erfahren, der Matthes hat seine Grube im Hof heimlich erweitern lassen, um seinen Gästen mehr Annehmlichkeit bieten zu können. Dadurch ist die Grube nun zu dicht an der Hauswand des Nachbarn, und der hat ihn beim Rat angezeigt, der Matthes habe die Vorschriften verletzt.

Hat er ja auch.

Aber mit ein wenig Geld und den Einflüsterungen des Herrn Melchior ist die Sache beigelegt worden. Die Nachbarn müssen jetzt noch mehr Gestank ertragen als vordem. Der Bader rechtfertigt sich damit, daß in seiner Grube nur die Ausscheidung von sehr edlen Männern und Frauen sei und sie deswegen gar nicht stinken, sondern nur duften könne. Wer noch mehr Wohlgerüche suche, solle sich Lilien auf dem Feld pflücken. Wo stinke es in einer Stadt nicht? Und mindestens an dieser Stelle kann ihm der Runge nicht widersprechen. Eine Stadt mag das Paradies auf Erden sein - für die Nase ist sie ein Graus, und zwar jede Stadt.

Dabei sind die Mainzer noch vorbildlich mit dem Fortschaffen von Pisse und Scheiße, von Blut und Eiter, von Gerbsäuren und Farblaugen, von Schrot und Spelzen und verfaultem Fleisch und verschimmeltem Brot, kurz, von allen wenig geschätzten Resten und Zeugnissen menschlicher Anstrengung. In Mainz gibt es Rinnen in den Straßen, in denen das Dreckwasser träge, aber immerhin davonrinnt. Und, wichtiger, es gibt zwei gewaltig breite Kloaken, die Überflüssiges und Verdorbenes, Abfälle und Abwässer in den Rhein schwemmen. Das ist wahrhaftig nicht selbstverständlich. Anderswo versickert und verrottet aller Unrat in Tümpeln mitten in der Stadt; wenn man da an einem heißen Tag hinkommt, fällt einen der Pestilenzgestank wie ein Axthieb.

Was nun die Abortgruben der Bürgerhäuser angeht, die diese ganze nächtliche Betrachtung ausgelöst haben, so werden sie zweimal im Jahr - zu Anfang und zu Ende der Winterzeit - von Arbeitern geleert, die von der Stadt entlohnt werden. Für die Anlage solcher Gruben gibt es sehr genaue Vorschriften; damit sie den Mitmenschen nicht zur Beschwernis werden. Sie dürfen nicht zu tief ausgehoben werden, sonst verderben sie das Grundwasser und die Brunnen, nicht zu gering, sonst landet aller Unrat auf der Straße und sie müssen, wie erwähnt, weit genug von den Mauern und Fenstern der Nachbarn entfernt sein. Bei den engen Höfen (die Häuser stehen ja oft auf Armeslänge beieinander) sind diese Bestimmungen schwer oder oft gar nicht einzuhalten, wie im Fall des Matthes. Es ist also nicht aus reinem Eigennutz und Böswilligkeit geschehen, daß der Bader wegen eben dieser letzten Vorschrift mit seinen Nachbarn über Kreuz geraten ist.

Der Runge möchte jetzt, mitten in der Nacht, alle Einzelheiten erfahren. Als könne ihn die Sorge darum nicht in den Schlaf kommen lassen. Mit welcher Summe genau der Matthes bestochen habe und wen? Der Matthes hat wenig Lust, darüber zu reden.

Das erkennt der Runge und fängt von den Klarissen an; wie gescheit die das leidige Ärgernis der Abwässer aus der Welt räumen. Sie haben einen Bach umgeleitet, und der läuft durch die Küche und das Privetum und nimmt allen Unrat auf die bequemste Weise mit. Außerdem ...

Der Matthes merkt, daß ihm der Runge durch die Finger rutscht und daß der nicht verraten wird, warum er im Haus rumort. Er gibt deshalb sein Verhör auf. Soll er sich für nichts die wenige Nachtruhe um die Ohren schlagen?

Er wünscht dem anderen einen angenehmen Schlaf und steigt die Stufen hinauf. Plötzlich hört man einen herzerweichenden Seufzer aus dem Schwitzbad.

»Was war das?« ruft der Runge.

»Die Beghine tut was für ihre Seligkeit«, antwortet ihm der Matthes gleichmütig.

Und schließlich das dritte Vorkommnis - das wahre, das einzige Wunder, welches sich je im Badhaus des Matthes zugetragen hat: Der Matthes gibt dem Runge aus freien Stücken Geld.

Das ist an einem ganz gewöhnlichen Morgen. Der Runge ist, wie man's nun von ihm kennt, recht früh aus dem Haus gegangen. Gegen Mittag kehrt er zurück - da macht er noch den Eindruck, nichts Besonderes sei vorgefallen -, bespricht etwas mit seiner Rose und macht sich kurz darauf wieder aus dem Haus. Diesmal dauert es höchstens eine Stunde, bis er in kopfloser Hast wieder erscheint; als ob der Teufel ihm die Seele aus dem Leib reißen wolle. Er tuschelt und zetert und fleht seine Tochter an. Die holt den Matthes, und gemeinsam ziehen sie sich in eine der Buhlkammern zurück und dort beraten sie; und zwar ohne Anna zu holen.

Im Gegenteil, als Anna sich zu ihnen gesellen will, wird sie vom Vater davongejagt.

Zum ersten Mal erfährt Anna, daß der Matthes sich gegen sie wendet. Noch lange danach, wenn sich Anna an das Geschehnis erinnern will, fällt ihr das Bild wieder ein: Der Runge und der Matthes stehen an dem schmalen Tisch an der Längsseite der Buhlkammer, fahles Licht fällt auf die Männer, und sie zählen Geldstücke, die vor ihnen auf dem Tisch liegen. Und das Röschen sitzt fast nackt auf dem Bett, hat ihre Knie angezogen, umfaßt sie mit ihren Armen und verfolgt regungslos den Handel der Männer und das Eindringen der Anna. Vorher war sie in der Badstube gewesen und ihre Haare hängen naß und verschwitzt herab; sie scheint sich nicht einmal abgetrocknet zu haben. Ihre Haut glänzt noch von Wasser.

Wie Anna hereinkommt, zeigen sich beide Männer - auch der Matthes - wie schuldig und halten in der Bewegung inne, als erwarten sie schlimme Nachricht.

»Was ist?« faßt sich der Matthes als erster.

»Was ist das für Geld?« fragt Anna erstaunt.

»Meins«, sagt der Matthes und schickt sie hinaus, wie man nicht mal einen räudigen Vaganten wegjagt, wenn der an die Tür klopft.

8.

Anna betrachtet nach dem letzten Geschehnis den Vater mit anderen Augen.

Vielleicht hat sie ihn auch vorher nicht mit den Augen der Liebe angesehen; er war ihr Vater gewesen und immer in ihrer Nähe, so lange sie zurückdenken kann und das war ihr genug gewesen. Er hat für sie gesorgt, sie ernährt und sie gekleidet, ihr Pflichten abverlangt und Strafen auferlegt, seitdem ihre Mutter tot ist. Er hat Anna schützend in den Arm genommen, als Totengräber den Sarg mit der Mutter aus dem Haus trugen, und er hat sie den Weg zum Kirchhof geführt.

Doch ob er wirklich ihr Vater ist oder nicht, wer will das sagen? Er war nie mit Annas Mutter verheiratet. Alle Schreiben, Anna sei rechtmäßig im Ehebett gezeugt und der Matthes selbst ehrlicher Leute Kind, sind falsch. Halb im Suff und halb, weil er all seine Lügereien einmal einem Menschen anvertrauen mußte, hat der Matthes der Anna vor einiger Zeit - es ist kaum länger als ein Jahr her - die Wahrheit gestanden.

Er hat sich eine Vergangenheit erfunden, weil er eine Zukunft wollte. Mitten in der Pestzeit, als das Unterste nach oben und das

Oberste davongekehrt wurde, gab es für ihn einen Augenblick lang eine Möglichkeit, dem Elend davonzulaufen, so wie er ehedem seinem Grundherren weggelaufen war, und dafür brauchte er die falschen Schreiben und einen falschen Zeugen.

Denn der Matthes ist in einem Stall geboren wie unser Herr; nur daß zu seiner Geburt keine Engel erschienen sind und keine heiligen Könige Gaben gebracht haben. Der Matthes ist nicht aus Mainz; er stammt aus einem Weiler, nicht viel größer und nicht viel anders als der vom Heiner. Der Vater des Matthes war Höriger; Knecht mit einem Stückchen Land, geduckt und ausgepreßt von einem unerbittlichen Grundherrn und hungrig, so lange er lebte. Der Grundherr hielt seine Bauern und Hörigen wie Vieh und der Abgabetag war nichts anderes als ein Gerichtstag. Jeder mußte geben, was er nur konnte; weit über den Zehnten und das Ungelt und die Gülten hinaus, die ein Grundherr billigerweise fordern kann und wie es in der Bibel steht. Mancher verfiel mehr und mehr in Schuld und wurde, da es nichts mehr gab, was man ihm wegnehmen konnte und nichts mehr, was man ihm aufgeben konnte, an Leib und Leben gestraft, schlimmer als ein Räuber und Mörder.

Als sich die Bauern am Main und am Rhein gegen ihre kirchlichen und weltlichen Herren erhoben, von einem gewissen König Armleder (in Wahrheit ein lothringischer Ritter, der bei Tag und Nacht lederne Handschuhe mit langen Stulpen trug und daher seinen Namen hatte) aufgehetzt und angestiftet, wagten auch die Bauern und Knechte jenes Dorfes Bitten gegen ihre Besteuerung vorzubringen. Dafür wurden sie allesamt als Aufrührer und Teufelsdiener gehängt, auch der Vater des Matthes, der beim Bitten genauso wenig zu sagen hatte wie vordem beim Schuften.

Dabei hatten die Bauern nichts anderes verbrochen als zu bitten!

Nicht daß sie sich dem Armleder angeschlossen und mit ihm geplündert und gemordet hätten. Dem Armleder waren übrigens die hungrigen Bauern und halbverhungerten Knechte nur so zugelaufen – fünf- oder zehntausend folgten ihm und ein königliches Heer mußte aufgeboten werden, ihn zu schlagen und Kaiser Ludwig ließ ihn im August 1339 köpfen.

Tot oder lebendig, der Matthes hatte wenig von seinem Vater. Er wuchs auf wie die Dorfköter. Er schlief, wo er einen Platz fand, aß, was man ihm ließ und seine Mutter und seinen Vater kannte er nur, weil die Leute sie ihm bezeichneten. Sie lebten nicht unter einem Dach, hatten auch wenig miteinander zu schaffen.

Es mochte sein, daß der Vater des Matthes keine Neigung hatte, die Frau zu heiraten, die er geschwängert hatte. Viel wahrscheinlicher ist, daß er dazu kein Geld hatte. Wie sollte er eine Familie füttern, im Sommer Vorräte beizaubern und im Winter ein Feuer brennen, seinen Lieben eine Unterkunft verschaffen und sie kleiden? Vor der Pest war für den einfachen Mann schon ein schäbiger Mantel aus abgeschabtem Fell, beim Trödler auf dem Jahrmarkt zu kaufen, ein Vermögen und oft sein einziges und da sollte der Vater des Matthes für eine Frau und Kinder sorgen können?

Sein Elend - denn was anderes war es sonst? - hat den Matthes nicht eigentlich bedrückt. Erst, als er alt genug wurde, dem Grundherrn wirklich von Nutzen zu sein und bedachte, welches Schicksal ihn erwartete, begann er sich Gedanken über alles zu machen. Aus ganz nichtigem Anlaß wurde er einmal gepeitscht bis er niederfiel und das war ihm Grund zu fliehen. Er wußte nicht, wie und wohin; trotzdem schlich er des Nachts davon, lief weiter und weiter und war entschlossen, bis ans Ende der Welt zu laufen, sollte es erst dort einen Winkel geben, an dem man ihn wie einen Christenmenschen behandelte.

Ganz so weit brauchte er nicht zu laufen. Nach einer Woche gelangte er in eine Stadt namens Oberstein. Das war ein geringer Ort, schmutzige Häuser unter verfaulten Strohdächern, an nackten Felsen klebend und vor sich ein flaches Flüßchen voller Steine, die Nahe genannt. Der Ort, kaum größer und ansehnlicher als das Dorf, das der Matthes verlassen hatte, besaß Stadtrechte. Und das war es, was den Matthes zum Bleiben veranlaßte. Denn so jung er war, etwas hatte er verstanden: Konnte er ein volles Jahr in einer Stadt leben, ohne daß der Grundherr ihn zurückforderte, war er hier aufgenommen und von aller Verpflichtung gegen seinen Herrn befreit. Eine Weile suchte er nach Arbeit, fand keine, nährte sich vom Betteln und vom Diebstahl und versteckte sich vor allem, was wie Büttel aussah. Nach einer Weile des Müßiggangs (eigentlich mehr des Unglücks; denn er hatte sich in den Kopf gesetzt, genau hier müsse er seine Zukunft gewinnen) entschloß er sich zum Weiterziehen.

Mit schierem Zufall gelangte er dann doch an eine Arbeit. Er kam beim Obersteiner Bader Fuchs unter. Der nahm ihn, weil er sonst niemand fand; wer will schon so tief fallen, daß er sagt, er sei Bader? Den Matthes scherte damals das Ansehen bei den Leuten noch wenig. Er wäre selbst zum Scharfrichter gegangen, hätte der ihn gewollt.

Das Obersteiner Badhaus – es gab nur eins im Ort – konnte sich in nichts mit dem späteren des Matthes vergleichen. Es war klein, viel kleiner als das in Mainz und eigentlich nichts als eine Bauernkate ohne Kuh und Schwein; es hatte nur ein einziges aus Schiefer gemauertes Badebecken, keine Wannen und schon gar kein Schwitzbad. Einmal in der Woche, am Samstag, war Badetag und das Baden war wie die Reinigung im Pferdepfuhl; nichts von den Genüssen, die der Matthes nachher seinen Gästen bieten konnte und kann.

Um seinem Meister von Nutzen zu sein und für seinen Lebensunterhalt aufzukommen, mußte der Matthes während der Woche Barbier und Schafhirte sein und, im Herbst und im Frühjahr, Schafscherer. Der Fuchs selbst wußte sich nicht anders als mit allerlei Gelegenheitsarbeiten durchzuschlagen; sogar mit Spinnen und Weben. Auf diese Weise erhielt der Matthes keine eigentliche Lehre; was er lernte, brachte er sich durch Beobachten und Nachmachen bei. Und mehr lernte er wohl durchs Machen und Andersmachen denn durchs Beobachten. Selbst wenn der Bader ihn in eine Lehre hätte nehmen wollen, es wäre nicht möglich gewesen. Die Zunftordnung verlangt, daß der Lehrling Sohn eines Baders ist. Ist er es nicht, muß er ehrlicher Leute Kind sein, ja, dann muß er nachweisen, daß sogar seine Großeltern schon rechtmäßig zusammen waren. Damals kannte der Matthes den Fälscher noch nicht, der ihm später Brief und Siegel für alles gab, was der Matthes von ihm verlangte und deswegen schien es ihm lange unverdiente Gnade, daß er dem Bader die Wanne putzen und die Blutschalen nachtragen durfte.

Anfangs hauste der Matthes in Oberstein in einem nassen Loch. Keine Ratte hätte da ausgehalten; bedrückender war es, als er es in seinem Dorf je erfahren hatte. Aber alles ließ sich ertragen, weil er hier freie Luft atmete. Und als das erste, das entscheidende Jahr um war und niemand nach ihm fragte, hatte der Matthes das Gefühl, er habe das Himmelreich gefunden. Entweder hatte der Grundherr ihn vergessen oder ihn aufgegeben, wie man eine Ziege ihrem Schicksal überläßt, versteigt sie sich und kann man sie nicht ewig suchen. Jedenfalls hat man den Matthes nie zurückgefordert, weder in Oberstein noch sonst wo. Nach und nach lernte er damals die Menschen kennen; wie es seinem Alter entsprach, vor allem die Weiber. Und wie er geboren war, ohne Erlaubnis und Freude, so setzte er auch Anna in die Welt, wenn sie denn seine Tochter ist...

Annas Mutter war da noch ein sehr junges Ding und Anna selbst erinnert sich ihrer nur als ein größeres Kind. Sie war eine der Mägde in einem schäbigen Pfarrhaus. Anna hat noch sehr deutliches Gedächtnis an diese Zeit; der Pfarrer hatte außer der Mutter der Anna noch eine weitere Magd im Haus, eine sehr dralle, sehr blonde Frau, die beide - Anna und Annas Mutter - wie ihre Kinder behandelte. Der Pfarrer baute Wein an und deswegen waren während der Lese, nein, eigentlich während des ganzen Jahres - wenn gekeltert und abgestochen und verkostet und gehandelt wurde - Männer im Haus und im Hof und der Matthes hatte da seine Gertrude, Annas Mutter, kennengelernt und er meint, die werde da auch andere Burschen als nur ihn kennengelernt haben. Anna hat aber keinen im Gedächtnis behalten; wenn sie an das Pfarrhaus denkt, fällt ihr nur der Pfarrer ein. Er war ein schwachbrüstiger Mann und einem hungerleiderischen Schreiber ähnlicher als einem geistlichen Hirten. Wie er nur konnte, verbarg er sich vor seinen Sorgen und seinen Pfarrkindern. Der Prokurator sagt, die Plagen der niedrigen Geistlichen seien überall dieselben. Immer fürchteten sie ihren Bischof, die Konsistoriales, die Stifter der Altäre, den Küster, den Glöckner, die Gläubigen. Und die härteste von allen Plagen sei ihnen die Köchin.

Anna hat keine Erinnerung behalten, ob die Dicke wirklich ein Drachen war. Sie meint nein, und auch der Matthes sagt, es sei mit ihr gut auszukommen gewesen. Jedenfalls gab sie im Pfarrhaus den Ton an. Das Haus war an den Füßen eines Felsens und wenn man hinaufsah, sah man auf dem Felsen die Burg. Anna konnte nie verstehen, wie man die Burg erreichen könne und ihre Mutter erzählte ihr immer neue Geschichten, wie man dort hineingelangt. Einmal sagt sie, Kinder, die in der Nacht stürben, würden zu Engeln und flögen dort hinauf. Anna hatte sich ganz fest gewünscht, noch in dieser

Nacht zu sterben, um dorthin zu kommen und war sehr enttäuscht, als sie des nächsten Morgens erwachte.

Wann er nur konnte, war der Matthes im Pfarrhaus (wird da wohl auch heimlich übernachtet haben), war Annas Mutter zugetan und Anna sicher auch. Dann brachte ein eiternder Zahn Annas Mutter um. Der Matthes hatte ihn entfernen wollen; der Fuchs, sein Wohltäter, hatte sich aber angeboten, es für ihn zu erledigen und weil sie auf die größere Erfahrung (wenn nicht die Weisheit) des Baders vertraute, hatte Annas Mutter der Traktur zugestimmt. Beim Ziehen brach der Zahn ab. Daraus erwuchsen Miseren. Kurz darauf war die junge Frau nicht mehr auf Erden. Das war noch vor der Pest. Der Tod eines Einzelnen war da noch eine Not, die Tränen und Trauer und Mitleiden bewirkte. Der Matthes konnte jedoch schon damals kein Gefühl, keine Bewegung zeigen. Und weil der Matthes nicht weinte, weinte auch Anna nicht. Vielleicht glaubte sie die Mutter nun ebenfalls in der Burg auf dem Felsen und deswegen ganz in der Nähe und nicht wirklich von ihr entfernt.

Als später die ersten Gerüchte über die Pest umgingen und immer bedrohlicher wurden, unheimlicher klangen als alles, wovon Menschen je gehört hatten, kam der Matthes ins Pfarrhaus – Anna hatte dort auch nach dem Sterben ihrer Mutter sein dürfen – und nahm Anna und führte sie mit sich weg.

9.

Eines Nachts hört man Weinen und Wimmern im Haus, und Klatschen wie von Peitschenschlägen.

Käthe weckt Anna.

»Hörst du das?«

Anna weiß erst nicht, was sie hören soll. Sie ist aus dunklen Tiefen gezerrt worden und schwimmt noch nicht wieder auf den oberen Wassern des Lebens.

Das Schreien wird lauter, und schamloser das Klatschen der Peitschen auf blanker Haut schneller und schneller. Wie die beiden jungen Frauen den Atem anhalten, erkennen sie, es kommt aus der Schlafkammer des Matthes.

Anna will aufstehen und der Rose beistehen.

Käthe hält sie zurück. »Er darf sie doch schlagen«, sagt sie leise.

Anna verharrt unschlüssig.

Das Schreien endet und bald hört man wildes Knarren eines Bettes. In der unglaublichen Stille, die zu dieser Zeit das Haus und die Welt erfüllt, ist jedes Knarren und Knarzen wie eine Berührung. Anna und Käthe spüren sie, als würden sie selbst geschüttelt.

Käthe drängt sich an Anna, und wie Anna ihr sanft und mütterlich über den Rücken streicht, bemerkt sie, daß Käthe lautlos weint.

»Was hast du?«

»Die Rose . . .«, schluchzt Käthe.

»Sie ist seine Frau.«

»Sie ist sein Verderben!«

Anna ist müde; ihr Körper schmerzt. Sie würde sich gerne in den Schlaf und ins Vergessen zurückfallen lassen, doch will sie die Schwester in der Verzweiflung nicht allein lassen.

»Glaubst du, es wird besser, wenn sie Kinder hat?« fragt Käthe.

»Kinder? Die?«

»Meinst du, sie will kein Kind?«

»Der Matthes will keins. Der macht ihr erst eins, wenn er sie umbringen will«, antwortet ihr Anna.

Käthe sagt darauf nichts. Sie wird aber im Arm der Anna steif.

»Mach dir nicht zu viel Sorgen um den Matthes. Er denkt genug, mehr als sonst jemand«, versucht Anna sie zu trösten.

Auch darüber scheint Käthe nachzusinnen. Nach einiger Zeit wird sie wieder weicher, bettet sich an die Anna. Sie gewinnt etwas von der Zutraulichkeit eines jungen Tieres zurück, knufft und beißt mit spitzen Zähnen sogar den Arm der Anna.

»Schläfst du?« will sie hören.

»Wenn ich könnte . . .«

»Gibst du mir Antwort?« fragt Käthe leise, etwas verschämt.

»Worauf?«

»Ich kann's nicht sagen . . .«

»Was denn?«

»Nein.«

»Was hast du?«

»Nein.«

»Was willst du wissen?«

»Es ist Sünde«, sagt sie schamhaft verlegen, aber auch neugierig.

»So sündig wird's nicht sein. Jetzt frag schon. Ich will noch schlafen.«

»Wie zeugt man Kinder?« bekennt Käthe schließlich ihre Neugierde.

Über diese Frage muß Anna lächeln. »Schwester«, sagt sie, »Schwester Käthe!« Dann liebevoll: »Weißt du nicht, was die Männer mit Liebschönchen treiben und den anderen?«

»Ja, aber sie wird nicht dick.«

»War sie schon. Sie ist auch schon dick geworden.«

»Wie?«

»Wie alle.«

Käthe stößt sie spielerisch und unzufrieden.

»Der Matthes«, sagt Anna heiter. »Jetzt bringt er dich auch noch um den Schlaf.«

»Sagst du's mir?«

»Ja.«

Käthe wartet; Anna dreht sich um, legt sich auf den Bauch und flüstert der Schwester zu, wie ein Kind entsteht. Sie sagt ihr, was sie von der Sache weiß, und es ist sicher nichts anderes, als was die größten Gelehrten wissen. Wenn Mann und Frau ineinander sind, stoßen beide Samen aus; diese Samen vermischen sich im Körper der Frau zu einem Neuen und dieses Neue beginnt zu wandern. Wo es am Ende seiner Suche zu liegen kommt, entscheidet über das Geschlecht und den Charakter des werdenden Menschen. Ist der Samen, zum Beispiel, am Ende in der linken Körperhälfte, wird es ein Junge. Und kommt er hoch zu liegen, wird dieser Junge kräftig und mutig.

»Und wo ist mein Samen jetzt?«

Anna klopft ihr leicht auf den Bauch.

»Ist er immer in uns?« will Käthe ernsthaft wissen.

»Immer. Seit wir Frau sind. Und einmal im Monat verlieren wir ihn. Und jedesmal verlieren wir ein Stück Leben.«

Käthe will hören, wie sie das meint.

Jeder Tropfen Samen ist nicht weniger Kreatur als Fisch oder Vogel, ein Hund oder eine Katze oder ein Kind, erklärt ihr Anna.

Käthe denkt auch darüber nach.

»Jeder Tropfen?«

»Jeder.«

»Das wußte ich nicht«, bekennt Käthe mit all der Ernsthaftigkeit, die Anna manchmal zum Lachen bringt. Und genauso ernsthaft will sie wissen, wie man Leben verschwenden könne.

»Die Männer wissen es schon einzurichten. Im Bett werden sie es dir erklären, meine liebe Schwester.«

Die Käthe hält bei dem Gedanken, auch sie könne bei einem Mann liegen, erschrocken inne. »Aber sie müssen es doch beichten?« fragt sie nach einem Augenblick des Nachdenkens hoffnungsfroh.

»Sie müßten es. Die Kirche straft jeden streng, der seinen Samen vergeudet. Nicht weniger, als wenn er einen Menschen umbringen würde. Aber so viel Büßer sehe ich nicht rumlaufen. Sie werden es wohl nicht beichten«, vermutet Anna.

»Dann können sie der Hölle nicht entgehen«, überlegt Käthe mit unverkennbarer Genugtuung, daß die Männer die Strafe erhalten werden, die sie verdienen.

»Ach, Käthe«, sagt Anna und wuschelt in den kurz geschorenen Haaren der Schwester - die Haare sind wirklich kaum länger als die von Knaben - »welche Scheu hast du nur vor Männern.«

Die Käthe gibt darauf keine Antwort. Eine Weile schweigt sie, dann fragt sie: »Anna, woher weißt du das alles?«

»Was redest du denn mit unseren Badeweibern?« lächelt Anna.

»Darüber nicht«, erwidert die Käthe schnell. Sie gesteht, sie gehört zu den Unwissenden. Sie hat, so gut sie es vermochte, vor der Sünde die Augen verschlossen. Sie will nichts tun und sagen, was den Herrn erzürnen kann.

»Wie soll ihn das erzürnen?« meint Anna. Warum sollen die Menschen nicht wissen, welche Werke Er geschaffen hat? Zeugung und Geburt sind nicht weniger Sein Werk als Sonne und Mond, Tag und Nacht, Blume und Pflanze.

Käthe flüstert etwas. Anna glaubt, sie habe schon halb im Schlaf gesprochen und rührt sich nicht. Es ist aber eine weitere Frage an die Schwester und als Anna nicht antwortet, wiederholt Käthe sie.

»Was sagst du?« fragt Anna.

»Wie ist es . . .?« Käthe sucht nach den richtigen Worten. »Wie ist es, wenn einen ein Mann umarmt?«

Anna zögert mit der Antwort.

»Sag's mir«, bettelt Käthe.

»Es ist nicht leicht zu sagen . . .«

»Schmerzt es?«

»Nein.«

»Gefällt es dir?«

»Ja.«

Diese Antwort scheint Käthe zu verwundern. Daß ein Röschen es will, gut. Aber auch Anna?

»Wie ist es?« fragt sie nach einiger Zeit.

Anna möchte nichts anderes als schlafen. Aber Käthe wartet; Anna fühlt, wie angespannt ihr ganzer Körper ist.

»Sag's mir, wie es ist.«

Anna denkt nach. Wie soll man den Genuß und die Liebe beschreiben, die ein Mann bereiten kann. Anna versucht es so zu sagen: »Es ist, wie wenn du ißt und trinkst und singst und alles zur selben Zeit.«

»Nein, so ist es nicht«, widerspricht Käthe. »Viele Frauen fliehen es und Liebschönchen hat gesagt, es macht ihr Ekel.«

»Doch, so ist es«, sagt Anna.

»So gefällt es dir?«

»Wenn mir der Mann gefällt . . .«

»Mich wird nie einer anrühren«, behauptet Käthe.

»Doch. Dir wird auch einer gefallen.«

»Nein.«

»Doch.«

»Nein, nein, nein«, widerspricht Käthe heiter, und Anna kitzelt sie etwas und sagt in ebensolcher Weise: »Doch, doch, doch!«

Käthe bleibt darauf bei ihrer Schwester liegen; jetzt warm und weich und voller Zärtlichkeit. Anna fühlt, sie ist beruhigt und fürchtet nun weder den nächsten Tag, noch den nächsten Mann.

»Schlaf gut«, sagt sie zu Käthe. »Die Engel sollen über dich wachen.«

Aber Käthe hat eine weitere, eine letzte schläfrige Frage. »Meinst du, sie ist eine Hexe?«

»Wer?«

»Die Rose.«

Anna läßt Käthe los. Die Frage ist zu ernst, als daß man sie zum Zeitvertreib stellen dürfte.

»Nein«, sagt sie bestimmt. »Sie ist kein Hexe. Was sie macht, will der Matthes.«

Käthe hört es nicht mehr. Sie ist wieder eingeschlafen.

Am Tag und bei Licht besehen, könnte man die Frage der Käthe auch anders beantworten.

Das Röschen tut weiterhin so, als sei es der geschätzte Gast im Haus. Noch immer arbeitet es nichts, bewegt wahrhaftig keinen Finger. Der Matthes seinerseits denkt nicht daran, ihr eine Pflicht aufzutragen. Das Röschen hat schön zu sein, mit Anmut und Glanz zu gefallen. Etwas anderes duldet der Bader nicht.

Der Rose gefällt dieses Leben aus Faulenzerei und Feiertag. Sie hat rasch gelernt, was da zu lernen ist. Sie läßt sich von den Badedirnen und Badknechten - vorzüglich vom Heiner - bedienen und selbst von Anna und Käthe, als habe sie Anspruch darauf. Immerhin ist sie klug genug, alles was sie von Anna oder Käthe verlangt, in schönen und sehr gekünstelten Worten und viel Lachen und Lächeln zu verstecken. Wenn sie im Haus ist, hält sie sich, wie schon beklagt, mit Vorliebe in der Badestube auf, läßt sich vom Spielmann die Griffe auf der Laute zeigen, tafelt in den Wannen und plappert mit den Gästen. Anna muß anerkennen, sie nimmt rasch auf. Was der eine ihr erklärt, gibt sie bei dem nächsten schon als ihr Wissen aus und insgesamt ist sie sehr lernbegierig.

Wenn sie aus dem Haus geht, geht sie offenbar nicht zu Gebet und Beichte. Mehr als einmal kommt sie mit Dingen zurück, die sie verlockt haben: mit Schmuck und Stoffen, mit geheimnisvoll riechenden Düften in blau oder grün schimmernden Fläschchen oder mit fremdartigen Gewürzen. Mit den letzteren weiß keine Frau im Haus etwas anzufangen, Käthe nicht, die Küchenmagd nicht und das Röschen schon dreimal nicht. Nur der Wenzel streut sie sich in sein Essen und so lernt man auf diesem Umweg ihren Gebrauch.

Will der Matthes, daß sie kauft, was sie sieht? Oder duldet er nur, was sie treibt und macht gute Miene dazu? Oder schenken ihr andere die Dinge? Und welche anderen und für welche Dienste? Was ist nur mit dem Bader, daß er sich so gibt? Liegt es so fern, daß man an Hexenkünste denkt?

Eines Tages hat Anna auf dem Markt für den Tag eingekauft und hat es eilig, zum Badhaus zurückzukehren. Alles ist vergessen, als sie plötzlich das Röschen bemerkt. Es steht bei einem Menschen, der mit einem Würfel und drei kleinen Lederbechern Kunststücke vollführt. Der Gaukler legt einen Würfel auf einen kleinen Holztisch vor sich, stülpt einen Becher darüber, nimmt ihn wieder auf, nimmt einen zweiten, einen dritten, tauscht und vertauscht und am Schluß müssen die Umstehenden sagen, unter welchem Hut sich der Würfel versteckt. Das Röschen beteiligt sich voller Eifer an diesem Raten, wenn auch ohne Glück.

Beim ersten Hinsehen hat Anna vermutet, sie sei ein Fräulein aus einem Patriziergeschlecht - so hat sie sich an diesem Werktag herausgeputzt. Nur an ihrem Lachen hat sie die Rose überhaupt erkannt. Sie hat lederne Schuhe an den Füßen und darin sind silberne Muster eingeprägt; sie trägt auch nicht wie Anna ein Kleid aus gewöhnlichem Mainzer Tuch (graue, stumpfe Wolle und sehr haltbar), sondern ein Gewand aus flandrischen Stoffen, der Ausschnitt so tief, daß er die halbe Brust zeigen würde, hätte sie denn eine zum Zeigen und ihr unnatürlich hoher Hut ist mit Spitzen und Schleiern geschmückt. So wird ein Turnierroß aufgezäumt!

Man muß sich nur wundern, daß sie nicht Falten und Schlitze im Gewand hat. Solche Kleider sind bei den jungen Bürgersfrauen im Schwange: Kleider, die beim Gehen aufspringen und die Schenkel schimmern lassen; Zeichen der Ausschweifungen, die man hinter allen Mauern vermutet und die sonst verborgen gehalten werden, soweit man Laster verborgen halten kann. Wie jetzt die jungen Frauen herumlaufen, so hätten sich vordem nicht die Huren auf die Straße gewagt. Und die wagen schon einiges: Beim letzten Einzug des Kaisers und seiner Leute sind ihnen die Dirnen aus den Stockhäusern nackt entgegengekommen, zur gefälligen Begrüßung und Bedienung. Die jungen Männer von Stand sind nicht besser. Sie tragen gestrickte Beinkleider, die das Geschlecht vorführen als wäre es ein Prunkstück.

Nein, das Röschen ist nicht schamlos gekleidet; nur (wenn man dazu »nur« sagen darf) weit über seinen Stand. Hat man den Matthes und sie nicht oft genug gewarnt, sich so zu zeigen? Hat denn der Schneider, des Matthes gutmeinender Rat, tauben Ohren gepredigt, als er ihnen die Gefährlichkeit ihres Tuns erklären wollte? Dennoch läßt der Matthes sie so aus dem Haus gehen. Glauben die beiden denn, man werde ihre Hoffart für alle Zeiten dulden?

Das Röschen bemerkt nicht, daß Anna ihr zusieht. Anna will sie gerade ihrem Vergnügen überlassen, da blickt sich die Rose rasch um, als suche sie jemanden, zeigt ein enttäuschtes Gesicht, als sei ein Bestimmter nicht eingetroffen, den sie erhoffte oder erwartete und schlendert davon. Dieser rasche Blick bestimmt Anna, dem Röschen zu folgen. Sie hätte Wichtigeres und Besseres zu tun, doch Neugier und Mißtrauen treiben Anna dazu, ihr nachzugehen.

Erst schlendert die Rose die Augustinergasse entlang, strebt das »Paradies« an, eine Art von Kaufhalle: Gaden und Buden unter einem weiten Dach und sich an den Sitz des Erzbischofs anlehnend, wie sich die Verkaufstände überall gern an Kirchenwänden reiben. Es ist dunkel und eng im »Paradies« und voller Menschen; wie zum himmlischen Garten drängt sich auch hier alles. Wegen der vielen Käufer (oder wenigstens Neugierigen) kommt man trotz dieser Stunde vor Mittag kaum vorwärts, und mehrmals glaubt Anna, sie habe das Röschen aus dem Auge verloren.

Sie entdeckt die Stiefmutter wieder, wie die am Ausgang zur Kirche St. Johann wieder ins Sonnenlicht tritt, dann im weiten Bogen um Dom und Gerichtshaus bis zum Kloster der Dominikaner spaziert und dort in die Betzelgasse einbiegt. Anscheinend will sie nach St. Quintin. Ist das ihr Ziel? Anna hält das Röschen nicht für so gottesfürchtig, daß es ohne Not und Zwang beten wolle. Aber Kirchen sind nun mal beliebte Treffpunkte und oft mehr Markt und ein Platz für Klatsch und Tratsch als Gotteshaus. Wer sich auf hellen Plätzen verfehlt, findet sich in der Dämmerung eines Kirchenraums mit Sicherheit: Liebespaare und Gauner und Leute, die andere heimlich anzeigen wollen.

Das Röschen hat jedoch keinen Blick für die zur Hälfte herabgebrannte Kirche (die andere Hälfte ist notdürftig wieder hergerichtet und für die genannten Zwecke jetzt beinahe besser geeignet als vordem) noch kann sie den rußigen Resten der Judenhäuser ringsum etwas abgewinnen.

Beides, Kirche und Hausruinen, erinnern ans grausige Ausräuchern der Mainzer Juden. Als die Pest die Menschen vor Angst wahnsinnig werden ließ, suchte man nach Schuldigen. Wer sollte schuldiger sein als die Juden, diese wandelnden Gleichnisse für Fremdheit und Anderssein? Was lag näher, als sie abzuschlachten, wenn man sich vorm Verfaulen schützen (und drückende Schulden verlieren) wollte? Während sich die Juden aber anderswo ohne große Gegenwehr erwürgen, erdrosseln, ertränken, abstechen und auf jede andere Weise massakrieren ließen, kämpften sie in Mainz mit Schwertern und Messern und Hellebarden und in aller Verzweiflung um ihr Leben und das ihrer Weiber und ihrer Kinder. Was blieb da anderes übrig, als ihnen die Häuser über dem Kopf anzuzünden und sie im Feuer untergehen zu lassen? Wie kann man anders Hunderte von Menschen in einer Nacht töten?

Das Röschen weiß vielleicht nichts vom großen Sterben der Juden oder es ist ihm gleichgültig. Jedenfalls stolziert es an den traurig stimmenden Malen von Aufruhr, Mordgier und unendlichem Leid vorbei, ohne den Kopf zu wenden. Es ist ihm anzumerken, daß es nicht mit dem Vergangenen beschäftigt ist, sondern nur mit dem Gegenwärtigen.

Das Weibchen hat erst wieder Aufmerksamkeit, wie es in die Nähe des Platzes zum Brand und damit in die Nähe der Buden der Schmuckhändler kommt, ganz wie ein Jagdhund, der Beute wittert.

Sehr langsam, wie gelangweilt, schlängelt sich das Röschen durch die Menge der Käufer und Händler und Arbeiter, nimmt das eine oder andere Stück in die Höhe, betrachtet die Sachen staunend (auch mit Besitzlust), erkundigt sich nach diesem und jenem, um es am Ende doch wieder zurückzulegen. Mehrmals ist wieder das rasche Umherblicken, als habe sie jemanden im Sinn. Zuletzt nimmt sie eine Silberschnalle auf, wendet sie hin und her, legt sie zur Enttäuschung des eifrig bemühten Händlers wieder zurück und zieht weiter. Anna ist nun überzeugt, sie wolle nichts kaufen. Ihr Prüfen sei nur Vorwand für anderes.

Anna ist das Belauern des Röschens quälend anstrengend. Sie hat nie in die Geheimnisse anderer eindringen wollen; niemals zuvor ist sie jemandem nachgeschlichen. Warum also nun? Wenn der Matthes nicht wissen will, was sein Weib außerhalb des Hauses sucht, sollte es ihr da nicht ebenfalls recht sein?

Doch weil so vieles verwirrend anders ist, seit sich das blonde staksige Ding gezeigt hat, meint Anna, es sei ihre Bestimmung, dem geheimen Treiben des Röschens auf den Grund zu kommen. Dann denkt sie an die Arbeit, die im Badhaus auf sie wartet und die niemand für sie erledigt, und darüber wird sie dem Röschen mißgünstig. Das Weibchen vertrödelt nicht nur ihre eigene Zeit, sondern, wenn auch unwissentlich, die der Anna. Wenn sie denn vertrödelt. Anna glaubt immer fester daran, die Rose verfolge eine geheime Absicht.

Sie hält sich in ihrer Nähe, aber so, daß die andere sie nicht entdeckt. Sie ist auch ganz sicher, die Rose habe sie bisher nicht wahrgenommen. Doch gerät sie darüber bald in Zweifel. Für eine kurze Zeit wird Anna nämlich von einem Bekannten angehalten und in ein Gespräch verwickelt und wie sie aufblickt, ist das Röschen verschwunden.

Anna eilt an die Stelle, wo sie das Stückchen zuletzt gesehen hat. Das Röschen ist aber weder vor dem Stand noch in der Bude.

Eine Weile sucht Anna noch hier und da nach der Stiefmutter und kehrt endlich, mit sich sehr unzufrieden, nach Hause zurück.

Anna will dem Matthes nichts von ihrer heimlichen Beobachtung sagen.

Sie kann sich jedoch nicht an ihren Vorsatz halten. Etwas in ihr lehnt sich dagegen auf, den Matthes weiter in seinem Frevel verharren zu sehen. Und als der Matthes sie gar noch tadelt, daß sie so lange ausgeblieben ist, ficht sie den Strauß aus.

Die Vorwürfe gehen erst kraus hin und her, haben nichts mit dem zu tun, was Anna bewegt. Nach kurzem Gefecht treffen die Pfeile aber sehr wohl und sehr schmerzlich!

»Aufgeputzt ist sie wie eine . . . wie eine . . .«, wütet Anna.

Sie will nicht den Vergleich benutzen, der ihr auf der Zunge liegt und ehe sie einen weiteren findet, gibt der Matthes schon zurück. »Und für wen ist der Tand? Wer darf Tand haben? Wer? Wer ist denn würdig? Sag's mir! Ich wills hören! Wer darf ihn tragen?«

»Nicht eine Rose aus Nierstein.«

»So, nicht meine Rose! Nicht die Frau eines Baders . . .«

»Ist sie ja nicht.«

»Was ist sie nicht?«

»Deine Frau.«

»Die ist so meine Frau wie du meine Tochter bist.«

»Ja, so«, erwidert Anna bitter.

Der Matthes weiß nicht, was sie damit sagen will, wittert einen Vorwurf und fährt sie an: »Ja, so. Genau so! Mach nur so weiter. Mach so weiter mit deinem Gift und deiner Galle. Dann warst du meine Tochter. Dann verschwindest du hier und läßt dich nicht wieder sehen, wenn du am Leben hängst. Hast du Gift geschluckt? Du speist nur noch Gift. Jedes Wort ist vergiftet, das du . . .«

»Deine Frau! Habt ihr Gottes Segen?«

»Gottes Segen! Was brauchen wir den Segen der Pfaffen? Das *Röschen* ist für mich der Segen!«

»Ja, für dich. Und für wen noch? Wer kriegt denn noch alles was ab von diesem Segen?«

»Wenn du jetzt nicht dein Maul hältst, du . . .«

Matthes schlägt nach seiner Tochter, und als er sie nicht erreicht, wirft er einen Krug. Der wirkliche Kampf ist der mit Worten und er wird mit einer Härte geführt, als wollten sie sich vernichten.

»Mach die Augen auf!« ruft Anna. »Bist du blind geworden? Siehst du nicht, was sie mit dir macht, dein Röschen? Diese Rose, die nach Hure duftet!«

»Ich treibe dir deinen Satan aus. Auf der Stelle!« ruft der Matthes und schlägt erneut mit großer Kraft nach ihr. Anna weicht auch diesem Schlag aus, und so verfehlt er ebenso wie der vorherige sein Ziel.

Aus Anna bricht aller Kummer und alles Gekränktsein heraus. Alles, was sie zurückhalten wollte, kommt ihr auf die Zunge. Sie nennt das Röschen eine feile Dirne, die im Haus ihres Mannes und unter den Augen ihres Mannes und auf den Straßen ihr Gewerbe betreibe. Mit eigenen Augen habe sie eben verfolgt, wie das Röschen nach Buhlern suche.

Der Matthes gerät darüber außer sich. Er drängt Anna in eine Ecke der Küche, greift nach einem Bratspieß und droht in seiner Raserei, Anna damit zu töten, wage sie noch ein weiteres Wort! Die Beghine flattert aufgeregt dazwischen, will den Matthes zur Mäßigung bewegen. Der Matthes wird dadurch noch fuchtiger und kopfloser und hebt in seinem maßlosen Zorn tatsächlich das Mordwerkzeug gegen die Tochter. Mit beiden Händen hält er den Spieß über den Kopf, als wolle er ein Ferkel abstechen. Anna steht weiß und in Todesfurcht in der Ecke, und der Matthes unbeweglich vor ihr und über ihr und beide wissen: nun eine falsche Bewegung oder ein falscher Satz und er wird ihr den Kopf spalten, den Hals durchbohren, die Brust aufreißen.

Die Beghine, immer noch den Hühnerschenkel in der Hand haltend, den sie sich beim Beginn des Streits abgerissen hatte, kreischt, wie sie den Matthes und die Anna in dem wortlosen Ringen sieht; kreischt, als ob der Matthes sie pfählen und morden wolle. Weder Anna noch der Matthes hören ihre Schreie, aber dadurch werden der Wenzel und der andere Badeknecht und Käthe aufmerksam und eilen Anna zu Hilfe. Sie reißen den Matthes, der schon beim Hereinstürzen der übrigen den Bratspieß langsam sinken läßt, von Anna weg.

Ohne Widerstand läßt sich der Matthes aus der Küche führen.

Vor der Küche setzen ihn seine Leute auf die Bank unter der Treppe und hier sackt der Matthes wie geköpft in sich zusammen.

Käthe hält die weinende Anna im Arm, wie sonst die Schwester die Jüngere.

»Sie ist eine Hexe!« sagt Käthe, während sie Anna umarmt. »Sie hat den Matthes verhext.«

»Nein«, weint Anna. »Nein.«

»Sie hat ihn verhext.«

»Nein«, sagt Anna fest. »Nein. Bring sie nicht auf den Scheiterhaufen!«

10.

Eine Weile lang geht der Matthes an den Töchtern vorbei, als ob er sie nicht sehe.

Alle drei, der Matthes und Anna und Käthe, machen ihre Arbeit wie vordem; sie essen und schlafen in einem Haus und doch ist es, als ob Käthe und Anna weit entfernt seien. Oder der Matthes sich davongemacht habe.

Käthe, die die Lieblosigkeit nicht ertragen kann, weint nachts an Annas Seite. »Laß ihn! Er wird sich wieder finden . . .«, macht ihr Anna Mut. Käthe möchte etwas tun, den vorherigen Frieden wiederherstellen. Das Einzige, woran sie denkt, ist dem Herrn ein Opfer zu bringen. Sie fastet und wird dadurch noch magerer und die Knochen treten hervor. Der Matthes sieht ihrem Hunger zu, ohne ein Wort dafür oder dagegen zu sagen. Anna überredet die Schwester, auf die Zeit und die Einsicht des Matthes zu vertrauen und sich nicht weiter zu kasteien.

»Aber der Herr . . .«, versucht ihr Käthe zu widersprechen.

»Der Herr hilft dir, auch wenn du Grütze im Bauch hast«, sagt ihr Anna daraufhin und Käthe läßt danach vom Fasten ab.

Die Zeit, diese treffliche Gefährtin der Geduldigen, tut ihr gutes Werk.

Nach einer kleinen Spanne – ungefähr eine oder zwei Wochen – wandelt sich nämlich das Leben im Badhaus erneut.

Das erste Anzeichen ist, daß der Matthes seiner Rose verbietet, weiter nackt in der Badestube herumzuspazieren. Das Röschen hat nun, wenn es denn dort Unterhaltung sucht, ein Badehemd zu tragen. Das ist aus dünnem Leinen, über der Schulter von zwei Trägern gehalten, kaum breiter als Schnüren, und unter den Armen weit offen. Wenn es naß wird, legt es sich an den Leib und alles macht das Röschen reizvoller als es vorher war; ihre Anmut (selbst ihre großen, oft feucht schimmernden Augen) kommen bei solcher Kleidung mehr und deutlicher zu Bewußtsein als man sie vordem in ihrer unschuldigen Nacktheit wahrgenommen hat.

Im Matthes, scheint es, keimt Vorsicht; nicht Mißtrauen, nur eine gesunde Vorsicht. Manchmal zeigt er erkennbar Eifersucht, wenn die Rose einen Besucher ihre Gunst zu deutlich spüren läßt.

Dann, eines nicht sehr weit davon entfernten Tages, nimmt er Anna ohne ersichtlichen Grund an der Hand und führt sie die Treppe hinauf.

Anna weiß nicht, was er will. Der Matthes spricht erst und läßt ihre Hand erst los, als er die Tür der Schlafkammer hinter sich geschlossen hat.

»Ich war bei dem auf dem Judensand.«

Anna schweigt abwartend.

Der Matthes setzt sich auf den Rand des Bettes.

»Ich hatte einen schweren Traum«, erklärt er. »Der Knotterer wird alt . . .«, sagt er und meint damit den Astronomen. Nach kurzem Schweigen fügt er an, was er im Traum gesehen hat: »Das Röschen ist mit mir auf einem Gaul geritten, durch die Stadt - nicht Mainz; ich hab solche Häuser noch nie gesehen. Mit ganz roten Dächern und die Wände auch rot. Und vor die Stadt sind wir geritten, vor dem Tor war eine Wiese und Blumen. Und da ist es abgesprungen und hat sich umgedreht und hat mich nicht wieder angesehen. Ich hab gerufen, aber das Röschen hat nicht gehört . . .«

»Das ist kein Traum! So ist es. Wann hört sie je auf dich?«

Der Matthes nimmt ihren Ton nicht auf. »Wie deutest du das?« fragt er und dabei klingt wahre Besorgnis aus seinen Worten.

»Du warst doch schon beim Sterndeuter«, weicht Anna einer Antwort aus. »Wie kann ich Träume deuten?«

»Anna«, fragt Matthes unbeirrt. »Ist das ein guter oder ein schlechter Traum?«

»Was kann daran schlecht sein, wenn du mit dem Röschen auf eine Wiese reitest?«

»Sie hat sich abgewandt.«

»Wie erklärt's der Astrologe?«

»Ich frag dich und nicht den Sterngucker. Der macht's nicht mehr lange. Das Geld reut einen, das man da hinbringt.«

»Sag, was du hören willst, und ich sage es dir«, erwidert Anna ärgerlich, daß er die teuren Ratschläge des Astrologen wieder in den Wind schlagen will, nur weil sie ihm nicht gefallen. Wäre es anders, würde er ihren Rat nicht wollen. »Der Sterngucker hat's ja wohl nicht getroffen.«

Zu Annas Erstaunen wird der Matthes auch darauf nicht grob. Fast ängstlich fragt er: »Soll ich sie vorm Priester heiraten?«

»Wen?«

»Mach dich an die Arbeit, wenn du nicht mit mir reden willst«, braust der Matthes auf.

»Du hast sie doch schon genommen«, gibt ihm Anna Antwort, verwundert, welche Gedanken den Matthes bewegen.

Der nickt, als wäre dies das einzige, das man noch sagen könne. Doch dann fragt er weiter: »Soll ich mir den Segen holen?«

»Was fragst du mich? Du weißt doch alles, und ich hab das Maul zu halten, sonst werde ich abgestochen.«

Darauf macht der Matthes etwas, was er noch nie getan hat oder woran Anna sich nicht erinnern kann: Er bittet sie um Verzeihung für das, was er ihr angetan hat oder antun wollte.

Scheinbar unvermittelt spricht er von Annas Mutter, und daß er sie wegen seiner Armut nie nehmen konnte, sonst hätte er sie genommen. Er verflucht sein früheres Leben und seine früheren Taten, dankt dem Herrn und allen Heiligen für die Pest, ohne die er immer noch der Handlanger eines Hungerleiders wäre, und sagt, er habe immer gewollt, Käthe und Anna sollten die Dinge genießen, die er erworben habe, und daß er ein Weib im Bett wolle, dürfe nicht dahin führen, daß er für seine Töchter keine Liebe mehr habe.

»Dahin ist es doch gekommen. Für uns hast du keine Liebe mehr und auf deinem Lager liegt ein Weib. Also, was ist noch zu reden?« widerspricht Anna bitter. Mit einem Satz kann er die Kränkungen der letzten Wochen nicht vergessen machen.

Unsicher verteidigt der Matthes darauf seine Rose. Sie sei nicht faul und nicht liederlich, nur jung und verspielt. Damit aber niemandem falsche Gedanken kommen, verspricht er, wird er sie dazu bringen, daß sie in Zukunft passende Kleider anlegt und sich nicht mehr wie eine von Adel auf der Straße zeigt.

Anna ist über diese unverhoffte Einsicht verwundert.

Der Sterndeuter, gibt der Matthes halbherzig zu, habe ihn zu diesem Entschluß gebracht. Er hat ihm die Warnung gezeigt, die im Traum lag. Es könne wohl nicht sein, daß ein Weib vorausgehe und ein Mann ihr blind folge. So habe er die Rätsel des Astrologen wenigstens verstanden.

»Dann hat dein Traum mehr Sinn als ich dachte«, sagt Anna obenhin und will gehen.

Der Matthes hält sie auf.

»Soll ich mit ihr vor die Pfaffen treten? Wollt ihr das?«

»Hat der Sterndeuter das geraten?«

»Der rät nicht viel. Der ist dunkler als meine Träume und schwerer zu verstehen.«

»Ist es dein Wunsch?«

»Ich weiß es nicht mehr, Anna«, gesteht der Matthes. »Ich weiß bei meiner Seligkeit nicht, was ich von der Rose will.«

Bald gerät er weiter ins Schwanken und Grübeln.

Der Traum kann noch eine andere Bedeutung haben. Er legt ihn sich so aus: Das Röschen hat ihn auf eine Wiese geführt, die Seligkeit verheißt, und ist ihm voraus gegangen, weil sie den Weg und das Ziel wußte, und hat sich nicht umgewandt, damit er ihr folge und sie nicht beirre. Und so wie die Dinge stehen, könnte es nur bedeuten, sie müßten in einer Weise heiraten, daß nichts und niemand ihren Bund noch anfechten könne.

Das Röschen lächelt töricht und geschmeichelt, als es von dieser Auslegung erfährt.

Und nun geschieht das Verwunderliche. Nicht der geldkratzende Matthes, sondern das Röschen spricht davon, daß man in diesem Fall ihre Mutter schröpfen kann und schröpfen sollte.

»Sie hat eine eigene Mühle«, sagt das Röschen mit aufgeregt spitzer Stimme, wie zum Beweis, daß man von ihrer Mutter verlangen müsse, und als habe jemand diesen Gedanken verworfen.

Der Matthes stimmt väterlich wohlwollend zu. Ja, das habe er schon lange bedacht, sagt er. Es werde Zeit, daß er die Mutter des Röschens aufsuche. Da könne man auch mit ihr über Erbe und Mitgift sprechen. Doch wie er zustimmt, macht Anna hellhörig. Hört man genau hin, hat er keine Eile, sie zu sehen. Diese Woche und nächste Woche hat er eh dies und jenes zu tun. Doch dann, in der darauffolgenden Woche, kann man fahren. Falls sich nicht noch ein Hindernis in den Weg stellt, das man jetzt noch nicht absehen kann.

Was ist mit dem Matthes, denkt Anna, daß er reiche Verwandtschaft und Mitgift plötzlich so gering schätzt? Wieso muß ihn die Rose antreiben, ihre Mutter auszunehmen?

»Welches Hindernis soll das sein?« fragt Anna herausfordernd.

»Sitze ich zur Rechten Gottes? Teilt Er mir seine Pläne mit?«

»Nach Frankfurt ... den einen Tag kannst du hinfahren, den

nächsten zurück. Dafür brauchst du nicht Gottes Ratschluß zu erfahren.«

Das Röschen hat sogar schon die Preise für das Marktschiff erfragt. Die Fahrt von Mainz nach Frankfurt - gegen den Lauf des Flusses und bei wenig Wind von Treidelpferden gezogen - beträgt zwölf Heller, die umgekehrte neun.

»Macht zwanzig«, errechnet der Matthes mit Hilfe seiner zehn starken Finger.

»Einundzwanzig«, berichtigt ihn Anna.

»Zwanzig oder einundzwanzig, was macht das. Das ist für eine Woche unser Brot«, knausert Matthes.

»Sie hat's wie Heu. Sie soll uns was geben. Haben wir unser Leben lang Brot«, lockt das Röschen.

»Man kann auch laufen«, überlegt der Matthes laut. »Laufen ist billiger als fahren.«

»Ich laufe nicht«, sagt das Röschen rasch.

»So, du läufst nicht. Du mußt auch keine zwanzig Heller aufbringen.«

»Vierzig«, sagt Anna ruhig.

»Wieso vierzig?«

»Willst du allein mit ihrer Mutter feilschen? Willst du das Röschen hierlassen?«

Man sieht's dem Matthes an. Er hat es wirklich nicht bedacht, daß sich der Fahrpreis verdoppelt, nimmt er das Röschen mit. Und ohne wird's wohl nicht gehen.

»Vierzig Heller! Andere laufen bis nach Rom, und wir nicht nach Frankfurt. In einem Tag sind wir da. Vierzig Heller!« empört sich der Matthes.

»Wenn ihr in Gefangenschaft geratet, wird's teurer«, sagt Anna.

»In welche Gefangenschaft? Bis Frankfurt werden wir noch kommen. So schlecht geht's auch nicht zu auf der Welt.«

Darauf erinnert ihn Anna daran, welchen Schlag den Runge in Flörsheim getroffen hat, und was es den Matthes kostete, ihm auch nur ein Teil dessen zu ersetzen, was er verloren hat.

Überrascht schweigen alle, und ehe sie eine Antwort finden, treten zum Glück Gäste ein und ein Beschluß kann vertagt werden.

Anna glaubt nicht, daß der Matthes die Heller fürs Marktschiff scheut. Und noch weniger, daß dem Röschen und dem Bader wahrhaftig große Gefahren auf dem Weg nach Frankfurt drohen. Der jetzige Kaiser Karl ist ein starker Herr, und alle Wege zwischen seinen Landen Böhmen und Luxemburg werden befestigt und ausgebaut und vorzüglich die Straßen den Main entlang. Da soll der Matthes nicht ungeschoren die wenigen Meilen nach Frankfurt gelangen, gleichgültig ob zu Land oder zu Wasser?

Es muß einen anderen Grund haben, daß er den Weg nicht antreten will.

Anna wartet, daß er's ihr offenbart. Und wirklich dauert es nicht lange, bis er mit der Wahrheit herausrückt. Er fürchtet sich vor einer Begegnung mit der Mutter der Rose.

»Was ist daran zu fürchten? Du willst sie in deiner Familie haben und du hast sie schon und da willst du sie nicht sehen?«

»Das Sehen ist es nicht; sehen will ich alles. Ich will nicht bei ihr betteln.«

»Wer sagt, du sollst betteln?«

»Meinst du, die zahlt für etwas, was schon verkauft ist? Das Röschen ist unter der Haube. Warum soll sie noch geben?«

»Weil Eltern für ihre Kinder leben. Wenn sie reich ist, wie das Röschen sagt, wird sie . . .«

»Das Röschen nicht bei einem Bader wissen wollen!« fällt ihr der Matthes ins Wort.

»Ist eine Müllerin was Besseres?«

»Ja. Allemal besser als Bader und Schinder und Scherge.«

»Nicht viel.«

Anna sieht ihn voller Mitleid an.

Der Matthes tut so robust und hart. Vielleicht ist er's oder ist es geworden, und doch wie schmerzt es ihn, daß er immer an letzter Stelle sein muß; daß er bis an sein Lebensende in Schlamm und Unrat gestoßen wird. Wer immer die Welt eingerichtet hat, er hat nicht bedacht, wie er den Matthes damit täglich kränkt.

Den meisten ist die Ordnung der Welt selbstverständlich. Niemand steht dagegen auf; die Menschen kämpfen mal gegen den einen oder anderen Herrn, ertragen nicht jede Ungerechtigkeit, nicht jede Last und nicht jedes Ausrauben. Aber das hat nichts damit zu tun, daß sie nicht wüßten, wer oben zu sein hat und wer unten. Sie würden wohl, kämen sie je in Verlegenheit, eine Rangfolge festsetzen zu müssen, die gegenwärtige nachahmen: Kaiser und Papst an die Spitze und Bader und Henker und Totengräber, Büttel und Zöllner, Sauschneider und Hundshautgerber an die unterste Stelle. Und allen gleich weit entfernt und gleich nach Gott in seiner dreifachen Gestalt als Vater, Sohn und Heiliger Geist und der Herr wieder umgeben von einer Schar Engel von größerer und geringerer Bedeutung. Und den Bartscherern, Nonnenmachern und Schornsteinfegern zum Trost: Unendlich weit unter den Menschen Satan mit allen seinen Dämonen, Verdammten und Verbannten und auch die nach wichtig und unwichtig getrennt; denn Unterscheidungen wird es geben bis ans Ende der Tage und in alle Ewigkeit.

In dieser Hierarchie von Kaiser, König und Bettelmann ist nun eine Müllerin nicht so weit von einem Bader entfernt, daß sie nicht miteinander verschwägert und verschwistert sein könnten. Haben die Bader ein unehrliches Handwerk, waren die Müller ehedem alle miteinander Unfreie, Hörige und Leibeigene und wie deren Ansehen war und ist, weiß man. Reden, meint Anna, reden könne man wahrhaftig mit ihr.

»Dann rede mit ihr!« verlangt der Matthes darauf von Anna.

Sie denkt kurz nach und entschließt sich zur Fahrt. Wenn der Matthes die Mutter des Röschens nicht in den Arm nehmen will, sie will es.

11.

Wie das Marktschiff von den Schiffern mit langen Stangen vom Uferrand gestakt wird, langsam zu treiben beginnt, dabei sanft schwappt, als ob es sich erst des anderen Elements versichern müßte und gleich einem Menschen, der ein weniges zu viel getrunken hat – wie das alles geschieht, empfindet Anna ein Gefühl von Seligkeit.

Niemals hat sie eine Reise unternommen, will man nicht die Flucht des Matthes, und damit auch die ihre von Oberstein, nach hier für eine nehmen. Dies, die Fahrt nach Frankfurt, ist ihre erste. Und die Freude darüber läßt sie ihren Arm um die Hüfte des Röschens legen, das neben ihr steht und etwas verschlafen - die Rose wird immer nur mit Mühe wach - auf die sich entfernende Stadt Mainz blickt.

Sie stehen an der Schiffswand, und Anna faßt anfangs mit leichter Furcht nach den nächststehenden Dingen, wenn sich das Schiff in einer Weise bewegt, die ihr fremd ist. Das friedliche Schwanken wird ihr jedoch von Mal zu Mal vertrauter und bald angenehm. Dabei sucht sich Anna den Anblick, der sich ihr bietet, einzuprägen.

Bis jetzt hatte Anna das heilige Mainz nur von den sanften Hügeln gesehen, an deren Fuß und deren Hängen sich die Stadt gebettet hat. Von oben sieht man in ihre Gassen und Plätze wie in eine Truhe. Aber von hier, vom Wasser aus, hat man den Eindruck, man könne sie umarmen und umschließen. Voller Verwunderung bemerkt Anna, wie die Mauer zu schrumpfen beginnt, wie die Türme der Stadttore und der Kirchen und Kapellen immer höher wachsen, wie sich das bunte Fachwerk der Bürgerhäuser zu einem verwirrenden Muster vereint und die Domtürme in ihrer Wucht und Majestät alles überragen.

Wie ein Kind deutet das Röschen auf alles, was es kennt. Es bezeichnet die Türme des Fischtores und des Holztores, der Liebfrauenkirche (das Gemäuer zart geklöppelt), von St. Johann und St. Stephan (in seiner Nähe ist das Badhaus des Matthes), den schweren Turm des Johanniter-Hauses und der Gaupforte auf ihrer Höhe. Auf einmal beginnt die Rose die Kirchen und Kapellen zu zählen, die man sieht und wohl auch die, die sie kennt und die sich nun im Gewirr der Häuser verborgen halten. Bei dreißig hört sie auf, weil sie nicht weiß, was sie schon gezählt hat und was ausgelassen, und will von neuem beginnen. Aber nun schlagen die Schiffer eine andere Richtung ein und das rechte Ufer kommt näher in den Blick.

Das Schiff überquert, bei leichtem Wind, das schimmernde Wasser (die frühe Sonne läßt es blitzen, als sei es geschliffen), schiebt sich an den Schiffsmühlen vorbei, die im Strom an steinernen Pfeilern einer längst verschwundenen Brücke verankert sind und nähert sich dem Ort Kastel.

Nach kurzer Zeit rutscht das Marktschiff - ein ungefüges, plumpes Stück und mit Mensch und Tier vollgepfercht, daß es die Arche Noah übertrifft - auf den Sand des rechten Ufers. Umständliches

Ein- und Ausladen, wie es Anna und das Weibchen ihres Vaters auf der anderen Seite schon vor der Abfahrt erlebt haben, wiederholt sich.

Bauern und Metzger treiben und schleppen lebendes und totes Fleisch vom Schiff und aufs Schiff. Ungeduldige Handlanger verschaffen sich dazwischen Platz und bringen umständlich zwei Grabplatten aus Sandstein zum hinteren Deck. Die Platten - auf den Oberseiten die Gestalten einer Dame mit einer Lilie in den gefalteten Händen und eines Ritters im Harnisch und beide menschengroß - sind von offenen Lattenverschlägen geschützt, die Käfigen gleichen. Wie sie da aufgerichtet stehen, sehen die hohen Toten die Mitreisenden an als seien sie Gefangene. Was in den Rollen und Kisten ist, die andere Arbeiter über den unter ihrem Gewicht sich biegenden Steg an Bord bringen, mag man erraten oder nicht. Es werden Dinge sein, nach denen die Reichsstadt Frankfurt oder die Orte auf dem Weg dorthin lechzen.

Auch einige Leute mit wenig Gepäck steigen zu und suchen sich Platz, wo sie ihn nur finden.

Ein Herr mit einem kleinen Hund im Arm drängt und schiebt sich auf das Schiff und kommt bei den beiden Frauen zu stehen. Das Röschen hat ihn schon wahrgenommen, als er noch am Ufer wartete und hat seinem Hundchen, wohl um auf sich aufmerksam zu machen, ein Stück Wurst abgebissen und zugeworfen. Die Rose kaut, seit sie auf dem Schiff ist, eigentlich ohne Unterlaß. Das ist nichts Besonderes. Auch wenn sie daheim ist, knabbert und schleckt sie den ganzen Tag. Anna hat noch nie ein so verfressenes Weibsbild gesehen. Man kann sich nur wundern, daß sie nie runder wird. Jedenfalls, hier kam ihr ihre Gewohnheit gelegen. Dem Hund wohl auch; er hat gierig geschlungen und, sich im Arm seines Herrn kratzend aufrichtend, weiteres von seiner Wohltäterin erbettelt. Deswegen konnte es nicht ausbleiben, daß auch der Herr das Röschen bemerkte wie sie zuvor ihn. Anna hat sie für diese Anstrengung getadelt, aber die Rose hat nur die Schulter gezuckt und getan, als verstehe sie nicht, wovon Anna spreche. Weil der Herr nun bei ihr seinen Platz gefunden hat, vermutet Anna, die List des Röschens habe den beabsichtigten Zweck erfüllt und der Fremde wolle sich dem Röschen nähern.

Der Herr will sich aber von einem jungen Mann verabschieden, der am Ufer steht. Diesem ruft er einen letzten Auftrag zu. Anscheinend hatte er, als er sich näherte, weder das Röschen noch Anna im Sinn. Mag es sein, wie es will, die Rose läßt ihren Blick nicht von ihm und deswegen kann Anna nicht anders, als ihn zu studieren. Trotz seines Alters - er wird hoch in die vierzig sein, wenn nicht schon fünfzig - trägt er langes gelocktes Haar, wie es nur Patriziern oder Adeligen zukommt, eine schmale Halskette und edelsteingeschmückte Ringe an zupackenden sehnigen Händen und nicht einer seiner Zähne scheint ihm verlorengegangen zu sein. Seine Kleidung verrät Reichtum; selbst sein Dolch hat einen Knauf von Gold. Er duftet nach kölnischem Wasser; ein kostspieliger Duft. Eine Baderin weiß, wie kostspielig, aber auch gewinnend wie aller Luxus und aller Überfluß.

Anna macht ihn darauf aufmerksam, daß ihm Bauern einen Platz auf einer Bank anbieten wollen, um den sie selbst lange gestritten haben. Der Herr lehnt das Anerbieten lächelnd ab und bleibt; er sagt freundlich, es habe ihn genug Anstrengung gekostet, diesen Fleck zu erobern. Warum solle er ihn ohne Not aufgeben?

Die Rose möchte sich am Gespräch beteiligen. Sie bemüht sich, den Hund zu streicheln, doch statt nun mit ihr zu reden, läßt der Herr der Rose darauf das Tierchen und fragt Anna nach dem Wohin und Woher. Anna gibt allgemeine Auskunft, nichts Falsches, aber auch nichts von Gewicht. Warum soll sie mehr von sich verraten als er von seinen Absichten?

So kommen sie bei langsamer Fahrt in den Main. Das tief liegende Schiff muß sich nun noch mehr quälen, gegen das starke Wasser den Fluß hinauf zu gelangen. Zum Glück ist der Wind kräftig genug, daß die Schiffer mehr Segel setzen können und auf Treidelpferde verzichten; das verheißt rasche und angenehme Reise.

Der Herr erzählt von seinem Hündchen, das ihm, wie er von ihm spricht, viel bedeutet. Es ist ein Geschenk eines Sohnes, welcher eine Handelsfahrt angetreten hat und frühestens in einem Jahr zurückkehrt, wenn je. Der Herr hat mehrere Söhne, an denen er alle rechte Freude hat. Der, der ihn soeben verabschiedet hat, gehört dem Stadtschreiber-Amt an; bald wird er wohl im Rat sitzen. Eine wohlgestaltete Tochter, wie Anna oder ihre Schwester es ihrem Vater wohl seien (er hält das Röschen lange für Annas Schwester, bis die ihm nach Stunden den wahren Zweck ihrer Fahrt erklärt), die habe er sich vergebens gewünscht und vergebens vom Herrn erbeten. Da habe alles Stiften und Schenken nichts geholfen. Wenigstens zehn Pfund Wachs habe seine Frau nach und nach in dem Wunsch nach einer Tochter in die Kirche getragen. Wenn er nun Anna sehe, wisse er, was ihm versagt geblieben sei.

Anna wehrt verlegen ab. Sie sei eine Baderin.

»Schönheit ist ein größerer Schatz als eine Truhe Gold«, schmeichelt ihr der Herr, aber wie ein Mann, der einem Mädchen eine Freude machen will, nicht wie einer, der um eine Frau wirbt.

Anna will das nicht hören. Sagt sie zumindest. Schön sei sie wirklich nicht; gerade richtig für die Arbeit, aber schön? Schön sei das Röschen, ihre Stiefmutter.

Der Herr nickt darauf, ohne zu erkennen, daß die Stiefmutter der Anna so greifbar nahe ist. Wahrscheinlich denkt er sich die alt und Bohnen pellend. Das Röschen, begierig ins Gespräch gezogen zu werden, hört mit leicht offenem Mund zu. Auch mit feucht glänzendem Mund, weil sie, ohne es zu wissen, ihre kleine Zunge gern huschen läßt, daß man immer an einen Salamander erinnert wird. Da das Röschen wegen Kälbermuhens nicht verstehen kann, was gesprochen wird und niemand ein Wort an es richtet, beschäftigt es sich weiter damit, seine Haare um die Finger zu locken.

So, Anna sei Baderin, versucht der Herr das Gespräch nicht erlöschen zu lassen; leider habe er sie noch nicht in ihrem Badhaus gesehen. Leicht gekleidet, wie die Frauen dort nun einmal seien, scherzt er, kämen ihre Vorzüge besser zur Geltung als irgendwo sonst. Er wirft einen raschen Blick auf Anna und wiederholt, sie müsse sich über ihre Gestalt sehr freuen. Wenige Frauen verfügten über solche frische Anmut. Offenbar tue ihr die Arbeit gut, die ihr abgefordert werde. Nichtstun sei das Rechte für eine Blume, nicht fürs Erblühen einer Frau.

Anna wehrt, immer verlegener werdend, ab.

»Ich sehe Schönheit, wenn ich sie treffe«, behauptet der Herr.

Eine Weile lang redet er dann nur noch von der Fahrt. Offenbar ist sie ihm etwas sehr Gewöhnliches und sehr vertraut. Er will nach Höchst – das ist eine Stadt am Main, vor Frankfurt. Dort hat er Geschäfte zu besorgen. Später sagt er Anna, er baue Häuser, heiße Henne und werde »auf dem Kölbel« genannt. In Höchst errichtet er eine ganze Gasse von Mietshäusern. Neun auf der einen, zehn auf der anderen Seite einer Gasse, die es nicht gab, bevor er mit dem Bauen begann. Jedes der Häuser wird drei Feuerstellen haben; da heiße es den vorgeschriebenen Platz bis aufs äußerste nutzen und mit dem Stadtrat um jede Elle feilschen, die die Häuser näher aneinander rücken dürfen. Es gebe zwar genaue Vorschriften über Bauabstände. Vorschriften seien aber nun mal dazu da, daß man sie richtig auslege. Da könne man von der Geistlichkeit viel lernen. An ihr müsse man sich ein Beispiel nehmen. Wie die es verstehe, immer die passenden Bibelstellen zu finden, so müsse man die Bauordnungen nur richtig zu deuten wissen. Am besten sei es, die Vorschriften mit der Muttermilch einzusaugen und in Fleisch und Blut zu haben, dann lasse sich auch bauen. Wenn man mit den Ratsherren vernünftig spreche, treffe man allerdings auch auf Verstand. Schließlich hätten alle dasselbe Ziel, nämlich Sinnvolles zu schaffen, das unser kurzes Erdenleben überdauere. In den ersten der neuen Häuser wohnten schon Mieter. Der Mietzins sei nicht niedrig, könne es auch nicht sein. Aber weil er durchdacht baue und den wenigen Raum gut nutze, könnten am Ende alle zufrieden sein: die Mieter und die Herren, die die Häuser in Auftrag gegeben hätten.

Vor allem die, denkt Anna.

Das ist also der Grund, warum der Baumeister Henne den Weg nach Höchst schon so oft genommen hat und warum er jeden Baum und jeden Strauch am Ufer kennt.

Es macht ihm Freude, Anna die Orte zu benennen, an denen sie vorüberziehen.

Nach einer Weile nähert sich das Schiff einer Stadt, die einiges vom Wasser entfernt auf einem Hügel liegt.

»Hochheim«, sagt der Herr.

Aufmerksam sieht Anna nach dem von Weinfeldern eingeschlossenen Flecken; der Name ist ihr geläufig. Viele der Mainzer Domherren haben hier ihre Sitze und hier liegen die Weingüter der Mainzer Stifte. Nur von der Gestalt der Stadt hatte sie keine Vorstellung.

Das Schiff legt an und schon wie sie festmachen, sieht Anna unter den zahlreichen Wartenden eine Schar Bettler, die aufgeregt mit ihren Schüsseln winken und klappern und offenbar fest entschlossen sind, auf das Schiff vorzudringen und dort ihre Not zu beklagen und um Mildtätigkeit zu wimmern.

Der Baumeister schüttelt darüber den Kopf. Er wolle die Armen weder beschimpfen noch verspotten, sagt er. Armut sei nun mal ein notwendiges Übel und die große Möglichkeit, sich Verdienste fürs Jenseits zu erwerben. Die Armen gewönnen durch das geduldige Tragen ihrer Beschwernis und die Reichen, weil sie Almosen geben könnten. Das sei für alle Zeiten wahr. Und doch, und doch! Er finde keine Opperleute (so nennt der Herr Henne seine Handlanger auf den Baustellen), weil die Pest zu viele von ihnen weggerafft habe. Und hier streckten kräftige Männer ihre gesunden Arme für eine Gabe statt nach einer Arbeit aus. Nein, diesen hier zu geben, werde im Himmel keinen Lohn eintragen. Diese hier seien erkennbar Faulenzer.

»Wer Arbeit haben will, findet Arbeit. Arbeit gibt's mehr als Steine. Man muß nur wollen!« meint der Herr Henne, immer mehr von dem Anblick abgestoßen. Er beschreibt Anna, was auf den Baustellen verdient wird. Zimmerleute und Dachdecker erhalten ohne Essen einunddreißig Heller den Tag und mit Essen zwanzig und einen halben. Natürlich nur im Sommer, wenn was weggeschafft werden kann. Im Winter, bei kurzen Tagen und schlechtem Wetter, sind es aber immer noch zweiundzwanzig und, gibt's Essen, dreizehn Heller. Gut, das will er zugeben, Maurer und Steinhauer sind die Könige auf den Baustellen. Andere müssen sich mit weniger bescheiden. Aber betteln? Betteln brauche keiner und nach Christi Barmherzigkeit jammern!

Die Schiffer achten darauf, daß keiner aus der Bettelschar an Bord gelangt und einen, der sich nicht abweisen läßt, werfen sie zum Gejohle der Zuschauer ins Wasser. Und als er, nach Luft japsend hochkommt, stoßen sie ihn mit einer Stange wieder unter die Oberfläche.

Die Rose lacht darüber hell, als werde ihr dieses Schauspiel gegeben und der kleine Hund des Herrn Henne, den sie während der ganzen bisherigen Fahrt im Arm gehalten hat, reißt sein Maul beinahe so weit auf wie der um sein Leben schlagende Bettler.

Der Baumeister duldet das Geschehen nicht länger. Befehlsgewohnt, wie er ist, verlangt er, daß der Mann aus dem Wasser gezogen wird. Die Schiffer gehorchen ihm, haben aber ihren Spaß noch, wie sie den wasserspuckenden Kerl wieder auf die Beine stellen. Das Röschen tadelt der Baumeister ein wenig wegen ihres Gelächters. »Wir wollen nie vergessen, der Arme ist der wahre Bruder Christi«, schärft er ihr ein, allerdings nicht sehr streng.

Und, als ihn das Röschen darauf etwas beschämt und doch voller Schalk ansieht, wird er herzlich zu ihr.

»Scherz will auch sein«, billigt er ihr zu.

In Hochheim steigen viele Fahrgäste aus und wenige ein und viele Kasten werden von Bord getragen. Dennoch wird nicht mehr Platz. Am Ufer sind Berge dickbauchiger Fässer aufgeschichtet und offenbar sollen so viele Weinfässer wie möglich die Reise nach Frankfurt mitmachen. Kräftige Träger schleppen kleinere Fässer und Tonkrüge auf ihrem Rücken aufs Schiff; die Mehrzahl der Fässer wird aber von einem Kran an Bord gehievt. Der Kran, von geduldigen Männern in seinem Innern bewegt, dreht sich knarrend und unablässig und wie er die Fässer über die Bordwand hebt, hat er etwas von einem über die Arbeit müde gewordenen alten Stadtknecht. Bei jeder Bewegung meint man, nun werde ihm die Anstrengung zu viel, doch dann rafft er sich ein weiteres Mal auf und versieht schwerfällig auch diesen Dienst.

Die Fässer - meistens werden fünf oder sechs Stück auf einen Streich an Bord gehoben - befinden sich in starken Netzen. Auf dem Deck breiten die Schiffer diese Netze aus und rollen die Fässer möglichst rasch weg und verstauen sie, wo es nur möglich ist. Jede freie Ecke des Schiffs wird mit ihnen gestopft und die Schiffer gleichen dabei Vögeln, die ihre Nester auspolstern.

Alles verlangt natürlich seine Zeit.

Erst ist es den Reisenden angenehm, das Schauspiel zu verfolgen. Wie sich aber das Beladen des Schiffes hinzieht und jede Bewegung nur ein Abklatsch der vorherigen ist, langweilen sie sich und namentlich das Röschen, das den raschen Wechsel der Eindrücke liebt. Der Baumeister bemerkt das und ermuntert die Frauen, die ihm die Zeit verkürzen (oder er ihnen), mit ihm bis zur Weiterfahrt an Land zu gehen. Da halten Bäckerweiber und Metzgerdirnen an einfachen Tischen Waren feil: Spezereien und Kuchen und gebratene Würste und in Kesseln gesottenes Fleisch und Wurstsuppen. Und andere Frauen gehen herum und schenken aus Krügen Wein und anderes aus und wären noch Gaukler und Musikanten anwesend, könnte man sich auf einer Kirmes glauben.

Anna ist unsicher, ob sie und die Rose mit dem Herrn gehen sollen, aber die sagt schon zu und folgt dem Herrn Henne rasch.

Wieder, wie schon zu verschiedenen Malen früher, fällt Anna auf, die Rose ist bereit, sich jedem in die Hand zu geben. Sie hat alles unternommen, was ihr mit Blicken und Bewegungen gelingen wolte, den Baumeister auf sich aufmerksam zu machen. Doch nun beginnt Anna zu verstehen, warum der Matthes ihr dennoch vertraut und glaubt, sie sei in einen Schleier der Unschuld gehüllt. Ihre Blicke haben nichts von dem raschen Einverständnis einer Stockerin; es ist eher das Bemühen eines kleinen Mädchens, Gefährten zu Spiel zu überreden. Was sie tut, läßt sie wie eine Frau aussehen; was sie will, sind die Wünsche eines Kindes. Anna hat jetzt den Gedanken, sie habe dem Röschen während all der Zeit, die sie das Stückchen nun kennt, Unrecht getan. Ohne es auszusprechen, bittet sie der Rose einiges ab. Und wie sie hinter dem freundlichen Mann und dem spatzenhaft den Schnabel aufreißenden Röschen hergeht, fühlt sie sich im Einverständnis mit beiden. Sie läßt sich, wie das Röschen, vom Baumeister Henne füttern und mit Wein noch heiterer stimmen. Allem Anschein nach hat er gern junge Weiber um sich, die er wie Töchter traktieren kann.

Mit vollen Bäuchen und roten Gesichtern (im Genuß gibt es wenig Unterschiede zwischen Kardinälen und Baddirnen) gehen alle drei nach einer Weile wieder auf das Marktschiff, und bald setzt dieses seine Fahrt fort. Beim Ablegen läuten irgendwo Kirchenglocken und der Baumeister zählt leise die Schläge mit. Als die Glocken verstummen, sagt er etwas Merkwürdiges: »Habt ihr's bemerkt? Die Tyrannei ist bis hier vorgedrungen. Sie fahren mit der Uhr.«

Anna versteht erst nicht, was er damit meint.

Der Herr erklärt ihr, daß das Schiff nach festgesetzten Zeiten verkehrt. Der Schiffer hat nicht nur ausgerufen, wann er von Mainz ablegt, sondern auch von den Orten danach; selbst wann er in Frankfurt sein will, hat er bekannt gegeben. Und das auf die Stunde genau.

Anna hat es gehört, jedoch nicht darauf geachtet. Sie hat sich eingefunden und es war ihr recht, als das Schiff seine Fahrt antrat und es wird ihr recht sein, wenn das Schiff dort ist. Daß ein Plan dahinter ist, bedeutet ihr nichts. Auch was daran bemerkenswert ist, ist ihr nicht einsichtig. Wer weiß nicht, was er will? Auch in ihrem Badhaus wissen sie, wann sie zu öffnen und wann sie die Tür zu schließen haben. Wüßten sie es nicht, der Zunftvorsteher käme ihnen bald aufs Dach und eine saftige Strafe wäre fällig. Wenn auf irgend etwas geachtet wird, dann darauf, daß niemand über die Zeit offenhält und einen Vorteil über einen Zunftgenossen gewinnt. Warum soll ein Schiffer anders verfahren?

Die Frage sei die Antwort, erwidert ihr der Baumeister. Eine Tür zu öffnen oder zu schließen, sei ein Handgriff. Ein Schiff aber zu einer festgesetzten Zeit an eine festgesetzte Stelle lenken zu wollen, ohne dem Wetter oder dem Fluß seine Launen zu lassen, das sei vermessen, eigentlich wahre Tyrannei. Den meisten Menschen sei es nicht bewußt, wie sie mit der Zeit und die Zeit mit ihnen in Widerspruch geraten seien. Ohne erkennbaren Grund sei ein geheimer Trieb in den Leuten erwacht, die Zeit zu zählen und zu teilen, zu berechnen und zu verwerfen. Dadurch gewönnen sie weniges; im Gegenteil, die Zeit erhalte einen eigenen Rang und ein schreckliches Gewicht. Früher habe es den Morgen und den Abend gegeben und dazwischen den Tag und danach die Nacht. Wenn man es ganz genau habe machen wollen, habe man auf den Mittag geachtet oder die Mitternacht.

Nun aber werde die Zeit zu einem geheimen Herrscher. Sein eigenes Tun müsse er mehr und mehr der Zeit unterwerfen, ganz wie dem Rat oder seinen Bauherren. Früher sei an einer Kirche gebaut worden, bis das Bauen für alle erkennbar zu Ende gegangen sei. Auf ein Jahrhundert oder gar ein Jahrzehnt sei nicht geachtet worden. Heute dagegen müsse man, kaum habe man einen Plan gezeichnet, schon sagen, in welchem Jahr und möglichst an welchem Tag man die Arbeit abzuschließen gedenke. Es sei kein Zufall, daß unter den vielen Glocken des Mainzer Doms eine sei, die nichts anderes einläute als den Arbeitsbeginn in den Werkstätten und das Ende des Tagewerks. Nicht nur habe sie einen anderen Klang als die übrigen; sie läute auch zu anderen Zeiten als zu Prim und Vesper. Er überlege oft, ob die Uhren, die man nun in immer mehr Kirchtürmen einbaue, dem Menschen ein neues Joch auferlegten oder ob umgekehrt die Uhren seien, weil die Leute mit den Stunden zu geizen begonnen hätten. Noch zu seiner Jugend hätten einzig Mönche Uhren besessen, um ihren Gebetszyklus einhalten zu können. Und heute? Vor nicht allzu langer Zeit habe er eine Uhr gesehen, die habe nicht nur wie es alle Uhren tun, die Stunden angezeigt, sondern auch noch Teile davon, Minuten genannt.

Anna bekennt, daß sie nie über Zeit und das Teilen der Zeit nachgedacht hat.

»Niemand tut's«, entschuldigt sie der Herr. »Zu guter oder schlechter Letzt werden es alle auslöffeln.«

Er sagt ihr voraus, was langsam begonnen habe, werde rascher und rascher, bis für uns am Ende zu schnell. Diese neue Bürde werde uns niederwerfen, schlimmer als Lungen- oder Beulenpest. Oft meine er, der Tod, dieser über alles Maß hinaus grausame Richter und Henker, habe eine Welt geschaffen, die nichts mehr mit der vorherigen zu tun habe. Er meine nicht, die frühere sei vollkommener gewesen; wahrhaftig nicht. Und doch habe sich in ihr besser leben lassen. Man sage leichtfertig: Die Welt ist aus den Fugen. Als sei die Welt ein Haus, das altersschwach sei und sich aus Gewohnheit aufrecht halte. Das empfinde er nicht so. Die Welt sei nicht alt, sondern im Gegenteil neu und hart. Alles kindliche Vertrauen in Gott gehe verloren, und dafür wolle man sich auf seinen Verstand verlassen und sei stolz auf seine Einsicht, wie gering sie auch immer sei. Die Welt, erklärt er ihr (oder eigentlich sich), sei nicht mehr die, die er vorgefunden habe, als er in sie geboren wurde. Nichts sei mehr so wie in seiner Kinderzeit. Und nichts sei noch so, wie es sein Vater kennengelernt habe. Nie habe sich die Welt so rasch verändert wie jetzt und nie so gründlich.

Er hat, sagt der Baumeister, mit einem Logiker über die Frage von Zeit und was sie uns ist, disputiert. Der hat ihm recht gegeben, aber ob seiner Hilflosigkeit, dieses Unkraut auszureißen, die Hände gerungen. Die Zeit (die Materie der Logiker) sei aufgeteilt wie ein Grundstück, das bei jeder Erbschaft kleiner und kleiner wird. Der Logiker berechnete die Stunde zu vier Punkten, die wieder zu 15 Teilen, 40 Momenten, 60 Zeichen und insgesamt 22 560 Atomen. Eine einzige Stunde!

Ob sie ermesse, was die willkürliche Festsetzung der Zeit bedeute, fragt sie der Baumeister.

Anna will nicht dumm erscheinen; ermessen aber, ermessen kann sie es nicht. Was es bedeute, fragt sie vorsichtig.

Es bedeute, sagt ihr der Baumeister, die Willkür greife mehr und mehr um sich. Jedem sei es natürlich, daß der Tag zwölf Stunden habe und die Nacht ebenfalls, und daß die Stunden des Tages länger oder kürzer würden, je nach der Länge des Lichts, das uns gegeben wird; daß die Tagstunden im Winter also kürzer sein müssen und im Sommer länger. Nach der Art, wie die Gelehrten zu rechnen begönnen, wären aber alle Stunden von gleichen Rechten, die dunklen wie die hellen. Er sei in Nürnberg gewesen. Dort treibe man die Unordnung noch weiter. Dort (nicht umsonst werde dort der Gewerbefleiß über alles andere gestellt) versuche man ohne göttliche Ordnung auszukommen. Dort messe man den Tag so, daß er acht oder ein anderes Mal sechzehn Stunden habe und damit alle hellen Stunden - nicht zufällig die Stunden der Arbeit - von gleicher Länge seien.

Er sinne oft nach, sagt der Baumeister, wie es zu einem solchen falschen Lauf der Dinge komme und habe kommen können.

Anna ist von so viel unverhoffter Belehrsamkeit eingeschüchtert und sie schweigt. Aber es gelingt ihr nicht, wie es das Röschen vermag, dem Schweigen einen eigenen Reiz zu geben; die Rose gibt den Männern das Gefühl, sie schweige nur, weil das Reden in die falsche Richtung führe. Anna fühlt sich nur unwissend und deswegen gelähmt.

Dabei würde ihr viel daran liegen, dem Herrn antworten zu können. Er hat nicht wie die Gelehrten lateinisch gesprochen oder von Dingen, die sie nicht hätte bemerken können. Daß den Leinewebern und Harnischmachern, Bendern und Gärtnern eine eigene Glocke schlägt, die nichts anderes sagt als: Nun ist Arbeit, nun ist Ruhe und nun ist wieder Arbeit, hätte auch ihr auffallen können. Schließlich richtet sich der Matthes nicht weniger nach dieser Glokke als die übrigen Handwerker.

Der Baumeister hat recht, und doch ist es ihr nie in den Sinn gekommen, es ist etwas Falsches um diese Glocke, die nie zu Gottesdienst ruft, nie um einen Toten trauert und nie den Herrn lobet. Es ist eine Glocke mit fremdem Leben, losgelöst von dem natürlichen eines Christenmenschen. Sie kennt keine Sonntage, keine Feiertage; nur eine unnatürliche Ordnung nach den Stunden der Arbeit.

Das alles hätte sie bemerken können.

Wie sie darüber nachdenkt, wird es Anna offenbar: Sie ist so mit ihren Alltäglichkeiten beschwert, daß sie darüber nichts sieht. Ob die Tücher in der Badestube sauber sind und der Hollerwirt das Essen warm und reichlich aufträgt, das sind ihre Sorgen. Wäre sie nicht hier auf dem Schiff und würde der Herr in seiner Freundlichkeit sie nicht belehren, fiele ihr nicht einmal auf, wie Weniges sie sieht.

Bis Flörsheim kommt das Marktschiff gut voran, und an den selbstgefälligen Bewegungen der Schiffer erkennt man, sie glauben den Vorsatz, den sie sich gestellt haben, erreichen zu können.

Aber schon wie sie hier ausladen und einladen, sehen sie ab und an nach den Wimpeln und Fähnchen am Mast und an Leinen, und als die schlaff und schlaffer herabhängen, werden sie unruhig und beginnen sich zu beraten.

Darauf holt der Baumeister tief Luft und kündigt an, daß es wohl nicht anders gehe, als daß die Schiffer treideln werden. Wirklich werden bald darauf zwei Pferde vorgespannt und von nun an geht es umständlich, im Schritt zweier schwerer, der Arbeit abholder Gäule voran.

Der Baumeister sieht nach der Sonne und rechnet und verkündet am Ende, wie er die Sache einschätze, werde das Marktschiff bei diesen Umständen den heutigen Tag Höchst erreichen, auf keinen Fall aber Frankfurt. Er bietet den Frauen an, die Nacht in seinen Räumen auf der Baustelle zu verbringen. Er schildert ihnen, eins der Häuser, die er errichtet, ist bis auf Geringes fertiggestellt und er wird darin schlafen und er kann auch Anna und dem Röschen dort ein Lager bereiten lassen.

Das Röschen sagt nichts; wartet nur mit abgewandtem Gesicht ab, was Anna entscheidet. Anna erkennt aber, wie ihre Nüstern dünn und reglos sind, sie hofft darauf, sie werde diese Nacht mit dem Baumeister unter einem Dach schlafen.

Darauf bedankt sich Anna für das Anerbieten, meint aber, wenn man alles genau bedenke – in gewisser Weise will sie dem Matthes ja die Frau werben – sei es angebrachter, die Nacht in einem Wirtshaus zuzubringen.

Weder der Baumeister noch das Röschen geben darauf zu erkennen, was sie von dieser Entscheidung halten; nur, wie sie die nächsten Stunden miteinander sprechen, zeigt, keiner der Dreien ist darüber froh.

12.

Den folgenden Tag stehen Anna und die Rose vor dem Haus, in dem die Mutter der Rose lebt.

Das erste, was verwundert: Das Haus ist aus Stein, vier Fenster breit und über der Tür ist im ersten Oberstock ein Tor wie in Handelshäusern, daß man dort Lagergut hinein- und herausbringen kann. Das Haus ist nahe am Main gebaut, noch vor der Sachsenhäuser Mauer und steht völlig frei und ungeschützt. Über den Fluß sieht man Frankfurt. Und das nächste, was Anna dazu in den Kopf kommt – noch bevor sie sich über den Reichtum wundert, den das Haus verkörpert –, ist, bei jedem Hochwasser wird das Haus nasse Füße haben.

»Das ist deiner Mutter?« versichert sich Anna noch einmal, aber das Röschen klopft nur aufgeregt an der offenstehenden Tür und ruft ins Haus nach seiner Mutter.

Niemand zeigt sich, und zu hören ist auch nichts. Man kann meinen, es sei keiner anwesend. Doch die Rose läuft zielstrebig zu einer Stube, reißt die Tür auf und stößt einen spitzen Schrei der Freude aus.

Die Mutter der Rose sitzt da bei offenem Fenster an einem schweren breiten Tisch und rechnet etwas mit einem Rechenbrett (groß wie eine Kuchenplatte) und neben ihr liegt Geld auf dem Tisch.

Ein Anblick, denkt Anna, der dem Matthes das Herz im Leibe hüpfen ließe. Sie ist der Rose gefolgt und bleibt abwartend an der Tür der Stube zurück.

Die Frau am Tisch scheint einen Wimpernschlag lang nachdenken zu müssen, wer sie da herzen will. Erst dann zeigt sie Freude über die Rose.

Langsam und sich aufstützend erhebt sie sich, und nun erkennt Anna und erkennt auch das Röschen, daß sie ein Kind im Leib trägt; sie wird wohl im sechsten oder siebten Monat sein. Wie die Rose ist sie nicht von großer Gestalt, steht aber auf festen Beinen und wird auch gewichtig sein, wenn sie kein Leben im Bauch hat.

Die Rose zügelt ihr stürmisches Umarmen, wie sie die Schwangerschaft der Mutter erkennt, verliert aber nichts von ihrer herzlichen Freude.

Auch die Mutter zeigt nun, daß ihr die Rose nicht gleichgültig ist, streichelt und drückt sie mehrmals, wobei das Röschen mehr über das wachsende Kind besorgt ist als ihre Mutter.

Die Mutter will wissen, was sie hergeführt hat, begrüßt auch Anna, als ob sie sich schon lange sehr zugetan seien, und ihr das Wiedersehen großes Glück bedeute und ruft nach Gesinde, daß man den Besuchern Essen und andere Erfrischungen bringe.

Das Röschen sagt, sie habe die Mutter wiedersehen wollen und die Anna wolle die Verwandtschaft kennenlernen und darum seien sie da. Dann klopft sie der Mutter leicht auf den Bauch und erkundigt sich, ob ihr der Bäcker wieder was gebacken habe.

»Der Ludolf sagt, ein guter Bäcker hat immer was im Ofen . . .«, schmunzelt die Mutter.

Anna begreift nicht sofort, was sie damit sagen will. Bald erfährt sie, was es bedeutet. Die Mutter der Rose – ihr Name ist Margarete und die Leute sprechen von ihr als der »Eberin« – läßt sich von einem ehemaligen Bäckermeister segnen, mit dem sie das Haus und das Bett teilt. Sie hat außer der Rose noch drei Kinder, zwei Jungen und ein Mädchen, und die sind alle vom Bäcker Ludolf. Seltsamerweise gleichen die Geschwister dem Röschen. Der gewesene Bäcker zeigt sich, begrüßt den Besuch mit wenigen Worten, die er hustend und spuckend herausbringt. Seine Haut ist von der Farbe schlechtgesiebten Mehls und er geht sichtbar ohne Kraft. Früher war er ein gut geratener Mann; nun schlurft er ohne Hoffnung und seine Kleider hängen an ihm herunter. Er kann seine Arbeit nicht mehr verrichten, weil seine Lunge ihren Dienst nur unter großen Qualen erfüllt. Bei der geringsten Anstrengung bricht er in Schweiß aus und fällt in Fieber; die Eberin sagt gutmütig, das Zeugen ist der einzige Frondienst, den man ihm noch abverlangen kann und auch den nicht oft. Wie er sich nach dem gemeinsamen Essen auf einer Ofenbank zusammenrollt und friedlich schläft (der frühe Schlaf ist eine Erinnerung ans frühe Aufstehen, das er schon mehrere Jahre aufgegeben hat) erinnert der Bäcker an einen braven Haushund, und so wird er auch gehalten.

Nach dem Essen führt die Eberin Rose und Anna in Sachsenhausen herum, zeigt ihnen das Sehenswerte und ihren Besitz; sie hat nicht nur eine Schiffsmühle auf dem Main (wenigstens Teile davon gehören ihr), sondern auch ein Backhaus und einen Meierhof, von welchem sie ihr Fleisch und ihr Gemüse erhält. Ein dickbäuchiges Kind im kurzen Kittel betrachtet mit ungläubigem Staunen den noch dikkeren Bauch der Eberin und läuft laut rufend davon, seiner Mutter von dem Erlebnis zu berichten. Dieses Weglaufen bringt die Rose darauf, ihrer Mutter von dem letzten Besuch des Runge im Badhaus und seiner Flörsheimer Gefangenschaft zu erzählen. Die Eberin lacht darüber schallend. Auch bei ihr hatte sich der Runge gezeigt und hatte ihr eine ähnliche Mär berichtet; er habe damit wohl Mitleid erwecken und Geld lockermachen wollen, vermutet die Eberin. Die Wahrheit werde sein, auch die Klarissen seien nicht von unerschöpflicher Geduld. Er werde es mit seinen Diebereien zu stark getrieben haben. Er laufe umher wie von Hunden gehetzt, wenn er denn noch laufe; da habe die Rose ganz recht. Mit den Klarissen habe er sich einen rachsüchtigen Feind auf den Hals geladen! So lange sie, die Margarete, mit dem Runge gewesen sei, habe sie ihn gewarnt, deren Liebe zu enttäuschen. Die Nonnen seien, verlören sie das Vertrauen, bösartiger als alte Jungfern, die man am Vorabend der Hochzeit verlasse. Auch hätten sie schmerzende Mittel, sich zu wehren; jedenfalls gröbere als die besagten Jungfern.

Daß der Runge ein Dieb ist, betrachten Mutter und Tochter als ausgemachte Sache; es scheint ihnen so sicher wie auf den Herbst der Winter folgt.

Von Anna läßt sich die Mutter der Rose beschreiben, wie das Leben in Mainz ist und was das Leben in einem Badhaus ausmacht, auch wie sich die Rose dort führt. Man spürt jedoch, im Grunde ist sie mit sich beschäftigt. Wie die Mehlpreise steigen und fallen, das vor allem anderen ist für die Eberin von Belang.

Mit viel Freude an den Einzelheiten erzählt sie Anna, wie geschickt sie bisher allen Machenschaften der Frankfurter Bäckerzunft die Stirn geboten hat, und daß es wohl unter den Schwarz- und Weißbrotbäckern den ganzen Main hinauf und hinunter keine und keinen geben werde, der von den Zunftgenossen so weidlich gehaßt werde wie sie. Auch darüber lacht sie, daß sie sich – wie zur Beruhigung des Kindes in ihrem Leib – beide Hände auf den Bauch legen muß.

»Das Röschen hat von der Mühle gesprochen«, sagt Anna nach einer Weile verwirrt. Ist sie wegen dieser Mühle mit den Bäckern in Fehde?

Nein, nicht um die Mühle geht der Streit. Die Mühle ist der Grundstein ihres Vermögens und der Quell des Wohlstands. Sie hat, berichtet sie, als sich die Wege des Runge und die ihren trennten, zusammen mit drei weiteren Genossen Anteile an der Main-Mühle erworben. Da die Genossen mit dem Pächter und einigen Umständen Glück hatten (vor allem, daß nach der Pest den Leuten das Geld lockersaß und sitzt), entwickelte sich die Mühle zu einer immerwährenden Freude. Was die Mutter der Rose an der Mühle gewann, wollte sie nicht mit kostspieligen Nutzlosigkeiten vergeuden und lange hatte sie darüber nachgesonnen, wie Heller zu Schillingen und Schillinge zu Pfunden wachsen könnten. Dabei war sie darauf gekommen, daß die Frankfurter Bäcker gar nicht so viele Brötchen und Brote backen können wie Mäuler gestopft werden müssen. Frankfurt selbst ist eine gewaltig große Stadt mit Tausenden von Bewohnern. Und dann, wie viele Hoffeste, Kaiserwahlen, Reichsversammlungen und Handelsmessen werden nicht hier abgehalten? Da müsse eine Bäckerei ein lohnendes Handwerk sein, habe sie sich gedacht und beschlossen, eine zu erwerben.

Der Wunsch nach einer Bäckerei und ihr Besitz sind nun aber zwei sehr ungleiche Schuhe.

Die Bäckerzunft lehnte den Wunsch der Eberin, sich wie an der Sachsenhäuser Mühle an einer Bäckerei beteiligen zu dürfen, rundherum ab.

Ein Backofen müssen dem gehören, der das Brot in ihn einschieße, laute die Regel. Anders gehe es nicht. Außerdem könne nur ein Frankfurter Bürger Frankfurter Bäcker sein und eine Frau nur dann in der Zunft, wenn sie das Handwerk ihres verstorbenen Mannes oder Vaters fortsetze, aber nicht, wenn sie beschließe, Geld zu vermehren.

Darauf hat sich die Eberin (hoffentlich auch mit noch weiteren Absichten) mit ihrem Ludolf zusammengetan. Damals war sein Sachsenhäuser Backofen - jenes Backhaus, das sie Anna und dem Röschen bei dem Rundgang zeigte - so jammernswert heruntergekommen wie jetzt der Mann. Unverdrossen ließ die Eberin das Backhaus wieder aufrichten, und den Ludolf überredete sie, mehr Brot zu backen als ganz Sachsenhausen verdrücken konnte. Mit diesem Brot zog sie über den Main und bot es den Einwohnern der Reichsstadt Frankfurt in wohlfeilen Worten an. Nun dürfen auswärtige Bäcker nur dienstags und freitags ihr Brot in Frankfurt verkaufen und auch nur von Karren herunter. Nirgends steht aber geschrieben, wieviel Brot sie verkaufen dürfen und wo der Karren stehen muß. Die Eberin ging deshalb nicht wie die übrigen immer an dieselbe Stelle, sondern dorthin, wo sich für diesen Tag die meisten Menschen trafen. War's das Fest eines besonderen Heiligen, dann vor dessen Kirche, oder war ein Turnier am Fluß, dann dorthin, und immer wartete schon der nächste Karren, wenn der erste leer wurde. Dadurch und weil auf der Sachsenhäuser Mainseite kein Mahlgeld (eine spezielle Steuer nur für Bäcker und Backwaren, erfährt Anna) erhoben wurde, war ihr Gewinn aus zwei Backtagen reichlicher als viele Frankfurter Bäcker ihn in einer Woche machten.

Mehrere Jahre hatte die Eberin ihr Geschäft mit viel Eifer betrieben; war in finstrer Nacht aufgestanden, hatte den schweren Karren winters wie sommers über die Brücke gezerrt und geschoben und am Straßenrand Roggenbrot und Weizenbrot und Salzstangen und Mohnstangen feilgehalten, bis auch der letzte Krumen verkauft war. Sogar eins ihrer Kinder hatte sie neben dem Brotkarren auf die Welt gebracht. Und da wollten die Frankfurter Bäcker sie nicht in ihrer Zunft sehen? Von allen Geburten, sagt die Frau, sei die auf Frankfurter Boden übrigens ihre leichteste gewesen, und sie wolle nur hoffen, es möge ähnlich gut abgehen, wenn sich bald ihre schwere Stunde wiederhole.

Mit der Hartnäckigkeit, die sich auch am Röschen zeigt, wenn es etwas wirklich erreichen will, verfolgte die Eberin während dieser

Jahre im geheimen weiter den Erwerb einer Bäckerei in Frankfurt. Und kaum ergab sich ihr die Möglichkeit, von einem Alten, der das Gewerbe nicht weiter betreiben konnte, einen Backofen zu kaufen, griff sie zu. Sie schickte ihren Ludolf vor und der mußte auf seinen Namen das Backhaus erwerben. War er nicht Frankfurter, war er wenigstens Bäcker. Irgendwie, dachte sich die Eberin, werde es ihr schon gelingen, ihn auch noch in die Zunft zu bringen. Wichtig war erst einmal der Besitz des Backhauses. War es doch ein Glücksfall, daß sie rechtzeitig von dem Verkauf des Ofens erfahren hatte; die Zahl der Backstellen legen die Zunft und der Rat nämlich gemeinsam fest und zwar so, daß Bäcker und Bürger gleichermaßen zufrieden sind. Die Bäcker nach Möglichkeit noch ein Stück mehr. Deswegen kam und kommt selten ein Backhaus zu den bestehenden hinzu. Und noch seltener gelingt es, wenn es überhaupt gelingt, gegen den Wunsch der Zunft in den Besitz eines Ofens zu kommen.

Die Eberin hatte es dennoch erreicht. Doch nun wiederholte sich das frühere Spiel. Die Zunft wollte den Ludolf nicht aufnehmen wie sie es vordem abgelehnt hatte, die Eberin beitreten zu lassen. Und ohne Mitgliedschaft in der Zunft keine Backerlaubnis!

Ludolf, nur auf seine Ruhe besorgt, wollte aufstecken und sich mit dem begnügen, was sie hatten. Das war zu jenem Zeitpunkt schon nicht mehr wenig.

Seine Gefährtin erlaubte es ihm nicht, Pfeil oder Bogen wegzuwerfen.

Sie fand heraus, daß es sehr wohl möglich ist, in Frankfurt zu backen und dennoch nicht der Zunft anzugehören. Dieses Privileg, ein uraltes Entgegenkommen, war für solche gedacht, die nicht einmal das verdienen, was die Zunft für sich verlangt: Wein als Aufnahmegebühr, Abgaben, von denen die Trinkstube der Zunft unterhalten wird, Kerzenspenden für Sankt Bartholomäus (ihm haben sich die Frankfurter Bäcker unterstellt) und das Fronfastengeld; Geld für die Beerdigung von Zunftbrüdern, Hilfe für unverschuldet in Not Geratene und einiges andere, wenn auch nicht Gravierendes mehr.

Auf diese längst vergessene Ordnung berief sich die Eberin, behauptete auf einmal, wegen seiner Armut könne der Ludolf der Zunft nicht beitreten, selbst wenn die ihn nähme und hieß den ängstlichen Ludolf, auch ohne Erlaubnis von Rat und Zunft zu bakken. Als man ihr (denn jeder wußte, der brave Ludolf tat nur, wie er sollte) dennoch das Handwerk legen wollte – die Stadtknechte waren schon in der Backstube, forderten die Backgeräte heraus und belegten sie bereits mit dem Pfandsiegel – wehrte sie sich in kluger Weise. Sie rief nicht, wie es die Regel verlangte, das Zunftgericht an, sondern den Rat. Nun lagen damals gerade Zünfte und Rat in heftigstem Streit miteinander; die Zünfte hatten den Patriziern eine Reihe häßlicher Dinge vorzuwerfen: Vetternwirtschaft und Verschwendung der Steuern, unrechte Bereicherung der Ratsherren und unangemessene Strafen, und umgekehrt meinten die Ratsherren, die Handwerker wollten sich über ihren Platz erheben und schlage man ihnen nicht rechtzeitig aufs Haupt, werde man es später bitter reuen.

Jedenfalls, der Rat machte die Sache der Eberin zu der seinigen und die Margarete Runge erreichte, was sie wollte: Die Faust ohnmächtig geballt, mußte es die Bäckerzunft hinnehmen, daß die Margarete Runge im eigenen Backhaus und auf Frankfurter Grund backen durfte, ohne Mitglied der Zunft zu sein. Allerdings war und ist sie klug genug, sich an die übrigen Zunftartikel zu halten. Zum Beispiel beschäftigt sie keinen Gesellen, der sich im Unguten von seinem Meister getrennt hat und achtet peinlich darauf, daß nicht das Weib eines Gesellen auf eigene Rechnung Mehl oder Brot auf dem Markt verkauft. Und alle kirchlichen und weltlichen Feste hält sie ein und backt nicht, wenn es verboten ist. »In manchen Wochen ist es wie früher«, sagt sie, »dann verkaufe ich nur an zwei Tagen in der Woche. Es wird mehr gefeiert als gearbeitet.«

Sie hat's nachgerechnet: Ein Drittel des Jahres sind Sonn- und Feiertage und alle Arbeit ruht. Zwei Tage Arbeit und ein Tag der Ruhe! Der Herr hat sich sechs Tage nacheinander gemüht und erst den siebten geruht. Aber Seine Knechte können sich auf die faule Haut legen und darauf warten, daß ihnen die Tauben ins Maul fliegen.

Zum Glück hat sie wenigstens an den Messetagen und großen Reichsfesten Dispens von allem Backverbot.

Den nächsten Morgen schläft Anna weit länger als sie es gewohnt ist und es ihr bei der vielen Arbeit zu Hause möglich wäre. Entweder war sie von der Fahrt angestrengt oder von dem reichlichen Wein, den die Eberin den vorangegangenen Abend kredenzen ließ.

Sie wird wach, kleidet sich rasch an und macht sich gutgelaunt auf, in dem geräumigen Haus nach dem Röschen, dessen Mutter und nach einem Brei für den Magen zu suchen.

Die Bedienerinnen bescheiden sie, das Röschen und die Margarete seien draußen und säßen unter der Linde, die hinter dem Haus steht (und dort schon stand, bevor das Haus errichtet wurde) und warteten bereits auf sie.

Ein Mirakel ist um diesen vom Blitz geköpften, aber immer noch stattlichen Baum. Die Eberin hat es den gestrigen Abend berichtet. Ein Mann war erschlagen worden, und ein Nachbar, der Grund hatte den Ersteren zu töten, war in Verdacht geraten. Der Mann schwor bei der Untersuchung, er habe nichts mit dem Mord an seinem Nachbarn zu tun und darauf ließ man ihn gehen. Wie er nun auf dem Weg nach seiner Behausung an der Linde vorüberkommt, fällt ein Blitz deren Krone und läßt sie so stürzen, daß der Mann von ihr gefangen wird. Darauf wird er ein weiteres Mal befragt, und nun gesteht er seine Schuld ein und wird gemartert und anschließend geköpft. Die Eberin sagte, beim Bau des Hauses habe man den abgetrennten Kopf des Mörders, der unter der Linde verscharrt war, ausgegraben und in den Main geworfen.

Anna will gerade in den Garten hinter dem Haus treten und sich dem Röschen und dessen Mutter zugesellen, da fällt ihr ein, daß sie ihr Haar nicht mit der Spange festgesteckt hat. Sie kehrt um, das zu besorgen.

Auf halber Treppe hört sie ein Poltern, als ob eine Lade fällt und einen unterdrückten Schmerzlaut. Anna glaubt, eins der Kinder der Eberin habe sich ein Arg zugefügt, will behilflich sein, öffnet eine Stubentür und überrascht das Röschen, wie es den linken Daumen im Mund hat und Blut ableckt und mit der rechten Hand in einem Schrank und in Dingen wühlt.

»Was suchst du?« fragt sie verwundert.

Die Rose dreht sich erschrocken und wie ertappt um, und in dem Blick, den sie für Anna hat, erkennt die sofort die Wahrheit: Das Röschen macht sich hier ohne Wissen ihrer Mutter zu schaffen, und was sie da macht, ist ihr verboten.

Ohne daß es beschuldigt wird, ja, noch bevor Anna den nächsten Satz herausbringen kann, verteidigt sich das Röschen. Die Mutter sei reich, und der Matthes und sie sollten nicht leer ausgehen, sagt sie eifrig und bei Anna um Einverständnis werbend. Die Mutter habe es auch versprochen.

»Was versprochen?«

»Ich bekomme einiges . . .«

»Wann hat sie versprochen?«

»Ja«, erwidert das Röschen knapp.

»Wann?«

Doch antwortet das Röschen maulend und sucht weiter, nun dreister und gutes Gewissen vortäuschend. Endlich nimmt sie ein Tuch aus dem Schrank. Sicher eins der weniger wertvollen Dinge dort, aber die Rose tut, als habe sie genau das gewollt.

»Soll ich sie fragen?« versucht Anna sie zu prüfen.

»Frag sie oder frag sie nicht. Wie du willst«, antwortet ihr das Röschen und drängt Anna aus dem Raum.

Im Garten zeigt sie der Mutter das Tuch und sagt ihr, daß sie es genommen hat und die nickt gutmütig dazu. Darauf blickt das Röschen Anna wie triumphierend an.

Anna läßt den Vorfall auf sich beruhen. Dabei gehört weniges dazu, die Wahrheit herauszufinden.

Sie fürchtet nur, die Wahrheit werde allen schaden und niemandem nutzen und nimmt sich vor, der Rose wieder die vorherige Vorsicht entgegenzubringen.

Einige Tage bleiben Anna und das Röschen in Sachsenhausen.

Anna will bald wieder umkehren, aber das Röschen quengelt, noch hier zu verweilen. Außerdem liegt das Weibchen Anna in den Ohren, ihr bei der Mutter eine Mitgift zu erstreiten.

»Sie gibt dir doch. Du brauchst dir doch nur zu nehmen, was sie hat«, widerspricht Anna.

Das Mädchen versteht sehr wohl, was Anna ihr sagt, tut aber so, als habe das eine nichts mit dem anderen zu tun und bettelt weiter; sie, die Anna, finde die richtigen Worte und Gründe, und der Matthes habe ihr schließlich diesen Auftrag aufgegeben. Was gegen einen Erfolg solcher Bemühungen spricht, will sie nicht hören.

Um dem Matthes sagen zu können, sie habe alles versucht, fängt Anna bei ihr passend erscheinender Gelegenheit wirklich bei der

Eberin wegen einer Mitgift an. Die lacht nur unbekümmert wie die Rose und antwortet, sie habe sich nicht mit dem Frankfurter Rat und allen Zunftgenossen herumgestritten, um am Ende einem glatzköpfigen Bader die Taschen zu füllen. Wenn sie ins Jenseits fahre, werde das Röschen wie alle ihre Kinder von ihr erben - vorher nicht!

Anna hat nichts anderes erwartet und ist über den Fehlschlag ihrer Mission nicht sonderlich betrübt.

Auch wenn sie nichts erreicht hat, fühlt sie sich wohl bei der Margarete Runge, dieser unermüdlichen Regentin über Korn und Mehl, Schwarz- und Weißbrot, Semmeln und Semmelwecken, Basler Brot und Bonameser Brötchen und Streiterin gegen ängstlich ihre Vorrechte bewahrende und mit Absprache ihre Kunden ausplündernde Bäcker rechts und links des Mains.

Anna muß nicht lange darüber grübeln, was ihr den Aufenthalt bei der Mutter des Röschens so angenehm macht.

Zum ersten Mal muß nicht sie die Wünsche anderer erfüllen; es ist das erste Mal in ihrem Leben, daß *sie* bedient wird.

Des Tags geht sie ohne alle Pflichten den Fluß entlang, wagt sich in das Wäldchen hinter dem Ort (allerdings nicht sehr weit und nicht lange; Wald ist ihr nicht geheuer und sei es so lichter wie der Sachsenhäuser) oder spaziert zum reinen Zeitvertreib und Ergötzen in der Stadt Frankfurt umher. Anna sieht sich an, was es zu sehen gibt, faßt an, was ihr Händler aufdrängen wollen und vergleicht alles mit dem, was sie aus Mainz kennt. Sie meint, an dem Leben, wie die Rose es führe, könne sie Gefallen finden und sei es nur für kurze Zeit.

III.

1.

Die Dinge werden nicht besser im Badhaus.

Es ist, als könne der Matthes aus seinem Rausch nicht erwachen. Was alle fühlen, fühlt er nicht; was alle sehen, will er nicht wahrhaben. Er beschenkt seine Rose weiterhin mit allem, was sie sich wünscht und ist mit allem einverstanden, was sie vorschlägt. Er belacht noch immer jeden ihrer Späße (wie kindisch sie sein mögen), streichelt sie und herzt sie, und läßt sich von ihr streicheln und herzen, schamloser als es irgendeine Badedirne mit einem gutzahlenden Gast vermöchte.

Aber alles könnte noch auf irgendeine Weise entschuldigt oder gutgeheißen werden oder erklärt oder man könnte es sich von gelehrten Menschen erklären lassen. Was auch in der Welt geschieht, nichts geschieht, bei unseren Lebzeiten zum ersten Mal. Längst ist alles probiert und alles verworfen worden. Alles, was Menschen tun, haben andere schon früher getan.

Selbst der Prokurator, so sehr er den einfachen Freuden geneigt ist und aller geistigen Anstrengung abhold, kann leicht Gegenwärtiges mit Vergangenem vergleichen. Seine erhellenden (allerdings selten tröstenden) Bilder und Geschichten schöpft er nur zum kleineren Teil aus der Bibel. Wenn man ihn nur kennt, wie er faulenzend im Schweißbad oder in einer der Wannen hockt, hält man ihn für träge an Leib und Verstand. Und doch kann er, wenn er's für die Unterhaltung benötigt, geläufig aus Schriften von Christen, Juden und Sarazenen zitieren und vorzüglich von römischen Dichtern. Er nennt Bücher das Gedächtnis der Völker; natürlich liest und studiert er diese Schriften in den Bibliotheken des Domstiftes oder der übrigen Stifte. Er selbst besitzt, außer Urkunden und einigen Gesetzestexten, nur ein einziges Buch, einen Führer, der den Weg nach Santiago de Compostela zum heiligen Jakobus weist. Wie sollte er auch zu eigenen Büchern kommen? Bücher sind teuer wie Häuser und können gar nicht billig sein. Allein für das Pergament, auf welches eine Bibel geschrieben ist, benötigt man die Häute von acht Ochsen. Deswegen neidet er ohne Umschweife einigen reich gewordenen Bürgern ihre Büchersammlungen. Manche der Kaufleute nennen zwanzig oder dreißig Bücher ihr eigen und tun das natürlich lauthals! Oft meint der Prokurator, während der Pestzeit hätte man zugreifen müssen. Wieviel Häuser waren da ohne eine Seele? Man hätte hineinspazieren und sich holen sollen, wessen man bedurfte. Da habe man, verständlicherweise, jedoch nach anderem als nach Besitz getrachtet. Doch habe es genug gegeben, welche mehr Weltklugheit bewiesen hätten und was sie damals genommen hätten, hielten sie heute noch in Händen und wahrscheinlich für alle Zeiten.

Wenn er so etwas sagt, sieht er den Matthes nachdenklich an, und der antwortet mit einem hohlen Blick und läßt ihm noch eine Kanne Bier bringen.

Jedenfalls, mit seinem Schatz an Wissen, auch um verflossene und verblichene Liebesnarrheiten, betrachtet der Prokurator das Treiben des Matthes, als beobachte er einen Käfer, der auf den vorderen seiner vielen Füße tanze.

Was Anna am Gebaren des Matthes und seines Weibchens erschreckt und hilflos macht, ist nicht seine Tollheit. Sie fürchtet, der Rausch des Matthes sei im Gegenteil genauso wenig wahr wie der Liebeshunger des Röschens.

Sie meint, der alte Mann und die junge Frau versuchten sich selbst zu täuschen, einander zu täuschen und die Menschen um sich zu täuschen. Sie versteht nicht, was der Sinn ihres Benehmens sein könnte, noch wie sie darauf gekommen sind, ein solches Schauspiel aufzuführen.

Anna könnte nicht den Nachweis erbringen, daß es so ist, wie sie vermutet. Sie fühlt nur, es müsse so sein. Es könne nicht sein, daß den beiden keine Zweifel an ihrem Tun kämen, keine Anfechtung, kein Ekel. Schließlich gibt es kein Paar und sei es Abaelard und Héloise, das sich nicht gelegentlich in Streit und Mißverständnis gegenübersteht oder verstimmt ins Bett geht oder mißgelaunt erwacht.

Diesen beiden scheinen jedoch die üblichen menschlichen Regungen fern. Da ist des Morgens und des Abends und während des Tages vor aller Augen Geschmuse und Getändel. Das Röschen kennt kein Grenze; mehr als einmal kommt es, wie der Matthes dabei ist, einen Kranken zu kurieren oder zu schneiden, und bietet sich ihm für die Liebe an. Und wie sie sich vor Fremden loben, ist nicht weniger erschreckend.

So viel Lob und so viel Liebe muß schreckliche Falschheit verbergen, denkt Anna.

Aber welche und warum?

Da sie die Antwort nicht findet und die übrigen sie nicht suchen, ist ihr, wo angeblich die zarten Blütenblätter der Liebe schwirren, die Luft von Lüge und Betrug geschwängert.

Über Monate ist das so. Der kurze Sommer geht darüber hin und der milde, das Korn und den Wein hätschelnde Herbst und der Winter stehen schon vor der Tür und nichts verändert sich. Der Matthes zeigt nichts anderes als seine krankmachende Liebe.

Anna meint, der Rose wüchsen dabei jeden Tag neue Schliche und Listen zu. Das Weibchen ist weiterhin zu schlau, Anna oder der Käthe etwas ins Gesicht zu sagen oder von ihnen Dienste zu verlangen. Wenn Anna ihr etwas vorwirft, schweigt sie dazu oder zeigt Einsicht, entschuldigt sich kichernd und lachend oder versucht, für jedermann sichtbar und scheinbar zerknirscht, ihren Fehler gutzumachen. Sie muß dann aber dem Matthes im Bett oder bei anderer Gelegenheit Gift einflößen. Denn früher oder später schlagen die Dinge immer zum Nachteil der Anna oder der Käthe oder der Badedirnen aus.

Alle Weiber im Haus sind deswegen bemüht, sich nicht die Mißgunst der Rose zuzuziehen und doch werden sie am Ende vom Matthes gescholten und bestraft und wissen, in Wahrheit straft sie das Röschen.

Die Knechte sind nicht weniger um ihre Geneigtheit bemüht. Während aber der Wenzel, der Barbier und der Spielmann dabei an ihr eigenes Wohlergehen denken, ist ihr der Heiner ohne Hintersinn gewogen. Aus freien Stücken und ohne jeglichen Lohn ist er ihr Knappe, und man lächelt über sein Benehmen, wie man über einen täppischen Hund lacht, der einem ohne ersichtlichen Grund anhängt, einfach, weil er es so beschlossen hat.

Auch die Beghine ist der Rose zugetan.

Da weiß man nun gar nicht, wie sie das erreicht hat. Sichtbar hat sie sich nicht um deren Gunst bemüht. Und man wüßte auch nicht, was sie zusammenführen könnte. Sie sprechen kaum miteinander, und daß sie miteinander beten, glaubt nicht einmal der Matthes. Aber oft, wenn die Rose jetzt aus dem Haus geht, begleitet sie die Beghine. Und wenn nachher der Matthes oder Anna fragen, wo sie waren und was sie getan haben, brummelt und brabbelt die Beghine etwas, und man kann daraus schließen, was man will. Anna weiß nicht zu sagen, ob die Beghine die Vertraute der Rose ist und ihre Helferin oder unwissende Dienerin. In ihrem Mißtrauen neigt sie dazu, die fromme Frau als eine Kupplerin zu betrachten.

Käthe, die nichts Schlechtes hören will - ganz, als beflecke Wissen nicht weniger als Tun - wehrt ab, wenn Anna etwas derartiges sagt.

»Guck dir doch an, wie sie ihrem Schützling Hilfe gewährt«, sagt etwa Anna unwirsch.

»Welche Hilfe soll sie gewähren? Wobei?«

»Was machen sie denn, wenn sie aus dem Haus gehen?«

»Sie werden hin- und herlaufen«, vermutet Käthe.

»Du wirst noch die Augen aufsperren!« ärgert sich dann Anna.

Anna spricht manchmal mit dem Schneider Maskopp. Sie hat nebelhafte Hoffnung, der finde, weil er mit dem Matthes vertraut ist, eine Erklärung für alles oder gar einen Ausweg. Doch da verlangt sie zuviel vom Schneider. Der kann nur die Schulter zucken. »Es gibt sich«, ist seine ganze Weisheit.

Dann geschieht der Diebstahl.

Einer jüngeren Dame - sie ist mit mehreren Freundinnen im Badhaus des Matthes und zum ersten Mal - fehlt, wie sie ihr Kleid nach dem Bad wieder anlegen will, eine goldene Schließe. Aufgeregt wird gesucht; erst hofft man, das Schmuckstück habe sich gelöst, sei auf den Boden gefallen oder liege zwischen Kleidern. Es läßt sich nicht finden. Darauf wird eine der Reiberinnen ausgeschickt; sie soll im Haus der Dame nach der Schließe fragen und auf der Straße die Augen aufhalten. Und herbringen, wenn sie sie findet.

Der Bader beteuert, habe die Dame die Schließe beim Eintreten bei sich gehabt, so sei sie noch im Haus und entsprechend werde sie

sie zurückerhalten. Die Dame verwahrt sich gegen diese unbedachte Rederei des Matthes. Wolle er sie eine Lügnerin schelten?

Der Bader versteht nicht, was sie sich erregt, bis die Freundinnen der Dame übereinstimmend (und gleichzeitig) beteuern, sie alle könnten bezeugen und beeiden, die Schließe sei vorhanden gewesen, als die Dame ihr Kleid abgelegt habe. Finde sie sich nicht mehr, müsse der Bader eine andere dafür geben. Natürlich prüfen sie aufgeregt, was *ihnen* abhanden gekommen ist. Außer der Schließe fehlt nichts.

An heißen Tagen kommen viele der Badegäste schon in leichten Gewändern ins Badhaus. Manche tragen nicht mehr als ein Hemd oder einen Schurz. Läßt die Witterung es wie jetzt nicht zu, daß man ohne Mantel und feste Kleidung geht, legen sie - nach schlechten Erfahrungen, die sie gemacht oder von denen sie gehört haben - keinen Schmuck an. Dabei hat der Matthes eine Kammer, in welcher er die Sachen seiner Gäste verwahrt. Er ist der einzige, der einen Schlüssel für diese Kammer besitzt; die Kleidung der Damen hat er eigenhändig eingeschlossen. Deswegen ist es ihm unverständlich (eigentlich unglaubhaft), daß die Schließe verloren sein soll oder gar gestohlen. Anna und Käthe bestätigen aber die Worte der Damen; auch sie haben die Schließe gesehen. Sie kennen sie wegen ihrer Größe und Schönheit (sie ist mit mehreren Reihen Perlen und Edelsteinen besetzt) und dem Dieb wird sie wohl deswegen aufgefallen sein.

Die halbe Nacht und den nächsten Tag wird nach der Schließe gesucht. Sollte sie verschwunden bleiben, klagt und wütet der Matthes abwechselnd, kann er seine Ersparnisse nehmen und zu der Dame tragen.

Alle Sucherei ist vergebens; auch ist das Schmuckstück nicht so klein, daß es sich in einer Ritze oder sonst einem Schlupfloch verstecken könnte.

Dem Matthes bleibt nur die bittere Erkenntnis, die Schließe ist verschwunden und wird verschwunden bleiben.

Der Matthes glaubt aber nicht an einen Dieb. In seiner begreifbaren Angst, den Ertrag vieler Monate zu verlieren, wenn nicht von Jahren der Schufterei, beschuldigt er die Damen, die Schließe aus dem Haus getragen zu haben. Natürlich so, daß die nicht von dem Vorwurf erfahren. Sie, die Reichen, kennen nach seiner und der meisten anderen Meinung nichts, als erbarmungslos mehr und alles von den Armen zu verlangen. Sie sind, sagt er, alle vom selben harten Holz gemacht; verlangen sie nicht Steuern und Abgaben, erfinden sie sich Rechte und sie haben auch immer Richter, die ihre Forderungen bestätigen.

Der Prokurator kann ja Beispiel um Beispiel dafür nennen. Was darf man erwarten, wenn dem Herrn Papst keine List zu schäbig ist, an Geld zu kommen? Wenn man Kardinäle aufs Geratewohl der Verschwörung und des Giftmords bezichtigt, damit sie sich mit horrenden Summen freikaufen? Wenn allen Christen im weiten römischen Reich Beichte und Absolution über ein Vierteljahrhundert verweigert werden und nur deswegen, weil der vorherige Kaiser Ludwig und seine franziskanischen Prediger behaupteten, der Herr Jesus Christus sei arm gewesen und die Kirche solle seinem Beispiel folgen und auf Prunk und Pracht verzichten? Wenn Geld und Reichtum wichtiger sind als ewiges Seelenheil der Christenheit, da sollen junge, mit allen Gaben überschüttete Damen einen Bader schonen?

Warum sind sie denn gekommen, wenn nicht, ihm diesen Streich zu spielen? Warum waren sie denn nie vorher bei ihm? Doch nur, weil es spaßhafter ist, einen Fremden zu betrügen als einen Menschen, dem man zuvor in die Augen gesehen hat.

Der Matthes ist, wie er das schildert, ohne Weinerlichkeit; es ist auch keiner um ihn, der seine Gedanken nicht verstehen könnte. Wird er die Schließe nicht geben können, werden sie ihm nehmen, was er hat, und dabei über einen Tölpel von Bader lachen. Für die Damen wird es eine vergnügliche Unterhaltung sein, ihn zu zerbrechen.

Käthe glaubt jedes Wort und will für den Matthes zu den Damen laufen und sich vor ihnen in den Staub werfen und sie um Mitleid bitten, aber der Bader verbietet es ihr. Sollen sie ihn zerquetschen; er wird ihnen nicht den Spaß gewähren, auch noch sein Winseln nachzuäffen.

Und Anna?

Anna schwankt in ihrer Ansicht. Es mag so sein, wie der Matthes vermutet. Die Dämchen waren wirklich sehr flink mit ihren Worten und so leicht ein solch satanischer Plan zu erfinden ist, so schwer wäre er zu durchkreuzen.

Aber kann es nicht auch sein, bedenkt Anna, sie sagen die Wahrheit und sind wahrhaftig bestohlen worden?

Sie hat Verdacht gegen die Rose. Sie hat nämlich beobachtet, wie die sich verhalten hat, als die Anschuldigungen der Damen laut wurden. Erst war sie sehr still, sehr in sich gekehrt, wartete ab, was weiter geschehe. Und als nach der ersten Lähmung und Verwirrung, die die Worte der Damen auslösten, in allen Winkeln gesucht wurde, beteiligte sie sich mit ungewöhnlichem Eifer daran, als handele es sich um ein Spiel.

Anna kommt wieder das Bild in den Sinn, wie das Röschen im Schrank ihrer Mutter nach Kostbarkeiten gewühlt hat. Sie beschließt, um nicht unnötiges Aufsehen und unnötigen Zank hervorzurufen, still und behutsam in den Sachen der Rose nach der Schließe zu sehen.

Sie wartet ab, bis sie das Röschen und den Matthes beschäftigt weiß (jeden auf andere Weise), begibt sich in die Schlafkammer des Paares und sucht dort hastig, aber mit genauem Ziel, nach dem Schmuckstück. Die Schließe fällt ihr nicht in die Hand, aber Sachen, die die Rose nie gezeigt hat. Sie findet im Bett und unter dem Bett und in Ritzen Sachen, das meiste sind sogar nur Teile und Reste von Sachen. Offenbar hortet die Rose Dinge wie das Eichhörnchen Nüsse. Es gibt Geschmeide und Ringe und Kettchen, getrocknete Gräser und gepreßte Blumen und Dinge, die lange ihren Nutzen verloren haben: den Deckel eines Humpens, eine dünne stählerne Klinge ohne Griff und Spitze und eine halbe Brille, selbst Fetzen eines längst zerrissenen Schleiers.

Neugierig nimmt Anna das schwere, nach oben gewölbte Glas der Brille auf und betrachtet verwundert und mit einem gewissen Vergnügen, indem sie das Glas näher ans Auge hebt oder senkt, wie sich die Linien ihrer Hand darunter verändern: wie sie grober oder feiner werden; ja, wie sie zu flüchten scheinen, hebt sie das Glas sehr rasch.

Es ist nicht die erste Brille, die Anna in der Hand hält. Einer der Scholaren des Domstifts, ein flinker junger Italiener (der Prokurator nennt ihn abfällig einen schaumschlägerischen Artisten, dessen Schaum ebenso dünn sei wie seine Schläge kraftlos), sucht des öfteren das Badhaus des Matthes auf. Er trägt eine ungefüge Brille vor den Augen, die ihm ein drohendes Aussehen verleiht. Doch setzt er die Brille ab, erkennt man, wie fein sein Gesicht geschnitten ist – und wie blind er ohne die Gläser ist. Man müßte ihn führen, verliehe ihm nicht das Meisterwerk der Glasschleiferzunft geheimnisvolle Sehkraft.

Wie das Röschen an die Hälfte einer Brille gelangt sein könnte und was es damit anfangen will, kann sich Anna nicht erklären. Es wird ihr genügen, solche Sachen zu besitzen.

Sie ist gerade dabei, das Fragment einer Brille wieder an seinen vorherigen Platz zu legen, da packt jemand Anna ohne alle Worte am Arm. Erschrocken verharrt Anna in der Haltung, die sie gerade eingenommen hat, wartet ab und wendet sich dann klopfenden Herzens um.

Die Beghine steht hinter ihr. Sie kann sich nur mit Mühe Gekicher verkneifen. Alle Gesichtsmuskeln halten sich bereit, ihr diesen üblichen Dienst zu erweisen und wie sich nun Anna heftig von ihr befreit, gackert sie los, aus eigenem Willen oder gegen ihren Willen und ganz wie ein fleißiges Huhn. Das bringt Anna darauf, sie mit harten Handbewegungen davonzuscheuchen als sei sie wirklich ein Federvieh.

»Raus, raus! Husch, husch!« sagt sie dazu, und die Beghine gehorcht. Sie flattert rückwärts aus dem Raum. Dabei läßt sie Anna nicht aus den Augen, und der Baderin erscheint es, die Augen der Beghine seien nicht weniger unruhig als ihr übriger Körper. Es ist etwas Eigenartiges um die Beghine. Anna wüßte es nicht zu beschreiben. Sie ist, wenn man sie ansieht, weder groß noch klein, weder dick noch dünn, weder alt noch jung. Sie scheint keinerlei bestimmbaren Eigenschaften zu besitzen; einfach eine Frau in Gewändern wie Nonnen sie tragen. Ihre beiden Kleider – mehr besitzt sie nicht; hängt eins auf der Leine, hat sie das andere auf dem Leib – sind aus harter verfilzter Wolle und der Schleier aus demselben Stoff und den größten Teil des Jahres geht sie barfuß. Es muß schon schneien, daß sie Sandalen anzieht. Schließt man die Augen, hat man eher eine Vorstellung von ihr. Dann denkt man an sie als eine ältliche Frau, von der Zeit ausgepreßt, als sei sie in die Kelter geraten. Ihr Blick verrät dann statt der Unruhe, die man sonst in ihren

Augen zu lesen meint, ihr Bemühen, sich Vorteile zu sichern und steinerne Leere.

Anna folgt der Beghine und weiß nicht, ob sie nun alles auf sich beruhen lassen soll oder dem Matthes sagen.

Bei der kupplerischen Liebe der Beghine zum Röschen kann es leicht sein, die Beghine wird dem Röschen berichten, was sie in deren Schlafkammer bemerkt hat und zum Ende wird der Matthes Zorn auf seine Tochter haben und das Röschen wird ihm hell strahlender erscheinen als je.

Deswegen geht Anna unverzüglich zum Matthes, holt ihn aus der Badstube und führt ihn ohne langes Besinnen nach dem rechten Ort in den Hof und hier macht sie ihn mit ihrem Verdacht bekannt.

Es ist ein grauer Tag, die Sonne hat sich nur ab und zu mürrisch gezeigt; jetzt nieselt es. Der Bader hat nur ein Tuch umgelegt, seine Arme und Beine sind nackt; die Kühle läßt die Härchen an den Gliedmaßen aufrichten und die hölzernen Kähne, in die er geschlüpft ist, sind die des Wenzel und drücken, selbst wenn er nur steht. Dennoch harrt er aus und hört sich an, was Anna sagt, ohne Bewegung erkennbar werden zu lassen. Sie schildert ihm auch (damit es wahrscheinlicher wird, die Rose sei diebisch), wie sie das Röschen in dem Haus der Mutter angetroffen hat und wie sich die Rose dort verhalten hat.

Nachdem sie geendet hat, fragt der Bader: »Hast du noch was gegen sie?« Als Anna darauf den Kopf schüttelt, dreht er sich um, geht wieder hinein und setzt seine Arbeit fort, als habe es das Gespräch nicht gegeben.

Den nächsten Morgen kommt es wegen einer ganz alltäglichen Verrichtung, die der Matthes so will und die Anna anders ausführt, zum Zerwürfnis. Vor Gästen beschimpft der Matthes Anna unflätig, und wie die ihm aus den Augen gehen will, folgt er ihr und setzt sein Gekeife fort. Anna will sich in der Schlafkammer verstecken, bis er sich wieder beruhigt hat. Doch auch hierhin geht er ihr nach und wie Anna ein Wort zu ihrer Verteidigung und gegen die Rose sagt, nimmt der Bader die Sachen der Tochter und schleudert sie auf die Straße und verlangt, daß sie ihm auf der Stelle aus den Augen gehe.

Dabei ist er nicht polternd, sondern kalt und hart.

Anna versucht nicht, ihm Einhalt zu gebieten oder ihn um Einsicht zu bitten. Sie legt einen Umhang um und will aus der Kammer gehen.

Da kommt Käthe dazu. Sie weiß nicht und versteht nicht, was alles zu bedeuten hat. Sie will sich aber dem Matthes in den Arm werfen und für die Schwester bitten.

Da jagt er die Käthe ebenfalls aus dem Haus.

2.

Anna und Käthe laufen wie geköpft durch die Straßen. Sie sehen nicht, wer ihnen begegnet und sie wissen nicht, wo sie hinwollen.

Beide tragen Sachen auf den Armen, Kleider, Hemden, Schuhe und Kämme und was der Habseligkeiten sind, die der Matthes ihnen aus dem Fenster geworfen hat; wie sie umherlaufen, kann man sie für ungeübte Waschweiber halten, die zur Bleiche wollen.

Weder Anna noch Käthe vergießen Tränen. Die Käthe zankt vielmehr mit Anna, daß die zu schnell gehe und ihr beim Laufen immer wieder Dinge aus der Hand fallen oder vom Arm rutschen und sie sie einsammeln muß, und Anna macht ihr Vorwürfe, daß sie ihre Reichtümer nicht richtig zusammenschnüre. Ganz, als sei es wichtig, wie schnell oder wie langsam sie sich bewegen oder wie ihr Bündel geschnürt sein müsse.

Ein Gewitter, das den ganzen Morgen verdüstert hat, bricht auf und der Regen geht so heftig hernieder, daß ihnen selbst unter dem Dach einer Verkaufsbude, das sie sich zum Schutz suchen, die Schuhe voll Wasser laufen.

In der Bude verhökert eine Blinde auf ihre Weise den christlichen Glauben. Die Auslage ihrer Bude biegt sich unter einer Heerschar Heiligen- und Engelsfiguren. Man kann sie in verschiedenen Größen und Formen haben, aber alle zeigen mit ihren strengen Mienen und unnatürlich langgezogenen Gesichtern eine gewisse Familienähnlichkeit. Besonders auffallend und besonders künstlich sind ihre langen Hände. Sie lassen die Figuren aussehen, als hätten sie beim Peiniger auf dem Streckbett gelegen.

Die Frauen achten darauf, daß sie nichts herunterwerfen und

nicht vom Regen erreicht werden und sonst sind sie nur mit sich beschäftigt.

Die Käthe sagt, und es klingt, als wolle sie damit Anna widersprechen: »Ich geh' in kein anderes Badhaus. Ich werde nicht Baddirne.«

»Wer hat das verlangt? Habe ich das verlangt?«

»Du hast es doch gedacht.«

Es ist richtig; Anna hat daran gedacht, daß sie in einem der übrigen Badhäuser nach Arbeit und einer Schlafstatt fragen könnten. Warum sollen sie nicht weitermachen, was sie so lange gemacht haben?

Aber sie widerspricht Käthe und sagt, es sei nicht wahr; sie habe diesen Gedanken nicht gehabt. Käthe, die sie bis auf den Grund der Seele kennt, läßt das nicht gelten. Doch, sie habe es gedacht; sie habe immer, wenn's Streit gab, dem Matthes gedroht, bei anderen aus der Zunft Arbeit zu suchen.

»Und warum nicht? Was anderes können wir nicht.«

»Eher gehe ich ins Kloster«, behauptet Käthe fest.

»In welches Kloster? Wer nimmt dich?«

Die Käthe weiß es: Kein Kloster und kein Konvent wird sie aufnehmen; ein Mädchen aus einem Badhaus und ohne Besitz.

Weder die stolzen Zisterzienserinnen, die nur Töchter reicher Familien bei sich dulden, noch der Orden der heiligen Klara werden sie wollen. Die Klarissen haben schon lange ihr Armutsgelübde vergessen und achten streng darauf, daß ihr Vermögen größer wird statt kleiner. Der Vater des Röschens und die Rose selbst haben es ihnen mehr als einmal beschrieben und sie wissen es auch aus eigener Anschauung. Viele der Nonnen tragen kostbare Pelze und goldene Halsketten und seidene Gürtel. Sie scheinen an nichts anderes zu denken, als daran, ob die Ärmel eng genug sind; am liebsten gingen sie in Bliaud. (Das ist ein kostbarer Stoff aus Seide und Goldfäden und der Schneider spricht davon mit einer Ehrfurcht, die er für keinen Menschen aufbringt.)

»Und die Weißfrauen?« fragt Käthe zaghaft.

Anna sieht sie nur an und ihr Blick ist die Antwort.

Der Magdalenen-Orden war in alter Zeit der Orden der bekehrten Dirnen. Aber die Zeiten sind lange vorüber und nun wollen die Reuerinnen keine Badefrauen mehr in die Arme schließen.

Nein, die Weißfrauen werden sie auch nicht über die Schwelle lassen.

»Ah!« schreit da die Käthe auf. Es geht aber nicht um ihre irdische Zukunft oder ihre himmlische Seligkeit, sondern um einen Schwall Wasser, der auf sie niedergestürzt ist und sie noch mehr durchnäßt.

Die Blinde in der Bude fragt, was geschehen ist und Anna erklärt es ihr. Darauf lädt sie die Mädchen ein, zu ihr in die Bude zu kommen, bis sich das Gewitter verzogen hat. Offenbar hat sie Mitleid mit den frierenden Katzen. Die Schwestern nehmen ihr Anerbieten an und zwängen sich zu der Frau in den Heiligenkäfig.

Denn auch in der Bude sind alle Bretter mit buntbemalten Statuen und Statuetten aus gebranntem Ton vollgestellt. Da wird der heilige Sebastian von Pfeilen durchbohrt, der heilige Georg schlägt dem Drachen den Kopf ab, Christophorus trägt das Kind auf seiner Schulter; es gibt Engel mit Posaunen und andere mit Lauten und wieder andere halten Kerzen in ihren Händen. Christus kann man als Weltenrichter und als Leidensmann haben, mit und ohne Kreuz, mit starren Armen und mit Armen, die sich bewegen lassen, wenn man es mit Vorsicht versucht. Man kann sich einen ganzen Kreuzweg kaufen oder die verschiedenen Orte des Leidenswegs einzeln nehmen.

Die Figuren sind beliebte Andenken an Mainz und werden von Fremden gern gekauft, erklärt ihnen die Frau, während sie den Mädchen ein wenig Platz zum Ausruhen schafft. Sie hat ein freundliches Wesen und redet dies und das.

Anna hört kaum zu. Wie sie die Heiligenfiguren betrachtet, kommt in ihr nur der Wunsch auf, sie allesamt von den Brettern zu fegen oder sie Stück für Stück auf dem Pflaster zu zerschlagen.

Wo sind sie denn, alle Heiligen und alle himmlischen Heerscharen, wenn man sie braucht? Wenn sie einen vor Unrecht und Verfolgung schützen sollen? Wann zeigen sie sich? Und wem? Warum rufen sie den Matthes nicht zu Vernunft und Ordnung?

Wie das bei Leuten ist, die sich gut und lange kennen, haben die Schwestern bei einem Vorkommnis oft die gleichen Gedanken; aber hier und in diesem Augenblick ist es anders. Was der Anna Anlaß zu Verbitterung und Zweifel an Gott und seiner allmächtigen Güte ist, gibt der Käthe Kraft.

Sie legt ihren Kopf an den der Schwester und flüstert ihr ins Ohr: »Die Muttergottes wird uns schützen!«

Die Blinde kocht in einem Winkel des winzigen Raumes einen Brei aus Dinkel. Daran kocht sie schon eine Weile. Anna hat den Geruch während der Zeit des Wartens in der Nase. Aber wie ihnen die Blinde nun davon anbietet, lehnt sie ab. Anna meint, sie bringe nicht einen Löffel hinunter. Käthe bedankt sich ebenfalls; sie will der Frau nicht ihr Essen wegnehmen.

»Was denn?« sagt darauf die Hökerin und reicht ihnen den Topf und den Löffel, »wollt ich's euch nicht gern geben, gäbe ich's euch gar nicht.«

Und wie sie den Topf erst mal in der Hand haben, erwacht in den Baderinnen die Eßlust und sie wollen sich über den Brei hermachen.

»Wartet«, sagt die Frau. »Wir haben Honig. Da rutscht's besser.«

Wirklich teilt sie den wenigen Honig, den sie hat und gibt ihren Besucherinnen einen Löffel davon ab.

Und während sie essen, tröstet die Blinde sie. Alles könne wieder ins Lot kommen; sie sollten nur Hoffnung schöpfen. Käthe und Anna blicken sich an. Was weiß die Frau von ihnen? Darauf schildert die Krämerin, was die Schwestern bedrückt. Oder, was sie glaubt, daß es Anna und Käthe bedrücke. Je mehr sie spricht, desto verwunderlicher wird es, was sie aus den wenigen Worten, die die Mädchen gewechselt haben und den Geräuschen, die beim Eintreten und Hinlegen der Sachen entstanden sind, alles herausgehört hat. Es ist beinahe so, als kenne sie die Geschichte der Anna und der Käthe.

»Ist man blind, sieht man ins Herz«, erwidert sie, als Anna ihr Erstaunen verrät.

Dann erteilt sie den Mädchen Rat. Sie sollen bei den Webern in der Umbach nach Arbeit fragen.

Wollten sie nicht heiraten und könnten sie kein eigenes Handwerk betreiben (auch das gibt es ja; manche Zünfte sind den Frauen vorbehalten. Seidenspinnerinnen und Seidenstickerinnen nehmen zum Beispiel keine Männer auf), können sie sich als Handlangerinnen bei den Webern sehr trockenes Brot verdienen.

Sie selbst hat in einer Weberei gewerkelt, bis sie nach und nach das Augenlicht verlor und deswegen auch ihren Verdienst. Zu ihrem Glück ließ ihr ein Domvikar die Bude. Wer gibt einer Blinden schon

Arbeit, fragt sie, aber ohne Anklage und ganz so, als würde sie es bei anderen Umständen auch nicht tun. Aber er hat es getan. Das Vertrauen des Vikars (einer der Oberen aus der Rabenschar der Domvikare, der nächste nach dem *capellanus regis*) rechtfertigt sie damit, daß sie nicht nur tagsüber in der Bude wacht, sondern auch nachts darin schläft und die Heiligenfiguren hütet wie der Hund des Schäfers die Schafe.

Den Mädchen rät sie, bei dem Weber Dengel nach Arbeit zu fragen. Er suche immer flinke Hände. Brauche er sie nicht zum Weben, dann zum Wollkämmen oder fürs Bleichen und Spülen.

»In der Umbach?« fragt Anna nachdenklich, auch bedrückt.

Sie hat nie wirklich daran gedacht, ihr Brot anderswo als beim Matthes zu haben. Als sie dem Matthes sagte, Mainz habe noch genug andere Badhäuser und da schätze man sie mehr als im Haus »Zum Fuß«, wollte sie ihn damit nur treffen. Sie kannte seinen Stolz und glaubte, er würde nie zulassen, daß seine Töchter anderen dienen müßten. Daß er sie wirklich davonjagen könne, wie er hundertmal angedroht hat (eigentlich bei jeder heftigen Unterhaltung), hat sie nie erwogen. Und mit keiner anderen könnte er das machen, denkt sie empört. Jeder Geselle hat Anspruch, ein Jahr bei seinem Meister zu bleiben und während dieses Jahres kann der eine nicht gehen und der andere nicht kündigen. Aber mit den Töchtern kann man es machen!

Die Blinde versteht die Bemerkung der Anna nicht richtig. Sie meint, Anna wisse nicht, was und wo die Umbach sei. Deswegen erklärt sie ihr, die Umbach ist ein Viertel zur Altmünsterpforte hin, zwar innerhalb der Mauern, aber voller fließender Wasser und sumpfiger Wiesen und deswegen stehen die Häuser dort weit auseinander gerückt. In der Hauptsache sind es Handwerker und einige große Gewerbe, die sich dort angesiedelt haben, und unter ihnen vorzüglich die Weber, die hier ihrem Handwerk nachgehen. Es gibt kleine Schaffer unter ihnen, die sich kaum selbst durchbringen können, aber auch einige große und reiche. Die haben fünfzig und sogar achtzig Frauen in ihren Diensten.

Wenn die Baderinnen wollten, meint die Blinde, fänden sie dort rasch Anstellung. Und hätten sie die ersten Nächte kein Dach über dem Kopf, könnten sie sich die Bude teilen.

Die Mädchen bedanken sich, getröstet von so viel Freundlichkeit. Sie wissen nur nicht, wo sie schlafen könnten. Es ist doch kaum Platz für die Blinde?

Zum Zeugnis für ihre Worte zerrt die Krämerin zwei Decken aus einem Kasten und versucht zu zeigen, wie sie sie des Abends ausbreiten könnte und wie sie alle drei des Nachts darauf Platz fänden. Selbst, wo sie es vorführt, kann man es nicht für möglich halten. So eng ist es, daß nicht eine von ihnen die Beine ausstrecken kann und auch mit angezogenen Knien muß es in der Bude zu klein sein.

Die Blinde beharrt darauf, es sei Platz für alle drei. Der Käthe beginnen wegen dieser unerwarteten Güte die Tränen über das Gesicht zu laufen; sie glaubt wohl, sie erfahre ein Zeichen der Gottesmutter. Und selbst Anna, die nie darauf hofft, ihretwegen bemühten sich die Heiligen um ein Wunder, denkt, es sei kein Zufall, daß der Regen sie ausgerechnet hier aufgehalten hat. Die Blinde hatte nie zuvor mit ihnen zu tun und behandelt sie mit größerer Liebe als der Vater, und daß man ihnen in ihrer Hilflosigkeit ganz ohne Eigennutz und mit solch gutem Willen begegnet, streichelt ihr Herz. Und wie sie sich aufwärmen und trocknen und den Magen füllen und ihn zufriedenstellen, kehrt auch der Lebensmut zurück.

Der Regen läßt nach, wird zu einem unleidlichen Nieseln, aufdringlich wie ein sabbernder Alter. Dessen ungeachtet wollen die Mädchen wieder aufbrechen und sich Arbeit und eine Schlafstelle suchen. Die Blinde bietet ihnen an, ihre Sachen aufzubewahren und die Mädchen willigen dankbar ein.

Im Weggehen dreht sich Käthe noch einmal nach der Blinden um, die nun hinter ihrer Auslage steht und ihnen aus unbewegten Augen nachzublicken scheint.

Die Käthe zuckt etwas zusammen, wie wenn einem ein Schauer überläuft.

Für sie ist die Blinde nicht ein gewöhnlicher Mensch, sondern ein Werkzeug Gottes und dorthin gestellt, Anna und ihr den Weg zu weisen.

Anna will, wenn auch voller Zweifel an der Richtigkeit der Sache, dem Rat der Frau folgen und in einer Weberei nach einer Beschäftigung fragen.

Käthe hält sie aber auf, als sie am Dom vorbeikommen und bittet sie, mit ihr ein Gebet zur eigenen Rettung und zur Rettung des Matthes zu sprechen.

»Für den Matthes? Wovor willst du ihn retten?«

»Vor dem Röschen und seinen Hexenkünsten.«

»So groß werden die Künste nicht sein«, glaubt Anna.

Es zeigt sich aber, Käthe meint mit dem Verhexen nicht das landläufige Bezaubern, das beinahe jeder jungen Braut gelingen will. Nein, sie meint, die Rose zaubere und beherrsche wahrhaftig die Hexerei.

»Käthe, was denkst du denn . . .«, wehrt Anna ab.

Doch Käthe, die herzensgute Käthe, bleibt bei ihrer Meinung. Sie hat die Rose einmal belauscht, wie sie einen Liebeszauber vollbracht hat.

»Die Rose?« fragt Anna ungläubig.

»Die Rose!«

Sie schildert, einmal wollte sie die Beghine etwas fragen. Sie hörte eigenartige Laute aus deren Kammer, vermutete die fromme Frau bei Bußübungen und öffnete die Tür. Wie sie aber aufmachte, stand die Rose völlig nackt mitten in der Kammer, bewegte die Lippen ohne zu sprechen und schlug dabei mit einem Stahl Funken von einem Feuerstein. Die Funken fielen, sagt Käthe, gleich einem glitzernden Wasserfall auf ein rotes Gebilde zu ihren Füßen.

»Die Rose stand nackt in der Kammer der Beghine und hat gezaubert?«

»Ja. Ich hab's mit eigenen Augen gesehen.«

»Warum hast du es nie gesagt?«

»Du hättest doch gelacht.«

Erst hatte Käthe es für ein Stück rohes Fleisch gehalten, worauf die Funken fielen, bis sie erkannte, es war ein Herz aus Wachs.

»Nächstens schlägt sie die Funken gleich auf das Herz des Matthes!« behauptet die Käthe und es ist ihr vollkommen ernst damit.

Wie sie es bis jetzt gehalten hat, will Anna auch jetzt widersprechen und die Käthe warnen, die Rose solch gefährlicher und verbotener Praktiken zu beschuldigen. Aber es fällt ihr ein, sie hat den Stahl wirklich unter den Sachen des Röschens gesehen, und wozu sollte er dienen, wenn nicht dem Zauber?

Unsicher geworden, bedenkt sie: »Vielleicht versucht sie zu zaubern. Aber wer soll's ihr beigebracht haben?«

»Sie kann es«, sagt Käthe bestimmt. »Wer weiß, vielleicht hat sie's von der Beghine.«

Sie treten in den Dom ein und gehen zu einem Altar, der der heiligen Martha geweiht ist, und wie sie davor knien, denkt sie über Zauberpraktiken nach, die die Käthe bei der Rose vermutet.

Würde solches Vermögen nicht wirklich alles erklären? Die Starrheit und die Wut des Matthes, das unterwürfige Einverständnis der Beghine mit dem faulen Stück und selbst die Tatsache, daß der Matthes den Runge beschenkt hat? Sogar das rätselhafte Verschwinden der Schließe würde damit seine Erklärung finden.

Aber wenn sie zaubert, müßte man dann nicht den Matthes warnen statt hier für ihn zu beten?

Sie flüstert es der Käthe zu, aber die antwortet: »Dem kann nur noch Gott die Augen öffnen!«

Anna versucht ihre Gedanken auf Gott und seine Heiligen zu richten, aber bald ist sie wieder bei diesseitigen Dingen. Was sollen sie in einer Weberei, überlegt sie jetzt.

Wollte ihnen der Herr nicht ein anderes Zeichen geben und sie nur an den Schneider erinnern? Den Schneider Maskopp, den guten Freund des Matthes und auch ihr Freund. Ist es nicht besser, sie gehen zu ihm und fragen ihn um Arbeit?

3.

Der Matthes wird zum Rathaus gerufen.

Ein Kärcher ist mit einem Schmied in einen ganz alltäglichen Zank geraten, hat den Schmied mit zwei Stichen niedergemacht, und der Matthes ist nun aufgefordert, die Wunde zu messen und zu verbinden. Dem Rat ist dabei das Messen von größerer Wichtigkeit als das Verbinden; wie lang und wie tief die Wunde ist, wird später beim Gericht viel Gewicht haben.

Der Matthes nimmt den Wenzel als seinen Helfer mit und sie eilen, dem Unglücklichen beizustehen so gut sie es vermögen.

Wie sie ins Rathaus kommen, finden sie statt des einen zwei verletzte Männer: den Schmied, der blutleer und mit groben Verbänden aus allerlei Stoff (sehr mangelhaft angelegten Verbänden, sieht der Matthes auf den ersten Blick und durchgeblutet, daß sie nichts mehr aufnehmen können) auf einem Kasten sitzt und apathisch seine Unschuld an dem Streit beteuert und den Kärcher, dem man ein notdürftiges Lager auf dem Fußboden in einer Schreiberstube bereitet hat. Ein Herr - wie er sich gibt, wird er ein Ratsherr sein; der Matthes kennt ihn nicht - verhört ihn und ein Schreiber läßt seine Feder über ein Papier kratzen. Sein Pult hat man dicht ans Fenster gerückt und der Schreiber versieht seine Arbeit, als sei es üblich, daß jemand zu seinen Füßen um sein Leben ringt.

Denn der Kärcher ist arg zugerichtet, wesentlich ärger als der Schmied. Sein Kiefer scheint nicht mehr am Kopf befestigt, sondern hängt herunter als seien Schnüre gerissen. Seine Frau, eine ältere verhärmte Frau (sicher zehn Jahre älter als der Kärcher, der höchstens Anfang zwanzig ist) hält ihm die Hand, und ein Priester segnet ihn vorsorglich.

Trotz der Schmerzen, die er fühlen muß, ist der Kärcher bei Bewußtsein. Er erkennt den Matthes; er hat für ihn schon Fässer gefahren und in seinem Blick ist das Vertrauen eines Tieres auf Befreiung aus einer Falle.

Der Matthes will sich als erstes um ihn bemühen, aber der Ratsherr verlangt, daß er das tut, weswegen er gerufen ist. Er soll die Wunden des Schmieds messen.

»Wenn wir lange warten, gibt's kein Gericht mehr«, sagt der Matthes zu dem Ratsherrn, so er denn einer ist. »Er stirbt uns, wenn wir . . .«

Der Ratsherr weist ihn ab. Der Matthes soll das tun, was man ihn geheißen hat.

Um nun nicht weitere Zeit mit Rede und Widerrede zu verlieren, holt der Matthes seinen Wundpegel aus dem Sack, in welchem er seine Instrumente herumträgt, verlangt vom Wenzel, dem Schmied die Verbände abzunehmen und führt, wie das blutende Fleisch frei liegt, das kupferne Gerät in die größere der Wunden ein.

Der Wundpegel ähnelt einem Waagbalken und ist am einen Ende spitz und am anderen breit und man kann damit sowohl die Tiefe wie die Breite (natürlich auch die Länge) der Wunde messen. Man muß sehr gut damit umgehen können, damit man zu der ersten Verletzung nicht eine zweite fügt. Der Matthes hat eine ruhige Hand und die notwendige Erfahrung und er bereitet dem Schmied (auch bei der Vermessung der Wunde rührt der sich nicht, als sei er nur mit seinem Körper anwesend und nicht mit seinen Empfindungen) nicht mehr Leid als es unumgänglich ist. Sorgfältig (um die Wunde nicht zu vertiefen und damit die Richter zu falschem Urteil zu führen; denn weniges auf dem Pegel mehr oder weniger, bedeutet viel beim Prozeß; entscheidet über Leib und Leben), sorgfältig also schiebt der Matthes das Instrument in die Wunde, bis er auf unverletztes Fleisch trifft.

Dann zieht er den Pegel mit gleicher Sorgfalt wieder heraus, läßt Zeugen die Tiefe der Stichwunden ablesen; auch den Schreiber läßt er sehen, daß der Pegel bis zur vierten Markierung eingedrungen ist, eine Tiefe, bei der der Schuldige nicht mehr mit Bußen und Besserung davonkommt, sondern mit peinlichen Strafen belegt wird. Nachdem der Schreiber festgehalten, was der Bader ermittelt, verfährt der Matthes mit der zweiten Wunde ebenso.

Als er diese Prozedur mit der gebotenen Genauigkeit vollbracht hat, wendet sich Matthes wieder dem Kärcher zu, der in der vergangenen Zeit seinen letzten Atem verloren zu haben scheint. Er will ihm mit einem Strohhalm Laudanum einflößen, das dem Kärcher für eine Weile das Bewußtsein und den Schmerz nehmen soll. Es ist ein gefährlicher Trank; mehr ein Gift als eine Medizin. Bei zu großer Menge wird es (oder der Matthes, wenn man will) dem Mann das Leben rauben. Diese Gefahr nimmt der Bader auf sich. Die Schmerzen des Kärchers müssen viehisch sein; und sollte er sterben, ist es nicht besser, er stirbt jetzt als unter den Torturen des Peinigers und des Henkers?

Der Kärcher kann aber den Trank nicht aufnehmen, und der Bader muß sein Können (und sein Glück) versuchen, ohne ihm Linderung zu gewähren. Der Wenzel geht seinem Meister zur Hand; ja bald verrichtet er die eigentliche Arbeit. Die Bader wollen den zerborstenen, gespaltenen Kiefer mit Klammern aus Kupfer in die frühere Form zwingen und ihn mit harten Binden in der zum Zusammenwachsen richtigen Stellung halten.

Über ihre Anstrengungen fällt der Unglückselige in eine Ohnmacht, die dem Tod ähnelt. Der Wenzel und sein Meister hantieren nun an seinem Körper, als schnitten und nähten sie ein Stück Holz.

Während der Matthes und sein Adlatus beinahe schweigend ihre Arbeit tun - wie sich eben Leute, die ihr Fach beherrschen, mit wenigen Worten und Gesten verständigen -, kommen mehr und mehr Menschen in den Raum: Angehörige des Kärchers, seine Mutter und seine Kinder und Nachbarn; selbst der Mann findet sich ein, der dem Kärcher Arbeit und Lohn gibt. Der Matthes tritt bald bei jeder Bewegung auf einen Fuß oder er muß jemand zur Seite drängen.

Alle reden und rufen und es bilden sich zwei Parteien. Die einen glauben, der Schmied sei der eigentliche Schuldige am Streit und am Unglück; sie erklären den Kärcher für einen sanftmütigen Menschen, der nur um sein Leben zu retten zur Waffe gegriffen habe. Die andere Partei hält den Kärcher für einen hinterhältigen Kerl, dem die Waffe immer zu locker sitze. Sie sagen, er habe nur erhalten, was er verdiene. Es sei nicht das erste Mal, daß er einen anderen so geschädigt habe. Man muß fürchten, auch hier werde der Streit handgreiflich. Und er würde es sicher, wenn sich die Frauen nicht immer wieder zwischen die Männer stellten und sie trennten. Zu allem Überfluß wird jedem Neueintretenden erneut geschildert, wie das Unglück geschehen konnte und was darauf erfolgt ist. Je länger die Anstrengung der Bader dauert, desto schriller werden die Stimmen. Die Weiber zetern und weinen und würden sich am liebsten auf den Verstümmelten werfen, ihn zu retten oder ihn zu zerreißen, und die Kinder verstehen nicht mehr, was vorgeht. Sie fassen den Kärcher an und streicheln ihm die Hand oder das Bein oder stoßen andere Kinder weg, die sie für seine Feinde halten.

Der Ratsherr, der eine Weile draußen war, kehrt zurück und verlangt, daß der Schmied und sein Anhang den Raum verlassen. Darauf schleppt sich der Schmied, vom Wenzel nun ordentlich verbunden und von seinen Angehörigen gestützt, nach draußen. Nach seinem und seiner Anhänger Weggehen haben die Bader mehr Platz und viel mehr Ruhe für ihre Arbeit. Die Zurückbleibenden reden noch eine Weile über den Schmied und den Kärcher, aber nun so, als wären sie in einer Schenke und der Kärcher stehe unter ihnen und halte einen Krug Bier in der Hand. Und noch später reden sie nicht mehr von dem Geschehnis, sondern von ihren Sachen.

Länger als eine Stunde verrichten der Wenzel und der Matthes ihr Werk und wollen schon den Lieben des Kärchers mutmachende Worte sagen, da erkennen sie beide, beim gleichen Herzschlag, der Mann hat einen letzten Atemzug getan. Dazu genügen ihnen winzige Anzeichen; wie er liegt und wie die Augen starren. Die Blicke, die sie tauschen, sind nur Blicke der gegenseitigen Versicherung.

Der Matthes reißt dem Kärcher grob das Hemd auf, legt seine Fingerspitzen auf sein Herz und findet sein Wissen bestätigt; es schlägt nicht mehr.

Bei seinen letzten Handgriffen ist Schweigen eingetreten. Niemand stellt eine Frage. Wie der Matthes langsam niederkniet, folgen sie erschrocken seinem Beispiel und sprechen das Gebet mit, das der Matthes spricht.

Auch wie der Matthes wieder aufsteht und nach zwei Stricken verlangt, rühren sich die wenigsten. Sie wissen, er bindet dem Toten Arme und Beine und sorgt auf diese Weise heimtückischer und gefährlicher Wiedergängerei vor.

Auf der Straße überlegen der Matthes und sein Knecht, was sie falsch gemacht haben. Sie finden keinen Fehler. Wen Gott rufen will, den ruft er.

Plötzlich merken sie, daß jemand hinter ihnen ist und ihre Namen nennt.

Der Zunftvorsteher Gallus will sie aufhalten.

Er kommt auf kleinen fetten Beinen heran. Überhaupt ist er dick wie ein Tönnchen; seine Frau kennt kein größeres Lob für ihn, als daß er alles aufißt, was sie ihm vorsetzt. Er ist vom Laufen angestrengt, holt mehrfach schnaufend Luft und beugt sich zu dem Matthes vor, als habe er weiß welches Geheimnis weiterzugeben. Das ist seine Gewohnheit. Er tritt immer nahe an Menschen heran, unangenehm nahe, und flüstert, daß ein Fremder, der ihn nicht kennt, meinen muß, hier werde Verrat betrieben oder eine Verschwörung angezettelt.

»Matthes, bring deinen Wenzel mit! Die ganze Zunft ist aufgeboten, nicht nur die Meister.«

»Wo soll ich ihn hinbringen?«

»Sag nur, er hat dir die Ladung nicht bestellt? Heute ist Gebot.«

»Welches Gebot? Das Frongeld haben wir schon bezahlt.«

»Matthes, jetzt reißt der Faden! Hat sich der Saufkopp bei dir auch nicht gezeigt? Ich war eben im Roten Kopf: Keiner wußte was. Hat er sich auch noch nicht blicken lassen. Das ist kein Bote, das ist ein . . . Soll ich die Ladung selbst austragen? Jetzt ist Schluß! Das sehe ich mir nicht mehr an. Wir werden doch noch einen Boten finden.«

»Er muß auch was zu beißen haben . . .«

»Der? Der muß nur was zu saufen haben.«

»Der säuft nicht mehr als du.«

»Ist der Säufer immer noch in deinem Schutz? Schert mich nicht mehr. Mir ist jetzt der Faden gerissen.«

Der Zunftvorsteher zetert schon lange wegen des Boten, der für die Baderzunft die Nachrichten austrägt. Es ist ein früherer Badergeselle namens Frieder, ein schwer geschlagener Teufel. Seine Arme und Beine bewegen sich in unterschiedlichen Richtungen als wollten sie sich fliehen, und wegen dieser Krankheit kann er keine andere Tätigkeiten versehen als eben die einfachsten Arbeiten. Der Gallus will ihm selbst die nicht lassen und wettert schon lange gegen ihn. Hätte der Matthes nicht gelegentlich für den Frieder gesprochen, könnte der schon lange seine Beine schonen.

»Wir sehen uns dann«, sagt der Gallus und will weiter.

Der Matthes läßt ihn nicht ziehen.

»Worum geht's?«

Es stellt sich heraus, der Ritter von Kronberg, einer der kleinen Herren, die den Taunus ausrauben, hat vier Mainzer Kaufleute samt ihren Leuten und (was beinahe das Ärgste ist) samt ihren Waren angehalten und in Gefangenschaft geführt. Es handelt sich dabei weder um rechte noch um unrechte Fehde, sondern um gewöhnliche Dieberei und Plünderei und der Rat der Stadt hat beschlossen, daß nicht Lösegeld gezahlt werden soll und darf. Die Stadt wird die Sache zu der ihrigen machen und einen Zug gegen den Ritter führen; der Beschluß ist anscheinend auf Betreiben der Familien gefaßt worden, für deren Söhne und Väter gezahlt werden soll.

Die Zünfte müssen sich, nach ihrer Stärke, an diesem Zug beteiligen und bei einer Versammlung den heutigen Tag zur Vesper soll festgelegt werden, wer geht und was die übrigen an Ausrüstung und Geld aufzubringen haben.

»Ich kann nicht«, lehnt der Bader bestimmt ab.

»Das gibt's nicht. Alle sind geboten«, widerspricht der Vorsteher ebenso bestimmt.

Darauf besinnt sich der Matthes. Mit dem Vorsteher kann er nicht wie mit einem Badknecht umspringen. So klein und gemütlich er zu sein scheint, so hartleibig kann er werden, wenn man seine Herrschaft anficht. Verlöre er ebenso viel Ehrgeiz und Fleiß für seine Arbeit wie für sein Amt, ginge es ihm wahrhaftig besser. Sein Badhaus ist recht unansehnlich; der Schwamm kriecht die Mauern hoch und alles riecht muffig. Der Matthes würde sich da nicht in die Wanne setzen und seine Kunden auch nicht. Die Zunftgenossen fragen sich, wovon er lebt, und es geht die Vermutung um, der Vorsteher locke seine wenigen Gäste, indem er ihnen weniger abverlangt als die Zunft festgesetzt hat. Er, der Matthes will daran nicht glauben. Der Vorsteher darf von allen Strafen, die die Zunft verhängt, einen Teil für sich behalten, und nach seiner Meinung ist das das eigentliche Brot des Gallus.

»Ihr müßt mich entschuldigen. Es geht nicht«, erklärt nun der Matthes höflich und einlenkend. »Ich hab' niemand im Haus. Meine Anna ist weg und die andere auch.«

»Welche andere?«

»Wieviel Töchter habe ich?«

»Wo sind sie?«

»Weg!« sagt der Matthes kurz und hart. »Haben sich was Besseres gesucht.«

Der Zunftvorsteher blickt den Matthes forschend an, dann den Wenzel, als finde er in dessen Augen Wahrheit und Unwahrheit, wenn der Matthes sie schon unterdrücken wolle. Das Gesicht des Gesellen bleibt aber verschlossen, und so muß der Gallus endlich vermuten, beim Verschwinden der Anna und der Käthe handele es sich um eine Niedertracht, die nicht aufgedeckt werden soll.

»Zu Schlag fünf habe ich geboten«, sagt der Gallus und man merkt, er denkt noch darüber nach, was es mit den Töchtern des Matthes auf sich haben könnte.

Er ist Zunftvorsteher und erfährt nicht, was in den Häusern der Genossen vorgeht?

»Ja, wir wissen es jetzt«, sagt der Matthes und will seines Wegs gehen.

Der Meister Gallus ruft ihnen nach: »Erscheinen ist Pflicht! Sonst ist ein halber Schilling fällig.«

Das läßt den Matthes noch mal anhalten: »Gleich ein halber Schilling? Seit wann?«

Der Zunftmeister hebt beide Hände und verteidigt sich, daß ihm die Backen rot anlaufen: »Wenn der Rat einberuft, geht's ... Kostet's Fernbleiben einen halben Schilling und alle sind sie da. Verlange ich nur einen Heller, bleibt die halbe Zunft zu Hause. Jeder hat eine andere Ausrede und die Zunft ... Ich habe auch was Besseres zu tun.«

In dieser Weise könnte der Gallus den Tag herumbringen: sich über seine Pflichten beschwerend, über die wenige Hilfe beklagend, die ihm zuteil wird und immer darauf bedacht, sich wenig Feinde zu machen. Bei der nächsten Wahl - die Vorsteher werden auf zwei Jahre gewählt - braucht er wieder genügend Stimmen. Offenbar weiß er seine Kurfürsten zu pflegen; er versieht sein Amt schon mehr als zehn Jahre.

Die Stimme des Matthes hatte er allerdings noch nie; der Matthes erinnert sich nur zu gut und bis an sein Lebensende - in solchen Dingen ist er nachtragend wie ein in seiner Ehre gekränkter König -, welch heftige Sträuße er mit dem Gallus ausfechten mußte, als er damals sein Erbe annehmen und in die Zunft eintreten wollte.

Einmal ist er damals, als er von einem Gespräch mit dem Gallus kam, in der Nähe seines Hauses von mehreren Kerlen niedergeschlagen und zusammengetreten worden. Da hatte er die Vermutung, der Zunftmeister habe das veranlaßt. Als er mit eingedrückten Rippen herumlag, hatte sich der Gallus jedoch eifrig um ihn bemüht und heftig, wenn auch ohne Erfolg, nach den Kerlen gesucht, die den Matthes zugerichtet hatten. Das hatte den Matthes in seiner Meinung schwankend gemacht. Seither kommen sie leidlich miteinander aus; Freunde sind sie nicht geworden.

»Wir ziehen nicht mit«, beschließt der Matthes, als er mit dem Wenzel weitergeht. »Kann er reden, was er will!«

Wegen verschiedener Umstände, die zu kleinlich sind, als daß es sich lohnte, sie zu schildern, geht der Matthes trotz der angedrohten Strafe diesen Tag nicht zur gebotenen Versammlung in die Zunftstube.

Andere Zünfte unterhalten für ihre Zusammentreffen Häuser; die verschworenen Bader, Bartscherer und Bierbrauer begnügen sich mit einem Saal, den sie gemietet haben. Allerdings mit einem prunkvoll ausgemalten Saal. Wenn's nach dem Meister Gallus ginge, würde auch das Äußere des Hauses mit Bildern geziert. Die meisten sind dagegen, auch der Matthes. Wenn sie schon schmücken, dann die eigenen Häuser, nicht fremde.

Statt des Matthes soll sein guter Wenzel an der Versammlung teilnehmen. Wie der hingeht, schärft ihm der Matthes ein, nichts für das Badhaus »Zum Fuß« zuzusagen. Weder Geld noch Waffen noch Hände oder Füße. Am Ende, weiß der Matthes aus Erfahrung, hat jeder doch mehr zu geben und zu zahlen als ursprünglich verabredet wurde; da hat es wenig Sinn, sich vorzeitig aus dem Fenster zu beugen und zu schnell und zu laut »Hier, nehmt!« zu rufen.

In Mainz ist es so, daß jeder Bürger mit einem Vermögen von dreißig Gulden und darüber einen vollen Harnisch halten muß. Doch auch die, die sich geringer einschätzen, müssen Waffen für Krieg und Fehde bereithalten. Mehrmals im Jahr wird mit Spießen und Hellebarden Angriff und Abwehr geübt und zwei Rottmeister (einer von den Badern und einer von den Bartscherern) haben da den Befehl. Die Zünfte sind ja nicht nur Berufsvereinigungen und kirchliche Bruderschaften, sondern vor allem anderen Gemeinschaften gegen jede Art von Not und Verderben. Die Bader und Barbiere haben beim Brand zu löschen, bei Gefahr zu wachen, im Feld zu streiten und im Lager die Verwundeten zu verbinden und zu pflegen. Und zu zahlen haben sie, wann immer Unvorhergesehenes auftritt.

Und das tritt oft auf. Es ist bald das einzige, das man voraussagen kann.

Die Versammlung im Zunfthaus dauert ungewöhnlich lang und der Matthes bedauert es, wie er wartet und wartet, daß er nicht das Haus abgeschlossen hat und mit dem Wenzel gegangen ist.

Bis der Wenzel wiederkehrt, ist es draußen stockfinster und man muß sich einer Fackel bedienen, wenn man die Hand vor den Augen sehen will, wie man sagt, und drinnen im Haus qualmen schlechte Kerzen. Wenn die Gäste gegangen sind, brennt der Matthes in seiner Sparsamkeit nämlich billigere als die guten Wachskerzen.

Der Wenzel riecht bei seiner Rückkehr als wäre er in ein Weinfaß gefallen, aber er schwankt nicht und seine Zunge zerdrückt die Worte nicht mehr als üblich.

Dennoch fragt der Matthes böse: »Habt ihr den Keller leergesoffen?«

»Ich zieh mit. Sie wollten mich als Chirurgus«, bekennt der Wenzel beinahe trotzig.

Er behauptet, er sei ausgelost worden; lange habe er sich wie befohlen zur Wehr gesetzt und sich gegen eine Teilnahme am Zug gegen den Herrn von Kronberg gesträubt. Doch sei auf seine Worte nicht geachtet worden. Immerhin habe seine Bemühung bewirkt, man werde den Matthes schonen; der Matthes könne zu Hause bleiben und sich um seine Sachen bekümmern. Eine schöne Schonung stellt sich später heraus: Der Matthes muß sich mit Geld freikaufen. Allerdings wird er aus der Beute entschädigt, so es eine geben wird.

Er, der Wenzel, müsse aber mitziehen; er habe den Eid geschworen wie jeder Bürger und jeder Beisasse, und den müsse er jetzt halten.

Auf diese Nachricht beginnt auch der Bader zu saufen.

Langsam, bei viel bösem Schweigen, trinken die Männer den ganzen Abend und die halbe Nacht.

Der Matthes fühlt sich vom Wenzel hintergangen; als habe der ihn für ein wenig Beute und viel schöne Worte verraten; nicht nur, daß er, so lange der Wenzel weg ist, dessen Arbeit mitmachen muß. Die Gäste werden auch ständig nach ihm fragen und manche werden wegbleiben, wenn sie nicht vom Bader des Kaisers gewalkt werden. Und wird er je wiederkommen, leckt er wieder Blut?

Dem Wenzel will er seine Gedanken nicht eingestehen. Er tut so, als bedeute es ihm wenig, wenn der Wenzel weggeht. »So, willst du dem Ritter von Kronberg die Burg brechen«, höhnt er anfangs.

»Muß! Nicht will«, behauptet der Wenzel.

»Unser Wenzel, der Kriegsmann. Zwingt den Ritter zur Sühne!«

verhöhnt der Matthes ihn aufs neue. Der Wenzel bleibt bei seinem hartnäckigen Trotz. Er ist im Troß, behandelt, wer's nötig hat und mehr macht er nicht.

Natürlich ist er im Troß; das eigentliche Kriegshandwerk müssen die Söldner vollbringen, die sich die Stadt für diesen Zug nehmen wird. Aber da die Stadt über all ihre sonstigen Verpflichtungen (und Schulden) nur wenige Kriegsleute in Dienst nehmen kann, muß sie in dieser Not ihre Bürger um Hilfe bitten. Und der Wenzel erfüllt seiner Stadt gern ihre Bitte.

»Deiner Stadt! Du bist hergelaufen und hängengeblieben«, winkt der Matthes ab. Was soll er die Worte verschwenden? Es ist eh alles entschieden. Und der Wenzel soll nicht glauben, er werde hier gebraucht.

Noch einmal fängt der Wenzel von seinem Eid an, den er für die Stadt Mainz geleistet hat und nicht nur einmal, sondern Jahr für Jahr am Schwurtag und den er nun einhalten müsse. Der Matthes soll glauben, viel lieber ginge er dem Matthes friedlich zur Hand statt seine Knochen und sein Leben den Gefahren eines Kriegszugs auszusetzen.

Das klingt nach Opfer. Der Matthes vermutet aber, dem Wenzel ist das Leben in seinem Haus zu friedlich und er wolle wieder den Atem des Krieges und die Wollust von Schlacht und Vernichtung spüren. Der Wenzel spricht nicht über solches. Was spricht er überhaupt, wenn es nicht um seinen König und Kaiser Karl geht, und wie der genährt und von seiner Gicht befreit wird? Ein Kriegsknecht aus dem Elsaß hat dem Matthes aber einmal seine Erlebnisse geschildert. Nichts lasse sich mit der mörderischen Lust einer Schlacht vergleichen, hatte der behauptet. Er hat davon so deutlich berichtet, daß man das Pulver aus der ungefügen Kanone und den Schweiß der abgekämpften Pferde roch, das Stöhnen der Siegreichen und das Röcheln der Unterlegenen. Wenn man ihn hörte, war eine verbissene Schlacht ein alle Schmerzen betäubender, alle Sinne anfeuernder Rausch, gemischt aus Angst und Vernichtungswillen.

Der Wenzel hat dagegen gebrummt. Er habe im Troß seines Königs Karl auf französischen Feldern unfaßbare Grausamkeit erlebt, sagt er, solchen Schmerz und solche Gewalt, daß der einzelne Mann nicht mehr begriff, was da vorging, selbst wenn er Augen und

Ohren weit aufriß. Alle Bewegungen, alles Gehen und Fallen, seien nur noch wie Zeichen und Bilder einer unbegreiflichen Wirklichkeit erschienen.

Der Wenzel war dabei, als bei einem Ort namens Crécy die Blüte der französischen Ritter von englischen Bogenschützen unerbittlich niedergeschossen wurde, Mann nach Mann. Dort und bei anderen Orten hat der Wenzel erfahren, wie gering die Macht eines Kriegers ist, ist das Geschick gegen ihn. Vor der Schlacht schien nichts auf der Erde unbesiegbarer zu sein als ein Ritter in seiner Rüstung aus Stahl und Kettenglanz, auf einem gepanzerten aufgeputzten Roß. Selbst das Pferd hatte in seinen Farben und dem Leuchten seiner Panzerung nichts mehr von einem schweren Gaul mit vier Beinen und einem Kopf mit wenig Gehirn. Ritter und Pferd waren nicht Mensch und Tier, sondern ein einziges Untier aus den Tiefen der Hölle. Wie ein Drache zerbricht und verbrennt, was sich ihm in den Weg stellt und unbesieglich scheint, so schien niemand einem vorwärtsschreitenden Ritter Einhalt gebieten zu können. Und raubte er beim Vorrücken anstürmenden Kriegern oder hilflos weichenden Bauern das Leben, köpfte und zerteilte und zertrat er sie, löste das beim Mitstreiter (und beim fernen Betrachter) beglückenden begeisternden Schauer aus. Und sah man (und steckte man nicht selbst im Getümmel), wie Ritter gegen Ritter angingen, glaubte man Gestalten und Geräusche aus einem Traum wahrzunehmen. Das Blut, das floß, und das Röcheln und Schreien, das man hörte, stachelten selbst die friedfertigsten Zuschauer mehr und mehr an.

Und dies alles geriet plötzlich kärglich und elend. Englische Bogenschützen machten mit einem Hagel aus Pfeilen alles nieder, was sich bewegte und die französischen Ritter und Lanzenträger, eben noch Sinnbilder von satanischer Stärke, sanken leblos nieder. Im Fallen wurden sie zu Menschen mit brechenden Knochen und brechenden Augen. Vor den Augen des Wenzel verwandelte sich, was ein Triumph der französischen Ritter werden sollte, zu einem wahren Bad von Qual und Vernichtung, und alles führte zu einer grausamen Niederlage des französischen Königs und zur Flucht seines treuen Gefolgsmanns, des deutschen Königs und römischen Kaisers Karl. Und zum Ende von dessen greisem Vater, der sich, blind wie er war, von zwei Männern zum Schlachten ins Feld hatte führen lassen. Als Pilger verkleidet mußten sich der Kaiser und seine Leute nach Böhmen zurückschleichen.

Der Wenzel hat in dieser Schlacht nicht einen Pfeil abgeschossen und nicht einen Schwerthieb getan und anderswo auch nicht. Selbst dort war er nichts als Bader und Badergehilfe gewesen. So ist es eben im Krieg. Auf jeden, der kämpft, kommt einer oder kommen zwei, die nichts anderes machen, als dem Krieger die Waffen nachtragen, die für ihn kochen und ihm das Zelt aufbauen, ihn verbinden oder ihm die überflüssig gewordenen Gliedmaßen abschneiden. Wenzels Herr, der Kaiser Karl, war damals rechtmäßig nur der Herr von Böhmen und Luxemburg; die deutsche Königskrone, die er sich aufgesetzt hatte, rutschte noch sehr auf seinem Kopf hin und her, und immer mußte er fürchten, der erwählte und gekrönte Kaiser Ludwig, der zu jener Zeit noch lebte und seine Wahl heftig anfocht, reiße sie ihm wieder vom Haupt. Mehr als König von Böhmen und König von Deutschland war er Günstling des Papstes und Lehnsmann des französischen Königs und Krieger unter Kriegern und deswegen trieben sich der König Karl und sein Bader auf den Schlachtfeldern in Frankreich herum.

Die Zusammenhänge wußte der Wenzel nur undeutlich und hätte sie wohl auch nie zur Gänze erfahren, wäre sein Herr Karl nicht später noch einmal und nun endgültig gekrönt worden, und würden ihm Gäste des Matthes und vorzüglich der Prokurator nicht den Lauf der Welt und den Gang der Dinge erklären.

So hat der Wenzel mehrfach die Schrecken des Krieges aufgezählt. Dem Matthes will aber nicht einleuchten, daß nur die übrigen Kriegsknechte erfahren haben sollen, welche Lust das Totschlagen bereitet. Denen, die totschlagen und denen, die aus der Entfernung zusehen. Deshalb bleibt der Bader bei seiner dumpfen Vermutung, sein Knecht wolle ihn verlassen, um wieder sein früheres Leben zu führen.

In jähem Zorn über so viel Undankbarkeit (war er dem Wenzel nicht immer mehr Bruder als Meister?) reißt der Matthes ein brennendes Holzscheit aus dem Kamin und will damit wie mit einer Fakkel einen Balken anbrennen.

Dabei schreit er trunken herum: »Machen wir gleich Schluß!

Brennen wir's ab. Haben wir's hinter uns. Was wollen wir noch hier?«

Der Wenzel, wieviel er auch immer gesoffen haben mag, ist nüchterner als der Matthes, wirft sich gegen ihn, entwindet ihm das Holz und versucht, ihn zu beruhigen.

Es kommt zu einem kurzen Ringen. Dabei merkt der Matthes, der Wenzel ist nicht nur der Jüngere, sondern auch der Stärkere. Er gibt den Kampf auf, und der Wenzel läßt von ihm ab, aber so, daß er den Matthes wieder packen kann, sollte der noch einmal die Beherrschung verlieren.

Der Matthes versucht sich aber jetzt wieder als der rechnende, nüchterne Meister als der ihn der Wenzel kennt.

»Wenzel, wie soll ich das schaffen?« bettelt er mit schwerer Zunge. »Du nicht da, die Anna und die Käthe weg. Wie soll ich das schaffen?«

»Hol die Weiber wieder«, rät der Wenzel mit gleicher Nüchternheit und gleicher Besoffenheit.

»Nein«, erwidert der Matthes. »Und jetzt legen wir uns schlafen. Du kriegst die Kammer von den . . . die Kammer, die jetzt leer steht. Schließ alles ab!«

»Ja«, verspricht der Wenzel und macht sich daran, den Balken vor die Haustür zu legen.

4.

Der Matthes liegt unbeweglich und wohl auch ohne Empfindung für das, was geschieht, quer über das Bett ausgestreckt.

Nach seiner Gewohnheit hat er sich, als ihn das Röschen mit tastenden, suchenden Zärtlichkeiten weckte, diese Stellung gesucht. So liegt er noch, läßt die Beine aus dem Bett hängen und duldet, was die Rose mit seinem Körper versucht.

Sie leckt seine Brust und seine Hüfte und ihre Zunge kreist jetzt auf seinem Bauch; der Matthes gibt ihr nicht mit einem Laut oder einer Bewegung zu verstehen, ob sie ihm Genuß bereitet. Plötzlich richtet sich das Röschen unzufrieden auf und beschwert sich: »Ich friere!«

Sie nimmt eine wollene Decke, legt sie sich über den schmalen, leicht gebeugten Rücken und bleibt mit angezogenen Knien neben dem Matthes sitzen. Der betrachtet weiter die Balken über sich oder die düstere Zukunft, jedenfalls nicht das Weibchen neben sich.

»Fühl!«

Sie legt beide Handflächen auf seine Brust, und ihre Hände sind wahrhaftig als habe sie eben einen Eisbrocken angefaßt.

»Du hast doch immer kalte Finger«, sagt er, ohne wirklich zu antworten. Er redet nur etwas dahin.

»Immer kalt?« versucht sie zu scherzen. »Sonst willst du meine kalten Hände gern spüren . . .«

»Nicht«, warnt er, wie sie nun ihre Fingerspitzen zu Krallen werden läßt.

Sie hält in der Bewegung inne. »Nicht? Bin ich heute nicht dein Kätzchen?«

»Doch, bist du«, sagt er, aber es ist eine Freundlichkeit aus dem Kopf, nicht aus dem Herzen.

Im Grunde will er jetzt nichts mit ihr zu schaffen haben.

Das Röschen scheint zu spüren, was mit ihm ist. Doch läßt sie nicht von ihrem Spiel ab, fährt ihm ein, zwei Mal ganz rasch mit der Zunge über die Schulter. Eigentlich schnellt nur ihre Zungenspitze heraus, berührt ihn hier und da; dann unterbricht sie sich und wartet, sich an ihn drängend, darauf, daß er sich erhitze.

Das alles wird mit Liebesglut wenig zu tun haben; eher mit Angst und einer quälenden Furcht. Vielleicht muß sie sein Begehren erwecken, weil nur die Herrschaft über den Matthes ihr Sicherheit gibt. Verweigert er sich ihr, entzieht er sich ihr, ist sie ein Vogel im Herbststurm.

Das gesteht sie auch. Matthes ist oft über ihre Gedanken und ihre Redeweise verwundert. Ein solches Bild würde ihm nie kommen; er glaubt, weil sie in der Obhut der Nonnen aufgewachsen ist, könne sie solch ungewohnte Dinge sagen.

»Ist es gut, daß dich die Nonnen nicht mehr unter der Fuchtel haben?« fragt er freundlich.

»Sehr gut«, sagt sie heiter. »Sehr sehr gut.«

Der Matthes versucht, sich das Röschen unter den Nonnen vorzustellen.

»Wie ist denn das? Ein ganzes Kloster voll Nonnen?« will er hören.

»Du würdest ihnen gefallen. Für stattliche Männer sind die Bräute Christi zu haben«, erwidert die Rose lüstern und schildert ihm einen Vorfall, der viel Aufregung und Flügelschlagen ausgelöst hat. Da sind zwei Novizinnen schwanger geworden und wollten einem Heiligen aus der Klosterkapelle die Schuld zuschieben. Er habe sich des Nachts in ein Wesen von Fleisch und Blut verwandelt, sei von seinem Sockel gestiegen, habe mit ihnen gebetet, sie umarmt und ihnen befohlen, mit niemandem über das Wunder zu sprechen. Das hatte aber keinen langen Bestand und der höchst irdische Vater - ein flinker Uhrensteller - wurde entdeckt.

»Und wenn sie nicht hinter Wundern her sind, wie sind sie dann, die Nönnchen?«

Das Röschen denkt kurz nach, und dabei zeigen sich winzige Fältchen auf der Stirn, über dem Nasenrücken, so ernsthaft bemüht sie sich um die Antwort. »Manche sind die Weisheit auf Beinen.« Sie spricht von einer Mater Felicitas, die die jungen Mädchen unterrichte und wie die auf alles eine Antwort habe.

Sie schildert ihm, auf welch seltsame Weise die Nonnen essen. Sie nehmen ihr Mahl gemeinsam im Refektorium ein; so heißt, sagt sie, der Speisesaal, ein düsteres Gemäuer und an der Stirnseite mit biblischem Geschehen ausgemalt. Während des Essens soll geschwiegen und der Vorleserin zugehört werden. Weil sie aber Wünsche aneinander haben - die eine will Salz, die andere noch mal vom Fisch - geben sie sich närrisch erscheinende Zeichen. Werden die Hände aneinander gerieben, heißt das, man soll das Salz reichen und läßt man die Hand von sich wegwitschen wie eine Forelle, geht's um den Fisch.

Das Röschen lächelt: »Und manchmal fassen sie sich an die Gurgel, daß man denkt, sie bekommen keine Luft mehr - dann wollen sie den Essig.«

Die Rose sagt, manche wüßten so viel Zeichen und könnten so geschickt mit den Händen umgehen, daß sie während des ganzen Essens Unterhaltung hätten, ohne nur einmal den Mund aufzumachen.

Der Matthes fragt, was sie denn so essen, die Nonnen.

»Nicht schlecht«, versichert die Rose. Fleisch dürften sie nur wenig essen und während der Fastenzeit schon gar nicht. Deswegen käme viel Federvieh auf den Tisch.

»Ist das kein Fleisch?« wundert sich der Matthes.

»Die Nonnen sagen, nur was vier Füße hat, kann Fleisch geben. Und ganz Schlaue sagen, man müsse, bedenke man's genau, auch Huhn und Rebhuhn zu den Vierfüßlern zählen. Aber die anderen wollen das nicht hören. Mit solchem Zeug können die sich den Tag vertreiben.«

Dann wechselt sie die Tonart, als sie sagt: »Sie sehen aus wie Raubvögel und sind nur Hühner. Zwei Beine und kein Fleisch.« Sie kichert und wird gleich wieder ernst. »Die Schwester Felicitas kannte fünf Sprachen.«

Das Röschen zählt auf, welche Sprachen die Nonne beherrschte: Lateinisch und Italienisch, Französisch und Deutsch und Ungarisch.

»Was ist das für eine Sprache? Wer spricht denn ungarisch?«

»Die Ungarn«, lächelt das Röschen, und der Matthes weiß nun nicht, ob es diese Menschen wirklich gibt und ob sie Heiden oder Christen sind. Er vermutet aber, es gibt sie und das Röschen hält ihn nicht zum besten. Meistens wenn er solches hört, empfindet er Stolz, daß er ein so schlaues Weibchen hat. Am heutigen Morgen sind seine Sorgen und Befürchtungen jedoch zu groß, als daß die Rose sie mit einigen Schmeicheleien oder Scherzereien oder Berührungen verscheuchen könnte.

»Ich muß runter«, sagt der Matthes und will sich erheben. Aber das Röschen drückt ihn wieder auf das Lager.

»Erst mußt du mich wärmen. Wenn du mich nicht wärmst, friere ich den ganzen Tag . . .«, flüstert sie, beschreibt ihm, wie unfreundlich der Tag und das Wetter sind, haucht wie zum Beweis die Finger an (als falle draußen Schnee und nicht ein vorsichtiger Regen). Sie verlangt, er solle ihre kalten Finger lieben, versucht sie ihm in den Mund zu schieben. Wie der Matthes sie abwehrt, streicht sie über seine Brust, sucht seine Brustwarze und preßt behutsam zwei ihrer spitzen Fingernägel in das empfindliche Fleisch.

Solches Anfassen läßt den Matthes sonst ohne Verzug Mann werden. An diesem Morgen bewirkt es nichts. Der Matthes läßt sie weiter gewähren, ohne ihr entgegenzukommen oder sich von ihr abzuwenden und das Röschen vermehrt den Schmerz, und darauf nimmt der Matthes ihre Hand einfach weg; wie man sich einen Käfer vom Körper nimmt, der sich auf einem verlaufen hat.

»Ich hol die Weiber nicht zurück«, sagt er unvermittelt, das aussprechend, was ihn bewegt. »Können sie lange warten. Laufen zum Schneider und warten darauf, daß ich ums Wiederkommen bettele. Können sie lange warten.«

Wie er es sagt, ist es, als ob er seine Stimme und seine Gedanken prüfe.

»Hol sie«, sagt das Röschen leicht. »Ich trage ihnen nichts nach und du brauchst sie.«

»Ich brauche sie? Die brauchen mich!« behauptet er bitter.

Das Röschen zieht es vor, darauf nicht zu antworten. Der Matthes fährt fort, zu sich oder zum Röschen zu sprechen; genau wird er es selbst nicht wissen! »Was sollen sie hier? Hier müssen sie sich nur quälen. Haben es doch gut beim Schneider. Besser können sie es nicht treffen.« Und hart, als sei er vom Schneider enttäuscht, sagt er noch: »Man lernt die Menschen kennen, wenn man sie braucht.«

Das Röschen rutscht jetzt zu ihm herunter, nimmt - als sei eine Arbeit zu erfüllen und sie werde gestraft, erfülle sie sie nicht - die gequälte Brustwarze des Matthes zwischen ihre spitzen Zähnchen und beißt darauf herum.

Der Matthes packt nach einer Weile ihren Kopf mit beiden Händen, hebt ihn hoch, sieht ihr in die Augen: »Du hast die Schließe nicht in der Hand gehabt?« fragt er. Aber ganz, als frage er sie, ob er ihr die Sterne herunterholen solle oder ihr ein Kind machen.

Das Röschen hält dem Blick stand. Je länger sie sich in die Augen sehen, desto größer werden die Pupillen, und endlich wird sie ihm begehrenswert.

»Und wenn ich sie hätte? Was würdest du mit mir machen?«

Sie flüstert, und in ihrem Flüstern ist das unkeusche Drängen, das der Matthes so an ihr liebt.

»Du hast sie nicht. Du hast sie nie in der Hand gehabt. Und wenn, macht es nichts«, sagt er, atmet tief und zerrt sie auf sich.

»Ich habe die Schließe nicht und hatte sie nicht«, sagt das Röschen heftig und stachelt ihn weiter auf.

Es ist nicht ohne Grund, daß der Matthes darüber nachdenkt, wie er Anna und die Käthe zurückholen könnte. Die Arbeit wächst ihm über den Kopf. Und geht auch noch der Wenzel, wie soll er dann zurechtkommen?

Den einfachsten Weg – nämlich den Schneider Maskopp aufzusuchen, und sie zu bitten heimzukehren – diesen einfachsten Weg kann er nicht gehen. Und andere umständlichere, aber erfolgversprechende, wollen ihm nicht einfallen. Das Röschen kann er nicht schicken; Anna würde sie nicht einmal anhören. Wen sonst? Der Wenzel und der Heiner sind noch weniger als Verhandler geeignet. Und die Beghine? Nun, der Matthes macht manchmal – beim Essen oder sonst während des Tages – Andeutungen, die die Beghine verstehen muß und sicher weiterträgt. Wenn sie nicht fruchten, und offenbar fruchten sie nicht, wird Anna verstockt sein.

Soll er einen Freund bitten? Wen könnte er damit beauftragen? Er hat schon daran gedacht, einen beliebigen Priester auszusenden. Für ein paar Heller verkaufen die Himmel und Hölle; für Geld würden die auch einen Botengang übernehmen. Er fürchtet aber, selbst darauf werde sich Anna nicht einlassen. Sie wird wollen, daß er kommt und niemand anders. Und er geht nicht. Und wird in alle Zukunft nicht gehen!

Damit sind die Gedanken wieder da angekommen, wo sie aufgebrochen sind.

Der Matthes macht sich schlechter als er ist, wenn er meint, nur wegen der unerledigten Arbeit wolle er die Töchter wieder um sich haben.

Er hängt an beiden; sie sind ihm auf unterschiedliche Art ans Herz gewachsen und das Röschen auf eine dritte. Er meint, nur wenn alle drei Frauen – Anna, die Käthe und das Röschen – im Haus seien, ruhe Segen auf dem Badhaus »Zum Fuß«.

Nun, er wird warten. Die Anna oder die Käthe werden sich wohl besinnen und zurückkehren, wenn sie hören, wie er in Not ist.

5.

Der übliche Gang der städtischen Dinge ist schwerfällig.

Verhandlungen mit anderen Städten um Bündnisse und Einigungen ziehen sich oft über Jahre hin und finden immer noch keinen Abschluß. Beim Zug gegen den Ritter von Kronberg wird dagegen eine ungewohnte Eile an den Tag gelegt, als habe der irgendein Faß zum Überlaufen gebracht.

Dabei hat er sich nichts anderes zuschulden kommen lassen als viele kleine Herren. Erst saugen sie die eigenen Bürger und Bauern aus, und wenn die weder Mark noch Blut mehr im Leib haben, versuchen sie es mit ungerechten Zöllen und wucherischen Abgaben, die sie den Reisenden und namentlich den Kaufleuten abpressen. Ein Weinhändler, welcher oft bei dem Matthes in den Wannen liegt, hat dem Bader ausgerechnet, auf dem kurzen Stück zwischen Bingen und Koblenz hat er mehr als die Hälfte des Warenwertes an Zoll zu zahlen. Kaum ist man an der einen Zollstelle vorbei, kommt schon die nächste. Von Mainz bis zur Mündung des Rheins gibt es 27 Zollstellen. Und nur die wenigsten haben das Privileg des Kaisers; die meisten sind gegen das Reichsgesetz eingerichtet. Trotzdem werden die Räubernester nicht ausgeräuchert.

Wenn selbst die Zölle und unrechten Forderungen nicht ausreichen - und wie sollten sie den Herren reichen, wo der Wert von Land in den wenigen Jahren seit der Apokalypse um die Hälfte gesunken ist und sich die Preise und Löhne verdoppelt und verdreifacht haben? -, kommen sie auf Wegelagerei und Lösegeld. Dazu lassen sie die Straßen verrotten, daß die Wagen umfallen und sie leicht nehmen können, was da an Mensch und Ware vor ihnen liegt. Jemanden einzusperren und nur gegen Lösegeld herauszugeben, dafür finden sie immer einen Grund.

Es ist nicht reine Habgier, welche die vielen Herren über Burgen und Festen zu solch liederlichem Tun treibt. Auch sie müssen Abgaben machen, auch ihnen sitzen Gläubiger im Nacken. Jedes Pfand, das sie nicht auslösen können, ist für immer dahin. Aber wie Pfänder auslösen bei vierzig und fünfzig Prozent Zins auf das Jahr? Und wovon sollen erst die nachgeborenen Söhne des Adels leben, für die sich keine Stelle und keine Pfründe findet, deren Erbe schon von ihrer Geburt verpfändet und verfallen ist? Die nichts können als reiten, fechten und schlagen? Wovon sollen die sich nähren, kleiden, heiraten? Wenn sie sich nicht als Kriegsleute verdingen können, werden sie leicht Räuber. So treffen sich am Ende in den Banden, die jede längere Fahrt durchs Land zum Wagnis machen, die Niedrigstgeborenen mit den Hochgeborenen, und man weiß nicht, fällt man ihnen in die Hände, wer grausamer und unerbittlicher ist.

Die Stadt Mainz hat sich mit den Städten Straßburg, Speyer, Worms und Oppenheim, auch mit einigen anderen kleineren Orten am Rhein verbündet. Gemeinsam wollen die Städte die Wege auf dem Wasser und am Wasser von Gefahren aller Art frei halten, so weit man sie mit Waffen abzuhalten vermag. Doch es geht über die Kraft der Städte, alles dazugehörige Land zu schützen. Was der Herr Kaiser und die Kurfürsten, die Herzöge und Grafen nicht vermögen, das sollen die Städte vollbringen?

Da das nun alles so ist wie es ist und woran man sich gewöhnt hat, als könne es nicht anders sein, verwundert es, daß ausgerechnet vier unbekannte Kaufleute das Stadtregiment zu solch ungewohnter Hast bewegen können. Denn daß es sich bei den Kaufleuten um kleinere Lichter handelt, darüber sind sich alle Gäste des Matthes einig. Einen der Eingesperrten hält man sogar für eine solch taube Nuß, daß man ihn nur aus dem Burgverlies von Kronberg holen will, um ihn, hat man ihn erst einmal, im Eisenturm festzusetzen. Von ihm erzählt man sich, daß er den Lombarden Wechsel ohne Dekkung gegeben habe. Auch die übrigen können nicht mit alten Namen oder jungen Vermögen glänzen. Ihretwegen will sich die Stadt solche Lasten und Pflichten aufbürden?

Denn der Zug soll nicht irgendwann, etwa im nächsten Frühjahr oder Sommer, unternommen werden, sondern jetzt, am Ende des Herbstes, wo üblicherweise jede Fehde einschläft.

In aller Eile hat der Rat zwanzig Helme angeworben - schwer bewaffnete, in ihrer Entschlossenheit erprobte und in allen Roheiten des Kriegs erfahrene Männer. Zu ihrer Unterstützung sind hundertfünfzig Bürger und Beisassen aufgeboten worden.

Der Zug soll in vier Wochen, spätestens bis Martini, abgeschlossen sein und jeder Bürger erhält den Tag vier Schilling Sold und die Kriegsleute zehn. Außerdem hat die Stadt den Proviant, Schießpulver und die Geschosse aufzubringen, denn gegen die Kronberger Burg sollen aus Mörsern steinerne Kugeln verschossen werden.

Die Vereidigung der Söldner findet auf dem Höfchen statt; das ist ein Platz am Haus des Erzbischofs und eigentlich nur ein Innenhof, von Häusern umstanden, in denen Domherren und Patrizier wohnen; jedenfalls kein großer Platz, auf dem sich das Volk drängen kann.

Es ist auch kein Volk da, welches sich drängen könnte.

Der Matthes und der Heiner gehören zu den wenigen Zuschauern, die dem Eidschwur zusehen.

Und statt der Bürgermeister nimmt der Kämmerer Salman den Eid der Kriegsleute ab.

Alles geht sehr unfeierlich zu, beinahe als werde ein Geschäft geschlossen. Zwar ist das Stadtbanner aufgerichtet – das Mainzer Rad auf rotem Grund –, aber die Kriegsleute und die zum Fehdezug entschlossenen Bürger (oder in deren Vertretung deren Knechte oder sonstige Mannen) stehen herum, als hätten sie Wichtigeres zu bereden und zu bedenken als den Zug. Zwei lausen sich in aller Ruhe; der Matthes kann glauben, er ist in seiner Badstube.

Der Kämmerer stammt aus einer alten Familie; seine Verwandten sind Bischöfe und Vögte. Ihm hat man schon in den frühesten Jahren beigebracht, würdig auszusehen und würdig aufzutreten. Doch heute scheut er selbst diese Mühe. Er sieht Schriftstücke durch, die ihm zwei Vikare bringen, disputiert ungnädig mit ihnen und siegelt schließlich auf einem Fensterbrett eine Urkunde.

Zu oft sind zu Lebzeiten aller schon Kriegsleute ein- und ausgezogen, als daß man dafür viel Neugier aufbringen könnte. Alle sind des ewigen Streitens müde, und nie wird es ein Ende finden. Diese hier werden einigen Bauern die Scheunen anzünden, einige Mühlen oder sonst welche einsam stehenden Häuser zerschlagen, einige Frauen vergewaltigen, einigen Männern die Kehle durchschneiden. Wenn sie Glück haben, können sie sich Eingang in die Burg des Ritters von Kronberg verschaffen und wenn nicht, dann eben nicht. Ändern wird das alles nichts. Der Herrgott will es allem Anschein nach so und deswegen wird es so bleiben.

Der Matthes hat den Heiner mitgenommen, den Wenzel zu verabschieden; er hat tatsächlich das Badhaus abgeschlossen und einige Gäste aus den Wannen gewiesen wie Christus die Wechsler aus dem Tempel verjagt hat. Was solle er noch ein Badhaus betreiben, wenn alles ihn flieht, hat er die verständnislos blickenden Besucher angefahren. Nun steht er hier und sieht dem Wenzel zu, der mit einem anderen Bader und einem Kriegsknecht seine Ausrüstung durchgeht, daß er nichts an Instrumenten und Scheren vergißt, die ihm später fehlen.

Im Aussehen ist kein großer Unterschied zwischen den Söldnern, die das Kriegführen zu ihrem Beruf gemacht haben, und den Bürgern, die sich nur die nächsten Wochen diesem Geschäft hingeben wollen. Die Söldner sind nicht alles Hünen und die Mainzer keine Feingeister. Meistens werden es solche aus den Vorstädten sein oder Pfahlbürger, die sich vor den Mauern angesiedelt haben und darauf warten, für immer in die Stadt eingelassen zu werden, oder Knechte, die von der Hand in den Mund leben und für die vier Schilling den Tag ein Traum sind. Die Söldner sind besser ausgerüstet, haben statt der altmodischen Plattenpanzer solche aus einzelnen Schuppen; ihre Helme sind praktischer als die der Bürger. Aber sonst? Die Gesichter der einen unterscheiden sich nicht von denen der anderen. Bei den Söldnern gibt es welche, denen man nicht Feind sein möchte und nicht Freund und bei denen aus der Bürgerschaft auch. Es ist eine harte Zeit und wer lebt, der lebt und morgen kann er tot sein. Was soll man da auf den Nächsten Rücksicht nehmen?

Endlich scheint der Kämmerer Salman die Sache zu einem Ende bringen zu wollen. Er steigt auf einen steinernen Sockel, hebt seine Stimme und redet die Männer an. In dürren Worten erklärt er, in welch unrechter Weise der Ritter von Kronburg die Stadt Mainz geschädigt habe, und daß er die Aufforderung nach Sühne und Ersatz des Schadens nur mit Hohn und Unflat beantwortet habe. Man müsse nun, gemäß den Verpflichtungen mit den anderen Städten und weil die Achtung, die man sich schuldig sei, das verlange, sein Recht suchen und das sollten die hier Versammelten in der gehörigen Weise besorgen.

Er läßt die Hauptleute vortreten. Für die Söldner geht ein Johann Han und für die Bürger der Ritter Jakob Rape vom Stein vor. Der

Hauptmann der Söldner ist ein sehr großer Mensch, mit ganz kurz geschnittenen grauen Haaren und einem Gesicht, dessen linke Seite verbrannt ist und die nachgewachsene Haut ist rot wie gekochter Krebs; auch seine Hände zeigen große Brandflecken. Dies und seine Haltung entsprechen so ganz dem Bild eines Kriegsmanns, daß man ihn zum Hauptmann machte, hätte er selbst keine weiteren Fähigkeiten. Der Ritter ist ein sehr junger, sogar geachteter Mann, und der Matthes kann sich nicht denken, was ihn getrieben hat, gegen den Herrn von Kronberg zu Felde zu ziehen. Vielleicht sind für ihn die vier gefangenen Kaufleute nur Vorwand, vielleicht hat er oder seine Familie einen wichtigeren Strauß mit dem Kronberger auszufechten.

Die Hauptleute stellen sich also vor den Kämmerer und der heißt sie schwören, daß sie und ihre Männer der Stadt Mainz treu dienen werden, unter allen Umständen beim Stadtbanner bleiben und es hüten und bewahren, so viel sie es vermögen, und daß es der Stadt zur Ehre gereichen werde. Die Hauptleute legen die rechte Hand aufs Herz und leisten den Schwur auch für ihre Leute.

Dann erläutert der Kämmerer die einzelnen Artikel. Wann und unter welchen Umständen der Zug beendet werden und welcher Weg genommen werden soll. In diesem Punkt drückt er sich ungenau aus und läßt den Hauptleuten die Entscheidung; nicht zu Unrecht mag er fürchten, daß der Weg nach Kronberg und die Rückkehr der Leute noch argen Verdruß mit sich bringen wird. Denn die Mainzer ziehen nicht durch eine Wüste, sondern durch Land, das vielen gehört. Die Männer müssen auch versprechen, daß, sollten sie bei dem Zug irgendeinen Schaden erleiden, gleichgültig ob am Leib oder durch Gefangenschaft, Brand, Raub oder wie einem sonst noch die Habe abhanden kommen kann, sie keinen Ersatz von der Stadt verlangen werden und ihn nicht auf gerichtliche Weise geltend machen.

Nachdem die Hauptleute auch dies mit ihrem Eid bekräftigt haben, spricht der Kämmerer noch einige allgemeine Worte. Er sagt, der Gerechtigkeit zu dienen, bringe schönsten Lorbeer und dauernde Achtung. Ewiger Ruhm sei das Ziel aller strebenden Menschen und den könnten sie bei dieser Gelegenheit erlangen. Er wünscht den Männern guten Erfolg und entläßt sie.

Der Wenzel sieht nun seinen Meister; sein Blick wird scheu und schuldbewußt. Dann gibt er sich einen Ruck.

Er kommt heran, spielt den Unbesorgten, klopft dem Heiner abschiednehmend auf die Schulter und sagt scherzend zum Matthes, wenn er heil und mit Beute zurückkehre, werde er das Badhaus nicht mehr verlassen und der Matthes könne dann das nächste Jahr unbesorgt wegen seines Hauses seine gelobte Wallfahrt antreten.

»Ja, nur weg«, sagt der Matthes abfällig. »Hauptsache, weg!«

6.

Der Matthes stolpert mit dem Heiner den Weg zum Badhaus zurück.

Er ist in einer seltsamen Gemütsstimmung; als ob sich in seinem Bauch und in seinem Kopf ein Umsturz anbahne. Als ob er alles, was er hat und was er ist (und er hat mehr als er ist) wegwerfen sollte und dem Beispiel der Beghine oder der vielen *fratres* und *patres* folgen und an das denken sollte, was für die Seligkeit wichtig ist und alles meiden, was ihm ewige Verdammnis eintragen wird.

Er bleibt an einem Brunnen stehen und kühlt seine brennenden Füße und verflucht den Schuhmacher, der ihm einredete, so müßten die neuen hölzernen Schuhe sitzen und nicht anders. Dabei drücken sie und sind ein Stück zu klein. Und auf einmal - wohl weil er heute andere Gedanken als die tagtäglichen hat - erinnert er sich an die beiden Geißler, die sich genau hier, wo er jetzt steht, mit eisernen Peitschen an ihr Ende getrieben haben.

Es ist bald zehn Jahre her, daß Horden von Besessenen über die Stadt herfielen. Keiner wußte, wo diese vom Wahn ergriffenen oder vom Teufel geschundenen Kreaturen herkamen: Mal zogen sie den Rhein herauf, dann herab, sie trieben auf Schiffen und Flößen auch den Main herunter; selbst aus Frankreich und anderen fernen Ländern kamen sie heran. Manchmal waren sie nur ein paar Dutzend, manchmal marschierten sie zu hunderten, angetan mit Hüten, an denen rote Kreuze angesteckt waren und in Gewändern, in denen das Blut zu stinkenden schwarzen Flecken geronnen war. Jeder hatte seine Geißel vor sich hängen und vor ihnen liefen welche mit

Kruzifixen und Fahnen, Kerzen und Fackeln und drohend sangen sie das Kreuzlied: »Nun helfe uns der Heiland!« Und alle behaupteten, sie folgten göttlichem Ruf. Manche wollten Briefe gesehen haben, die vom Himmel fielen und auf diesen hatte es geheißen: »Siehe, ich habe euch diese Jahre gesandt und Regengüsse und große Wasser und das Erdreich habe ich geschlagen, daß es unfruchtbar werde und die Krankheit und den Tod, euch zu verderben.« Mit ihrer Geißelung wollten sie alles sühnen, was die Menschen und namentlich seine Diener dem Herrn angetan hatten, und darüber hatten sie alles Maß und allen Verstand verloren. Mehr als einer von ihnen ging mit glasigen Augen und wahrhaftig mit Schaum vorm Mund umher; ein grausiger Anblick, schlimmer als ihre zerschundenen Leiber und eiternden Wunden.

Wenn sie vor die Stadt kamen, ordneten sie sich zu langen Prozessionen und zogen schweigend und wie von Wut getrieben in die Stadt ein. Man konnte meinen, sie würden von einer unsichtbaren Hand gezogen und gezerrt; so willenlos und erschreckend kraftlos näherten sie sich dem Dom oder der Liebfrauenkirche, traten singend ein und fielen dann, wie vom Schlag getroffen, kreuzweise übereinander und verharrten in dieser Weise auf die Länge eines Paternosters. Dann erhoben sie sich schweigend, legten ohne alle Aufforderung ihre Oberkleider ab und begannen sich bis aufs Blut zu geißeln. Auf ein unsichtbares Zeichen knieten sie nieder, streckten sich mit weit ausgebreiteten Armen aus und ihr Meister schritt an ihnen vorbei, gab jedem einen Streich mit der Geißel und ermahnte sie, sich hinfort aller Sünden zu enthalten. Alsdann standen sie erneut auf; ein Vorsänger sang eine Weile und wiederum begannen sie sich unerbittlich und mit größtem Haß und Selbsthaß zu geißeln.

Und während sie sich blutig schlugen, predigte ihr Meister oder ihre Meister (denn oft hatten sie deren mehrere) und verlangten mit sich überschlagenden Stimmen, der einfache Mann solle predigen und die Würdigsten sollten die Beichte abnehmen. Das konnten nie die Priester sein, sondern offenbar nur sie selbst. Am lautesten stießen sie die Forderung aus sich heraus, Geißelübungen wichtiger zu nehmen als die Sakramente. Nur ihre Form Buße zu tun, nur ihre Art, das Fleisch abzutöten, sei dem Herrn wohlgefällig. Dies war eine so unerhörte Ketzerei, auch einem Bader erkennbare Ketzerei, daß sich der Matthes wunderte, wie die Priester dies duldeten, und warum sie nicht mit Feuer und Schwert dazwischenfuhren.

Der Matthes hatte das unbegreiflich düstere Schauspiel nämlich einmal von einem sicheren Platz aus verfolgt; wie man sich ein Turnier ansieht oder Tierhetzen. Es war geheimnisvoll gewesen und furchteinflößend und ganz und gar unbegreiflich. Aber die Geißelung der beiden Männer hier am Brunnen auf dem Kirschgarten hatte sich damit nicht vergleichen lassen. Niemals zuvor oder danach hatte der Matthes solches gesehen. Die beiden Männer - nicht mehr die jüngsten; der eine mit blassen Hühnerbrüsten und einem faltigen Bauch und der andere über und über behaart; wie er sich auskleidete glich er einem Waldgeist - waren sich in der Mittagshitze eines Sommertags mit ihren eisernen Geißeln gegenübergetreten und hatten sich abwechselnd Schläge verabreicht. Am Anfang hatten sie dazu noch Gebete gemurmelt und Liedstrophen, dann waren sie verstummt bis auf ihr Röcheln und Stöhnen und Schreien. Je länger sie sich schlugen, desto irrer wurden nicht nur sie, sondern auch die Zuschauer, die sie in immer größerem Kreis umringten.

Niemand hatte den Geißlern Einhalt geboten; im Gegenteil, je länger sie sich massakrierten, desto inbrünstiger war die Menge um sie herum geworden. Es war nicht die übliche geile Mordgier, die die Hinrichtungen zu einem mit offenem Mund genießbaren Spektakel machen. Hier hatten die Dabeistehenden den Eindruck, die beiden opferten sich für die Menschheit wie sich der Heiland den Schächern und Hohen Priestern am Kreuz ergeben hat. Dem Bader war es nicht anders ergangen als den übrigen. Nach einer Weile hatte er laut und flehend gebetet; für sich, seine Lieben und für den raschen Tod der beiden Fremden.

Er hatte schon viele Wunden gesehen, die Gedärme und das Gekröse von Menschen, ausgelaufene Augen, abgeschnittene Arme und Beine; er hatte Gespießte und Gepfählte gesehen. Aber niemals hätte er solch verzehrende und vernichtende Grausamkeit gegen das eigene Fleisch für denkbar gehalten, hätte er nicht selbst verfolgt, wie sich die beiden Geißler in ihr elendiges Ende trieben. Einander zerfetzend hatten sie nicht eher abgelassen, bis ihnen der Tod die Geißel aus den Händen nahm. Da glichen ihre Körper zerstükkelter und zerrissener Jagdbeute und der Matthes hatte nicht zu glauben vermocht, bei der Auferstehung der Leiber könnten diese beiden vor den Herrn treten.

An das erinnert sich der Bader, als er das Wasser aus dem Brunnen schöpft und seine Füße damit netzt; damals hatte eine alte Frau das Blut der Männer mit Eimern Wasser vom Boden weggeschwemmt. Metzger säuberten so nach dem Schlachten einen Hof oder seine Badeknechte die Badstube nach blutigem Zahnziehen.

Der Matthes wendet sich an den Heiner, der sich auf einen Stein gesetzt hat (ein Stein, daß man leichter sein Pferd besteigen kann) und fragt ihn düster: »Heiner, sehen wir den Wenzel wieder?«

Der Heiner hebt darauf den Kopf. Man merkt ihm an, darüber hat er noch wenig nachgedacht. Warum sollte sich der Wenzel nicht wieder einfinden, sagt sein Blick. In vier Wochen spätestens endet doch der Zug gegen den Ritter von Kronberg.

Der Bader durchdenkt, was ihm sein Geselle sagen will und darauf antwortet er, wie wenn der Heiner töricht und nach seinem Alter gesprochen hätte: »Heiner, der Mensch ist ein Knecht des Todes.«

Es mag sein, daß er die Worte bei einer Predigt oder an einem Grab gehört hat. Nun will es ihm scheinen, sie sind aus seiner Seele aufgestiegen und sind der Sud seines Lebens: Der Tod ist unser Herr und er kann uns jederzeit und an jedem Ort schlagen, wie es ihm gefällt und wir haben nicht das Vermögen und nicht das Recht, uns gegen diese Schläge zu wehren.

Der junge Bader wird unruhig, wie er seinen Meister so untätig, so unentschlossen sieht. Sonst treibt der zur Arbeit, sitzt nicht mal ruhig beim Essen, hetzt sich und seine Leute. Und nun will er nicht mehr von diesem Brunnen, wäscht sich darin gedankenverloren Hals und Hände, als sei heute ein heißer Tag und er müsse sich mit dem Wasser erfrischen.

Der Heiner steht vom Sattelstein auf und hofft, der Matthes werde seinem Beispiel folgen und wieder an sein Tagwerk zurückkehren wollen. Der Matthes ist aber noch ganz in seine Gedanken verstrickt und stellt dem Heiner eine nächste Frage. »Welche Gefährten hat der Mensch?« fragt er, wie die Bettelmönche, wenn sie sich mitten auf den Markt oder auf eine Kanzel stellen und zu predigen beginnen.

Der Heiner weiß nicht zu antworten. Von welchen Menschen redet der Matthes? Und welchen Gefährten?

Der Bader erkennt, sein Knecht ist nicht in gleicher weltverzichtender Stimmung wie er, und er stößt den Heiner freundlich an und sagt ihm, welche Gefährten immer um den Menschen sind, selbst wenn er meint, er stehe sehr hoch und er könne sich des einen oder anderen dieser Gesellen erwehren. Es sind, zählt der Matthes auf, Hunger und Durst, Hitze und Kälte, Krankheit und Müdigkeit und der heimtückischste von ihnen, der Tod.

»Dich hat er ja auch schon in seinen Klauen gehabt.«

Der Heiner nickt, aber da er nicht weiß, warum der Matthes solch gedrückten Gemüts ist und er selbst nicht so fühlt, ist es nicht das nachdenkliche Zustimmen, das der Matthes gern hätte. Es ist vielmehr das einfache Nicken, wie man einem Badgast recht gibt, daß man seine Ruhe hat. Der Auszug des Wenzel kann den Heiner jedenfalls nicht an Gott und der Welt verzweifeln lassen; der wird bald wiederkommen und käme er nicht, käme ein anderer Knecht. Ist er auch kein Bader des Kaisers, wird er wenigstens weniger Verrücktheiten haben.

Der Matthes erkennt, mit dem Heiner kann er nicht über Leben und Tod sprechen. Dennoch ist ihm der Junge auch jetzt lieb und er nickt ihm wie zustimmend zu und heißt ihn, noch einmal auf dem Stein, auf dem er vordem saß, Platz zu nehmen. Der Heiner denkt, es handele sich um eine neuerliche Grille des Matthes und setzt sich vorsichtig und beinahe mißtrauisch.

Der Bader besieht sich aufmerksam die Narbe unter den Haaren; von dem Unglück im Keller ist beim Heiner kaum etwas zurückgeblieben. Es wird ihm, dem mit allen Knüppeln geschlagenen Matthes, wohl nichts anderes bleiben, als die gelobte Wallfahrt anzutreten.

In der Stimmung, in der er nun ist, bereitet ihm dieser Gedanke keinen Kummer. Heute wäre er geneigt, nach Rom zu ziehen oder gleich ins Heilige Land. Alles besser, als sein Leben und seine Tage und in der Folge sogar das himmlische Leben zu vergeuden, weil man an nichts anderes denkt als an Schweiß- und Schwitzbäder und wie man sie seinen Kunden bereiten kann.

Endlich klopft er dem Heiner freundlich mit einem Finger an den

Kopf, wie man gegen Holz klopft; der Heiner will zum Badhaus »Zum Fuß« heimziehen. Der Matthes überlegt es sich aber anders und führt seinen auf seine Fürbitte (und sein Versprechen) vom Tod genesenen Badgesellen in einen Weinschank, den ein Pfarrherr in der Nachbarschaft betreibt.

Diese Schenken haben schon viel Streit zwischen den Wirten und der Pfaffheit hervorgerufen; eigentlich noch mehr Streit zwischen der Stadt und den geistlichen Herren. Die Pfaffen müssen – und dieses für die Stadt so kostspielige Privileg lassen sie sich von jedem neuen Erzbischof bestätigen – keine der städtischen Steuern zahlen und keine der städtischen Abgaben leisten. Die Geistlichen zahlen nicht für Wein oder Mehl oder Holz; sie zahlen nicht für ihre Häuser und nicht für ihren Grund.

Und, was den Gieselher vom »Hollerbaum« bis zum Stottern reizt, sie müssen noch nicht mal Steuern abgeben, wenn sie den Wein, den man ihnen so günstig läßt (oft genug noch stiftet) gegen Geld ausschenken. Der Hollerwirt würde selbst dann noch ein Auge zudrücken, wenn sich die kleinen Altaristen, die oft nicht das Brot über Nacht haben, da ein paar Heller verdienen wollten. Aber nein, es sind die fettesten Pfarrherren, die sich in ihren Höfen und Stuben am Verdienst der Wirte mästen.

Der Matthes bedenkt aber nun nicht die Sorge des Hollerwirts, als er sich vom nächsten Reisigstrauß locken läßt und den Heiner auf ein Glas Wein oder einen Krug Bier auffordert.

Im Hof des Anwesens – es ist wie die übrigen Häuser in den Gassen dieses Viertels, ein langgestrecktes Gebäude mit einem ebensolchen Hof – hier also sind zwei Bänke und einige Hocker aufgestellt und laden zum Sitzen ein. Dem Matthes ist das Wetter dazu nicht freundlich genug, und er führt den Heiner in die Stube.

Da riecht es nach Pisse und wirklich pinkeln zwei Besoffene um die Wette gegen eine Wand und streiten sich, wer den weitesten Strahl hat; der Matthes muß darüber lachen und noch mehr über die wortgewaltige Flucherei einer Frau, die dem Pfarrherrn wohl Wirtschaft und Weinschank führt und die Pisse wegwischen muß.

»Die Kerle kann man beneiden«, sagt der Matthes gutmütig. »Ich wollt, bei mir liefe es halb so gut. Ist wieder eine Tröpfelei. Immer dasselbe, wenn ich mich aufrege. Aber damit ist jetzt Schluß. Ich behalt die Ruhe. Und wenn sie mir das Dach über dem Kopf anstecken!«

Der Heiner erwidert darauf nichts; über sein Harnlassen verbreitet sich der Matthes so oft, daß man dazu wahrhaftig nichts Neues mehr zu sagen wüßte.

Die Haushälterin ruft ihnen zu, was sie wünschen. Der Bader läßt darauf dem Heiner die Wahl zwischen Bier und Wein und der Knecht entscheidet sich für das billigere Getränk; der Matthes will einen Krug Bier.

Die Frau läßt sie warten. Man hört sie in einem anderen Raum rumoren und schimpfen und der Matthes malt sich aus, was wohl die Anna mit den Pissern vollführt hätte.

Der Heiner will sich eifrig an diesem Gedanken beteiligen, da weist ihn der Matthes zurück. Er selbst kann über Anna reden so viel er will, sagt der Bader grob, er will aber nichts über sie hören.

Endlich bringt ihnen die Frau, was sie bestellt haben und nach einer weiteren Weile entfalten die Getränke ihre berauschende und besänftigende Wirkung. Der Heiner wird ausgelassen, der Matthes wohlgelaunt träge. Sie sprechen nicht viel miteinander. Was sollen sie auch viel reden? Die letzten Jahre haben sie unter einem Dach verbracht und wissen, was war und was davor war, ist für den Alten weit zurück und für den Jungen nicht mehr wahr.

Auf einmal heißt der Matthes den Heiner aufstehen und der erhebt sich gehorsam. Der Matthes betrachtet ihn wie man einen Handlanger prüft, der um Arbeit fragt.

»Heiner«, sagt er. »Heiner, wo hast du das alte Zeug her? Siehst aus wie ein Waldschrat. Beim Tanz lassen sie dich so nicht ein.«

Der Heiner will nicht zum Tanz, und seine Kleider sind vom Trödler; aber das weiß der Meister. Der Heiner sieht an sich herunter. Er trägt einen grauen Kittel, wie immer wenn er weggeht und auf der Bank liegt sein schwerer Umhang. Beide Stücke sind abgewetzt, aber nirgends rissig und wo Risse waren, sind sie zugenäht. Er hält seine Kleidung so gut in Ordnung wie er es vermag und die Badedirnen nähen und waschen sie ihm, wenn er darum bittet. Bei den Dirnen ist er überhaupt gern gesehen. Jetzt, wo er mit jedem Tag männlicher wird, haben sie ihn gern bei sich und erfüllen ihm gern die Wünsche, die er hat. Jedenfalls ist er nicht schlechter oder ärmlicher gekleidet als sonst ein Mensch in seiner Stellung. Warum fragt also der Meister und was redet er?

Als der Heiner auf seine stumme Frage keine Antwort erhält, will er sich wieder setzen. Der Matthes befindet aber, es lohne sich nicht. Sie sollten zum Schneider gehen und dem Heiner was anmessen lassen; er habe sich mit treuem Dienst eine Joppe verdient.

7.

Der Schneider Maskopp hat sein Haus am Flachsmarkt. In der Nachbarschaft gibt es Buden und Gaden von Schneidern, aber der Flachsmarkt ist nicht das eigentliche Schneiderquartier. Das liegt näher an Kaufhaus und Dom, und der Maskopp wünscht sich, einmal dorthin ziehen zu können.

Dort wird für gleiche Arbeit das Doppelte und das Dreifache gezahlt. Dort lassen die geistlichen Herren nähen, die mächtigen und reichen Domprälaten und Domkapitulare, auch die vielen fremden Geistlichen, die in ihren Geschäften Mainz aufsuchen, die Legaten der Kurie und die Abgesandten der zahlreichen Diözesen, die Mainz unterstellt sind, auch die Diplomaten des Kaisers, die mit dem Erzbischof als dem Kanzler des Reiches verhandeln und die oft selbst geweiht und gesalbt sind. Sie alle schätzen die Künste der Mainzer Gewandmacher; behaupten zumindest die Schneider, die am Dom sitzen.

Als Kundschaft werden auch die Herren aus den alten Mainzer Geschlechtern gern gesehen. Oft haben die sogar das Monopol auf den Gewandschnitt. Dann führen sie im großen Stoffe aus Flandern und Brabant ein, aus der Lombardei und Venezien und überlassen den Schneidern nur den Zuschnitt und das Nähen.

Wer auch immer an den Tuchen verdient, der Maskopp ist es nicht. Er wäre es schon zufrieden, könnte er sein Handwerk in einer der Gaden an der Dommauer betreiben. Aber die dort sind, achten darauf, daß ihnen nicht weitere Schneider auf den Pelz rücken. Insofern geht's dem Maskopp nicht viel anders als der Mutter des Röschens; die Zünfte und die Zunftgenossen halten ihn so, daß er nicht übermütig wird.

Der Schneider sitzt mit gebeugtem Rücken auf seinem Tisch und näht, als der Matthes und sein guter Knecht Heiner eintreten. Der Schneidergeselle sitzt in ebensolcher Haltung neben seinem Meister und reicht ihm ein Teil zu. Anna und Käthe hocken im hinteren Teil des Raumes und ziehen Fäden. Ihre Finger sind blau vor Kälte; der Schneider wird im Haus erst Feuer anzünden, wenn ihm keine andere Wahl bleibt. Wie um zu beweisen, daß es recht erträglich ist, hat er sogar die Fenster auf. Wohl auch, um an Öl für die Lampen zu sparen. Der Geiz ist die Fahne, hinter der der Maskopp herzieht und über Geldausgabe und Geldvermehrung können er und der Matthes über Stunden reden.

Überhaupt sind sich die beiden in vielem ähnlich; sie könnten Brüder sein. Dabei sind sie körperlich verschieden. Der Schneider ist ein kleiner beweglicher Mann mit einem Bäuchlein, das er manchmal streichelt wie eine Frau ihren gesegneten Leib; Nase und Kinn und Finger sind weich und rund und verlangen nach Lebensgenuß. Den versagt er sich aber; jedenfalls so lange er dafür bezahlen soll. Seine Arbeit macht er gern; seine Fingerspitzen sind so zerstochen, daß er kaum Gefühl darin hat, und mit seinen Kunden spricht er in einer liebedienerischen Art, welche den Matthes abstößt.

Nein, es sind nicht die Äußerlichkeiten, die den Matthes und den Maskopp verwandt erscheinen lassen. Sogar wie sie über die Dinge denken und sprechen, ist unterschiedlich. Dennoch hat der Betrachter den Eindruck, sie gehörten zusammen.

Der Schneidergeselle will von seinem Platz auf dem Tisch herabspringen, als der Matthes hereinkommt. Sein Meister duldet es nicht. Er glaubt, der Matthes wolle ihm einen seiner üblichen Besuche abstatten und übertriebene Ehrbezeugung sei deswegen nicht vonnöten. Wirklich hält der Bader den Maskopp meist nur von der Arbeit ab; erst seit er das Röschen im Haus hat, ist der Matthes auch für den Schneider ein guter Kunde geworden. (Leider auch anderen Schneidern am Dom; aber darüber unterhalten sich der Matthes und der Maskopp nicht.)

Da er die Rose heute nicht bemerken kann, scheinen dem Schneider ein paar Handbewegungen als Gruß bei weitem ausreichend. Der Matthes grüßt dagegen seinen Vertrauten besonders herzlich, erkundigt sich nach den üblichen Unwichtigkeiten und schiebt den Heiner wie seinen Sohn vor. Dem Schneider erklärt er, der Heiner habe sich mit Fleiß und Gehorsam neue Gewandung verdient und deshalb seien sie gekommen. Er, der Matthes, belohne gern, wo es etwas zu lohnen gäbe. Leider sei das nicht oft der Fall. Bei der Joppe für den Heiner solle nicht am falschen Ende gespart werden; das Stück werde wohl einige Jahre halten müssen und der Schneider solle dem Heiner Platz zum Wachsen lassen.

Der Schneider nickt verstehend und zustimmend und zeigt dem Bader, von welchem Stoff er Vorrat hat. Sollte der nicht gefallen, will er gern anderen zur Begutachtung holen lassen. Der Matthes prüft und läßt auch den Heiner seine Meinung sagen, und schließlich einigen sich die drei - der Matthes, der Maskopp und der Heiner, der nur vorsichtig seinen Mund aufmacht - auf ein Tuch von blauer Farbe, in den breite rote Streifen gewebt sind und das nur bei seltenen Gelegenheiten getragen werden kann. Auch über die Machart verständigen sie sich.

Da gibt es viel, über das man sich verständigen muß. Denn seit die Pest weitergezogen ist (selbst das furchtbarste, nichts und niemanden schonende, alles umwühlende Unwetter zieht endlich weiter und so ist es auch mit der Pest gegangen; wie sie gekommen war, ist sie gegangen: ohne begreifbaren Anfang und ohne erkennbares Ende), seit dieser Zeit also gibt es Kleider von einer Art wie nie zuvor. Und solche will der Matthes für den Heiner. Eine Schecke wie für einen Pagen!

Früher trug man Kleider, in die man hineinschlüpfte - dreiviertellang für Männer, knöchellang für die Frauen. Nun sind daraus für die Männer drei Teile geworden: die Schecke, vor der Brust zu öffnen und zu schließen und darunter ein Wams und für die Beine eine besondere Bekleidung, vorn und hinten am Saum des Wams' befestigt und Hose genannt.

Der Schneider schildert ausführlich, wieviel Mühe es verlangt, solche Kleidung zu nähen. Besonders der Übergang zwischen Hose und Wams erfordert viel Kunst und Kniffe, und manch einer scheitert daran. Aber, zeigt er dem Bader (und der scheint Schöneres nie gesehen zu haben, so lobt er den Schneider), der neue Schnitt betont den Körper des Mannes, hebt seine Schultern, läßt seine Hüften hervortreten und gibt dem Träger beim Tragen neue Freiheit und Beweglichkeit. Die tiefe Gürtellinie verstärkt zwar die Leiblichkeit, gibt aber der Figur andererseits einen schlanken Akzent; im ganzen betrachtet, erklärt der Schneider dem aufmerksam lauschenden Matthes, im ganzen betrachtet, erscheint der Mann schlanker. Der neue Schnitt streicht zudem Brust und Kopf heraus, die edlen Partien also. Jetzt fällt nicht mehr wie vordem der Bauch ins Blickfeld, sondern der wird jetzt im Gegenteil und auf angenehme Weise unterdrückt.

Bei den letzten Erklärungen schiebt der Schneider sein eigenes Ränzlein mit beiden Händen und zehn gespreizten Fingern nach hinten und nach unten und entspricht so ganz dem Gefühl der Zeit, das sich das Schlanke, Strebende wünscht, wie er ausführt.

Daß solche Kunst ihren Preis hat, liegt auf der Hand. Aber für den Heiner, den braven Knecht, ist dem Matthes heute nichts zu viel. Für wen sollte er wuchern, fragt der Matthes. Der Wenzel sei davongezogen und ob man ihn wiedersehe fraglich, und Töchter habe er keine mehr. Für wen also wuchern?

Der Schneider mimt den Unwissenden, tut so, als habe er den Sinn der Worte nicht verstanden, zieht die Luft ein und wiederholt, was er schon anfangs sagte. Ist es nicht genug, daß der Matthes seine Rose weit über ihren Stand kleidet? Nun noch den Badknecht?

Nein, sagt der Matthes eigensinnig, der Heiner bekomme eine Schecke. Er habe eine solche schon an anderen Knechten gesehen, da könne der Heiner ebenfalls solches anziehen. Natürlich nicht, wenn er auf der Straße ausrufe, das Badwasser sei heiß; doch an Sonntagen und den Feiertagen der Heiligen könne er solches anlege. Er wolle das so!

Und während der Matthes das alles mit seinem guten Ratgeber bespricht, übersieht er – als gäbe es sie nicht – die Töchter.

Käthe richtet sich nach dem Beispiel der Anna und gönnt dem Matthes keinen Blick. Vielmehr beschäftigt sie sich mit ihrer Arbeit, als gebühre dem- oder derjenigen der höchste Lohn im Himmel und auf Erden, der Reihfäden so zieht, daß nicht eine Spur zurückbleibt.

Der Heiner weiß nicht, wie sich verhalten. Manchmal lächelt er den Frauen zu, und sein sonst so angenehmes Gesicht verzieht sich dabei zu einem einfältigen, weil ihm verwünschten Lächeln.

Auch ihn bedenken die Frauen nicht mit einem Wort. Mitgefangen, mitgehangen.

Der Schneider befiehlt seinem Gesellen, beim Heiner Maß zu nehmen, faßt den Matthes unter den Arm und führt ihn endlich aus der Werkstatt und in die Stube im oberen Stock.

Hier ist es nicht weniger unfreundlich und nicht weniger kalt als unten in der Werkstatt, trotz des großen Ofens, der an der Wand neben der Tür steht. Der Schneider wird doch kein Holz verfeuern, um eine Stube zu wärmen, in der sich eh niemand aufhält!

Der Matthes weiß wohl, was der Schneider sagen wird. Er wird sich als Vermittler andienen und für die Töchter sprechen wollen. In seinen gedrechselten Wendungen wird er den Matthes auffordern, sie zurückzunehmen. Er wird sagen, daß es überall Zank gibt und daß er mit seinem eigenen Weib auch manches ausfechten muß und doch mit ihr ... und so weiter und so fort.

Der Schneider macht gerade den Mund auf, um das Bedachte loszuwerden, da verwirrt ihn der Matthes mit einer Frage.

»Kannst du mir was leihen?«

»Leihen? Was?« fragt der Schneider und alle Sturmglocken läuten in seinem Kopf.

Der Matthes schildert ihm, die Dame, der die kostbare Schließe gestohlen worden ist (wenn sie denn gestohlen worden ist!) gibt keine Ruhe. Sie verlangt von ihm Ersatz und zwar in sehr kurzer Zeit.

Der Schneider wird unruhig, als sei ihm die Schließe genommen worden oder er wäre der Dieb. Und als er hört, was die Dame verlangt – den Gegenwert von zwei Pferden –, wird er vollends kopflos.

Nein, er kann nichts verleihen! Hätte er's, gäbe er's. Aber er hat's nicht, bei seiner Seel und bei dem Leben seiner Frau!

Der Matthes wird darauf besorgt und besorgter. Er tut so, als habe er fest mit der Hilfe des Schneiders gerechnet. Er schildert, was die Erneuerung des Brunnens verschlungen hat und um wie vieles sein Leben nach der Verbindung mit der Rose teurer und kostspieliger geworden ist, und wie er weiter jammern will (und vieles ist ja nicht falsch, was er sagt; seine Ersparnisse sind in letzter Zeit erschrekkend geschrumpft), unterbricht ihn der Schneider.

Wie er dann daran denke, dem Heiner eine Schecke nähen zu lassen?

Der Bader überhört die Frage, sinniert, ob er sich an die Lombarden und Kawenzen wenden könne, die in seinem Badhaus verkehren. Rate der Schneider ihm dazu? Solle er sich in deren Hände begeben?

Der Schneider schüttelt den Kopf, und dabei bewegt sich der ganze Oberkörper.

Er schnalzt auch mit der Zunge, um seine Bedenken deutlich zu machen. Die Lombarden gäben gern und freigiebig; sie forderten aber noch mehr und noch rascher zurück und wehe, er könne dann nicht zahlen! Die Wechsler seien unerbittlicher als der Henker.

Darauf bedankt sich der Matthes, als habe ihm der Schneider guten Rat gegeben und verabschiedet sich.

Draußen auf der Straße lacht er herzlich über den Spaß, den er sich mit dem Schneider gemacht hat. Er wußte doch, wo der wunde Fleck des Geizkragens ist. Denn die Schließe hat er schon bezahlt, und sie war zum Glück nur halb so teuer, wie er dem Schneider gesagt hat. Immerhin, einen Gaul hat sie geschluckt, die vermaledeite Schließe. Hat er gerackert, bis ihm vor Müdigkeit die Augen zufielen, daß sich reiche Weiber auf seine Kosten Schließen kaufen?

Der Heiner lacht noch über den Streich, den der Meister dem Schneider gespielt hat, aber nur aus Pflicht und wegen der Jacke.

Wann der Meister die Käthe und die Anna zurückhole, fragt er dann behutsam.

Da verläßt den Matthes die gute Laune, als habe man sie ihm weggerissen, und er fährt den Heiner an. Er nennt ihn undankbar und hinterhältig und wage er nochmals, die Namen der Weiber in den Mund zu nehmen, habe er denen auf der Stelle zu folgen!

Die Weiber haben auf den Knien anzurutschen und um seine Gnade und um die Gnade der Rose zu flehen! Ehe sie nicht Abbitte geleistet haben, richtet er nicht ein Wort an sie. Sie haben seine Frau eine Diebin genannt, und das vergibt er keinem und keiner!

8.

Dem Matthes geht bald auf, er hat sich mehr vorgenommen als er zu bewältigen vermag.

Seit der Stunde, die er sie weggejagt hat, fehlen ihm die Töchter. Ihr Wegsein war anfangs leicht zu ertragen und vor sich und anderen vergessen zu machen. Er konnte denken, sie seien auf einer kurzen Reise und kehrten bald zurück und in der Zwischenzeit müsse man nur alles so halten, wie es eingeführt ist. So hat er es gedacht und versucht. Im geheimen hat er gehofft, die Töchter würden sich rasch besinnen und eines Morgens weinend und bettelnd im Haus stehen, und er werde sie ohne große Worte wieder aufnehmen. Alles übrige, was er laut verbreitet hatte, war großsprecherisches Geschwätz, das er manchmal glauben wollte, aber nur selten glauben konnte.

Daß Anna sich nicht rührt und bei dem verräterischen Schneider ausharrt, erbittert ihn. Denn allmählich wird aus der ganzen unbedachten Streiterei ein verderblicher Kampf. Wie soll er seine Arbeit verrichten und die Weiber im Haus zügeln, die Kunden bedienen und das Geld zählen, wenn er niemand an seiner Seite hat?

Daß die Rose keine Hausfrau ist und nie eine werden wird, steht ihm deutlich vor Augen. Und züchtigte er sie dreimal am Tag, die Rose dächte an nichts anderes als an ihr Vergnügen. Was rundum an Arbeit und Plage ist, scheint mit ihrem Leben nichts zu tun zu haben. Ihre Faulheit wird ihm lästig. Anfangs erschien sie ihm als kindliche Laune und brachte ihn zum Schmunzeln, wie einem ein vorwitziges Kind vergnügen kann. Er hatte natürlich gehofft, sie werde ihre Trägheit ablegen, wenn ihr erst bewußt werde, sie sei die Frau eines Baders und Herrin eines Hauses. Aber dafür zeigen sich nirgends Zeichen. Und nun reizt es ihn, daß sie bedient werden will, wo sie bedienen müßte.

Vor den anderen beschönigt er ihr Faulsein und die übrigen Mängel ihres Charakters; sich selbst kann der Matthes darüber schon lange nichts mehr vormachen. Manchmal wirft er der Rose ihre Eigensucht und ihre übrigen Fehler vor. Das Gesicht des Röschens wird dann seltsam leer; nicht unfreundlich, nicht feindlich, nicht dumm oder hochmütig, sondern als werde nicht mit ihr geredet. Als spreche der Matthes vielmehr über einen Menschen, von dem sie nie gehört hat und dem sie wohl auch nie begegnen wird. Sie zeigt weder bei den Predigten des Matthes Einsicht und Willen, sich zu bessern noch nachher.

Oft reicht ihr Verstand aus, den Matthes mit leisen Worten (die Stimme dabei aber gespannt wie eine Saite auf der Laute) sogar ins Unrecht zu setzen. Dann wiederholt sie oder verdreht sie, was er neulich und in anderem Sinn gesagt oder gescherzt hat und nennt ihn ungerecht oder bäurisch und verweigert sich ihm und läßt sich nur auf kostspielige Weise versöhnen. Sie nimmt aber auch, wenn kein Hader zwischen ihnen ist, eigentlich alle Tage und alles, was man ihr gibt. Es ist immer noch nicht wenig, was ihr der Matthes gibt; allerdings schenkt er nicht mehr wie anfangs wegen der Freude, das Engelslächeln des Röschens zu erwecken, sondern weil er nicht von ihr als Geizhals verlacht werden will. Im Gegensatz zum Anfang ihrer Turtelei fordert sie nun auch quengelnd. Dabei weiß der Matthes nicht, was sie mit dem Geld, das sie haben will, anfangen könnte. Davon gibt er ihr allerdings nur weniges. Da kann sie betteln oder drohen, Geld bekommt sie von ihm nicht in die Finger oder nur kleine Münzen.

Es gibt nur eine einzige Art, auf welche sie sich bedankt. Es ist die Weise, die ihr selbst Vergnügen bereitet. Sie bedankt sich im Bett.

Natürlich empfindet der Matthes manchmal Überdruß an ihren harten Brüsten oder ihrem knochigen Hintern. Aber die Rose ist erfindungsreich und weiß seine Lust immer wieder zu erwecken; sie scheut auch nicht Listen, ihn gefügig zu halten. Hin und wieder bringt sie ihn sogar mit anderen Weibern zusammen, seinen Badedirnen zumeist. Wenn er sich dann vergißt und sich wie vordem den Bademädchen anvertraut, kommt sie dazu und beteiligt sich an den Spielen oder fragt ihn hinterher in aller Unschuld, ob er seine Lust gefunden habe.

Manchmal sinnt der Matthes darüber nach, wie ein Mädchen aus einem Nonnenkloster so viel von einem Mann und seinem Leib wissen kann. Und je länger die Dinge gehen, desto mehr wächst Mißtrauen in ihm. Manchmal denkt er (oder eigentlich: fühlt er), das Röschen könne gar nicht die Reife und das Wissen haben, das sie zeigt. Er meint, man bringe ihr bei, was sie kann. Es gebe einen geheimen Meister, der sie abrichte und lenke und leite. Aber wer könnte das sein und zu welchem Ende sollte er sie führen wollen?

Er kommt bald, wie es naheliegt, auf ihren Vater. Noch immer ist der Runge nicht wieder in Nierstein eingetroffen. Im Gegenteil, die Klarissen haben einmal einen Boten geschickt und sich erkundigt, ob ihr Schaffner beim Matthes sei. Sie hätten einige Fragen an ihn. Das Röschen beteuert zwar, nicht mehr zu wissen als ihr Mann und nach dem Weggang des Vaters nichts mehr von diesem gehört zu haben. Was ist aber, wenn sie heimlich mit ihm im Bund ist und dessen Befehle ausführt?

Wie war der Runge hinter einem Brautgeld her, und als er's nicht bekam, soll er ohne weiteres Bemühen davon abgelassen haben?

Ausgerechnet der Runge, der seine Nonnen bei lebendigem Leib gekocht hätte, gäben sie fette Brühe. Die Anna hat ihm ja berichtet, wie sie die Rose bei ihrem Spaziergang durch die Stadt verfolgt hat und daß sie da wohl einen Menschen gesucht hat. War es der Runge, den sie treffen wollte? Irgendwo muß er doch stecken und sich ernähren und kleiden und schlafen. Ist es da so falsch, wenn er denkt, die Rose trüge ihrem ungetreuen Vater zu, was sie ihm abluchst? Füttert er, der tumbe Matthes, den Runge, ohne daß er es weiß? Und zum Dank dafür lachen Vater und Tochter über ihn?

In manchen Momenten ist er sicher, die Wahrheit mit Händen greifen zu können. Er meint, die schlechten Absichten der Rose und des Runge in ihren Augen zu lesen und ist überzeugt, sie schmiedeten einen Plan, ihn zu vernichten. Dann geschehen wieder Vorkommnisse, die ihn versöhnen; die Rose macht ihm ein unverhofftes Geschenk oder er hört, wie freundlich sie bei Gästen über ihn spricht oder er bemerkt, wie stolz sie ist, wenn Gäste ihn rühmen. Dann glaubt er, die Rose sei reiner als ein Waldquell und er müsse ihre Verzeihung für seine niedrigen Anschuldigungen suchen.

Es kommt vor, daß ihm bei der Arbeit kalter Schweiß auf die Stirn tritt und er sein Tun nicht fortsetzen kann. Er sieht etwa sein Röschen in einer Wanne sitzen (diese Gewohnheit hat sie nicht abgelegt und der Matthes duldet sie, weil er spürt, manch hoher Herr kommt nur seines Weibchens wegen) und er fürchtet den Verstand zu verlieren. Wie kann er die Rose in seinem Kopf der schrecklichsten Verbrechen bezichtigen, wenn ein Blick genügt, ihre Unschuld und ihr kindliches Gemüt zu erfassen?

Weil ihm die Arbeit und der Argwohn über den Kopf wachsen, schläft er schlecht. Und wenn er doch aus gräßlichen, ihn oft narrenden Träumen aufwacht, ist er zerschlagener als er zu Bett gegangen ist. Dann rafft er sich auf und tritt an seinen Eimer und erfährt den nächsten Schrecken. Der Harn kommt nur spärlich oder gar nicht. Er müht sich und müht sich, als müsse er seinen Körper bezwingen, aber der Eimer bleibt leer. Daß sein Leiden wiedergekehrt ist, flößt ihm beinahe ebenso große Furcht ein wie der Gedanke, vom Röschen und ihrem Vater belogen und bestohlen zu werden. Kann das Abwasser seinen Körper nicht verlassen, werden die Salze und anderen verdorbenen Säfte, die in seinem Leib bleiben, ihn sicher verenden lassen als vergifte ihn die Rose. Deswegen kasteit er sich oder nimmt nur Tränke aus gekochten Blättern und Rinden zu sich, und so kommt zur Müdigkeit noch die Schlaffheit vom Fasten. Er magert ab, seine Augen werden trübe und er denkt und handelt oft wie einer, der nur wünscht, sich in eine Ecke hocken und die Lider schließen zu können.

Wenn er nur jemanden hätte, mit dem er über sein Unglück sprechen kann! Wen hat er? Niemand. An den Schneider will er sich nicht wenden, seit der die Töchter aufgenommen hat. Wen noch? In seiner Ratlosigkeit geht er manchmal zum Astronomen und trägt dem vor, was ihn bewegt. Der hört ihn aber nicht richtig an, berechnet nur den Stand der Sterne und wie sie in der Zukunft aufeinander treffen und kündigt ihm weiteres großes Ungemach an. Wie soll das trösten? Und welche Lehre ist daraus zu ziehen? Soll er die Töchter zurückholen und die Rose davonjagen? Oder die Töchter ersäufen und die Rose auf Händen tragen? Was kann man mit solchen Ratschlägen beginnen? Dann ist es besser, er bespricht sich mit dem Heiner.

Alles führt zu nichts anderem, als daß der Matthes für sich behält, was ihn bedrückt – den Verdacht gegen die Rose und das Gefühl von Schuld, welches er deswegen empfindet, und die Angst wegen seiner Krankheit und die Furcht vor qualvollem Tod. Manchmal, wenn er aufwacht, hofft er einen Herzschlag lang, alles habe sich oder werde sich verflüchtigen, nicht anders als ein Wassertropfen auf der heißen Herdplatte.

Nichts verflüchtigt sich. Und schon gar nicht das Mißtrauen gegen die Rose. Es kann sich auch nicht davonmachen wie ein Vogelschwarm, der sich sammelt und sammelt und den Himmel verdüstert und doch eines Tages aufbricht. Wenn der Zweifel erst mal erwacht ist, spürt man ihn bei der kleinsten Bewegung, ganz wie ein Dorn in der Fußsohle. Nur kann man ihn nicht rausreißen. Wenn man zu zweifeln beginnt, verknüpft man Dinge, die nicht zusammengehören und die man sonst nie in einen Topf rühren würde.

So hält es auch der Matthes. Geht die Rose aus dem Haus, ist es ihm nicht recht und bleibt sie da, ebenfalls nicht. Kommt sie rasch zurück, glaubt er, sie wolle ihm Sand in die Augen streuen und bleibt sie lange, meint er, sie habe dafür einen finsteren Grund.

Immer wieder wendet er die Steine in seinem Kopf und sucht darunter die Wahrheit zu finden. Fällt er in einen Wahn oder macht es Sinn, Verdacht gegen den Runge zu hegen? Es macht Sinn, legt er sich zurecht. Verfolgte der Teufel von Schaffner nämlich einen Plan, wäre ihm bis zum heutigen Tag kein Fehler unterlaufen. Er, der einfältige Bader, hatte geglaubt, dem Runge überlegen zu sein, als er ihn ohne die verlangten neunzig Pfund Heller aus dem Haus jagte. Und wie war er obenauf, daß die Rose aus freien Stücken und weil er sie zur Frau erweckt hatte, bei ihm geblieben war. Alles Lug und Trug! Die Gauner hatten das so verabredet und ihn in falsche Sicherheit gewickelt und tun es immer noch. Und die Schließe? Die ist auch in die Hände oder die Taschen des Runge geflogen. Wo sollte sie sonst sein? So einfach ist das. Der Runge hält die Hand auf und die Rose legt hinein und er, der Matthes, ist einen Gaul los!

Aber lange werden sie das mit ihm nicht mehr treiben. Lange nicht mehr!

Und was ist ihr letztes Ziel? Jeden Gulden, den er hat, wollen sie, jeden! Sie wollen seine Töchter aus dem Haus jagen (das ist ihnen doch schon gelungen, der Brut), ihn auf den Friedhof bringen und danach verprassen, was er erspart hat. Das wollen sie! Nichts anderes. Sollen sie es nur versuchen!

Das Warten darauf, daß sich die Wahrheit zeigt, wird ihm immer schwerer. Manches Mal möchte er sein Weib packen und windelweich schlagen, bis es mit der Sprache herausrückt. Aber er beherrscht sich und verstellt sich weiterhin. Er meint nämlich, verrate er sich zu früh, werde sie fintenreich ausweichen und der Runge werde gewarnt sein und noch listiger gegen ihn vorgehen. Sie sind zwei und er nur einer und seine einzige Waffe ist, daß er sie durchschaut hat! Nein, er wird auf andere Weise Sicherheit gewinnen. Er wird den beiden zuvorkommen und sie dazu verleiten, daß sie sich und ihre Pläne verraten.

Eines Nachts (der Matthes liegt wach und grübelt und neben ihm schläft das Weibchen und lacht einmal hell auf) gibt der Matthes aber gegen seinen Vorsatz und beinahe gegen seinen Willen die bisherige Vorsicht und Verstellung auf und weckt das Röschen. Er kann nicht länger abwarten. Jetzt wird er die Heimtücke und Schlechtigkeit aus ihr herausprügeln und muß er sie totschlagen.

Obwohl er sie hart anfaßt, wird sie nicht gleich wach; darauf zerrt er das Ding aus dem Bett, legt es, wie es nun erwacht, über einen Hocker, preßt es mit der Linken auf den Schemel und greift mit der freien Hand nach einem Lederriemen. Während dieser ganzen Anstrengung kündigt er ihr an, er werde ihr auf der Stelle die Wahrheit abpressen und ihren Verrat aufdecken.

Das Röschen wehrt sich nicht, bleibt vielmehr biegsam wie eine Puppe und hält noch still, wie ihr Mann es mit dem Leder zu schlagen beginnt.

Die Wahrheit soll sie sagen, knirscht der Matthes. Dann, wie sie die Qual windend und wimmernd erträgt, beginnt er zu schreien. Er will die Wahrheit hören! Das sei kein Spiel und er werde sie totschlagen, bekenne sie jetzt nicht die Wahrheit.

Die Rose bittet nicht innezuhalten. Im Gegenteil, sie will gestraft werden. Er soll schlagen und schlagen und schlagen!

Darauf hebt der Matthes den Arm noch weitere Male.

Wird sie jetzt gestehen, was sie bis jetzt verschwiegen hat? Wird sie gestehen?

Die Rose entzieht sich seinem Griff, fällt zu Boden und wie der Matthes nach ihr greifen will, kommt sie auf die Knie und rutscht zu ihm, umgreift seine freie Hand und hält sie fest. Und dabei sagt sie etwas, das er nicht versteht und nicht verstehen kann. Ihre Sprache ist verzerrt wie ihr Mund, der zuckt und sich bewegt, als wäre er das Maul eines frisch gefangenen Fisches.

Aus dem Matthes fließt immer noch die Empörung, die sich in seiner Seele gesammelt hat wie die giftige Pisse in seiner Blase, und er versucht seine Hand und seinen Arm zu befreien und herrscht sie an, die Wahrheit zu offenbaren.

Darauf gesteht sie dem Matthes, sie ist schwanger. Sie wird ein Kind haben.

Ein Kind? Wieso ein Kind? Der Matthes versteht es nicht. Hat er nicht alles getan, ihr einen Balg zu ersparen? Und doch ist sie schwanger?

Die Rose beginnt seine Hände zu küssen. Erst die linke, die sie umklammert, dann die andere, die immer noch den Gurt festhält und schließlich hebt er seine Rose auf.

Warum hat sie das verschwiegen?

Weil sie Angst vor ihm hatte. Sie wußte doch, er wollte kein Kind.

Und weil sie Angst vor dem hatte, was ihr bevorsteht. Das Liebschönchen hat ihr alles übers Kinderkriegen verraten. Bis zur letzten Woche (und danach noch Tag um Tag) hat sie gehofft, sagt die Rose, die Regel habe sich verspätet und komme noch. Nun ist kein Zweifel mehr möglich. Sie ist schwanger.

Darauf nimmt sie der Matthes in den Arm und hält sie stumm eine Weile. Als er sie endlich zum Bett führt, fühlt er sich von schwerer Last befreit.

IV.

1.

Manches Mal betrachtet der Matthes sein Weibchen mit Erbarmen und einem geheimen Entsetzen. Er betrachtet die Rose, wie man eine zum Tode Verurteilte ansieht.

Sie ist so dünn; ihre Knochen sind Hühnerknochen, kommt es ihm vor. Wie soll da ein Kind werden und lebend auf die Welt kommen? Er macht sich Vorwürfe, daß er sie genommen und noch mehr, daß er sie geschwängert hat; es muß im Suff oder im Halbschlaf oder in der Verzweiflung über die Töchter geschehen sein. Dabei hütet er sich, solche Anklagen über die Lippen kommen zu lassen. Er will das genug geängstigte Röschen nicht weiter beunruhigen. Seine neue Fürsorglichkeit (auch daß er sie manchmal stumm und tröstend in die Arme nimmt) bewirkt aber das Gegenteil von dem, was er zu erreichen sucht. Das Röschen gerät mehr und mehr in Todesfurcht.

Auch die Badedirnen begegnen der Rose erkennbar mit Mitleid und dem Matthes mit Vorwurf; als habe der ihr einen Todeskeim eingepflanzt und kein Kind. Er weiß nicht, wie die Frauen von ihrer Schwangerschaft erfahren haben. Fühlen kann man noch nichts; ihr Bauch ist glatt und hart wie das Fell einer Trommel, und er hat der Rose eingeschärft, nicht über ihren neuen Stand zu reden. Es wird wohl die ängstliche Scheu der Rose sein, die sie darauf gebracht hat. Seitdem sie weiß, was mit ihr ist, und seitdem sie fürchtet, was mit ihr wird, hat sie ihre heitere (auch herausfordernde) Unbedenklichkeit verloren. Sie ist nicht mehr gern in der Badstube, ihre Antworten sind weniger keck und kommen weniger rasch und selbst ihr Haar scheint von seinem Glanz zu verlieren.

Dabei gibt es gar keinen vernünftigen Grund, ihre Schwangerschaft zu verbergen. Lange wird sie sowieso nicht verborgen bleiben. Wie das gelingen könnte, hat der Matthes eh nicht bedacht.

Wie kann man Frauen über so etwas täuschen und warum sollte man es? Ist die Frau nicht ein Gefäß, das gefüllt werden muß, und darf er, ihr Mann, sich nicht über einen Sproß (so es denn einer werden sollte) freuen?

Wie können da die Badedirnen wie in einem Trauerhaus umherlaufen? Anderswo freut man sich über Monate aufs Kindbettfest. Das lange Feiern von der Geburt bis zur Taufe, das große Fest der Frauen (und nur ihr Fest) kann doch sonst nicht rasch genug herankommen und ihn sieht man an, als sei er ein Henker?

Die große Fähigkeit des Matthes, glauben zu können, er sei letztlich immer unschuldig und werde ohne eigenes Verschulden von allen bösen Geistern gehetzt, zeigt sich auch hier.

Wird die Rose im Kindbett bleiben, beschwichtigt er sein Gewissen, ist der Runge schuld, der sie vor der Zeit verschachert hat und mehr der Schöpfer, der die Frauen so geschaffen hat wie sie sind. Sagen nicht die Gelehrten, es gebe nur dreierlei in der Welt, was im Guten und im Bösen kein Maß zu halten weiß - die Zunge, der Geistliche und das Weib? Und ist es nicht wahr? Hat denn die Rose einmal, nur einmal gesagt: »Genug. Es ist genug!« Hat sie das?

Der Prokurator besucht, wie er es gewohnt ist, das Badhaus. Als ihm nun der Matthes (auch wie er es gewohnt ist) in der Verschwiegenheit der Kleiderkammer Geld in den Rock stecken will, das der Richter vor aller Augen bezahlt hat, kommt der Prokurator dazu und sagt, er wolle einmal mit dem Bader sprechen und der solle ihn nach der Non in seinem Haus aufsuchen.

Der Matthes zögert hinzugehen.

Was hat er mit dem Richter zu bereden? Er war noch nie in dessen Haus. Was soll er da? Doch welchen Vorwand kann er finden, wenn er nicht geht? Und warum soll er nicht gehen? Niemals hat der Prokurator eine feindliche Haltung gegen ihn eingenommen; im Gegenteil, er war immer sein Protektor. Was läßt ihn also zurückschrecken? Ist es nicht eine Ehre, dort eingeladen zu sein?

Könnte er nur Anna um Rat fragen!

Er ist drauf und dran, seinen Mantel überzuwerfen, zum Schneider zu gehen und dort die Töchter an der Hand zu packen und nach Hause zu führen. Wie lange soll der Unfug noch dauern?

Er ist schon an der Haustür und Liebschönchen ruft ihm nach, wann er zurückkehre (sie hat sich mit aller Duldung an die Stelle der Anna gesetzt; allerdings versteht sie mehr davon, den Männern Geld abzunehmen als es sinnvoll auszugeben; wie oft zahlt sie dem Wirt vom »Hollerbaum« zu viel, und der Matthes kann sehen, wie er das zuviel Gegebene zurückerhält), da siegt ein weiteres Mal der Trotz und die Dummheit über ihn. Nein, er wird sich nicht seinen Weibern unterwerfen. Die haben vor ihm auf die Knie zu fallen!

Weil er nun schon den Mantel anhat und die Schuhe an den Füßen, entschließt er sich, den Prokurator aufzusuchen. Der wird ihn nicht fressen.

Der Prokurator bewohnt ein steinernes Haus in der Domfreiheit; das ist das der Geistlichkeit vorbehaltene Viertel im weiten Bogen um den Dom. Der Matthes weiß aus Beschreibungen, wo es sich befindet; nicht weit von der Dechanei und dem Stift St. Johann. Wirklich findet der Matthes das Haus ohne weiteres Suchen und Fragen. Über der Eingangstür ist als Erkennungszeichen ein Hase aus gelblichem Sandstein in die Mauer eingelassen, so wie bei seinem Haus ein großer Fuß dem Fremden zu erkennen gibt, hier ist das Haus, welches er sucht. Nach dem Fuß, von wem auch immer in früheren Zeiten angebracht, heißen sein Haus und der Bader selbst. Viele Geschlechter halten es so: Wechseln sie ihr Haus, wechseln sie auch ihren Namen.

An dem Hasen (die Löffel stehen aufrecht, ganz wie beim Prokurator) ist das Haus des Richters also leicht zu erkennen und der Matthes klopft, nachdem er noch einmal Luft geholt hat, fest an die Tür.

Er muß nur einmal klopfen, da wird ihm schon geöffnet und ein älterer Bruder in einer abgewetzten Kutte und mit unordentlicher Tonsur (als schneide er sich selbst die schütteren Haare) blickt ihn abwartend an. Der Bruder hat nur eine Hand und anderthalb Arme. Wie er die rechte Hand und den Unterarm verloren hat, hat der Prokurator schon mehrmals berichtet; der Matthes hat den Bruder aber noch nie vor Augen gehabt, deshalb kann er nicht anders, als nach dem fehlenden Arm zu suchen.

Er sagt, wer er ist; darauf geht die Tür wieder zu, und er muß warten. Damit er nicht wie abgestellt herumsteht, betrachtet der Matthes das wohlgebaute Haus; Türsturz und die Bogen über den Fenstern erinnern mit ihren spitzen Winkeln an zum Beten gefaltete Hände und er denkt, das sei wohl die richtige Behausung für einen geistlichen Herrn.

Bald wird ihm ein zweites Mal geöffnet, und nun läßt ihn der Bruder eintreten.

Der Matthes gelangt in eine Halle mit bemalter Decke (ein Reigen vieler nackter Schönheiten und nackter Skelette und in der Mitte tanzt der Tod) und einem offenen Kamin, in dem baumdicke Scheite glimmen. Trotz des Feuers und des Rauchs riecht es merkwürdig säuerlich nach Mann und Einsamkeit. Der Bruder läßt ihm keine Zeit, sich lange umzusehen und führt ihn eine kleine Treppe hinauf und einen verwinkelten Gang entlang zu einer niedrigen Kammer. Nach der Art des Raums und der Möbel zu schließen – ein Lehnsessel mit ledernen Gurten und lederner Sitzfläche und einem breiten Tisch und einer steifen Bank voller Schnitzereien – Tauben zumeist –, ist die Kammer wohl ein Studierzimmer. Sie ist vollkommen mit Holz ausgeschlagen und die beiden kleinen Fenster haben gläserne Scheiben. Das Glas ist grünlich und voller Schlieren und man kann deswegen nicht hinaussehen; man ahnt aber Bäume und einen Garten.

Der Bruder heißt ihn warten; der Dominus habe ihn nicht zu dieser Zeit erwartet. Erst nach der Non!

Der Matthes will sich für sein frühes Kommen entschuldigen. Der Bruder will es jedoch nicht hören und geht und läßt den Matthes mit dem Gefühl zurück, ungelegen zu sein.

Der Bader weiß nicht, kann er sich setzen oder verlangt es der Anstand zu warten. Unentschlossen bleibt er stehen und nimmt, mehr aus innerer Unruhe denn aus Neugier, die in Silber gefaßte Jakobsmuschel auf, welche der Prokurator von seiner Wallfahrt mitgebracht hat und welche nun unübersehbar in der Mitte des Tisches liegt.

Nachdenklich wendet er das Zeichen der großen Pilgerfahrt in seiner Hand, dieses Stück Kalk und begehrter als Geld und Ruhm. Als er hört, der Prokurator kommt heran, legt er die Muschel rasch an ihren Platz zurück. Er macht es aber ungeschickt und der Prokurator erkennt mit einem Blick, daß er sich daran zu schaffen gemacht hat.

»Ja, sie ist mir sehr teuer«, sagt der Prokurator und nimmt gleichfalls die Muschel in die Hand. »Eine solche Wallfahrt macht man nur einmal im Leben.«

Der Matthes gesteht, auch er habe gelobt zu pilgern. Er wolle allerdings nicht auf ein halbes Jahr oder Jahr seinem Badhaus fernbleiben, könne das auch gar nicht; er denke etwa daran, nach Marburg zu wallen und am Grab der heiligen Elisabeth niederzufallen und dort Ablaß und Vergebung zu erlangen.

Darauf erwidert der Prokurator unwillig: »So«, und fordert seinen Besucher auf, Platz zu nehmen.

Ja, versucht der Bader zu erklären, er wolle nicht zu weit gehen, weil er die Gefahren fürchte.

»Verständlich«, stimmt ihm der Herr Melchior zu, »für wie viele ist die Wallfahrt die erste und die letzte Reise ihres Lebens. Habe ich einmal von den schurkischen Fährleuten berichtet, die ihren Nachen mit vollem Willen haben umschlagen lassen? Einzig zu dem Zweck, ans Gut der Pilger zu gelangen? Oder soll ich besser sagen ans Gut der Gemordeten?«

»Euch ist das widerfahren?« fragt der Bader mit verspätetem Erschrecken.

»Mir zum Glück nicht, aber anderen Pilgern, die in jenem Jahr aufgebrochen waren. Ihre Leichen wurden nie gefunden.«

»Und wie ist es rausgekommen?«

»Wie so etwas entdeckt wird. Armen Leuten, die zu Reichtum kommen, werden viele Fragen gestellt und nicht auf alles wissen sie Antwort. Ich war zufällig anwesend, als die Gerechtigkeit wiederhergestellt wurde. Man hat sie in Netze eingebunden und in den Fluß geworfen; in jenen, in dem auch ihre Opfer endeten. Viele der Zuschauer haben ihretwegen geweint und geklagt; neben mir ist eine blühende junge Frau ohnmächtig geworden und lag da wie in ihrer letzten Stunde. Alles ganz junge Burschen, mußt du wissen, Matthes, und so viele Morde und nun kommt das wirklich Bemerkenswerte: Man verweigerte ihnen die Beichte und die Absolution!«

»Sie durften nicht beichten?« fragt der Matthes ungläubig über so viel Strafe.

»Sie haben erbärmlich gewimmert und gebettelt – vergebens!« sagt der Richter, und der Matthes meint aus seiner Stimme eine gewisse Befriedigung zu hören.

Der Matthes stellt sich das Bild vor. Die jungen Mörder, wie sie um Vergebung flehen und wie die Priester sie ihnen verweigerten. Was müssen sie gelitten haben. Mehr als vor dem Sterben haben sie wegen der ewigen Verdammnis geschrien, und die Priester haben sie ihnen verweigert?

Aber der Prokurator war ja ebenfalls anwesend; sein Mitleiden war so gering, daß er sehen konnte, wie die Unglücklichen aus diesem Leben ohne allen Umweg in die Hölle fuhren?

»Man hat ihnen das Buß-Sakrament nicht gewährt?« fragt er gegen seinen Willen stockend und nur weil ihm die Roheit des Vorgangs so abscheulich, beinahe unfaßlich erscheint.

»Nein. Ihre Seelen sollten für alle Zeit verdammt sein. Matthes, sie haben Wallfahrer gemordet! Vergiß es nicht. Wallfahrer! Menschen, die sich Gott anbefohlen haben und in seinem Schutz stehen. Und ich kann dir sagen, wie sie nachher in ihren Netzen zappelten und untergingen, war sogar viel Fröhlichkeit und Lachen. Das Volk torkelt gern zwischen schluchzender Rührung und grausamer Härte hin und her – wie Besoffene, die von Wand zu Wand laufen. Einmal stoßen sie hier an, dann da ... Ist es kalt bei mir?«

»Nein«, erwidert der Matthes verwundert. In der Kammer ist es sogar sehr angenehm warm. Dabei ist kein Ofen zu erkennen; es wird wohl verborgene Schächte geben, durch die die Hitze des Kamins streicht.

»Kalte Nässe brächte mich um«, sagt der Prokurator. »Ich muß es warm haben, selbst im Sommer.«

So und so ähnlich redet der Prokurator mit dem Bader weiter. Er läßt sich über die hohen Holzpreise aus, die einem das Heizen verleiden. Die Preise könnten wohl nicht anders sein, wenn kein Mensch mehr auf dem Land aushalten wolle und dort sein Werk verrichten. Was sich nur alle von der Stadt versprächen. Ginge es nach ihm, würden die Tore verschlossen. Ohne, daß man weiß, wie, kommt er darauf zu sprechen, daß der Matthes viel Geld spare, gönne er sich ein neues und dichtes Dach. So gehe viel Wärme die Ritzen hinaus.

»Wovon?« fragt der Matthes und sagt, daß ihn der neue Brunnen arm gemacht habe.

»Bedenke es in aller Ruhe. Und rechne, Matthes, rechne sorgsam!« erwidert der Prokurator. Er selbst, sagt der Richter mit einem gewissen Eifer, als habe er den Matthes bestellt, ihm ein Dach aufzuschwatzen, er selbst habe bei sich neu eindecken lassen. Könne sich der Matthes entschließen, sein Haus mit Ziegeln oder Schieferplatten zu belegen, brauche er sechs Jahre keine Grundsteuer zu zahlen. Mit solcher Großmut wolle der Rat zu neuer Bedeckung anregen und Bränden vorbeugen. Nach und nach sollten die Strohdächer aus der Stadt verschwinden, die bei jedem größeren Brand wie Zunder in Flammen stünden.

Der Matthes hat davon gehört, aber wo soll er das Geld für ein neues Dach hernehmen?

»Man muß es rechnen«, wiederholt der Prokurator und der Matthes denkt, der Richter spreche so, weil er das Badhaus zu einem Teil auch als seins betrachte. Er habe ihn kommen lassen, damit sie sich in Ruhe und wie Hausväter über Erneuerungen und Verbesserungen unterhalten könnten und atmet im geheimen auf.

»Zu etwas anderem«, sagt der Herr von Melchior aber jäh und nun sehr bestimmt. Ehe er das andere aber beginnt, läutet er mit einem kleinen Glöckchen und will seinen treuen Bruder Francesco rufen. Er sagt wahrhaftig »mein treuer Bruder«; seinen Bruder Francesco habe er seit seiner Studienzeit in Bologna um sich und aus Italien mitgebracht; ein wahrhaft guter Mensch sei er. Er läutet noch einmal und da der Bruder sich nicht gleich zeigt, erzählt er die Geschichte, wie der Bruder seinen Arm verloren hat. Der Matthes kennt sie gründlich, aber er hört zu, als sei sie ihm fremd und er wie gebannt.

Francesco habe gleich ihm - da hätten sie beide schon die Priesterweihen besessen - an der Universität von Bologna die Rechte studiert und beide, er und der Italiener, hätten zu jener Zeit über wenig Geld verfügt. Bruder Francesco sei Subdiakon gewesen und habe auch eine dazugehörige Patrimonialstelle innegehabt. Die habe natürlich nur das Notwendigste eingetragen; kaum das Gehörige zum Leben. Zu seiner Zeit habe in Bologna der jährliche Unterhalt einer Person vielleicht zwanzig Gulden ausgemacht, die Studiengebühren seien aber unerträglich hoch gewesen. Ein juristisches Buch habe 25 Gulden gekostet, ein Exemplar des *Decretum Gratiani* (ohne dessen Kenntnis kein Juristen-Examen) bis zu hundert Gulden!

Er wiederholt die Summe noch einmal ehrfürchtig; der Matthes soll bedenken, hier in Mainz erhalte ein Kaplan seine elf Gulden für das ganze Jahr und bedanke sich täglich beim Herrn für diese Güte und dann dort für eine Gesetzessammlung hundert Gulden.

Der Matthes hört heraus, das Buch zu besitzen ist noch heute der Traum des Richters.

Angesichts dieser Umstände sei Francesco glücklich gewesen, ein kleines Amt ausführen zu dürfen. Damals - heute werde es wohl auch so sein - sei es Brauch gewesen, daß man in den Kollegien nur Lateinisch habe sprechen dürfen. Wer seine Muttersprache benutzt habe, habe eine kleine Strafe zahlen müssen. Nun sei es des Amts des Bruders Francesco gewesen, diese Strafen einzutreiben. Manche hätten gern gegeben, andere ungern und manche gar nicht. Mit einem besonders Rabiaten, einem Schotten, sei Francesco mehrmals aneinander geraten, und beim letzten Mal habe der Schotte sein Schwert gezückt und auf den zu seinem Unglück unbewaffneten Francesco eindreschen wollen. Der habe nun seinen Arm als Schutzschild hochgerissen und so Hand und Unterarm verloren, aber wenigstens den Kopf gerettet. Möglich auch, es sei sein Glück gewesen, daß er keine Waffe getragen habe. Hätte er den Schotten im Streit getötet, wäre er gehenkt worden. Weil er mit nur einer Hand nicht Priester sein konnte - solle er etwa die Monstranz mit der Linken zeigen? - habe er das Studium abgebrochen und sei in den Orden des heiligen Franziskus eingetreten. Da sie aber immer gute Freunde gewesen seien, er und der Bruder Francesco, habe er ihn mit über die Alpen genommen und nun sei er schon so lange sein Gefährte.

Es ist, als habe der brave Mensch an der Tür gelauscht, bis der Prokurator mit seiner Lebensgeschichte zu Ende war. Denn mit dem letzten Wort kommt er herein und erkundigt sich nach dem Wunsch des Richters.

Der verlangt einen Krug Wein, aus dem Hattenheimer Faß.

Der Matthes sitzt immer noch angespannt; alle Freundlichkeit des Prokurators hat ihn noch nicht davon überzeugt, es folge nicht noch Strafgericht oder Buße.

Der Prokurator scheint aber nicht darauf aus, den Bader zu mahnen oder zu tadeln. Er hat offenbar viel Muße und Neigung, mit dem

Matthes zu reden. Er erkundigt sich sogar, wann sie sich das erste Mal begegnet seien und unter welchen Umständen, und der Bader sagt es ihm. Es war, umschreibt er die Schreckenszeit, kurz nach dem Sterben des vorherigen Baders Herbold.

Der Prokurator stimmt zu und sagt, er habe immer mit Anteilnahme verfolgt, wie der Matthes gestrebt habe, sich und die Seinen durchzubringen. Was er dazu beigetragen hat, und wie er den Matthes gefördert hat, scheint vergessen zu sein.

Er selbst, bekennt er, sei wie der Matthes ein Dorfkind. Von der Lahn komme er und sei Sohn eines Hörigen. Hätte er nicht Wohltäter gefunden - erst seinen Pfarrer, der ihn in der Bibel und in Latein unterrichtet habe und später eine reiche Witwe, die einen Studienplatz mit einer Pfründe verbunden habe - kratzte er vielleicht heute noch den Mist.

Deswegen wollte er den Matthes nun in aller Freundlichkeit und ohne jede Förmlichkeit nach der Beghine fragen. Was habe die eigentlich in seinem Badhaus zu suchen?

An alles hat der Matthes gedacht. Daß der Prokurator ihm wegen der Zaubereien der Rose (Kindereien in den Augen des Matthes) die Ohren lang ziehen wolle oder weil ihre Ehe nicht den Segen der Kirche hat. Oder wegen der Töchter; daß er für sie bitten wolle. Sogar daran, daß der Prokurator mehr Geld als die beiden Zehntel für die früher erwiesene Hilfe verlange. An all dies hatte er gedacht. Aber nicht an die Beghine, das verwirrte Weibsstück.

»Nun?« fordert der Prokurator den Matthes zum Sprechen auf.

Der Matthes sagt vorsichtig, seine Käthe habe die fromme Frau eines Tages angeschleppt, wie man eine Katze aus dem Wasser zieht und mit nach Hause nimmt. Er habe gedacht, er tue ein gutes Werk, wenn er sie unter seinem Dach behalte und so sei sie eben im Haus, weder nützlich noch schädlich, eben ganz eine Katze, die keine Mäuse fängt. Sie bete zwar viel, aber er habe seine Zweifel, daß der liebe Herr Jesus oder sonst jemand ihr Gebrabbel verstehe. Besonderen Segen habe sie noch nicht gebracht.

Der Prokurator schwenkt sein Glas, schmeckt noch einmal seinen Wein (es ist eigener, aus einem ihm gehörigen Weinberg im Rheingau) und gießt auch Matthes davon ein.

Es komme wohl darauf an, was sie bete, meint der Richter vom Heiligen Mainzer Stuhl.

Der Matthes sagt, das wisse er beim besten Willen nicht. Er glaube auch nicht, daß es die übrigen im Haus wüßten. Er dächte, sie bete, was alle beteten.

»So, was alle beten? Möchte es so sein ... Kann es nicht auch etwas sein, das sie sich selbst zurechtlegt?«

Darauf wird dem Matthes das Herz schwer.

Wird der Glauben der Beghine geprüft?

Der Matthes beeilt sich zu sagen, die Beghine sei genau betrachtet eine Frau, der der Mann und die Kinder weggestorben seien, und die nicht wisse, wie sie sich ernähren und kleiden solle, setze er sie vor die Tür. Und daß sie gern bete, sei dem Herrn sicher gefällig.

Schon, schon, beruhigt der Prokurator den Bader, aber warum sie nicht in eins der Beghinenhäuser ginge und dort in der Gemeinschaft Gleicher lebe und bete?

»Ich denke, niemand hat sie gewollt«, erwidert der Matthes.

»Niemand? Existieren nicht genug Beghinenhäuser?«

Sicher, es gibt genug. In Mainz gleich mehrere und Anna hat berichtet, in Frankfurt seien gar fünf Dutzend Beghinenkonvente. Fünf Dutzend! Und die meisten hätten schlechteren Ruf als die Frauenhäuser; die Geistlichen, die den frommen Frauen Trost spendeten, besorgten das sehr handfest. Ob die Beghine deswegen dort nicht gefragt hat oder ob sie nicht aufgenommen worden ist, der Matthes weiß es nicht. Auch unter der Folter könnte er nichts anderes sagen. Er hat die Fromme schon so lange im Haus; warum sollte er sie fragen, ob sie nicht auch anderswo die Hände falten und den Rücken geißeln könne? Das bißchen Futter, das sie will, fällt immer ab. Es schmeichelt ihm, daß er so erkennbar Guttaten vollbringt. Ein wenig hofft er auch darauf, ihr vieles Beten sei nicht ganz vergebens.

»Handelt sie denn falsch?« fragt der Matthes, der nun fürchtet, werde die Beghine gestraft, folge er rasch nach.

Der Prokurator versichert ihm, es sei kein Anlaß kummervoll dreinzublicken. Alles was gesprochen werde, behalte er im Herzen. Er wolle hier niemand anklagen und niemand richten, schon gar nicht ein Weib, das seinen Verstand nicht zu gebrauchen wisse. Das sei sein Eindruck, sie sei ein wenig wirr?

»Die hat Stroh im Kopf und ein paar Sprüche.«

Der Prokurator stimmt ihm zu. Das sei wohl bei vielen der frommen Frauen so. Guter Wille und wenig Hirn. Und oft viel Hitze. Ob der Matthes die Geschichte kenne, wie man eines Nachts in einem Beghinenhaus einen Mann entdeckt habe und was darauf geschehen sei?

»Nein«, bekennt der Matthes erwartungsfroh.

Mit Behagen schildert ihm der Prokurator den Schwank. Es gab großen Aufstand, wie ein Liebhaber im Bett einer Beghine entdeckt wurde. Alle frommen Weiber wollten das Schauspiel genießen und eine ganz junge und ganz knusprige eilte auch hin. In der Eile band sie sich das erstbeste Tuch um und dachte, es wäre ihre gewöhnliche Haube. Wie sie in die Kammer kam, wo die Sünder im Bett lagen und sich die übrigen Betschwestern schon versammelt hatten, machte sie das größte Gekeife, schlug die Hände zusammen und empörte sich am lautesten über so viel Sünde und Verkommenheit. Das ging so lange, bis eine andere sagte: »Schwester, liebe Schwester, was hat wohl die Männerhose zu bedeuten, die du um den Kopf hast? Hast du davon geträumt?« Und natürlich war sie noch mehr beschämt als die andere Schuldige.

Der Matthes versteht nicht sofort. Die erste hatte doch Besuch und die zweite hatte die Hose um den Schädel?

»Das ist gewiß der Witz«, erklärt ihm der Prokurator und nun versteht der Matthes, die erste war nicht besser und nicht keuscher als die zweite. Und als er es verstanden hat, lacht er, daß ihm die Tränen kommen, und der Prokurator schmunzelt, davon angesteckt, auch friedfertig.

Man solle jedoch nicht alle Beghinen in einen Sack stecken, meint er, wieder ernst werdend. Dann fängt er wieder mit seiner Fragerei an. Stehe seine fromme Frau mit anderen in Verbindung?

»Wie meint Ihr das?«

»Tauscht sie sich aus? Gehen Briefe hin und her?«

»Briefe? Sie kann nicht schreiben. Keiner im Haus kann lesen oder schreiben außer meiner Rose. Die Nonnen haben ihr das beigebracht.«

»Ja, ja«, sagt der Richter ungeduldig. Er fürchtet, der Bader halte sich mit dem Lob seines Weibchens auf. Darauf fährt der Matthes fort, Anna wisse ein wenig zu rechnen, aber schreiben könne sie auch nicht. Wem sollten sie schreiben?

Der Prokurator läßt dem Matthes Zeit nachzudenken, der kann aber nichts hinzufügen.

»Geht sie aus? Sie wird es doch nicht den ganzen Tag da oben in ihrem Versteck aushalten?«

»Nur am Tag. Nur am Tag geht sie weg, meine ich. Über Nacht ist sie nie weg. War sie noch nie, nicht einmal.«

Der Matthes glaubt jetzt auf der richtigen Fährte zu sein. Der Prokurator prüfe insgeheim doch die Sittlichkeit der Beghine, vermutet er. Da kann er prüfen, so lange er will. Die Beghine hält sich von den Männern fern; der einzige, der eine Versuchung für sie ist, der Wenzel nämlich, behelligt und belagert noch immer den Ritter von Kronberg.

»Nein«, bekräftigt der Matthes noch einmal. »Sie war keine Nacht aus dem Haus. Sie ist noch nie vor Sonnenaufgang aus dem Haus gegangen oder nach Sonnenuntergang gekommen. Dafür lege ich meine Hand ins Feuer.«

»Nun, nicht gleich die ganze Hand verbrennen. Auch des Tags kann man sündigen«, erwidert der Prokurator leichthin und fragt, ob er je von den Beghinen von Schweidnitz vernommen habe. Habe die Beghine einmal von ihnen gesprochen?

»Wie heißen die?«

»Schweidnitz ist ein Ort. Die Beghinen von Schweidnitz . . .«

»Nein.«

Der Prokurator erklärt ihm, sie sind in geistige Verwirrung gefallen und haben die Mutter Kirche als Mittler zwischen Gott und den Menschen abgelehnt.

»Unsere Beghine gehört nicht zu ihnen. Sie betet. Das ist alles, was sie macht. Sie kann gar nichts anderes!«

»Auch dabei kommt es auf das rechte Was und Wie an. Sogar in der Satansmesse wird gebetet!«

Einen Augenblick lang will der Matthes berichten, daß der Betschemel der Beghine wohl ein Geschenk der Engel ist und sagen, dies zeige, daß ihre Gebete dem Himmel genehm sind. Er läßt es lieber. Wenn das Beten schon Fußangeln hat, werden die Wunder noch mehr Tücken haben.

»Kommen Fremde, die mit deiner Beghine beten oder disputieren?«

»Nein.«

»Nie?«

Der Matthes zögert mit der Antwort; damals, als er sie aufgenommen hat, sind ab und an umherziehende Frauen dagewesen und haben nach ihr gefragt, und sie hat gesagt, es seien Frauen aus ihrem Weiler und nun ohne Haus und Bett.

Diese Streunerinnen waren aber nach einer Weile ausgeblieben. Der Matthes wollte die Lumpenweiber nicht im Haus dulden.

»Worüber sinnst du nach?« ermuntert der Prokurator den Matthes.

Das Gespräch hat sich trotz aller gegenteiligen Versicherung des Prokurators in ein Verhör verwandelt. Zwar gelten weiter die Formen von Besuch und Gastfreundschaft, und der Richter bietet dem Matthes noch mehrmals von seinem Wein an. Der trinkt jedoch nur in kleinen Schlucken und so, daß er nicht unhöflich erscheint.

Und als er nun auf die letzte Frage antwortet, ist der Bader sehr auf der Hut. Er will nicht zu viel und nicht zu wenig sagen. Er berichtet, einige Male seien abgerissene Frauen im Haus gewesen und hätten mit der Beghine gesprochen, aber nichts von Belang und schon gar nichts, was die Kirche beschweren könne. Daß sie gemeinsam in der Kammer der Beghine gebetet haben, verschweigt er.

»Die Häretiker kennen viele Listen«, widerspricht ihm der Richter. »Mein guter Matthes, die Schule des Teufels tarnt sich als Schule Christi und lehrt wie die wahre Kirche.«

Das sei gerade die schwarze Kunst Satans, daß er die Ketzerei wie die eigentliche, die wahre Frömmigkeit erscheinen lasse. Niemand müsse große Angst vor Hexen haben, die wilde Fahrten durch die Luft unternähmen, womöglich noch auf einem Besenstiel und mit einem Inkubus verkehrten. Nein, die seien für Gott und den Menschen gleich unschädlich. Gefährlich seien die falschen Gläubigen, die das Gottesvolk mit Predigt und dem Beispiel scheinbar heiligenmäßigen Lebens aufstachelten und die Armut als Dolch gegen die Heilige Kirche wendeten.

»Meint sie etwa, kirchlicher Besitz sei Raub, der an den Armen begangen wird?«

Darauf bleibt dem Matthes der Mund offen. Wer würde solches zu sagen wagen? Aber dann erinnert er sich an einen eifernden Bußprediger, der solches sehr wohl auf dem Platz vor dem Dom wie Geifer fließen ließ.

Als der Matthes wegen solcher Erinnerung zögert, drängt der Prokurator: »Hat sie hören lassen, der Reichtum der Altäre solle den Armen gegeben werden zu deren Nutzen, weil die Armen höher stünden als die Reichen?«

»Ach, sie weiß doch nichts, als was sie um sich sieht und hört. Was anderes redet sie doch nicht. Und das ist schon nicht zu verstehen . . .«

Noch einmal beschreibt der Richter dem Matthes, wie umsichtig der Verderber seine Opfer wähle. Er berichtet von den Katharern und Waldensern, Ketzern in Frankreich, die eigene Bischöfe und eigene Sakramente und eigene Glaubenslehren hätten und trotz aller Verfolgung nicht von ihren Irrtümern und Verführungen ließen. Sie vermöchten es mit Hilfe des Teufels, noch den Frömmsten zu verwirren. Sie seien füchsisch schlau und scheuten vor keiner List, auch nicht davor, sich dumm und unwissend zu stellen. Am liebsten flüsterten sie ihren Opfern ihre Versuchungen ins Ohr, daß man ihnen nicht widersprechen und sie widerlegen könne.

Und selbst, wenn sie auf dem Scheiterhaufen stünden, könnten sie einfache gottesfürchtige Christen noch täuschen. Sie gäben ihnen noch in ihrer letzten Stunde auf Erden das Gefühl, sie würden von einer rachsüchtigen verfaulten Kirche verfolgt und nicht von der Kirche Gottes.

»Unter jedem Scheiterhaufen, auf dem Ketzer zu Asche werde«, sagt der Prokurator nachdenklich und eigentlich nicht zum Matthes, »stehen welche und glauben, die da oben brennen, würden zu Unrecht ihren Tod erleiden.« Dabei könne es keine andere Strafe als Ausrottung und Verbrennen für Ketzer geben. Es könne keine andere geben, für ihr Heil nicht und für unseres nicht! Den Schaden, den sie anrichteten, könne niemand und niemals gutmachen!

Der Matthes denkt bei allem an den Bruder Ägidius, den Schreiber, der ihm so behilflich war, und den der Prokurator gewiß um vieles besser kennt als er selbst. Warum duldet der Melchior sein Ketzertum? Was kann er dem Richter für seinen Schutz geben? Denn daß er gibt, ist dem Matthes nach allem, was er vom Herrn Melchior weiß, gewiß.

Davon läßt er natürlich den Prokurator nichts spüren. Er wartet eine Weile mit einer Antwort. Dann sagt er vorsichtig, seine Beghine wisse sicher von Katherern und Waldensern genauso viel wie ein Schwein von der Falkenjagd, und darauf schmunzelt der Prokurator und meint, ja, so vermute er es auch. Es beschäftige ihn nur die Frage, wie die Ketzer es vermöchten, die Grundfesten des Glaubens anzutasten. Er, der Prokurator, sei überzeugt, man werde ihrer noch lange nicht Herr und seien sie in Frankreich geschlagen, dann versuchten sie ihr Unheil eben anderswo, zum Beispiel in Mainz. Er hege da ganz bestimmten Verdacht. Nein, eigentlich, er wisse es in allen Fingerspitzen, sie seien auch hier und unter uns und schwärzten ihr Angesicht, weil sie glaubten, so entdecke man sie nicht.

Unversehens ereifert er sich. Er wisse, was gegen die Heilige Römische Kirche vorzubringen sei; das wisse er genau. Er sei mehr als einmal in Avignon gewesen (ein schrecklich teures Pflaster und stinkend im Sommer, daß man nur mit einem Tuch vor Mund und Nase durch die Straßen laufen könne) und habe für die Kurie gegen den Kaiser gefochten und manchmal in aller Heimlichkeit mit dem Kaiser gegen den Papst. Mit der Feder natürlich, mit der Feder und den Paragraphen.

Er meint, wenn er vom Kaiser spricht, Kaiser Ludwig den Bayern, der mit dem vorherigen Erzbischof Heinrich dem Säufer im Bunde war, aber nicht mit den Päpsten. Der Matthes denkt jedoch an Kaiser Karl, den jetzigen Herrn. Der Wenzel hat so viel von ihm gesprochen, daß er vergessen hat, es gab noch andere vor ihm. Deswegen versteht er nicht, wieso der Prokurator gegen den Kaiser gekämpft haben will, der doch ein Kind der Kirche ist. Erst als er später auf der Straße über das Gespräch nachdenkt, geht ihm der Sinn auf.

Er wisse, fährt der Prokurator nun im Selbstgespräch fort, wieviel Spiegelfechterei im Spiel sei, was Simonie und Herrschsucht anrichteten. Dennoch lasse er nicht an der Kirche Christi rütteln. Du bist der Fels! Auf dir will ich Meine Kirche errichten, hat der Herr zu Petrus gesagt.

Im übrigen solle der Matthes endlich einsichtig werden und seine Töchter zurückholen. Seitdem Anna nicht mehr im Haus sei, gehe nichts seinen guten Gang. Aber auch nichts!

2.

Am Allerseelentag (verdrießliches Wetter, wie man es von diesem Tag erwartet) steht der Matthes im Hof seines Hauses und muß mit zwei Scharen Bettlern raufen. Er wollte einer Corona Habenichtse Seelenbrote in die weit aufgerissenen Säcke werfen, die übliche Geste für die Hungernden und der Dank an den Herrn, daß er die armen Seelen just heute aus dem Fegfeuer springen läßt.

Eine zweite Bettelschar hat das wutempört verhindern wollen und das Brot für sich verlangt. Sie, die zweite Bande, hat die Abzeichen und Fahnen, wie es sich für eine vom Rat privilegierte Bettlerkompanie geziemt, und die erstere hat nur ihren Hunger und ihre schmutzigen habgierigen Finger und die feste Entschlossenheit, nichts mehr von dem herzugeben, was sie erbeutet hat. Daraus ist Geraufe und Geschimpfe erwachsen und es fehlt nicht viel, dann werden sich die Leute (nicht nur Männer, auch ihre Weiber und ihre Kegel) gegenseitig erschlagen und erstechen.

Der Matthes ruft nach dem Heiner und dem Barbier. Entweder hören sie ihn über das allgemeine Lärmen und Toben nicht, oder die Knechte fürchten sich und verstecken sich lieber hinter ihrer Arbeit.

Deswegen ist der Bader bald mehr Opfer als Herr der Lage, und hätte er nun einen Knüppel oder einen Spieß zur Hand, er jagte das ganze Gesindel davon!

Die Waage des Sieges neigt sich der ersten Gruppe zu, den wirklich von Not und Armut Getriebenen, und die weniger Kräftigen der Berufsbettler suchen ihr Heil schon in der Flucht, da flaut der Kampf überraschend ab.

Der Wenzel kommt nämlich mit drei Kriegsleuten – diese in ihren Kettenhemden und die Schwerter griffbereit – heran und führt einen schweren Gaul. Dem Pferd ist eine Trage so angebunden, daß sie vom Rücken des Gauls herunterhängt und ein Ritter – ein schmales Gesicht ohne Farbe, durchsichtig wie die Haut eines Sterbenden, ein grauer struppiger Backenbart und Augen, die auf nichts mehr hoffen, über und über in Binden gehüllt wie ein Wickelkind in seiner Wiege – ist auf diese Trage gebunden und wird von dem Pferd mehr hinter sich hergeschleift als getragen.

Die Bettler treten ehrfürchtig und schweigend zur Seite, machen dem Ritter, den Kriegsleuten und damit auch dem Wenzel Platz, und so erhält der Ritter einen Empfang, wie er nicht würdiger auf seiner Burg sein könnte.

Der Matthes tritt grüßend und sich verneigend an die Trage; der Ritter gibt weder mit Worten noch mit Blicken zu verstehen, was er hier sucht und deswegen spricht der Wenzel für ihn.

Er sagt, der Herr sei verletzt worden, und er vertraue seiner, des Wenzels Kunst, und deswegen habe er den Herrn mitgebracht, daß er im Badhaus des Matthes kuriert werden könne.

Die Männer des Ritters stehen dabei herum, haben keinen Blick für die eingeschüchterten Bettler (deren Kinder fassen ungläubig nach den eisernen Hemden der Männer, streichen auch über die Schabracke mit dem Wappen des Ritters), zeigen aber eine Ungeduld, in das Haus einzufallen statt hier weiter herumzustehen, daß der Matthes ohne langes Nachsinnen in das einwilligt, was der Wenzel vorschlägt. Darauf binden zwei der Männer des Ritters die Trage mit ihrem Herrn vom Pferd und der dritte zerrt einen Handwagen voller Decken und Säcke, auch Lederzeug und Panzer in den Hof und beginnt abzuladen. Dabei gleicht er mehr einem Kärcher als einem Kriegsknecht.

»Wohin?« fragen die Männer, die die Trage aufgenommen haben und ins Haus wollen.

Der Matthes bestimmt aufgeregt, auch ein wenig stolz, daß er einen edlen Herrn beherbergen darf: »In meine Kammer!« und drängt an den Männern vorbei und geht voraus.

Während die Männer die Trage behutsam die steile Treppe hinaufheben, stürmt der Bader in seine Schlafstube, reißt die schmutzigen Tücher vom Bett und ruft dabei nach Baddirnen und dem Röschen. Die Frauen können aber nicht an den Kriegsleuten und der schwankenden Trage vorbei. Deswegen wirft der Matthes schließlich selbst ein sauberes Leinentuch aufs Bett und zieht die Felle glatt, unter denen sonst er und sein Weib schlafen.

Der Ritter wird gebracht. Wenzel und einer der Kriegsleute (ein Mensch mit einem gehörigen Bauch, bemerkt der Matthes, wie der andere sich nun bückt) schnallen den Ritter los und legen ihn behutsam unter die Felle.

Der Matthes fragt den Wenzel, was er für den Ritter tun kann. Soll er ihm Essen bringen lassen oder was zu trinken oder sollen seine Wunden gesalbt werden? Der Wenzel will, daß der Ritter Ruhe findet, nur Ruhe. Darauf schließt der Matthes den Fensterladen und läßt den unerwarteten Gast schlafen.

Vor der Kammertür hält der Matthes den Wenzel an und betrachtet ihn.

»Wenzel, wie war's?«

»Naß und kalt und der Kronberger hat nichts abgekriegt.«

Der Matthes hat schon gehört, der Zug war ein Fehlschlag. Einiges von den Vorwerken seiner Burg und einige Häuser und Höfe seiner Leute sind zerstört; die Kaufleute sind aber nicht befreit und werden wohl nur gegen Lösegeld freikommen. Die ersten der Mainzer, Metzger und Knochenhauer zumeist, sind schon vor Tagen zurückgekehrt und haben es berichtet. Der Matthes hatte schon Wut gegen seinen Knecht. Er dachte, der drücke sich vor der Arbeit und er, sein Meister, könne unter der Last zusammenbrechen.

»Und er? Der Ritter?« fragt er und deutet mit dem Daumen zur Kammertür.

»Bauern«, erwidert der Wenzel wortkarg. »Mit der Sense ... in die Beine und in die Gedärme ...«

»Bauern?«

Der Wenzel gibt keine weitere Auskunft, und so steigen der Matthes und sein vom Kriegszug zurückgekehrter Knecht die Treppe hinunter. Unten in der Halle sitzen die drei Kriegsleute, alles Männer um die dreißig und alle in dreckigen Hemden und nach Pferd und Stall stinkend, und lassen sich von den halbnackten Baddirnen bedienen.

Die Kriegsleute sind natürlich für die Weiber ebenso reizvoll wie die für die ausgehungerten Männer, und wie der Matthes und der Wenzel dazukommen, sind schon die ersten stillen Verabredungen getroffen worden.

Die Milchschwester des Liebschönchens treibt es wie immer schamloser als alle übrigen. Sie steht breitbeinig vor einem der Männer, läßt ihre schwere Brust aus dem dünnen Badhemd hüpfen – mehr hat sie eh nicht an – und bietet sie dem Dickbauch an, der mit oben in der Kammer war. Der Mann läßt sich bereitwillig auf das Gaudium ein und zuckelt und nuckelt an ihrem Spitzchen wie ein Neugeborenes.

Der Matthes sinnt, was er mit den Männern anfangen kann und wo er sie hinschicken soll. Im Haus kann er sie nicht behalten.

Er weiß wohl, daß ein Ritter ohne seine Männer für jedermann ohne Wert ist. Im Kampf müssen sie ihn und sein Pferd gegen Leute zu Fuß sichern und während der übrigen Zeit bedienen sie ihn, sorgen für das Pferd und die Waffen und wenn's hart auf hart kommt, überfallen sie die Bauern und holen was zu fressen und zu saufen. Ohne seine Gleve ist ein Ritter so hilflos wie der oben in seiner Kammer. Doch ohne ihren Herren sind auch die Kriegsknechte wie Bäume ohne Wurzeln und ohne Saft.

Wo soll er sie hinschicken? Empfiehlt er ihnen den »Hollerbaum«, verlangt der Wirt am Ende noch von ihm, dem Matthes, Kost und Herbergsgeld.

Wie's bei den kämpfenden Rittern mit dem Geld bestellt ist, hat sich herumgesprochen, meistens trübe. Den edlen Ritter, der von Turnier zu Turnier reitet und auf einen Kreuzzug gegen Tataren, Türken und Sarazenen hofft, hat der Matthes und keiner seiner Gäste je gesehen. Den gibt's nur im Lied. Dort aber reichlich.

In den Liedern der Spielleute kommen schöne Damen und hilfreiche Burgfräulein vor, auch viel Herzeleid und heimliche Minne, aber nicht die Gleven, die die Pferde striegeln und schon gar nicht die Wirte, die die Männer der Ritter durchfüttern sollen.

Natürlich, wie in jedem Gewerbe, gibt es auch unter den für jeden und alles kämpfenden Ritter, die man mieten kann wie Fuhrleute, die Berühmten und die Gefürchteten und die, die froh sein müssen, wenn für sie Krumen abfallen. Der Ritter, den der Wenzel mitgebracht hat, scheint – bedenkt man die Umstände und betrachtet man seine Leute – einer der kleinen Propheten zu sein.

Also, wohin mit den Männern?

Der Matthes weiß nicht mal, wie er sie anreden muß. Deswegen sagt er: »Wenn ihr müde seid und Quartier sucht, auf der anderen Seite, gleich vor der Tür, ist der Hollerbaum . . . Da seid ihr herzlich gern gesehen.«

Die Männer nicken, aber so daß man merkt, sie fühlen sich hier wohl und werden nicht so rasch aufbrechen.

Den selben Tag, die selbe Stunde noch, geht der Matthes zum Schneider Maskopp und holt seine Töchter zurück.

Käthe ist auf den Knien, wie er die Tür öffnet und sucht Nadeln zusammen, die ihr hingefallen sind und muß sich dabei Scheltworte des Schneiders anhören, und Anna bügelt mit einem schweren Eisen einen Rock. Dabei ist es in der Stube so kalt, daß beide Frauen klamme Finger und weiße Gesichter haben. Der Maskopp hat immer noch kein Feuer angezündet.

Matthes grüßt und die Töchter grüßen auch. Sie tun jedoch so, als sei er ein gänzlich Fremder und zum ersten Mal in der Schneiderstube und nur zum Maskopp gekommen und nicht zu ihnen.

Auch der Schneider will wie beim vorherigen Besuch das Spiel in dieser Weise spielen, aber der Matthes hat nicht mehr die Lust dazu.

Er nimmt Käthe auf (Wie leicht ist sie! Ist sie noch magerer geworden), nimmt sie in den Arm und wie die Tochter an seiner Brust schluchzt, streckt er den Arm nach Anna aus.

Anna zögert zu ihm zu gehen. »Anna . . .« ist alles, was der Matthes herausbringt, und schließlich überwindet sich Anna und ergibt sich ihm. Sie tritt zu ihm und er legt den anderen Arm um ihre Schulter, und schließlich weinen alle drei. Dem Schneider kämen ebenfalls die Tränen, wendete er sich nicht ab und verließe nicht seine Werkstatt.

3.

Die Wunden des Ritters heilen schlecht.

Dreimal am Tag ist der Wenzel bei ihm und manchmal noch in der Nacht. Dabei kann er aber wenig mehr tun, als ihm mit Kräuter getränkte Binden anzulegen und an seinem Bett sitzen und ihm zuhören.

Nun weiß jeder, der Wenzel ist ein ebensolcher Zuhörer wie er Redner ist. Wenn er drei Sätze hintereinander gesagt hat, glaubt er, eine Epistel gehalten zu haben und verstummt auf Stunden. Und beim Zuhören macht er einen so fernen Eindruck, daß man meint, er sei schon wieder in seinen böhmischen Landen oder in sonstigen Fernen, und daß man rasch die Lust verliert, ihm weiter zu berichten. Am Anfang seiner Heilung scheint dem Ritter die Teilnahmslosigkeit seines Pflegers recht zu sein. Er beschwert sich jedenfalls nicht über das dürre Reden des Badgesellen und duldet den Schweigemönch gern um sich.

Den Frauen im Haus und den Gästen ist das wenig lieb.

Sie würden gern alles und jedes über den Mann in der Schlafkammer des Matthes erfahren. Doch der Wenzel schweigt sich aus und alles, was der Matthes ihnen sagen kann, ist, seine Wunden wollen sich nicht schließen.

Der Bader tut immerhin so, als wisse er viel (eigentlich alles) über den Fremden in seinem Bett, wolle darüber nur aus begreiflicher Zurückhaltung nicht reden. Er hält sich wie die übrigen an die Männer des Kranken. Von ihnen erfährt er das Nötigste über den Ritter, das Gerippe seiner Geschichte und seines Lebens.

Er heißt Gawer von Hohenhart; der Krieg und das Töten ist sein Broterwerb. Er war schon in allen Ländern des Reiches und in noch ferneren Landen, oft verletzt, auch oft erkrankt, ein frommer Mann und in der Gnade des Herrn. Die Bauern, die ihn im Wald von Kronberg (ein Stück Wildnis, wie es undurchdringlicher kaum sein kann) niedergemacht haben, wollten ihn wegen eines Mißverständnisses massakrieren.

Er war auf der Jagd und sie dachten, er verfolge sie, weil sie sich Feuerholz holen wollten. Einer der Männer war schon früher beim Holzdiebstahl gefangen worden, und der Ritter von Kronberg hatte ihm zur Strafe eine Hand abhacken und zur allgemeinen Mahnung entmannen lassen. Noch einmal wollte er sich unter keinen Umständen strafen lassen. Wie er nun den Ritter hinter sich sah, hatte er seine Gefährten aufgehetzt, und diese hatten den überraschten Ritter, der sich ihnen friedlich näherte, mit ihren Sensen von den Füßen geholt. Andere Waffen besitzen Bauern nicht; damit halten sie sich Gesindel vom Leib und damit gehen sie auch in den Wald und wehren sich gegen wilde Tiere. Wie man sieht, sind es keine ungefährlichen Waffen.

Nichts hätte den Ritter vorm Zerstückeln retten können, hätte nicht sein Schutzheiliger seine Hand über ihn gehalten. Wie man ihn gerade zerschneiden wollte, erkannte ihn einer der Bauern als ein Belagerer des Kronberger und als einen Menschen, der ihm vor kurzem aus einer Not geholfen hatte. Er hatte Einhalt geboten und den verletzten Ritter sogar auf seinem Pferd aus dem Wald geführt.

Wenn der Wenzel beschäftigt ist, bringt Käthe dem Ritter Trank und Essen und sorgt sich um ihn.

Und wie es dem Mann allmählich besser geht, holt er sich das Nönnchen öfter an sein Bett und spricht mit ihr; daß er sich mit dem Wenzel nicht zu unterhalten vermag, ist ihm rasch aufgegangen.

Käthe fragt ihn nach seinem Leben und nach und nach (und immer in kleinen Brocken) schildert er es ihr. Was in der Folge an einem Stück berichtet wird, gesteht er der Käthe in Wochen, zwischen kleine Scherze und kleine Ermahnungen gestreut.

Danach ist der Ritter der achte Sohn (und das zwölfte von vierzehn Geschwistern) und ist auf den Namen Gawer getauft wie zwei seiner Brüder, die vor ihm lebten und schon gestorben sind. Sein Vater und dessen Schwester, seine Tante Roberta, teilen sich Burg und Land Hohenhart; beide sind zänkisch bösartige Leute, die sich lieber von den Zinnen ihrer Burg stürzten als dem Bruder oder der Schwester einen Zipfel zu lassen und schon gar die ganze Burg.

Obwohl sie Wand an Wand wohnen - wortwörtlich so; sie haben den Pallas der Burg und die Räume darüber durch rohe Mauern teilen lassen. Bis zu den Spitzen des Hauptturms ist der Bau der Länge nach halbiert und jeder der beiden bewohnt seine Hälfte der Burg - trotz ihres Beieinanderhockens sind sie in ständiger Fehde gegeneinander.

Über Jahre überzogen sie sich mit Prozessen. Johann Hohenhart, der Vater des Gawer, nannte und nennt seinen Schwager Contz (die Tante des Gawer hat Mann und Kinder) einen »Busemann« - einen Trinker am Rande des Irrsinns - und schuldigte ihn der Ausschreitung und der Fälschung von Siegeln und Urkunden an; auch Mordanschläge soll er gegen ihn ausgeheckt haben.

Wahrhaftig lauerte der Contz im Suff mehrfach seinem Schwager Johann auf, verletzte schwer dessen Frau, die zweite seiner drei Frauen und Stiefmutter des Gawer, und verdächtigte umgekehrt den Johann der Zauberei gegen ihn und anderer heimtückischer Attentate.

Beide, Vater und Onkel des Gawer, zeugten in einem verrückten Wettstreit Kind nach Kind. Sie machten keinen Hehl daraus, daß sie sich deshalb so furchtbar mehrten, um sicherzugehen, den eigenen Teil der Burg und der Herrschaft an ihre jeweiligen Nachkommen und nicht an den verhaßten Bruder und dessen Brut weitergeben zu müssen.

Bei allem fanden sie noch Zeit, an Fehden gegen die Bischöfe von Worms und Speyer und verschiedene Herren und Städte am Rhein und in der Pfalz teilzunehmen; mehrmals saßen beide in Haft und schweren Ketten und kamen nur gegen Lösegeld und dem Schwur der Urfehde frei.

Die Wut hält sie aufrecht und läßt sie älter und älter werden. Mittlerweile hausen mit ihnen ihre ersten Söhne (und deren Frauen und Kinder) auf der Burg und trotz verschiedener An- und Umbauerei treten sich alle auf die Füße. Der Tag ist abzusehen, an dem sie sich vor unbezwingbarem Abscheu gegenseitig den Söller hinunterwerfen werden.

In diesem Bau von Haß und Gewalt ist Gawer großgeworden. Mit fünfzehn hat er Schwertleite gehabt. Anderen Rittersöhnen ist der Tag, von welchem an sie das Schwert führen dürfen, wie sie es führen wollen, ein Freudentag. Dem Gawer war er ein Tag des Abschieds. Seit dieser Zeit zieht er über die Straßen; seit dieser Zeit gehört ihm kein Bett, kein Fuß Land und kein Stein Mauerwerk.

Er hat im Ordensland an Preußenjagden teilgenommen, dem winterlichen Schlachten armer Tölpel, Heiden zumeist oder Christen, die die Taufe nur unter Zwang geduldet haben und in ihre heidnische Finsternis zurückkehren, wann immer sie sich unbeobachtet glauben. Im Sommer können sie sich in ihren Sümpfen und Mooren verstecken; im Winter, wenn dort alles Wasser zu Eis wird, treibt und jagt man sie aus ihren Hütten und Löchern und der Schnee auf dem Eis wird ihr Leichentuch. Noch wenn sie sterben wissen sie nicht, warum man ihnen die Hütten anzündet und ihnen das Leben nimmt. Und die es machen, wissen es auch nicht. Es ist ein Spaß, wird gut bezahlt und im nächsten Jahr wird man sich wiedertreffen.

Wie der Wenzel war der Ritter in Italien, diesem Schlangennest, und er spricht darüber nicht anders als der Badknecht. Geht es hier schon wenig friedlich zu, weiß man dort nie, wer Feind und wer Freund ist. Die Geschlechter der Städte bekämpfen sich mit Gift und Messern und Dolchen; reißen sich die Macht aus den Händen und bringen ihre Widersacher auf alle nur erdenkliche Weise um Ansehen und Vermögen. Die großen Städte bekriegen die kleinen und die kleinen verbünden sich gegen die großen; der Papst und der Kaiser und die Könige von Neapel stacheln noch den Friedfertigsten auf und in diesem ewigen Wirrwarr suchen Söldnerheere ihren Vorteil. Man geht unter die Fahne, die gerade Leute und Schwerter sucht und bleibt, solange die Löhnung reicht. Reicht sie nicht mehr, geht man auf die Gegenseite.

Auch in Frankreich und Spanien und in England hat sich der Ritter Gawer herumgetrieben. Nicht immer hat er sich geschlagen oder andere geschlagen. Oft hat er sich Herzögen und anderen Großen angeschlossen, wenn die in ihrem Land umherreisten oder fremde Höfe besuchten. Alles, was dann von ihm verlangt wurde, war, das Gefolge zu vergrößern und damit Ansehen und Ruhm seines Gönners zu erhöhen und gelegentlich dessen Sicherheit. In solcher Weise war er in Burgund und in Anjou, im Arelat und in Navarra, in Wales und in Gotland - das ist eine Insel des Königs von Schweden - und an vielen anderen Orten.

Wenn Käthe aus seinem Zimmer kommt, geht sie noch bescheidener als sonst, den Kopf gesenkt, aber unverkennbar stolz darüber, daß sich ein welterfahrener Mann, der sich vor Königinnen verneigt und mit Edelfrauen gelegen hat, mit ihr unterhält.

Der Matthes sieht das erst mit verwundertem Schmunzeln. Wie die Käthe sich aber mehr und mehr als Braut aufspielt, beginnt er darüber zu lästern.

»Wann ist Hochzeit?« fragt er.

Darauf schießt der Käthe das Blut in den Kopf und sie wendet sich beschämt ab.

Anna nimmt sie in Schutz.

»Mach sie nicht zum Gespött!« mahnt sie den Matthes.

»Ja, was denn?« tut der, als verstehe er nicht, was ihm Anna sagen will. »Ist es denn eine Ehre? Darf er unsere Käthe nicht freien?«

»Freien! Setz ihr nur so was in den Kopf.«

Sie bekümmert sich um ihre Arbeit, aber der Matthes findet Gefallen an seinem Spaß und fährt im vorherigen Ton fort, als glaube er wahrhaftig, ein Ritter könne sich eine Badertochter zur Frau nehmen:

»Anna, wer weiß, vielleicht ist er froh, er hat ein liebes Weib um sich. Für einen Mann gibt es nichts Besseres, als wenn er in der Nacht seinen Kopf an eine weiche Brust betten kann und den nächsten Tag kriegt er ein sauberes Hemd ... Der ist in so vielen Ländern gewesen ... Wer sagt's dir, vielleicht will er nur noch die Füße ausstrecken ...«

»Ja, bei dir vorm Feuer. Säuft er mit dem Runge Bier ...«

»Von dem hört man auch nichts mehr.«

»Sei froh drum.«

»Es kann auch sein, er will es halten, wie sie es anderswo halten ... Daß er sie nur zum Kebsweib will. Die Tartaren haben fünf Weiber und kommen nicht runter vom Sattel ...«

»Und du wirst nicht mal mit einem Röschen fertig.«

Der Matthes überhört, welchen Pfeil Anna gegen ihn abgeschossen hat und gibt sich, als erwäge er immer noch das Für und Wider einer Verbindung seiner Käthe mit dem Ritter Gawer. »Brav ist sie, fromm auch. Eine keuschere als unsere Käthe kann er nicht kriegen ...«, sinnt er und es klingt, als werde das Eisen wärmer und wärmer. »Was hat er denn von einer, da ist er kaum auf dem Gaul und die zieht schon ihr Hemd für einen anderen aus? Anna, wenn ich's recht bedenke, warum soll er sie nicht freien?«

Anna beginnt sich zu ärgern.

»Bist du besoffen? Oder willst du mich besoffen reden?«

»Was sage ich denn?«

»Freien! Wenn uns ein Fuhrknecht nimmt, können wir Gott danken. Ein Ritter freit eine Baderin. Im Heuhaufen!«

»Der Ritter weiß mehr von der Welt als wir, Anna. Andere Länder haben andere Sitten. Was hier oben ist, ist woanders unten.«

»Oben ist überall auf der Welt oben. Und unten bleibt unten.«

»Unter uns stehen noch viele andere«, sagt der Bader, seine gute Laune bewahrend. Das ist verwunderlich. An anderen Tagen würde jetzt das ihn immer schmerzende und kränkende Unrecht aufbrechen, daß die Geburt ein Makel ist, schwerer zu entfernen als ein Brandmal auf der Stirn. Es ist ihm eine Wunde, die nicht vernarben will.

»Wo? Wer steht unter uns?« wütet Anna. »Ich sehe keinen.«

»Anna, unten ist . . .«, will der Matthes seine Tochter belehren, aber die fährt ihm übers Maul: »Unten ist, wo sich die Schweine suhlen.«

»Anna!«

»Gib Ruhe!« sagt sie aufgebracht, als der Matthes ihr in die Badstube nachgeht und seinen Scherz forttreiben will. »Wenn du nicht Ruhe gibst . . .«

»Meine Anna ist ungnädig«, sagt der Matthes und wendet sich an den Wenzel, der gerade einen Gast knetet und walkt. »Sehr ungnädig ist sie heute.«

Er stellt sich neben seinen Knecht und sieht ihm zu (andere Gäste sind nicht in der Badestube) und fragt, scheinbar noch immer alles bedenkend: »Wenzel, du kennst den Ritter gut. Will der ein braves Weib oder . . .?«

Er kommt nicht weiter. Anna weiß ihre Wut kaum noch zu zügeln. Sie greift nach dem erstbesten Ding und zerschlägt es auf einem Wannenrand. Es ist ein Krug und zerspringt in mehrere Teile. Einige Scherben fallen ins Wasser, andere auf den Boden; aber einen Teil mit dem Henkel hat Anna immer noch in der Hand und mit dem schlägt sie wieder auf den Rand des Bottichs, bis er auch zerfällt.

»Mach uns zum Gespött. Mach so weiter!« faucht sie den Matthes an, wie der über solchen Ausfall nun doch erstaunt ist. »Laß sie alle über uns lachen.«

Anna will aus der Badstube laufen und rennt fast Käthe um, die mit einem Tiegel in der Hand hereinkommt.

Wie Käthe sie furchtsam anblickt, wütet Anna in ihrem Zorn gegen die Schwester: »Halt den Kopf nicht so schief. Noch bist du nicht heiliggesprochen!«

»Aber wird sie bald«, ruft ihr der Matthes nach.

Der Wenzel hält in seinem Tun inne und versucht zu erraten, was nun wieder zwischen Vater und Tochter ist, aber der Matthes winkt nur ab und gibt ihm zu verstehen, es lohne sich nicht, darüber den Kopf zu zerbrechen. »Weiber, Weiber, Weiber!« sagt er. »Wenzel, du machst es richtig. Du hältst sie dir vom Leib.«

4.

Die Nächte werden kälter und kälter.

Manchmal schneit es. Meistens herrscht jedoch eine trockene schmerzende Kälte, die einem Ohr und Nase verderben läßt, kann man sich nicht schützen. Beinahe jeden Morgen, den Gott werden läßt, ziehen die Stadtknechte eine arme Seele aus einem ungeheizten Kellerloch oder aus einem gewaltsam geöffneten Verschlag. Die Ärmsten der Armen, die ärger dran sind als selbst die Aussätzigen in ihren steinernen Hütten, wollen hier unterschlüpfen und erfrieren in der Nacht.

Matthes und das Röschen schlafen selbst zu dieser Zeit nackt. Aber sie legen noch weitere Felle über sich und dennoch wird die Rose selbst darunter nicht wirklich warm. Ihre Füße bleiben kalt und ihre Hände auch und wenn sie sich an den Mann drängt, meint er, die Rose umwehe der Hauch des Todes.

In ihrer Angst vor dem, was ihr bevorsteht, bietet sie sich manchmal ihrem Mann an, huriger als es eine aus den Frauenhäusern vermöchte. Dann wieder ist sie abweisend und abwehrend, flüstert von dem Kind und wie es in ihrem Bauch des Schutzes und der Schonung bedürfe. Manchmal wird der Matthes wach und hört sie schluchzen. Wenn er sie wärmend und tröstend an sich zieht, stößt sie ihn davon, als sei er der Verderber.

Die Rose und der Matthes schlafen, seit der Ritter im Haus ist und das Bett des Baders besetzt hält, mit den Töchtern in deren Kammer. Das Bett ist weit genug, daß auch noch die Käthe darin Platz findet; Anna hat sich ein Lager auf dem Boden ausgebreitet.

So kann es nicht ausbleiben, daß die Töchter Zeuge werden, wenn sich der Matthes und sein Lieb umarmen. Es lohnte kaum, darüber zu sprechen. Haben nicht die meisten den Tag und die

Nacht andere um sich, auch bei ihren heimlichsten Beschäftigungen? Teilen sich nicht die Bauern und Handwerker ihren engen Schlafplatz mit ihrem Gesinde und ihren Kindern und oft genug auch mit dem Vieh? Der geschätzte Gast wird auch bei reichen Bürgern ins Ehebett geladen und in den Herbergen liegen Wildfremde Körper an Körper und oft solche, die sich zum ersten Mal sehen, wo sie sich voreinander ausziehen. Gehen nicht viele Weiber nur deshalb auf Wallfahrt, um in solcher Zufälligkeit Lust zu finden oder schwanger zu werden?

Was der Matthes und die Rose treiben, ist also nichts anderes als was die meisten treiben.

Merkwürdig ist nur das Betragen der Käthe.

Entweder stellt sie sich tief schlafend, wenn sie spürt, der Matthes sucht nach seiner Frau oder die nach ihrem Mann. Nach einer Weile, wenn der Matthes und die Rose in ihrer Brunst vergessen, was um sie ist, erhebt sie sich, verläßt die Kammer und geht zur Beghine und betet mit der. Oder sie liegt, während der Matthes seine Rose hart und fordernd stößt, starr im Bett und nicht anders als die Figuren auf den Grabplatten. Aus dieser Lähmung löst sie sich nicht einmal, wenn sich der Matthes und die Rose schon lange wieder getrennt haben und ermattet schlummern.

Die Rose, der die Scheintote neben ihr unheimlich ist, fragt den Matthes danach. Der verschwendet darauf wenig Gedanken.

»Sie wartet auf den Glorienschein«, sagt er abfällig.

Die Badstube ist voller Leute; der Dampf im Schwitzbad schwer und lastend, daß man kaum atmen kann und zu allem hat der Matthes noch zwei Kunden, denen er faule Zähne brechen soll.

Man sollte meinen, er hätte genug mit sich und seiner Arbeit zu tun, als daß er sich noch viel um das Röschen bekümmern könnte. Er bemerkt aber, wie sich die Beghine aus dem Haus schleicht und darauf verfolgt er wachsam, was weiter geschieht. Und siehe, es dauert nicht lange, da will auch die Rose aus dem Haus.

Der Matthes eilt ihr nach und holt sie auf der Straße ein.

»Wohin?« fragt er und in einer Weise, daß die Rose wissen müßte, er läßt sich nicht mit abgegriffenen Lügen abspeisen.

Der Rose fällt aber nichts Rechtes ein. Deshalb will sie ihm vormachen, sie sei auf dem Weg zum Markt und zur Beichte. Doch wie ihre Nüstern flattern und ihr Mund zuckt, verrät sie sich als Lügnerin.

Der Matthes packt sie am Handgelenk.

»Du bleibst, wo du hingehörst!« sagt er aufgebracht und zerrt sie zum Haus zurück. »Beichten kannst du bei mir. Ich leg dir schon Buße auf! Und nicht wenig!«

Die Rose folgt ihm ohne Widerstand und mit gesenktem Kopf; ein Mädchen, das von seinem Vater ertappt worden ist, bei was auch immer.

Jedenfalls, der Matthes hält ihren Arm ohne große Kraft. Das muß man wissen, sonst versteht man das Folgende nicht.

Denn plötzlich tritt die Beghine an das Röschen, flüstert ihr etwas Unverständliches zu, dem Matthes klingt es wie Hexenlatein oder wie eine ihrer frisch erfundenen Sinnlosigkeiten. Und ehe der übertölpelte Matthes begreift, was geschieht, nimmt die Fromme die andere, die freie Hand des Röschens und zieht das blasse Wesen, das der Matthes haßt und liebt und begehrt und verachtet, in die entgegengesetzte Richtung und rennt mit ihr davon.

Der Matthes bringt den Mund vor Staunen nicht zu, daß ihm die Beghine seine Frau in solch närrischer Weise entführt.

Natürlich könnte er ihnen nachlaufen. Aber kann er sie wirklich verfolgen? Er ist ohne Kleider, hat nur sein Tuch um die Lenden und die beiden Frauen sind in Mänteln, die mit Fuchs- und Hasenfellen ausgeschlagen sind, haben Schuhe an den Füßen und offenbar ein Ziel, von dem sie sich nicht abbringen lassen. Und das Ärgste ist, der Wirt des »Hollerbaums«, dieser dummschwätzerische Hohlkopf, steht mit einem Schaber vor seinem Haus und schiebt Schnee zur Seite, daß der Eingang zu seiner Kaschemme frei wird.

»Ich glaub, die siehst du nicht mehr wieder«, ruft er dem Matthes zu. Der nickt nur und macht sich wieder an sein Tagwerk.

Die Frauen werden zurückkehren und wenn nicht, hat er an den beiden Weibern nicht viel verloren, geht es ihm durch den Kopf.

Dann denkt er, er sollte die Fromme jagen, wohin der Pfeffer wächst oder weiter. Er ist jedoch nicht wirklich aufgebracht. Er kann nicht anders, er muß darüber lachen, wie ihm die Beghine die Frau weggenommen hat. Ein Dieb vermöchte es nicht dreister.

Es ist wieder ein Tag, der nur aus Arbeit und Ärger über maulende Gäste und faule Badweiber zu bestehen scheint. Der Matthes kommt nicht mal zum Essen. Einmal stopft er einige Eier in sich rein und nimmt der Küchenmagd ein paar holzige Möhren weg, die die gerade in den Topf werfen will und kaut darauf herum. Das ist sein Mahl für den Tag.

Er hat deswegen auch nicht Muße, an sein Röschen zu denken und was es anfängt. Nach einer Weile sieht er sie wieder im Haus und das beruhigt ihn und genügt ihm.

Erst am Abend, als er seine gequälten Glieder besänftigen kann (auf der Bank in der Küche), kommt ihm die Erinnerung an den morgendlichen Vorfall wieder in den Sinn.

Er ruft die Rose, und sie tritt willig zu ihm, und als er sie freundlich fragt, wo sie den Morgen war, gibt sie ebenso freundlich Bescheid. Sie sagt ihm, heute werde sie es nicht verraten. Aber bald sei Weihnachten, da werde er erkennen, warum sie heute aus dem Haus mußte.

Der Matthes, zu müde, um zu streiten, will gern glauben, was sie sagt. Er würde es auch, sähe er nicht, wie die Beghine zu den Worten der Rose beifällig nickt. Ganz wie ein Lehrer, der zufrieden ist, wenn sein Schüler in einer Prüfung das Gelernte richtig wiedergibt.

Damit fährt Wind in glimmendes Holz. Sein Argwohn, die Rose treibe falsches Spiel, lodert wieder auf.

Er schickt die Beghine und die übrigen – die Küchenmagd und zwei Baddirnen und den Heiner, dem sowieso die Augen zufallen – aus der Küche und heißt die Rose, die Tür zu schließen.

Die Rose macht, wie ihr befohlen wird.

Dann verlangt der Matthes, sie soll sich vor ihn stellen, und wie die Rose gehorcht, befragt er sie: »Hast du dein Vergnügen gehabt? Wo warst du?«

Die Rose weicht seinen Blicken aus, beugt sich zu ihm und beginnt dem Matthes die Glatze und die Ohren zu küssen, läßt ihre Hand und ihre Zunge wandern und dabei flüstert sie, sie habe ihm, ihrem lieben Mann und tüchtigen Liebhaber, ein Geschenk kaufen wollen. Das sei der wahre und einzige Grund für ihr Weggehen.

Der Matthes glaubt nicht an ihre Worte. Er meint, die Rose habe sich eine Antwort auf eine leicht zu erwartende Frage zurechtgelegt oder sie sei ihr eingeflößt worden. Und er glaubt nicht an ihre Zärtlichkeiten. Der Rose werde nun alles recht sein, sich das Verhör zu ersparen, denkt er. Er wird es ihr nicht erlassen.

Auf der Stelle wird er erfahren, ob ihm die Beghine sein Weib verdirbt!

Nach dem Gespräch mit dem Prokurator hat er öfter darüber gegrübelt, ob ihm der Richter nicht einen Hinweis geben wollte. Ob der ihn warnen wollte, die Beghine sei in aller Heimlichkeit mit den Ketzern im Bunde und das werde nicht mehr lange geduldet? Kann es nicht wirklich sein, die Beghine verführt die Rose zu Schändlichkeiten, schlimmer als Prasserei und Lüge und Raub, ja schlimmer als Mord, wie der Prokurator gesagt hat? Wer weiß, welchem Gott oder welchem Teufel sich die Ketzer verschrieben haben! Ein Bader kann das nicht wissen; er braucht es auch nicht zu wissen. Er muß nur darauf achten, daß sich sein Weib nicht einem falschen Glauben zuneigt. Und darauf achtet er. Feile Worte werden dem Röschen nicht die Seele vergiften. Wenn es sein muß, wird er die Ketzer mit eigener Hand erdrücken!

Die Rose will sich wieder an ihn drängen. Er schiebt sie von sich und will sie zwingen, auf Armlänge von ihm zu bleiben. Da läßt sich das kleine Weib auf ihn fallen, und er zerrt sie weg und wirft sie auf die Bank, wie man eine Katze wegwirft, die einen anspringt.

Die Rose wechselt darauf Haltung und Tonfall. Sie wird zum verängstigten Kind, dem Unrecht geschieht.

Matthes läßt nicht ab: »Wo du warst, will ich hören!«

»Mit der Beghine . . .«

»Das habe ich gesehen. Wo?«

»Ich hab's doch gesagt, wir haben ein Geschenk für dich gesucht.«

»So, für mich habt ihr gesucht?« sagt er und tut erfreut.

Die Rose nickt eifrig und befreit, daß er ihr Glauben schenkt. Wie der Matthes aber verlangt: »Hol's her! Freuen wir uns dran«, blickt sie wieder wie vorher unruhig und sucht nach einem Schlupfloch.

»Na, willst du's nicht holen? Wollen wir uns nicht dran erfreuen?«

»Ich hab's nicht mitgebracht«, behauptet sie.

»Das kannst du am besten, lügen . . .«, sagt der Matthes bitter.

Die Rose windet sich. »Willst du es nicht, trag ich's wieder weg.«

Der Matthes geht nicht mehr auf diesen Leim. »Das glaube ich, daß du es wegtragen willst. Das kannst du, die Sachen wegtragen. Wo trägst du denn mein Geld hin?«

Die Rose schweigt.

»Wohin, du? Willst du Schläge?«

Verstocktes Schweigen.

»Wohin?«

Keine Erwiderung.

»Es wird wohl sein, wo die Schließe geblieben ist«, gibt sich der Matthes selbst die Antwort. »Hab ich's? Ist es so?«

Auch darauf erwidert die Rose nichts.

»Ich war immer gut zu dem Weibsbild, und dir vergiftet sie die Seele. Das ist der Dank, den ich kriege. Stopft ihr's den Ketzern in den Beutel?«

»Welchen Ketzern?«

»Kannst du nichts anderes als lügen?«

Das Röschen beteuert, nicht zu begreifen, wovon ihr Mann spreche.

Der Matthes hebt nur die Lider und gibt ihr zu verstehen, er wird nicht eher von ihr lassen, bis sie alle Schändlichkeiten gestanden hat.

Nun ist die Rose in solcher Verwirrung und Anspannung, daß ihre Augen hervorzutreten scheinen. Es ist das erste Mal, daß der Matthes denkt: Sie hat Kuhaugen!

Er erhebt sich, will sie ohne Mitleid und Barmherzigkeit prügeln. Schonen die Folterknechte sie, wenn sie vors Gericht kommt?

Die Rose errät seine Absicht, geht einen Schritt zurück und verlangt voller Haß: »Ja, schlag mich. Schlag mich tot! Besser jetzt tot als Monate drauf zu warten.«

Das ist dem Matthes, als habe die Rose die Hand gegen ihn erhoben und nicht er gegen sie.

Er starrt sie an und dann sagt er: »Du legst dich nicht mehr zu mir. Geh zur Beghine oder mach, was du willst. Ich will dich nicht sehen!«

»Matthes ...«, will sich die Rose wehren und rechtfertigen und ihren Halt und Grund bewahren.

Der Mann will es nicht hören. »In mein Bett kommst du nicht mehr!« bestimmt er und geht aus der Küche.

Die Rose läuft ihm nach, hält ihn fest.

»Matthes? Warum darf ich nicht mehr bei dir sein?«

»Mach's wie die Beghine - faste.«

Die Rose begreift nicht, was er ihr bedeuten will.

»Was haben dir denn deine Nonnen beigebracht? Weißt du nicht, daß man im Advent nicht ehelich miteinander umgeht?« höhnt der Matthes.

Die Rose sieht ihn flackernd an. Sonst schert er sich wenig darum, ob es Freitag oder die Nacht vor dem Sonntag oder ein Bußtag ist, und ob es diesen Tag oder diese Nacht erlaubt oder verboten ist, seine Frau zu besteigen.

»Matthes, ich hab nichts getan, was du nicht ...«, will ihm die Rose zusichern.

Der Matthes schneidet ihr das Wort ab. »Behalte deine Lügen für dich. Ich will sie nicht mehr hören!«

Den nächsten Tag stürmen Stadtknechte in die Badstube und der erste Gedanke des Matthes ist: Jetzt ist sie gefangen. Jetzt führen sie sie weg!

Dabei denkt er an die Beghine, und seine Gedanken gehen hin und her wie eine gefangene Maus, die gegen Mauern rennt und ihr Versteck sucht. Den Ausweg sucht er aber für sich; er will nicht mit der Närrin und für sie gestraft werden.

Es ist jedoch anders als er vermutet. Die Stadtknechte wollen einen Mann aus dem Badzuber wegführen, der seinem Gläubiger Schulden nicht zahlt und sich statt zu rackern lieber beim Matthes Leib und Seele erquicken läßt.

Der Mensch streitet mit den Stadtknechten herum; die wollen sich aber auf nichts einlassen. Zwei packen den Nackten und wollen ihn gerade aus der Wanne ziehen, da greift der Wenzel ein.

Er fragt die Stadtknechte, ob für sie die Ordnung und die Gebote nicht gelten.

Die Badknechte halten den Mann fest, der nun nicht mehr in der Wanne ist und auch nicht draußen und reglos in seiner wenig bequemen Stellung verharrt.

Ob sie nicht wüßten, was in einer Badstube Recht sei, fragt der Wenzel.

Die beiden, die den Schuldner halten, warten ab, was ihr Anführer befiehlt. Der aber, ein schmaler Mensch ohne Zähne und ohne Nasenspitze (alles lange abhanden gekommen), fragt den Matthes, was das bedeuten solle.

Darauf belehrt ihn der Matthes – und so ist es –, nach altem Recht dürfe niemand aus einer Badstube weggeführt werden, bis er sein Bad beendet hat.

Der Anführer überlegt kurz und beschließt: »Wir haben's nicht eilig.« Er setzt sich auf einen Hocker neben die Wanne, sagt: »Warten wir, bis er fertig ist«, gibt den Knechten ein Zeichen und die stoßen den Schuldiger wieder in die Wanne und unter Wasser.

Der Schuldiger kommt hoch, spuckt Wasser und verkündet, vor dem Abend habe er nicht ausgebadet. Der Anführer bleibt gleichmütig und wiederholt, was er schon verbreitet hat: »Wir haben keine Eile.«

Dem Matthes ist es gleich, was mit den Stadtknechten und dem Schuldner wird. (Vorausgesetzt, er bleibt *ihm* nichts schuldig.) Doch die Beghine, das frömmelnde Luder, die wird er sich auf der Stelle vornehmen.

Die Beghine sitzt auf dem Boden, die Knie auseinander und will etwas unter ihrem Rock verstecken, als der Matthes die Tür aufreißt und in ihre Kammer eintritt.

»Hier bist du?« sagt er, scheinbar gnädig. »Willst du heute nicht zur Beichte? Gestern warst du nicht zu halten und heute hockst du hier?«

Die Beghine kichert einfältig, aber man merkt, sie hatte ihren Spaß an dem Streich.

Der Matthes kann nur gebückt stehen, so niedrig ist es in dem Verschlag. Und da er meint, mit eingezogenem Kopf wenig Eindruck auf die Beghine zu machen, setzt er sich auf ihr Bett und fragt sie in freundlicher Weise, ob sie heute essen wolle oder weiter streng faste. Die Beghine hält nämlich im Advent das gebotene große Fasten; erst an den Weihnachtstagen nimmt sie wieder kräftiges Mahl zu sich. Die übrigen im Haus vergehen sich auch nicht gegen die Gebote, bekümmern sich aber weniger genau um das Fasten.

Die Beghine faßt Vertrauen, er wolle nichts Böses, zeigt ihr wassersuppen-dünnes Lächeln und antwortet etwas, das Zustimmung und Ablehnung sein kann.

Der Matthes bedeutet ihr, so sei es recht. Unverhofft hebt er dann ihren Rock, schlägt ihn zurück und ehe die Beghine ihre Beine – fülliger als der Matthes vermutete – schließen kann, werden zwei kleine Flaschen sichtbar. Die Beghine will den Rock runterzerren und die Flaschen verstecken. Der Matthes ist aber stärker als sie, nimmt die Flaschen an sich und riecht daran. Er hat einen scharfen, beinahe betäubenden Duft in der Nase, den er nicht kennt.

»Was ist das?« fragt er.

Die Beghine greift nach den Fläschchen, will sie ihm wegnehmen, hat aber keine Möglichkeit dazu.

»Mischt ihr Gift?« fragt der Matthes gelassen. »Wollt ihr mich vergiften?«

Die Beghine antwortet darauf mit wirren Lauten, Brocken von Worten und Fetzen von Sätzen, wie ein Mensch ohne Gehör, der nicht vernehmen kann, was er sagt und nur merkt, daß er sich kaum verständlich zu machen versteht.

»Branntwein, Branntwein«, keucht sie schließlich.

»Was?«

»Branntwein.«

»Was soll das sein?«

»Vom *apothecarius* . . . Es ist gut. Nimm's. Probier's!«

»Das könnte dir passen! Wollt ihr mir das unters Essen mischen? Oder träufelt ihr's nur ein, wenn ich schlafe? Lehren euch das die Ketzer?«

Die Beghine reißt ihm eins der Fläschchen aus der Hand, setzt es an den Mund und läßt das Zeug in den Rachen laufen.

»Gut«, sagt sie wieder und wie befriedigt.

Der Matthes sieht unbewegt zu. Er glaubt, die Beghine wolle sich, da ihre Schandtaten entdeckt sind, vergiften und unternimmt nichts, sie daran zu hindern. Mag sie in die Hölle fahren, wie sie will!

Die Beghine reibt sich aber den Bauch und lacht irr und sagt: »Gut, gut«, und hält ihm eine der kleinen Flaschen hin.

Der Matthes riecht darauf noch einmal daran. Der Geruch ist ihm widerlich; er glaubt, er würde ihn unter allen Gerüchen herausfinden und reicht der Beghine den Höllentrank.

»Hast du das von den Ketzern?«

»Von den Ketzern?« wiederholt die Beghine und schüttelt den Kopf. »Von den Ketzern . . .«, kommt es aus ihr, und dann will sie in ihr übliches falsches Gelächter fallen.

Der Matthes läßt das nicht zu. Er zieht die Nadeln, die den Schleier halten, aus dem Stoff und wie das Kopftuch fällt, fällt auch ein Teil ihres Nonnentums. Die Beghine legt ihre Arme schützend über den Kopf. Hätte sie eine Glatze, würde sie es nicht anders machen. Sie hat jedoch kräftiges schwarzes Haar, gestutzt zwar, aber Haar wie alle Frauen es haben und es gibt keinen Grund, es vor dem Matthes oder der Welt zu verstecken.

Der Matthes hält nicht inne. Er beginnt, die Schließen über der Brust zu öffnen, als wäre er ihr Mann und hätte alles Recht dazu.

Die Beghine versteht nicht, was mit ihm ist noch was er will.

Sie wehrt sich nicht einmal, sieht ihn nur schreckerfüllt an.

»Dir treib ich die Falschheit aus«, sagt der Matthes. »Heute ist Schluß mit deinem Getue, du Heuchlerin!«

Nun ist der Ausschnitt ihres Gewandes offen. Ein graues Hemd, das sie unter dem Kleid trägt, wird sichtbar. Der Matthes will das Kleid über ihre Schultern zerren. Weil sie die Hände und Arme immer noch über dem Kopf hält, gelingt es nicht. Darauf reißt der Matthes das Kleid und das Hemd auf, die Stoffteile fallen zögernd herab. Ihre Brüste – warm und schwer wie aus Marmor mit dünnen blauen Adern und münzgroßen schwarzbraunen Höfen – liegen vor ihm. Sie scheinen darauf zu warten, daß er sie anfaßt oder umfaßt oder in den Mund nimmt.

Der Matthes sieht kurz darauf, dann sucht er wieder ihre Augen.

»Du kannst auf dem Mist verrotten oder in der Jauche verfaulen, ist mir alles recht. Kannst auch mit dem Herrn der Hölle und allen Teufeln unter die Decke kriechen, auch gut. Mein Röschen verdirbst du mir nicht!« sagt er drohend.

Darauf läßt die Beghine langsam die Arme sinken, macht aber keine Anstalten, ihre Brust zu bedecken. Mit vollkommen veränderter Stimme, ganz ruhig und ganz gefaßt und in einer Weise, wie der Matthes sie noch nie hat sprechen hören, ohne Keuchen und Kratzen und als habe man ihr die Zunge zurückgegeben, fragt sie: »Willst du mich nehmen, Matthes?«

Der Bader weicht etwas zurück.

Hätte sie andere Gestalt angenommen, wäre sie nun ein junges Mädchen oder ein altes Weib oder der Bocksfüßige, ihm wäre nicht frostiger und eisiger.

Sein Leben lang hat er von Hexen und Hexenkünsten gehört; wie sie die Menschen versuchen und verderben, hat er in Predigten gehört und wenn die Frauen am Spinnrocken saßen oder in den Zunftstuben, wenn die Männer zu viel getrunken hatten.

Niemals hätte er sich vorstellen können, daß er mit einer unter einem Dach lebe, daß er sie nährt und daß sie über ihn lacht.

Er fürchtet sich. Er fürchtet, von ihr verhext oder von ihr getötet zu werden, von ihr um sein Vermögen oder seinen Verstand gebracht zu werden und deswegen erhebt er sich, stößt, wie er die Kammer auf schwachen Beinen verlassen will, mit dem Kopf gegen einen Balken und schwankt aus der Kammer.

Er meint, er hört hinter sich das übliche Gluckern des Weibes, so es denn eins ist und nicht ein Geist, der Menschengestalt angenommen hat.

Der Bader weiß nicht, wie er die Stufen hinuntergelangt. Unten setzt er sich auf die Bank unter der Treppe und versucht seine Kraft und seine Gelassenheit wiederzufinden.

Und wenn alles Trug ist? Kann es nicht sein, sie ist nicht Hexe und nicht Ketzerin, sondern ein berechnendes Frauenzimmer und betet lieber als daß es Wäsche wäscht oder Fische ausnimmt oder auf dem Markt steht?

Dann erinnert er sich wieder, wie ihn der Prokurator gewarnt hat. Hat er ihm nicht gesagt, Ketzer und Teufel beteten mehr als brave und fromme Menschen, um sich zu verbergen? Und paßt es nicht zu solcher Verstellung, daß der Betstuhl der Beghine unverhofft vor dem Haus stand und keiner bemerkt hatte, wie er dorthin gekommen war?

Und vor allem und was wichtiger ist als alles Sonstige: Wie kann er sich vor ihr und ihren Künsten schützen? Was wird sein, macht er sie sich zum Feind? Und ließe er ihr die Rose, wird sie sich damit begnügen? Oder wird sie mehr und mehr fordern und am Ende ihn?

Anna entdeckt ihn.

»Ich such dich«, sagt sie. »Da will einer ein Klistier.«

»Ja, ich komme«, erwidert der Matthes, erhebt sich schwerfälliger als ein Mahlbursche mit Säcken auf dem Rücken und geht in die Badstube.

5.

Weil er in dieser oder der folgenden Nacht sein Weib vermißt, wird der Matthes wach und bleibt wach.

Zuerst hört er nichts als die Geräusche der Nacht und das Knacken des Gebälks - unter der Schneelast ächzt es noch mehr als sonst -, halblaute Stimmen von Leuten, die auf der Straße sind. Matthes wundert sich, wer jetzt draußen sein mag. Der Schnee schluckt alle Schritte und wäre nicht Fackelschein, er glaubte an Diebsgesindel. Er überlegt, ob der Wenzel das Tor recht verschlossen hat, erinnert sich, er hat es selbst gemacht und will sich beruhigt umwenden, da vernimmt er, sehr leise und sehr heimlich, anderes.

Er weiß sofort, etwas geht im Haus vor, das er nicht erfahren soll.

Noch einmal tastet er nach der Rose: Sie ist nicht im Bett.

Er denkt an die Beghine und er spürt wieder die Furcht, die er in ihrem Gemach vor ihr empfunden hat. Dennoch erhebt er sich, zieht den Kittel über den Kopf, legt auch Schuhe an und greift nach dem großen Messer, das er immer am Bett liegen hat und macht sich auf, sich und sein Haus zu verteidigen.

Vorsichtig steigt er über die schlafende Anna, öffnet mit größter Behutsamkeit die Tür - wenn man sie nur ein Stuck weit aufzieht, knirscht sie nicht - und schleicht die Treppe hinab.

Im ersten Geschoß hält er inne und lauscht. Wieder vernimmt er Laute. Er kann sie nicht deuten; es ist ihm aber gewiß, sie kommen nicht aus dem Gemach der Beghine. Dort scheint sich nichts zu rühren und regen. Er meint, in der Badstube gehe Ungewöhnliches oder Verbotenes vor. Deswegen steigt er in der vorherigen Behutsamkeit noch weiter hinab.

Im Haus brennt kein Licht; er kennt jedoch jede Stufe und jeden Tritt und so gelangt er, ohne daß er Lärm oder sonst einen verräterischen Schritt macht, an die Tür der Badestube. Hier wartet er zögernd ab.

In der Stube sprechen Menschen. Wie er einmal das Kichern der Beghine hört, hält er es auch für möglich, dort in der Badstube des Hauses »Zum Fuß« versammelten sich Geister und beschlössen über sich oder ihn oder die übrige Welt.

Es zeugt deshalb von großem Mut, daß er die Tür öffnet.

In der Badstube brennen Kerzen; sie sind um einen der Badebottiche aufgestellt als sollten sie eine Festtafel erhellen. Im Bottich sitzt das Röschen und stöhnt herzerweichend und die Beghine kniet auf einem Schemel und gießt aus einem hölzernen Eimer kochendheißes Wasser - es dampft, sieht der Matthes - in den Bottich.

Dabei murmelt die Beghine Segenssprüche oder andere Beschwörungen oder Tröstungen und streichelt der sich aufbäumenden Rose Hals und Schultern und die unreifen Brüstchen.

Der Matthes ist unschlüssig, ob er sich zu erkennen geben soll und damit den Kampf wagen oder sich unbemerkt davonstehlen und sein Weibchen dem Bösen überlassen.

Endlich siegt die vorherige Liebe zu dem zerbrechlichen Geschöpf, das er sich gewählt und genommen hat.

Er umfaßt das Messer noch fester, schleicht durch die Badstube und ist entschlossen, das Messer der Beghine (und mag sie auch ein Geistwesen in menschlicher Gestalt sein) in den Rücken zu stoßen.

Wieder gießt die Beghine Wasser in den Bottich. Das Röschen schreit erneut, windet sich erneut und reißt die Augen auf und schreit wieder und in Todesfurcht, wie sie den Matthes oder das Messer des Matthes bemerkt.

Die Beghine wendet sich halb um, erkennt gleich der Rose die übermenschliche Anstrengung des Matthes und seine wahrhaft tödliche Entschlossenheit, beginnt zu zittern und will fliehen. Sie fällt, wie sie sich erheben will, von ihrem Hocker und kriecht auf allen vieren davon, ein ungelenker Käfer, sichere Beute des stürzenden Vogels.

Aber gerade ihre hilflose Flucht läßt den Matthes innehalten.

Ist sie doch nichts anderes als ein dummes Weib und treibt wer weiß welchen Unfug?

Während all dieser Vorkommnisse - kurz in Wirklichkeit, den Beteiligten von unendlicher Dauer erscheinend - schreit und schreit das Röschen. Von ihrem Schreien geweckt, stürzt der Wenzel in die

Badstube, sieht das Messer in der Hand des Meisters, sieht das schreiende Röschen und glaubt dieses in Gefahr für seinen Leib und sein Leben. Er umklammert seinen Meister mit seiner ganzen Landsknechtskraft und will ihn hindern, das Messer zu nutzen.

Er hält den Matthes, der keine Anstrengung unternimmt, sich zu befreien, so lange, bis die Beghine aus ihrem Versteck hervorkommt und das Röschen leiser wird und endlich erschöpft schweigt.

»Laß los«, sagt der Matthes zu seinem Wenzel und der lockert den Griff. Er bleibt aber auf der Hut; offenbar meint er, der Matthes habe Vernunft und Beherrschung verloren.

Die Beghine nimmt dem Matthes das Messer aus der Hand. Voller Argwohn sieht der Wenzel, sie streicht ihm sogar beruhigend über die Hand. Eine Winzigkeit lang ist der Matthes weich und schutzlos wie ein Junges im Nest.

Unerwartet wimmert die Rose. Es klingt, als reiße man ihr Brust und Herz auf. Gleichzeitig trübt sich das Wasser in der Wanne, steigt Dunkles auf, färbt und färbt das Badewasser und macht es blutig rot. Der Matthes glaubt, das Röschen verliere sein Leben und wie ihm der Kopf zur Seite fällt, denkt er, es gebe seinen Geist auf.

Die Beghine schleudert das Messer ins Dunkel, nimmt mit beiden Händen den Kopf des Röschens und fährt die Männer an. Sie sollen die Anna holen und die Hebamme. Das Röschen verliere sein Kind.

6.

Eine schreckliche Nacht und ein schrecklicher Morgen.

Die Rose liegt nach der Tortur zusammengekrümmt im Bett; ihr Atem geht unruhig und auf ihren wächsernen Wangen zeigen sich Flecken. Die Anna sieht nach ihr und scheucht die Beghine aus der Kammer, als sie die am Bett der Rose findet. Der Matthes würde sie erschlagen, sähe er sie hier.

Die fromme Frau gehorcht murmelnd und brummelnd, aber rasch. Sie weiß, eigenen Willen darf sie heute nicht zeigen, will sie nicht ihr Nest verlieren. Der Matthes war eh drauf und dran, sie noch in der Nacht aus dem Haus zu jagen oder ihr ein schlimmeres Schicksal zu bereiten, wäre nicht Anna für sie eingetreten.

An der Tür wendet sich die Beghine um, sinkt auf die Knie, faltet die Hände und beginnt unverständlich zu beten.

»Bet woanders!« verlangt Anna und schickt sie wieder aus der Kammer.

Anna hat nie viel von der Frömmigkeit des Weibs gehalten. Doch daß sie das Röschen wie eine Kupplerin um ihre Leibesfrucht bringen würde, das hätte sie nicht für wahr gehalten. Das Röschen hat gestanden, schon mehrere Nächte gab ihr die Beghine Tränke aus Sade und Raute, Fenchel- und Selleriesamen und viel Petersilie, machte ihr brühheiße Bäder und hieß sie über Stunden springen und hüpfen und das alles, daß sie ihr Kind verlieren solle. Sie war auch mit ihr in einem Stockhaus gewesen. Dort hatte man sich mit langen Nadeln und dünnen Stangen gegen Gott und seinen Willen versündigt; der Schwangerschaft hatte man dort aber kein Ende bereiten können.

Als er das alles vernommen hatte, war dem Matthes kein Zweifel mehr geblieben, daß die Beghine ein sehr fehlbarer Mensch ist und weder Hexe noch Ketzerin, sondern ein armseliges Wesen, vielfach bedrückt. Über Stunden hatte Anna auf den Matthes einreden müssen, er solle sie schonen. Der Matthes wollte sie nämlich zum Gericht führen lassen. Dort sollte man sie für Kindsmord zu einem peinigenden Tod verurteilen.

Die Anna hatte ihn daran erinnert, er, der Matthes, habe sich gegen ein Kind gesträubt und die Rose mit allerlei Praktiken an Fruchtbarkeit gehindert. Und nun ein solches Verlangen nach einem Wurm?

Wie üblich, wenn er sich im Unrecht fühlte, hat der Matthes aufgebracht herumgeschrien, alles bestritten und abgestritten und die Anna ebenso falsch wie die Beghine und ebenso verlogen wie die Rose genannt.

»Jetzt war's in ihr. Jetzt hab ich mich gefreut ...«, hat er behauptet.

»Das ist nicht wahr!« hat Anna fest widersprochen. »Du hast dich nicht gefreut und die Rose ist vor Angst fast gestorben.«

»Ich wollte noch ein Kind!« beharrte der Matthes trotzig und gegen besseres Wissen auf dem Falschen.

»Laß sie älter werden, kriegt sie auch Kinder. Jetzt wär's ein Unglück geworden«, hat die Anna ihn zu beruhigen versucht.

Der Matthes ist nur halb zur Einsicht gekommen. Die Beghine wollte er in dem Kessel schmoren sehen, in dem die Münzfälscher zu Tode gesotten werden. Das schien ihm die angemessene und einzige Strafe für das Weib.

Anna hat nicht zugelassen, daß man sie den Stadtknechten übergebe.

»Sie hat mehr Strafe erhalten als sie verdient«, hat sie dem Matthes gesagt.

»Strafe? Welche Strafe?«

»Ihr Mann . . .«

»Bei der Pest sind so viele umgekommen, das ist keine Strafe. Und es sind nicht nur die Guten umgekommen. Wer weiß, was es für einer war . . .«

»Er ist noch!« war es Anna herausgefahren.

»Ist noch? Was soll das heißen?«

»Er ist noch.«

Sie hat dem Matthes anvertraut, was sie immer bei sich behalten wollte: Der Mann der Beghine ist nicht gestorben und nicht verfault. Er lebt noch sehr munter und zwar unter aller Augen, drei Häuser weiter und braut dem Hollerwirt das Bier. Beim großen Sterben, als jeder einen Freibrief hatte zu machen, was ihm einfiel, ist er seiner Frau davongelaufen. Vormals waren sie in Alsfeld gewesen. Wie ihn seine Frau nach einem oder zwei Jahren in Mainz wiederfand, hatte er sich erneut verheiratet und sein Schrecken war nicht gering, als ihm unverhofft seine erste Frau ins Haus trat. Auf welche Art er es fertiggebracht hatte, sie zum Stillschweigen zu bewegen, konnte Anna nicht sagen. Immerhin war die Beghine dem Bierbrauer mindestens ebenso gültig gegeben worden wie die zweite, wenn nicht mehr. Offenbar hatte er es vermocht, sie zum Schweigen zu überreden. Denn obwohl der Mann und seine Frau und seine zweite Frau seit Jahren in einer Gasse wohnten, konnten sie ihr Geheimnis bewahren.

»Der Dertsch ist ihr Mann? Der Wicht?«

Natürlich kennt der Matthes den Brauer. Wie oft sieht er ihn im »Hollerbaum« und selbst hier im Badhaus. Der ist der Mann der

Beghine und die beiden verraten sich nicht mit einem Blick oder einem Wort?

Und die Frau, die er hat, das einfältige dralle Stück, lohnt die solche Verstellung und Anspannung?

»Der Dertsch . . .«, hatte er sich noch einmal über das Geheimnis der Beghine verwundert. Doch soll ihr deswegen die Strafe erlassen werden? Weil ihr der Hahn weggelaufen ist, soll sein Kind nicht leben?

»Ihr Leben ist eine einzige Sühne«, hat Anna für die Fromme gesprochen.

»Weiß die Käthe auch davon?«

Anna erwidert nichts.

Darauf sagt der Matthes gekränkt und verbittert: »Natürlich weiß sie es. Alle wissen es, nur der Tölpel Matthes . . . Und ich stopf ihr den Rachen!«

»Von ihr habe ich's«, sagt Anna. »Von der Käthe.«

»Anders kann's auch nicht sein. Die Käthe auch . . .«

Der Matthes hätte über so viel Heimlichkeit und Verstellung kotzen können. Was wußten die Weiber noch, von dem er keine Kenntnis hatte?

»Was weißt du denn schon? Weißt du, wie die Neue heißt?« verteidigt sich Anna.

»Welche Neue?«

»Ja, welche Neue!« sagte die Anna wütend, daß ihm die Frauen im Haus nur willige Hände und willige Schenkel sind und was sonst mit ihnen ist, ist ihm gleichgültig.

»Die Dicke?« fragte er matt.

»Die Dicke«, wiederholte Anna. »Hast du mal ein gutes Wort für sie?«

»Was soll ich noch? Ich füttere die Beghine, ich füttere euch, ich füttere auch die Dicke. Weißt du, was die Hebamme für ihr Kommen und ihr Schweigen gekriegt hat?«

»Ja, du bist die Güte und das Wohlwollen . . .«

»Anna, wird sie wieder Kinder haben?«

»Sie ist doch nicht die erste, die abtreibt.«

»Ich dachte, alle Säfte laufen aus ihr raus. Und wenn sie bis ans Ende ihrer Tage betet, das kann die fromme Heuchlerin nicht sühnen. Kann reden und denken und spielt uns die Närrin vor. Nur, daß man nicht über sie lachen kann. Ich will, daß sie gestraft wird.«

»Ja.«

»Nicht ja! Sie muß ihre Strafe haben. Bringt mir das Kind um!«

»Ja.«

Der Matthes wußte nicht weiter. Der Tod der Beghine oder, sollte sie gnädige Richter finden, ihre Verstümmelung und ihre Vertreibung aus der Stadt, war es das, was er im Inneren wollte?

Er wußte nicht wirklich, was er wollte. Hatte er nicht selbst daran gedacht, das Röschen von dem zu befreien, was sie bedrückte? Kannte er die Praktiken der weisen Frauen nicht auch und nicht besser? Tränke und Bäder hätte die Rose auch von ihm haben können.

Mit der Anna hatte er darüber nicht offen gesprochen, aber auch nicht alle Gedanken verborgen. Vorsichtig und ohne Kraft hatten sie ihre Worte bewegt, wie Tänzer, die sich übermüdet aneinander klammern, noch ihre Füße gehen lassen, ohne ein Ende zu finden.

Gegen Morgen, als ein grauer Tag aufzog, war der Matthes mit allem einverstanden, was die Anna bestimmte. Beide Sünderinnen, die Rose und die Beghine, mußten bei unserem Herrn schwören, in der Beichte alle Wahrheit zu gestehen. Die Strafen, die ihnen die Priester auferlegen würden, sollten sie ohne ein Wort des Murrens oder des Widerspruchs tragen.

Doch dieser Schwur veränderte nichts im Matthes und nichts in Anna. Beide fühlten sich leer; wie Menschen, die in ihre Truhen sehen und entdecken, ihre Ersparnisse sind weg. Der Matthes hatte mehr als das Kind verloren. Daß die Rose nicht ihn um Hilfe gefragt hatte, sondern bei der Beghine Rat und Tat wollte, ausgerechnet bei der Beghine, die ihm immer dümmer als der einfältigste Köter an seiner Kette erschienen war, hatte ihn gekränkt. Nun war es ihm, die Rose habe sich abgewandt und es werde keine Zeit reichen und Mittel geben, daß sie sich wieder fänden.

Und Anna?

Sie hatte nie viel Liebe für das geile Stückchen aufbringen können. Doch sie hatte Mitleid für sie empfunden, wie sie sah, die Rose zitterte jeden Tag mehr ihrer schweren Stunde entgegen. Immer, wenn sie über ihren flachen Bauch strich, war's Anna als fahre ihre Hand über die Schneide eines Messers.

Und nun war auch das vorbei. Nun blieb nichts mehr als eine halbgare Frau, von ihrem Mann geschändet, von sich selbst erniedrigt und ausgepreßt wie eine faulende Beere.

Die einzige, die an diesem bleiernen Morgen singt, ist die Käthe.

Anna hört sie eine Melodie trällern, während sie, wie es im Advent der Brauch verlangt, das Äußere des Hauses mit Zweigen von Eibe und Buchsbaum schmückt.

Das Grün soll gegen den Teufel schützen. Dabei ist er schon unter dem Dach; das Röschen liegt auf seinem Lager und man weiß nicht, ob es wieder zu Kräften kommt. Und die Fromme hat mehr gesündigt als je eine in diesem Haus.

Anna geht hinaus, hört wie die Schwester in heiterer Weise mit einem Nachbarn redet (jenem, mit welchem der Matthes den Streit über die Abortgruben hatte) und wie sie dem Mann auf seine Frage nach dem nächtlichen Umtrieb antwortet, diese Nacht sei eine der Baddirnen von gewaltigem Bauchgrimmen befallen worden; man habe ihr aber mit guten Tränken zu helfen vermocht.

So leicht geht ihr die Lüge von den Lippen und dann will sie sich vorm Teufel schützen?

»Soll ich noch mehr schmücken?« fragt Käthe ihre Schwester wohlgelaunt.

»Hast doch schon das halbe Haus bedeckt. Das reicht«, entscheidet Anna.

»Wir müssen nachher Zweige schneiden«, erinnert Käthe sie.

»Es reicht«, wiederholt Anna.

»Heute ist Lucie.«

»Ach so, ja . . .«

»Gehst du mit?«

»Bring mir welche mit. Schneide sie für mich.«

»Deine mußt du selbst schneiden.«

Anna lächelt über den Eifer der Schwester. In Mainz heißt es, Zweige vom Kirschbaum, am Tag der heiligen Lucia geschnitten und an den Ofen gestellt, verrieten, ob ein Mädchen bald Hochzeit feiern kann. In der Wärme der Stube schwellen und treiben die Knospen, besonders wenn man jeden dritten Tag das Wasser wechselt und dabei an einen Liebsten denkt. Brechen die Knospen an

Weihnachten auf, kann das Mädchen das Hochzeitskleid nähen; wenn nicht, braucht sie sich nicht zu eilen.

»Ist der Ritter aus dem Bett?« fragt Anna.

»Ich weiß nicht.«

»Na!«

Darauf wird Käthe sehr rot, wendet sich ab und bemüht sich, die Leiter, auf welcher sie gestanden hat, ins Haus zu tragen. Als Anna ihr helfen will, wird sie unwirsch: »Ich kann's schon!«

»Hast du ihn gesehen oder nicht? Ist er aufgestanden?«

»Heute war ich noch nicht bei ihm.«

Wie sie die Antwort herausbringt, scheint es eine neuerliche Lüge zu sein. Doch diese will ihr nicht mehr so leicht gelingen wie die gegen den Nachbarn.

Käthe versieht noch immer gern den Dienst bei dem Ritter. Sie bringt ihm die Milch, die er des Morgens trinkt, das Mahl und bevor sie selbst zu Bett geht, richtet sie ihm das Kissen.

An manchen Tagen bemüht sich der Ritter, auf eigenen Füßen zu stehen, bewegt sich auch in der Kammer hin und her. Dabei stützt er sich gern auf Käthe. Sehr lange tragen ihn seine Beine noch nicht. Zwar bessern sich die Wunden; die Salben und die mit allerlei Kräutern getränkten Binden der beiden Bader bleiben nicht ohne Nutzen. Doch erfordert die Heilung ganz offenbar weitere Zeit. Zwischen dem Matthes und dem Wenzel kommt es um die Behandlung des Ritters zu geheimen Zerren. Der Matthes will so und der Wenzel anders und mehr und mehr setzt sich der Wenzel durch. War er der Bader des Kaisers oder der Matthes? Und warum ist der Ritter im Haus, wegen des Matthes oder des Wenzel?

Der Ritter zeigt keine Neigung, den Streit zu entscheiden. Er erduldet alles, was beschlossen wird und ist zufrieden, daß sich die Wunden mehr und mehr schließen. Oft liest er in einem schmalen Buch, bunt verziert und kostbar gebunden, sogar mit Edelsteinen besetzt.

Der Käthe hat er einige Sätze daraus vorgelesen; es ist in einer fremden Sprache geschrieben, in französisch, der Ritter liebste Sprache. Der Herr Gawer hat ihr beigebracht, selbst die seiner Genossen, die kein Französisch verstünden, benutzten die Sprache, ohne es zu wissen. Die Gangart der Pferde werde mit französischen Worten bezeichnet, die höfische Kleidung, die ritterliche Bewaffnung, fast alle Dinge, die Ritter in die Hand nähmen. Noch der friedlichste Teil jeder Burg, der Wohnbau, werde mit einem französischen Wort benannt, Palas nämlich. Und *courtoisie* sei nichts anderes als Höfischheit, klinge aber angenehmer.

Das Buch, in welchem er gern liest, liegt immer in seiner Nähe, wenn er es nicht in der Hand hält. Eine Dame hat es ihm geschenkt, zum ewigen Gedenken, und der Satz, den er Käthe vorgelesen (und übersetzt) hat, hat sich ihr eingebrannt. Er lautet: »Die Liebe ist eine Verwirrung des Geistes, ein unauslöschliches Feuer, ein unstillbarer Hunger, ein süßes Übel.«

Wenn Käthe ihn etwas fragt, gibt er ihr bereitwillig Auskunft. Meist haben seine ernsten Erzählungen einen Schluß, der Lachen macht. Über seine kriegerische Tante und seine übrigen Verwandten spricht er kaum anders als mit Spott.

»Willst du die Schnurre von der Badstube und der Tante hören?« beginnt er etwa eine Erzählung.

Käthe nickt begierig. Von einer Badstube hatte er noch nicht gesprochen. Sonst kannte sie sich auf Hohenhart schon recht gut aus. Mehr als einmal hatte er ihr geschildert, wie eng, kalt, dunkel, zugig und schmutzig es auf der Burg zugegangen ist, von welcher er kommt. War es so, wie er sagte, dann stank es in allen Räumen nach Hunden und Hundekot, nach feuchten Kleidern und Essensdünsten, nach Schießpulver und dem Fraß, den man Schweinen in den Burghof schüttet und an welchem sich die Tiere laben, wann sie wollen.

Sein liebster Platz war der Baumgarten, in welchem Obst und Beeren und Blumen und in verwilderten Ecken auch Küchenkräuter wuchsen.

»Und der liebste meiner Tante war das Bad. Das war der einzige Raum im ganzen Bau, der vollkommen warm wurde. Eines Tages kam ein Bote des Bischofs von Speyer mit einer Botschaft und man sagte ihm, sie sei im Bad. Und wie der Bote nun zögerte, zu ihr zu gehen, sagte man ihm, er solle nur hineingehen. Die Tante erwarte ihn darin. Der Bote, mit der ersten Auskunft nicht zufrieden, fragt den Nächsten und der sagt ihm genauso, er solle seine Botschaft nur melden, die Tante warte darauf. Der Bote zieht sich darauf aus, nimmt seinen Brief und geht ins Bad, wo die Tante und die übrigen um einen Tisch sitzen und essen und trinken und nicht verstehen, wie der Gesandte des Bischofs nackt vor sie treten kann.«

»Wollt Ihr nicht dorthin zurückkehren?« fragte Käthe den Ritter Gawer einmal.

»Warum? Wer wartet auf mich?« hat er geantwortet.

Später an diesem Tag kommt einer der Männer des Ritters, will etwas für seinen Herrn bringen. Käthe läßt ihn nicht zu ihm, nimmt ihm ab, was er bringt - Sporen, die gerichtet worden sind - und sagt, heute wolle der Ritter niemand bei sich dulden und deswegen könne er nicht zu seinem Herrn.

Mit den Sporen hat Käthe den Vorwand, den sie suchte. Wäre er ihr nicht ins Haus gebracht worden, hätte sie einen anderen gefunden. Verliebte finden immer.

Jedenfalls trägt sie die Sporen in die Kammer.

Der Ritter sitzt, mit dem Rücken zu ihr, auf dem Bettrand und knetet seine Beine.

»Leg sie auf die Truhe«, sagt er gleichmütig, ohne sich nach ihr umzuwenden.

»Es sind Sporen. Einer Eurer Leute . . .«

»Ja, ja. Ich hab euch handeln hören«, unterbricht sie der Ritter freundlich. »Ich war auf der Treppe. Kannst mir den Wenzel raufschicken.«

Die Käthe würde am liebsten davonlaufen, so beschämt fühlt sie sich wegen ihrer entdeckten List.

»Ich . . .«, beginnt sie kopflos.

»Ist alles gut. Schick mir den Wenzel.« Und wie sie davonstürzt, ruft er ihr nach: »Habt ihr heute nacht einem den Kopf abgeschlagen? Was war los?«

Käthe antwortet nicht.

Als sich der Badergesell nachher um seine Wunden kümmert, fragt der Ritter auch ihn nach dem nächtlichen Aufruhr.

Der antwortet wahrheitsgemäß, eines der Weiber habe sich ihr Kind weggemacht; jedoch sagt er nicht, welche der Frauen im Haus es war.

»Das Bett hat seine Tücken«, sagt darauf der Ritter. Eine Dame habe ihm einmal die Frage gestellt, wenn er wählen könne, eine ganze Nacht von einer Schönen geliebt zu werden oder den nächsten Tag in Waffen einem Mann zu begegnen, der genauso tapfer sei wie er selbst, was ziehe er vor, die Liebe oder den Kampf?

»Und?« fragt der Wenzel. »Was habt Ihr gewählt?«

»Was vermutest du, Wenzel?«

7.

Die nächsten Tage bleibt die Rose im Bett.

Ob sie wirklich so geschwächt ist, daß ihr das Aufstehen schwerfällt oder ob sie in ihrer üblichen Faulheit und weil es angenehm ist, im Bett zu liegen statt dem Matthes unter die vorwurfsvollen Augen zu treten, dort verweilt - wer will das entscheiden?

Der Matthes dringt darauf, daß sie ihren Schwur hält. Als nun das Weibchen jammert, es werde bald in die Kirche gehen, er solle ihr noch einige Tage lassen, schweigt der Matthes grimmig und schickt den Heiner nach den Augustinern. Er soll einen Beichtiger holen.

Der Heiner ist noch nicht wieder im Haus, da kommt schon ein Beichtvater. Es ist ein sehr junger Mensch; den Kinderspeck hat er noch im Gesicht und auf den Händen. Und, was schwerer wiegt, er ist ohne Erfahrung von Welt, Verstrickung und Sünde. Alles, was er davon weiß, kennt er nur aus den Belehrungen seiner Oberen oder aus Büchern. Die Augustiner ziehen sich in ihrem Mainzer Konvent ihren Nachwuchs. Deshalb denkt der Matthes, der junge Mann sei vielleicht ein Abgesandter, der die Ankunft des verlangten Beichtigers ankündigen soll. Doch der junge Mönch ist derjenige, den man dem Matthes zugedacht hat.

Der Matthes führt ihn etwas abseits, will vertraulich mit ihm flüstern.

Der fragt aber nur, ob der Matthes die Beichte ablegen wolle oder die Kranke, wie man ihm gesagt habe?

»Krank. Die hat sich selbst krank gemacht, niemand sonst«, erwidert der Matthes mürrisch und will davon sprechen, was sich das Röschen angetan hat.

Der Mönch hört ihn nicht an; fragt wieder, ob er beichten wolle und wie der Matthes abwehrt, verlangt er zur Rose geführt zu werden.

Jetzt rückt der Matthes mit seinem eigentlichen Ansinnen heraus. Kann er zuhören, wenn sie beichtet?

»Zuhören? Seit wann gibt's Zuhörer bei der Beichte?« erwidert das Mönchlein entrüstet, als habe der Matthes ihm unters Gewand blicken wollen.

Der Matthes antwortet schlau, die Klarissen beschuldigten sich auch öffentlich ihrer Verfehlungen. Das wisse er von der Rose, die unter ihnen gelebt habe.

»Nicht öffentlich«, belehrt ihn der Mönch. »Im Kreise der Schwestern. Und ein anderes: Ein Schuldbekenntnis ist keine Beichte.« Es sei zwar Mode, am rechten Fuß einen weißen Schuh und am linken einen schwarzen zu tragen. Man solle sich aber mühen, zumindest in geistigen Dingen schwarz und weiß sauber zu scheiden!

»Es war mein Kind. Meins!« antwortet Matthes verdrossen. Muß er sich mit solch einem uneinsichtigen Kindskopf herumschlagen?

Er sucht einen Weg, daß sie beide ihr Recht finden, er, der Mann der Rose, und der geistliche Vater und schließlich bietet er an: »Wir können es auch so machen . . . Ich muß nicht in der Kammer stehen. Wir lassen die Tür einen Spalt weit auf; kann ich auch hören, ob mein Weib bei der Wahrheit bleibt.«

Der Mönch stimmt nicht zu und lehnt nicht ab. Er legt nur die Arme übereinander und wartet darauf, der Bader trage weitere Vorschläge von gleicher Natur vor.

Als der Matthes erkennt, seine guten Worte bewirken nichts, will er den Mönch mit einem Geldstück locken.

»Sie kann beichten, was sie will. Ich will nur hören, was sie mit dem Kind . . .«

Der Minderbruder nimmt das Geldstück, das der Matthes noch immer verlockend hinstreckt. Dabei sagt er: »Ist es eine Spende, nehme ich's; solls eine Versuchung sein, verdienst du Strafe.«

Damit steckt er ein und läßt sich vom Matthes führen.

Der muß sich zwingen, den Mönch nicht hinauszuwerfen. Die halbe Christenheit klagt, die Kirche sei käuflich, und er muß den einen finden, der mit Geld und Worten nicht zu erweichen ist!

Die Rose ist nicht allein in der Schlafkammer, wie der Matthes erwartet hat.

Eine der Baddirnen, die Elsbeth, ist bei ihr. Sie ist eine mütterliche Frau mit schweren Armen und schweren Schenkeln und einem faltigen Bauch. An den Armen und Beinen hat sie Dellen, als habe das Alter sie zu kräftig umarmt und seine Abdrücke hinterlassen. Ältere und schwächliche Männer wählen sie gern; allem Anschein nach fühlen sie sich in ihren Händen und in ihrem Bett wohl. Jetzt ist sie dabei, das Röschen zu schminken. Mit einer Paste, die sie sich selbst bereitet, läßt sie die Lippen der Kranken erblühen und erglühen. Viele Frauen, die ins Badhaus kommen, wollen, daß die Badfrauen ihnen die Haut auffrischen und zweite Schönheit schenken. Die meisten der Baddirnen verstehen sich auf diese Kunst. Jede hat für ihre Mittel eigene Rezepte; die Elsbeth, um wieder von ihr zu sprechen, achtet eifersüchtig darauf, daß ihr niemand zusieht, wenn sie ihre Salben und Pasten mischt, rührt und schlägt. Da ist sie nicht anders als der Wenzel mit seinen Suppen. Dabei sind die meisten Rezepte ähnlich. Die Paste, mit der die Elsbeth das bleiche Röschen färbt, wird aus Lilienwurz, Rosenwein, Fett und Bleiweiß sein.

»Damit vertreibst du dir die Zeit? Kann's dir nicht schlecht gehen«, sagt der Matthes abfällig und verjagt die Elsbeth.

Die Rose wendet sich ab, als habe der Matthes sie gekränkt.

Der ergrimmt nun so, daß er auf ihren Zustand keine Rücksicht mehr nimmt und sie aus dem Bett holt. Nackt, wie sie ist, soll sie niederknien und die Beichte ablegen.

Der junge Mönch läßt den Matthes gewähren, verlangt auch nicht, daß sich die Rose bedecke. Er steht nur da, die Hände in den weiten Ärmeln der Kukulle und wartet ab, bis alle Vorbereitungen getroffen sind.

»So, jetzt bekennst du deine Schlechtigkeit!« sagt der Matthes, als die Rose vor dem Pater kniet, zitternd, frierend und widerspenstig, die Lippen purpurn leuchtend.

Der Mönch öffnet die Kammertür ein Stück weiter, sieht den Matthes auffordernd an und als der zögernd geht, schließt er hinter dem Bader die Kammertür so fest, daß der nicht mehr vernehmen kann als sein *In nomine domine, filiae und spiritus sancti* und das *Amen* der Rose.

Die Beichte muß sehr umfänglich ausfallen.

Denn, wie der Matthes den Mönch wieder sieht – der kommt in die Badstube, um seinen Lohn zu holen – hat der Spielmann drei seiner vielstrophigen Lieder gespielt und gesungen und zwischendrin zwei Kannen Bier in sich reingeschüttet. Es ist zwar dünnes Bier, wie man es während des Tages trinkt, aber zwei Kannen sind auch von dünnem Bier zwei Kannen!

Der Matthes kann Sorgen haben, wie er will: Solche Sachen bemerkt er und über solche kann er sich ärgern. Dem Kerl hat er, bei seinem Eintritt, freies Essen und freies Trinken zugesagt, aber doch nicht vermutet, der saufe schlimmer als ein Mahlbursche. Er hat schon daran gedacht, statt seiner Lauten- und Zimpelschlägerinnen, Pfeiferinnen und Fiedlerinnen einzustellen, wie der Bader vom »Großen Stern« sie hat. Nicht nur, daß sie angenehmer aussehen, sie saufen und fressen auch weniger.

Dem Mönch gibt er, was ihm zusteht und führt ihn an das Hoftor. Halb hofft er, er werde ihm, ohne sein Geheimnis zu verletzen, zu verstehen geben, was er von der Sünde der Rose halte und wie er, ihr Mann, ihr nun begegnen müsse. Der Mönch, jung und mit dem Hochmut der Jugend, denkt aber nicht daran, verneigt sich im Rausgehen, murmelt einen lateinischen Segenswunsch und geht.

Der Matthes steigt deshalb voller Zorn nach oben in die Schlafstube und will die Rose vernehmen.

Die liegt im Bett und schluchzt, daß sich der ganze Körper wie unter der Rute bäumt.

Darauf setzt sich der Matthes auf den Rand des Bettes, sieht auf ihren knochigen Rücken, ihren festen, kaum gerundeten Hintern und spürt Lust, sie zu nehmen, wie sie ist.

Er legt seinen Kittel ab und nestelt an seinem Tuch, das er während der Arbeit um die Lenden hat, da sagt die Rose, ohne den Kopf zu heben oder sich nach ihm umzuwenden: »Wir dürfen uns ein Jahr nicht zusammentun.«

Ungläubig hält der Matthes in seinem Ausziehen inne: »Was dürfen wir nicht?«

»Ich darf dich ein Jahr nicht empfangen.«

»Wer sagt das?«

»Der Mönch. Ich mußte es beschwören ...«

»Was mußtest du?«

»Ich mußte schwören. Daß ich dich ein Jahr nicht in mich lasse.«

»Ein Jahr?«

Die Rose wendet sich ihm mit tränennassem Gesicht zu, öffnet ihre Beine und sagt: »Ich schwöre alle Eide und breche alle Eide. Aber ich will dich und ich muß dich haben.«

Der Matthes weiß nicht, was er von allem halten soll.

Da bewegt sich das Röschen wie eine Schlange, windet und spreizt sich und bietet sich ihm an; zeigt, die Hand dabei unzüchtig bewegend, was und wo es ihr brennt und endlich lockt sie ihn, die Spalte, die die Männer fürchten und über alles begehren, mit beiden Händen aufreißend, in die nächste Todsünde.

Der Matthes legt sich auf sie, es kommt zu einer hastigen, freudlosen und gierigen Vereinigung, und danach ist dem Matthes, als ob er sich selbst vergiftet habe.

Während er ihren Schleim und ihren Geruch wegwischt, fragt er: »Du hast es geschworen und treibst es doch?«

Die Rose antwortet heftig: »Du doch auch!«

»Ich hab nichts geschworen.«

»Ich laß dich nicht!« erwidert die Rose starrsinnig, will sich an ihm festhalten.

»Der soll dich strafen. Nicht mich. Ich hab kein Kind in die Hölle geschickt!«

»Ich muß sieben Jahre lang dreimal in der Woche mit Wasser und Brot fasten und ...«

»Und? Ist noch was?«

»Ich soll eine große Spende machen.«

»Du? Ich soll doch wohl. Was hast du zu spenden? Ich hab's gewußt, als ich das Herrchen sah. Ich hätte es dir vorher sagen können: Ohne eine Spende geht der nicht aus dem Haus. Das ist das erste, was sie lernen.«

»Matthes, ich hab meinen Eid gebrochen«, sagt die Rose, nun tonlos und verzweifelt.

Der Matthes antwortet ihr nicht. Aber er denkt, nichts und niemand werde die Rose vor ewiger Verdammnis retten können, nicht mal der Herr selbst, so er sich ihrer erbarmen wolle.

Sie gehörte dem Teufel und wird ihm immer gehören.

8.

Den Heiligen Abend schließt der Matthes sehr früh die Tür.

Wie immer gibt es welche, die noch klopfen und in die Wannen wollen. Der Bader läßt niemand ein. Und käme der Herr Erzbischof und Erzkanzler des Reiches, der Matthes täte ihm nicht auf.

Nach seiner Vorstellung gehören der Heilige Abend und die Heilige Nacht unserem Erlöser und nach Ihm seinen Lieben. Und das sind neben der Rose und der Anna und der Käthe die übrigen im Haus. An diesem Abend liebt er alle: die Beghine, diese Fallgrube von Falschheit, den Heiner und den Wenzel (der Barbier ist früh gegangen; der Matthes hatte reichlich gute Worte und ein Geschenk für ihn), die Badfrauen. Zuvorderst Liebschönchen, ihre hustende und spuckende Milchschwester Gunde (seit neuestem hat sie was auf der Lunge; die üblichen Mittel und Pulver zeigen keinen Erfolg. Der Matthes hat sich darüber schon mit dem Astrologen beraten. Im bald kommenden Jahr sind die Sterne der Baddirne sehr viel gnädiger. Dann werden sich ihre Körpersäfte reinigen), die Elsbeth und alle anderen. Und wären sie selbst tückisch und schlecht, heute würde er sie lieben.

Diesen hohen Feiertag beginnt man im Haus »Zum Fuß« damit, daß alle im Haus gemeinsam baden.

Selbst den Ritter Gawer hat der Matthes zum Bad geladen. Zur sichtlichen Freude des Baders hat er sich nicht bitten lassen. Sehr gern wolle er am Badfest teilnehmen, hat er dem Matthes auf die erste Frage geantwortet. Dabei könnte er doch zu den Bedeutenden in der Stadt gehen, zu den Steins, den Dalbergs, den Schönburgs. Würden ihm nicht alle hohen Herren und Adelsfamilien sehr gern das Tor öffnen und ihn an die Tafel bitten? Wie er wirklich vor dem Abend herunter und in die Badstube kommt, sind die allermeisten schon ausgezogen und kaum noch einer nüchtern. Zwar geht die Fastenzeit erst die kommende Nacht zu Ende und deswegen gibts als Speise heute nur Karpfen und sogar wenig Karpfen. Die Fische sind von Mönchen gezogen und keiner ist größer, als daß er über den Tellerrand ragt. Aber trinken kann heute jeder. Die Priester dulden heute den Wein wie Wasser, und der Matthes hat ein Faß in die Badstube stellen lassen und daraus mag jeder zapfen, wie es ihm beliebt.

Der Ritter lobt in einer kleinen Rede den Matthes und den Wenzel gleichermaßen für ihre Pflege und ihr Wissen und er sagt, kein Kaiser und kein König könne bessere Ärzte haben als er sie gefunden habe. Er zeigt seine Beine, zeigt, wie sehr sich seine Verletzungen gebessert haben und wie sorgfältig die Wunden genäht worden sind. Ein Schneider habe nicht ordentlicher nähen können, meint er scherzend. Darauf sind der Wenzel und der Matthes gerührt, beeilen sich, dem Ritter den besten Platz und den schönsten Krug anzubieten.

Er steigt in eine Wanne und einen Wimpernschlag lang weiß niemand, wer sich zu ihm setzen soll. Der Matthes faßt sich ein Herz und fragt, ob sich die Käthe zu ihm gesellen dürfe. Die lehnt beschämt und glutvoll leuchtend ab, aber als der Ritter sehr huldreich und lustig die junge Dame, wie er sie nennt, einlädt, zu ihm zu kommen, steigt sie unter dem Beifall der anderen zu ihm und fühlt sich dadurch reich beschenkt und glücklich.

Die Anna teilt sich mit dem Heiner und einem jungen Vögelchen, das seit kurzem hier ist, eine Wanne. Auf die übrigen achtet sie nicht; nur daß der Matthes nicht zur Rose will, bemerkt sie wohl. Dazu gehört allerdings wenig. In den letzten Tagen hat der Bader seine Rose nur angeschrien und angefahren, wo er sie gesehen hat und was immer sie tat. Anna hat er gesagt, nie werde er seinem Weib vergeben, daß sie ihn um das Kind gebracht hat. Anna glaubt jedoch seinen Worten nicht; sie denkt, die Rose werde es schon verstehen, ihn wieder an sich zu ziehen. Merkwürdig ist, daß er der Beghine alle Schuld erlassen hat. Als sei nicht diese die Anstifterin gewesen und die Rose die Verführte.

Und daß Annas Vermutung nicht so falsch sein kann, zeigt sich schon, wie man sich nach dem Bad in der Diele zum Mahl und zum Feiern zusammentut.

Für die Festtage ist dieser Raum - halb Halle und halb Treppenhaus - der Mittelpunkt des Hauses.

Wo es nur möglich ist, ist alles mit roten Bändern und roten Kerzen und dem Grün von Tannenzweigen, Eiben und Misteln geschmückt. Der Matthes hat es dabei gehalten, wie alle es halten. Früher hatte er geglaubt, die Farben seien zufällig. Blühten im Winter

Lilien, hätte er gemeint, wären alle Stuben in Weiß und Lila getaucht. Ein Badgast hat ihm aber erklärt, die Farben seien mit Sinn gewählt. Das Rot stehe für Christi Blut und das Grün, die Farbe der Treue, solle anzeigen, wie sehr wir Christus, unserem Erlöser und Heiland, Treue gelobten und beide Farben zusammen seien die Farben des Lebens und in schlafender, toter Zeit Versprechen und Herausforderung.

Für das Mahl hat man einen großen Tisch und alle Stühle des Hauses vor den Kamin geschoben und im Kamin liegt das gewaltige Weihnachtsscheit bereit. Nach altem Brauch soll es den Heiligen Abend entzündet werden und die Tage und Nächte bis Epiphanias brennen. Bei seinem Feuer sollen sich Feinde versöhnen und alle alten Streitereien beendet werden.

Der Matthes wartet mit dem Anzünden, bis alle im Haus um ihn versammelt sind und jeder einen kleinen Zweig in die Spalten des Scheits gesteckt hat. Es bringt Glück, wenn das Zweiglein nachher mit dem Scheit verbrennt.

Der Bader sieht sich um; alle scheinen um ihn zu sein. Da will er sich bücken und mit einem brennenden Holz den stammdicken Holzklotz entzünden.

Halt, ruft aber eine und ruft nach dem Wenzel und wie der endlich verschwitzt und mit herabhängenden Haaren aus der Küche kommt und zu den übrigen tritt, kann Weihnachten beginnen.

Der Matthes bringt das Holz zum Lodern und danach umarmt man sich und sagt sich die Segenswünsche. Der Matthes nimmt erst seine Töchter in den Arm. Wie ihn dann aber das Röschen verlangend ansieht, drückt und küßt er sie sehr liebevoll und streichelt sie dabei und flüstert ihr etwas zu, das sie glücklich macht.

Und das Geschenk, das er für sie hat – ein Schmuckstück – ist für eine, die in der Kirchenbuße leben soll, zu üppig. Wie er's ihr gibt, murmelt er dazu: »Also hat Gott die Welt geliebt«, ganz wie es in der Bibel heißt und wie man es beim Verteilen der Weihnachtsgaben sagt. Anna will es jedoch vorkommen, so, nämlich ohne Ansehen ihres Wesens und ihrer Taten liebten nicht einmal die Heiligen, sondern nur der Matthes. Allerdings hat er sich für seine Töchter auch nicht lumpen lassen. Für beide hat er Pelzwerk und Anna überlegt verwundert, wo er denn das Geld dafür gefunden hat.

Umgekehrt erhält er von der Rose einen Pfefferkuchen, einen Kuchen vom kostbarsten Gewürz also, das man kennt und der Matthes ißt nachher sehr andächtig ein Stück davon und gibt nur geizige Häppchen davon ab, als er auf den Geschmack kommt.

Es scheint zu sein, wie Anna vermutet: Der Matthes und die Rose werden wieder zueinander finden.

Mitten in der Nacht ist der Bauch angenehm gefüllt und die Adern sind erhitzt. Die Fastenzeit endete die Mitternacht und mit dem letzten Glockenschlag begann das neue Jahr. Es wurde mit Braten von Kalb und Lamm, Kapphähnen und Hühnern und Fischen und anderen Gerichten begrüßt. Was und wieviel man sich nur wünschen mochte, hat der Bader auftragen lassen. Eine gewaltige Schüssel Mandelschaum ist ausgekratzt worden, eine sehr sättigende Speise aus geschlagenen Eiern, Milch, Honig und viel feingestoßenen Mandeln. Und noch mehr Wein und Bier ist die Kehlen hinuntergeflossen. Nun ist aller Hunger gesättigt und aller Durst gelöscht und man vertreibt sich die Zeit mit kindischen Spielen. Keiner hat Lust, ins Bett zu gehen. Fast alle wollen bis zur Mette - der ersten, der feierlichen Messe den nächsten Morgen - wach bleiben.

Der Ritter Gawer kommt zurück. Er hat ein Teil des Abends bei seinen Männern im »Hollerbaum« verbracht und jetzt ist er unschlüssig, ob er sich noch einmal zu den Badern setzen soll oder in sein Bett gehen. Vom Matthes ermuntert, bleibt er bei den Badleuten, läßt sich Wein geben, trinkt aber nur wenig. Er ist anders als sonst. Weder erzählt er von seinen Taten und Reisen oder seinen rauflustigen Verwandten noch beteiligt er sich an den Vergnügungen der übrigen. Er sitzt nur, trinkt in kleinen Schlucken und sieht auf das Feuer.

Er ist wohl der erste, der den Gesang auf der Gasse vernimmt und ans Fenster tritt. Dadurch werden auch die anderen aufmerksam und drängen an die Tür, den Kurrendesängern zu lauschen. Das sind Waisen und andere bedürftige Scholaren aus einer der Stiftschulen, alle einheitlich in schwarze Gewänder gekleidet und Mönchen ähnlicher als einer Horde Kinder. So schön, wie diese ihre lateinischen Lieder singen, können sie aus dem Domstift sein.

Es schneit sanft. Die Scholaren (die meisten vielleicht zehn oder zwölf Jahre; einige Hochaufgeschossene unter ihnen, einige verkrüppelt von Jugend auf. Einer ist sogar gänzlich ohne Beine. Ihn hat man auf einen Schlitten gesetzt und zieht ihn hinter sich her wie eine Puppe; er hält den großen Korb, in welchen man nachher die Gaben wirft) die Scholaren also scheinen den Schnee nicht zu spüren. Sie singen, den Kopf erhoben, mit einer Inbrunst, als sei die Geburt des Herrn, die sie preisen, das größte Geschenk, das man ihnen machen kann.

Und haben sie nicht recht?

Gibt es für einen Christenmenschen etwas Bedeutenderes, als daß der Herr zu uns gekommen ist und sich für uns geopfert hat?

Anna, die erst spät an die Tür gegangen ist, sieht wenig von den Sängern und den *rector* schon gar nicht. Dabei ist der spitznasige Kindermeister, welcher mit fahrigen Bewegungen das Auf und Ab der Stimmen lenkt, ein eigenes Schauspiel. Der Ritter, für unbeabsichtigte Komik immer empfänglich, sieht sich um, mit wem er sein Vergnügen teilen kann, bemerkt Anna, die sich auf die Fußspitzen erhoben hat, um über die anderen zu sehen. Darauf geht der Ritter zu ihr, führt sie an sein Fenster und hält, während alle den singenden Kindern lauschen, Anna mit großer Selbstverständlichkeit an beiden Armen und als sei sie sein Schild.

Anna bewegt sich nicht. Der kräftige Druck seiner Hände ist ihr angenehm.

Zur Mette ist der Dom voller Menschen und Lichter, erregter Stimmen und Gerüche nach Ambra und Weihrauch, nach Tannenduft und Moschus. Es ist noch dunkel draußen, die Fenster sind schwarze Flecken und man kann glauben, außerhalb der Dommauern sei keine Seele und kein Leben. Alles, was in Mainz kreucht und fleucht, hat sich eingefunden. Ungeduldig wartet die Menge (und damit auch die Bader und Baderinnen aus dem Haus »Zum Fuß«) auf den Einzug der Domherren und der übrigen Priester. Es geht das Gerücht, der Erzbischof Gerlach selbst sei in der Nacht von seiner Eltviller Burg in die Stadt gekommen und werde die Messe oder das Hochamt zelebrieren.

Warum soll der Herr Bischof nicht in seiner Kirche beten und predigen dürfen?

Das will er gerade dem Zunftmeister Gallus sagen, der neben ihm steht, da stößt ihn die Anna an.

»Hast du gesehen?« fragt sie.

Der Matthes nickt und fährt fort, dem Gallus Politik und Wesen des Bischofs Gerlach zu beschreiben, so wie er beides versteht.

»Matthes«, stößt sie ihm wieder den Ellbogen in die Rippen.

Jetzt wendet er sich ihr unwirsch zu und fragt was sei.

»Der Runge ist hier.«

»Wo?«

»Eben ist er eingetreten.«

Sie zeigt ihm die Tür, durch welche er gekommen sein soll. Der Matthes reckt und streckt sich, im Gedränge kann man natürlich keinen erkennen und finden.

Er will ihr sagen, sie habe sich getäuscht.

»Ich kenne doch den Runge. Den kann man nicht verwechseln!«

»Und wenn er hier ist. Laß ihn hier sein«, antwortet Matthes.

Während des ganzen Gottesdienstes (der Herr Erzbischof nimmt nicht daran teil) ist er aber unruhig, sieht nach rechts und links und ist bemüht, den Vater der Rose zu entdecken.

Die Rose selbst singt und betet aus vollem Hals und als der Matthes ihr sagt, was die Anna bemerkt haben will, wehrt sie erschrokken ab. Nein, es könne nicht sein, daß er anwesend sei.

»Kann nicht . . . Wieso kann nicht? Ein Spatz kann keinen Adler schlagen. Das ist das einzige, was nicht sein kann. Dein Vater kann ganz gewiß hier sein«, ärgert sich der Matthes und hält wieder Ausschau nach dem Runge.

Weder während der Mette noch nachher, als sie durch fast knietiefen Schnee nach Hause stapfen, zeigt sich der Runge.

Es ist jedoch, als wäre wegen der Bemerkung der Anna ein Schatten auf das Fest gefallen.

Anna hat sich nicht getäuscht. Der Runge ist in Mainz.

Den Weihnachtstag noch zeigt er sich im Badhaus. Der Tag wird schon müde, das Licht grau und hinfällig und die, die im Haus sind, geben sich ihren Gedanken hin und das werden die allergewöhnlichsten sein, da klopft es an der Tür. Wie der Heiner auf Geheiß der Anna öffnet, tritt der Runge ein.

Im Unterschied zu seinem letzten Besuch ist er wohl gekleidet – sein Tappert ist eher einem wohlhabenden Kaufmann angemessen als einem ungetreuen Schaffner – und wie er sich benimmt, scheint er seine alte Selbstgewißheit wiedergefunden zu haben.

Der Matthes (er hat sich zum Schlafen hingelegt und muß geweckt werden) begegnet ihm vorsichtig und abwartend. Der Runge gibt sich aber zutraulich, spielt den Herzlichen, entschuldigt sich, daß er so lange nichts von sich habe vernehmen lassen und erkundigt sich, wie alles steht und geht.

Der Matthes behauptet, alles sei wohl gerichtet. Wie es aber dem Runge ergangen sei und was er nun treibe und wo er herkomme? Ein Bote der Niersteiner Klarissen sei mal hier gewesen und habe nach ihm gefragt. Mit denen sei er, wie er vermute, wieder in Eintracht?

»Matthes«, lacht der Runge wohlwollend, »bist ganz der Nämliche geblieben. Willst mich aushorchen und willst es schlau anfangen.« Dann wird er ernst und sagt, mit den Klarissen habe er sich wahrhaftig aussöhnen können. Vieles was es zwischen ihnen gegeben habe, sei eh Mißverständnis gewesen und der Rest Unglück. Er, der Runge, habe in Flörsheim nichts anderes erfahren als viele andere es vor und nach ihm von Straßenräubern und Schnapphähnen erfahren hätten. Das verstünden die Nönnchen nun und hätten ihm vergeben. Was vorher war, erwähnt er nicht und der Matthes ist klug genug, diesen Braten nicht anzuschneiden.

»Und wo lebst du? Wie nährst du dich?« fragt der Matthes, da kommt die Rose die Treppe herunter und begrüßt ihren Vater. Die Rose ist von der Begegnung sehr viel weniger beglückt als ihr Vater. Er läßt sich anmerken, ein schöneres Geschenk als am Weihnachtstag wieder mit seiner Tochter und deren Mann zusammen zu sein, habe er sich nicht gewünscht. Die Rose sagt nur, ihr Mann habe ihn schon den frühen Morgen bei der Mette bemerkt, sie habe es ihm aber nicht glauben wollen.

Der Runge antwortet, ja, er habe durch das, was ihm zugestoßen sei und die Gnade, die er in seiner Not erfahren habe, näher zu Gott und Seinen Heiligen gefunden. So lange er nur die Nonnen vor Augen gehabt habe, sei nicht die rechte Frömmigkeit in ihm gewesen. Nun betrachte er manches mit anderen Augen.

Eine Weile scheint er über seinen Satz nachzusinnen und dem Matthes wird unbehaglich. Er hat genug Fromme um sich, einen weiteren Beter - und womöglich einen, der dabei Bier säuft - braucht er nicht.

Der Runge bleibt aber in seiner Gemütsstimmung. Er blickt auf das Weihnachtsscheit im Kamin, läßt Rührung und Zutraulichkeit aufkommen, streckt dem Matthes eine Hand hin und meint: »Matthes, wenn was zwischen uns war, soll's vergessen sein ...«

»War was zwischen uns?« fragt der Matthes.

Der Runge sagt, daran vermöchte er sich wirklich nicht zu erinnern, aber das Menschenherz sei wankelmütig und dunkle Gedanken zögen rascher auf als dunkle Wolken. Daß auf immer die frühere Freundschaft und Herzlichkeit zwischen ihnen sei, darauf sollten sie sich die Hand geben.

Noch immer hält er seine Rechte fordernd ausgestreckt. Was bleibt da dem Matthes übrig? Er bekräftigt die Einigung, so denn eine notwendig sein sollte, schlägt ein und schüttelt die Hand des Schwiegervaters und bietet dem Runge Trank und Mahl an. Der wünscht sich aber nur Trank, sagt noch einmal, wie schön es sei, daß man sich gerade heute sehe und wie die Anna sagt: »Das hättest du schon früher haben können«, nickt der Runge, den Blick in sehr ferne Fernen gerichtet und erwidert bedeutungsvoll, das habe er sich oft gewünscht, aber erst heute sei sein Wunsch in Erfüllung gegangen.

Und als Anna von ihm wissen will, ob er hierbleibe, antwortet er, nein, das sei ihm nicht möglich. Er sei bei guten Freunden im Haus und dorthin kehre er nachher zurück. Doch da er schon einmal in Mainz sei, habe er die Gelegenheit nutzen wollen, alle Lieben zu sehen.

Auf die Frage der Anna, wer denn diese Freunde seien und ob man ihn da noch lange finde, gibt er keine Antwort.

Er bewundert vielmehr die Lucienzweige rechts und links neben dem Kamin, deren Knospen sich weit geöffnet haben und fragt, welche von den Frauen im Haus heiraten werden und als er erfährt, es seien die Zweige der Käthe und der Anna, die da in schönster Blüte stehen, droht er ihnen schelmisch und sagt, das dürften sie ihrem Vater nicht antun, daß sie ihn allein ließen.

Erst Tage danach fällt dem Matthes ein, daß die Rose an diesem Weihnachtstag keine Frage an ihren Vater hat. Und noch sehr viel später meint er, sie habe ihn vielmehr manchmal wie warnend angesehen, wie ein Gauner einem anderen zu verstehen geben will, einen Scherz nicht zu weit zu treiben.

9.

Die Rauhnächte, die Tage und Nächte bis zum Drei-Königs-Fest, sind die stillsten des Jahres.

Wer wagt sich schon aus dem Haus, wenn die Hexen und anderen schlechten Geister durch die Luft fahren und mit sich nehmen, wer sich auf der Straße zeigt?

Viele Gewerbe ruhen; die Bäcker backen nur an manchen Tagen und die Metzger öffnen ihre Scharne nicht. Man tut gut daran, sich mit Backwerk zu versehen, das länger liegen kann und statt frischem Fleisch getrockneten und gewässerten Fisch bereiten zu wollen.

Das sind im Badhaus des Matthes die ruhigsten Tage und fast gänzlich ohne Arbeit. Was sollte man tun? Man kann nicht mal die Badknechte in den Hof schicken, die Kessel mit dem Badwasser zu heizen. Die Käthe und die Beghine sind die einzigen, die wirklich tätig sind. Sie räuchern das Haus mit einer Inbrunst aus, daß man glaubt, in jedem Winkel und unter jedem Bett habe ein Teufel gesessen und müsse nun mit Weihrauch und Weihwasser und viel Lärm vertrieben werden.

Vielleicht haben die Frauen recht, denkt der Matthes, wie er sie fuhrwerken sieht. Vielleicht hat sich das Böse in seinem Haus eingenistet und ihm verdorben, was sein Schönstes und sein Glück werden sollte.

Wenn er neben der Rose liegt und sie nicht anzurühren wagt, weil er nicht will, daß sie weiter Eid und Gelöbnis bricht, glaubt er, er selbst oder sie oder die Priester hätten ihm ein Gewicht auf die Brust gelegt, das ihm das Atmen unmöglich macht.

Manchmal denkt er daran, sie dem Runge wiederzugeben, wie man verdorbenen Wein oder faules Fleisch wegbringt. Dann wieder hofft er darauf, die Rose werde rasch älter und verständiger und werde sich für alles dankbar erweisen, was er ihr gestattet und verziehen hat.

Ein anderer Mann, dessen ist er sicher, hätte die Rose längst aus dem Haus gejagt, wenn ihr nicht härtere Strafe bereitet.

Und ein anderes Mal wieder betrachtet er ihre unreife Anmut und wundert sich dabei ungläubig, daß er über sie verfügen kann wie über einen beliebigen Gegenstand in seinem Haus. Wenn sie vor dem Bett steht und ihr Goldhaar ausschüttelt (sich dabei tief bükkend und offenbar genießend, wie ihr Haar über den Kopf und den Rücken fällt), denkt er, seine Liebe zu ihr wachse unter Schmerzen, wie eine Frau ein Kind mehr liebt, das sie unter Qualen geboren hat und das keine Woche schien leben zu können als ein anderes, das allzeit gesund und friedlich und sehr gewöhnlich ist.

Einen dieser Morgen, an denen man sich nicht erhebt, weil sowieso keine Gäste kommen, besieht sich der Bader wieder das Weibchen an seiner Seite, deckt es auf und fährt mit einem Finger, dem Zeigefinger seiner rechten Hand, behutsam ihren Arm entlang, berührt ihre Knospen, läßt sie erzittern und erst, als die Rose ihm gewähren will, wonach ihn verlangt, hält er inne.

»Was sucht dein Vater hier?« fragt er sie.

Darauf zieht das Röschen, als werde ihm unter dieser Frage kalt, die Felldecke über den Leib und erwidert maulend, der Runge habe es im doch gesagt und mehr wisse sie auch nicht.

»Was hat er gesagt? Nichts! Und was er gesagt hat, war gelogen.«

»Wenn du es weißt. Du mußt es wissen«, erwidert sie, ganz als werde ihre Redlichkeit oder ihre Schönheit angezweifelt.

»Bei guten Freunden will er sein. Was hat er plötzlich für gute Freunde?«

»Was fragst du mich? Frag ihn.«

»Ich habe ihn gefragt. Jetzt frage ich dich. Was will er?«

»Weiß ich's? Gibt er mir Rechenschaft?«

»Gute Freunde . . .«, wiederholt der Matthes, als kaue er auf Vogelbeeren. »Wie er nicht mehr aus und ein wußte, wo waren denn da die guten Freunde? Da gab's nur den Matthes, der ihm geholfen hat. Einer wie er hat keine Freunde. Der hat nur Spießgesellen. Erzähl mir nichts. Gute Freunde . . .«

»Ich weiß es nicht«, erwidert das kleine Weib störrisch, und ihre

Stimme wehrt sich nun ebenso heftig gegen den Matthes wie ihr Leib, den sie ihm eben noch, alle Höllenqualen mißachtend, angeboten hatte. »Ich hab Schmerzen.«

»Wo? Welche Schmerzen?«

»Hier . . . die Seite sticht.«

»Wo?«

»Hier.«

Der Matthes tastet ihren Bauch und ihre Leiste ab, seine geübten Fingerspitzen finden aber nichts, was Sorgen bereiten könnten.

»Die kommen ja sehr plötzlich, deine Schmerzen«, sagt er, seinen Unglauben nicht verhehlend. Die Rose beharrt auch nicht weiter darauf: »Ich weiß nicht, was er von uns will. Ich weiß es nicht«, wiederholt sie heftig. »Ich werde es auch nie wissen. Nicht mal, als er mich verschachert hat, hat er's mir im voraus gesagt. Sagst du mir, was du vor hast? Auf dem Marktschiff habe ich gehört, wo's hinging und was mich erwartete. Vorher nicht.«

»Hast es aber schnell genossen.«

»Alles besser als unter Nonnen sein.«

»Das hat sich auch schon anders angehört«, gibt der Matthes zurück.

»Wolltest du es anders?«

»Heckt ihr wieder was gegen mich aus?« fragt er hartnäckig wie ein Kranker, der um alles erfahren will, welche Krankheit ihn plagt und was ihn erwartet.

»Was sollen wir aushecken?« fragt die Rose widerstrebend zurück. »Hab ich meinen Vater gerufen? Hab ich ihn in meinen Armen gehalten oder du? Schick ihn weg, wenn du ihn nicht sehen willst. Ich habe ihn nicht gerufen. Ich brauche ihn nicht.«

»Dich schicke ich weg. Nicht deinen Alten!« fährt sie der Matthes an.

»Gut. Ich muß nicht bleiben. Wenn du mich nicht willst . . .«, erwidert sie sehr rasch und schlüpft aus dem Bett. Sie kommt aber nicht weit, weil der Matthes sie festhält und wieder aufs Bett zieht.

»Nicht so hurtig.«

»Laß mich. Ich gehe. Du willst mich ja nicht mehr.«

»Ich bestimme, wann du gehst. Ich. Ich, allein!«

»Du tust mir weh.«

»Mit der Rute und mit der Peitsche müßtest du deine Schläge haben. Jeden Tag einmal. Das wäre bessere Buße als ...«

»Was willst du denn? Was hast du denn auf einmal?« fragt sie einlenkend, auch einschmeichelnd.

»Ich will wissen, was dein Vater vorhat. Wenn der herkommt, hat er auch was vor. Was sucht er hier?«

»Wüßte ich's, würde ich's dir sagen.«

»Ausgerechnet du. Lügst, wenn du nur den Mund aufmachst!«

»Was hab' ich dir getan? Was hast du auf einmal?« fragt sie wie beleidigt.

»Das fragst du noch? Ein Jahr sollst du büßen und ich mit dir. Ein Jahr. Das hast du mir getan!«

»Büßen wir? Ich merk's nicht.«

»Noch schlimmer, seinen Schwur zu brechen. Du wirst ...«

»Ja, ja, ich werde ... Und du?« fragt sie, mit plötzlich auffliegendem Haß. »Du hast versprochen, ich krieg kein Kind. Und ich war doch schwanger!«

In jeder Silbe steckt, der Matthes war der wahrhaft Schuldige. Hätte er sein Wort gehalten, hätte sie nicht zu den weisen Frauen gehen müssen und keinen Schwur ablegen.

Der Matthes läßt sie los.

»Geh hin, wo du hergekommen bist«, sagt er, die Lust am Streit und die Lust an ihr verlierend. »Geh zu deinem Vater. Aber sucht euch ein anderes Opfer. Bei mir habt ihr kein Glück mehr.«

Die Rose sieht auf den Matthes.

»Willst du mich nicht mehr?« fragt sie.

Der Matthes gibt ihr keine Antwort, steigt vielmehr auf der anderen Seite des Bettes auf und will sich anziehen.

»Sprichst du nicht mehr mit mir?« fragt sie mit ihrer hohen Stimme, in die sie sich nur versteigt, wenn Angst und Schmerz sie vergewaltigen.

Auch darauf erwidert der Bader nichts.

»Schickst du mich wirklich weg?«

»Ach was ... Schicke ich dich weg, schicke ich mein Leben weg.«

Die Rose geht um das Bett, kniet vor ihm nieder, preßt ihren Kopf und ihren Mund gegen sein Geschlecht und will nach ihm tasten, da reißt sie der Matthes weg und fährt sie an, sie solle sich endlich anziehen und halten, was sie Gott und Seinem Diener versprochen habe und nicht noch ihn mit in die Hölle ziehen, wo schon der Scheiterhaufen für sie aufgeschichtet sei.

Die Rose bleibt noch eine winzige Weile kniend, als ob sie seine Worte zu begreifen suche, dann erhebt sie sich und sagt: »Allein gehe ich nicht. Du gehst mit in die Hölle!« Sie läuft zum Fenster, reißt es auf und schreit nach den Hexen. Sie sollen sie auf der Stelle holen, sie und den Matthes und nicht später. Sie wolle nicht länger warten, so sie denn verdammt sei.

Der Mann sieht ihr erst zu, als habe sie den Verstand verloren. Dann beginnt er sich zu fürchten. Jeder gesunde Mensch weiß, wie rasch die Geister ihre Opfer ergreifen.

Er geht zum Fenster, schließt es, packt die Rose, wirft sie aufs Bett und züchtigt sie gründlich. Als er mit ihr fertig ist, läßt er sie liegen und geht aus der Kammer.

10.

Nach *Epiphania domini*, dem Fest der Erscheinung des Herrn, auch das Fest der Heiligen Drei Könige genannt, erwacht die Welt wieder aus schläfrigem Dahintreiben.

Der Alltag beginnt mit einer Selbstverständlichkeit. Wie sie aber eintritt, überrascht sie doch die Betroffenen: Der Ritter Gawer läßt sein Pferd zu sich führen und übt Aufsteigen und Aufsitzen. Seine Beine sind noch immer geschwächt, die Wunden nicht so verheilt, daß er ohne Binden und Stützen sein könnte. Er achtet seiner Verletzung und ungenügende Genesung aber nicht, sondern übt mit zähem Fleiß, der jedem, der ihm zusieht, Achtung abverlangt.

Nur die Käthe, die weiß, daß er bald davonfliegen wird, will sich nicht ansehen, wie beharrlich der Ritter auf sein Pferd steigt, einige Runden im Kreis reitet und wieder – von seinen Männern gehalten – vom Pferd kommt.

Sie weiß es und alle anderen im Haus wissen es, der Ritter wird ihr nie die Hand reichen und sie wird ihm nie gehören. Möglich, daß es gerade dieses Wissen war, welches das Herz der Käthe erweckt hat. Wäre er wie seine Männer oder wie die übrigen Herren im Badhaus, denen eine Baddirne so viel Freude bereitet wie die nächste, würde sie ihn wohl meiden. Daß er nur höflich mit ihr gesprochen hat, ihre Scheu vor allem, was mit Geschlechtlichem verbunden ist, geachtet hat und daß er sie doch gern bei sich hatte, hat sie erkennbar stolz sein lassen. Und deswegen erfüllt sie der Wegritt des Ritters, mag er nun in einer Woche oder in einem Monat geschehen, mit Schmerz.

Keine der Frauen lacht darüber. Nur der Matthes, gutwillig und plump, wie er in diesen Dingen ist, scheint nicht recht zu begreifen, was der Ritter der Käthe ist. Ab und an ermuntert er sie, die Schüchternheit abzulegen; letztlich sei ein Mann ein Mann und ein Ritter kein Kastrat.

Er selbst, der Bader, ist dem Ritter wohl auch ergeben wie sonst wenigen Menschen.

Daß der Ritter, ein Mann, der die Welt und die Großen kennt, der mit Königen, Diplomaten, Theologen und Philosophen reden kann und mit jedem in seiner Sprache, ihn, den Bader Matthes und seine Familie und seine Leute achtet und mit ihnen spricht als seien sie ihm ebenbürtig, wird er ihm nie vergessen. Sollte er je dem Ritter einen Wunsch erfüllen können, wird er es tun, und sollte es ihn das Leben kosten.

In vieler Hinsicht ist der Ritter Gawer nicht von dieser Welt und vielleicht hat die Käthe gar nicht so unrecht, betrachtet sie ihn eher als ein Mirakel als einen Kriegsmann.

Der Tag, den die Käthe fürchtet und die übrigen erwarten, kommt. Der Ritter verabschiedet sich und will mit seinen Leuten davonreiten. Er hat sich entschlossen, dem englischen König Edward beizustehen und ihm zu helfen, die Krone von Frankreich zu erwerben, auf welche er Anspruch hat (und hätte er keinen, seine Juristen und übrigen Fürsprecher würden ihm schon einen schaffen). Dazu will der Ritter nach Flandern reiten und dort Anschluß ans englische Heer suchen.

Er hat sich, bis er zu diesem Entschluß kam, mit anderen Herrn beraten und sogar den Wenzel nach dessen Meinung befragt. Der Wenzel hat ihm geraten, sich den französischen Fahnen anzuschließen. Er meint, soweit er gesehen habe, sei das französische Heer viel stärker und kämpfe auf eigenem Boden und müsse nicht übers Meer kommen. *Ein* Sturm könne den König von England um seine Leute und damit um sein Reich bringen.

Der Ritter erinnert ihn daran, daß er doch selbst einer schmählichen Niederlage des französischen Königs beigewohnt hat. Wie er da so vom Sieg der französischen Ritter überzeugt sein könne?

»Herr«, erwidert ihm der Wenzel, »eine Schlacht ist an einem Tag geschlagen, aber ein Sieg nicht in einem Jahr errungen.«

Eben darum wolle er sich dem König Edward zugesellen, sagt der Ritter Gawer und fragt den Wenzel, ob er sich ihm nicht anschließen wolle. Ein tapferer Mensch und tüchtiger Bader sei immer von Nutzen und gern gesehen. Der Matthes wartet mit halb offenem Mund auf die Antwort des Wenzels. Er fürchtet, wie der nicht sofort mit »Nein« antwortet, sondern umständlich und in seiner schwer verständlichen Sprache vom Krieg redet, er werde den Wenzel wahrhaftig an den Ritter Gawer verlieren. Als er endlich das Angebot ausschlägt, könnte der Matthes seinen Wenzel umarmen.

Die Bader lassen es sich nicht nehmen, den Ritter und seine Gleve bei seinem Ausritt aus Mainz bis an die Gaupforte zu begleiten und auf diese Weise nicht nur ihn, sondern auch sich selbst zu ehren.

Der Tag ist nicht so, daß man just heute eine Reise antreten wollte. Ein eisiger Regen durchnäßt einen in kurzer Zeit und macht einen schaudern, läßt den Schnee auf den Wegen zu Matsch und schwarzem Wasser werden und weicht das Land auf. Der Ritter und seine Leute suchen sich mit weiten Umhängen und tief ins Gesicht hängenden ledernen Hüten und schweren Handschuhen und Stiefeln zu schützen. Und unter den Umhängen tragen sie wollene Hemden und Wämse aus Leder. Aber die Männer sind gerade am Stadttor, da haben sich ihre Kleider schon mit Wasser vollgesogen.

Auf dem Weg zum Stadttor wird kaum gesprochen. Man hört nur den schweren Tritt der Pferde, ihr Schnauben und dumpfes Klagen, wenn die gut verpackten Waffen und fest verschnürten Rüstungen und die Panzer des Schlachtrosses auf den beiden Packpferden gegeneinander schlagen; es ist wie der Ton ferner matter Glocken. Am Gautor rät der Matthes, wie er es in den letzten Tagen schon mehrfach geraten hat, auf besseres Wetter zu warten. Der Ritter hebt nur grüßend die Hand und seine Männer atmen einmal durch, und das ist die ganze Antwort, die er auf seinen Vorschlag erhält.

Der Matthes verneigt sich, dankt dem Ritter für die Ehre und die Huld, die er ihnen bezeigt hat und wünscht ihm Gottes Segen. Der Ritter wartet, nun ungeduldig, daß der Matthes zu Ende kommt, grüßt und reitet mit seinen Männern davon.

Der Matthes glaubt, er wird ihn nie wiedersehen.

In der Erinnerung ist dem Matthes, der Auszug des Ritters und die Aufdeckung der Schandtaten des Röschens seien an einem Tag geschehen. In Wirklichkeit hat aber das eine Ereignis nichts mit dem anderen zu tun, haben sich die Dinge sogar in verschiedenen Wochen abgespielt. Doch da sie dem Matthes in eins verschmolzen sind, mögen sie auch hier vereint erscheinen, als wäre das eine nicht ohne das andere denkbar.

Danach ist es so, der Matthes kehrt zurück und die Anna empfängt ihn, zieht ihn in eine der Buhlkammern, schickt das Mädchen, das im Bett ruht, aus der Kammer und berichtet dem Matthes etwas, was sie herausgefunden hat.

Der Matthes weiß sehr wohl, sie hat ernste und wichtige Nachricht, sonst würde sie nicht solchen Umstand machen.

Dennoch fragt er ungehalten, ob sie ihm nicht klar ins Gesicht sagen könne, was es gebe oder ob sie ihn noch länger auf die Folter spannen wolle.

Darauf erwidert die Anna: »Das kannst du haben. Die einfache Wahrheit ist, dein Weib treibt's mit einem anderen, und das mit Wissen und zum Besten ihres Vaters.«

Der Matthes geht darauf einen Schritt zurück, stolpert über eine Truhe, kommt, wie er hilfesuchend hinter sich greift, auf der Truhe zu sitzen und bleibt darauf sitzen, das Maul weit aufgesperrt, als wolle er mit weiterer Kost gefüttert werden. Der Anblick ist so lächerlich, daß sich Anna abwenden muß, um nicht laut aufzulachen und den Matthes zu kränken.

Sie nimmt auf der Bettkante Platz, ihm gegenüber, und will ihn beruhigen, als sie sagt: »Ich hab lange gezögert, ob ich's dir verraten soll. Ich weiß, wie du ihr anhängst. Schlief sie nur mit einem anderen, hätte ich's wohl bei mir behalten. Ich hätte darauf vertraut, du entdeckst es selbst. Oder du verschließt mit Absicht die Augen. Doch daß der Runge über uns triumphieren soll . . .«

»Ich wußte es«, sagt der Matthes – er könnte aber auch das Gegenteil sagen; seine Lippen formen Worte, deren Sinn er nicht wirklich erfaßt –, »ich wußte es, als er im Dom stand: Er heckt was gegen mich aus.« Dann reibt er sich das Herz, als empfinde er dort Schmerz und holt Luft und atmet mehrfach schwer, ehe er fragt: »Mit wem? Mit wem hat sie es?«

»Er ist Baumeister. Er heißt Henne.«

»Ein Baumeister? Welcher Baumeister?«

»Ich weiß nicht, ob du ihn kennst. Er war nie hier. So vorsichtig sind sie, daß sie es nicht vor deinen Augen wagen. Aber ich kenne ihn und die Rose kennt ihn noch besser. Wir haben ihn das erste Mal auf dem Schiff nach Frankfurt gesehen.«

»Auf welchem Schiff?«

»Als wir die Mutter der Rose besucht haben«, antwortet sie behutsam, wie man mit einem Kranken redet. »Ich hab dir von ihm erzählt. Er war sehr freundlich zu uns.«

»Und was hat der Runge damit zu schaffen?«

»Er wohnt bei ihm und wird wohl von ihm ausgehalten. Verkuppelt sein Röschen und davon nährt er sich.«

»Seit der Fahrt nach Frankfurt kommt sie mit ihm zusammen?«

»Das weiß ich nicht. Ich hab mit einer seiner Dienerinnen gesprochen. Die hat gesagt, in den letzten Wochen war die Rose alle drei, vier Tage bei ihm.«

»Wer sagt dir, sie schläft mit dem Mann?« will der Matthes die Tochter herausfordern und, ist es möglich, noch jetzt die Wahrheit verwischen. »Es gibt noch anderes, was sie machen können.«

»Was?«

»Was weiß ich. Erzählt ihr sein Leben . . . Solche haben wir doch auch schon im Haus gehabt.«

Anna läßt ihm dieses Schlupfloch nicht: »Die Dienerin bringt ihnen den Wein ans Bett. Willst du noch mehr hören?«

Der Matthes murmelt: »Sie ist eine Hure, eine ganz gewöhnliche Hure. Hol ich mir eine Hure ins Haus . . .«

Es scheint ihm nicht aufzugehen, daß er keine anderen Weiber ins Haus holt; nur solche, die sich den Männern nicht verweigern. Das Bett, auf welches er blickt, steht nur für den einen Zweck dort, den Männern rasche Befriedigung zu verschaffen. Selbst der Duft, der im Raum hängt, ist verbreitet worden, die Sinne der Männer zu reizen.

Wie kann er da so über Huren denken und sprechen?

Er muß doch wissen und weiß es doch auch, wie sein Leben und sein Gewerbe betrachtet wird. Hat er nicht schon hundert Mal gezeigt, daß er es nicht eine Stunde vergißt? Die Liebe zur Rose, begreift Anna, hat nur zur Hälfte mit ihrem Leib und ihrer Seele zu tun. Die wichtigere Hälfte war ihm, mit ihr und durch sie ein Stück Unschuld und ein Stück Würde zu gewinnen.

In seinem Kopf muß zwischen dem Ansehen, das er erfährt, und dem Ansehen, das er der Rose zubilligt, ein gewaltiger Unterschied sein. Anscheinend bildet er sich ein, für die übrigen läge ein tiefer Graben zwischen ihm und seiner Rose. Anscheinend meint er, sie wären für die Leute, so sie ihnen überhaupt einen Blick gönnen, nicht ein Fleisch. Er wäre entsetzt und wollte es nicht glauben, sagte ihm Anna jetzt, den meisten in der Stadt ist es völlig gleichgültig, ob die Rose sündigt oder ein Leben wie eine Heilige führt. In den Augen der meisten ist sie Auswurf wie ihr Mann und wie dessen Töchter. Was läßt sie, die Anna, sich denn zuschulden kommen und wird sie nicht dennoch unter den Abschaum gerechnet?

»Wie ist er?« fragt der Matthes, nun wieder nüchtern werdend.

»Reich. Er ist nicht mehr jung, aber reich. Das ist sein größter Vorzug vor dir. Das Haus zum Arno ist seins.«

»Kenne ich nicht«, behauptet der Matthes.

»Natürlich kennst du es. In der Altmünster-Gasse. Wie ein Turm sieht es aus, vier gleiche Wände und mehrere Reihen Fenster.«

»Kenne ich nicht«, wiederholt der Matthes fest und widerspenstig, als sei das von Bedeutung, ob er das Haus wisse oder nicht.

»Was redest du? Du kennst es. In der Altmünster-Gasse . . .«

»Ich kenns nicht«, widerspricht der Matthes hartnäckig.

»Kommts aufs Haus an? Das Röschen geht da ein und aus und der Runge hat sich da eingenistet.«

»Der Runge ist eine Laus, war eine Laus und bleibt eine Laus.«

»Ja«, pflichtet ihm Anna bei, »und eine Laus kann nur in einem Pelz sitzen.«

»Und wenn sie nur ihren Vater besucht?« hält der Matthes Anna einen Halm hin.

»In aller Heimlichkeit?«

»Weiß man, was in ihrem Spatzenhirn vorgeht?«

»Die Dienerin hat sie gesehen, den Henne auf deiner Rose. Mußt du sie auch noch mit eigenen Augen sehen? Sie treiben es miteinander.«

»Gut, ich weiß es jetzt. Was soll ich tun? Was willst du, daß ich tue?«

»Das mußt du wissen. Ich hab's dir gesagt. Wenn du's nicht wahrhaben willst, vergiß es. Ich hab's bis jetzt für mich behalten. Ich kann's weiter für mich bewahren.«

Statt wie sonst unbeherrscht herumzubrüllen, läßt der Matthes die Rose höflich herführen und eröffnet ihr, was er von Anna erfahren hat und fragt, was sie dazu sagt.

Die Rose leugnet nichts. Sie gesteht, allerdings verdrossen und hochfahrend, sie gewähre dem Baumeister Henne ihre Gunst.

»Und? Willst du es weitertreiben?« fragt der Matthes kalt, als ginge es um eine Abrechnung mit einem unbedeutenden Badgast.

»Ich muß es machen«, sagt sie mit hoher Kinderstimme.

»Du mußt? Wer zwingt dich?«

»Ich muß«, wiederholt die Rose wie mit hartnäckiger Rechthaberei oder als sei sie falsch beschuldigt worden.

»Dann«, sagt der Matthes, »dann muß es eben sein. Dann ist das Tuch zwischen uns zerrissen.«

Zur Bekräftigung seiner Worte zerreißt er Stück um Stück das Leinen auf dem Buhlbett und wirft ihr die Fetzen vor die Füße.

Mit einem Gesichtsausdruck, der dem Matthes dumm erscheint, läßt die Rose geschehen, was geschieht. Sie widerspricht nicht weiter, wehrt sich nicht, versucht nicht zu bitten. Ärger noch als ihre Unbeteiligtheit trifft den Matthes, daß sie nichts unternimmt, ihn um Verzeihung anzugehen oder ihn zu versöhnen. Und noch ein wenig ärger ist es ihm, daß in diesem Augenblick alle kindliche Frische und alle Gewandtheit einer frühreifen Frau von ihr abgesprungen sind. Sie scheint ihm für den Augenblick so wenig reizvoll, daß er sich fragt, wie er je die Finger nach ihr ausstrecken konnte. Es ist, als wäre ein Festkleid von ihr gefallen und darunter komme ein fader Körper zum Vorschein.

Der Wenzel ruft nach seinem Meister, und wie der Matthes nicht gleich antwortet, ruft er noch einmal. Darauf verläßt der Bader die Kammer und im Rausgehen kündigt er an: »Wir sind noch nicht fertig miteinander!«

»Ja«, sagt die Rose einfältig.

Der Matthes schließt die Tür von außen ab. Doch als er nach kurzer Zeit zurückkehrt und nach ihr sehen will, ist die Rose durchs Fenster geflohen wie eine Katze, die den Kater sucht.

Der Matthes macht sich nicht die Mühe, weiter nach ihr zu sehen oder sie finden zu wollen.

»Sie hat nichts mitgebracht und nichts mitgenommen«, sagt er am Abend zur Anna. »Wir sind uns nichts schuldig.«

V.

1.

Natürlich hält die Betäubung nicht lange an. Bald schmerzt den Matthes der Verlust der Rose, als habe er Arm oder Bein verloren und die Wunde brenne.

Der Bader versucht nicht, das Unglück, das ihm widerfahren ist, zu verheimlichen.

Jeden, der ihn in den Wochen, die nun folgen, nach der Rose fragt, bescheidet er, sie sei ihm von anderen geknickt und weggerissen worden.

Seinen Töchtern ist die Art, wie er seine Verwundung zeigt, nicht geheuer. Sie wollen ihm zu verstehen geben, man könne seinen Schmerz auch verstecken.

»Wer hat was von solcher Heimlichkeit?« fragt der Matthes störrisch und fährt fort, einem Herrn, der an der Gicht leidet, zu berichten, wie er Tag für Tag und Nacht für Nacht an seine Rose denke und daß er glaubt, sie kehre zu ihm zurück.

Der Mann hört sich das an und beschreibt dann, wie sich sein Leiden verstärke. Trotz aller Baderei könne er kaum noch die Finger krümmen und der Matthes sagt, die Zeit sei gekommen, eine neue Salbe zu versuchen. Er habe sich mit seinem Knecht Wenzel beraten und der, des Kaisers Bader, habe vorgeschlagen: Eine Salbe aus zerstoßenem Wermut, zwei Teilen Hirschtalg und einem Teil Hirschmark aufzulegen. Das sei keine billige Kur, aber eine wirksame und habe dem Kaiser Karl große Linderung verschafft.

»Das soll helfen?« fragt der Herr ungläubig.

Ihm erwidert der Matthes, was einem Kaiser gut tue, werde wohl auch Ministerialen helfen und der willigt seufzend ein.

Und schon nimmt sich der Matthes des nächsten Gastes an. Überhaupt verrichtet er in dieser Zeit jede Arbeit, die nur anfällt. Er badet und walkt Männer und Frauen, kuriert und therapiert und selbst dem Barbier nimmt er noch Arbeit weg und bleicht und färbt reichen Weibern die Haare, findet er keine andere Beschäftigung. Keine Arbeit ist ihm zu schäbig, als daß er sie nicht verrichtete. Es ist ihm nicht mal zu gering, mit eigenen Händen die Schalen zu reinigen, in welchen das Blut beim Aderlaß aufgefangen wird oder die Spucknäpfe. Er will nur des Abends zerschlagen ins Bett fallen und nicht über das nachdenken müssen, was geschehen ist.

Ein anderer Gast, dem er sein Herz ausschütten will, ist Kustos und Pleban des Klosters Johannisberg im Rheingau. Mönche des heiligen Benedikt unterhalten dort auf einer weintragenden Höhe ein armes Kloster; es ist so niedergedrückt, daß dem Abt verboten ist, für sich von den Gütern des Klosters einzuziehen oder zu verbrauchen und das einzige, was die Mönche dem Herrn Erzbischof an Abgaben leisten können, ist ihre eigene Arbeit.

Der Kustos, ein schwerfälliger Mann mit Wülsten unter den Augen, einer knolligen Nase und dem Mißtrauen eines Bauern, kommt zweimal jeden Monat nach Mainz. Meistens erledigt er morgens seine Geschäfte bei den geistlichen Ämtern und den Nachmittag verbringt er beim Matthes.

Auch ihm will der Bader berichten, daß man ihm das Röschen weggeschnappt hat und wer, aber der Mönch hört nur mit halbem Ohr hin. Er ist erfüllt von dem, was ihm in den letzten Wochen an Wunderbarem widerfahren ist und das will er loswerden. Dem Matthes bleibt also nichts anderes, als dem Kustos zuzuhören. Dabei holt der umständlich aus und schildert erst, wie ärmlich die Mönche des Johannisbergs seit Jahrzehnten, wenn nicht seit Anbeginn ihres Klosters hausen und wie sich mit Gottes und des heiligen Benedikt Hilfe bald alles zum Guten wenden werde.

Er selbst habe großen Anteil an diesem Wunder und der Herr Erzbischof Gerlach habe ihn des gestrigen Tages dafür noch einmal über die Maßen belobigt und vor anderen ausgezeichnet. Wie er das sagt, sieht er den Matthes an, als ob der an der Wahrheit der Worte zweifele.

Die Sache sei so, fährt er fort, als der Matthes blinden Glauben zeigt, vor einigen Wochen habe er sich einen Bruder, einen ehemaligen Glöckner aus Gau-Algesheim, geschnappt und mit dem gründlich Ordnung in der verstaubten und von Spinnweben überzogenen Sakristei der Klosterkirche schaffen wollen.

Der Matthes wundert sich im stillen, daß die Mönche ihre Sakristei in Unordnung verfallen ließen, erfährt aber gleich, ohne daß er danach fragt, die Mönche beteten (weil die Kirche zu groß für ihre geringe Zahl sei) schon lange in einer Kapelle. Der frühere Glöckner habe sich an dem Tag, an welchem die Säuberung stattfinden sollte, nicht gut gefühlt und nicht ganz bei Kräften. Er habe deswegen noch eine Dienerin und deren Tochter beigezogen und dann habe man sich zu viert über den Unrat von vielen Jahren hergemacht. Außer Staub und Moder und einigen zerfallenen Tüchern sei aber nichts gewesen und jedenfalls nichts, über das zu reden sich lohne.

Bis er – beinahe aus Neugier, aber auch mit einem Gefühl, als werde ihm die Hand geführt – eine uralte Truhe geöffnet und darin eine Lade gefunden habe. Offenbar habe auch die seit langer Zeit niemand mehr in der Hand gehalten. Er habe sie schon zurücklegen wollen, es sich jedoch anders besonnen und sie zu guter Letzt aufgeschlagen, eigentlich in der Erwartung, darin Kerzenreste oder verschimmelte Oblaten zu finden. Zu seinem Erstaunen seien darin aber Briefe gewesen und unter den Briefen einige Gegenstände, von denen er nicht gleich gewußt habe, um was es sich handele; manche in kostbaren Gefäßen, andere ohne jede Umhüllung und dennoch wohlerhalten. Herrlicherweise seien die Briefe trotz ihres Alters wie gestern geschrieben gewesen, so frisch sei die Tinte gewesen und so unversehrt das Pergament, auf welchem sie haftete. Erst habe er sich darüber gewundert, bis er erkannt habe, es seien Briefe von Heiligen gewesen. Die Schriften, die die Echtheit der Briefe bezeugten, seien dagegen uralt; manche halb zerfallen und kaum noch leserlich.

Wie er das entdeckt habe, habe er die Lade mit allem Inhalt genommen und sie dem Abt Hermann von Heimbach gebracht. Mit dessen Zustimmung habe er die Lade im Beisein der übrigen Mönche und einiger anderer Leute zum zweiten Mal öffnen dürfen und darin Heiligtümer gefunden (und gesiegelte Bestätigungen, daß es sich um Heiligtümer handele). Er habe ein kostbares Stückchen von dem Tuche gefunden, womit die Augen des am Kreuz hangenden Erlösers verhüllt worden waren, ein großes Stück vom Schweißtuch des Herrn, weiter von dem Tuche, worin der Leichnam des Herrn eingehüllt war, vom allerkostbarsten Holz des heiligen Kreuzes, vom Kleide, das Johannes der Täufer in der Wüste trug, einige unversehrte Gliedmaßen vom Apostel Paulus und vom heiligen Martin, des weiteren ein großes Stück vom Gehirn der heiligen Barbara, ein großes Stück vom Apostel Bartholomäus, unversehrte Gliedmaßen vom Märtyrer und Bischof Blasius, vom heiligen Bekenner Hubert, vom heiligen Bekenner Antonius und einen blutigen Nagel vom Martyrium des heiligen Sebastian.

Er hat Mühe mit dem Aufzählen, erwähnt noch einmal das taubeneigroße Stück vom Gehirn der heiligen Barbara, fügt dann noch hinzu, daß auch Reliquien vom heiligen Maurizius, dem Bischof Nikolaus, vom Tische des Herrn und von dessen Grab, vom Stabe Moses und anderen heiligen Sachen in der Lade gewesen seien und nicht zu vergessen die anfangs erwähnten Briefe der Heiligen.

Der Abt habe über so viel unverdiente Gnade geweint und ihn später mehrfach gepriesen. Dann habe man dem Herrn Erzbischof einen Boten geschickt und der habe sich einige Tage darauf selbst von Eltville zum Johannisberg begeben, habe die heiligen Dinge in die Hand genommen und voller Staunen den Segen auf alle herabgefleht, die bei diesen Kostbarkeiten beten wollten. Ja, von dem Fund wie geblendet habe der Herr Erzbischof allen vierzig Tage Ablaß versprochen, die in Zukunft das Kloster zur Verehrung jener Reliquien besuchen und Almosen geben wollten. Er mache sie auch aller Vigilien, Gebete, Fasten, Kasteiungen und anderer guten Werke teilhaftig, die die Gnade des Heilands bei den Klosterbrüdern bewirken werde.

Der Matthes erwidert darauf, er sei sehr froh, das zu hören. Er selbst habe im vergangenen Jahr, weil ihm der Herr seinen lieben Gesellen Heiner gelassen habe, eine Wallfahrt gelobt und die werde er nun zum Johannisberg antreten, diesem neuen Gnadenort und beim Gebet werde er auch des Kustos gedenken, der mit seinem Fleiß und seiner Achtsamkeit (und der Hilfe des Himmels) das Mainzer Land und seine Mitbürger so reich beschenkt habe.

»Ja«, sagt der Kustos, »mach das.«

Beim abendlichen Mahl streiten die Leute des Matthes über den Bericht des Kustos. Glaubt er wahrhaftig daran, all die lang verschollenen Herrlichkeiten gefunden zu haben, von denen er gesprochen hat oder glaubt er nicht daran? Die einen, und zu ihnen gehört der Matthes (er hält den Kustos für einen redlichen Mann), meinen, er sei selbst vom Abt getäuscht worden, der der Hungerleiderei ein Ende setzen und freigiebige Pilger in sein Kloster locken wolle. Die anderen meinen, er stecke mit dem Abt und den Fälschern der Briefe und Urkunden sehr wohl unter einer Decke. Daß es sich bei dem Johannisberger Fund um Betrug und durchsichtigen Schwindel handele, darin ist man sich einig.

Bis auf die Käthe.

Sie verficht die Ansicht, der Kustos habe die Wahrheit gesprochen, und alles habe sich so abgespielt, wie er es geschildert hat. Sie zweifelt an nichts. Daß die uralten Briefe aussehen wie neue, und daß die Splitter vom Kreuz und vom Tisch des Herrn nicht verfault und die Grabtücher nicht verrottet sind, das macht ihr kein Kopfzerbrechen.

Wunder, sagt sie, seien eben wunderbar und unser Verstand sträube sich dagegen. Daß etwas außerhalb der gewohnten Ordnung sei, bedeute nicht Schwindel und Betrug, sondern das Wirken Gottes.

Warum sollte der Herr, wenn es Ihm gefalle, Seine Benediktiner nicht mit solchen Kostbarkeiten beschenken?

Wie man ihr mit Beweisen kommen will – daß kein Abt solche Schätze in einer alten Lade vergessen könne und ähnliches –, fragt sie: »Haltet ihr den Prokurator auch für einen Lügner?«

Keiner versteht, was der mit dem Johannisberg zu tun haben soll. Ist er etwa an dem Wunder beteiligt?

»Ist er ein Lügner oder ist er keiner?«

»Warum soll er lügen?« ärgert sich der Matthes. »Uns hat er noch nicht angelogen.«

»Das meine ich«, erwidert die Käthe und erinnert, welches Erlebnis der Prokurator auf seiner Wallfahrt nach Compostela hatte; wie ihm da die beiden Ermordeten wieder lebendig gegenüber getreten waren.

»Mag's gewesen sein, wie der Prokurator gesagt hat«, erwidert

Anna. »Mag der Prokurator eines Wunder teilhaftig geworden sein. Was soll's mit dem Johannisberg zu schaffen haben? Daß der Herr Wunder wirkt, hörst du in jeder Predigt, und sie geschehen auch zu unseren Lebzeiten und vielleicht vor den Augen des Prokurators. Nur, was der Kustos gefunden hat, ist zu viel des Guten. Auch Wunder haben ihr Maß. Und, Matthes, weil wir schon von Wallfahrten sprechen, wann willst du dein Gelübde erfüllen?«

Der Matthes sagt, er brauche niemanden, der für ihn denke. Er wisse sehr wohl, was er dem Herrn gelobt habe.

Damit will sich Anna aber nicht begnügen. Wo er hingehen wolle und wann, solle er sagen.

»Ihr werdet es erfahren. Rechtzeitig!« ärgert sich der Matthes und schlägt voller Wut auf den Tisch. Und, bedenke er es richtig, der Kustos sei nicht weniger vertrauenswürdig als der Prokurator und also werde er zum neuen Gnadenort pilgern und so sein Gelöbnis einlösen.

»Matthes«, sagt ihm da Käthe lieblos, »du willst den Herrn prellen und wunderst dich, daß du von deinem Röschen geprellt wirst?«

»Die Rose! Ich will ihren Namen nicht mehr hören!« schreit der Matthes und schlägt wieder auf den Tisch. Diesmal fällt ein Becher runter, aber keiner kümmert sich darum.

Niemals solle in seiner Gegenwart wieder der Name Rose gebraucht werden, wütet der Matthes.

Anna sagt aber unbekümmert um seinen Zorn, hätte er sich nicht davor drücken wollen, sein Versprechen zu halten und zu wallen, wäre vielleicht manches anders gekommen und der Herr hätte ihm sein Weib gelassen.

Der Matthes will antworten, findet nicht die rechten Worte, geht und schlägt hinter sich die Tür zu.

»Ich werde es nie begreifen«, sagt Anna, »was ihm die Rose ist . . .«

2.

Anfangs will der Matthes nicht hören und nicht sehen, wo das Röschen untergeschlüpft ist.

Doch Eifersucht und wohl auch die Sehnsucht nach der Rose wachsen in ihm, unmerklich erst, dann rascher und rascher und jeden anderen Gedanken verdrängend, nicht anders als Unkraut, das einen Garten überwuchert.

Er gesteht sich den Wunsch, sie wiederhaben zu wollen, nicht ein und schon gar nicht seinen Töchtern oder anderen Menschen. Im Gespräch mit ihnen behauptet er – was bei der Entdeckung ihrer Schändlichkeit wahr war, aber auch nur da –, die Rose sei ihm nicht wichtiger als ein Käfer auf dem Boden und ob er ihn zertrete oder nicht, nur eine Laune.

Wie er dann nach Wochen doch in die Altmünster-Gasse geht – dorthin also, wo er die Rose vermutet –, ist ihm, als schleiche er zu einer Sünde. Dabei macht er nichts anderes, als an dem Haus des Baumeisters Henne vorbeizulaufen und zudem so rasch, als sei er in großer Hast. Er sieht nicht einmal nach dem Haus, sondern richtet seine Blicke auf eine Gruppe lärmender und verkleideter und maskierter Kinder, die jedem, den sie treffen und demnach auch dem Matthes verkünden, sie seien auf dem Weg zum Dom und auf dem Weg, ihren Fastnachts-Papst zu wählen. Die Fastnachtszeit hat nämlich gerade begonnen und eins der größten Vergnügen der Kinder ist ja, einen Papst zu haben, mit dem man durch Kirchen und Gaststuben ziehen darf und jeden Schabernack treiben.

Natürlich hat er, auch als er es der Anna abstritt, von Anfang an gewußt, welches das Haus zum Arno ist. Es ist so ungewöhnlich, daß es wohl keinen Mainzer gibt, der es nicht kennt. Die meisten Häuser in der Stadt sind aus Fachwerk und Lehm, die wenigsten aus Stein. Und die aus Stein gemauert sind, haben meist Zierrat an den Fronten, Zinnen oder Giebel. Das Haus des Baumeisters Henne ist von gänzlich anderer Art; nur ein rechteckiger Turm, in den schmale Fenster eingelassen sind, immer zwei nebeneinander und von winzigen Säulen getrennt. Dem Matthes hat man gesagt, in Welschland baue man so; ihm war und ist das gleichgültig. Er meint, die Rose müsse sich in einem solchen Bau eingeschlossen glauben. In einem

Turm sperrt man Gefangene ein und Menschen, die ihren Verstand verloren haben. Was kann die Rose nur bewogen haben, sich dorthin verbannen zu lassen? Wer geht schon freiwillig in einen Turm?

Er will meinen, der Vater der Rose habe sie gezwungen, dem Henne zu gefallen.

Im Innersten glaubt er sich selbst nicht. Wollte sich die Rose widersetzen, täte sie es. Hat sie's nicht mehr als einmal gezeigt? Was hat sie dann aus seinem Haus getrieben und weg von ihm, ihrem Mann?

Er findet keine Erklärung dafür, jedenfalls keine, die nicht sehr schmerzt und deswegen verschließt er, wie es ihm nur gelingt, Herz und Verstand mit Pech und Harz. Und kommen doch Bilder und Wünsche wieder, erinnert er sich der Tage und Nächte, die er mit ihr verbracht hat und daß er über ihre Existenz immer verwundert war. Ein Rest von Unglauben, eine Befürchtung, sie sei nicht wirklich die seine, war ihm immer geblieben. Alle anderen im Haus hatte er mehr in seiner Hand gehabt, die Töchter, die Knechte, selbst die Baddirnen, diese flatternden Geister.

Wie er an dem Haus des Henne vorbeigeht, mit krampfhaft abgewandtem Gesicht, sind die Tore verschlossen und vor einigen Fenstern sind die Läden vorgelegt. Man kann sich vorstellen, die Bewohner sind weggegangen oder auf einer Reise und würde nicht eine Dienerin aus einem Fenster sehen (mit einem Seitenblick bemerkt er sie) und einem Handwerker etwas zurufen, könnte man glauben, keine Seele sei im Haus.

Der Matthes durchschreitet die Gasse und als er am Kloster der Weißfrauen anlangt, bleibt er stehen und besinnt sich.

Was schadet's, er kehrt um, klopft am Tor des Hauses und wenn man ihm aufmacht, geht er hinein, faßt die Rose an der Hand und holt sie aus dem Haus? Ist er nicht auf ewig ihr Mann und was hat er von einem Baumeister oder dem Runge zu fürchten? Was können sie ihm schaden? Wer sagt, er muß sich bestehlen lassen? Niemand und kein Gesetz und kein Richter. Was hält ihn ab?

Dann denkt er, alle Anstrengung sei vergebens. Nicht nur, daß die Rose mit ihrem neuen Herrn vielleicht an einem gänzlich anderen Ort ist. Was geschieht, sie ist anwesend und verweigert sich ihm? Will er wirklich den Schwanz einziehen und sich davonjagen lassen?

Gegen alle Einsicht und Vernunft wendet der Matthes um und geht wahrhaftig zum Haus des Baumeisters. Ein Törchen in der Mauer ist offen und zwei winzige Hunde stürmen auf ihn los und zerren an seinen Strümpfen, während er den Hof durchschreitet und während er darauf wartet, daß ihm das Haustor aufgemacht wird. Er läßt die Tiere gewähren, verwundert sich nur, daß man solch winzige Biester züchten kann. Er hat solche noch nie vor Augen gehabt.

Auf weiteres Klopfen macht die Dienerin auf, die vorher am Fenster gestanden hat, und läßt sich sagen, was er vorzubringen hat.

Der Matthes verlangt die Rose zu sprechen und die Dienerin fragt, wer das sei und der Matthes schwankt, ob er erwidern soll, seine Frau oder die Hure, die hier ein Bett gefunden habe.

Er antwortet aber schließlich: »Die junge Frau aus dem Badhaus.«

»Die ist nicht mehr hier«, antwortet ihm die Dienerin, nicht einmal ungefällig.

Darauf ist der Matthes denn gar nicht vorbereitet. »Nicht mehr hier? Wo ist sie?«

Die Dienerin weiß es nicht. Er soll einmal in dem Badhaus fragen, von welchem sie kam. Daß sie dorthin zurückgekehrt sei.

»Zurück ist sie nicht«, sagt der Matthes unwillig und vorsichtig, als wolle die Dienerin ihn foppen. Dem ist nicht so. Die Frau ist sichtlich bemüht, behilflich zu sein, aber ohne große Kenntnis. Sie ist nicht bestellt, das Haus zu hüten, scheint eher eine Scheuerfrau zu sein. Hier sei die Baderin jedenfalls nicht mehr, bekräftigt sie.

»Ist sie mit ihrem Vater weg?« will der Matthes hören.

Wer er denn sei, fragt die Dienerin nun und der Matthes will ausweichen. Darauf sagt die Dienerin, er sei wohl der Mann des jungen Bluts und es sei ihm recht spät eingefallen, nach ihr zu sehen. Hier habe es ihr wenig gefallen und das könne es auch nicht; der Herr Henne sei der Frauen immer rasch überdrüssig und dann wisse er sie schnell aus dem Haus zu treiben.

»Ist sie mit ihrem Vater weg?«

»Weiß ich nicht. Auf einmal war sie nicht mehr da. Wie sie gekommen ist, war sie wieder weg. Sicher mit ihrem Vater.«

Die Auskunft, die er erhalten hat, macht dem Matthes ein grimmiges Vergnügen. Als habe sich der Waagbalken der Gerechtigkeit ein wenig in seine Richtung bewegt.

Er freut sich, daß er den Entschluß gefaßt hat, nach ihr zu fragen. Nun, wo die Rose nach Nierstein oder nach Sachsenhausen oder zu den Sarazenen gegangen ist, kann er ihrer entraten.

Jetzt wünscht er ihr nichts Gutes und nichts Böses. Mag sie ihren Weg gehen, so sie ihn findet. Verfängt sie sich in Gestrüpp oder versinkt sie in Moor, hat es der Herr gewollt. Das Kreuz darüber geschlagen und Amen.

In seinem Haus macht sich die Fastnacht mit einem lärmigen Gelage bemerkbar. Alle Wannen quellen über vor Männerleibern; die Münzknechte versaufen und verbaden im Badhaus »Zum Fuß« ihren Fastnachtspfennig, den ihnen die Stadt gewährt und sie tun das sehr laut.

Und der Heiner kommt, mit hochrotem Kopf, als der Matthes ihn sieht, mit einem dicken Weib aus einer Kammer. Die Dicke und ihre Freundin, ein Aas mit einer Zunge wie ein Reibeisen, sind einmal im Jahr beim Matthes und fordern sich dann die Badknechte wie sonst die männlichen Gäste die Baddirnen.

Der Matthes macht darüber einen Scherz zum Heiner, und für ihn antwortet die Dicke, offenbar von Behagen erfüllt, rasch und nicht ohne Witz. Alle drei lachen, der Heiner trotz allem verschämt.

Der Prokurator kommt herein, wirft einen Blick auf die Männergesellschaft in der Badstube und will sich auch schon wieder aus dem Haus machen.

Matthes hält ihn auf, begrüßt ihn angemessen und wie der Prokurator sagt, er komme den anderen Tag zum Bad, nötigt ihm der Matthes einen Schluck Wein auf.

Er setzt sich mit dem Richter auf den Platz unter der Treppe und als sich der Prokurator erkundigt, wie es dem Matthes ergehe, gibt der gern und bereitwillig Auskunft. Sein Weibchen sei aus Mainz weg, habe er den heutigen Tag erfahren. Und sie sei wohl für immer davongeflogen, sagt er.

Der Richter antwortet, er habe sich oft verwundert, daß der Matthes keine Anstrengung unternommen habe, sie wieder unter der Fuchtel zu haben. So wie er es bemerkt habe, habe er, der Matthes, doch viel Liebe für sein Röschen und dann habe er sie nicht am Kleidsaum gepackt und nach Hause gezerrt?

»Wem soll's dienen? Will sie nicht hier sein, soll sie auch nicht hier sein.«

Er verstehe, was der Matthes damit sagen wolle, gibt der Richter zurück; allein der Matthes müsse auch in die Zukunft denken. Die Rose sei seine Frau. Ebenso hübsch wie leichtfertig zwar, aber sei sie auch die schlechteste, sie sei seine Frau und aus alledem ergäben sich Folgen rechtlicher Natur. Ob er das alles bedacht habe?

Der Matthes schlürft einen Tropfen Wein. Er sei sie los und damit wolle er sich zufriedengeben. Man könne den Wein nur einmal trinken; sei der Krug leer, sei er leer. Wer wisse es, vielleicht komme was Besseres nach. Ein zweites Mal falle er auf einen wie den Runge nicht mehr herein. Wie habe der es verstanden, sie ihm schmackhaft zu machen!

Die Beghine kommt von der Straße, sieht den Prokurator und huscht die Treppe hoch, als werde sie mit dem Besen gescheucht.

Der Matthes lacht, wie sie die Treppe raufstolpert, und der Prokurator verzieht auch den Mund zu einem Lächeln und der Matthes will sich nun erheben und wieder nach seiner Arbeit sehen. Er hat schon beide Hände auf seinen festen Schenkeln und den Oberkörper angespannt nach vorn gebeugt; er sucht nur noch nach dem Wort, mit dem er sich von dem Prokurator lösen kann. Er will gerade ansetzen und von der Beghine sprechen, da wiederholt der Richter seine Frage, ob der Matthes alles, was es wegen der Trennung von der Rose zu bedenken gäbe, gründlich bedacht habe?

So eindringlich, wie der Richter die Frage stellt – und der Matthes weiß, er ist ihm wohlgesonnen –, kann sie dem Bader nicht gefallen. Er bleibt zwar bei seinem Wirtston, doch im Inneren ist ihm weniger behaglich. Was es da zu bedenken gäbe? Sie sei weg und nehme der Teufel sie in seine Klauen, er, der Matthes, vermöge es nicht zu verändern und wolle es auch nicht mehr. Die Rose sei ihm weggelaufen und damit aus den Augen und aus dem Sinn. Und weil er nun mal ins Reden gekommen ist, wiederholt er diesen Gedanken noch mal mit anderen Worten.

Der Prokurator erwidert, fürs tägliche Leben sei es wohl so. Doch im Recht könne nichts aus den Augen und nichts aus dem Sinn gehen. Er, der Matthes, müsse sich über alle Folgen klarwerden. Er könne, um nur zwei Konsequenzen zu nennen, keine andere heiraten und sie, die Rose, könne Geld zum Leben von ihm fordern.

Bei der letzten Bemerkung verliert der Matthes den Rest der vorgetäuschten Ruhe. Mit welchem Recht kann sie etwas fordern? Sie ist weggelaufen ...

Sicher, doch damit erlöschen nicht ihre Rechte und Pflichten, erklärt ihm der Richter. Wie er noch vieles von ihr verlangen, so könne sie noch manches von ihm eintreiben.

Der Matthes erwidert, so vermöchten die Gesetze nicht sein. Ein Weib, das weggehe und von ihrem Mann Nahrung und Geld verlangen könne, wie solle das zusammengehen?

»Wer soll sie ernähren, wenn nicht ihr Mann?«

»Ernährt sie sich nicht. Soll sie verhungern. Wer hat ihr befohlen zu gehen? Und dann, ist sie überhaupt meine Frau?«

Wer denn gesehen hätte, sie hätten geheiratet? Er stellt die Frage so, als wolle der Prokurator eine unbillige Forderung eintreiben und wenn man das finstere Gesicht des Matthes sieht und nicht weiß, wie sie miteinander stehen, kann man fürchten, er wolle den hohen Herrn gleich vor die Tür setzen.

»Ich meine mich zu erinnern, ich hätte mit an deiner Hochzeitstafel gesessen, Matthes. Oder sollte ich schlechte Erinnerung haben? Nein, mein guter Matthes, für ihre Hochzeit wird die Rose Zeugen genug auftreiben können. Und haben wir sie in der Kirche nicht mit dem Gebende um den Kopf gesehen, wie es nur verheirateten Frauen zukommt?« erwidert der Richter fast vergnügt, als habe er ein Streitgespräch mit einem aufgeweckten Kind.

»Alles Lug!« widerspricht der Matthes hartnäckig. »Keiner hat gesehen, daß ich sie geheiratet habe.«

»Matthes, das wird nicht lange verfangen.«

»Wann?« fragt der Bader stur wie ein Holzkopf, »wann habe ich sie geheiratet? Wann? Soll sie es sagen! Wann? Soll sie den Tag nennen. Welcher Priester hat das Bett gesegnet? Soll sie ihn mir zeigen!«

Der Richter blickt lächelnd über seinen Becher.

»So, Matthes, wir waren nie verheiratet? Die Rose hat sich das alles nur eingeredet?«

»Hab ich sie geheiratet? Haben wir je auf den Kirchenstufen gestanden und die Ringe getauscht? Wann? Hat's geregnet, hat die Sonne geschienen? Wann soll's gewesen sein? Das will ich aber von ihr hören.«

»Matthes, Matthes, Matthes«, erwidert der Richter, »wieviel Schlaue von deiner Art haben schon vor mir gestanden . . .«

Dann erteilt er ihm eine kurze Lektion übers Eherecht.

Es gibt zwei Formen, seine Ehe zu begründen. Das öffentliche Versprechen vor dem Priester und der Gemeinde und mit dem Segen der Kirche (und das Beilager wird noch einmal gesondert gesegnet. »Am Segen soll nicht gespart werden«, sagt der Prokurator dazu mit sehr feinem Spott) und das heimliche, bei dem das Wort der beiden Eheleute genügt. Dazu bedarf es keines Zeugen und kann gegeben werden, wo immer man es mag.

»Nach meiner Erfahrung sind Zeugen beim Eheversprechen sehr hilfreich. Sehr, sehr hilfreich sogar. Vor mir«, sagt der Prokurator, »haben Frauen und Männer gestanden und haben darum gestritten, sind sie verheiratet oder sind sie es nicht? Ganz, wie du's versuchst, Matthes. Für den Zuhörer ein oft recht vergnüglicher Zank. Mal's dir aus, wie du willst, Matthes, es ist noch vergnüglicher. Die eine Partei beteuert, man habe unter einem Baum oder hinter einer Hecke, im Garten, auf einem Feld, im Laden, in einer Schmiede, in der Küche oder auf dem Küchentisch oder wo du's dir denken magst geheiratet. Die ganz Eifrigen beschreiben noch die Stellung, in welcher das Wort fiel, oft war der Rock hoch . . . Das Bett habe ich vergessen zu erwähnen. Dort scheint ebenfalls ein fürs Heiraten beliebter Platz zu sein, ein höchst beliebter Platz sogar. Und immer hat die andere Partei, oft der Mann, doch nicht immer der Mann, keine Erinnerung und bestreitet das Gelöbnis rundweg und leugnet es ab. Nie sei es die Ehe gewesen, um die es gegangen sei, sondern ein schönes Vergnügen habe man sich machen wollen und mehr nicht. Und wenn doch mehr, dann sei höchstens ein Verlöbnis gemeint gewesen. Doch allen, mein lieber Matthes, ihnen allen mußte ich sagen, was ich dir sage: Papst Gregor IX. hat uns geistlichen Richtern auf ewig die Hände gebunden. Nach seinem Spruch muß eine Ehe zwingend vermutet werden und ohne die Möglichkeit eines Gegenbeweises – ohne die Möglichkeit eines Gegenbeweises, merke wohl! –, wenn Mann und Frau nach einem Verlöbnis geschlechtlich verkehrten. Zwingend, Matthes, zwingend ist das Wort, das uns bindet. Es kennt kein Ausweichen. Das ist die Kette, an der wir liegen. Unter uns gesagt, ich denke auch nicht, daß es ein Ausweichen geben sollte. Nach meiner Erfahrung weiß ein jeder sehr genau, ob er eine Ehe führt und geführt hat oder nicht. Daß es da Zweifel geben sollte, bei aller Kenntnis von der Fehlbarkeit der Kreatur, ich vermag's mir nicht vorzustellen.«

Der Matthes kaut an dem Brocken und schluckt ihn schließlich.

Immerhin versucht er's noch mal auf andere Weise. Und wenn er nicht vors geistliche Gericht zieht, sondern vors weltliche? Hält sich das auch an den Spruch des Papstes?

»Ja, ja, Matthes, kommst rasch darauf, wie man's versuchen will. Jeder sucht sich den Richter, der ihm richtig dünkt. Einmal abgesehen davon, daß es dein Röschen auch so halten wird, will sie klagen – am Ende wird's in deinem Fall keinen großen Unterschied machen. Auch für die weltlichen Gerichte gilt der Grundsatz und das Gebot: Was Gott zusammengefügt hat, soll der Mensch nicht trennen.«

»Und doch werden hohe Herrschaften geschieden. Hier bei mir in der Badstube haben sie ja schon gesessen und haben gefeiert, daß sie voneinander losgekommen sind. Und günstig«, erwidert der Matthes störrisch.

»Siehst du, da sind wir beim Punkt. Sie haben den Rat der Juristen eingeholt, bevor es zu spät war. Meistens kommt ihr doch, wenn guter Rat nicht nur teuer, sondern auch völlig nutzlos ist. Was nun die Scheidungen angeht . . . Im allgemeinen legen uns die Eheleute Dokumente vor, daß ihre Heirat nie rechtens war. Sie entdecken plötzlich ihre nahe Verwandtschaft und erkennen, sie hatten nie den Dispens der Kirche, trotz solcher Hindernisse zu heiraten. Verwandte dritten und vierten Grades dürfen sich nur mit ausdrücklicher Erlaubnis der Kirche zusammengeben. Umgekehrt ist es auch ein rechtes Ärgernis. Es gibt genügend Schlaue, die lassen sich Dispens auf Vorrat geben, übertragbar auf Bräute nach Wahl. Matthes, mit dem Recht wird nicht weniger betrogen als ein fleißiger Dieb auf einem Festplatz an Diebsgut einsammeln kann.«

Der Bader erhebt sich, mit neuen Sorgen beladen, wo er sich doch vorgenommen hatte, die alten abzuwerfen und will zur Badstube gehen. Der Prokurator ruft ihn zurück. Er soll sich den Kopf und die

Seele nicht zu sehr belasten. Noch habe die Rose keine Forderung gestellt, wie er's verstanden habe, und stelle sie welche, so sei er, der Prokurator auch noch da und dann werde man weitersehen.

Reiche es nicht zur Scheidung, und dazu werde es kaum reichen, gäbe es doch scharfen Schnitt.

Und dabei könne ihr, der Rose, auferlegt werden, dem Matthes einmal oder zweimal in der Woche mit der Liebe zu dienen. Und das sei doch wohl das Ziel, das er anstrebe, so wie er's, der Prokurator, erkenne.

»Das kann ihr befohlen werden?« fragt der Matthes denn doch verblüfft, daß das Gesetz so mildtätige Regelung kennt.

»Ja, und der Ort, wo ihr euch treffen sollt, wird festgelegt. Matthes, das einzige Schwert, das auf ewig schneidet, ist das Gesetz!«

Der Matthes geht nach diesen Eröffnungen zum Prive, und wie er gedankenverloren vor dem stinkenden Loch der Abortgrube steht, will ihm das Wasser nicht kommen.

Er wartet, strengt sich an, will den Harn aus dem Körper zwingen. Er legt sogar die linke Hand auf den Leib, will das Wasser aus den Eingeweiden pressen. Er müht sich, bis er stechende Schmerzen empfindet, die auf das Herz zielen.

Niemals zuvor ist sein Leib in solcher Art sekkiert worden.

Der Matthes lehnt sich mit der linken Schulter gegen die Bretterwand des Häuschens und reibt sein Herz und betet kindlich, der Herr möge ihn noch verschonen.

3.

In der Fastnachtswoche haben leibeigene Bauern ihren Herren ein Huhn abzugeben, das Leibhuhn genannt, eine der Abgaben, die das Jahr über von ihnen verlangt werden.

Die Stadt Mainz hält es ähnlich. Bis zur Fastnacht fordert sie ihre Gülten und andere Steuern auf den Besitz. Jeder hat sich selbst einzuschätzen und nach eigener Schätzung zu zahlen. Wehe dem, der bei falscher Angabe ertappt wird! Ihm wird eingezogen, was er verbergen wollte und mehr. Er verliert sein Vermögen.

Deshalb macht dem Matthes die jährliche Schätzung jedesmal Bauchgrimmen. Gibt er zuviel an, bestraft er sich selbst; gibt er zu wenig an, riskiert er sein Dasein. Oft sagt er, gäbe es Ämter, die ihm diese Pflicht nähmen, würde ihm das Leben leichter. Auch dann müßte er zahlen, meint er, aber wenigstens nicht weil er es falsch angefangen hat. Ein Leben ohne Steuern kann er sich nicht denken. Daß bis ans Ende der Tage Steuern verlangt werden, ist ihm gewisser als die ewige Seligkeit.

Anna glaubt ihm, daß er sich ein solches Steueramt wünscht. Was könnte er mit diesem Amt handeln und feilschen (so es mit sich handeln läßt). Über jeden Pfennig würde der Matthes mit den Beamten rechten und immer behaupten, er werde ausgeplündert und verlangen, man solle ihm das Leben nehmen statt eines weiteren Hellers.

Nun muß er sich also selbst schätzen. Kann er schon nicht mit dem Kämmerer oder sonst einem Herrn um die Steuer streiten, macht er's wenigstens mit seiner Tochter. Anna muß ihm nämlich bei diesem Geschäft zur Hand gehen. Oder, wenn man's ganz genau erzählen will, er geht der Anna zur Hand und bringt dabei mehr durcheinander als er gutmacht. Er kann nicht mal richtig zählen, was er hat. Die verschiedenen Münzen und wie sie umgerechnet werden, verwechselt er auch nach so langem Hantieren damit immer noch. Doch ständig knurrt und knottert er und behauptet, Anna sei zu großzügig und werfe Geld zum Fenster hinaus. Mehrmals geraten sie sich in die Wolle. Anna will das Rechenwerk abbrechen und auf den nächsten Tag verschieben. Doch der Matthes will es heute hinter sich bringen und so fahren sie fort, sich zu zanken und wer sie hört, kann meinen, sie seien sich feind.

Einfach ist ihr Tun wirklich nicht; wäre der Matthes selbst weniger geizig als er nun ist. Wie soll man alles berechnen, was man im Haus hat? Jeder Hocker und jedes Bett hat seine Steuer, jeder Topf in der Küche, das Geld im Kasten; Erben, Renten und Lehen müssen bedacht und versteuert werden. Zwar hat der Matthes keine Güter vor der Stadt und was er mit seiner Arbeit erwirtschaftet, wird nicht gerechnet; von seinem unehrlichen Tun und dem seiner Weiber und Knechte will die Stadt nichts (und damit wollen auch Bischof und Kaiser nichts).

Doch was ist mit dem Hollerwirt? Wie soll der Bader versteuern, was er von dem erhält? Der Matthes läßt sich wie schon erwähnt von allem Essen und Trinken, welches der Wirt beim Matthes serviert, seinen Teil geben (einen nicht geringen Teil). Ist das nun auch unehrliches Gewerbe und unehrliche Einnahme oder nicht?

Die Anna meint, was sie jedes Jahr meint: Man müsse der Stadt von diesem Gewinn geben. Der Matthes lehnt es auch dieses Jahr ab. Noch nie hat er von diesem Geld gegeben. Warum soll er nun damit beginnen und den Kämmerer und seine Leute verwirren?

Auch als Anna sagt: »Das wird ein teures Sparen. Eines Tages wird's dich schmerzen, und nicht wenig. Ein Wort vom Hollerwirt, und dir nehmen sie, was du hast«, bleibt er uneinsichtig. Ungnädig behauptet er, verlange man solches Geld von ihm, könne er sich mit Irrtum herausreden und es später geben.

»Wenn's ums Geld geht, hat sich noch nie einer geirrt. Und dir glaubt's schon gar keiner, du Geizkragen!«

»Mach weiter«, erwidert der Matthes nur und will zu anderem gelangen. Wenn er schon zählen muß, will der Matthes erfahren, was er im letzten Jahr erwirtschaftet und was er verloren hat.

Beim Zählen wird eins rasch deutlich: Die Rose hat ihn gründlich gerupft.

Gerettet hat er nur die neunzig Pfund Heller, die ihm der Runge abzwacken wollte und die er dem Kuppelsack schon versprochen hatte. Neunzig Pfund! Jetzt will ihm die Summe unfaßlich groß erscheinen. Aber selbst die neunzig Pfund hat er nicht zur Gänze bewahren können. Er gesteht Anna, mehrmals hat er dem Runge geholfen und alles in allem ist ein kleiner Beutel zusammengekommen. Wieviel es genau war, sagt er ihr auch jetzt noch nicht.

Ansonsten war's kein gutes und kein schlechtes Jahr.

Anna will ihm sagen, bei allem können sie von Glück sprechen. Sie sind von Feuer und Krankheit und anderer Not verschont worden und die Fastnachtszeit bringt wieder . . .

»Anna, warum müssen wir uns so quälen?«

Anna versteht nicht, worauf er hinauswill. Arbeit ist Arbeit und andere . . .

»Wollen wir nur die Wannen schrubben und die Bäuche von Leuten? Wie lange bin ich denn noch hier?«

»Wo hier? Sprichst du von deiner Wallfahrt?«

»Willst du mich nicht verstehen?«

»Dürfen wir undankbar sein, Matthes?«

»Was wollte das Röschen? Was will's denn? Was sucht's, was es hier nicht kriegt?«

»Jedenfalls nicht Arbeit«, antwortet Anna, noch im nachhinein über die Faulheit des Stückchens erbost.

Den Matthes langweilt es, weiter das Geld zu zählen, das er besitzt oder das man ihm versprochen hat. Im Gegensatz zu sonst macht es ihm dieses Mal wenig Freude, in den Häufchen von Münzen zu wühlen, die vor ihm auf dem Tisch liegen oder mit dem Finger die Einschnitte an den Kerbhölzern entlangzustreichen und sich vorzustellen, was jeder Ritz noch tragen wird, ganz wie eine Furche auf dem Acker dem Bauer Korn verspricht. Noch weniger Lust bringt er für die Verschreibungen der Lombarden auf, die er eh nicht zu lesen vermag.

Wenn man ihn kennt, wie Anna ihn kennt, merkt man, weniger als je zuvor macht ihm dieses Jahr das Zählen Freude.

»Mach du weiter. Du weißt Bescheid«, sagt er nach einer Weile wie ermattet und läßt Anna zurück und weiter rechnen und das Geld wiegen.

Sicher wird er seine Finger auch den morgigen Tag und in den Jahren, die ihm noch bleiben, auf den Beutel legen. Anna ist sich auch gewiß, in irgendwelchen Winkeln hat er noch Geld, das er keinem verrät, nicht mal ihr.

Aber sie spürt, das Geld ist es nicht, das ihm im Kopf herumgeht.

Er wird doch nicht daran denken, die Rose zurückzuholen?

Anna, die ihm so vieles nachsieht und alles duldet, ruft ihm warnend nach: »Matthes, reiß dir die Rose aus dem Schädel. Ich will sie nie wieder hier . . .«

»Ja. Hat dir das Herz schon mal wehgetan?«

»Bin ich aus Holz? Natürlich hat mir schon das Herz geblutet.«

»Davon spreche ich nicht. Ich rede von Stichen, wie von Messern. Ich bin mehrmals davon aufgewacht, so schmerzlich war's.«

»Und?«

»Hast du's schon mal gehabt?«

»Wirst was Falsches gegessen haben.«

»Ja, das wird's gewesen sein«, erwidert der Matthes, und Anna bietet an, ihm einen Aufguß von Weißdorn zu machen, aus getrockneter Blüte und getrockneten Früchten.

»Mach's«, sagt er und läßt sie allein.

Als er aus dem Raum ist, reut's Anna.

Könnte man nur miteinander reden. Fände man nur die Worte, die mehr sagen als »ich will dies und du mußt das«.

Der Bader weiß nicht, was ihn treibt, nach der Beghine zu sehen.

Als er in deren Kammer tritt, hat die fromme Heuchlerin ihren Rücken und ihre Brust entblößt und geißelt sich mit ihrer kleinen Peitsche. Dazu wendet sie wenig Kraft auf; die Schläge mit den Badequesten, mit welchen der Matthes und die Badweiber den Gästen das Blut in Wallung bringen, fallen nicht weniger streng aus.

Erschrocken, als ob sie bei einer Untat überrascht worden sei, hält die Beghine in ihrem Tun inne, bedeckt schamhaft die kräftigen Brüste und bekleidet sich, vom Matthes weggewandt und mit falschen, weil unnatürlichen Verrenkungen.

»Der Richter ... War er meinetwegen hier?« raunt sie, während sie ihren Schleier richtet.

Der einfache Satz rutscht in ihrem Mund herum wie das Gestammel einer Zahnlosen. Einen Moment lang ist der Matthes versucht zu verlangen, sie solle wie ein gewöhnlicher Mensch reden, sonst schlage er ihr die Zähne aus dem Maul. Dann brauche sie sich nicht mehr anzustrengen, solche Laute herauszustoßen.

Er ist jedoch nicht gekommen, die Beghine zu kränken oder zu verwandeln. Deshalb beläßt er es mit einer beschwichtigenden Handbewegung statt einer Antwort und will sich setzen. Dabei stößt er mit dem Kopf an einen Balken und die Beghine kichert.

Der Matthes weiß immer weniger, was er von allem halten soll. Diese hier hat einen Mann und läßt sich von ihm aushalten und seine eigene verkauft sich? Wie wirr ist die Welt geworden, in der sich niemand über solches oder Schlimmeres wundert. Sind mit der Pest nicht nur die Menschen gestorben, sondern auch die Gedanken von richtig und falsch? Und warum ist er der einzige, der sich darüber verwundert? Warum niemand sonst?

Er setzt sich auf das harte Lager der Beghine und fragt, warum es so düster in der Kammer sei. Draußen scheint doch eine bleiche Sonne und hier ist es finster wie in einem Verlies?

Die Fromme nimmt darauf einen Rahmen mit einem ölgetränkten Papier weg, den sie vor das eigentliche Fenster gestellt hat, um Kälte auszusperren. Nun wird es um einiges heller und man kann ihr wenigstens in die Augen sehen.

»Wo ist meine Rose?« befragt er die Beghine.

Die beteuert mit einigen übertriebenen Gesten, ganz als sei sie stumm oder taub, sie wisse es nicht.

»Wo?«

Nun geschieht etwas, was der Matthes weder erwartet noch will. Die Beghine setzt sich neben ihn, umfaßt seinen Kopf mit kalten feuchten Händen und streichelt ihn, und dabei keucht und gurrt sie, man dürfe dem Matthes kein Leid antun und sie werde nicht zulassen, daß ihm geschadet werde.

Der Matthes nimmt ihre Hände weg, faltet sie in ihrem Schoß und sagt, unangenehm berührt wie man von fauligem Atem oder schlechtem Fleisch abgestoßen ist, er vermöge ihren Worten nicht Glauben zu schenken. Sie habe der Rose das Kind im Leib getötet, sein Kind.

»Nicht dein Kind . . . nein«, widerspricht die Beghine, und durch alle Verstellung schimmert die Wahrheit durch, nicht anders als die Sonne durch das rauchgeschwärzte Papier vor dem Fenster der Beghine.

»Nicht meins?« wiederholt der Matthes.

»Nein, nein, nein . . .«

Wieder bewegen sich die Hände der Beghine über seinem Arm und seinem Kopf wie fremdartige Tiere und der Matthes wehrt sie kaum ab.

»Nicht meins . . .«, sagt er langsam und mit sehr wenig Kraft.

»Nein.«

»Und? Wo ist sie jetzt?«

Wie um ihre Lauterkeit zu betonen, rutscht die Beghine vom Bett, kniet neben dem Matthes nieder, nimmt seine Hände in ihre, als halte sie in Verzückung einen geweihten Gegenstand und beteuert, die Rose sei auch vor ihr davongelaufen. Wenn der Matthes sie wieder bei sich wolle, könne sie sie herbeizaubern.

Sie kenne die Worte und die Gesten, und sie könne sich die Geister und auch das Röschen untertan machen. Er solle es von ihr verlangen, dann werde sie ihm sein Weib zurückholen.

Dabei bewegen sich ihre Augen nicht weniger furchterregend als ihre Hände und ihr Oberkörper beginnt zu schwingen wie eine Glocke, die man angeschlagen hat. Der Matthes spürt, wie ihm wieder Angst vor dem Weib den Rücken heraufsteigt. Nein, sie ist weder Hexe noch Ketzerin noch eine von Gott Verfluchte. Sie ist, meint er zu begreifen, irrsinnig. Sie ist eine Irre, die eine Gesunde spielt.

Oder doch eine Gesunde, die eine Verrückte spielt?

Und um was betet sie den Tag und die Nacht?

Und wen betet sie an, den Himmel oder die Hölle?

Und für welche Sünden will sie büßen?

Der Matthes denkt, es gebe für ihn nur ein Mittel, die Wahrheit über sie herauszufinden. Er müsse mit ihr liegen. Er fürchtet sich aber vor ihren Händen und ihren Augen.

Danach hält es den Matthes nicht mehr im Haus.

Eine junge Frau, die mit ihrem Freund gerade zur Tür hereinkommt, sieht ihm verwundert nach, wie sich der Matthes, ohne ein Wort an sie oder ihren Liebhaber zu richten, an ihm vorbeidrängt. Die beiden wollen sich die Ader schlagen lassen, wie viele in diesem Monat. Lautet doch die Monatsregel für den Februar: »Hüt dich vor Frost, das ist gut / Und laß von dem Daum' das Blut«. Deswegen waren sie gestern schon einmal gekommen, doch da konnte man sie, wegen der anderen Arbeit, nicht bedienen und nun wissen sie nicht, was sie davon halten sollen, daß der Matthes sie nicht kennt.

Auch dem Barbier, der ihm nachläuft und etwas erfragen will, gibt er kaum Antwort. Nein, er will von allem nichts mehr sehen und nichts mehr hören.

Sollen sie es versuchen, ohne ihn zurechtzukommen. Fragen sie ihn, was er denkt und was er fühlt, wenn sie ihn belügen und betrügen? Wer fragt da nach ihm?

Der Matthes läuft durch die Straßen und wäre er blind, sähe er kaum weniger.

Vor den Kirchen und am Dom sind, wie jedes Jahr um diese Zeit,

Gerüste und Podien aufgestellt und darauf stehen Musiker und veranstalten mit Trommeln und Pfeifen, Flöten und Posaunen ihren Höllenlärm und Schauspieler und Possenreißer wetteifern um die Gunst der Menge, die von dieser Bühne zur nächsten läuft und immer hofft, beim nächsten Mysterienspiel oder Zaubertheater gehe es noch ein Stück derber und gemeiner zu als beim vorherigen.

Einmal bleibt der Matthes stehen und sieht einer Schauspielerin zu, die eine Hebamme spielt. Mit großer Fingerfertigkeit und unglaublicher Schnelligkeit holt sie scheinbar Puppen aus dem Bauch einer Frau und unter deren Röcken hervor, noch eine und noch eine. Jede ist mißgestalteter als die vorherige und jede wird von einer Gehilfin dem Publikum gezeigt und dieses schreit vor Ergötzen und schon schaufelt die Hebamme auf der Bühne die nächste Figur aus dem Bauch der anscheinend Unerschöpflichen, Teufel in allerlei Verschlingungen und Engel, die es nicht weniger toll treiben als die Dämonen. Größer und größer wird der Puppenhaufen, der sich neben der Gebärenden türmt und der Matthes kann auch nicht anders als mit der Menge zu gröhlen und wie er nach einer Weile weitergeht (weitergeht, als die Schauspieler zu sammeln beginnen) laufen ihm Tränen des Gelächters die Backen herab.

Er muß einem Pferdeschlitten ausweichen, der durch die Straßen jagt. Der Schlitten ist bis über den Rand mit jungen Leuten gefüllt, Söhnen von Patriziern in übertrieben bunten und übertrieben verlumpten Gewändern und der Matthes meint eine Winzigkeit lang, die Rose unter den jungen Leuten zu sehen. Dann erkennt er, sie ist es nicht. Die er gemeint hat, hat nicht einmal eine entfernte Ähnlichkeit mit seiner Rose. Diese Begegnung reißt ihn in seine vorherige Laune zurück, und er ist den jungen Leuten im Schlitten mißgünstig. Er denkt, selbst an Fastnacht dürften Christenmenschen nicht so herumziehen.

Er geht dahin und dahin und will sogar an den Rhein, wo er so gut wie nie etwas verloren hat. Er gelangt aber, als würde er von einem Unsichtbaren geführt, auf die entgegengesetzte Seite der Stadt; er gelangt wieder an das Haus Zum Arno, dem Verlies der Rose oder vielmehr dem Käfig, dem sie entkommen ist wie dem seinigen.

Im Haus brennt in mehreren Räumen Licht. Es ist zwar Tag, aber trüber Tag und ein nasser Schnee fällt und der Matthes kann sich denken, daß man im Haus Kerzen aufgesteckt und entzündet hat. Und da so teures Licht nicht für Diener und Dienerinnen vergeudet wird, wird der Baumeister Henne von seiner Reise zurückgekehrt sein.

Der Matthes würde ihn gern sehen. Er wüßte gern, wer ihn bestohlen und besiegt hat.

Er wünscht sich, der Herr träte aus dem Haus, und er würde ihm von Angesicht zu Angesicht gegenüberstehen. Dabei fühlt er nicht Haß und nicht Kampfeswillen, sondern nur die Begier nach Wahrheit und Erkennen.

Im Haus rührt sich jedoch nichts, und nach einer Weile geht der Matthes weiter.

Er muß wieder, wie beim ersten Mal, am Kloster der Weißfrauen vorbei. Als er sich dem Kloster nähert – ein Bau wie ein Gutshof und weiter nicht des Ansehens wert –, steht die Pforte weit auf und fröhliche Musik dringt aus dem Kloster.

Er achtet nicht sehr darauf; die Nonnen werden wohl feiern wie die übrigen. Doch unverhofft wie ein Fisch in eine Reuse gerät, wird er gefangen. Acht oder neun Nonnen, alle jung und hübsch, stürmen aus dem Haus und umringen und umarmen den Matthes. Sie müssen wohl hinter der Pforte auf ein Opfer gelauert haben.

Sie haben sich bunt und auffällig geschminkt, eine trägt eine Maske von dünnem Silber und manche haben statt der üblichen Gewänder Kostüme angelegt. Nun schleppen sie den Matthes im Triumph ins Kloster, dabei fröhlich Lieder singend (Lieder, wie die Possenreißer sie vortragen, wenn sie ihr schändlich Brot verdienen wollen). Der Matthes macht das Spiel mit; läßt sich führen, wohin sie ihn führen. So kommt er in einen Saal, wo Nonnen und andere Frauen miteinander ausgelassen singen und tanzen, aber auch Nonnen mit Männern, die sie sich wie den Matthes von der Gasse geholt haben. Auch einige Kleriker scherzen und schmusen mit Frauen, von denen man nicht weiß, ob sie den Schleier genommen haben oder nicht. Im ganzen geht's nicht viel anders zu als beim Matthes im Badhaus.

Später, wie man ihn genügend mit Milzekuchen, einem schweren Gebäck aus Ingwer, Zimt, Muskat, Paradieskörnern und viel Honig, und noch mehr Wein traktiert und abgefüllt hat, schläft er voller Genuß mit einer älteren fetten Nonne, die sich ihm, betrunken wie sie ist, in einem dunklen Winkel auf einem Stapel Säcke hingibt.

Eine Katze, die sich hier vor dem ungewohnten Lärm versteckt und auch noch geduldig ausgeharrt hat, als der Matthes und sein grell bemalter Schatz aufs Lager gefallen sind, flieht beim ersten Stöhnen der Nonne.

4.

Von der Rose und vom Runge erfährt man nichts.

So wie der Schnee getaut ist und das Wasser grau im Boden versickert, so scheinen sie aus der Welt verschwunden. Das ist merkwürdig. Gute Nachrichten finden doch immer ihren Boten und sei es der blanke Zufall, und schlechte sprechen sich noch schneller herum. Warum hört man dann nichts mehr von der Rose und sei es nur, daß sie Geld von ihrem Mann will?

Wenn der Matthes mit jemandem spricht, der aus Worms oder Oppenheim ist, lenkt er die Rede rasch auf Nierstein, die Klarissen und den Runge. Und kommt der oder die Fremde aus Frankfurt, spricht er von Sachsenhausen und der Mutter der Rose. Niemand kann ihm etwas sagen, was er nicht schon wüßte.

Die Zeit verweht; der Februar ist Vergangenheit geworden, Mysterium, so fremd und unbegreifbar wie die Zukunft. Die ersten Störche sind wiedergekehrt und mit Fanfarenklang begrüßt worden und frühe Veilchen zittern im Hof des Badhauses. Es war, wie Anna es vorausgesagt hat: Für das Badhaus »Zum Fuß« war die Fastnacht ein rechter Segen. Kaum wurden morgens die Läden aufgemacht, fanden sich die ersten Gäste ein. Von der Frühe bis in die Nacht wurde gefeiert; die Böttcherzunft hat gleich drei Tage und drei Nächte hintereinander, fast ohne Unterlaß, beim Matthes gebadet und gezecht. Dabei sind ungeheure Mengen Fleisch vom Lamm und Ferkel, von Kalb und Rind und Hammel verschlungen worden. Man mußte schon einen großen Magen haben, nur ums Zusehen zu verdauen.

Der März kam wie eine Blüte und war es eben noch Weihnachten, so steht nun Ostern vor der Tür. Jetzt sind die vierzig Tage der Fastenzeit, vierzig wie die vierzig Nächte und Tage, die die Wasser der Sintflut strömten, vierzig wie die vierzig Jahre, die die Israeliten warten mußten, bis sie ins Gelobte Land ziehen konnten, vierzig Tage und Nächte wie die, da sich Moses, Elias und unser Herr selbst des Essens und Trinkens enthalten haben. Matthes, der es sonst mit dem Hungern nicht so streng hielt - er hat auch in der heiligen Zeit schon mal Eier gegessen und Milch getrunken -, achtet in diesem Jahr auf die strengste Fastenregel; als müsse er mit Kasteien den Herrn besänftigen. In seinem Haus gibt es nur Wassersuppen und Fische und in Wasser gekochte Gemüse und Speisen aus Mehl und Wasser. Jedes Ei ist aus der Küche verbannt, und wie der Matthes seinen lieben Wenzel einmal entdeckt, daß er sich eine Biersuppe kocht, verprügelt er ihn mit einem Schürhaken und der Baum von einem Mann läßt es zu.

Das harte Fasten und die Bitternis über die Rose machen den Matthes ungerecht und unleidlich, und jeder ist froh, wenn er sich abwendet und aus dem Haus geht.

Nach seiner Gewohnheit pilgert er nach jedem schweren Traum und bei jeder wichtigen Entscheidung zum Astrologen Gregorius auf den Judensand hinaus.

Die Mahnung des Prokurators, nicht zu vergessen, daß er mit der Rose verheiratet ist, macht dem Bader viel zu schaffen. Er denkt, es werde einige Münzen wert sein, den Magister danach zu befragen. Wer weiß, vielleicht sagen ihm die Sterne, wie es mit der Rose und ihm, ihrem Mann Matthes Fuß, weitergehen wird.

An der Altmünster-Pforte verweilt er eine Zeit. Die Hütte des Gregorius ist etwa eine Stunde vor der Stadt und in unwirtlicher Gegend. Der Matthes hofft auf einen Menschen, der vertrauenswürdig ist, und mit dem man den Weg zum Astrologen oder wenigstens das größte Stück des Wegs gemeinsam zurücklegen könnte. Meist findet er, wenn er zum Astrologen geht, einen Begleiter. Einige Handelsleute zum Beispiel oder Stadtknechte, die nach Mombach oder weiter laufen müssen. Heute zeigt sich jedoch niemand, und schließlich macht er sich allein auf. Schon wie er durch die dichten verwilderten Hecken geht, die die Stadtmauer schützen, und noch mehr, als er den Mombacher Weg entlangläuft (ihn muß man nehmen, wenn man zum Judenfriedhof und damit zum Judensand will), befällt ihn Unsicherheit. Hinter den Mainzer Mauern fühlt er sich sicher. Nicht, daß man da des Nachts ohne Waffen gehen könnte und tagsüber hat man besser gleichfalls ein Messer bei sich. Aber was da geschehen kann, weiß man und man kann sich vorsehen. Doch allein auf dem Weg glaubt er sich schutzlos. Hinter jeder Hekke können Kerle hervorbrechen und verlangen, was sie verlangen wollen. Er wüßte sich nicht zu wehren.

Einmal hört er Rufe und sieht Vögel auffliegen. Er nimmt an, da sind Männer auf der Jagd, und nun muß er allen Mut zusammennehmen, um weiterzugehen.

Der Weg wird sandiger, auch ansteigend und schließlich zweigt ein kleinerer Pfad ab und der ist noch steiler. Zur rechten Hand sieht man das Feld, auf welchem die Juden ihre Toten begraben haben, eigentlich nur Sandboden und einige Büsche, noch ohne Grün und einige Steintafeln auf dem Boden, manche von Wind und Zeit zerbrochen, andere so, wie sie vor zehn oder zwanzig Jahren hingelegt worden sind.

Dem Matthes ist der Anblick vertraut. Noch nie hat er einen Menschen auf dem Friedhof gesehen, wann immer er hier vorbeigegangen ist.

Um so mehr erschreckt es ihn, nun dort einen älteren Mann stehen zu sehen. Der hat den Kopf gebeugt, lange Locken hängen unter dem gelben Hut herunter, wie Juden ihn tragen müssen, und verdecken das Gesicht des Mannes. Als der Matthes etwas näher herankommt, hört er den Menschen in einer fremden Sprache halblaut und klagend singen.

Der Matthes, der sonst jeden auf dem Weg grüßt – um seine friedliche Absicht zu zeigen und um Frieden zu bitten –, sieht an dem Mann vorbei und der beachtet ihn nicht. Es mag sogar wirklich sein, er ist so in seiner Andacht versunken, daß er den Matthes nicht wahrnimmt.

Damals, als die Juden erschlagen und verbrannt worden sind, ist der Matthes in seinem Haus geblieben. Die Nachbarn haben ihn aufgefordert mitzukommen und die Juden für das zu strafen, was sie früher Christus am Kreuz und heute den Christen angetan hätten.

Es ging das Geflüster, nein, es war hysterisches Gekreisch, die Juden hätten die Brunnen vergiftet oder mit anderen Mitteln die Pest verbreitet. Der Matthes hatte es nicht geglaubt; auf dem Weg von Oberstein nach Mainz war er über so viele Leichen von Juden gestolpert, daß sie ihm ebenso geschlagen erschienen wie die Christen. Auch hatten die Priester des Trierer Erzbischofs vor aller Judenschlägerei gewarnt und sie verboten, ganz wie es der Herr Papst verlangt hatte.

In Mainz hatten die Priester jedoch gegen die Juden gehetzt und sie zu den Verderbern der Welt erklärt. Sie predigten von den Kanzeln, Juden hätten einen Sud aus Spinnen, Fröschen, Herzen von christlichen Kindern und geweihten Hostien gebraut und damit würden sie Wasser und die Luft vergiften. Manche Juden wurden ergriffen und so lange gefoltert, bis sie gestanden, was sie gestehen sollten. Nach diesen Geständnissen ließen die Priester nicht eher ab, bis Mann und Frau und Kind im Judenviertel tot waren. Und nicht nur hier, sondern auch in Worms und Speyer und Straßburg, in den anderen großen Städten wie Köln und Basel und Nürnberg fanden sie ihr Ende. Wo sie waren, wurden sie ergriffen. In Dörfern und in Weilern; sie wurden aus ihren Synagogen geholt und aus den Judenbädern (Gruben, tief im Erdreich; Juden baden nur in fließendem Wasser und dazu rechnen sie auch das Grundwasser), sie wurden aus dem Schilf der Ufer gezerrt und alles nur zu dem Zweck, sie mit dem Knüppel zu erschlagen oder sie auf Scheiterhaufen zu binden. Oder wie man es in Basel hielt; da baute man ihnen hölzerne Hütten, trieb sie hinein und steckte Dächer und Wände an und genoß die Flammen und die Schreie der Brennenden.

Weder die Worte der Pfarrer noch das Verlangen der Nachbarn, sich ihnen anzuschließen, hatten es vermocht, daß sich der Matthes in den Brandnächten (anscheinend ließ es sich des Nachts leichter morden) an der Schlächterei der Juden beteiligte.

Was sollte er gewinnen, tötete er nur einen von ihnen? Er hatte keine Schulden bei ihnen. Viele, die bei den Juden in der Kreide standen und nicht wußten, wie sie die zwanzig oder dreißig Prozent Zins und Zinseszins aufbringen sollten, hatten darauf gehofft, mit dem Tod der Gläubiger verfielen auch die Schulden. Die das gehofft hatten, täuschten sich arg. Kaum waren die Trümmer erkaltet, der Brandgeruch verflogen, zogen Lombarden und Karwenzen, doch auch angesehene Bürger und selbst die Abgesandten des Kaisers die alten Schuldscheine hervor, erklärten sich zu den Erben der Juden und verlangten auf der Stelle, was diese ihnen angeblich hinterlassen hatten.

Wie sie an die Schuldscheine gekommen waren, fragten viele und erhielten darauf nur die Antwort, sie sollten zahlen, sonst erginge es ihnen ähnlich wie jenen, die vorher die Zettel im Besitz hatten.

Der Matthes, der also nichts mit dem Untergang der Juden zu tun hat, der keine Schuld auf sich geladen hat und auch kein Verdienst an ihrem Töten erworben hat, sieht den Juden auf dem Gräberfeld als ein schlechtes Vorzeichen an.

Macht jener auch nichts anderes als seiner Toten zu gedenken, mahnt er den Matthes doch an die Pest und die Zeit der Pest und an alles, was damit ist.

Der Matthes denkt in einem Anfall von schlechtem Wollen, es wäre besser, der Mann, der da gegen den Wind singt, wäre mit seinen Brüdern verbrannt.

Um die Hütte des Astrologen (ein Erdloch mehr als die Behausung eines Menschen und unter keinen Umständen das Haus eines Gelehrten; in den Boden gekratzt wie ein Hund einen Knochen verscharrt, mit Moos und Flechten als Dach und einigen aneinander genähten Fellen als Tür) drängen sich Ratsuchende wie Käufer um den Stand eines Zuckerbäckers.

Die Leute sagen, sie warteten schon lange, aber der Astrologe habe den ganzen Tag erst einen oder zwei Menschen vorgelassen und einmal habe er verlangt, die Wartenden sollten gehen. Heute könne er keinen Rat erteilen; er fühle sich krank.

Der Matthes wartet ebenso geduldig wie die übrigen, schwätzt mit diesem und jenem. Nach langer Zeit geschieht jedoch nichts anderes, als daß der Astrologe seinen Kopf aus der Hütte streckt und mit kränklicher Stimme Ruhe fordert. Der Matthes nutzt die Gelegenheit und fragt den Astrologen rasch, ob ihm, dem Matthes, die Sterne gewogen sind.

Der Mann blickt darauf den Matthes grämlich an und erwidert etwas in Latein. Als er bemerkt, der Matthes versteht ihn nicht, übersetzt er ihm: »Schlecht stehen uns die Sterne, Matthes, schlecht.« Ehe der Bader eine zweite Frage stellen kann, hat sich der Astrologe wieder zurückgezogen und läßt immer noch keinen vor. Jetzt wird dem Bader das Warten zu lang, und er macht sich auf den Heimweg.

Wenn er nichts anderes erfährt, als daß die Konjunktionen und Konstellationen für ihn nicht günstig sind und daß es besser ist, nichts zu tun als das falsche, dann hat weiteres Zuwarten keinen Sinn.

Beim Rückweg ist der Jude nicht mehr auf dem Friedhof.

Und doch sieht der Matthes den Juden am selben Tag noch einmal. Wie er nämlich auf seinem Rückweg auch an der Stelle vorbeikommt, wo früher das Backhaus der Juden war – beim großen Schlachten ist es niedergebrannt worden und nicht mehr aufgebaut –, da bemerkt er den alten Mann wieder, wie er einem jüngeren behilflich ist, Kisten von einem Ochsenkarren abzuladen. Der jüngere ist nicht Israelit; er trägt jedenfalls kein auffälliges Kennzeichen, weder den Judenhut mit dem seltsamen Pilz auf der Oberseite noch einen farbigen Fleck auf der Brust. Allerdings hat er wie die Jude ungewöhnliche Kleidung. Matthes hat noch nie solche Gewänder und solche Leute gesehen. Aus Neugier tritt er etwas näher heran und hört die beiden Männer in einer Sprache reden, die weder Juden noch Christen sonst im Mund führen.

Mehrere Kinder springen um den Karren, wollen sich nützlich machen, rufen dem jüngeren Mann einiges zu. Allem Anschein nach ist er ihr Vater. Jedenfalls packt er ihnen so viel Sachen auf, daß der Matthes denkt, sie brächen darunter zusammen.

Der Matthes erfreut sich an dem Eifer der Kinder, und erkundigt sich bei einer Nachbarin, die ihre Treppe wischt, welche Sprache das sei und welche Leute. Die Frau wendet sich nur halb um und gibt böse zur Antwort, sie wundert sich, daß man den Juden wieder in die Stadt gelassen habe. Es habe doch geheißen, zweihundert Jahre dürften sie nicht wieder nach Mainz und nun komme der mit Sack und Pack.

»Und die anderen? Sind das auch Juden?«

»Polen, sagt mein Mann . . . Frag sie!«

»Kann man sie verstehen?«

»Ich nicht.«

Die Frau wringt wütend ihren Lappen aus und geht ins Haus, und der Matthes betrachtet, dabei den Kindern freundlich und aufmunternd zulächelnd, weiter die Fremden. Er hat keine genaue Kenntnis, wo das Land der Polen sein könnte. Er meint, der Ritter habe davon gesprochen; es scheint sehr groß zu sein. Er vermutet es sehr weit entfernt und stellt es sich kalt und unwirtlich vor. Dabei sehen die Leute, denkt man sich ihre merkwürdige Tracht weg, aus wie man selbst. Der Mann ist nicht groß und nicht klein und die Kinder wohlgeraten, und alle haben sehr blonde Haare, wie die Frauen sie bekommen, wenn sie sie im Schnee ausbleichen.

Der Matthes will weitergehen, da kommt der Jude noch einmal aus dem Haus, nun ohne Hut und die Ärmel hat er hochgekrempelt und trägt eine Schürze. Der Matthes und der Jude sehen sich zufällig an.

Dem Matthes ist, als trete man ihm in den Bauch. Es ist ihm, sein früherer Meister blicke ihn an, der Bader Herbold, jener, von welchem er sein Haus hat.

Ist er in anderer Gestalt zurückgekehrt?

Langsam und ohne ein Wort an den Juden oder die übrigen Fremden zu richten (auch der jüngere Mann, der Vater der Kinder, spürt, hier ereignet sich etwas Ungewöhnliches) entfernt sich der Matthes und will nach Hause zurückkehren.

Auf dem Weg dorthin muß er mehrmals anhalten und Luft schöpfen.

Sein Herz schmerzt wieder und stärker als zuvor, und einmal meint er, der Tod kündige sich an. Er ringt nach Atem, und wie die Schmerzen noch stärker und die Angst unerträglich wird, setzt er sich auf den Boden und bleibt, den Rücken an eine Hauswand gelehnt, kraftlos sitzen.

Eine Weile gehen Menschen an ihm vorbei, ohne sich um ihn zu bekümmern, als sei es üblich, daß ein Mann seines Alters auf der Gasse hockt. Endlich bemüht man sich um den Matthes. Er kann nur mit Anstrengung seinen Namen herausbringen und verlangen, man möge seine Leute rufen.

Wie er nach Hause gebracht wird, wird er schon nicht mehr gewahr. Er ist ohne Bewußtsein und als er einmal aufwacht und nach Trank verlangt, ist er in seinem Bett.

5.

Der Matthes fiebert; manchmal friert er, daß die Zähne gegeneinander schlagen. Man legt ihm so viele Decken und Felle auf den Körper wie er auszuhalten vermag und doch zittert er. Dann wieder ist ihm heiß, daß er alles abwerfen möchte. Wenn er bei Verstand ist, klagt er über Schwäche und Herzstiche und Qualen; er wolle Wasser lassen und vermöge es nicht.

Der Wenzel und der Heiner bewähren sich als treue Knechte und gute Bader. Damit der Harn treibt, kocht ihm der Wenzel (in seiner Vorsicht und bei seinem Mißtrauen läßt er das keinen anderen machen und schon gar nicht die Küchenmagd) Tränke und Mus aus Gänseblumen, und gegen die Herzanfälle gibt er dem Matthes einen Extrakt aus Seidelbast. Immer nur winzige Tröpfchen; das Mittel, so hilfreich es ist, vergiftet Menschen, gibt man zu viel davon, und seien es Mengen nicht größer als Beerenkörner. Mehrmals am Tag und mehrmals in der Nacht flößen die Knechte ihrem kranken Meister Säfte und Tränke ein, und allmählich wird seine Körperwärme wieder die übliche.

Die Käthe prüft sie, indem sie des Morgens als erstes und des Abends als letztes die Hand des Matthes in ihre nimmt, noch bevor sie die geringste andere Verrichtung ausführt oder nachdem sie alles andere erledigt hat. Das hält sie so lange in dieser Weise, bis sie sicher ist, der Matthes fühlt sich wieder gesund an.

Aufstehen kann der Matthes deshalb noch lange nicht. Er hat nicht die Kraft und nicht die Lust dazu. In dieser Zeit hat er für nichts anderes Sinn als für sich und seine Krankheit und wenn er schlafen kann, schläft er.

Vor allem anderen haben die Töchter natürlich Priester ins Haus geholt, daß der Matthes beichten soll und die Sakramente empfangen. Der Matthes flüstert den Geistlichen – beim ersten Mal ist es ein Kaplan, dann einer der vielen Domvikare – wirklich einiges zu, aber den Priestern will es wie Fiebermären vorkommen. Er redet davon, daß ihm der Jude das Haus nicht wegnehmen könne. Er habe Dokumente, die zeigten, das Haus sei seins; er will sogar aufstehen und die Pergamente hervorkramen. Als die Priester die Schreiben nicht sehen wollen, bietet er an, den Schneider zu holen. Der und andere könnten Eide ablegen, der Bader Herbold habe ihm das Haus vererbt.

Beide Priester haben den Matthes gesegnet, den Töchtern aber gesagt, gebeichtet habe der Matthes nicht. Die Beichte müsse er nachholen, wenn er seinen Verstand wieder gebrauchen könne.

Käthe hat den Priestern für ihre Besuche solch große Summen gegeben, daß den Matthes der Schlag träfe, wüßte er davon. Auch Anna schien ihre Freigiebigkeit sehr großmütig.

»Willst du auch Gott und Gottessohn betrügen? Ist es nicht genug, daß der Matthes eine Wallfahrt gelobt und nicht antritt?« rechtfertigt sich Käthe heftig.

»Meinst du, Gott läßt sich bezahlen wie ein Krämer?« erwidert Anna darauf nicht weniger ungehalten, und für eine kleine Weile ist Zwietracht zwischen den Schwestern.

Die Käthe, so sehr der anderen Welt und der Ewigkeit zugewandt, ist nicht auf den Kopf gefallen. Sie vermutet, der Matthes spricht nicht ohne Grund immer wieder von dem Juden und dem Haus und dem Erbe und ahnt, Anna weiß mehr von der Wahrheit, als sie zugibt.

Mehrmals, während des Tages oder nachts im Bett, ist sie die Schwester schon um das Geheimnis angegangen, und jedesmal ist Anna ausgewichen. Käthe läßt aber nicht davon ab.

Eines Morgens, nachdem sie nach dem Matthes gesehen hat, sucht sie in der Truhe vor dem Bett und holt die Urkunden heraus, die sie darin findet. Sie sind gesiegelt. Was darauf steht, kann sie nicht lesen. Käthe, entschlossen endlich zu erfahren, was man ihr vorenthält, versteckt die Urkunde unter ihrem Kleid und nach der Messe – selbst während der Krankheit des Matthes besucht sie jeden Morgen die Messe – geht sie zum Domplatz, wo einige Schreiber beschäftigungslos beieinander stehen und sich, dabei wegen der Morgenkühle die Hände reibend und von einem Bein auf das andere wechselnd, die Zeit mit Gerede vertreiben.

Käthe fragt, wer ihr das Pergament übersetzen wolle. Zwischen den Schreibern setzt ein schneller Kampf um die Kundin ein, nur mit den Augen und einigen Körperbewegungen ausgetragen und ein dicklicher älterer Mann, der Kopf eine einzige große Pustel, wird Sieger. Er nimmt Käthe an der Hand und führt sie zu seinem Schreibpult, entrollt das Schriftstück und liest ihr den Text vor. Darin bekundet ein Notar in lateinischer Sprache, mehrere Männer seien bei ihm gewesen und hätten bezeugt, es sei der letzte Wille des Baders Herbold, sein treuer Knecht Matthes, ehrlicher Leute Kind wie durch Taufschein ausgewiesen und gelernter Bader, wie vorgelegtes Zeugnis beweise, solle nach seinem Tod Haus und Gewerbe haben. Seine anderen Verwandten, so sie noch am Leben seien, sollten nichts von dem Erbe haben, weil sie ihn, den Herbold, in seiner Not allein gelassen hätten und der Matthes der einzige sei, der ihm beistehe.

Käthe kennt die Männer nicht, die das bezeugt haben. Sie sind entweder tot oder aus Mainz weggegangen. Der einzige Name, der ihr etwas sagt, ist der des Schneiders Maskopp.

Wie Käthe nach Hause kommt und Anna gesteht, sie habe sich die Urkunde erklären lassen, wird Anna böse. Was ihr einfalle! Glaube sie nicht mehr an die Worte des Vaters? Habe sie so wenig Vertrauen zur Redlichkeit der Schwester?

Nachts, wie Käthe um Vergebung bittend an Anna rutscht und ihr den Arm streichelt, berichtet ihr Anna, was sie von dem Handel weiß, und was ihr der Matthes vor nicht langer Zeit bekannt hat. Daß sein Taufschein falsch ist und sein Zeugnis nicht minder.

»Und die Erbschaft? Ist die wenigstens wahr?«

»Warum soll sie nicht wahr sein?«

»Warum zittert er dann vor dem Juden?«

»Weiß ich's? War ich dabei, wie's damals war?«

»Wo sind denn die Zeugen hingekommen?«

Käthe zählt die Namen auf, so wie sie sie behalten hat.

»Was willst du noch vom Maskopp hören? Über den wissen wir doch alles. Den haben wir doch kennengelernt. Daß wir uns bei dem die Finger wund . . .«

»Und die übrigen?«

»Weiß ich, wo die geblieben sind?«

»Natürlich weißt du es. Du willst's nicht wissen!«

»Und, was hast du, wenn ich's dir sage? Wenn du es auch weißt? Was hast du von Geheimnissen? Sie liegen dir nur auf der Schulter und du trägst sie umher und . . .«

»Wenn du sie tragen kannst, kann ich's auch.«

»Sie sind nicht mehr da . . .«

»Wer?«

»Die Zeugen. Du hast doch gefragt.«

»Anna . . .«

»Ja. Sie sind weg.«

»Wohin?«

»Weg.«

»Sag's mir!«

»Wo sie hergekommen sind. Der eine war aus Hall. Wo das Salz herkommt und die Heller. Da wird er wieder sein. Der Matthes hat gesagt, er hat sich mit Mist aus der Stadt fahren lassen.«

»Wieso mit Mist?«

»Damit sie ihn nicht entdecken. Käthe, was geht's uns alles an? Er mußte fliehen und ist geflohen. Und haben ihn die Raben nicht gefressen, ist er wieder in Hall.«

»Vier Zeugen und drei sind weg und der eine ist der beste Freund des Matthes. Was bedeutet das, Anna? Sind sie tot?«

»Laß es ruhen. Es ist lange her.«

»Ich hab's nicht aufgewühlt. Der Matthes . . . Es muß was Schreckliches sein. Dem Matthes erdrückt's die Seele.«

»Es wird nicht besser, wenn's dich auch erdrückt!«

»Was ist mit dem Juden? Heute hat er mir wieder gesagt, wenn der Jude kommt, soll ich die Tür abschließen und ihn nicht einlassen.«

»Ich weiß es nicht. Ich hab's auch schon bedacht; es liegt ja auf der Hand. Seit er den Juden gesehen hat, ist er krank. Aber warum? Was hat er mit dem Juden zu tun?«

»Schlechtes Gewissen ist seine ganze Krankheit.«

»Ach was . . .«

»Doch!«

»Wieso denn? Was macht dich denn so sicher?«

»Anders kann's nicht sein.«

»Vielleicht hat's was mit dem Juden zu tun, vielleicht nicht. Ich weiß nicht mehr. Mehr als ich dir gesagt habe, weiß ich nicht. Ich beschwör's dir, wenn du willst.«

»Womit hat's zu tun, wenn nicht mit dem Juden?«

Anna will nicht sprechen. Käthe bedrängt sie so lange, bis sie mit dem letzten Zipfel Wahrheit herausrückt, den sie verstecken wollte.

Die drei Zeugen des Matthes neben dem Schneider hatten sich nach dem großen Sterben in Häuser gesetzt, von denen sie glaubten, niemand verlange mehr danach. Ganze Familien waren tot, ausgerissen wie trockene Wurzeln; Häuser und Gewerbe, ja ganze Dörfer standen herrenlos und wer Mut und Lust hatte nahm sich, was ihm gefiel.

Viele konnten behalten, was sie an sich gebracht hatten. Andere verloren es wieder. Die Judenerben verlangte der Kaiser oder die von ihm Belehnten; für die übrigen Güter fanden sich nach einiger Zeit, nach Monaten oder Jahren, auch oft Erben. Meist war der Anspruch der Fordernden nicht weniger fadenscheinig als der Besitztitel derjenigen, die in den Häusern und Höfen saßen oder für das, was sie in Händen hielten. Da die angeblichen Erben zumeist den Mächtigen zugefallen waren, errangen diese allemal was sie wollten. Wer es nicht vorher wußte, erfuhr es jetzt: Die Macht ist die Schwester der Habgier und beide sind unersättlich und stellt man sich ihnen in den Weg, wird man zertreten.

So war es auch den Zeugen des Matthes ergangen. Einer - der nach Hall gegangen war - war rechtzeitig geflohen, als die Kurie (nicht die Mainzer Kirche, nein, die avignonesische Kurie) die Hand nach dem Haus ausstreckte, in welchem er sein Bett aufgestellt hatte. Die beiden anderen waren wegen Lächerlichkeiten gestraft worden und hatten die Strafen nicht überlebt.

»Und der Maskopp? Was ist mit dem? Hat er sein Haus schon vor der Pest gehabt?«

»Ein armer Schneider ein so großes Haus?«

»Einer hat dem anderen bezeugt, was er wollte? Ist es so?«

»Ich glaub's.«

»Und der Jude?«

»Ich schwör dir, ich weiß nicht, was mit ihm ist.«

»Kann es sein, dem Juden gehört unser Haus?«

»Dem Juden? Wieso?«

»Warum zittert der Matthes sonst vor ihm?«

»Wir können die ganze Nacht reden: Ich weiß es nicht!«

Die Schwestern beschließen, sich den Juden anzusehen.

Da er der einzige in der Stadt ist (und, wie der Matthes gesagt hat, neben dem alten Backhaus Wohnung genommen hat), ist seine Unterkunft rasch gefunden.

Die Schwestern sind uneins, ob sie bei ihm klopfen sollen und mit ihm sprechen oder ihn nur betrachten.

»Was haben wir vom Betrachten? Wie ein Jude aussieht, weiß ich.«

»Was wird er uns sagen?« zögert Käthe, als sie vor seiner Tür stehen.

»Das werden wir merken. Du wolltest die Wahrheit hören. Also hören wir sie uns an.«

Man kann es mit Händen greifen: Jetzt wäre Käthe froh, Anna kehrte mit ihr nach Hause zurück. Die Schwester denkt nicht daran, sich umzuwenden. Sie klopft, aber die Tür ist nicht verriegelt, und wie sie behutsam hineingehen, kommt ihnen eine zierliche Frau mit einem lang herunterhängenden blonden Zopf entgegen. Sie begrüßt die Schwestern mit einem lustig klingenden Ave.

Anna sagt, wer sie ist und daß sie, wenn es möglich ist, den Juden sprechen möchte, der bei ihr und ihrer Familie sei.

Die Frau versteht offenbar nicht, was Anna sagt und ruft nach ihrem Mann. Der kommt und Anna wiederholt ihren Vers. Doch nicht mit anderem Erfolg. Auch ihm kann sie sich nicht verständlich machen; sein breites Gesicht scheint bei seinem angestrengten Nachdenken noch um einiges breiter zu werden, und wie er freundlich grüßt, gleicht er einem altgewordenen Kind. Jedenfalls bekundet er viel guten Willen und auf sein Rufen kommt der Jude.

Ob er verstehe, was sie sagt, fragt Anna unsicher.

Der Jude erwidert, er habe schon gehört, sie wollten zu ihm. Sie seien gegrüßt.

Die Schwestern folgen ihm in eine Stube. Wohl ist ihnen dabei nicht. Es gibt strenge Gesetze, wie man Juden zu begegnen hat. Oder gab es wenigstens, solange es Juden gab. Woher sollen die Baderinnen wissen, ob diese Gesetze noch gelten oder nicht? Anna erinnert sich, früher durfte in den heiligen Tagen der Osterwoche kein Jude ein Wort an einen Christen richten, und schon gar nicht durfte ein Jude bei einem Christen essen oder schlafen und nicht nur in dieser Zeit.

Dieser hier führt Anna und Käthe an den Tisch, wo er mit einigen der Kinder sitzt und ein Würfelspiel mit ihnen spielt.

Anna fragt ihn, ob er auch aus Polen komme und der Mann erwidert, dorther komme er. Dorthin sei er schon vor der Pest gegangen; heimlich und voller Verbitterung. Es sei aber sein Glück geworden. Ins Königreich der Polen sei nämlich die Pest nicht vorgedrungen. Der polnische König habe alle Straßen und Wege ins von der Verwüstung geschlagene Römische Reich sperren lassen; keinen Polen habe deswegen der tödliche Hauch der Pest streifen können.

»Ein ganzes Land, wo die Pest nicht hingedrungen ist?« fragt Käthe und wundert sich, daß ein König die Schläge des Herrn abwehren kann. Hier starben Dörfer und Städte und verödeten ganze Landschaften und dort wurde keiner von dem Leid ergriffen?

»Ein ganzes Land«, bekräftigt der Mann.

»Ist es ein großes Land?«

Ja, Polen sei ein weites Land voller Ebenen und Seen und großer Flüsse, von trauriger Schönheit wie Lieder, und habe er nicht die Gräber seiner Verwandten hier, er wäre nicht zurückgekehrt.

»Du bist aus Mainz?« fragt Anna verwundert, auch heimlich besorgt, der Matthes habe recht und der Jude habe am Ende doch etwas mit ihrem Haus zu tun.

»Von Mainz«, sagt der Mann fest und mit geheimem Stolz.

Sein Vater sei bis zu seinem Tod einer der Vier des Juden-Ratamts gewesen. In Worms habe ein anderer Zweig vom Stamm seiner Familie geblüht und sei nun auch verdorrt.

Anna schweigt wie schuldig und fängt den Würfel auf, den eins der Kinder über den Tisch rollt und gibt ihn dem Kind zurück. Die übrigen betrachten Anna und Käthe vorsichtig, und auch die Eltern der Kinder stehen nicht weit vom Tisch und warten darauf, daß man ihnen erklärt, was die fremden Frauen wollen.

Aus der Art, wie die beiden Frauen mit dem Juden sprechen, erkennen sie, es geht um ernste Dinge, und da wollen sie nicht stören. Anna lächelte sie wie werbend an, doch sie ist nicht wirklich bei den Kindern und die spüren es und bleiben abwartend. Anna weiß nicht, wie sie die Frage anbringen soll, wegen der sie gekommen sind. Soll sie sagen: »Mein Vater fürchtet dich wie den Leibhaftigen, und wir wollen wissen warum?« Soll sie das sagen?

Anna will gerade fragen, ob er den Bader Matthes kenne, da kommt ihr die Käthe zuvor. Was ihn bewogen habe, Mainz zu verlassen, wenn er denn Mainzer sei?

»Ein Jude ist nichts als ein Jude«, erwidert der Mann aufrecht und gleichzeitig bekümmert, als habe sie eine wunde Stelle berührt.

Dann fragt er, weshalb sie gekommen seien. Wollten sie ihn wegen Dingen befragen, die vor Jahren geschehen seien?

»Nein, nein«, wehrt Anna rasch ab. »Wir wollten . . .«

»Doch. Ihr könnt sie hören«, sagt der Jude.

Die blonde Frau stellt den Baderinnen zwei Becher Wein hin und nickt ihnen aufmunternd zu und auch der Jude sagt: »Auf euer Wohl!«

Und als Anna und Käthe getrunken haben, wiederholt der Mann, er sei voller Bitternis aus Mainz weggegangen. Kaiser Karl habe sie, die unter seinem besonderen Schutz standen (einem teuren Schutz, wie er nicht erwähnt, wie aber jeder weiß), nicht gerecht behandelt. Einige der Mainzer Gemeinde seien im Jahre 1346, also lange vor der Pest, auf nichts hin beschuldigt worden, Kinder geraubt und geraubte Kinder verkauft zu haben. Und statt solche Anklagen zu untersuchen und ihnen, die seine Kammerknechte waren wie alle Juden, Gerechtigkeit widerfahren zu lassen, habe der Kaiser ihre Marter und ihre Verurteilung geduldet. Aus Enttäuschung über den neuen Herrn (es war das Jahr, wo Karl IV. von den geistlichen Kurfürsten zum deutschen König gewählt wurde) sei er mit anderen aus der Gemeinde heimlich aus dem Schutz des Kaisers gegangen und habe sich nach Polen geschlichen und dort dem König unterstellt. Damit habe er seinem Vater großes Leid zugefügt, wie er wisse, und er habe darüber manche Träne vergossen.

Nur des Vaters wegen sei er zurückgekommen; nur seinetwegen habe er sich aufgemacht, als er gehört habe, die Pest sei erloschen.

Was Anna nicht gelingt, fällt Käthe ganz leicht. Sie fragt den Mann, ob er etwas von ihrem Vater wolle.

»Wer ist euer Vater? Sollte ich ihn kennen?«

Käthe sagt ihm, der Bader Matthes vom Badhaus »Zum Fuß«.

Der Jude schüttelt den Kopf. Nein, den kenne er nicht.

»Zum Fuß?« denkt er nach. »Ist das das große Haus unter den Leinengaden?«

»Im Kirschborn.«

»Nein, ich kenne es nicht. Es tut mir leid.«

Darauf erhebt sich Käthe, verabschiedet sich glücklich wie ein junges Mädchen, das einen Schatz gefunden hat, und auch Anna steht auf und will sich verabschieden.

»Darf ich nicht erfahren, weswegen ihr gekommen seid?« fragt der Jude verwundert.

»Nein«, würde Anna am liebsten übermütig sagen. Statt dessen antwortet sie, ihr Vater habe geglaubt, er, der Jude ... Verwirrt unterbricht sie sich, weil ihr bewußt wird, daß sie den Mann nicht nach seinem Namen gefragt hat.

Der Jude erkennt, warum sie stockt und sagt, er heiße Joel und werde Coppelt genannt.

Und Anna fährt fort, ihr Vater habe geglaubt, er sei Sohn oder Bruder des früheren Baders Herbold und gekommen, sein Erbe zu fordern.

»Nein«, antwortet der Jude. »Ich erhalte nicht den Besitz meines Vaters. Wie soll ich da den Besitz deines Vaters wollen?«

6.

Der Wenzel zieht, wenn er aus der Kammer des Baders kommt, ein bedenkliches Gesicht.

Statt daß es mit der Gesundheit des Meisters weiter aufwärtsgeht, wird es mit seiner Krankheit ärger. Der Wenzel macht kein Hehl daraus, er versteht nicht, warum das ist. Er kann sich nicht erklären, weshalb seine bewährten Mittel weniger und weniger anschlagen.

Die Töchter, die sich von seiner erkennbaren Sorge anstecken lassen, beraten unter sich, ob sie den Arzt des Heilig-Geist-Spitals zum Matthes bitten sollen.

»Wenn er kommt«, sagt Anna zweifelnd. Von dem Spitalarzt ist gut bekannt, er geht nicht in Häuser und verlangt, daß man ihm die Kranken bringt.

»Und den Antoniter?« schlägt Käthe halbherzig vor.

»Was willst du mit dem?«

Anna glaubt, den zweiten der Mainzer Ärzte, eben den Arzt der Antoniter, will der Matthes bestimmt nicht bei sich haben. Gegen die Antoniter hat er Wut; mit denen hat er sich lange wegen der Schweinemast gestritten. Es gilt nämlich als gutes Werk und bringt einen kleinen Ablaß vom Fegfeuer, wenn man die Schweine der Spital-Mönche füttert. Deswegen trägt mancher seine Abfälle zur Schweinemiete der Mönche und wirft sie mit eigenen Händen den mildtätigen Schweinen vor. Die Leute hoffen, das gefalle dem Himmel mehr als nur die Eimer am Koben abzustellen. Als der Matthes damals das Badhaus übernommen hatte, hatte er von diesem Brauch gewußt, sich aber nicht darum scheren wollen. Er hatte Schweine halten wollen und sie mit den Essensresten, die er von Schüsseln und aus den Wannen kratzte und dem, was ihm die Nachbarn ließen, füttern wollen. Die Antoniter hatten davon erfahren und es ihm verbieten lassen. Ein Bader habe nicht das Recht zur Schweinemast. Er hatte sich zur Wehr gesetzt; genutzt hatte es ihm nichts. Seine Sauen wurden ihm weggenommen, und seitdem spricht er von den Mönchen wie von Dieben.

»Was ist das jetzt wichtig, was mit den Schweinen war?« meint Käthe, aber Anna lehnt ab. »Er läßt ihn nicht mal in die Kammer. Und was er verlangt – der Matthes hält sich nicht dran. Eher stirbt er, als daß er auf den Antoniter hört.«

Statt eines Arztes läßt der Matthes den Schneider rufen. Dabei ist der Maskopp eh alle drei Tage im Haus, um nach dem Freund zu sehen. Meistens verlangt der Matthes, der Schneider solle hinter sich die Tür verriegeln, als ob sie Geheimnisse zu bereden hätten.

Der Schneider berichtet nach jedem Besuch, der Matthes lasse nicht von seinem Irrglauben ab, der Jude verfolge und vernichte ihn. Er, der Maskopp, versuche alles, es ihm auszureden. Der Matthes wolle es nicht wahrhaben. Dabei hat sich der Schneider den Juden gleichfalls angesehen. Er hat keine Ähnlichkeit mit dem toten Herbold erkennen können, sieht man von der Ähnlichkeit ab, die alle

Menschen miteinander haben. Das hat er dem Matthes mehrmals gesagt und auf das Evangelium beschwören wollen. Der Bader bleibt aber dabei, er habe die Absichten des Juden erkannt und wahrscheinlich sei er nicht mal Jude und verstelle sich, um ihn, den Matthes, zu täuschen.

Auch daß der Astrologe orakelt hat, er stehe unter schlechtem Stern, bedrücke den Matthes. Die Töchter verheimlichen es ihm (und allen anderen im Haus und sogar dem Maskopp haben sie eingeschärft, es dem Matthes nicht zu verraten), daß der Tod den Sterndeuter geholt hat. Erführe er das, fürchten sie, würde er gleich die Augen für immer schließen. Rascher als es geschehen ist, konnten sich die schlechten Voraussagen des Magisters wahrhaftig nicht erfüllen.

Einmal ist Anna dabei, wie der Matthes dem Freund eine Summe Geldes anbietet (eine kleine Summe), daß er beschwöre, der Herbold habe ihm das Haus vererbt.

»Matthes, er hat's getan. Vor meinen Augen, Matthes! Hast du's vergessen?« antwortet der Schneider warnend. »Er hat's getan, und ich hab's bezeugt.«

»Dann ist es gut«, erwidert der Matthes und läßt sich ermattet zurückfallen.

Bevor er geht, sagt der Schneider zu den Töchtern, der Matthes habe wohl ganz vergessen, wie verpflichtet ihm der Herbold gewesen sei. In der Pestzeit seien nicht nur die Ärzte aus der Stadt gelaufen – und mit gutem Recht; in ihrem Vertrag habe gestanden, sie dürften bei Seuchen und anderen Heimsuchungen den Ort ihres Wirkens verlassen –, sondern auch die Frau und die Söhne und die Mutter des Herbold hätten ihn beim ersten Anzeichen von Ansteckung verraten. Der Matthes sei der einzige gewesen, der bei ihm ausgeharrt habe und dafür habe der Herbold ewige Dankbarkeit gelobt und gehalten.

Ein anderes Mal, der Schneider ist schon an der Haustür, nimmt der Matthes alle Kraft zusammen und wankt die Treppe herunter. Und nur, um zu sagen, wolle der Jude etwas fordern, werde der Prokurator gegen ihn aufstehen. Der Prokurator werde ihn, den Bader Matthes, schützen.

»Ja, ja, niemand will etwas von dir. Kannst alles behalten«, sagt das Liebschönchen und führt ihn wieder in seine Kammer, an der Beghine vorbei, die mit irren Augen in ihrem Ausguck sitzt.

Das Liebschönchen sagt später den übrigen Weibern, man habe lachen können oder weinen: Der eine habe seinen Verstand so wenig zusammengehabt wie die andere und beide hätten sich betrachtet, als sähen sie sich das erste Mal.

Das viele Gerede über den Juden, und wie er dem Herbold ähnelt oder nicht, macht, daß sich die Töchter des Baders über Juden erkundigen.

Die meisten, mit denen sie darüber sprechen, vermuten, der Israelit, der aus Polen zurückgekehrt ist, habe Protektion. Wie wäre er sonst in die Stadt gelangt? Der Rat hat gelobt, auf ewig keine Juden mehr in den Mainzer Mauern zu dulden und dann darf einer ganz sichtbar herumgehen? Auch der Prokurator, den Anna danach befragt, ist dieser Ansicht. Es erbittert ihn, daß ein Jude bei einem Christen hausen darf. Wer immer es sei, der es erlaubt habe und dulde: Er mache sich einer schweren Verfehlung schuldig. Nicht ohne Grund habe man bei jedem Urteil, ging es um die geschlechtliche Vermischung von Jude und Christ, eine solche Vereinigung gleichgesetzt mit einer zwischen einem Teufel und einem Menschen. Er selbst habe einem Juden, der sich erwiesenermaßen zu einer Christin gelegt habe, das Ding abschneiden lassen und ein Auge ausstechen. Auch den umgekehrten Fall, daß ein Christ sich mit einer Jüdin einlasse, betrachte er wie Sodomie.

»Aber die Frau hat einen Mann und Kinder«, verteidigt Anna die Polin und den Juden.

»Vermutest du das Schlimmste, vermutest du das Richtige«, wischt der Prokurator den Einwand weg.

Wie der Richter das sagt, sitzt ein anderer sehr junger Herr aus dem geistlichen Gericht mit ihm in der Wanne und hört ganz aufmerksam zu, was der Prokurator ausführt und meint. Ab und zu nickt er zustimmend; Anna kommt es vor, er will sich bei dem Richter einschmeicheln und deswegen rede er ihm nach dem Mund.

Er, sagt das Herrchen, er hätte weder den Juden, der den Matthes ängstigt, noch sonst einem Einlaß nach Mainz gewährt. Er habe darauf vertraut, man werde hier nie mehr welche sehen.

Ganz so betrachte er die Dinge auch, stimmt ihm der Prokurator zu. Nach der Goldenen Bulle dürften allerdings auch geistliche Kurfürsten Juden in ihre Herrschaft und in ihren Schutz aufnehmen und insoweit sei sogar ein weiteres Privileg des Kaisers angetastet, eins der wenigen, die ihm noch geblieben seien. Die Mainzer Bischöfe hätten die Gottesleugner, wie jeder wisse, sogar schon ehedem geduldet. Schon mehrere Jahrhunderte seien sie in Mainz ansässig gewesen (»und immer im besten Viertel der Stadt!«) und hätten eigene Häuser und eigene Schulen und eigene Kirchen besessen, und alles mit Wucher und Geldverleih erworben. Ende letzten Jahrhunderts – zufällig habe er das *scriptum* darüber vor kurzem in Händen gehalten in anderer Sache –, habe der Bischof Gerhard seine Mainzer Juden für Hilfe aus Geldnot von allen Abgaben, Kollekten und erzwungenen Diensten freigestellt. Dafür hätten sie für sich und ihre Erben geloben müssen, dem Bischof oder dem Kapitel jährlich zum Fest des heiligen Martin, dem Schutzpatron, 112 Mark Aachener Heller in gangbarer Münze zu zahlen.

Genauso habe er's vernommen, bestätigt der junge Herr und habe es nicht für eben viel gehalten.

»Das magst du laut sagen. Natürlich war es zu wenig. Das haben sie gern gezahlt, stelle ich mir vor. Kein einziges Mal haben sie es vergessen. Es wäre ihnen auch schlecht bekommen.«

»So ist es ihnen nicht besser ergangen«, erlaubt sich Anna zu bemerken.

»Juden sind auf der Welt, um gezüchtigt zu werden. Wer den Erlöser ans Kreuz schlägt, muß hundert- und tausendmal geschlagen werden«, verkündet der Richter hart, und auch dabei stimmt ihm der junge Herr zu, der bei ihm sitzt.

Aus jedem Wort geht hervor, der Prokurator ist dafür, daß man die strengsten Gesetze gegen die Gottesleugner anwendet. Ginge es nach ihm, würde nicht geduldet, daß sie ihre Ketzerei vor aller Welt zeigen. Hörte man auf ihn, würden sie mit Zwang getauft und verbrannt, fielen sie heimlich vom Glauben ab.

»Eins allerdings, eins muß man ihnen zugestehen: Sie haben hervorragende Ärzte.«

»Hatten«, wagt das Herrchen den Richter zu korrigieren.

»Nun, werden sie noch haben. Wie sich dieser Joel nach Polen gerettet hat, werden sich auch andere gerettet haben. Und was die jüdischen Ärzte angeht, sie werden uns fehlen.«

7.

Eines Morgens bringt die Käthe dem Matthes eine Suppe aus Eiern und den Kräutern des Frühlings, und schon wie sie in die Kammer kommt, bemerkt sie leichten Geruch von Verfaulendem.

Der Matthes liegt auf dem Bett, bedeckt mit der linken Hand die Augen und will sie stumm, nur mit Bewegungen der rechten, verscheuchen.

Käthe versteht nicht, was er hat, tritt gegen seinen Willen und seinen Widerstand noch näher an das Bett, da hebt der Matthes den linken Arm und läßt sie einen Blick auf seine Achsel tun: Darunter hat er eine Geschwulst, groß wie eine Kinderfaust.

Käthe weicht einige Schritte zurück und bleibt regungslos stehen. Der Matthes hat die Pest. Der Gedanke überfällt sie mit solcher Gewißheit und Unausweichlichkeit, wie einem jedes Schrecknis überfällt.

Sie setzt die Suppe ab und geht langsam rückwärts.

Wie sie wieder an der Tür ist, schämt sie sich ihrer Kleinmut und kehrt hastig zum Bett zurück und setzt sich zum Matthes und tastet tröstend nach seiner Schulter und redet irgendwelche Worte und Sätze.

Später bekennt sie Anna, dabei hört sie sich sprechen und weiß, keins ihrer Worte ist wahr. Der Matthes, dessen ist sie sich gewiß, ist verloren.

Der Vater wendet sich ihr nicht zu, legt sich vielmehr auf die Seite, den Kopf ganz in den Händen vergrabend, und zeigt ihr nur den breiten Rücken. Er will nicht, daß sein Blick sie trifft. Denn dadurch und durch nichts anderes wird die Pest verbreitet. Sähen sich Vater und Tochter geradewegs in die Augen, und sei es eine winzige Zeit, müßte auch die Käthe verfaulen.

Als der Matthes nicht zu erkennen gibt, ob er hören will, was die Tochter sagt; als er verbirgt, ob es ihn berührt oder noch mehr verzweifeln läßt, richtet sich Käthe auf und will zur Schwester.

Erst jetzt wird dem Matthes nach Sprechen und er sagt ihr, sie solle verhüllen, was ist. Entdecke sie anderen die Wahrheit, wäre nicht nur sein Ende gekommen, sondern auch das ihrige.

Die Käthe fühlt, er hat recht. Es ist wahr, verliert sie Kopf und Beherrschung, verliert sie alles. Dieser Gedanke beginnt sie auszufüllen wie ein Kind den Bauch einer Frau, verdrängt alles andere. Alles Mitfühlen und alles Mitleiden geht dahin, als laufe Sand aus einer Uhr aus. Sie denkt nur darüber nach, wie sie es anfangen soll, sich und Anna zu retten. Der Matthes könnte auch tot auf seinem Bett liegen; so fremd ist er ihr in diesem Augenblick.

Käthe beschließt, Anna heraufzurufen und mit ihr in aller Heimlichkeit zu sprechen. Dann, wie sie das tun will und schon auf der Treppe steht und den Mund aufmachen will, faßt sie einen anderen Entschluß. Bis auf die Schwester, nimmt sie sich in völliger Klarheit vor, wird sie jeden und jede im Haus und in der Stadt Mainz darüber belügen, wie es um den Matthes steht, und damit wird sie auf der Stelle beginnen. Sie wird vor den übrigen mit der Anna nur beiläufig reden, als handele es sich um Leintücher oder um ein Stück Seife, um das ihre Gedanken kreisen.

Deshalb stellt sie sich in der Badstube zu Anna und ist ihr behilflich, ein faltiges Weib zu reiben und zu kneten. Gemeinsam mühen sie sich an der wohlig stöhnenden Glucke ab wie man Wäsche walkt und dabei sagt sie, so daß es andere Badweiber hören können, mit dem Matthes stehe es um vieles besser als noch vor einigen Tagen und das stimme sie froh. Erst als die Frau, eine reiche Fischhändlerin, ermattet um eine Pause bittet, spricht die Käthe von dem, was sie bewegt.

Sie führt Anna zuvor ein wenig zur Seite und warnt sie, Erschrekken zu zeigen, was immer sie vernehme und denke. Sie solle sich heiter geben, wie schwer es ihr falle.

Nach dieser Ankündigung sagt sie ruhig, als habe sie unwichtige Neuigkeiten, was mit dem Matthes ist.

Anna, die glaubte gegen alle Botschaft, und sei sie noch so arg, gewappnet zu sein, kann nicht anders als die Augen weit zu öffnen und die Käthe starr anzublicken.

Die Schwester umfaßt darauf ihre beiden Hände und zieht sie

scheinbar fröhlichen Sinns aus der Badstube, als ginge es um ein Vergnügen, vorbei an schwatzenden, sich suhlenden Gästen in den Wannen, vorbei an dem Spielmann, der sich redlich mit seinem Instrument und seinen nassen Haaren müht (sie hängen ihm die Stirn herab, was sie nicht sollen und was ihm ein Graus ist) und vorbei an zwei Baddirnen und dem Heiner, der einem Mann den Arm abbindet und ihn fürs Aderlassen vorbereitet.

Der Heiner fragt, was der Grund für ihre Fröhlichkeit sei. Käthe antwortet ihm bereitwillig, der Matthes fühle sich wohler, und das sei hoffentlich gute Neuigkeit genug.

»Ist er bald wieder unten?« fragt der Heiner.

»Wart's nur ab, du. Und wehe, du wirst liederlich . . .«

»Da paß ich schon auf«, sagt der Gast gutmütig und droht dem Heiner, wie man einem Schlingel droht. Dabei ist der Heiner aber wegen seines guten Gemüts bei den Gästen sehr beliebt.

Wie sie von der Käthe geführt wird, denkt Anna nicht an den Heiner und nicht an den Matthes und nicht an die Pest. Sie ist über die List der Schwester erstaunt, und mit welcher Sicherheit die blasse und sittsame Käthe die Menschen um sich herum zu täuschen vermag.

Sie denkt, die Käthe sei, wäre es ihr nötig, nicht weniger verschlagen als die Rose, und in ihrer Verwirrung über das, was sie vernommen und dem, was mit ihr geschieht, weiß Anna den Unterschied zwischen der Rose und der Käthe nicht. Und wie sie nun geht und gezogen und geführt wird ist ihr, als ginge sie durch einen Wachtraum. Alles scheint vertraut und gewohnt zu sein und doch weiß man, während man es betrachtet, es ist falsch und kann so nicht sein.

In der Kammer läßt es Käthe nicht zu, daß sich Anna dem Matthes zu sehr nähert, und auch der verlangt mit gebrochener Stimme, die Anna solle nicht zu ihm kommen.

Er sei von dem schrecklichsten aller Übel befallen und das habe so kommen müssen. Sie sollten für ihn beten und für sich beten und sehen, daß sie ohne weiteren Schaden ihr Leben führen könnten. Denn sie trügen weder Schuld am Geschehen, noch sollten sie für ihn büßen.

Anna glaubt, er rede im Fieber oder er rede nach, was er von Priestern gehört hat, und gibt sich nicht damit ab. Sie versucht weder billige Lüge noch faden Trost, sagt nicht einmal, was naheläge, er habe nicht die Pest sondern eine harmlose Krankheit. Auch sie wird bis ans Ende ihrer Tage den Geruch von nahender und keimender Pest in der Nase haben. Es ist gewiß so, wie Käthe vermutet, das unerbittliche Elend hat den Matthes ergriffen. Schwerfällig, als sei sie es nicht gewohnt, kniet Anna nieder und beginnt zu beten, und Käthe folgt ihrem Beispiel und läßt sich neben ihr auf die Knie hinab.

Da klopft es an der Tür (Käthe hat hinter sich den Riegel vorgeschoben) und eins der Badweiber bittet, eingelassen zu werden und den Matthes zu sehen. Sie habe gehört, er sei wieder wohlauf.

Die Käthe ruft fröhlich, der Matthes könne sich jetzt nicht zeigen. Er komme aber später herunter und begrüße alle.

Nach dieser schnellen Lüge der Käthe breitet sich Verzweiflung in der Kammer aus.

Käthe beginnt zu schluchzen, und Anna ist es, als werde sie damit aus ihrem Schlaf geweckt. Sie hält die sich krampfhaft windende Käthe fest umschlungen, läßt sie nicht los, als die sich befreien will und kniend rutschen die Schwestern zum Bett, wo der Matthes flennt, und alle drei überlassen sich so lange ihrem Schmerz, bis keine Träne mehr in ihnen ist und die Körper von Betäubung erfaßt werden.

Zum zweiten Mal an diesem schrecklichen Morgen stellen sich der Käthe fast gegen ihr Wollen nüchterne praktische Gedanken ein. Sie sagt, wird es offenbar, was mit dem Vater ist, kommen Stadtknechte und trieben sie aus dem Haus. Das Haus wird vermauert und dem Matthes ein dunkles Grab; man wird weniger Gnade mit ihm haben als mit den Aussätzigen. Beim letzten Mauerstein, mit dem das Haus verschlossen wird, wird die Totenglocke für den Matthes läuten und ein Priester wird die Totenmesse lesen und danach (wenn man ihnen überhaupt so viel Zeit läßt) wird man sie, die Töchter des Matthes und die Badweiber und alle, die im Haus gelebt haben, aus Furcht vor Ansteckung aus der Stadt schicken.

»Und wenn wir einen Arzt rufen?« fragt Anna vorsichtig.

»Welchen? Und wozu?«

»Es sind auch Leute von der Pest genesen.«

»Wer?«

»Es gibt sie!« behauptet Anna steif.

Das ist sogar richtig und nicht nur Suche nach Trost. Der Matthes denkt aber selbst jetzt noch ans Geld, das vergeudet werden könne. Ein Arzt sei bei seiner Krankheit nicht weniger machtlos als er selbst oder der Wenzel und deshalb sollten die Töchter das Geld für sich bewahren. Wenn der Herr es wolle, werde er nicht verfaulen; wolle Er ihn zu sich rufen, vermöge niemand etwas dagegen. Auch habe er lange genug gelebt und sich hart genug gequält; er sei bereit, die Augen zu schließen.

Das mag wahr sein oder nur ein Versuch, Ruhe für die Seele zu erlangen.

Jedenfalls erwidert darauf niemand etwas, und nach einer Weile Stille spricht wieder Käthe.

»Hier kannst du nicht bleiben«, sagt sie bestimmt. »Die erste, die dich sieht, meldet dich dem Rat.«

»Soll sie es tun. Und ist es ein Er, soll er es tun«, fällt ihr Anna ins Wort. »Das kann nicht der triftigste Grund sein. Käthe, wir können nicht die Stadt verderben. Einer blickt den Vater ahnungslos an und wird von der Pest erfaßt. Und der bringt seinem Nächsten den Tod und so weiter bis wieder . . . Willst du wieder den Pestkarren durch die Gassen rumpeln hören? Willst du daran schuld sein?«

»Verscharrt mich! Grabt mich ein!« verlangt der Matthes.

»Ach was.«

»Besser jetzt, als wenn erst der ganze Körper eine einzige Eiterbeule ist. Helfen kann mir keiner mehr.«

»Matthes, sag nicht so etwas.«

Sie suchen nach einem Ausweg aus einem eisernen Käfig ohne Türen und ohne Fenster. Sie wollen nicht unermeßliches Leid auf andere herabrufen; sie wollen den Matthes retten, ist er zu retten und sie wollen sich, ist es ihnen vergönnt, Haus und Gewerbe, Vermögen und Heimat erhalten. Wie soll das gehen?

Sie beschließen, den Matthes im Keller zu verstecken und zu sagen, er sei, da er sich wieder wohlauf gefühlt habe, aufgebrochen, um nach der Rose zu suchen.

»Wer glaubt uns das?« fragt Käthe zweifelnd.

»Hat er eine Narrheit ausgelassen, wenn's um die Rose ging?« fragt Anna knapp.

Darauf bekennt der Matthes: »Könnte ich's, ich ging nach ihr suchen. Sie ist nicht mein Unglück. Die Rose ist nicht mein Unglück. Sie war mein Glück.«

Die Töchter wollen jetzt nicht mehr mit ihm rechten. Daß er sich aber selbst jetzt und nach allem, was geschehen ist und was ihn nun beschweren müßte und ihn zum Nachdenken veranlassen, nach der durchtriebenen Hure sehnt, das kränkt sie.

Erst lange danach gestehen sich Anna und Käthe ein, bei diesem Bekenntnis hätten sie den Matthes am liebsten in seinem Elend gelassen und sich abgewandt. Statt dessen reden sie davon, wann ihn verstecken und wie es anstellen, daß niemand davon erfährt, nicht einmal die Beghine, die Fledermaus im Badhaus »Zum Fuß«.

Tatsächlich halten sie es so, wie sie es jetzt beschließen. In der Nacht, als die übrigen schlafen, führen sie den Matthes (der sich zuvor die Augen verbunden hat) in den Keller und bereiten ihm in dem unteren der beiden Erdlöcher ein Lager.

Das ist wichtig. Nur hier, in dem Versteck unter dem gewöhnlichen Keller, können sie sicher sein, daß nicht die erstbeste Baddirne oder die Küchenmagd oder wer immer sonst noch die steilen Stufen in den Keller hinuntergeht, um Kräuter oder Sud oder Vorräte zu holen, den Matthes entdeckt.

Es ist mühsam, wie man sich denken kann, den blinden und geschwächten Matthes ohne Lärm, und ohne jemand im Haus aufzuwecken, in sein Verlies zu geleiten. Die Feuchtigkeit, die im letzten Jahr - wie endlos weit ist das entfernt! - durch die Mauern gedrungen ist, hat sich nicht ganz verflüchtigt. Die Wände sind deswegen an manchen Stellen mit Eis überzogen und die Schwestern haben Mühe, eine trockene Ecke für das Lager des Matthes zu finden. Doch selbst, als er unter Decken und Fellen liegt, ist ihm immer noch erbärmlich kalt, und nicht nur der Matthes glaubt, er sei schon im Beinhaus.

»Geht's?« fragt Käthe, als sie ihm die Felle so richtet, daß er sich mit dem Rücken gegen eine Wand lehnen kann und nicht im Liegen schlafen muß.

»Holt mich nicht die Pest, erfrier ich«, antwortet der Matthes darauf gleichmütig. »An irgendwas muß der Mensch sterben.«

Wie er das sagt, wächst in Anna zum ersten Mal wieder die Hoffnung, der Matthes sei doch noch nicht in der Ewigkeit.

Käthe stellte eine Kerze zu ihm und entzündet sie; der Matthes bläst sie rasch aus.

»Um zu sehen, wie die Beulen wachsen, dafür müssen wir kein Wachs verschwenden«, sagt er und wünscht ihnen guten Schlaf, und fänden sie ihn bei ihrem nächsten Besuch nicht mehr lebend an, sollten sie sich nicht lange grämen und in allem so weitermachen, wie sie es von ihm gelernt hätten. Und wie die Töchter sich von ihm verabschiedet haben und die Leiter in den oberen Keller hinaufsteigen wollen, ruft der Matthes die Anna noch einmal zurück und sagt ihr, sie solle, sei er nicht mehr, den Wenzel zum Mann nehmen.

»Den Wenzel?«

»Den Wenzel!«

Anna wartet darauf, der Matthes füge seinem Wunsch und Rat noch etwas hinzu. Es kommt aber nichts als gleichmäßiges Schnaufen. Darauf meint sie, er sei wieder eingeschlafen und folgt der Käthe.

»Was wollte er?« fragt Käthe und nachdem ihr Anna verraten hat, was sich der Vater wünscht, fährt es aus der Jüngeren nur heraus: »Warum nicht gleich den Schinder?«

Es ist schwer, den Matthes zu pflegen und zu versorgen, wenn niemand davon erfahren darf, daß er noch im Haus ist.

Denn wie sie es beschlossen haben, spiegeln die beiden Mädchen den Leuten im Haus vor (und den Gästen schon gar), der Matthes habe sich in aller Herrgottsfrühe davongemacht und ohne jemand über seine Absichten zu unterrichten. Sie vermuteten ihn, nach dem was er die letzten Tage gesprochen habe, auf dem Weg nach Sachsenhausen; daß er die Rose bei ihrer Mutter suchen wolle.

Diese Lüge, von der Käthe leichtherzig vorgetragen und von der Anna bekräftigt, wird nicht von allen geglaubt. Da der Matthes jedoch erkennbar nicht in seiner Kammer ist und in den nächsten Tagen auch sonst nichts Ungewöhnliches vorfällt, setzt sich der Gedanke in den Köpfen fest und wird zu Klatsch und Klatsch wird rasch in der Stadt herumgetragen. Je mehr davon hören, desto wahrer wird die Lüge.

Nur wenn sie alle übrigen gut beschäftigt wissen, wagen sich Anna oder Käthe in den Keller (und zwar während des Tages, selten in der

Nacht). Der Matthes liegt meist gottergeben in seiner Finsternis und wartet auf nichts anderes, als daß eine der Töchter zu ihm kommt, mit ihm spricht und ihm Trank und Essen bringt. Seine Krankheit schreitet fort, aber merkwürdig langsam. Sonst, in der Zeit, in der die Pest fraß, was ihr nur in die Zähne kam, hat sich mancher gesund ins Bett gelegt und am nächsten Morgen erwachte er nicht mehr. Zwischen Abend und Morgen waren Pestbeulen an seinem Körper gewachsen und hatten ihn im Schlaf getötet. Beim Matthes hat sich dagegen zu der eitrigen Beule unter der Achsel keine weitere gebildet. Allerdings ist die Geschwulst schmerzend genug. Anna hat sie aufgeschnitten; doch damit endet das Eitern nicht, und der Wundschmerz läßt auch nicht nach. Was aber das Verfaulen des Matthes angeht: Nur einige brandige Flecken deuten darauf hin, was mit ihm ist und diese Flecken scheinen nicht zu wachsen.

Anna will darin ein gutes Zeichen sehen und dem Vater einreden, der Schlaf in der Kühle des Kellers (und in der Stille des Kellers) sei das Heilmittel, das man bisher vergebens gesucht habe.

Der Matthes nimmt ihre Bemühung nicht gut auf.

Er kann die Wahrheit ertragen, sagt er: sie soll nicht falsche Hoffnung versuchen.

»Ich hab's nicht versucht. Zeig mir eine zweite Beule. Zeig sie mir und ich geb zu, ich hab mich geirrt. Aber nicht vorher. Zeig mir, wenn du was hast und wenn nicht, laß das Jammern.«

»Anna«, erwidert darauf der Matthes kläglich, »ich kriege meine Strafe. Ich hab sie verdient. Ich kann ihr nicht entgehen.«

Sie soll einen Maurer kommen lassen, verlangen, daß der Eingang des Kellers zugemauert werde und des Matthes an den Totentagen gedenken. Mehr wünsche er sich nicht mehr, und mehr sei auch nicht sinnvoll.

»Die Pest«, klagt er, »ist die Strafe für mein Leben, die gerechte Strafe.«

»Ach was. Keiner hat die Pest verdient. Nicht mal du Geizhals!«

8.

Die Finsternis und die Stille, in welcher der Matthes liegt, veränderten sein Wesen.

Die Angst vor dem Morgen, die ihn in ihren Fängen hat, solange er denken kann und vielleicht noch länger, macht keinen Schmerz mehr, ist vergehende Erinnerung. Es gibt kein Heute und es gibt kein Morgen. Der Unterschied zwischen Wachen und Träumen, Leben und Tod scheint aufgehoben. Er sieht und hört nicht weniger, wie man es vermuten könnte; er sieht und hört anderes. Und könnte man es messen, würde sich zeigen, seine Sinne werden schärfer statt stumpfer.

Die Üblichkeiten, die ihm sonst mit oder gegen seinen Willen vor den Augen standen, verlieren ihre Farbe und ihre Form. Wie Wolken an einem Sommertag leichter und leichter werden und sich im Blau des Himmels verlieren, so weichen die Sorgen und Freuden des gewöhnlichen Tages. Was er davon nun denkt und spürt ist ohne Kanten und Ecken; die Dinge haben nicht mehr ihr Bleigewicht. Ein Gefühl gleitet ins andere und was ihn oft beschwerte oder teufelswild machte, will ihm nun als Posse erscheinen. Ob sich eine Baddirne über einen fordernden Gast ereifert oder der sich über ihr Betragen in Wut redet; ob die Weiber im Haus die Männer hassen oder begehren, was mit den Salben und Tüchern und Wannen ist – unwichtig.

Oft denkt er über seine Sucht zu horten nach. Warum hat er jeden Heller gestreichelt wie nie eine Frau und die Geldstücke mehr umklammert als irgend etwas sonst? Hätte er, wäre ihm das Geld nicht so lieb gewesen, das Röschen am Weglaufen hindern können? Warum hat er sie nicht mit allem überschüttet, was er besaß und besitzt? Warum hat er sie nicht mit Geld an sich gekettet? Warum hat er ihr nicht mehr davon gegeben? Sie ist jung und er ist alt, und eine goldene Halskette und ein Mantel von Pelzwerk sind einem jungen Menschen Seligkeit und einem älteren Unwichtigkeit. Er hat das Geld dazu. Er besitzt mehr, als er brauchte und je brauchen wird. Es bedürfte nur geringer Anstrengung, es zu holen. Er könnte hinkriechen, könnte sich zu seinem Geld schleppen und es in der Hand halten, wie er es früher getan hat. Er will es nicht mehr. Die Freude daran ist erloschen; seine frühere Begier will ihm nun unsinnig erscheinen.

Soll er das Geld den Töchtern geben? Was haben sie davon?

Sie sind anders als die Rose. Sie wollen ihren Mitmenschen nicht auffallen, ertragen es nicht, von allen angesehen und angestaunt zu werden. Die Rose will das und braucht das; sie will verschwenden und die übrigen sollen sie ob dieser Verschwendung bewundern.

Der Matthes meint, es ist nicht einmal frühere Not oder früherer Mangel, der sie dazu trieb. Es ist ihre Natur, wie ein Kind springen und rennen muß.

Die Rose ist nicht wie er. Ihm war das Geld immer die wahre Liebe. Und doch hat er bei ihr gesehen, nahm sie eine goldene Münze auf, zitterte ihre Hand und ihr Atem ging schwer und ihre Augen begannen zu verschwimmen. Er denkt, sie empfand dabei Lust wie sonst nur unter ihm. Er glaubt, beim ewigen Gericht wird man ihn, ihren Mann, schwer strafen, daß er ihr Unglück zugelassen hat. Er hätte ihr das Glück geben können und hat es nicht getan. Denn daß die Rose ihr Glück nicht findet, das ist ihm gewiß.

In seinen Gedanken sitzt die Rose oft neben ihm auf dem Lager. Niemand, nicht einmal Anna oder Käthe, wenn sie ihm Essen bringen oder ihn verbinden, ist ihm so gegenwärtig wie seine davongeflogene Frau. Manchmal singt sie leise oder erzählt ihm eine Geschichte (Was sie, als sie zusammen waren, nie getan hat) oder sie streichelt ihn. Der Matthes erinnert sich, der Spielmann hat einmal von einer Frau gesungen, deren Berührungen wie Blumenblätter auf der Haut waren. So empfindet er die Hände der Rose.

Als sie noch beieinander waren, wann immer das gewesen sein mag, hat er Wut und Angst überwunden (dem Matthes wird erst in seinem Gefängnis deutlich, wie sehr er in den Fängen dieser dürren Gefühle war), indem er in sie eindrang und wollte sie sich ihm entziehen, hielt er sie mit Kraft und Härte. So geht er jetzt nicht mit der Rose um. Jetzt ist er vorsichtig und nie würde er sie schlagen. Und ihre Stimme ist weicher als sie je war, und was er ihr sagt und was sie ihm antwortet, weckt Gefühle von Verstehen und Vertrauen. Die Rose, die bei ihm sitzt, stößt ihn nicht, wie sie das früher gemacht hat, in das Gewühl von angenehmen Empfindungen und harten Forderungen noch steigt sie selbst daraus hervor. Er meint, sein langer Traum – halb im Schlaf erlebt und halb im Wachen – sei der schönste Teil des Todes.

Die Grenze zwischen dem Wachsein und dem Schlaf ist nicht immer scharf gezogen. Manchmal beginnen ihn die Bilder zu narren, und er hat Mühe, sie zu verscheuchen.

Oft denkt er an Menschen und Sachen, die ihn vordem weder erfreuten noch beschwerten, von denen er nur beiläufig erfahren hat. Zum Beispiel denkt er manchmal an den Kaiser Karl in Böhmen oder wo in seinem Reich er nun umherziehen mag.

Der Wenzel hat ihm nämlich berichtet, als der Kaiser ein Kind war – drei oder vier Jahre alt –, da hielt es der Vater des Kaisers, König Johann, für geboten, die eigene Frau und das eigene Kind zu überfallen. Zu jener Zeit (und danach auch) lebte nämlich König Johann von seinem Weib getrennt, und weil der König seinen Sohn bei sich haben wollte, holte er sich mit Gewalt, was die Frau ihm nicht herausgeben wollte. Die Burg, in welcher sich die Königin mit dem Prinzen aufhielt, wurde aufgebrochen und der Knabe seiner Mutter entrissen. Weil der nun schrie und bei seiner Mutter sein wollte und sich trotzig gegen den Vater zeigte, wurde das Kind über Monate in ein dunkles Verlies gesteckt. Seine Zelle hatte, schilderte es der Wenzel, nur in ihrer Decke eine Öffnung; nur durch diese fielen einige schwache Lichtstrahlen ein. Und selbst dieses wenige an Licht und Sonne wurde dem Knaben oft mutwillig genommen. Er sollte wohl nicht wissen, ob Tag oder Nacht war, nicht wissen, ob Sommer oder Winter.

Der Bader versucht diese Grausamkeit zu verstehen und kann es nicht. Was mag das Kind empfunden haben? Der Prinz wird wohl immer noch mehr Helligkeit in seinem Kerker gehabt haben als er, der Matthes, in seinem Keller. Aber er hat das Leben hinter sich und kennt den Schein von Sonne, Mond und Sternen, den Duft der Blumen, den Gesang der Vögel und er trägt das Bild von reifendem Korn und abgeernteten Feldern in sich. Deshalb vermag er die Welt auch in finsterer Dunkelheit zu sehen. Aber ein Kind? Mußten dem in seiner bedrückenden Dunkelheit nicht furchteinflößende Schreckgestalten erscheinen? Mußte es ihm nicht vorkommen, sie saugten seinen Atem und sein Blut? Wie konnte das Kind, in solch grausamer Weise von seiner Mutter und Amme und seinen Geschwistern getrennt und von ihnen verraten, jemals wieder Vertrauen zu den Menschen fassen?

Oder sind dem Kaiser, als er in dieser Weise geprüft wurde wie nur wenige geprüft werden, die Eigenschaften gewachsen, die ein Herrscher über die Menschen und ein gewaltiges Reich benötigt?

Ist ihm da die Fähigkeit gekommen, sich zu vertrauen und nur sich und ohne anderen Menschen sein zu können?

Wenn der Matthes schläft, träumt er viel vom Sterndeuter Gregorius und oft, wenn er erwacht, wünscht er sich, er könnte den Magister holen lassen. So vieles müßte er mit ihm besprechen. Erst jetzt erkennt er, er hat den Gregorius nur gefragt: Soll ich dies machen oder jenes? Bringt mir dieses Nutzen oder Schaden? Er hat ihn nie gefragt, warum jener die Gestirne versteht und warum der Herr das Geschick eines jeden von uns mit dem Lauf der Sterne verbunden hat. Warum läßt Er die Gestirne wandern und kreisen und bestimmt auf diese schwerfällige Weise das Leben Seiner Kinder? Warum? Er nimmt sich vor, werde er diesen Keller lebend verlassen dürfen, dem Magister diese Fragen zu stellen und so lange mit ihm zu sprechen, bis er Antwort erhält. Und schon wie er sich das vornimmt, ahnt er, er wird keine Antwort bekommen. Das Raunen des Magisters ist dem angeboren wie einem Hund das Bellen oder einer Glocke das Läuten. Verlangt man anderes von ihnen, zerstört man sie.

Lange denkt der Bader darüber nach, ob die Schöpfung schön oder häßlich ist.

Warum hat uns der Herr aus dem Paradies verjagt und wenn er, der Matthes, dort Zutritt finden wird (findet er?), erinnert er sich dann an alles, was hier war? An die Käthe, die Anna, die Rose, den Runge, an den Pfarrer, bei welchem die Mutter der Anna Magd war und an seinen Vater und seine Mutter?

Und wird er dem Bader Herbold begegnen und wird der ihn seinen Mörder nennen und wird er auch dort Scham und Beschämung empfinden oder wird man dort einander in Frieden begegnen und doch nichts voneinander vergessen haben?

Manchmal meint er, bevor er von dieser Erde geht, müsse er den Töchtern sagen, was mit ihm ist. Dann wiederum denkt er, habe er die Wahrheit so lange verborgen gehalten, solle er es weiter tun. Nicht seinetwegen schweigt er, wenn sie kommen. Er will ihnen die grausame Wahrheit erlassen. Er weiß, was er sich leicht auf die Schultern geladen hat und getragen, ist für die Töchter Senkblei. Es fiele ihm nicht schwer, vom Ende des Herbold zu sprechen. Doch erwartet er keine Erleichterung davon. Er glaubt nicht, ihm werde froher, offenbare er sich Anna oder Käthe oder beiden. Er glaubt, er kehrte in die Welt der Habsucht und der Selbstsucht zurück, spreche er davon.

Deswegen weiß er nicht, was mit ihm ist, als an einem Tag oder in einer Nacht – er hat kein Empfinden mehr, welche Zeit es ist – der Bader Herbold in der Gestalt des Juden zu ihm tritt.

Es ist völlig finster in dem Raum, und doch sieht der Matthes den Bader, als begegne er ihm an einem Sonntag auf der Straße oder vor der Synagoge.

Der Herbold fragt ihn, wie es mit ihm stehe und der Matthes antwortet, er fühle sich wohl. Das Fegfeuer habe ihn gereinigt und bald sehe er das Licht und die Herrlichkeit des ewigen Lebens. Doch so sehr er sie erwarte, so wenig Vorstellung habe er davon. Die Gestalt, Jude und Meister in einem, erläutert dem Matthes, die Ewigkeit sei, wie er sie erwarte und sie sei anders, und ihm sei vergeben.

Darauf erwidert der Bader, ja, dessen sei er gewiß. Er sei von den Priestern losgesprochen worden.

Nun wird die Zwiegestalt von Jude und Herbold seltsam mißgelaunt und gibt zurück, nicht die Priester könnten dem Matthes vergeben, sondern nur er, sein Opfer, und ihn habe der Matthes nicht gefragt.

Dem Matthes leuchtet dies ein und nach kurzem Besinnen bittet er den Besucher um Vergebung der Mordtat.

Wie der Herbold – ja, jetzt ist es der frühere Meister und er trägt nur die Kleider eines Juden – antworten will, wird die Wanne über dem Kellereinstieg weggerückt und Anna will ihm Essen bringen.

»Bist du wach?« ruft sie ihm leise zu, und als der Matthes antwortet, ja, er liege wach, verlangt sie, er solle Licht machen. Darauf schlägt der Matthes, wie ihm geheißen, den Funken, läßt das Werg brennen und hält die Flamme an den Kerzendocht, bis er endlich

Feuer fängt. Als die Kerze brennt, ist der Herbold verschwunden. Alles, was der Matthes sieht, sind die Augen einer geblendeten Ratte. Und auch die sieht er nicht lange, weil das Tier pfeifend davonrennt und der Matthes sich eine Binde über die Augen legt.

Anna fragt nach dem Befinden des Vaters und als sie alles unverändert findet - weder besser noch schlechter als bei ihrem letzten Kommen - spricht sie davon, was im Badhaus ist. Dem Matthes ist es gleichgültig, was da vorgeht. Er ißt und trinkt, was sie ihm mitgebracht hat und als Anna schon wieder gehen will, hält er sie fest und sagt ihr, der Herbold sei eben hier bei ihm gewesen.

»Habt ihr viel Zeit zu reden«, antwortet Anna nur und spricht von den Tränken, die sie ihm bereitet hat, und die er nehmen soll.

Der Matthes will aber nicht mit ihr wie ein Bader mit einer Baderin umgehen. Von einem Augenblick auf den nächsten ist er von Anklage gegen sich erfüllt und die will er abladen, ganz wie ein Trinker, der eben noch lustig war und sich nun in Schmerz ergeht.

Anna hat Eile und will wieder hinauf.

Der Matthes läßt das nicht zu, hält die Tochter vielmehr fest. »Anna«, sagt er dabei in merkwürdiger Gemütsstimmung, sehr wehleidig und gleichzeitig sehr vorwurfsvoll, »Tochter, du bist das Kind eines Mörders und holt mich nicht die Pest, holt mich der Henker.«

»Matthes, rede nicht solches Zeug. Du hast nicht Fieber.«

Sie will ihre Hand auf seine Stirn legen, aber der Matthes sagt, sie müsse nicht seinen Puls und nicht seine Stirn prüfen, sondern sein Herz. Schlecht sei er, sagt er, schlechter als die Rose und die Beghine, schlechter als Schinder und Henker zusammen.

»Ach was, du bist wie alle. Nicht schlechter und nicht besser . . .« widerspricht ihm Anna und will endgültig gehen.

Darauf klagt der Matthes, das sei nicht wahr. Er sei hundertmal schlechter als sie oder die Käthe. Er habe mit der Pest einen Menschen umgebracht und nun bringe die Pest ihn um.

Anna versteht nicht, was das bedeuten soll. Ist sein Fieber wieder gestiegen? Er fühlt sich doch ruhig und trocken an.

Der Matthes läßt aber nicht von seinem Gedanken ab. Er sei ein erbärmlicher Mörder und die Strafe, die er hier finde, sei gerecht und der Herr ein besserer Richter als er vermutet habe.

»Wieso bist du ein Mörder? Was soll das heißen? Wen hast du umgebracht?« fragt Anna verärgert.

Wieder sagt der Matthes, der Herr strafe ihn, wie er's verdient habe.

»Wen kannst du getötet haben? Trägst selten eine Waffe und ziehst sie nie!«

»Anna«, sagt darauf der Matthes, »nimm die Kerze, sieh's dir an!«

»Wieso die Kerze? Kann man die Wahrheit sehen?«

»Ja«, erwidert darauf Matthes zu Annas Verwunderung. Nun weiß sie nicht, was sie sehen könnte und schlägt vorsichtig die Dekken zurück, unter denen der Matthes liegt. Sie meint, er wolle ihr weitere Zeichen der Pest zeigen. Der Matthes reicht ihr einen Schlüssel und verlangt, sie soll in eine Kellerecke gehen, wo Sand aufgehäuft ist und dort nach einer Kiste tasten.

Der Matthes beschreibt so eindringlich, was er will, daß Anna gehorcht und in dem Sand stochert. Wirklich entdeckt sie unter dem Sand, der seit undenklichen Zeiten dort zu liegen scheint, eine Kiste. Und wie leicht sich ihr Deckel aufklappen läßt, beweist, daß sie recht oft geöffnet und geschlossen wurde. In der Kiste sind Beutel mit Geldstücken; mehr Geld, als Anna je beim Matthes vermutet hat und vermuten konnte.

»Dafür«, sagt der Matthes, der aus den Geräuschen geschlossen hat, sie hat gefunden, was sie suchen sollte, »dafür habe ich einen Menschen umgebracht.«

Er gesteht, der Bader Herbold hat sich mit seinen Söhnen beim Schlachten der Mainzer Juden beteiligt; er ist mit anderen in das Haus eines Geldwechslers eingedrungen und hat mitgeholfen, den Juden und seine Frau und seine Kinder und Enkelkinder, auch die Mägde und Knechte zu erstechen und zu erwürgen und zu verbrennen. Während die übrigen mit dem Morden und Fleddern beschäftigt waren, hat der Herbold sich nach Verstecken des Juden umgesehen und eins gefunden. In der Mordnacht konnte er nicht mehr als einige Handvoll Geld mitnehmen. Das Versteck hatte er sich aber gut gemerkt und einige Nächte später war er mit seinem Sohn gegangen und hatte unbemerkt an sich gebracht, was er im Haus des Juden entdeckt hatte.

Der Sohn war, als die Pest zum lodernden Brand wurde, der vor nichts Halt machte, umgekommen. Die übrigen Kinder des Baders Herbold flohen. Nur der Matthes harrte bei seinem Meister aus. Bald traute aber einer dem anderen nicht mehr. Jeder wußte von dem gestohlenen Geld, und jeder wußte, daß der andere davon wußte.

Dann in einer milden Nacht, die mehr zum Träumen und Lieben einlud als zum Morden, hatten der Matthes und sein Meister getrunken, und endlich war der stinkende und besoffene, von Bier und Dummheit sabbernde Herbold zur Ruhe gekommen und war still wie eine Leiche geworden. Das brachte den Matthes auf den Gedanken, seinen Meister zu den Leichen auf den Pestkarren zu werfen, wenn der auf seinem allnächtlichen Weg am Badhaus vorbeikomme.

So hatte er es wahrhaftig gehalten. Die Pestknechte hatten sich nicht die Mühe gemacht, den scheinbar leblosen Herbold nur umzudrehen, wie ihn der Matthes zu den übrigen Toten legte. Geschweige, daß sie ihn auf die Male der Pest untersuchten. Die Knechte hatten genug damit zu tun, die Toten aufzuheben, die vor ihren Häusern lagen oder die in ihren Kammern verröchelt waren; genug damit zu tun, den Ekel vor dem Leichengeruch zu überwinden und sich zu mühen, daß sie sich nicht selbst den Tod holten. Was sollten sie sich da um den Herbold bekümmern?

»Du hast ihn warm und lebend zu den Toten gelegt?« fragt Anna, und der Matthes leugnet es nicht.

»Ja. Er ist besoffen in die Ewigkeit gegangen; ich denke mir, er ist erst in der Hölle wieder aufgewacht.«

»Und die Erbschaft?«

»Welche Erbschaft?«

»Du hast immer gesagt, er hat dir das Haus vermacht . . .«

»Er hat mir nichts vermacht. Der doch nicht. Der dachte an seine Kinder, wie ich an meine denke. Ich vermach's dir, Anna. Nicht der Käthe. Wenn die hört, wo es herkommt, schenkt sie es der Kirche.«

Anna gesteht, das ist ihr eben durch den Kopf gegangen: das unrechte Gut wegzugeben.

Der Matthes will das nicht. »Anna«, beschwört er sie, »ich hab's gebeichtet und gebüßt. Mir ist von den Priestern vergeben worden und wenn der Teufel mich haben will, kann er mich haben. Ich werde nicht mehr aufkommen und wozu auch? Ich hab alles gehabt und alles gesehen. Anna, behalte das Geld. Behalte es. Versprich's mir. Es ist nötiger als Blut. Blut bildet sich neu, Geld nicht. Geld ist der größte Schutz, den wir haben können. Die Fürsprache der Heiligen können wir verlieren; Geld nicht. Geld bewahrt uns.«

»Wovor? Man kann nicht mal Geld bewahren! Hast du Reue?«

»Wegen des Herbold? Wegen eines Judenschänders? Ich hab so viel Leichen gesehen. Ich bin mein Leben lang über Leichen gestolpert. Meine Zeit war ein Hochwasser von Blut. Wenn Gott es sehen kann ...«

»Alle Leichen zusammen entschuldigen nicht einen Tod, Matthes! Fürchtest du nicht das Gericht?«

»Warum? Was habe ich gemacht, was der Herbold nicht gemacht hat? Darf man Kinder aufspießen? Er hat sie hochgeworfen und mit dem Messer aufgefangen. Er hat's mir gezeigt, wie er's gemacht hat.«

»Willst du beichten? Soll ich einen Priester holen?«

»Wie oft soll ich's denn noch beichten? Weißt du, was mir ein Mönch im Beichtstuhl geantwortet hat? Er hat mit eigener Hand zwei Juden erdrosselt und erstickt und würde es wieder tun, ließe sich einer der Gottesmörder bei ihm blicken. Ist ein Bader was Besseres als zwei Juden?«

»Wieviel hat's eingetragen?« fragt Anna.

Matthes versteht nicht. »Wieviel hat was eingetragen?«

»Wieviel Geld ist in der Truhe? Für welche Summe hast du gemordet?«

»Man kann's nicht auf einmal tragen. Du mußt es wiegen.«

»Und dann geizt du, wo du kannst?«

»Habe ich's der Beghine nicht reingestopft? Die frißt für zwei, wenn's keiner sieht.«

»Wenn man's sieht, auch ...«

»Ich hab's ihr immer gegönnt. Sie hat's gut bei mir gehabt. Besser als in jedem Kloster. Man kann nicht jeden Bettler vergolden.«

»Du hast doch nichts für die Beghine getan, du hast nur was für dich getan. Mit der frommen Frau wolltest du dir ein Kerbholz schnitzen! Ein paar Almosen, die Beghine beten lassen und der Rest ist für dich. Dein Engel macht sich über dich lustig.«

»Wieso?«

»Hätte er dir sonst das berechnende Weib zugesellt?«

Der Matthes lacht in sich hinein.

»Gut. Bei ihr bin ich reingefallen. Aber ein frommes Werk ist es doch.«

»Ja«, stimmt ihm Anna zu.

»Und der Mord? Vergibst *du* ihn mir?«

»Was zählt das Leben eines Menschen, Matthes?«

»Nichts, Anna, nichts.«

9.

Unermüdlich wie sich Walzen und Mahlsteine in einer Mühle drehen, bewegen sich die Gedanken in Annas Kopf. Und wie das Korn zu Mehl zerrieben wird und ihm Körner folgen, die sich in nichts von ihren Vorgängern unterscheiden, und wieder zerrieben werden, so gleichen sich ihre Gedanken.

Es sind so wenige, die sich drehen und drehen: Der Matthes ist ein Mörder, und der Mord beschwert ihn nicht; er hat kein Gefühl für Recht und Unrecht. Daß er einem Mann das Leben genommen hat, der ihn aufgenommen und unter seinem Dach geduldet hat und der ihm vertraute, das läßt ihn nicht zerbrechen.

Oder ist es anders, als er es behauptet hat? Kann es sein, er erträgt die Pest, mit der er geschlagen ist, nur deswegen so ruhig, weil er viele Jahre auf Strafe und Bestrafung wartete? Daß ihm die Krankheit nicht Unglück brachte sondern Ruhe?

Und das Geld im Keller. Sie hat es nicht gezählt - wie sollte sie auch? -, aber beim ersten Anschauen war Anna, als könne man damit die ganze Gasse kaufen. Sind sie, die Käthe und der Matthes und sie selbst, nun reich oder hat sich nichts verändert? Der Matthes will sich mit dem Geld schützen; die Heller und Gulden sollen sein Schirm und sein Schild sein. Aber bei wem können sie sich freikaufen, wer läßt sich von ihnen bestechen? Wenn's gut geht, die, die ihnen eh wohlgesonnen sind. Ein Bader hat nur in seiner Zunft Schutz; einen anderen gibt es nicht für ihn. Wann immer der Prokurator ihnen seine Hilfe versagen will, kann er es tun. Sie können ihn nicht zwingen, aber er hat sie in der Hand wie der Vogelhändler die Amsel.

Und was könnte sie, die Anna, sich von dem Geld kaufen, wollte sie es nehmen? Einen Mann; wie sich die Mutter der Rose ihren schwindsüchtigen Kerl genommen hat. Wenn das alles ist, was sie mit dem Gold und dem Silber im Keller anfangen kann, dann ist es nicht besser als Rheinkiesel.

Sie meint, sie soll der Käthe weder von dem Verbrechen des Vaters noch von dem Schatz unter dem Sand sprechen. Mit dem ersten reißt sie ihr nur das Herz auf und mit zweitem, dem Geld, weiß die Käthe nichts anderes zu machen, als es den Pfaffen zu bringen. Ausgerechnet denen, die schon alle Schätze dieser Erde horten. Hier ist Anna wie der Matthes. Unser Herr ist barfuß gelaufen und die Pfaffen müssen Strümpfe aus Goldfäden haben und Stiefel von feinstem Leder? Die Altäre biegen sich unter dem Gewicht von Edelsteinen; mehr müssen sie nicht funkeln. Und die Armen? Soll sie die Bettler und Aussätzigen mit Münzen bewerfen, wie die Kinder an St. Martin mit Wecken beworfen werden? Oder soll sie die Geldbeutel an den Türen der Armen aussetzen, wie Findelkinder vor die Kirchentüren gelegt werden?

Während sie an diesen Gedanken zerrt gleich einem Hund an der Leine, ärgert sie sich darüber, wie oft am Tag Käthe aus dem Haus läuft, um diese Messe und jene Andacht nicht zu versäumen. So sehr wird sie doch des Trostes nicht bedürfen.

Als Käthe hastig zurückkehrt, besorgt ihre Arbeit werde nicht erledigt, bemerkt Anna, sie trägt nicht den dünnen Reif, den sie Tag und Nacht am Arm trägt.

»Hast du ihn verloren?« fragt Anna, aber sie ahnt, welche Antwort sie erhalten wird.

»Ich hab ihn für den Matthes geopfert«, wispert die scheue Käthe und huscht in die Badstube.

Einem solchen Mädchen soll man sagen, ihr Vater habe einen Schatz geraubt?

Weil sie niemanden hat, der sie anhört, und weil sie das Bedürfnis hat, mit Menschen zu sprechen, nimmt Anna am Abend, als die Gäste gegangen sind und die Rechnungen erledigt, die Türen geschlossen und die Feuer gelöscht sind, einen großen Krug Wein und geht damit zu Liebschönchen und ihrer Milchschwester.

Die beiden Weiber wissen nicht (wie könnten sie auch), was Anna von ihnen will. Sie sehen sie dümmlich an, als Anna fragt, ob sie mit ihr trinken wollten.

Beide liegen im breiten Buhlbett, halten sich in den Armen und sind wohl beim Kosen gestört worden. Liebschönchen richtet sich jedenfalls verschämt auf, als sich Anna auf den Bettrand setzt und zieht sich das Leintuch über den Busen.

Anna füllt einen Becher, nimmt einen sehr großen Schluck und ermuntert erst Liebschönchen, dann ihre Milchschwester Gunde es ebenso zu halten.

Die Mädchen trinken, anfangs züchtig, nachher bei jedem weiteren Schluck mit größerem Genuß und schmatzender. Die Gunde hat runde vorstehende Augen, einen weichen breiten Mund, schwammige Haut und zwei Brüste, die wie Keulen herabhängen. Wenn sie betrunken ist – sie verträgt wenig Wein –, läßt sie gern ihre Brüste schleudern und kreisen. Die Männer können sich an dem Schauspiel nicht sattsehen und die Weiber, die es der Gunde gleichtun wollen und es nicht vermögen, stehen dann mit scheelen Augen dabei.

Anna sagt, sie wolle auf die Genesung des Matthes trinken, und daß er seine Rose wiederfinde.

Die beiden Weiber zögern mit einem Trinkspruch. Es kommt Anna vor, sie glaubten nicht, was sie glauben sollen.

Im Laufe der Nacht und während sich der Krug leert, und wieder gefüllt wird und sich wieder leert, merkt sie, die Weiber werden dem Matthes die Treue halten, was sie von ihm auch erfahren werden.

Sie sprechen davon, wie sie es in anderen Badhäusern getroffen hatten und was andere Mädchen davon schilderten. Wie sie allesamt da geprügelt und gestraft und ausgenutzt wurden. Der Matthes habe sie immer wie seine Töchter gehalten, nie eine betrogen oder davongejagt, wenn sie krank oder schwanger geworden sind.

Als sie sehr betrunken ist, lallt die Gunde, der Matthes sei viel zu gut für ein Badhaus. Weiber wie sie verdienten einen so guten Meister nicht.

Anna wird von dem Wein der Kopf schwerer, aber die Seele nicht leichter. Selbst die gnädige Dummheit der Trunkenheit, die sich den beiden Baddirnen einstellt, will ihr nicht kommen.

Wie sie in ihr Bett geht, fühlt sie sich zerschlagen.

Daß sie bei weitem nicht alles bedacht hat, bemerkt sie den folgenden oder den darauf folgenden Tag.

Der Schneider Maskopp kommt, um nach seinem Freund zu sehen.

Er erhält von einer der Badfrauen die Auskunft, die Anna ihnen eingepflanzt hat: Der Matthes sei in Sachsenhausen und sei er dort nicht, dann woanders. Jedenfalls sei er noch nicht zurück.

Mit dieser kecken Antwort läßt sich der verblüffte Schneider fürs erste abspeisen. Er geht aus dem Haus, geht die Gasse entlang, doch dann gerät er ins Sinnieren. Anna, die zufällig am Fenster der Schlafkammer ist, sieht, wie er stehenbleibt, sich nach dem Badhaus umwendet und umkehrt. Beim zweiten Besuch verlangt er, Anna solle ihm Rede stehen. Als die ihm auch sagt, der Matthes sei von einem Tag auf den anderen sehr munter geworden und habe sich auf den Weg gemacht, die Rose zu suchen, zeigt der Maskopp unverhohlen Unglauben.

Der Matthes war vor einigen Tagen noch nicht fähig, einen Fuß vor den anderen zu setzen und nun soll er sich als sein eigener Brautwerber aufgemacht haben? Wie denn das vonstatten gegangen sein solle?

Anna bietet all ihren Scharfsinn auf. Sie sagt, der Matthes habe sich nicht mit ihr darüber beraten. Sie vermute, er habe nicht gewollt, daß über seine Liebesglut gelästert werde. Er wolle in Ehren mit der Rose am Arm zurückkehren und gelinge es ihm nicht, das Weibchen zur Rückkehr zu bewegen, wolle er sich den Spott der anderen ersparen. Deswegen, stelle sie sich vor, seine Heimlichkeit. Und ganz und gar nicht könne er wollen, daß sein Freund Maskopp Geflüster verbreite.

Der Schneider läßt sich mehr und mehr überzeugen, und zu guter Letzt lästert er harmlos über den Matthes und daß er nicht klug zu werden vermöge. Anna und der Maskopp trennen sich in Einvernehmen.

Beim Weggehen macht er allerdings eine harmlos gemeinte Bemerkung, die Anna erneut unruhig werden läßt. Er sagt, er werde sehr achtsam verfolgen, was seinem Freund Matthes alles widerfahre.

Der Anna ist es wie eine Bedrohung.

Natürlich, der Schneider will weder dem Vater noch den Töchtern schlecht. Doch bringt sein Besuch Anna auf allerlei Fragen. Von Anfang an hat sie sie gespürt, aber nicht aussprechen wollen. Was wird sein, der Matthes macht für immer die Augen zu? Sollen sie ihn dann heimlich vergraben oder finden sie einen Priester, der ihn in geweihte Erde legt? Und wird der das Geheimnis bewahren oder sich den Ämtern offenbaren? Was ist, der Rat hat Zweifel (und werden sie vom gutmeinenden Maskopp geweckt), der Bader Fuß habe so übermenschliche Sehnsucht nach der weggelaufenen Dirne und läßt untersuchen, wo er geblieben ist? Müssen sie, die Töchter, nicht fürchten, man halte am Ende sie für die Mörderinnen ihres Vaters?

Käthe, die ihr Schicksal ganz in die Hand der Muttergottes und der Heiligen gelegt hat, will sich darum nicht sorgen.

»Lassen wir uns nichts zuschulden kommen, wird uns auch . . .«, will sie ihr Gottvertrauen rechtfertigen, da schneidet ihr Anna das Wort ab: »Wir machen uns ja schuldig. Wir melden nicht, daß er die Pest hat.«

»Wir können's nicht.«

»Aber wir müssen es.«

Anna meint, nachdem sie alles genügend hin und her gewendet hat, sie habe einen Ausweg gefunden. Sie wird sich dem Arzt des Heilig-Geist-Spital in der Beichte anvertrauen und das Beichtsiegel wird ihm für alle Zeiten den Mund verschließen.

Wie sie es sich gedacht hat, geht sie am Nachmittag des kommenden Samstags in die Kapelle von Heilig Geist und sucht herauszufinden, ob und in welchem Beichtstuhl der Spitalarzt die Menschen losspricht.

Es ist, wie ihr der Heiner gesagt hat: Sie muß nur nach dem Beichtstuhl sehen, der am wenigsten besucht wird. Kaum einer der Kranken beichtet bei dem Arzt. Vielleicht genügt es ihnen, daß er jede Falte ihres Körpers kennt, soll er da auch noch in jeden Abgrund ihrer Seele steigen? Es mag auch sein, daß sich die Leute in den Jahren, in denen keine Messen gelesen wurden und keine Glocken läuteten, an die Bettelmönche gewöhnt haben und sie nun nicht mehr missen mögen. Vor den Beichtstühlen, in denen Franziskaner sitzen, warten jedenfalls die Menschen in Schlangen, vorgelassen zu werden, und vor dem des Spitalarztes stehen nur wenige Kranke und Alte. Welcher Beweggrund auch immer der wahre ist – und können sich die Gründe nicht vermischen? – Anna ist es so recht. Muß sie nicht mehr Zeit opfern als nötig.

Doch bald kommt sie auf eine weitere Möglichkeit, warum der Arzt als Beichtiger nicht sehr begehrt sein mag. Er scheint ungewöhnlich gründlich zu sein. Es dauert und dauert, bis jemand aus seinem Beichtstuhl entlassen wird. Anscheinend reicht es ihm nicht aus, was man ihm und dem allerheiligsten Schöpfer offenbaren will und er forscht nach dem, was ihnen verheimlicht werden soll.

Auch Anna erfährt es so. Sie will die Beichte rasch auf den Matthes und seine Lage lenken, aber der Arzt fragt sie nach allen zehn Geboten und wie sie es damit hält und erläßt ihr nicht eine läßliche Verfehlung.

Erst nach dieser gründlichen Prüfung – selbst Anna ist verwundert, was alles an häßlichen Gedanken in ihr ist, und welcher Taten von Hoffart und Trug und Lug sie sich anklagen mußte – läßt sich der Arzt herab, über den Matthes zu sprechen. Natürlich hat er aus dem, was ihm Anna gebeichtet hat, schon die wichtigsten Tatsachen erfahren. Wie sollte sie über sich sprechen, spräche sie nicht auch über den Matthes?

Bis jetzt hat er den Matthes aber nicht gewogen und nicht gerichtet, sondern über ihn nur vernommen, als ginge es um ein Haustier oder eine andere Kreatur ohne lebendige Seele.

Nun, nachdem er Anna die Absolution erteilt hat, wandelt er sich. Aus dem Priester wird der Arzt, der er sonst ist.

Er läßt sich schildern, welchen Verlauf die Krankheit beim Matthes genommen hat und wie es mit ihm steht und erklärt ihr, das sei eine seltsame Pest, die sie da beschreibe. So habe sich weder Lungen- noch Beulenpest je gezeigt. Offenbar kämen hier Symptome beider Arten zusammen; sollte es sich um eine neue, dritte Art der Seuche handeln?

Anna weiß davon nichts. Sie flüstert, daß der Matthes noch bei Leben und Verstand sei, mache ihr Hoffnung und deshalb setze sie so großes Vertrauen in ihn, den bekannten Arzt . . .

Und zum ersten Mal, wie er sie unterbricht, ist der Arzt nicht von kühler Strenge, sondern entgegenkommend. Sie brauche ihm nicht zu schmeicheln; er suche ihren Vater auf und er wolle es halten wie die klugen Schlangen und sich vorsichtig bewegen, daß nicht wieder unmenschliches Heulen und Wehklagen durch die Gassen ginge.

Der Arzt und die Baderin verabreden, er wird noch des heutigen Tags ins Badhaus kommen, mit seinem Gehilfen im Schweißbad schwitzen und wenn die Gelegenheit günstig ist, nach dem Matthes sehen. Er lobt Anna für ihre bisherige Umsicht und entläßt sie.

Der Spitalarzt hält sein Wort.

Er kommt noch diesen Tag und schwitzt geduldig mit anderen Männern und Frauen im Schweißbad. Nach einer angemessenen Weile steht er auf, scheinbar um sich abzukühlen, und wie er, nur von einem wollenen Umhang geschützt, in die Diele kommt, warten dort sein Gehilfe und die Anna auf ihn.

Sonst scheint niemand in der Diele. Anna sieht sich aber um, bevor sie den Arzt und seinen Gehilfen in den Keller führt. Und nur der Schatten einer Bewegung, nichts sonst, bringt sie darauf, die Beghine ist auf ihrem Lauerposten.

Die Anna verlangt, daß sie in ihre Kammer geht, und das fromme Weib gehorcht. Der Arzt zeigt darauf Unruhe.

»Sie hat ihre Sinne nicht beisammen«, flüstert Anna und zeigt mit Gesten, von der Beghine haben sie nichts zu befürchten. Dann öffnet sie den Männern den Verschlag zum Keller. Alle drei gehen hinunter und in dem Durcheinander von Gefäßen und Flaschen und Körben legt der Arzt seine übliche Kleidung an. Danach streift er lange wollene Handschuhe über und läßt sich von seinem Adlatus die Pestmaske reichen. Es ist ein unförmiges Stück Leder und Eisen, groß genug, den ganzen Kopf zu verdecken und statt Löcher für die Augen gibt es zwei schmale Schlitze; sie sollen verhindern, daß die Blicke des Kranken den Arzt treffen. Wirklich erschreckend ist aber der gewaltig lange Schnabel, dazu bestimmt, Abstand zwischen dem Arzt und den Kranken zu bewahren. In seinem vordersten Teil ist eine kleine Pfanne für Duftkräuter eingearbeitet.

Der Priester öffnet die kleine Klappe, die die Pfanne verschließt und zerreibt einige von den Kräuterblättern zwischen den Fingerspitzen. »Sehr frisch«, befindet er unwillig.

Der Helfer sagt aber, sie seien in der üblichen Mischung, manche seien frisch, andere getrocknet.

»Sei es so«, befiehlt der Arzt und läßt die Kräuter entzünden.

Es dauert, bis sie glimmen und schwelen, und jetzt erst setzt der Arzt die Maske auf. Sie macht aus ihm einen riesigen bösartigen Vogel, einen Boten des Todes, und der Anna schaudert.

Nur mit Bangen macht sie den Medizinern den Zugang zur Leiter in das Gefängnis des Matthes frei und läßt sie hinabsteigen.

Der Bader ist in sehr schlechtem Zustand. Er fiebert; die Kälte und die ständige Dunkelheit und daß er keine Bewegung hat, rauben ihm die letzte Kraft. Er erkennt weder Anna noch weiß er, was der Besuch der seltsamen Wesen (auch der Gehilfe hat sich maskiert, allerdings nicht mit einer Schnabelmaske) zu bedeuten hat. Die Eiterbeule hat sich gefährlich vergrößert. Drückt der Matthes den Arm an den Körper, zuckt er vor Schmerz.

Der Arzt legt dem Matthes als erstes ein Tuch aufs Gesicht; danach untersucht er ihn gründlich, sowohl mit dem Pulsstab und anderen Instrumenten als auch mit den Händen und soweit es bei dem flakkernden Licht möglich ist. Als Anna glaubt, er äußere sich endlich über den Matthes, beginnt er sich auf lateinisch mit seinem Gehilfen zu beraten. Anna versteht natürlich nicht, was die Ärzte sagen; an Rede und Widerrede erkennt sie, Geselle und Meister kommen nicht leicht zu einem Urteil.

»Ist es die Pest?« fragt Anna.

»Dem Anschein nach . . .«, erklärt der Arzt, aber nichts weiteres.

Er verläßt den stinkenden Keller – roch er früher nach Moder und Schimmel und Erdreich, riecht er nun nach Krankheit und Elend – und erst im Kräuterkeller, wo er die Maske ablegt, hat der Arzt wieder einige Worte für Anna.

»Könnt Ihr den Vater retten?« fragt sie.

»Die Pest sollen wir von ihm nehmen?«

»Stirbt er bald?«

»Hier kann er nicht bleiben, hier nicht!«

»Wo sollen wir ihn hinbringen?«

Der Gehilfe packt die Sachen des Arztes ein, zieht ihm die Handschuhe aus und der Arzt erklärt ihr, verdorbene Luft sei ebenso tödlich wie Gift; die gefährlichsten Krankheiten breiteten sich durch die Luft aus, und gerade darum sei die Pest so gefährlich, weil ihr Samen unsichtbar sei und atme man ihn ein, werde die Lunge befallen.

»Ja, aber wo können wir ihn hinbringen?«

»Ihr braucht nichts zu tun. Wir werden uns seiner annehmen.«

»Wollt Ihr ins Spital ...?«

»Nein. Wir holen ihn in der Frühe und bringen ihn zu einem sicheren Ort. Er wird seinen Frieden finden, dessen kannst du gewiß sein. Aber für euch ist er tot, wenn wir ihn holen!«

»Wir sollen ihn nie wieder sehen?«

»Für euch ist er im Grab, wenn er das Haus verläßt.«

Die ganze Nacht beten Anna und Käthe und die Beghine um das Heil des Matthes. Auch die Fromme haben die Töchter in das Geheimnis eingeweiht. Allerdings war ihr nicht mehr viel zu offenbaren; in ihrer Neugier hatte sie die Wahrheit längst herausgefunden.

Käthe bettelt, einen Priester zu rufen.

Anna läßt es nicht zu: »Der Arzt ist Priester genug; mehr Priester braucht er nicht.«

Als es zu dämmern beginnt, geraten sie wegen des inbrünstigen Betens und des verjagten Schlafs geradezu in Beseligung; sie wären bereit zu Scherz oder zur Liebe oder zum Rausch. Aus dieser Stimmung reißt sie ein Geräusch, dessen Bedeutung sie nicht sofort verstehen. Es kommt näher und näher und wird lauter und unerbittlicher; es ist das Mahlen der schweren Räder eines Ochsenkarrens. Und wie er vor der Tür hält, ist ihnen, der Tod wartet vor dem Haus. Dann klopft es an die Tür; Käthe öffnet. Ein Kärcher und der Gehilfe des Arztes sind gekommen, das Bestimmte zu holen. So sagen sie es jedenfalls zur Käthe.

Käthe will mit ihnen gehen. Der Gehilfe des Arztes will das nicht. Es sei nicht notwendig, sagt er. Sie solle sich abwenden, um das Letzte nicht anzusehen. Käthe und Anna warten dennoch in der Diele und sehen zu, wie der Vater aus dem Haus getragen wird. Die Männer haben ihn wie ein gerupftes Huhn in einen Sack gestopft und legen ihn beinahe achtlos zu Unrat und Verdorbenem.

Käthe fleht sie an, ihr zu sagen, wo sie den Vater hinbringen; sie erhält keine Antwort. Nun will sie dem Vater schreiend folgen; Anna verstopft ihr den Mund und die Beghine hält sie umklammert.

Wie der Wagen davonrumpelt, ist keiner aus dem Badhaus auf der Straße und begleitet den Matthes auf seiner letzten Fahrt.

Die Käthe will sich losreißen und tritt um sich und weint und fleht, und später läßt sie sich von Anna in die Schlafkammer führen, als sei sie schlafwandelnd.

10.

Diesen Morgen sind die Schwestern wie Räuber, die sich nach einem mißglückten Raubzug gram sind. Sie sprechen nicht miteinander und weichen sich aus. Sie wollen sich nicht einmal zum Schlafen niederlegen; dann müßten sie sich nebeneinander ausstrecken. Ein Wort käme zum anderen und ein Streit ließe sich nicht vermeiden. Dabei sind beide mit einer Müdigkeit geschlagen, als hätten sie die ganze Nacht Holz gehackt.

Als die Glocke zur ersten Messe ruft, geht Käthe aus dem Haus, ohne Anna zu fragen, ob sie sie begleitet.

Ein hartnäckiger Vorwurf, auch hartherziger Vorwurf liegt in ihrem Weggehen. Ganz als habe Anna ein unnennbares Verbrechen auf sich geladen.

Selbst nachdem Käthe zurückgekehrt ist, hält das ungute Schweigen an. Jede denkt an das gleiche. Wie konnte sie und wie konnte die Schwester ansehen, daß der Vater wie ein Kadaver aus der Stadt gebracht wurde, wer weiß wohin?

»Wo kann er sein?« fragt schließlich Käthe und Anna gesteht ihr, die nämliche Frage sei ihr im selben Augenblick durch den Kopf gegangen.

Sie vermuten, der Spitalarzt hat ihn zu einem Maierhof bringen lassen. Heilig Geist besitzt reichen Besitz vor den Mauern und die Töchter glauben, daß der Vater dort, in einer Scheune oder auf dem Lager eines der Bauern seine letzten Stunden auf Erden verbringt.

Oder er ist in einem verschwiegenen Kloster oder einer Klause, von denen es genug gibt, manche nur wenige Meilen von Mainz entfernt und doch abgelegen als wären sie auf dem Mond.

Ist es so, hätte er dann nicht auch in seinem Keller bleiben können? Tauscht der Matthes da nicht eine Zelle gegen die nächste? Erhält er dort wirklich mehr Pflege, als ihm bis jetzt gewährt wurde, gegen alle äußere Widerstände?

Käthe nimmt den Kopf der Anna mit beiden Händen und fragt, um Versöhnung bemüht: »Was hat das zu bedeuten? Warum haben sie uns nicht verraten, wo sie ihn hingebracht haben?«

»Sie vertrauen uns nicht.«

»Was gibt's zu vertrauen? Er ist unser Vater und . . .«

»Weißt du, wie viele mit seiner Krankheit sie schon versteckt halten mögen? Weißt du sicher, der Vater ist der erste, der wieder die Pest hat? Kannst du das sagen?«

»Hat er sie?«

»Was soll er sonst haben?«

Käthe scheint das zu bedenken. Aus dem, was sie als nächstes sagt, geht hervor, sie hat anderes in ihrem Kopf gewälzt.

Mit vagem Kummer in der Stimme (es mag auch Herzeleid sein, wie man es selbst noch empfindet, ist ein Mensch, den wir liebten, schon lange von uns gegangen) klagt sie: »Nie habe ich mich beim Matthes für seine Liebe bedankt . . .«

»Seine Liebe zu uns hat er gut versteckt. Sein Röschen lag ihm mehr . . .«

»Wollen wir jetzt noch auf die Rose neidisch sein?«

Während sie diesen Morgen ihre übliche Arbeit tut, die gewöhnlichen Vergünstigungen gewährt und noch gewöhnlicheren Tadel anbringt, geht Anna die Bemerkung der Käthe nicht aus dem Sinn.

Nie haben sie Dankbarkeit gezeigt.

Es ist wahr. Aber können das Kinder? Nehmen sie in ihrer Selbstsucht nicht alles gering, was Eltern für sie tun? Wie und wann sollte es sein, daß sie frohen Herzens etwas für die Eltern tun, über das hinaus, was ihnen Einsicht und Sitte abverlangen? Und wäre es möglich und wollten sie es denn, dem Matthes könnten sie ihre Liebe nicht mehr zeigen. Er ist ihnen genommen; nie mehr wird es ihnen gelingen, ihm zu sagen, was sie für ihn im Herzen tragen.

Das, denkt Anna, ist die eigentliche Grausamkeit des Todes; daß er die Lebenden verstummen läßt.

Es dauert sicher Stunden, bis sie meint: Noch ist der Matthes nicht ohne Wärme und ohne Leben. Beeilt sie sich, wird sie ihm zuflüstern können, was ihr auf der Seele brennt. Vernimmt er's, ist es gut; vermag er es nicht zu begreifen, will sie ihm wenigstens Augen und Stirn, Hände und Füße küssen für das, was er an ihr getan hat.

Sie wollte ihm gehorsame und frohe Tochter sein. Doch was war sie? Sie hat, wo er es nur zuließ, ihren Willen durchgesetzt und dem Matthes zu verstehen gegeben, er ist alt und sie ist jung und was er treibt ist Torheit eines Alten.

Aber wenn die Freude an seiner Rose Torheit war, ist es nicht eine Torheit, die sie gerne beginge, wüßte sie nur mit wem?

Auf einmal ist ihr ganz gewiß, was sie zu tun hat. Sie nimmt, ohne mit der Käthe darüber zu reden, einen Beutel Münzen und macht sich damit auf den Weg nach Heilig Geist.

Dort sucht sie nach dem Gehilfen des Arztes. Erst findet sie ihn nicht; die Mägde und Knechte, auch einige Kranke sagen ihr, er sei den Tag noch nicht im Hospital gewesen. Andere sagen ihr, er sei wohl gekommen, aber rasch wieder gegangen. Und noch andere glauben, er müsse im Haus sein. Anna sucht ihn im Spitalgarten, auf dem engen überfüllten Friedhof des Hospitals (die Toten drängen sich hier aneinander wie die Lebenden in ihren Betten) und dabei besieht sie jedes Grab, ob es heute geschlossen sein kann und den Matthes bergen. Sie geht sogar vor die Mauer, nachzuforschen ob der Knecht auf dem betriebsamen Weg zwischen Rhein und Mauer etwas zu erledigen habe.

Beim Rumfragen trifft Anna endlich auf eine arbeitswütige Alte, die ihr Bett reinhält, als müsse sie es besiegen. Die Frau beschreibt ihr, wo sie den Gehilfen des Arztes vor wenigem erst bemerkt hat. In einer Kammer mit Reisigbesen und anderen Gerätschaften hat er gelegen und hat dort einen Rausch ausgeschwitzt.

Anna läßt sich den Verschlag zeigen und wirklich liegt der Knecht hier auf der Erde zusammengerollt, umfaßt mit beiden Händen seine Knie und dabei stinkt er, als sei er in ein Tresterfaß gefallen.

Mit viel Geduld kann Anna ihn wieder unter die Lebenden zerren.

Der Gehilfe hat Mühe, sich an Anna zu erinnern. An das, was mit dem Matthes geschehen ist, will er schon gar keine Erinnerung haben. Das Gesöff habe seinen Kopf verkleistert. Wie Anna beharrlich drängt und sein Gedächtnis angeblich wiederkommt, meint er, der Arzt habe schon das Rechte mit dem kranken Bader angestellt. Anna holt eine größere Münze aus dem Beutel, zeigt sie ihm und verspricht sie ihm. Dafür soll er sagen, wo der Matthes geblieben ist. Der Mann schweigt, aber sein habgieriges Schnaufen verrät ihn. Darauf legt Anna eine weitere Münze dazu und noch eine. Dem Knecht wird der Hals kratzig, aber immer noch gibt er zu verstehen, für so weniges könne er seinen Herrn nicht verraten. Er habe einen Eid geleistet. Den könne er bei keiner Verlockung brechen.

Darauf schüttet Anna den restlichen Inhalt des Beutels vor dem Mensch auf den Boden und sagt ihm, alles, was da liege, sei sein, gebe er ihr nur ein deutliches Zeigen, wo der Matthes zu suchen sei. Er müsse ihr nicht sagen, wo er liege; das nicht zu verraten, habe er ja gelobt. Doch habe er nie versprochen, Angehörigen die Suche nach ihren Lieben zu vergällen. Es genüge, wenn er sage, wo *er* suche, suche er den Matthes. Fange er es so an, halte er sein Wort und werde reich. Wolle er es aber anders und sich ohne Einsicht und ohne Herz zeigen, rufe sie die Mönche und lasse ihnen die Gabe.

Der Knecht hat noch nie so viel Geld vor sich gesehen und schon gar nicht in der Weise, daß er die Hand danach ausstrecken kann. Er weiß nur ungefähr, was da liegt. Aber ihm muß es vorkommen, alle Plage habe für ihn ein Ende, hebe er es auf. Deswegen gefällt ihm die Sophisterei der Anna gut und er sagt, er ginge, hätte er nach dem Bader zu suchen, den Weg nach Budenheim und hinter dem Ort liefe er ans Wasser und sehe dort nach dem Matthes.

»Am Wasser würdest du suchen?« fragt Anna langsam; sie meint zu verstehen, der Arzt oder sein Gehilfe oder beide haben den Matthes versenkt wie man einen zerbrochenen Tontopf in den Fluß wirft.

»Ihr habt ihm nicht mal ein Grab gelassen? Nicht fünf Fuß Erde? Seid ihr schlimmer als die Tiere? Die scharren doch . . .«

Die Stimme versagt ihr, ob solcher Roheit.

Der Gehilfe, wie benebelt er vor wenigem noch war, wird beredsam.

Er sagt, was denn besser sei, in toter Erde zu liegen oder im lebendigen Wasser? Und dann, verfahre man mit anderen anders? Er redet vom Arzt des letzten Bischof Heinrich. Als der Herr Erzbischof an seinem Schlaganfall verschied – einem Leiden, welches doch jeden treffen kann –, gab man seinem Arzt die Schuld an falscher Behandlung und falscher Medizin und ertränkte ihn. Vordem hatte man ihn aus Frankreich kommen lassen und hatte ihm närrisch viel Vertrauen geschenkt; nun kannte man kein Verzeihen. Aus den Worten des Spitalgehilfen klingt allerdings heraus, recht war dem Arzt geschehen. Wie Anna es verstand, lag sein größeres Verbrechen in dem Umstand, daß er Fremder war und daß man ihn den Mainzer Ärzten vorgezogen hatte. Wie auch immer; der Gehilfe gibt ihr zu verstehen, wenn man einen Arzt wegen seiner Medizin ertränke, dürfe man billigerweise einen Kranken ersäufen, um die Gesunden zu retten.

»*Per visibilia ad invisibilia*, so gehe unser aller Reise«, fügt er an, wie um zu zeigen, er ist nicht so tumb wie er tut.

Anna hört aus allem heraus, mit den Sprüchen seines Meisters betäubt er sein eigenes Gewissen und will damit nun auch Anna trunken machen.

»Wo? Hinter Budenheim?«

»Ja«, sagt der Gehilfe.

Dabei bückt er sich schon nach den Münzen.

Alle Umsicht vergessend, eilt Anna ins Badhaus zurück, verlangt von der Käthe sich anzukleiden und sie zu begleiten.

Käthe will, um die übrigen zu täuschen, so tun, als solle sie mit Anna Dinge regeln, die das Haus betreffen. Anna ist nur ungeduldig: »Mach! Mach voran!« fordert sie die Schwester auf, ohne etwas auf die Blicke der Badweiber oder der Gäste zu geben.

Wäre es schicklich, sie besorgte sich auf der Stelle Gäule und ritte mit Käthe nach Budenheim. Aber Weibern, und gar welchen aus einem Badhaus, ist das nicht erlaubt; ein Pferdewagen ist ihnen ebensowenig gestattet und die Ochsen des Kärchers Ruffer, der üblicherweise Fässer und Kasten für sie fährt, sind ihr zu lahm. Wie also rasch nach Budenheim gelangen?

Schließlich kommt Anna darauf, daß Geld auch bei einem Schiffer seine zauberische Wirkung entfalten wird. Wirklich kann sie schon den ersten Schiffer, den sie danach fragt, überreden, das Segel zu setzen und mit ihnen abzulegen. Rascher, als sie es je für möglich gehalten hätten, sind die beiden Frauen in Budenheim.

Der Schiffer bietet sich an, sie zu begleiten und sie zu schützen, wie er hört, sie wollen den Weg am Wasser weitergehen. Als die beiden Weiber sein Angebot ablehnen, beteuert er, er wolle kein Geschäft daraus machen; für die Fahrt sei er reichlich entlohnt. Er wolle sie nur, so gut er es vermöge, vor Unbill bewahren. Es treibe sich genug Gesindel herum und junge Frauen seien immer in Gefahr, in den eigenen Mauern und außerhalb der Mauern erst recht. Der Schiffer macht einen redlichen Eindruck und Anna glaubt ihn, daß sein Angebot ehrlich ist und er nicht selbst finstere Absichten hegt. Weil sie jedoch an den Matthes denkt und daß ihn keiner sehen darf, bleibt sie bei ihrer Ablehnung, trotz weiterer warnender Worte des Mannes und der unruhigen Blicke der Käthe.

Über dieses Hin und Her kommen die Schwestern erst, als sie den Treidelpfad entlanggehen, darauf, daß sie dem Matthes wenig nützlich sein können.

Wie wollen sie jemand finden, den man mit Steinen beschwert ins Wasser geworfen hat?

Und ist es nicht sogar gleichgültig, liegt der Matthes an dieser Stelle oder an jener auf dem Grund des Flusses?

Sie gehen und gehen und von dem Matthes können sie nichts entdecken. Wie wird ein Fluß verraten, wen er umarmt und an sich gezogen hat? Was bleibt von gesunkenen Schiffen und ertrunkenen Schiffern? Ist ihr Ende auf dem Wasser nicht so selbstverständlich, wie ein Vogel Würmer pickt?

Die Leute, die ihnen unterwegs begegnen – ein kleiner Trupp Reisige und verlumpte Bauern – sind nicht so, daß man mit ihnen in Streit geraten möchte und bei jeder Begegnung machen sich die beiden Frauen so unscheinbar wie möglich. Auch müssen sie daran denken, daß sie noch einen weiten Weg zurück haben und es nicht wagen können, im Freien zu übernachten.

Deswegen fragt Anna die Schwester einmal, wie weit sie noch laufen wollen und wie lange sie noch nach ihm suchen sollen.

»Bis wir ihn finden«, erwidert Käthe starrköpfig.

Und weil Anna wieder heraushören will, sie macht ihr einen Vorwurf, antwortet sie gereizt: »Willst du im Grund stochern?«

»Warum sind wir gegangen, wenn wir ihn nicht suchen wollen?«

»Wie willst du im Wasser einen Menschen finden?«

»Und? Was machen wir dann hier?«

»Wir können ihm ein Kreuz setzen«, schlägt Anna vor.

An jedem Weg stehen Kreuze, die an solche erinnern, die hier zusammengebrochen sind oder vom Blitz getroffen oder erschlagen wurden. Jeder, der daran vorbeikommt, gedenkt des Toten und seiner eigenen Sterblichkeit und spricht ein Gebet, wie flüchtig es auch ausfallen mag.

Ist es, will man ein Kreuz errichten, nicht gleichgültig, ob das nasse Grab des Matthes eine Meile hinter Budenheim ist oder zwei? Können sie dann nicht jede Stelle bestimmen, die ihnen ratsam erscheint?

Endlich, wie auch Käthe fürchtet, von der Dunkelheit überfallen zu werden, läßt sie sich bestimmen, Anna zu folgen und sie kehren um. Anfangs sprechen sie noch über den Matthes und sein Wesen. Wie man das bei Nachreden macht, bemühen sie sich, nur das Angenehme auszusprechen und das weniger Angenehme auszusparen. Dabei wird ihnen bald unbehaglich. Beide spüren, über den sie sprechen, ist nicht der Matthes gewesen, sondern sein lügnerischer Schatten. Deshalb lassen sie die Totenrede und sprechen von dem, was bewältigt werden muß. Am meisten denken sie darüber nach, wie es mit dem Haus und ihrem Gewerbe weitergehen soll.

Werden sie es ohne einen Mann packen?

Anna erinnert die Schwester daran, der Matthes wollte, daß sie, die Anna, sich dem Wenzel anvermähle.

Käthe bleibt stehen. »Kannst du das?« fragt sie.

»Was?«

Käthe hat Mühe, das auszusprechen, was die denkt. »Kannst du den Klotz nehmen?«

»Nein.«

Sie denken über die übrigen Bader nach, die sie kennen. Wer ihnen gefällt, hat ein Weib; wer keins hat, wird auch keins finden.

»Was würde denn besser, du würdest den Wenzel heiraten? Arbeitete er dann für zwei?«

So denkt auch Anna. »Lassen wir's, wie es ist«, beschließt sie, »lassen wir den Wenzel der Beghine.«

Beide lachen herzlich und Käthe hängt sich bei der Schwester ein, und über dieses Einverständnis fühlen sie sich glücklich.

Sie gehen noch keine zehn Schritte, da geschieht das, was der Käthe später immer als das Wirken Gottes erscheinen will. Niemals kann sie darüber reden, ohne dem Herrn dafür zu danken und Seine Güte zu rühmen.

Sie sehen nämlich, in Gestrüpp und Buschwerk am Ufer hat sich ein Sack verfangen, aufgeblasen wie eine Schweinsblase und in dem Sack steckt ein Mensch.

Jeder andere, der vorbeigekommen wäre (und gewiß hat den Tag schon der eine oder andere einen Blick auf das sonderbare Treibgut geworfen) hätte geglaubt, in dem Sack sei Schlechtes oder Verfaultes; ein räudiger Hund oder Abfälle, die man weit weg haben wolle.

Die beiden Frauen wissen aber, sie haben gefunden, was sie suchen und in aller Eile bergen sie, was sie entdeckt haben. Sie achten nicht darauf, daß sie bis zu den Schenkeln im Wasser waten müssen, daß ihre Kleidung verdreckt und aufgerissen wird, und sie achten auch nicht der Anstrengung, die es macht, den Sack mit dem Matthes aufs Ufer zu zerren.

Der Treidelpfad zieht sich an dieser Stelle ein Stück weit vom Wasser das erhöhte Ufer entlang, und zwischen dem Fluß und dem Weg ist sumpfiger Boden und wie sie den Matthes hier ablegen, fürchten sie, er versinkt ihnen im Uferschlamm.

Käthe schneidet den Sack mit einem Messer auf und will dem Matthes die Augen zudrücken. Die sind aber geschlossen und der Matthes liegt da, als schlafe er und auf einmal erkennen die Schwestern, er schläft wirklich. Er spricht nämlich im Fieber einige Worte, als wende er sich an den Heiner.

Erschrocken weichen sie zurück, fürchten, von einem Dämon oder einem anderen Geist genarrt zu werden. Dann erkennen sie, es ist nichts anderes, als daß der Matthes mit unglaublichem Glück ein Stück auf dem Wasser getrieben ist. Eine mild gestimmte Welle muß ihn ins Dickicht geworfen haben, daß er seine Flußfahrt ohne Schaden überstanden hat. Die Frauen vermehren ihren Eifer, den Matthes auf den Weg zu ziehen. Es will ihnen dennoch nicht gelingen und nach einer Weile hocken sie sich erschöpft neben ihn.

Sie müßten Hilfe suchen.

Doch wo und bei wem?

Es ist Käthe, die gläubige Käthe, die bestimmt: »Nicht in einem Kloster!« Und dabei streichelt sie den Matthes, als sei er ein Kindchen.

Auch Anna will, nach dem was sie und was der Matthes mit dem Arzt von Heilig Geist erfahren hat, den Vater keinen Mönchen ausliefern, weder Franziskanern noch Kartäusern noch Zisterziensern. Jeder Bauer wird mehr Empfinden für ihn aufbringen, meint auch sie.

Umgekehrt und anders betrachtet, wird man ihnen den Vater nicht mit einem Knüppel erschlagen, tragen sie ihn, wie er ist, auf einen Hof? Muß nicht jeder, der ihn mit seinen Wunden und Flecken sieht, fürchten, man schleppe ihm die Pest ins Haus?

»Gott«, sagt Käthe, »hat ihn bis zu dieser Stunde beschützt. Er wird ihn auch weiterhin beschützen. Wollte er ihn, wäre er schon längst vor Seinem Gericht.«

Und nach diesen Worten will Käthe niederknien und den Herrn um Beistand anrufen.

Ihr Knie hat aber noch nicht den Boden berührt, geschweige, daß sie das erste Wort geformt hat, da erinnert sich Anna, eine der Kräuterfrauen, die ihnen die Heilpflanzen sammeln und bringen, ist aus Budenheim.

»Die Gerlind ist aus Budenheim«, sagt sie deshalb eifrig, als seien sie damit der Sorge ledig.

»Die Gerlinde?«

»Ja.«

»Lebt die noch?«

»Warum soll sie nicht mehr leben?«

»Sie war lange nicht mehr da.«

»Der Matthes hat mit ihr gefuchst . . .«

»Meinst du, sie nimmt ihn?« fragt Käthe nachdenklich.

»Wer sonst?«

Sie beschließen, den Matthes fürs erste in Buschwerk zu verstekken, daß ihn nicht einer der Vorbeikommenden sieht und sich in der falschen Weise um ihn bekümmert. Käthe soll bei ihm bleiben und Anna will zur Gerlinde gehen und mit ihr sprechen. Später wird sie mit einem Fuhrwerk kommen und den Matthes holen und ihn in das Haus der Gerlinde bringen.

Anna findet leicht das Haus, in welchem die Kräuterfrau lebt. Es ist ein von den Jahren und dem Wetter niedergedrücktes Bauernhaus, allerdings nicht kleiner und nicht unansehnlicher als die übrigen rundherum. Der Rauch von der Herdstelle steht im ganzen Haus und Anna tränen bald die Augen, wie sie mit dem Kräuterweib spricht. Die Gerlinde, eine jüngere Frau mit sehr breiten Hüften und einem unförmigen Bauch, schweren Händen wie ein Schmied und nur wenigen Zähnen im Mund, ist dem Bauern offenbar Magd und Weib in einem. Voller Stolz zeigt sie der Anna die Kinder, die sie mit dem Bauern hat. Einige von ihnen kennt Anna schon; sie hat sie mitgebracht, wenn sie dem Matthes brachte, was der bestellt hatte.

Sie denkt, Anna komme, ihr Kräuter abzukaufen und verkündet, sie habe einige getrocknet. Die seien aber für einen Apothecarius, der ihr mehr dafür gebe als der Matthes und Anna soll verstehen . . .

Anna unterbricht sie und sagt ihr sehr offen, was sie begehrt. Sie nennt die Krankheit des Vaters zwar nicht beim Namen, aber die Kräuterfrau wird erraten können, was er hat.

Darauf schüttelt die den Kopf und entscheidet, sie nähme den Matthes nicht für alles Gut der Welt. Der Bauer würde ihn lebendigen Leibes begraben, sähe er ihn.

Anna ist so müde, daß sie darüber nichts empfinden kann. Sie dankt der Gerlinde und will sich entfernen. Die sieht ihr erst nach, dann hält sie sie am Gatter auf, das wegen des Viehzeugs um das Haus ist.

Sie verrät Anna, es gibt eine weise Frau im Ort; nur wenige Häuser entfernt.

Anna solle mit ihr reden; sie werde oft gerufen, auch von reichen und mächtigen Leuten, Mainzern und auch Ingelheimern und Leuten aus Bingen und Eltville. Vor allem von deren Weibern, sagt die Gerlinde, und zwinkert dabei Anna verschwörerisch zu. Manche ließen sie sogar von Fuhrleuten abholen.

Als Anna den Rat dankbar annimmt, führt die Kräuterfrau Anna zu der weisen Frau. Am Haustor verabschiedet sie sich von der

Anna und sagt, sie bete für den Matthes und solle er von seinem Leiden aufkommen, möge er sich weniger knauserig zeigen.

Die weise Frau ist, zu Annas Verwunderung, nicht älter als sie selbst, eine sehr hübsche Person, klein und stämmig, die Haare in einem lustigen Zopf gebunden, muntere Augen und muntere Bewegungen und sie gleicht in nichts dem mit Eulen und Spinnen raunenden Weib, welche die Rose um ihre Leibesfrucht gebracht hat.

Wie Anna mit ihr über dies und das redet, meint die weise Frau – sie heißt Margarethe und wird nach einer langen vergessenen Schnurre »die Zither« genannt und ihre Kunst hat sie bei ihrer Mutter erlernt – meint also die weise Margarethe, die Anna sei schwanger und wolle ihren Beistand.

Sie helfe gerne, das Kleine auf die Welt zu bringen, wann immer es komme, sagt sie. Wie weit es denn sei?

Anna erklärt ihr, daß das nicht ihre Sorge sei; daß sie vielmehr einen alten Mann auf der Welt halten müsse. Auch ihr malt sie die Krankheit des Matthes nur in groben Zügen aus.

Dennoch wird die bisher so lebhafte Margarethe sehr viel ruhiger und überlegt und denkt nach.

»Wer weiß davon?« fragt sie, als sie versteht, was ihr Anna anträgt.

»Nur die Gerlinde.«

»Hole ich ihn her, hole ich mir die Pest ins Haus.«

»Man kann ihm die Augen zubinden . . .«

»Den Mund auch?«

Anna antwortet mit dem, was die Käthe gesagt hat: Wollte der Herr den Matthes, hätte er ihn schon.

Es sei möglich, sie, die Anna, und der Arzt hätten sich getäuscht und der Matthes habe ein Leiden, das in vielem der Pest gleiche, sei aber nicht die Pest. Wie habe er sonst Wochen damit überleben können?

Die weise Frau hört schon nicht mehr zu. Sie will den Matthes nicht in ihrem kleinen Haus haben. Sie will ihn aber um Christi Barmherzigkeit auch nicht fortjagen. Er soll in ihrer Nähe bleiben. Endlich gibt sie ihre Einwilligung, daß der Matthes in einem Schuppen neben dem Haus liegen darf.

Die Nächte, sagt sie, seien schon warm genug, daß er dort nicht weiter zu Schaden komme; dort sei er für niemanden gefährlich und sie, die Margarethe, wisse sich schon zu schützen, wenn sie mit ihm umginge.

Anna umarmt sie schwesterlich. Dabei ist sie überrascht, wie angenehm sich die kleine Margarethe in ihren Armen anfühlt.

»Holen wir ihn!« sagt die weise Frau mit ihrer ursprünglichen Heiterkeit.

Das Geschäft ist nicht so einfach zu bewerkstelligen, wie es sich beschreiben läßt. Darüber gehen noch einmal Stunden hin, bis der Matthes auf Stroh geborgen liegt. Anna und Käthe bleibt nichts anderes, als die Nacht bei der Margarethe zuzubringen. Wie sie sich am nächsten Morgen von ihr und dem Vater verabschieden, haben sie das Gefühl, der Matthes sei in Sicherheit – soweit man auf dieser Erde in Sicherheit sein kann.

11.

Es dauert Wochen, bis lange nach Pfingsten, daß der Matthes aufkommt und zurückkehren kann.

Daß er kommen wird, ist den Schwestern schon an dem Morgen gewiß, an welchem sie sich von ihm und der weisen Frau verabschieden. Sie würden, müßten sie darauf eine Wette eingehen, all ihre Habe setzen, daß die fröhliche Margarethe der beste Arzt ist, den er finden kann.

»Schade«, sagt Käthe gut gelaunt, wie sie von deren Haus weggehen.

»Was ist schade?« fragt Anna.

»Eine solche Frau hätte er sich suchen sollen . . .«

»Ja, schade«, stimmt auch Anna heiter zu. »Aber sie werden ja eine Weile zusammen sein. Vielleicht . . .«

»Der Esel Matthes fiebert nach seiner Rose. Darin kann ihn niemand heilen.«

»Sieh nicht so schwarz«, rät Anna.

Weder Anna noch Käthe wüßten zu sagen, warum der Matthes gesunden *muß*. Doch daß er gesunden wird, ist ihnen selbstverständlicher, als daß am Abend die Sonne unter- und der Mond aufgeht.

Wirklich täuschen sie sich in ihrer Ahnung nicht. Wann immer sie von ihm hören oder ihn sehen (die Töchter besuchen den Matthes nicht oft; immerhin machen sie sich manchmal zu ihm auf) geht es ihm besser und besser. Die Geschwulst trocknet aus, seine Kraft kehrt zurück und nach und nach lernt er seine Beine wieder benutzen.

Wie es nicht ausbleiben kann, reden Anna und Käthe oft mit ihm über den Spitalarzt und wie er den Matthes schwimmen gelehrt hat. Der Matthes malt dann aus, bei seiner Rückkehr werde er den Spitalarzt mit seinem Erscheinen zu Tode erschrecken. Er will ihm nämlich sagen, er sei ein Wiedergänger und ähnlichen Unsinn. Dabei merkt man aber heraus, dem Arzt von Heilig Geist ist er nicht gram; im Gegenteil, er verzeiht ihm sein hartes Handeln. Er selbst würde es auch nicht anders begonnen haben, hätte er in dessen Haut gesteckt, behauptet er.

Dagegen wird er fuchtig, als er hört, Käthe hat dem Arzt der Antoniter, als der mit einem Schwein an der Leine durch die Gasse ging und sein Bernbrot forderte (eine Gabe, die das Schwein und letztlich die Mönche fett werden läßt), wahrhaftig was gegeben. »Die Blutegel! Und du fütterst sie!«, wütet er und an seiner Haltung wird deutlich, er ist wahrhaftig bald wieder der Frühere.

Wie er dann aber eines Tages leibhaftig in der Tür steht und wieder von allem Besitz ergreift, was seins ist, wird der Empfang viel rührseliger und tränenreicher und turbulenter, als die Töchter es vermutet haben.

Der Matthes steht nämlich mit gesunder Farbe und in tatenfroher Haltung da (als habe er nur einen Spaziergang unternommen und kehre erfrischt zurück) und fordert den Tribut, der ihm reichlich gewährt wird.

Die Knechte und Badweiber drängen sich um ihn, Anne und Käthe werfen sich ihm an die Brust, auch die Beghine drängt sich an ihn wie eine Liebende und mancher der Gäste bemüht sich aus der Badstube oder aus dem Schweißbad, um den Matthes zu begrüßen.

Am Ende weint der Matthes nicht weniger als die Töchter.

VI.

1.

Die Wiederkehr nach wochenlanger Abwesenheit begeht der Matthes mit einem großen Fest.

Eingeladen sind seine Leute und Leute aus anderen Badhäusern, der Schneider Maskopp und der Wirt des »Hollerbaums« und andere Nachbarn und jeder seiner Gäste, dem es gefällt, mit dem Matthes zu feiern.

Es gibt Wein und Bier und grüne Suppe, gesalzene Bricken und Salm und Hecht, Huhn und Schwein und süße und salzige Kuchen; es wird gescherzt und getanzt und gebadet und man läßt den Matthes hochleben. Die Beghine hält sich den ganzen Tag und den halben Abend über versteckt; man denkt, sie ist in ihrer Kammer und preist den Herrn für das, was er an dem Bader vollbracht hat. Als der Matthes aber einmal in die Küche gehen will, zeigt sich, sie hat auf der Treppe auf ihn gewartet. Sie beugt sich nämlich rasch über das Geländer, bewirft ihn mit einer Handvoll hauchdünner Blätter von Gold und Silber und versteckt sich wieder, als dürfe sie sich nicht sehen lassen. Jedes Blatt ist nicht dicker als ein Haar und weicher als eine Feder und als sie sich auf die nasse nackte Haut des Mannes legen, machen sie aus dem Matthes einen Apoll. Der Bader sieht ungläubig an sich herunter und schwankt zwischen Ärger und Freude. Wie sich die Beghine kichernd ein zweites Mal übers Treppengeländer beugt, dankt er ihr freundlich seufzend.

Dennoch zögert er, so verschönt in die Badstube zurückzukehren. Auch die Festgäste wissen erst nicht, was sie von dem vergoldeten Matthes halten sollen. Seit wann laufen Bader wie lebendig gewordene Heiligenfiguren herum? Der Spielmann findet die richtigen Worte. Er greift ins Leere und hat, man weiß nicht wie, plötzlich Verse in der Hand. Sie sind grob und derb und komisch und laufen darauf hinaus, wäre der Matthes immer so prunkend gewesen, wäre die Rose geblendet worden und hätte die Augen nicht wenden können. Immerhin habe er, wenn auch sehr spät, erkannt, woran es fehle, nämlich an Glanz. Der Schimmer des Goldes ziehe bekanntlich alle Weiber an und so müsse man sich nicht wundern, ginge die Tür auf und die Rose trete ein.

Wie nun wirklich die Tür aufgeht, sehen alle erwartungsvoll dorthin. Der Matthes hält den Atem an, weil er meint, sein Röschen komme wahrhaftig nach ihm zu suchen.

Es ist aber nur der Wenzel und wie er auf seinen schweren Armen einen gewaltigen Schweinskopf hereinträgt, löst sich die Spannung in einem kreischenden Gelächter. Der Wenzel weiß nicht, was es bedeutet und man merkt ihm an, er würde am liebsten umkehren.

Danach geht das Fest in der vorherigen Weise fort. Und als sich die Männer und Frauen lange genug nackt und halbnackt angestachelt haben, erlauben sie sich die üblichen Freiheiten und Freuden. Es kommt zu Heimlichkeiten, Eifersucht und Streit und Schlägereien; kurz, wie der Tag und die Nacht voranschreiten, liegen die einen im Rausch und die anderen sind von Trauer über sich und den Lauf der Welt erfüllt.

Der Matthes, der von den Weibern und dem Fressen satt ist, daß er kotzen könnte, sitzt mit dem Prokurator zusammen. Der Richter ist erst den späten Abend gekommen. Er wollte gleich wieder gehen, wie er die schlappen und trunkenen Leiber sah und in Erbrochenem auf dem Boden fast ausgeglitten wäre. Nur wegen des inständigen Bittens des Matthes ist er geblieben. Der Bader hat ihm nämlich gesagt, er sei zu einer großen Wallfahrt entschlossen und wolle sie nicht länger hinausschieben. Deswegen sei er für Rat sehr dankbar und erbitte ihn vom Herrn Prokurator.

Bei dem Wort »Wallfahrt« wurde der Richter schwankend. Nun sind schon wieder Stunden um, daß er gekommen ist. In dieser Zeit hat sich der letzte Rest der ursprünglichen Heiterkeit in Suff und Geilheit und lauter Rechthaberei verwandelt. Die Blumen und Blütenblätter auf dem Wasser, womit anfangs die Badebütten geschmückt waren, sind zerfetzt, haben ihre Form und ihren Duft verloren, sind zu schwärzlichem Unrat geworden. Die Gäste wissen kaum noch, was sie tun. Einen besoffenen Kerl kann der Heiner nur mit Mühe davon abhalten, über ein Paar zu pinkeln, das noch in einer Wanne sitzt und den Tumult um sich herum nicht wahrnimmt oder als Spaß betrachtet.

Alles, was er über seine Wallfahrt schon oft verbreitet hat, hat der Richter wiederholt: Es dürfe keinen Christenmenschen geben, der dem Herrn dieses Opfer verweigere. Augustinus habe zwar gelehrt, zu Christus gelange man durch die Liebe und nicht mit einer Fahrt. Dennoch, er, Melchior von Eibisch, Prokurator am Heiligen Mainzer Stuhl, sei ein anderer Mensch nach seiner Jakobsreise und wolle man dem Herrn nahe sein, sei es unerläßlich zu wallen.

Der Matthes erwidert, er habe nicht die Wahl. Zweimal in kurzer Zeit habe ihm der Herr Gnade bewiesen und halte er, der Matthes, nicht, was er gelobt hatte, verdiene er ärgste Strafe. Von dem Herrn Prokurator wolle er hören, wohin solle er gehen und wie das anstellen?

Der geistliche Richter hebt, als er hört, dem Matthes sei zweimal Hilfe geworden, fragend die Augenbrauen. Habe er das Gelöbnis etwa wegen seines Weibes abgelegt? Es sei ihm nämlich zugetragen worden, die Rose kehre bald zurück? Darauf antwortet ihm der Bader sehr fest, was er den übrigen Neugierigen auch verkündet hat: Die Rose fühle sich dort wohl, wo sie sei, kehre aber wahrhaftig, ganz, wie man es dem Herrn Prokurator zugeflüstert habe, bald zu ihrem Mann zurück. Er habe sich mit ihr ausgesöhnt und sie freue sich auf die Rückkehr. Was aber das Gelöbnis angehe, so habe er es schon getan, als der Heiner gesundete.

Wie um seine Worte zu beweisen, legt der Matthes seinen Arm um den braven Badknecht, der verlegen stillhält.

Trotz dieser umfänglichen Erklärung blickt der Richter den Matthes prüfend an. Als ginge die Rede des Baders und sein Wissen von den Dingen nicht nebeneinander her, zögen vielmehr in entgegengesetzte Richtungen. Dem Matthes kommt es dabei so vor, als wolle der Richter mit einer List seine Ehrlichkeit auf die Probe stellen. Der Prokurator hält sich aber nicht länger mit diesem Punkt auf und erteilt dem Matthes den gewünschten Rat. Er nennt ihm Orte, wo Gnadenbilder, Ablaß und Segen auf ihn warten. Er könne sich in alle vier Himmelsrichtungen aufmachen. Wolle er nicht zu weit laufen, könne er den Rhein hinab nach Köln ziehen oder die Mosel hinauf nach Trier oder nach dem Süden, nach Einsiedeln oder St. Gallen aufbrechen. Ziehe es ihn nach dem Osten, so könne er in Walldürn im Odenwald oder in Wilsnack in Brandenburg am Blutwunder teilhaben; hier wie dort zeige es sich am eucharistischen Brot.

Doch so wie der Matthes bei Gott in der Kreide stehe, genüge eine solche übliche Wallfahrt wohl kaum.

Bei dem letzten Satz bekommt der Matthes einen nicht geringen Schreck. Ahnt oder weiß der Richter, was wirklich geschehen ist? Und wer kann es ihm verraten haben?

Ohne auf sein Erschrecken zu achten, belehrt ihn der Richter weiter. Die *peregrionationes maiores*, die drei Hauptorte der Wallfahrt, seien wie vor undenklichen Zeiten Rom, Jerusalem und eben Santiago de Compostela, wohin er selbst gepilgert war und was er dem Matthes auch anrate. Besonders, wo dem Matthes der Herzenswunsch erfüllt sei und er bald wieder seine Rose um sich habe.

Das klingt sehr nach Hohn, und der Matthes fragt sich, warum der Richter davon nicht abläßt.

Der Prokurator spricht hiervon nicht weiter. Er schildert dem Bader vielmehr ausführlich Vor- und Nachteile der drei großen Pilgerorte der Christenheit. Danach kann weder das verfallene Rom – trotz seiner Apostelgräber und trotz des Heiligen Jahres (»Blendwerk! Im Kasten soll's klimpern! Mehr ist das Heilige Jahr nicht«) – noch das von den Sarazenen eingenommene Jerusalem mit Compostela wetteifern. Rom sei, nach allem, was er davon höre, nicht mehr als ein Rattennest, mit einem Regiment Geistesverwirrter an der Spitze, und der Papst wisse, warum er dorthin nicht zurückkehre, bei aller Bedrückung, die er in Avignon erfahre. Und was die Heiden von Jerusalem übriggelassen hätten, rechtfertige schon gar nicht eine Fahrt, die leicht in Gefangenschaft oder in den Tod führen könne. Gut, er wolle es zubilligen, verfüge man über genügend Mittel, könne man in warmer Jahreszeit von Genua oder besser noch von Venedig aus mit dem Schiff ...

Weiter kommt er in seiner Rede nicht, weil nun Anna hinzutritt und die Unterhaltung unterbricht. Sie sei todmüde. Ob der Matthes nicht Schluß machen wolle?

Der Matthes verlangt darauf in guter Laune von Anna, das ihm zu überlassen. Sie soll nicht vergessen, ihr Herr sei zurückgekehrt. Sie habe wohl vergessen, was sie schuldig sei.

Anna flüstert ihm zu (aber weil er nicht mehr nüchtern ist, muß sie es laut wiederholen), es sei ungebührlich, den Herrn Prokurator so lange aufzuhalten. Der wolle sicher längst im Bett die Glieder ausbreiten, und ihm, den Matthes, täte das auch wohl.

Die Männer lassen sich davon nicht beirren; um solches solle sie sich nicht bekümmern. Was hier besprochen werde, sei wichtiger als jedes Wort, das heute gefallen sei. Er, der Matthes, entscheide über sein Leben. Denn darüber dürfe er keinen Zweifel haben, sagt ihm der Richter als sie wieder allein sind, sei er erst mal auf der Straße, wage er ein Abenteuer auf Leben und Tod. Niemand gehe davon, ohne zuvor sein Testament gemacht zu haben und oft sei es so, daß es auch benötigt werde, weil der Pilger sein Grab in einem fernen Land finde.

Er, fährt der Richter fort, halte es für das Richtige, trete der Matthes eine Wallfahrt nach Compostela an.

»Wie lange bin ich da weg?« fragt der Matthes erschrocken. Sicher, er hat dem Herrn gebührenden Dank abzustatten. Aber gleich ein Weg bis an die Pforten des Himmels?

Nun, rechnet der Richter aus, auf ein Jahr oder länger müsse sich der Matthes wohl einrichten.

»Ein Jahr keine feste Bleibe?« fragt der Matthes bang.

»Ja, ein Jahr keine Bleibe. Ein Jahr weißt du am Morgen nicht, wo du des Abends dein Haupt betten sollst - ungeachtet aller Klöster und Hospize am Wegrand. Und trotz der Pilgerführer, die dich ausrauben als hättest du ewige Armut gelobt. Anfänglich preisen sie ihre Kenntnisse von Land und Leuten über alles, und am Ende erweisen sie sich oft nicht klüger als die Pilger, die sie führen. Doch vertrau darauf, unter denen sind mit Gewißheit immer einige, die zwar den Weg noch nie gegangen sind, dafür aber alles im Kopf haben, was je von den Alten und den Neuen gesagt und geschrieben wurde.«

Aus jedem seiner Worte klingt heraus, er war ein solch vorbildlicher Pilger!

»Matthes, mach dich kundig, bevor du aufbrichst«, fährt der Herr in seinen Ratschlägen fort. »Mach dich kundig, wie nie in deinem Leben! Verlaß dich auf nichts als auf dein Wissen . . .«

Er erinnert den Matthes daran, das einzige Buch, das er besitzt, ist nicht aus Zufall der Pilgerführer, in welchem jeder Weg und jeder Steg beschrieben ist, der zur Basilika von St. Jakobus führt. Selbst die Preise, mit denen man rechnen muß, sind in dem Buch aufgezeichnet.

Auch was die Worte der fremden Sprachen bedeuten und wie sie ausgesprochen werden.

»Ich wäre nie nach Compostela gelangt, hätte ich nicht Worte gelernt, von denen ich glaubte, ich würde sie nicht einmal in meinem Leben in den Mund nehmen«, erklärt der Prokurator seinem Teilhaber.

Und nun schildert er ein Erlebnis, trocken wie ein dürres Reis. Pilger und Pilgerführer hatten sich im finsteren waldreichen Baskenland verloren und hätten nie ihr Ziel erreicht, hätte er, der Prokurator, nicht einige Worte der seltsamen Sprache der Basken gewußt. Er als einziger konnte Köhler nach dem Weg fragen und so hatte er ein Häuflein Versprengter sicher zum nächsten Dorf geführt, wo er dann einen Priester traf, der ihm - allerdings in lateinisch - sagte, die Köhler hätten die falsche Richtung gewiesen.

Der Prokurator erbietet sich, dem Matthes einen Plan mit den wichtigsten Orten aufzuzeichnen. Auch will er für ihn ein weiteres Mal in dem Pilgerbuch lesen. Das eine oder andere hat er sicher nicht mehr im Kopf.

Der Richter läßt eine Pause, in der der Matthes nach den Kosten einer solchen Pilgerreise fragen könnte. Doch entweder ist der Bader Fuß noch unsicher, ob er auf eine solch gewaltig lange Fahrt gehen soll und er wendet an diesem Abend und in dieser Nacht, in der seine Rückkehr vom Totenbett gefeiert wird, keine Gedanken an Geld. Als der Matthes schweigend bleibt, wiederholt der Prokurator seine Meinung, der Mensch werde erst dann wahrer Mensch, wenn er zu einem großen Ziel aufbreche. Nur wer Gott und seine Heiligen suche, finde sich selbst. Nur auf einer solchen Fahrt, losgelöst vom Gleichmaß des Alltags, könne man die Schöpfung und damit auch sich erkennen.

Man erfahre (das Wort sei nicht Zufall!) die Vielfalt der Natur und der Menschen und der Menschenwerke. Dann zeige sich, daß nicht nur der Mainzer Dom ein Werk von schwindelerregender Vollkommenheit sei sondern auch die Kathedralen und Türme und Mauern fremder, ferner Städte. Allüberall offenbare sich das Heilige im Vollkommenen; beweise sich, wie im Menschen das Bedürfnis eingepflanzt sei, das Jenseitige in einer zweiten Sprache auszudrücken. Statt der Worte, die immer nur unvollkommen sein könnten, griffen die Menschen zu Stein und Mörtel, Hammer und Kelle, um das Himmlische zu preisen. Diese Sprache der Steine und Farben und Formen sei so geschaffen, daß ein jeder sie verstehen könne, gleich woher er stamme und was er denke und fühle und worin er sich von seinem Nächsten auch immer unterscheide.

Ja, überlegt der Prokurator (und dabei achtet er kaum noch auf den Matthes, der stumm und wie dumm dabei sitzt) durch seine Bauten entdecke sich der Mensch in seiner Schönheit und Größe. Verzweifele man am Einzelnen, könne man sich daran aufrichten, was der Mensch in Gemeinschaft erschaffe. So betrachtet sei ein Baumeister mehr Priester als viele, die geweiht seien und der Weihen nicht würdig.

Bei diesen gelehrten Betrachtungen kann es nicht ausbleiben, daß der Matthes an den Baumeister Henne denkt, und auf welche Weise der ihm seine Rose genommen hat. Der scheint ihm wenig Heiliges um sich zu verbreiten und so kommt es, daß der Matthes den letzten Worten des Eibisch recht lustlos folgt. Offenbar bemerkt es der Prokurator nicht; anscheinend spricht er mehr mit sich als mit dem Bader. Um nun aber nicht nur mit hohlem Kopf und bedeutungsschwerem Nicken zuzuhören, fragt der Matthes, welches Gebäude denn den Prokurator bei seiner Wallfahrt besonders angesprochen habe.

Darauf wendet sich der Richter dem Matthes zu, als bemerke er erst jetzt wieder seine Anwesenheit.

Der Richter denkt kurz über die Frage nach, dann sagt er, besonders habe sich ihm natürlich der Anblick der Jakobus-Basilika als das Ziel einer langen Sehnsucht eingeprägt. Es sei so, daß man – kurz bevor man Santiago de Compostela erreiche – den »Berg der Freude« besteige, von welchem aus man die Stadt und die Kirche des heiligen Jakobus sehe. Wer sie als erster erblicke, gelte als der König der jeweiligen Pilgergruppe und deshalb sei auf dem letzten Abschnitt ungutes Gedränge und Geschiebe. Hätte man ihn nicht auf den letzten Schritten mit List zu Fall gebracht, so hätte es wohl sein können, daß er, der Melchior von Eibisch, die Ehre und die Gnade des ersten Blicks gehabt habe.

Statt sich weiter über Bauwerke zu verbreiten, kommt der Prokurator auf die Niedrigkeiten zu reden, die man bei solcher Fahrt ebenfalls zur Genüge erlebe. Von da bis zu seinem wunderlichen Erlebnis mit den beiden erschlagenen Pilgern ist es nur ein kurzer Schritt. Er schildert wieder, wie er mit ihnen wanderte, wie er sie tot fand und wie sie doch vor ihm in Compostela eintrafen und dort auf ihren Mörder warteten.

Der Matthes nickt zu allem, als habe er alles, was der Prokurator schildert mit eigenen Augen wahrgenommen. Wirklich hat er die Geschichte schon so oft gehört, daß sie ihm nicht deutlicher wäre, hätte er selbst an der Wallfahrt teilgenommen.

Ja, sagt der Matthes endlich, das sei gewiß ein unvergeßliches Geschehen gewesen. Er habe aber Wunder, wie sie der Herr vollbringen wolle, schon am eigenen Leib erlebt und erwarte kein weiteres mehr. Deshalb bescheide er sich gern mit weniger. Er habe zwar gelobt und werde sein Wort auch halten, eine große Wallfahrt zu unternehmen. Doch gleich bis an die Grenze der Welt zu pilgern und sich bis Santiago aufzumachen ...

Darauf erklärt ihm der Prokurator, es sei gewiß ein weiter Weg durch das Reich des französischen Königs und die Reiche der Könige von Navarra und Kastilien. Aber bis zum Ende der Welt sei es ein wesentlich weiterer Weg. So es denn ein Ende gebe, und damit sei nun nicht zu rechnen. Denn die Erde sei, wie uns Brunetto Latini und vor ihm viele griechische und römische Philosophen lehrten, eine riesige Kugel und wäre das bewohnte Land nicht von gewaltigen Wassern umflossen, könnte man in jede Richtung laufen und käme doch an jeden Punkt, den man sich vorgenommen hätte und komme von ihm an den Ausgang zurück, gleich wie man laufe.

Um zu zeigen, was er meint, nimmt der Prokurator ein Stück Seife, knetet es zu einem Ball und fährt mit dem Finger darum. Tatsächlich, welche Linie er auch wählt, sie führt immer wieder an ihren Ausgangspunkt zurück.

Ja, erwidert der Matthes, er habe schon früher gehört, die Erde habe die Gestalt einer Kugel. Allerdings sei es für den Verstand schwer einzusehen; wohin man gehe, man gehe auf ebener Erde und ...

Wir sollten unserem Auge wenig trauen, belehrt ihn der Richter, es lasse sich ebenso bereitwillig täuschen wie unser Herz. Da müsse man sich schon an die größere Einsicht der Gelehrten halten. Und wenn sie uns aus der Schrift errechneten, wie alt die Erde sei oder aus genauer Messung wüßten, welche Form der Stern habe, auf welchem wir existierten, dann solle man sich dafür dankbar zeigen und ihnen nicht widersprechen wollen.

Bei der Art, wie der Richter die Stimme hebt, schweigt der Matthes erschrocken still. Es liegt ihm weiß Gott nicht daran, den Prokurator gegen sich aufzubringen.

Der Eibisch erkennt die Bereitschaft des Matthes, sich ihm in allem zu unterwerfen und fährt gnädig in seiner Unterweisung fort. Wenn uns die Sterne wie Punkte am Nachthimmel erschienen, sagt er, wie sollte die Erde wohl von dort betrachtet aussehen?

Aber, wechselt der Richter die Rede, sie sollten statt über solche Allgemeinheiten zu reden, besser über die Wallfahrt des Matthes sprechen. Zu welchem Ziel habe er sich entschieden?

Der Matthes wird einer Antwort enthoben, weil sich Gäste bedanken und ihn umarmen wollen. Er bringt sie zur Tür und rechtet dann mit sich, ob er sich wieder zum Prokurator setzen soll oder nicht. Er fürchtet, er wird, gerührt wie er wegen seiner Auferstehung ist und geehrt durch die Auszeichnung, die ihm der Prokurator mit seiner Anteilnahme und seiner Belehrung gewährt, mehr versprechen als ihm den morgigen Tag lieb sein wird.

Eine Wallfahrt nach Compostela? Wann soll er dann zurückkehren, kehrt er je zurück?

Er schiebt die eine oder andere Hausherren-Pflicht vor, fragt den Prokurator auch höflich, ob er ihn nicht über Gebühr aufhalte. Der ist aber in der Laune zu reden und zu trinken, winkt nur ab und läßt sich von einer Baddirne den Krug wieder füllen.

Noch später fährt er dort fort, wo er unterbrochen wurde. In einem habe der Bader recht, sagt er, gehe man mit dem Lauf der Sonne, gelange man in Compostela an die Grenze des bewohnbaren Landes; das unermeßlich weite Meer (auch für ein Schiff unbezwingbar) hindere den Menschen daran, weiter westwärts zu gelangen. Wenn sich der Matthes jedoch die gesamte Welt erlaufen wolle, scherzt er, müsse er statt nach Westen nach Osten wandern. Ginge er dorthin, könne er sich gleich seine fremden Gewürze mitbringen; die kämen nämlich aus solchen Gegenden. Begebe sich der Matthes nämlich nach Osten, begebe er sich zwar auf schier endlose Wege und in Länder, deren Namen wie der von Feen und Fabelwesen klängen und dennoch könne er immer weiter Fuß vor Fuß setzen.

Ja, sagt der Matthes, solche Länder seien sicher an dem Platz, an welchem der Herr Prokurator sie vermute. Doch ihre Bewohner glichen wohl ihren Namen und, wie er von anderen Gästen vernommen habe, seien sie mit Schuppen bedeckt oder hätten seltsame Gliedmaßen und was solle man dann bei ihnen?

Der Prokurator widerspricht lächelnd. Ja, die Menschen dort führten ein Leben, das in vielem anders sei als das unsrige. Doch bei aller äußerlichen Unterscheidung, so fremd, wie der Matthes es vermute, und so gänzlich anders als das Leben der Christen sei auch das ihrige Leben nicht. Christus, unserem Herrn, lägen sie sehr wohl auch am Herzen. Es gebe ein Reich, das das chinesische genannt werde und seine Hauptstadt sei von einem Glanz, als sei sie aus Gold und Edelsteinen erbaut. Doch selbst in diesem unendlich fernen Land gebe es einen Erzbischof der Heiligen Römischen Kirche und der gebiete über Bischöfe, Pröpste und Vikare und ersichtlich auch über wahre Gläubige, nicht anders als der Mainzer Erzbischof. Und wenn der Herr Papst seine Sendboten dorthin schicken könne, vielleicht gefalle es einem Bader Matthes auch, sich dort einmal umzusehen?

Wie der Matthes erschrocken abwehrt, sagt der Prokurator, als wäre es so beschlossen: »Gut, dann wallfahre nach Compostela!«

Der Matthes sagt darauf nicht ja oder nein, und nun streckt der Prokurator seine Hand aus und verlangt, daß der Matthes einschlägt.

Endlich, wenn auch mit Zögern und gegen seinen wahren Willen, ergreift der Matthes die Hand und besiegelt so sein erzwungenes Versprechen.

2.

Den nächsten Morgen erwacht der Matthes mit dumpfem Kopf und schweren Gliedern. Wie er mißgelaunt, beinahe mit Widerwillen die Augen aufschlägt, packt ihn Grimm. Er weiß, er hat dem Prokurator mehr zugesagt, als er halten will.

Statt nun darüber nachzudenken, wie er sein Gelöbnis einlösen kann, beginnt er mit sich und dem Richter zu hadern. Der kann gut verlangen und versprechen! Er, der Matthes, muß fürchten, wenn er nach Jahr und Tag von seiner Wallfahrt wiederkommt - und können es nicht leicht zwei Jahre werden? -, hat er kein Badhaus mehr. Soll das Wunder, das der Herr an ihm vollbracht hat, zu nichts anderem taugen als ihn um sein Vermögen zu bringen? Wie sollen die Weiber ohne seine Kraft und sein Können zurechtkommen? Gut, zu der Zeit als er auf Leben und Tod in seinen Verstecken lag, haben die Töchter und der Wenzel, wollen wir ihn nicht vergessen, gemeistert, was zu meistern war.

Dem Matthes fällt auf, während er im Keller lag, hat er nicht ein einziges Mal darüber nachgedacht, wie sie zurechtkommen. Alles war ihm wichtiger und schien ihm für sein Fortleben in dieser oder der anderen Welt notwendiger, als sich um die Angelegenheiten der Baddirnen oder der Badgäste zu bekümmern.

Nun ist er aber wieder von dieser Welt, und nun gibt es nichts als seine Arbeit und jetzt will es ihm scheinen, er verrät nicht nur sich, sondern auch seine Gäste und seine Kranken, wenn er sich aufmacht und alles hinter sich läßt und unter fernem Himmel sein Seelenheil sucht. Der Prokurator hat oft genug vor denen gewarnt und sie Abergläubische genannt, die sich alles Heil nur von Messen und Sakramenten versprechen und darüber ihr tägliches Tun gering achten. Welchen Gefallen soll der Herr daran haben, daß er, der Matthes Fuß, sich zu den Grenzen des bewohnten Landes aufmacht? Denn alle Spitzfindigkeit des Prokurators, in welchem Winkel der Welt die Grenzen noch sein könnten oder nicht sein werden, helfen ihm nichts. Er wird, bricht er morgen oder die nächste Woche oder den nächsten Monat auf, eine Reise unternehmen, nicht weniger gefahrvoll als die, die er pestkrank vollbracht hat.

Jeder Gedanke, den er daran verwendet, macht ihm den Prokurator verhaßter. Seine schlechte Laune weicht nicht. Sie führt aber zu nichts anderem, als daß er mit allen im Haus in Streit gerät. Einmal schleudert Anna in ihrem Zorn ihm an den Kopf, hätte sie gewußt, wie er sich nach seiner Rückkehr gebärde, hätte sie ihn nicht aus dem Wasser gezogen.

Das mäßigt den Matthes nicht lange. Über die geringste Kleinigkeit kommt es zum nächsten Zank. Diesmal beschimpft er wegen nichts eine der Reiberinnen. Die wehrt sich gehörig und sagt ihm, er treibe es wie eine Schwangere. Nach kurzem Nachdenken erkennt er: So ist es, so fühlt er sich. Statt eines Kindes, das er nicht will, hat er ein voreiliges Versprechen in sich, das er abtreiben will.

Erst, wie er sich darüber im reinen ist und entdeckt hat, was ihn wirklich beschwert, spricht er deswegen mit Anna.

Sie ist entsetzt, was er gelobt hat.

Andererseits, sagt sie, er ist nicht der erste, der mit der Jakobsmuschel am Hut zurückkehrt. Schließlich gibt es ganze Bruderschaften früherer Jakobuspilger mit eigenen Kirchen und eigenen Hospizen; warum soll er, hält er denn sein Versprechen, nicht auch wohlbehalten zurückkehren?

Und das Haus?

Anna zuckt die Schultern. Was wäre gewesen, er wäre nicht mehr aufgekommen?

Den Matthes kränkt, daß Anna seiner so leicht entraten kann.

»Wenn du nicht gehst - der Eibisch macht dir das Leben zur Hölle. Was willst du ihm sagen, daß du nicht gehst? Du hast ein Fußleiden?« höhnt Anna.

Der Matthes wirft darauf einen Mantel um sich und verläßt das Haus.

»Wo gehst du hin?« fragt ihn die gerade von einer Andacht zurückkehrende Käthe unschuldig. Den Ablaßzettel hält sie dabei noch in der Hand und sicher bringt er den Matthes noch weiter auf. Jedenfalls sagt er, statt ihr Auskunft zu geben: »Vergeude nicht unser Geld. Sündige erst mal, bevor zu beichtest!«

Käthe weiß nicht zu antworten und sieht ihn aus ihren großen, immer etwas feuchten Augen unglücklich an.

Der Matthes sagt darauf, sie und sich halbwegs beschwichtigend: »Muß ich jeder von euch Rede und Antwort stehen?«

Käthe huscht darauf unter Entschuldigungen ins Haus und der Matthes geht unschlüssig einige Schritte. Er weiß nicht, wo er hingehen soll. Es kommt ihm in den Sinn, den Schneider Maskopp aufzusuchen und dessen Rat zu hören. Kaum denkt er an den Schneider, ärgert er sich über den. Was der zu raten hat, weiß er eh! Plötzlich wendet er sich um und geht zum »Hollerbaum« hinüber.

Die Tür der Schenke ist abgeschlossen, aber auf dem Hof sind die Leute des Wirts mit den üblichen Verrichtungen beschäftigt.

Sie sagen dem Matthes, der Wirt sei nicht da, doch der Matthes ist auch nicht seinetwegen gekommen.

Er will den Dertsch sprechen, den Brauer des Hollerwirtes.

Eine Magd ruft nach ihm. Nach dem zweiten oder dritten Rufen kommt der aus seinem Sudhaus; Beine und Arme nackt, nur eine Lederschürze über seinem Kittel und Holzschuhe an den Füßen. Der Matthes kennt ihn natürlich, doch nur vom Ansehen. In den Jahren, die der Brauer beim Hollerwirt ist, haben sie noch kein Dutzend Sätze gewechselt. Er sieht ihn auch so selten, daß es ihm vorkommt, der Mann sei in der letzten Zeit geschrumpft. Der Dertsch war immer ein kleiner Mann. Aber nun, wo er ihm gegenübersteht, denkt der Matthes, er ist ein Zwerg mit starken Armen und kräftigen Beinen. Nun erscheint er dem Matthes mißgewachsen.

Der Dertsch erklärt wie die anderen Leute im Hof eifrig, daß der Hollerwirt nicht in seiner Wirtschaft ist. Der Matthes erwidert ihm, ihn brauche er auch nicht für sein Geschäft.

Er habe einige Fragen an ihn, den Dertsch, und die möge er ihm beantworten, wo er wolle. Am besten aber so, daß man ihnen nicht zuhöre.

Die Augen des Brauers gehen bei den letzten Worten des Matthes hin und her. Offenbar wittert er eine Gefahr. Wie gern würde er dem Gespräch ausweichen, wüßte er nur wie.

Schließlich deutet er auf sein Reich und lädt den Matthes ein, ihm in sein Sudhaus zu folgen.

Da drin herrscht angenehme Wärme vom Feuer, das unter dem Sudbottich brennt.

Der Brauer wirft einen sorgenden Blick auf das wallende Gebräu und wendet sich nach dem Matthes um, als sei er jetzt für einen Kampf bereit und warte auf die Fanfare, die den Beginn ankündigt.

Der Matthes fragt ihn, ob es wahr ist, daß er der Mann der Beghine ist.

Der Brauer weicht einer Antwort aus. Wer das behaupte, soll der Matthes sagen!

Er läßt sich auch nicht einschüchtern, als der Matthes zurückgibt, er wisse es!

»Weißt du mehr als ich«, erwidert der Brauer, greift nach einem Knüppel und rührt damit heftig in dem Bottich, als sei das Bier zu schlagen. Nachher hält er den Knüppel wie eine Keule in der Hand.

Der Matthes fühlt sich da an seinen Wenzel erinnert, diesen kriegerischen Bader, forscht aber nicht länger nach Ähnlichkeiten zwischen den Männern. Er wiederholt vielmehr seine Frage: »Ist sie dein Weib oder ist sie es nicht?«

»Ich denke, du weißt es!« gibt der Brauer zurück und wird wieder heftig: »Ich hab ein Weib. Du kennst es. Zwei brauche ich nicht. Jetzt gib Ruh!« Und danach, gleichsam witternd: »Was hab' ich mit deiner Betschwester zu schaffen?«

»Meine Betschwester ist sie wahrhaftig nicht . . .«

Der Brauer läßt sich auf nichts ein.

Der Matthes gibt sich damit nicht zufrieden, sagt ungeduldig, man solle endlich zum Kern der Sache kommen, er wisse, was es mit der frommen Frau auf sich habe.

Darauf läßt sich der Brauer zu der mürrischen Frage herbei, was der Matthes mit seiner Rederei bezwecke.

Der Matthes spürt, wenn er jetzt nicht einen Zugang zum Herz oder zum Hirn des Mannes findet, geht er besser nach Haus. Dann wird der Brauer verstockt bleiben.

In seinen eigenen Ohren klingt es fremd, wie er gesteht, er sei schwer krank gewesen und manchmal, wenn es zwischen Wachen und Schlaf gewesen sei, habe er an den Dertsch gedacht.

Auf dem Gesicht des anderen breitet sich ungläubiges Staunen aus. Es ist, als laufe eine Flüssigkeit aus, und der Fleck werde rasch größer. Erst ist der Unglauben in den Augen, dann zeigt er sich in den Mundwinkeln und in der ganzen Haltung des Mannes.

Warum will der Matthes an ihn gedacht haben? Was haben sie miteinander zu tun?

Es ist keine Finte, was er dem Dertsch gesagt hat. Es ist wahr. Er hat oft an ihn gedacht. Oder eigentlich mehr daran: Wie kann man einem Menschen davonlaufen, dem man sich verbunden hat? Sei die Beghine nun gewesen, wie sie war und ist, ganz hat der Matthes es nicht verstanden. Wie hat der Dertsch es übers Herz gebracht, ihr davonzugehen? War es der Wunsch, ihrem verwirrten Gerede zu entfliehen? Oder wollte er nur ein Weib, wie sie zu Dutzenden umherlaufen, gesunde Hände und gesunde Beine und die Fähigkeit, ihm eine Suppe zu kochen und das Hemd zu flicken? War es das, was er gebraucht und gesucht und nicht in ihr gefunden hat? Oder hat ihm das geheimnisvolle Brummeln und Brabbeln der Beghine eine Furcht gemacht, die er nicht ertragen konnte?

Es mag sein, er müßte den Brauer etwas ganz anderes fragen. Er müßte fragen: Warum ist mir meine Rose davongelaufen? Doch diese Frage kann er nicht stellen, und deswegen fragt er ihn eben nach dessen Frau.

Die Tür geht auf, und das Weib des Dertsch kommt wie zufällig herein. Es ist offenbar, sie will ihren Mann schützen; sie ist prall und aufgeschwemmt und der Matthes überlegt, ob sie nur vollgefressen ist oder ob sie ein weiteres Kind kriegt. Sie wird wohl schwanger sein.

Die Frau flüstert kurz mit dem Dertsch. Der gibt ihr zu verstehen, er benötige ihre Hilfe nicht, schickt sie jedoch auch nicht weg. Darauf macht sich die Frau am Bier zu schaffen. Wie sie sich aber immer wieder nach dem Matthes umsieht, zeigt, das Bier ist nur Vorwand.

Vielleicht, denkt er, wie er das bemerkt, hat der Dertsch recht gehandelt. Solchen Beistand hätte er von der Beghine nicht erhalten. Vielleicht ist diese hier wirklich das Weib des Dertsch und keine andere.

Der Matthes sagt dem Dertsch, er solle ihm ehrlich antworten. Wie die Antwort auch ausfalle, es werde nichts verändern. Er werde die Beghine nicht aus dem Haus jagen, noch sie ihm zurückschikken. Er werde sie weiter nähren wie manche andere Faulenzerin auch. Er wolle nur verstehen, warum er, der Dertsch, dem Weib davongelaufen sei.

»Ich?« sagt der Dertsch. »Ich bin niemandem davongelaufen.«

»Sonst wärt ihr noch zusammen!«

»Sie ist mir weggerannt. Eines Morgens bin ich aufgewacht. Das Bett war kalt, und ich wußte nicht, wo sie geblieben ist. Über Wochen habe ich nicht gewußt: Lebt sie noch oder ist sie erschlagen worden? Und wo liegt sie? Was habe ich mir den Kopf zerbrochen. Ärgeres kann einem nicht widerfahren ... *Ich* habe sie nicht verlassen. Besser wär's gewesen!«

»War sie immer so?«

Der Dertsch wartet ab. Wieder zeigt sich eine gewisse Schläue. Der Matthes empfindet sie, weil er so denken kann wie der Mann. Welchen Vorteil soll er haben, breitet er hier die Vergangenheit aus, tot wie sie nun einmal ist?

»Hat sie immer von morgens bis abends auf den Knien gelegen?«

»Liegt sie auf den Knien? Laß sie was schaffen!«

»War sie so, wie sie jetzt ist oder war sie anders?«

Der Dertsch zögert mit einer Antwort, sieht rasch nach seiner jetzigen Gefährtin, aus der Rippe Adams geformt und von treuer Anhänglichkeit. Kann er, während sie zuhört, sagen, die Beghine war eine schöne Frau, bevor sie verblühte? Kann er in ihrem Beisein sagen, daß die erste ihm, als das Feld noch ihr Bett war, mehr Freude bereitet hat als die zweite? Kann er jetzt sagen, er habe an ihr gehangen, noch als er ihre Frömmigkeit zu fürchten begann?

Er kann es nicht und deswegen antwortet er, ja, die Beghine sei immer recht seltsam gewesen und habe viel von Hexen und Teufeln geredet. Oft habe sie sich mit anderen Frauen getroffen, die er nicht gekannt habe, und die von anderen Dörfern gekommen waren und mit denen sie sich eingeschlossen habe, um über Christus und seine Heiligen und seine Widersacher zu reden. Sie habe ihre Meinung vor ihm versteckt. Er habe aber bald erfahren, sie denke wirres Zeug. Das sei immer ärger geworden. Angefangen habe alles damit, daß sie kein Fleisch und keine Eier mehr gegessen habe, sondern nur noch Früchte und Gemüse. Sie habe nämlich geglaubt – oder die Weiber hätten es ihr eingeredet –, es sei Sünde, ein Tier zu töten, fast eine größere Sünde als einen Menschen. Dann sei ihr Verstand aber völlig verwirrt worden. Sie habe geglaubt, nicht Gott, sondern Satan habe die sichtbare Welt geschaffen. Alles, was man mit Händen greifen könne, galt ihr auf einmal als böse, auch das Kreuz, an welchem Christus starb, auch die geweihte Hostie.

Ihr seien Gedanken gekommen, die jeden erschreckten, der sie hörte. Nicht nur ihn; auch ihr Pfarrer habe lange um ihre Seele gerungen. Sie habe gesagt, da alles Fleischliche Sünde sei, sei auch jede Umarmung Sünde. Deswegen habe sie sich – manchmal fuchtig wie ein Besenbinder, meist aber sehr liebevoll – geweigert, sich ihm zu lassen. Die Sünde von Adam und Eva sei nicht gewesen, habe sie geflüstert und gehechelt, den Apfel vom Baum der Erkenntnis zu pflücken, sondern daß sie sich fleischlich vereinigten.

Er, der Dertsch, und ihr Pfarrer hätten sie beschworen, keinen Menschen von ihren Gedanken erfahren zu lassen. Sie habe auch darauf gehört (oder auf die Weiber, mit welchen sie sich traf) und ihren Mund verschlossen gehalten. Nach und nach sei ihre Sprache dabei immer wirrer und immer unverständlicher geworden und ihre Rede habe gänzlich ihren Sinn verloren. Und eines Morgens sei sie verschwunden gewesen, wie er schon gesagt habe. Er sei verzweifelt gewesen und habe nicht gewußt, wo er suchen sollte. Dann sei er darauf gekommen, in Mainz zu suchen, weil die Beghine immer viel von Mainz gesprochen habe.

Er sei eidbrüchig geworden und habe seine Arbeit mitten im Jahr aufgegeben und sei nach Mainz gelaufen.

Hier habe er sie lange nicht gefunden und er habe schon geglaubt, er habe sich geirrt und sie sei, wenn sie noch am Leben sei, an einem anderen Ort. Aus schierem Zufall seien sie sich endlich begegnet. Da habe er sein jetziges Weib schon am Arm gehabt, und die Beghine habe sich schon gekleidet wie eine Nonne und nichts mehr von ihrem kräftigen Haar und ihrem festen Busen gezeigt. Sie habe sogar so tun wollen, als kenne sie ihn nicht und habe in ihrer sonderbaren Sprache mit ihm geredet. Das habe er aber nicht zugegeben und endlich habe sie gestanden, ja, sie wolle nicht länger seine Frau sein, sondern die Frau des Herrn Jesus Christus.

Erst über diese Anmaßung sei er wirklich erschrocken, sagt der Dertsch und aus dem Kopfnicken seines Weibes geht hervor, so muß es gewesen sein.

»Wer hat sie auf alles gebracht? Die Weiber?« fragt der Matthes. Denn solche Gedanken wachsen nicht, denkt der Matthes, ohne daß jemand Samen in die Erde legt.

Der Brauer behauptet, es nicht zu wissen.

»Wer sonst als die Weiber? Die haben ihr einen Floh unters Hemd gesetzt«, antwortet statt seiner seine Frau und abfällig, als sei ihr ein Schaden aus der Frömmigkeit der Beghine erwachsen und nicht ihr Glück.

Der Matthes betrachtet den Brauer. Hat er keine Furcht, daß man ihn belangt? Er hat zwei Frauen geheiratet, und beide leben und, als ob das der Verfehlung nicht genug sei, auch noch in einer Gasse. Wenn er, der Matthes, davon weiß und seine Töchter, werden es auch andere wissen. Und niemand trägt es dem Rat zu oder den Priestern?

Es ist, als ob die Frau des Dertsch ahne, was der Matthes in seinem Kopf bewegt. Sie hängt sich bei ihrem Mann ein und sagt, fast trotzig: »Das Weib hat seinen Verstand verloren. Das ist schlimmer als der Tod.«

»Ja«, stimmt ihr der Dertsch zu, »sie waren alle nicht mehr richtig im Kopf. Sie haben sich die Predigten in einer Weise ausgelegt. Toller kann man es nicht treiben.«

Die Frau des Dertsch faßt Vertrauen, daß ihre Ansicht von allem auch gehört wird (oder daß sie sie verbreiten darf) und sagt mit unüberhörbarer Bosheit: »Die Fromme hat sich gedacht, Mainz ist ein heiliger Ort. Deswegen ist sie hierher gerannt. Hat's ja auch sehr heilig getroffen.«

Der Matthes erwidert nach einigem Nachdenken, jeder müsse nach der Seligkeit suchen und wo er sie finden könne, vermöge niemand vorauszusagen.

Darauf sehen ihn der Dertsch und seine Frau unsicher an. Als sei er auch das Opfer der Beghine geworden und rede statt wie ein Bader wie ein Prediger. Wahrhaftig ist der Matthes in seinen Gedanken nicht bei ihnen und im Sudhaus des Hollerwirts. In Wirklichkeit ist er bei der ewigen, jeden Tag bestimmenden Sorge um das letzte Gericht und ob wir im Himmel oder in der Hölle enden werden.

Kann es nicht sein, geht es ihm durch den Kopf, die Beghine findet in seinem Haus, wessen sie in Wahrheit bedarf, bei aller Unzucht und aller Untreue, bei allem Gekeuche und Gestöhne, von welchem die Mauern des Hauses voll sind wie ein Schwamm mit Wasser getränkt ist?

Und umgekehrt?

Wenn er denn nach Compostela geht, erfüllt er, was er dem Herrn gelobt hat? Findet er, wonach seine Seele lechzt? Oder ist er nur zu feige, dem Prokurator zu widerstehen?

3.

Es ist Mai, als der Matthes zu seiner Pilgerfahrt aufbricht.

Am Tag des heiligen Servatius erhält eine Gruppe von Pilgern, die sich aufmachen nach Trier zu wallen, in der Kirche der Augustiner den Segen.

Der Matthes hat ihre Erlaubnis, daß er sich ihnen anschließen darf. Ist er erst in Trier, will er, wie es ihm der Prokurator geraten hat, nach Jakobspilgern suchen, die von Aachen kommen und die obere Straße nach Compostela einschlagen.

Jetzt steht er also inmitten dieser Schar von etwas mehr als zwanzig Männern und Frauen; auch drei Kinder sind bei ihnen. Die meisten sind Handwerker oder Gehilfen von Handwerkern. Allerdings gehören auch ein Edler, einer der Herren von Stadecken, und seine Frau und zwei seiner Diener und sein sehr junger Kaplan zu der Pilgergesellschaft. Auf einer solchen Reise zu Gott sollen die Rangunterschiede nicht gelten. Alle sollen Brüder und Schwestern sein und statt an ihre Eitelkeiten zu denken, sollen sie sich um Einsicht und Einkehr bemühen.

Deswegen muß der Matthes nicht an letzter Stelle stehen, sondern darf mitten unter ihnen sein, und auf das *kyrie eleison* des Paters, der die Messe liest, hat er nicht weniger laut und selbstbewußt geantwortet als einer der übrigen Pilger.

Dennoch hält er während der ganzen Messe den Wanderstock und den Pilgerhut (ein bewährtes Stück aus festem grauen Filz und breiten Krempen, welches schon anderen Pilgern gute Dienste geleistet hat; der Matthes hat es bei einem Trödler gekauft) in der Hand, als müsse er sich schon hier bei den Augustinern vor Unbill schützen. Auf seinem Gesicht ist ein Zug von Schmerz und Zuversicht, daß Anna nicht weiß: Tritt er seine Fahrt frohen Herzens an oder bereut er sie, bevor er noch den ersten Schritt getan hat?

Es mag sein, er hält sich für einen gottgefälligeren Pilger, da er bis an die fernsten Grenzen gehen will statt nach der Bischofsstadt Trier.

Und das Gegenteil kann wahr sein. Er dünkt sich dann ein Narr, weil er dem Prokurator nachgegeben und einen so weiten Weg gelobt hat. Denn als er sich bei den Pilgern umhörte, die nach Trier gehen wollen, hat er gelernt, Trier ist an Heiligtümern reich gesegnet. So reich, daß es zwei und mehr Wallfahrten lohnen würde. Einer der Pilger, ein steinalter Kerzenzieher - vielleicht ist er sechzig, wenn er nicht noch mehr Jahre auf dem Buckel hat -, geht schon das dritte Mal dorthin und jammert, daß er nicht, wie er es sich vorgenommen hatte, am Fest des Apostel Matthias in Trier sein konnte. Die Stadt beherbergt nämlich in kostbaren Gefäßen die Gebeine des Apostel Matthias. Beinahe ebensoviel Ruhm ruht auf dem Rock unseres Heilands, den die Trierer auch in ihren Mauern wissen und so in Ehren halten, daß sie ihn nicht vorzeigen; man kann ihm deshalb nicht die gebührende Achtung erweisen. Statt dessen wird den Gläubigen ein Nagel vom Kreuz des Herrn vorgehalten, ein Stück vom Ölbaum und ein Stein vom heiligen Grab. In einer goldenen Schatulle wird die Sandale des heiligen Andreas aufbewahrt. Der Kerzenzieher hat dem Matthes davon so unaufhörlich berichtet, daß man denken könnte, die Sandale sei das eigentliche Heiligtum. Ferner gibt es in Trier Haare vom Barte des Apostel Petrus, ein Stück seiner Kette und seinen Stab. St. Eucharius, ein Schüler des Apostels, hat mit dem Stab einen Menschen vom Tod erweckt, und seitdem erhoffen sich Kranke von der Berührung dieses Stabes Heilung ihrer Leiden. Der Kerzenzieher hat gesehen, wie ein Mensch, der sich vorher zuckend wie ein Frosch durchs Leben bewegen mußte, kaum daß er mit diesem Stab gesegnet worden war, den rechten Gebrauch von seinen Gliedmaßen machen konnte.

Der Matthes hat zwar getreulich zu Hause berichtet, was er über Trier und seine Pilgergefährten erfahren hat.

Über sein Gelübde hat er aber nicht mehr gesprochen, und deswegen sinnt Anna darüber nach, was in ihm vorgehen mag.

Der Bader trägt wie die übrigen Pilger sehr feste Stiefel an den Füßen und den schweren wollenen Pilgermantel um den Leib; auf dem Mantel sind gekreuzte Schlüssel aufgestickt, die ihn schon von weitem als Wallfahrer ausweisen und ihn vor Schaden und Übergriff bewahren sollen. Der Tag ist kalt, und man kann die warme Kleidung gut vertragen. Trotz aller Kerzen, die brennen und des Weihrauchs, der in schweren Becken glimmt, fröstelt einen und Anna wünscht, die mühselige Predigt des Mönchs und das Schlußevangelium möchten endlich um sein.

Die Anverwandten der Pilger sind von diesen getrennt. Ihre Frauen und Kinder und Eltern, die Paten und Patinnen der Jüngeren stehen in Familien beisammen. Auch der Matthes hat verlangt, alle seine Lieben und alle seine Leute sollen ihn bei seinem Auszug begleiten. Deswegen sind bei der Anna nicht nur die Käthe, sondern auch die Knechte und Mägde. Manche flennen, als wolle der Matthes nicht wallen, sondern in sein Grab steigen.

Bis zu dieser Stunde hat Anna geglaubt, der Matthes werde - trotz allen Eifers, mit dem er sich um die Vorbereitungen gekümmert hat - noch einen Kniff finden, mit welchem er sich seines Versprechens entledigen könne.

Einmal war ihm bei der Arbeit ein schweres Gerät auf den Fuß gefallen. Tagelang ging er hinkend umher. Da hatte sie gedacht, er spiele den Kranken und wolle sich drücken. Der Matthes hatte aber der Schmerzen nicht geachtet und wahrhaftig alles unternommen, was er unternehmen konnte, um seine Pilgerfahrt vernünftig vorzubereiten. Bei Notaren hat er ein Testament hinterlegt; seine Angelegenheiten mit dem Rat und anderen sind geordnet. Er hat sogar für seine Abwesenheit einen Vikar bestellt. Der Prokurator hat Vollmacht erhalten, statt seiner vor Gericht aufzutreten, sollte es zu einer Streitigkeit kommen. Zwar darf Anna vor den städtischen Gerichten ihre Sache oder die Sachen des Badhauses selbst vortragen. Vor geistlichen Gerichten sind aber keine Frauen zugelassen. Dort müssen sie durch einen Vormund vertreten sein. Da man nun aber nicht wissen kann, wer in welcher Angelegenheit vor welches Gericht gehen will oder wird, ist es ratsam, daß der Matthes sein Haus in dieser Weise bestellt hat. Für den Moment lebt der Matthes mit allen Nachbarn und Gästen in Frieden. Doch jeder weiß, Streitigkeiten flammen rascher auf als ein Holzscheit Feuer fängt, und jeder sucht sich das Gericht, welches ihm am vielversprechendsten erscheint. Umgekehrt erklärt sich jedes Gericht für alles zuständig. Darum ist jedes Urteil wie die Ziehung eines Loses.

Es hat den Matthes natürlich mit nicht geringem Stolz erfüllt, daß sich der Prokurator bereit erklärt hat, für den Matthes zu sprechen.

Anna hat es eher unbehaglich gestimmt. Manchmal will es ihr scheinen, der Prokurator strecke die Hand mehr und mehr nach dem Badhaus aus und sie will nur hoffen, daß sie sich täuscht und der Matthes recht hat und der Richter ihnen nur beistehen will, weil er ihnen wohl gesonnen ist.

Auch bei der längsten Meßfeier spricht der Priester einmal das *ite, missa est.* Als das endlich geschehen ist und die Pilger vor die Kirche treten, umarmt jeder seine Lieben und man sagt sich die letzten sinnlosen Worte; sinnlos, weil die Worte von der Furcht vor der Trennung und dem Abschiedsschmerz eingegeben sind und gute Wünsche enthalten, die weder von den Weggehenden noch von den Zurückbleibenden erfüllt werden können.

Nachdem all diese unumgänglichen Zeremonien vollzogen sind, ordnet sich die Pilgergesellschaft zu einem Zug. Der junge Kaplan tritt an die Spitze des Zuges und trägt ein Banner so hoch erhoben, als ziehe er damit gegen Satanas. Am Schluß gehen der Herr von Stadecken und seine Diener. Der Pilgerführer, ein weichlicher junger Mensch, dem trotz der kühlen Witterung Schweißperlen auf dem Gesicht stehen (Schweiß, weil er die Verantwortung für das Wohl der Pilger und die Sorge für den rechten Weg hat), umrundet seine Herde wie ein eifriger Hütehund und zählt mit dem Finger ab, ob ihm auch keins seiner Schafe abhanden gekommen ist. Fuchtig verhandelt er mit einem störrischen Knecht, der ein Fuhrwerk lenkt, auf welchem die Beutel und die Säcke der Wallfahrer liegen und welches dem Zug in gehörigem Abstand folgen soll.

Der Matthes geht auch jetzt inmitten der Schar. Bevor der Kaplan an der Spitze des Zugs eine Hymne anstimmt, in die alle inbrünstig einfallen, scherzt er mit einer pausbäckigen jungen Witwe, die neben ihm geht. Anna denkt, es wird kein Zufall sein, daß die beiden Seite an Seite schreiten; bis sie in Trier sind, werden sie wohl Gefallen aneinander finden.

Die Leute des Matthes folgen dem Pilgerzug ein kurzes Stück weit; nur die Töchter gehen bis zum Eisernen Tor mit.

Doch wie der Zug durch das Tor tritt, hat der Matthes für seine

Töchter kaum mehr als einen Gruß mit der Hand und schon wendet er sich wieder der jungen Witwe zu.

Ohne daß sie es will, ärgert sich Anna über das Weib.

Es wird schon seinen Grund haben, daß es heißt, eine Pilgerin erlange eher ein Kind als den Ablaß.

4.

Anfangs ziehen die Pilger den Rhein hinunter.

Die ersten Tage kennt der Matthes noch die Namen der Orte, durch die sie gehen: Ingelheim und Bingen und Bingerbrück. Das sind Namen, die er von Gästen gehört hat, welche schon dort waren oder von dort kommen. Er war zuvor noch nicht an diesen Orten gewesen. Es bleibt ihm sogar ein Rest von Zweifel, daß es sie wirklich gibt, selbst wie er seinen Fuß in sie setzt. Manchmal möchte er die Mauern und Tore und Kirchen berühren, um sich zu vergewissern, sie existieren. Trotz aller Beschreibung der Gäste waren die Flecken und Städte in seiner Vorstellung merkwürdig blaß, und noch wie er in ihnen umhergeht, will das Staunen nicht weichen, daß sie wahrhaftig auf ihn gewartet haben.

Es kann auch sein, er wundert sich darüber, daß *er* in ihnen ist. Diese Orte sind oft nicht größer als in Mainz ein Kirchspiel. Doch für das Empfinden des Matthes ist nicht von Wichtigkeit, ob sie um ein weniges größer oder kleiner sind. Ihn macht jedesmal staunen, daß man die Tore für ihn öffnet; daß man Abordnungen vor die Mauern schickt, die die Pilger und damit auch den Bader Matthes Fuß in die Stadt und in eine Kirche geleiten.

Das Gefühl von Unwirklichkeit und Unwahrhaftigkeit hält über Tage an und ist auch von allen weniger angenehmen Erfahrungen nicht zu vertreiben. Mag der Brei ohne Fett und ohne Geschmack sein oder mag er mit der Decke, unter die er kriechen soll, auch die Läuse aufschütteln, dem Matthes will es vorkommen, einen endlosen Sonntag zu erleben. Da macht es nichts, daß ihm der Wenzel und der Ritter Gawer gesagt haben, die ständige Wiederkehr des Ähnlichen, sogar des Angenehmen, lasse nach einer Weile den frischesten Geist abstumpfen oder wütend werden.

Deren Reisen und Fahrten waren Kampf und Abenteuer und ohne Ziel. Sie sind durch unwirtliches Land oder über die rasende See gezogen. Der Matthes geht dagegen durch einen großen Obstgarten, einen behäbigen Fluß entlang und er ist auf dem Weg zum ewigen Heil. Er und die Leute, die bei ihm sind, haben keine Eile. Jedes Kapellchen oder jedes Kreuz am Weg lädt zum Gebet ein und wird Rast gemacht, zapfen die Männer von dem Wein, den sie auf dem Packwagen haben und die Krüge gehen umher. Der Kerzenzieher, stolz auf seine Erfahrungen, warnt den Matthes. So werde es nicht bleiben; es lauerten Fährnisse genug auf sie. Nicht ohne Grund gingen sie den weiten Weg, die Flüsse entlang. Wären sie Luchs oder Fuchs und könnten sie durch Wälder schleichen, wäre Trier um vieles näher. So aber hielten, nur wenige Meilen von hier, kaum einen halben Tag zu laufen, gewaltige Wälder den raschen Weg auf. Kaum einer suche sie zu durchwandern, und nehme man es doch auf sich, finde man darin leicht sein Ende. Der Matthes hört geduldig zu, nickt zu allem und sagt, ganz so habe er es auch vernommen. Im geheimen glaubt er, der Alte übertreibe. Es ist nichts Neues, daß überstandene Gefahren in der Rückschau größer und größer werden und Gefahren, die man gemieden hat, unüberwindlich. Warum sollte der Kerzenzieher eine Ausnahme machen?

Er, der Matthes, kommt aus diesen Wäldern. Wenn er unbeschadet in ihnen leben und sie gesund verlassen konnte, warum soll man sie dann nicht durchqueren können?

Er sucht sein Erleben mit seiner Erinnerung zu vergleichen. Er war nur einmal auf der Straße gewesen; nur eine Weile hatte er am Abend an Orten ein Dach über dem Kopf gesucht, die er den Morgen noch nicht gekannt hatte und oft keines gefunden. Doch damals war er nicht auf Wanderschaft und nicht auf Pilgerfahrt gewesen; da war er auf der Flucht vor dem Tod und sein Laufen war blindes Umherirren auf der Suche nach einem sicheren Platz gewesen.

Daß er, ein Bader, nun an gewöhnlichen Werktagen, hinter einer geweihten Fahne heiter einhergehend, alle Arbeit Arbeit sein lassen darf; daß er an drohenden Burgen vorbeischreiten darf, ohne daß man ihn anhält oder einfängt; daß ihm kein Joch aufgelegt wird und er in kein Gespann gezwängt wird, das ist es wohl am meisten, was ihm unglaublich erscheint.

Der Lobpreis des Herrn füllt den kleineren Teil des Tages, die Messe am Morgen und die Andacht am Abend und die Gebete an den Kreuzen und Heiligenbilder am Wegesrand. Den größten Teil nimmt die Bewunderung Seiner Schöpfung ein. Vor den Felsen des Binger Lochs konnte der Matthes nur glotzend und mit offenem Mund stehen.

Natürlich hatte er wie die übrigen Pilger schon von ihnen vernommen. Dennoch, wie sich die Wallfahrer ihnen näherten, machten die Felsen die ganze Gesellschaft schwindeln. Einige Ängstliche wollten ihren Fuß nicht mehr weiter vor den nächsten setzen, weil sie sich bei dem Höllenlärm fürchteten, welchen die tosenden Wasser hervorbringen. An dieser Stelle wird der Fluß nämlich in eine Enge gepreßt, und dagegen wehrt er sich aufbäumend. Damit nicht genug, ragen aus den Fluten des Rheins Felsbrocken hervor, die nur Riesen dort hineingeworfen haben können.

Die Wasser scheinen sich mit diesen Steinen zu messen. Mal umbrausen sie sie, türmen sich auf und werfen sich auf die Felsen nieder, als wollten sie sie zerbrechen. Dann wieder umschmeicheln sie sie sanft, beinahe unterwürfig. Dem Matthes kam es vor, der Fluß und die Felsen trieben ein Spiel miteinander. Er meinte, die Felsen hätten sich manchmal geduckt, seien unter Wasser gekrochen, daß der Fluß sie nicht mehr fangen könne, und seien an anderer Stelle wieder aufgestiegen.

Lange hatte er das Schauspiel verfolgt und die übrigen Pilger hatten es nicht anders gehalten. Alle waren sich in ihrer Bewunderung für die Schiffer in ihren schweren plumpen Schiffen einig gewesen. Wie es denen gelang, ihre Schiffe zu steuern, daß sie, obwohl hin- und hergeworfen, nicht an den Klippen und Felsen zerschellten, errang ihre Bewunderung.

Bei ihrem Anblick erzählte der junge Kaplan, vor langer Zeit habe der Teufel die Schiffer verderben wollen und in einer dunklen Nacht Felsbrocken so ins Wasser gesetzt, daß sie an ihnen zerbrechen sollten. Die Schiffer hätten jedoch den Teufel überlistet, indem sie ihm eine Kanne Wein hinstellten und heimlich immer wieder füllten. Trunken, wie er bald gewesen sei, habe der Teufel die Steine mit großer Anstrengung und ohne Verstand im Fluß umhergewälzt, bis er gegen seinen Willen den Schiffern wenigstens Rinnen geschaffen habe, durch welche sich die Schiffe talwärts und aufwärts bewegen konnten und können.

Der Kaplan machte in drolliger Weise vor, wie der Teufel am nächsten Tag gotterbärmlich fluchte, als er sah, wie man ihn reingelegt hatte und wie er wütend und immer noch besoffen in sein Höllenreich davonfuhr.

Er erzählte sein Wissen so, daß man merkte, es kam ihm auf den Schalk an und nicht auf die heilige Geschichte. Sie mochte wahr sein oder nicht, das war ihm nicht wichtig. Der Kaplan hat viel von einem Possenreißer. Wenn er sich von seinem Herrn unbeobachtet glaubt, bringt er die Leute in seiner Nähe gern mit Nachäffereien oder Wortspielen zum Lachen. Der Matthes hat Tränen vergossen, wie der Kaplan einmal sein geistliches Gewand mit einem Kissen ausstopfte und eine Schwangere spielte. Manchmal denkt er, es könne nicht lange dauern und der Priester werde seine Weihen vergessen und sein Gewand für immer gegen das eines Narren vertauschen.

Bei dem Anblick der ungebärdigen und nicht zu zügelnden Wasser verstand der Matthes aber eine andere Legende und erkannte deren Wahrheit. Der Prokurator hat ihm nämlich geschildert, wie Gott den toten Leib des Apostel Jakobus vor dem Untergang bewahrt und der Christenheit zur Gnade erhalten hat. Vor undenklicher Zeit hatten Gläubige den Leichnam des Apostels vor den Sarazenen retten wollen und ihn in ein Boot gelegt und so aus dem Heiligen Land gebracht. Vor Spanien war das Schiff mit dem Apostel in einen alles verschlingenden Sturm geraten. Alles Beten und alles Versprechen hatte den Menschen auf dem Schiff nicht helfen können. Es war gegen die felsige Küste des dortigen Landes geschleudert worden und alles, was auf ihm war, zersplitterte. Der Sarg mit dem abgeschlagenen Haupt und dem Rumpf des Apostels wurde dagegen von einer haushohen Welle erfaßt und sanft auf dem Land abgesetzt. Und damit der Leib nicht von der nächsten Welle wieder mitgerissen werde, brachten ihn Engel zu einem Grab aus Marmor und anderen edlen Steinen und legten ihn dort nieder.

Als der Matthes das bedachte und dabei das Walten der Natur vor Augen hatte, kam ihm eine Ahnung, auf was er sich eingelassen hatte. Jetzt schien ihm, alle, die ihn vor der Fahrt nach Compostela gewarnt hatten, hatten es wahrlich gut mit ihm gemeint. Bei den Strudeln des Binger Lochs wurde ihm bewußt, tritt der Mensch unter seinem Dach hervor und aus seiner Stadt heraus, gibt es keine Gewißheit mehr für ihn. Hätten wir nicht die Zusicherung, Gottes Kinder zu sein, wir müßten verzweifeln.

Die Freude, aller täglicher Sorge enthoben zu sein, wird wirklich und ganz nach der Vorhersage des Wenzel bald flacher und flacher. Der Matthes fühlt sich in den Tagen, die darauf folgen, wie ein Mann, der im Rausch war und nun die träge Rückkehr der Nüchternheit spürt.

Wie das geschieht, versteht er sein vorheriges Betragen und Empfinden nicht mehr. Bald sind nämlich seine Füße vom Laufen wund; die Bänder des Sacks, den er über dem Rücken trägt, schneiden in sein Fleisch und die Salbe, mit der er die schmerzenden Füße und den wunden Rücken einreibt, bringt wenig Linderung.

Die Frau, die seit ihrem Weggang aus Mainz neben ihm geht und des Nachts mit größter Selbstverständlichkeit neben ihm liegt, als sei sie seine, gefällt ihm von Tag zu Tag weniger. Ihre Geschichten langweilen ihn; meistens spricht sie von ihren Stiefsöhnen und wie wohlgesonnen die ihr seien. Dabei zeigt sie eine Zufriedenheit, die den Matthes stört, ohne daß er weiß weshalb. Schon längst sieht er nicht mehr ihre hübsche kleine Nase (leicht nach oben gebogen und an Liebschönchen erinnernd), nicht ihren fülligen Mund mit den weichen Lippen und nicht mehr ihre sommerblonden Haare, die sie des Tags unter einem Netz aus Goldfäden trägt. Er sieht nicht mehr ihre Zähnchen wie Perlen, dafür aber eine fingernagelgroße Warze am Hals, und dem Matthes scheint sie sich von Mal zu Mal mehr aufzuplustern.

Wenn sie nachts neben ihm liegt und sich an ihn drückt, erwartet sie wohl, er fasse sie an. Der Matthes verspürt keine Lust dazu. Es wäre ihm am liebsten, sie suchte sich einen anderen Gefährten. Das sagt er ihr aber nicht und deswegen bleibt alles so, wie es war und ist.

Was ihn an sie gefesselt hat und weswegen er immer noch mit ihr geht, ist nicht ihr Körper und nicht die Begierde. Sie hat andere Vorzüge. Die Frau – sie heißt Margret und ist dreißig Jahre – versteht es, die Zukunft zu bestimmen. Aus den Handlinien liest sie, welches Schicksal einer oder eine hatte und haben wird.

Der Kaplan wollte diese Kunst gotteslästerlich und hexerisch nennen. Die Margret widersprach ihm fest und sagte, Gottes Eingebung verberge sich in den Handlinien und das stehe so in der Bibel. Darauf verlangte der Kaplan einen Beweis für ihre Worte. Wie war er nicht wenig verwundert, als die Frau ihm sagte, der Beweis für die Richtigkeit ihrer Worte stehe im zweiten Buch Mose. Da heiße es nämlich: »Darum soll dir sein ein Zeichen in deiner Hand« und das sei der Beweis für die Wahrheit ihrer Worte. Der Kaplan gab widerwillig zu, ein solches Wort sei dort zu finden. Er wollte es aber anders gedeutet wissen. Doch beim darauf folgenden Disput konnte er nicht standhalten; nie mehr (außer im Scherz) wagt er seitdem etwas gegen ihre Wahrsagerei.

Dabei liest sie die Zukunft nicht nur aus den Linien, die in die Handfläche eingegraben sind. Gern setzt sie mit einem Stock oder dem bloßen Finger auch wahllos Punkte in den Sand oder in feuchten Boden und verbindet diese Punkte mit Linien. Daraus entstehen Bilder und Figuren, und wie diese ausfallen, gibt ihr Auskunft über die Zukunft des Fragenden.

Der Matthes läßt sich beinahe täglich von ihr voraussagen.

Am liebsten hört er, ihn erwarte noch großes Glück.

Ihre eigene Zukunft war und ist ihr allerdings verschlossen. Darüber hadert sie nicht wenig und manche Nacht lang jammert sie dem Matthes deswegen die Ohren voll.

Die Margret war die zweite oder dritte Frau eines Faßmachers. Bei ihrem Mann hatte sie hellgesehen, sein Leben finde ein gewaltsames Ende. Der Böttcher hatte das nicht hören wollen; er war sicher, er überlebe sie wie ihre beiden Vorgängerinnen. (Also ist sie die dritte Frau!) Doch dann starb er wie ein Baum gefällt wird. Den Morgen war er noch kerngesund gewesen; den Mittag lag er in seinem Totenhemd, erschlagen von einem Gesellen, der ihm den Bauch mit einem Beil aufhieb. Weil sie da gerade einen Ehestreit mit ihm hatte und ihn bei diesem Streit gotteslästerlich verflucht hatte, hatte sich die Frau harte Vorwürfe gemacht. Noch lange nach seinem Tod hatte sie geglaubt, in ihrer Wut habe sie sein Ende herbeigerufen.

Die Söhne des Toten – aus den ersten Ehen – haben sie von aller Schuld losgesprochen; sie glaubt aber, es komme nicht aufs Verzeihen der Söhne an, sondern auf die Vergebung unseres Herrn und deshalb hat sie sich nach Trier aufgemacht.

Über das, was den einzelnen in der Pilgergesellschaft bewegt, an das Grab des Apostel Matthias zu wallfahren, wird viel geredet.

Rasch haben sich Gruppen gebildet, die fest zusammenhalten. Ohne daß es einer befiehlt, essen und schlafen die Gruppen zusammen, und die meisten Gespräche gibt es zwischen ihnen. Vieles, was in einem Grüppchen offen gesprochen wird, ist für die nächste Schar schon quälendes Geheimnis oder halbwahres Getuschel.

Neben der Witwe des Böttchers gehören der alte Kerzenzieher Simon und ein langer dürrer Mensch namens Ecarius zu den Gefährten des Matthes. Er sagt von sich, er sei »einsam wie ein Henker« und der Wein sein einziger Freund. Wahrhaftig trinkt er bei jeder Rast und den Abend so viel, daß er schwankt. Dabei gewinnt er eine Klarsicht und Ehrlichkeit, daß sich der Matthes oft verwundert, wie sein Suff und sein Erkennen zusammengehen. Er verdient sein sehr trockenes Brot damit, daß er auf Plätzen seine Schreib- und Lesekunst vermietet und, reicht es nicht aus, die Unvorsichtigen bestiehlt. Er macht keinen Hehl daraus, daß er mehr Dieb als Schreiber ist, und der Matthes könnte nicht sagen, ob er wegen Diebereien nach Trier pilgert, die er schon begangen hat oder erst noch begehen will. Viel Reue über seine Taten läßt er nicht erkennen; vielmehr macht er sich Gedanken darüber, wie Reichtum und Armut in der Welt verteilt sind, und wo da Gottes Gerechtigkeit und Barmherzigkeit geblieben sind.

Über den Herrn von Stadecken sinnt er auch gern nach; ihn beobachtet er beinahe Tag und Nacht, und aus kleinen Anzeichen baut er sich ein ganzes Haus.

Der Herr ist vierschrötig und finster. Selten tut er den Mund auf. Eigentlich nur, um seinen Dienern oder dem Kaplan Aufträge zu erteilen. Mit den übrigen spricht er so gut wie nie. Genau betrachtet redet er auch mit seinen Leuten nicht. Man kann es für Bellen halten, wie er seine Befehle gibt.

Dem Ecarius will es erscheinen, der Herr von Stadecken suche ein schweres Verbrechen zu sühnen. Er sagt, der Mann sei gegen den Anschein nicht hochmütig und nicht ungesellig; ihn zwicke ein schreckliches Geheimnis, und deswegen sei er in sich eingeschlossen wie ein Kartäuser in seiner Zelle. Er, der Ecarius, spüre in ihm tiefe Qual; das Verbrechen, dessen sich der Herr von Stadecken bezichtige, werde wohl im Verborgenen geschehen sein und keiner wisse davon.

Wie er das hört, denkt der Matthes erschrocken, der Schreiber rede in Wahrheit von ihm und wolle ihm zu verstehen geben, er wisse, woher auch immer, von dem, was er seinem Meister Herbold getan hatte.

Der Ecarius hat aber nur den Herrn von Stadecken im Sinn. Er sagt, dessen Verfehlung müsse nicht einmal zur Tat geronnen sein. Es könne sein, er habe sie nur in seinem Hirn oder seiner Seele begangen oder verzehre sich danach, sie zu begehren. Wie er leide, könne es sein, er begehre in einer Weise, daß es besser wäre, er wäre nicht auf dieser Welt.

Der Matthes versteht nicht, was der Ecarius damit meint.

Was er meine, erklärt er dem Bader, sei ärgste Sünde, ärger als ein Mord aus Gewinnsucht oder ein Totschlag aus Wut und gekränkter Ehre. Ärger, weil widernatürliche Sünde; wenn sich ein Sohn zu seiner Mutter lege oder ein Vater zu seiner Tochter oder ein Mann zu einem anderen Mann, dann könne sich sein Wesen so verfinstern wie das des Herrn von Stadecken. Ja, ein solch furchtbares Geheimnis vermute er in dem Herrn.

Der Matthes hält mit seiner Meinung zurück. Er glaubt – und auf seinen Baderblick kann er sich verlassen – übliche und tägliche Pein bei dem Herrn zu entdecken.

Wahrhaftig, wie es sich in der Pilgergruppe herumspricht, der Matthes ist Bader, fängt der Herr von Stadecken eine Unterhaltung mit ihm an und bekennt ihm, er kann kaum noch Wasser lassen und wenn, nur unter großen Qualen. Ob der Bader Matthes ihm Hilfe bringen könne?

Der Matthes untersucht ihn bei passender Gelegenheit. Es wird wohl so sein, der Herr ist voller Steine. Die aber herauszuschneiden, würde er, der Matthes, nicht wagen und dem Herrn nicht raten.

Er will in Trier um die Erlösung von seinem Leiden bitten, sagt darauf der Herr und richtet kein weiteres Wort mehr an den Matthes.

Wie der Matthes dem Ecarius von der natürlichen, alltäglichen Pein des Herrn berichtet, widerspricht der. Das sei nicht der wahre Grund, warum der Stadecken nach Trier pilgere. Offenbare denn der Matthes, was ihn nach Compostela treibe?

Auf diese Frage schweigt der Matthes, als habe ihn der Schreiber geohrfeigt.

Der Wenzel und der Prokurator haben dem Bader immer berichtet, die Welt ist menschenleer wie eine Tasche, in der nur einige Münzen klimpern.

Der Weg den Rhein entlang und nachher die Mosel hinauf (dieser Fluß ist schmaler als der Rhein, mit trocknen Ufern und flachen Wassern und widerwärtigen kleinen Fliegen, die einem rasch ins Maul oder in die Augen geraten; die Hänge, an welchen sich der Fluß vorbeischlängelt sind eher noch steiler als die des Rheins) ist aber bevölkert, als habe sich das ganze Reich zur Wanderschaft aufgemacht.

In den Pilgerherbergen begegnen den Mainzern andere Gruppen aus Bayern und aus Brandenburg und aus Tirol und aus anderen Himmelsrichtungen.

Manchmal ist in den Hospizen eine solche Fülle von Menschen, daß es der Matthes vorzöge, in einem Gasthof zu übernachten (wie es der Stadecken macht), hielten ihn nicht Geiz und Vorsicht davon ab. Das Geld, das er mitgenommen hat, soll für ein Jahr der Reise reichen. Gibt er schon auf dem ersten Wegstück zu viel aus, hat er nachher nichts mehr zu beißen. Kann er sparen, wird er sparen.

Dabei können selbst die Ärmsten der Armen zu den Wallfahrtsstätten ziehen. An den Klostertoren, an denen sie anklopfen, und in den Hospizen wird jedem gegeben, der danach fragt, und selbst denen, die nicht darum bitten. Der Matthes nimmt natürlich alles, was er umsonst bekommen kann. Es macht ihm auch nichts aus, in langer Schlange darauf zu warten. Meist ist es einfaches, oft spelziges Brot, das er erhält, fester Käse oder grobe Würste. In manchen Herbergen gibt es Suppen; in anderen stellt man den Pilgern Töpfe und Wasser hin, zeigt ihnen die Kochstellen und überläßt sie sich selbst. Die Betten sind durchgelegen; die Decken mal so, mal so.

Manche der Herbergen sind angenehm, daß man bleiben möchte; manche, daß man sie nur mit Grausen betritt und mit Abscheu verläßt. Dann hat die Bruderschaft, die sie unterhält, kein Geld oder will es nicht opfern oder die Verwalter wollen sich bereichern. Wenn die Häuser verkommen sind, taugt nichts. Dann sind noch die Böden mit stinkenden Binsen ausgelegt, vor Jahren geschnitten und lange verfault. In anderen dagegen wird gekehrt und gefegt, daß es sauberer ist als im Badhaus des Matthes. Das Wetter ist meist angenehm, nicht heiß, nicht kalt, und erreicht die Gruppe einmal keine Herberge oder eine vor Schmutz starrende, kann man im Freien übernachten. Ein- oder zweimal macht der Bader das auch, die Böttcherswitwe immer an seiner Seite.

Der Matthes merkt bald, es hat einen guten Grund, daß die Pilger so freudig empfangen werden. Nicht nur die Nächstenliebe treibt die Abordnungen auf die Straße, die Wallfahrer zu empfangen. Die Orte, durch die sie kommen, leben von ihnen. Gibt der einzelne auch nur Pfennige aus - ein Pfund Pfennige macht stolz und satt. Immer stehen Händler mit ihren Waren in der Nähe der Hospizeingänge und verkaufen, was man sich eben wünschen mag. Der eine braucht ein Stück Seife und der andere Strümpfe; der nächsten kommt der Rosenkranz abhanden und sie muß einen neuen haben und eine andere ist naschhaft und will ein Gebäck versuchen, das es nur hier und nirgends anders gibt.

Und Huren locken. Einige sind so dreist, mit den städtischen Abgesandten aus den Orten zu kommen und die Männer zu versuchen, während sie zur Kirche ziehen oder in der Kirche beten. Nicht alle tragen die roten Hauben, die sie tragen sollen. Aber ihre lockenden Blicke sind eindeutig. Keiner kann im Zweifel sein, weshalb sie ihre Freundlichkeit verstreuen. Und nicht jeder kann der Verführung widerstehen.

Sie sind aber weiß Gott nicht die einzigen Frauen, die auf der Straße sind. Zuerst hat der Matthes nicht darauf geachtet. Je länger er aber läuft und je mehr Pilger er trifft, desto erstaunter ist er, wieviel Frauen unterwegs sind. Er hat geglaubt, die Männer seien auf den Wallfahrten mehr oder minder unter sich. Wenn er sich umdreht, sieht er jedoch fast ebenso viele Frauen wie Männer und er fragt sich, wie sie auf Wochen ihre Familien oder ihre Gewerbe im Stich lassen können und wer an ihrer Statt für die Lieben sorgt.

Einmal begegnet ihnen eine Gruppe Nonnen, zu der nicht ein Mann gehört. Es sind nur alte und junge Frauen und selbst die Kinder, die sie bei sich haben, sind Mädchen.

Der Matthes würde gerne nach dem Woher und Wohin fragen, aber die Gelegenheit ergibt sich nicht.

Die Witze, die nachher bei den Männern umgehen, zeigen, sie fühlen sich nicht wohl, wenn sie Frauen sehen, die ohne Schutz und Beistand der Männer auskommen. Und seien es Nonnen, die sich unserem Herrn Jesus Christ gegeben haben.

Überhaupt sieht der Matthes auf seinem Weg nach Trier viele Nonnen; manche sind offenbar in Geschäften unterwegs oder sind auf der Fahrt zu ihren Familien oder ihren Freunden; andere nur zum nächsten Markt aufgebrochen. Ihr Anblick bringt ihn darauf, über das Wesen der Frauen nachzudenken.

Fühlen sie sich weniger als ein Mann oder ihm im geheimen gleich?

Er fragt die Böttcherswitwe danach.

Sie denkt nach, lächelt verschwommen und antwortet ihm schließlich, die Frau ist nicht aus dem Kopf Adams erschaffen worden, weil sie nicht seine Herrin sein soll und nicht aus seinem Fuß, weil sie nicht seine Dienerin sein soll. Die Frau ist aus der Rippe des Adam geschnitten, damit sie ihrem Mann beistehen kann.

Und wie der Matthes nickt, weil er diese Weisheit mit der Muttermilch eingesogen hat, beginnt die Witwe zu weinen und wieder darüber zu klagen, daß sie ihren Mann mit ihrem verfluchten Streit in den Tod getrieben habe.

5.

Anna könnte dem Vater sagen, was eine Frau ist: Ein Esel, dem man aufpacken und aufpacken kann und der alle Last trägt.

An manchen Tagen erwacht sie so müde wie sie in der Nacht aufs Lager gefallen ist. Sie denkt, was sie nicht besorge, besorge keine andere. Sie rackert sich noch mehr ab als in den Wochen, in welchen der Matthes krank war. Käthe rät ihr, einen zweiten Bader ins Haus zu nehmen. Aber woher einen guten holen? Und dann, was wird es mit dem Wenzel geben? Erwähnt man dem Wenzel gegenüber nur beiläufig, ein weiterer Mann im Haus könne allen das Leben erleichtern, wird er kratzig und störrisch.

Also verschwendet Anna nicht viel Gedanken auf eine Hilfe.

Die Käthe sagt, sie werde wie der Vater, und wolle geizen.

Das ist nicht die Wahrheit. Anna will mit dem Wenzel in Eintracht sein, und da lädt sie sich lieber noch ein Stück Arbeit auf, als daß sie sein mürrisches Gesicht erträgt.

Seitdem der Matthes nämlich das Haus verlassen hat, zeigt sich der Wenzel anders als zuvor. Seitdem ist ein geheimes Zerren zwischen ihm und der Anna. Gibt sie nicht sofort dem nach, was er wünscht, ist er beleidigt.

Vor den Gästen versuchen beide geheimzuhalten, was sich ereignet. Wer aber seine Ohren spitzt und die Augen aufhält (und besonders der Spielmann macht es und in seine Lieder streut er kleine Anspielungen ein, die Anna wenig gefallen); wer also darauf achtet, erkennt, der Wenzel meint, er müsse das Szepter halten. Er weiß nur nicht, wie er es in die Hand bekommen kann. Er verlangt nicht offen danach; anscheinend erwartet er, Anna trägt es ihm an. Für alles will er gelobt werden, was er Kranken und Leidenden Gutes tut. Bleibt das Lob aus, knirscht er. Er hat nicht mal unrecht: Viele der Gäste kommen seines Könnens wegen. Anna macht ihm hierin auch keine Vorschrift; was er da anordnet und verlangt, bewilligt sie ihm ohne zu zucken.

Dem Wenzel genügt das aber nicht. Er will ihr auch bei anderen Dingen befehlen: Wie sie die Reiberinnen anhalten und strafen soll und ähnliches, was ihn nichts angeht. Wehrt sich Anna dagegen, spricht er nicht mehr.

Es ist schwer, mit einem Mann umzugehen, der über Tage das Maul nicht aufmacht. Meistens lenkt Anna wieder ein; auch bei Angelegenheiten, die nie erwähnt wurden, so lange der Matthes im Haus war. Anna hat ein ungutes Gefühl, was den Wenzel angeht. Sie denkt, so wie der Matthes ihr den Wenzel ans Herz gelegt hat, so werde er auch den Wenzel ermuntert haben, sich ihr zu nähern.

Das will sie nicht.

Bei aller Arbeit oder, auch das ist möglich, gerade wegen der vielen Arbeit wünscht sich Anna manchmal einen Kerl, der ihr beisteht und der bei ihr liegt. In aller Nüchternheit, zu der sie fähig ist, prüft sie den Wenzel darauf, ob sie ihn nicht doch ins Bett und an die Seite nehmen soll.

Vieles spräche dafür. Sie kennen sich; einer weiß von des anderen Stärken und Schwächen. Tüchtig ist er, und wenn er bei einem Kranken oder einem Gast zupackt, spürt man seine Kraft.

Und doch, Anna bringt es nicht fertig, ihn nur zu berühren.

Der Wenzel ist kein Klotz Holz. Er scheint zu merken, daß er Anna nicht gewinnen kann und versucht es deswegen erst gar nicht. Doch dies muß ihn auch wieder kränken; jedenfalls gibt er ihr, scheinbar grundlos, oft ruppig Auskunft oder verweigert die Antwort. Auch mit den Gästen geht er, je länger sie ohne den Matthes sind, unwirscher um. Und noch mißtrauischer als früher betrachtet er Essen, das irgendwo herumsteht. Als sei jeder Hühnerschenkel mit Gift eingerieben und so hingelegt, daß er in einem Moment der Arglosigkeit hineinbeiße.

Das treibt er so lange, bis auch Anna glaubt, die Luft sei vergiftet und mit jedem Atemzug ziehe sie von einem Gift ein, das ihre Sinne lähmt.

Alles wird noch schwieriger, als der Prokurator einen jungen Mann mit langen schwarzen Locken und flinken Händen ins Haus bringt und ihn als einen Maler vorstellt und fragt, ob Anna nicht eine Wand ausmalen lassen wolle.

Erst versteht Anna nicht, was der Richter meint. Die Badstube ist vor kurzer Zeit geweißt worden. Gut, die Wände in der Diele sind vom Kaminfeuer rauchig. Wen stört's?

Nein, erklärt ihr der Prokurator, der Fremde sei kein Anstreicher sondern ein Maler, der Kirchen und Paläste mit Bildern schmücke. Er sei über die Alpen gezogen und des längeren in Italien gewesen, auch am Hof von Burgund und ihm selbst habe der Meister - sein Name ist Alban Morgarten - eine Wand in solch herrlicher Weise ausgemalt, daß man glaube, das Christuskind auf dem Schoße seiner Mutter strecke die Händchen nach dem Betrachter aus, und man habe das Bedürfnis, das Kindchen aufzunehmen und auf dem Arm zu halten.

Etwas derartiges schlage er auch Anna vor.

Anna bedenkt den Vorschlag kurz. Sie hat solche Bilder noch nicht gesehen. Sie weiß aber, mancher Herr hat solche in seinem Haus und so etwas verbreitet sich.

Wie der Matthes fragt sie als erstes nach dem Preis. Was wird es kosten, die Wand zu bemalen?

Der Prokurator, der geheime Vormund, schmunzelt. Habe er es bezahlen können, werde das Badhaus die Kosten wohl auch aufbringen.

Anna sagt darauf ja; zur Hälfte, weil sie dem Prokurator nichts abschlagen möchte. Zum anderen, weil ihr der junge Mann gefällt. Er hat die Beweglichkeit von Tänzern, auch deren angenehmen biegsamen Körper, liebt Tand und Duftwässer und teure Kleidung. Seine Gewänder sind auffallend bunt, meist leuchtend gelb und rot. Später lernt Anna von ihm die Nuancen der Farben und erkennt, wie wenig diese beiden Worte ausdrücken. Gelb kann Neapelgelb sein, das Gold vom Amber, von Kadmium, von Vitriol, kann heller Ocker sein, Mittelocker, Feuerocker, kann Goldocker, Dunkelocker, kann Terra di Siena sein. Und Rot ist Purpurrot aus Schildlaus oder Johannisblut, Scharlachrot aus Eisenrost (besonders für Fleisch, Köpfe, Hände und Gewänder zu verwenden), ist Kirschrot und Morellenrot, englisches Rot oder das Rot von Neapel. Selbst Schwarz hat viele Schattierungen, ist Beinschwarz, ist Ofenschwarz (mit Weingeist gerieben, gibt es einen sehr schönen und festen bläulichgrauen Ton), ist Rebenschwarz und Pfirsichschwarz und das Schwarz verbrannter Lumpen.

Was Anna am meisten für den Maler einnimmt, mehr als seine freundliche Belehrung und die Weise, wie er von seinen Erlebnissen berichtet, ist, wie er wahrnimmt, was um ihn vorgeht. Sie hat den Eindruck, er sehe unter die Schleier, die wir über alles decken wollen, unter die Haut. Er könne sehen, wie das Blut durch die Adern läuft, sehe, wie sich die Knochen bewegen.

Er spricht nicht darüber, sondern zeichnet es.

Die Bilder eröffnen eine Wahrheit, die Anna wohl spürt, aber weder mit Worten noch mit Bewegungen wiedergeben könnte.

Der Maler hat zwei Gehilfen, mit denen er ausnehmend freundlich umgeht. Sie sind in seinem Alter; eher etwas älter und ein wenig weibisch und geziert. Sie haben den Putz vorzubereiten und die Farben zu mischen und ähnliche Arbeiten zu verrichten. Diese Tätigkeiten erfordern viel Erfahrung und Sorgfalt, verbreiten die Gehilfen mehr als einmal. Allein den rechten Sand und Kies für den Putz zu finden, nicht zu groben, nicht zu feinen, will gelernt sein. Wie es nachher ans Malen geht, dürfen sie aber nur dabeistehen. Da sind sie nur die gefälligen Lehrlinge des Malers.

Sehr ausführlich erklären sie auch des öfteren, wie mühselig der Untergrund vorbereitet werden muß, auf welchem das Bild haften soll. Man muß gut gesiebten Sand nehmen und Kalk, der mindestens ein Jahr alt ist, und beim ersten, rauhen Bewurf der Mauer müssen alle Fugen vorsichtig gefüllt werden, damit nirgends Luftblasen zurückbleiben. Darüber kommen zwei weitere Schichten Putz und die oberste ist der Frescogrund. Darauf – auf den feuchten Putz – wird ihr Meister malen und mit dem Trocknen der Wand wird das Bild entstehen, welches ohne allen Leim und andere Bindemittel auf Jahrhunderte seine Farben und seinen Glanz behalten wird.

Anna ist es recht. Am liebsten würde sie dem Maler alles überlassen und erst wieder davon reden, wenn das Bild fertig ist.

Das ist aber nicht möglich.

Es sind viele Vorbereitungen zu treffen und manches zu bedenken (und später mancher Dreck wegzufegen). Die ersten Fragen lauten: An welche Wand soll das Bild? Und was soll darauf zu sehen sein?

Was würde der Meister Alban vorschlagen?

Der Maler und in seinem Gefolge seine Gehilfen besehen sich das Haus; sie studieren, wie das wenige Licht in die Diele gelangt und auch die übliche Trübnis der Badstube.

Einer der Gehilfen will wissen, ob die Fenster auf immer mit Pergament bespannt bleiben oder ob Anna auf längere Frist an Glas denke?

Darauf schnappt der Wenzel, der das zufällig hört, wie ein bissiger Köter und sagt: »Alles abreißen. Alles neu bauen. Habt ihr überall feuchte Wände!«

Der Maler wendet sich ganz friedlich an Anna und erklärt ihr, die Farben, die er wählt, müssen auf die Helligkeit im Raum abgestimmt sein. Deswegen habe sein Gehilfe danach gefragt. Nicht, weil er etwas zu bemängeln habe.

»Noch was?« fragt darauf der Wenzel böse und würde er nicht von einem Gast gerufen, er zerbräche den Maler mit seinen Pranken.

Anna hätte besser daran getan, einen zweiten Bader ins Haus zu holen statt des Malers. Er bringt, obwohl er nichts anderes macht als seine Arbeit, ungewollt Unruhe und Verdruß.

Sein Dasein ist dem Wenzel verhaßt und was er sagt, erbittert ihn. Der junge Mann war zwei Jahre in Venedig gewesen, der reichsten Stadt der Christenheit. Anschaulich (und so, daß die Baddirnen ihn dabei umschwärmen) erzählt er, wie die Stadt aus Nebeln und Sümpfen emporsteigt, nähert man sich ihr mit dem Schiff und wie man dabei glaubt, sie sei ein Traumgespinst. Von ihren Straßen aus Wasser, auf welchen sich die Venezianer flink hin und her bewegen wie wir auf unseren gestampften Wegen, spricht er, daß man meint, man war selbst schon dort. Er erzählt von den gewaltigen Galeeren, die die Waren und Menschen aus Venedig nach Konstantinopel, dem Rom im Osten, nach Tyros, nach Alexandrien, nach Lissabon und London bringen und unzähligen anderen Städten. Sie sind, immer nach der Schilderung des Morgarten, sehr hoch gebaut, höher als Häuser, besitzen Masten wie Kirchtürme und bunte Segel und die größten unter ihnen haben nicht weniger als 180 Ruderer.

Der Wenzel wütet, wer die gezählt habe?

Ein anderes Mal spricht der Maler von der Hartherzigkeit und der Herrschsucht der kleinen Schar Adeliger, welche die Stadt in ihrer Gewalt hat. Nur solche Bürger können ein Staatsamt erwerben, deren Namen nach der Taufe ins *libro d'oro*, ins Goldene Buch, aufgenommen wurden. Und darin wird nur aufgenommen, wessen Vater und Mutter schon darin stand. Vor einem Menschenalter oder länger wollte sich das Volk gegen die harte Herrschaft auflehnen; seine Führer wurden in den Ratssaal eingelassen und augenblicklich gehängt.

»Strolche!« knurrt der Wenzel, und man weiß nicht, sind die Anführer oder ihre Herren gemeint. Er wird wohl die Aufrührer meinen – den Herren billigt er das harte Regiment zu. Und was geschieht denn hier mit solchen? Was war in Mainz, als sich die Patrizier mit den Handwerkern gestritten haben? War da nicht auch Mord und Totschlag?

Der Wenzel sagt, er kennt alles, was der Maler als Wunder ausbreitet! Er war mit dem Kaiser in Frankreich und bei den Welschen, ihm soll man nichts vormachen. Die Genueser ließen kein gutes Haar an den Venezianern. Sie sagten, wie zwischen Menschen und Ratten natürliche Feindschaft bestünde, bestehe sie zwischen Genuesern und Venezianern. Venezianern könne man nicht trauen. Sie kauften und verkauften Menschen wie Waren, und Sklaven finde man in Venedig an jeder Ecke und nirgends sonst in der Christenheit.

So seien die Venezianer!

Der Maler will dem Wenzel recht geben, ja, die Venezianer seien zuerst Kaufleute, danach Christen.

Auch wenn er dem Wenzel zustimmt, der Maler kann dem Wenzel nichts recht machen. Statt ihn aber sich selbst zu überlassen, sucht und findet der Maler immer Gesprächsstoff, der den Wenzel reizt. Je länger es so geht, desto mehr wünscht Anna, sie hätte dem Maler den Auftrag nicht erteilt.

Das einzige, was sie mit ihm versöhnt (so sie sich denn mit ihm aussöhnen muß) ist die Freude auf das Bild. Der Maler hat ihr eine kaum handgroße Zeichnung vorgelegt, welche zeigt, was er sich auf dem Bild vorstellt: Er will nicht Engel und Heilige und weder das irdische noch das himmlische Jerusalem malen, wie er es so oft gesehen und schon mehr als einmal selbst gemalt hat.

Er will, wenn Anna es erlaubt, ein Fest im Badhaus malen – mit den Gästen, die kommen und mit den Frauen des Hauses. Mit Anna und Käthe und einigen Baddirnen.

Anna erlaubt es und darauf beginnt der Maler eine Zeichnung so groß wie später das Wandbild sein wird.

Einmal kommt Anna aus der Daubengasse, wo sie eine kranke Frau besucht hat.

Da sieht sie den Morgarten. Er steht wie wartend in einem Hauseingang und Anna hat eine kurze Zeit lang den Eindruck, es ist ihm nicht recht, daß sie ihn bemerkt hat.

Sie geht aber zu ihm und er erklärt ihr, er betrachte eine Marienstatue über dem Türsturz des gegenüberliegenden Hauses. Er zeigt ihr die Feinheiten, die Anna ohne seine Erklärungen nie bemerkt hätte und selbst mit seinen Erläuterungen nicht vollkommen wahrnimmt.

An diesem Tag ist sie weniger in Hetze als sonst, und deswegen fragt sie den Maler, ob er sie begleite, wenn sie nun noch zu einem Händler geht, der vorm Holztor sein Lager hat und von welchem sie das Brennholz und die Holzkohle kaufen.

Der Maler zögert, dann tritt er an ihre Seite und sie gehen zusammen.

Obwohl sie schon oft miteinander geredet haben, will Anna nichts einfallen, was sie sagen könnte. Sie redet etwas von dem Holz, das zur Neige geht, aber es ärgert sie, solches von sich zu geben.

Ohne daß sie ihm Anlaß dazu gibt, fragt der Morgarten, warum sie den Wenzel ausschlägt.

Anna läßt sich nicht sofort auf eine Antwort ein. Sie fragt sich, ob sie ihm vertrauen könne. Aber wieder kommt ihr der Gedanke, der Maler sehe eh das, was man verbergen wolle. Warum soll sie da ihr Herz verstecken?

»Mein Vater will's und meine Schwester auch . . .«, gesteht sie.

»Käthe rät auch zu?«

»Halb.«

Ja, auch Käthe rät ihr zu. Sie will Anna vor der Sünde des Fleisches bewahren. Es ist wahr, ab und zu teilt auch Anna, wenn sie die Lust dazu verspürt, mit einem Mann das Bett. Selten läßt sie sich mit einem der Gäste ein, die ins Badhaus kommen. Meistens geht sie mit einem Fremden, der ihr für eine kurze Zeit gefällt. Es kann ein Wort sein, das sie erregt, ein Geruch, die Art, wie jemand sie berührt. Keiner konnte oder wollte sie festhalten, und sie wollte die Männer nicht für immer. Bis sie ihre Sünde beichtet, hat sie sie meist schon zur Hälfte vergessen.

Und warum kann es nicht der Wenzel sein?

»Nicht auf mir und nicht als mein Herr!« erwidert sie hart.

Der Maler scheint zu verstehen, was sie sagen will. Er fängt von anderem an, von Dingen, die mit dem Bild zu tun haben, das er nun anders ausführen will.

Sie gehen noch ein Stück und um eine Ecke, und plötzlich bleibt der Maler stehen und hat nur noch Augen für einen jungen Mann, der langsam auf sie, die Anna und den Maler zukommt. Er ist keine achtzehn und erkennbar blind. Ein kleiner Hund, den er an der Leine hat, führt ihn und zeigt ihm den Weg. Zuerst glaubt Anna, wegen dieses Anblicks sei der Maler stehengeblieben. Das kann es aber nicht sein. Ein abgerichteter Hund ist doch nichts Besonderes. Es muß wegen des Blinden sein.

Sie sieht dem Blinden ins Gesicht und versucht ihn zu sehen, wie ihn der Maler wohl anschauen wird. Jetzt bemerkt sie, wie ebenmäßig die Züge des jungen Mannes sind und daß ihm seine toten Augen etwas von einer Figur aus Marmor geben. Ist es das, was den Maler verwirrt?

Ohne ein Wort zu sagen, entfernt sich der Morgarten von Anna und geht zu dem Blinden. Der Hund erkennt ihn und begrüßt ihn freudig, und dann sprechen der Morgarten und der Blinde wenige Worte miteinander, und der Blinde schiebt seinen Arm unter den den Malers und wie ein Paar kommen die beiden zu Anna und der Maler sagt ihr, der andere sei ein Freund von ihm.

Eine Hochzeit wird im Haus »Zum Fuß« ausgebadet. Den letzten Tag und die letzte Nacht ihres Hochzeitsfestes vergnügen sich die Hochzeitsgäste und vorzüglich die Braut und der Bräutigam im Badhaus. Die Brautleute haben sich ausgedacht, sogar über Nacht hierzubleiben, und deswegen müssen die Milchschwestern ihr geräumiges Bett hergeben.

Anna und Käthe nehmen die Badmädchen in ihrer Kammer als Gäste auf; die Nacht ist eh kurz. Vom Wein aufgeheitert, von dem sie auch genossen haben, oder vom Glück des jungen Paares neidisch gemacht, finden alle vier keine Ruhe.

Zuerst scherzen sie miteinander, lachen noch einmal über die Zoten, die der Spielmann gesungen hat. Er hat der Badgesellschaft und mehr noch dem Bräutigam die Vorzüge der Braut so deutlich beschrieben, daß man glauben konnte, er habe sie schon genossen.

»Kommt noch! Kommt noch!« kreischt Liebschönchen. Sie behauptet, der Spielmann habe den Bräutigam besoffen gemacht und jetzt fiedele er die Melodie, die er am besten beherrsche.

Langsam, nach Schlaf lechzend und ihn doch nicht findend, werden die Frauen ernster und ernster.

Warum, wirft die Milchschwester die Frage auf, darf kein ehrlicher Mensch sie heiraten? Warum sind sie, die Frauen des Badhauses, der allgemeinen Verachtung preisgegeben? Was haben sie sich zuschulden kommen lassen?

»Den Männern die Wünsche erfüllt«, sagt eine.

Tun das nicht alle übrigen ihres Alters ebenso?

Der Ritter Gawer hat der Käthe von den Schwelgereien und Ausschweifungen an den Höfen von Aquitanien berichtet. Mußte sich eine Dame dem Ritter verweigern, der um sie warb, ruhte sie nicht eher, bis wenigstens ihre Zofe ihm die Gefälligkeit erwies. Wurden sie, Dame und Zofe, deswegen getadelt?

Ja, mehr, dürfen sich denn die Frauen den Männern verweigern? Lehren nicht die Prediger, der Mann ist Ursprung und Ziel des Weibes, wie Gott Ursprung und Ziel der gesamten Schöpfung ist? Der Mann, verkündigen sie Tag für Tag auf der Kanzel, ist nach Gottes Bild geschaffen, nicht die Frau.

Wenn sie sich aber dem Mann unterwerfen ...

»Ich unterwerfe mich nicht! Nicht dem Spielmann, nicht dem Wenzel«, fährt Anna der Gunde ins Wort.

»Nur dem Maler, wenn er uns will«, ruft Liebschönchen fett und streckt sich genußvoll aus, dabei wohlig grunzend.

Es ist wahr, er könnte im Badhaus verführen, wen er wollte. Doch er will es nicht.

Und dann heißt es, die Frau ist das geschminkte Übel, das notwendige Unheil, das Werkzeug des Teufels und vorzüglich geschaffen, die Menschen in die Hölle zu bringen.

Käthe hat von einem Mönch gehört, von tausend Menschen kommen neunhundertneunundneunzig in die Hölle und nur einer in den Himmel. Ob das wahr sein kann, fragt sie.

»Wenn's Männer sind, von hunderttausend nur einer«, sagt die Gunde. Ihre Zunge ist dabei so schwer, daß sie ihr fast den Dienst versagt, und man kann sie kaum verstehen. Doch dies verstehen die übrigen und lachen zustimmend.

Etwas Gutes erwächst dennoch aus der Anwesenheit des Malers.

Als Anna darüber nachsinnt, wie sie den Wenzel für sich gewinnen könnte, ohne ihm etwas zu geben oder zu versprechen, kommt ihr ein Gedanke.

Wird es den Wenzel nicht erfreuen, wenn er mit auf das Bild vom Badfest im Haus »Zum Fuß« gelangt?

Sie spricht mit dem Maler. Der will erst nicht, wie Anna will. Er hat seinen Entwurf abgeschlossen. Für einen Badknecht ist kein Platz mehr.

Anna bleibt beharrlich, und schließlich findet der Maler sowohl für den Wenzel eine Ecke als auch für den Heiner.

Verlegen, aber zufrieden, stellt sich der Wenzel so, wie es der Maler für seine Zeichnung verlangt und rührt nicht einen Finger, bis es ihm der Maler ausdrücklich befiehlt.

Solange das Haus steht, wird es eine Spur seines Lebens geben, lebendiger als Kinder und Kindeskinder.

Ein Zeichen wird vom Wenzel aus Böhmen bleiben, dem Badknecht im Haus »Zum Fuß« und Bader des Kaisers Karl IV.

6.

Vor der Zeit fällt der Sommer mit Hitze und Trockenheit über die Stadt her.

Es ist noch Juni, kurz nach Johannis, da legt sich eine erdrückende Hitze über Mensch und Tier und Häuser und Pflanzen; eine Hitze wie ein bösartiges Kind, das wahllos zerstören will, was ihm in die Finger fällt. Über Wochen steigt die Sonne des Morgens einen wolkenlosen Himmel empor und steht gleich einem bösen Stern den ganzen Tag und selbst wird es Abend, brütet die Hitze weiter in den Gassen. Waren es in anderen Jahren Regen, die die Arbeit und die Frucht davonschwemmten wie die Wasser der Kloake den Unrat wegtreibt, sind es nun die Hitze und die Sonne, die alles verderben.

Das Obst schrumpft unreif auf den Bäumen, verdörrt und fällt als Stein ab; die Getreide verbrennen und die Wächter und die übrigen Stadtknechte haben auf nichts anderes zu achten als auf Feuer, die sich irgendwo zeigen. Der kleinste Brand kann zum Feuersturm wachsen. In solchen Sommern brennen ganze Städte ab wie Strohballen, an die man die Fackel legt.

Das Wasser wird knapp. An den öffentlichen Brunnen wird es zugeteilt, und über jeden Becher und über jeden Topf Wasser wird geredet und gefeilscht. Hunde schleppen sich mit hängenden Zungen durch die Gassen und lecken den letzten Tropfen. Es sind ihrer genug, die verdursten und auf irgendeinem Kehrichthaufen enden. Wie so oft in diesem von Gott verfluchten Jahrhundert riecht es nach Elend und Verwesung.

Wieder einmal rufen die Priester zu Gebet und Bittprozessionen auf; wieder einmal klagen sie die Menschheit wegen ihrer Verderbnis an und mahnen umzukehren. Der Herr züchtige mit eisernen Ruten und so sei es angebracht und notwendig! Die neue Heimsuchung sei die Strafe für Unzucht und Völlerei und Faulheit und Habgier, die nach der Pest um sich gegriffen hätten und die Menschen jetzt ärger umfangen hielten als zuvor. Weder bei der großen Prüfung noch danach hätten die Menschen dem Herrn gefallen können. Statt Seine Worte zu befolgen oder auf die Worte Seiner Diener zu achten, kenne jeder nur einen Richter: seinen Leib. Was der wünsche, werde erfüllt und nichts anderes. Keiner solle dann wegen der neuerlichen Heimsuchung ein Jota verlieren.

Ängstliche Gemüter, die eh in der Furcht leben, werden weiter eingeschüchtert. Die, die den Priestern das Leben neiden und deren Worte nicht glauben, zeigen wenig Einsicht. Sie sagen, seien die Priester nicht zerstritten wie die Kesselflicker und kämpften sie nicht offen und heimlich gegeneinander, wolle der Herr seinen Geschöpfen schon Nachsicht gewähren.

So ist es also um die Stadt Mainz und die Menschen bestellt, als ein Reiter in den Hof des Badhauses »Zum Fuß« kommt.

Das Tor steht weit auf, aber den heutigen Tag ist kein Gast im Badhaus. Wegen des Wassermangels darf jedes Badhaus nur einen Tag in der Woche offen halten, und der Zunftmeister bestimmt, wer an welchen Tagen Gäste bei sich hat. Wegen der Hitze haben sowieso nur wenige Lust, in die angewärmten Wannen zu steigen. Eher kommen sie, um Abkühlung zu finden, und Anna läßt die Fenster mit feuchten Tüchern verhängen, damit das Wasser so frisch wie möglich bleibt.

Der Reiter steigt also ab und geht ins Haus und ruft nach Leuten.

Die Beghine zeigt sich in ihrem Nest und wie der Reiter sie mit ihrem Namen anspricht, wird sie flattrig wie ein Vogel in seinem

Bauer, der seinen Namen hört, und eilt die Treppe herab, den Mann zu begrüßen und nach den übrigen zu suchen.

Der Reiter ist einer von den Leuten des Ritters Gawer. Es ist der Dicke, der damals den kranken Ritter ins Haus getragen hat. Immer noch ist er von gutem Umfang. Aber steht er jetzt vor einem, wirkt er längst nicht mehr so massig wie ehemals. Wie Leder rissig und spröde wird, gibt man ihm kein Fett, scheint seine Haut von Entbehrung ungesund schlaff. Auf die Frage, wie es um ihn und den Ritter bestellt ist, antwortet er: »Es war schon besser . . .« Dann fragt er, ohne sich weiter mit anderen Dingen aufzuhalten, nach dem Matthes. Er braucht den Matthes! Als die Beghine ihm sagt, der Bader ist zu einer Wallfahrt aufgebrochen, wird er unschlüssig. Daran hat er erkennbar nicht gedacht, daß der Matthes nicht auf ihn wartet.

Wer ist sonst da?

Die Beghine ruft und ruft und geht auf die Straße und endlich findet sie wenigstens den Heiner. Er sagt, die Käthe betet in der Kirche und die übrigen sind mit tausend Sachen beschäftigt, die sie sonst nicht machen können, haben sie Gäste. Deswegen sei niemand im Haus.

»Ihr habt doch einen Bader, mit einem Gesicht, als wäre er in den Fettopf gefallen.«

»Den Wenzel?«

»Der Böhme . . .«

»Ja, der Wenzel . . .«

»Nehme ich den mit«, bescheidet sich der Kriegsknecht.

Der Wenzel muß auch gesucht werden und wird endlich im »Hollerbaum« gefunden, wo er sich mit dünnem Bier erfreut.

Der Dicke sagt, sein Herr leide wieder an seinem schlimmen Bein und verlange nach dem Bader. Weil der Matthes aber, wie er gehört habe, auf Wallfahrt sei, wolle er den Wenzel mitnehmen.

Der Wenzel wird darauf mürrisch. Es werde wohl sein, sein Herr schicke nach ihm und sei er, der Wenzel nicht da, solle er den Bader Matthes bringen. Das sei wohl sein Auftrag.

Es ist selten, daß er so auf sein Können pocht und Vorrang verlangt.

Der Dicke willigt in alles ein. Ihm geht's darum, einen Bader zu bringen, und hat er einen, hat er seinen Auftrag erfüllt.

»Wo soll ich hin?« erkundigt sich der Wenzel und hört, der Ritter Gawer ist in Wiesbaden. Dort liegt er in einem Badhaus und versucht, seine Wunden mit dem Wiesbadener Wasser zu heilen, welches man ihm als hilfreich genannt hat. Anscheinend verstünden die Wiesbadener Bader aber nichts von ihrer Sache. Statt daß es mit dem Bein besser werde, werde es schlechter und schlechter.

»Was sucht er in Wiesbaden?« fragt der Wenzel, seine Mißbilligung unverhohlen zur Schau stellend.

»Die Salze sollen heilen. Das Wasser ist wie eine Suppe aus Salz.«

»Sind ihm die Knochen steif geworden?«

»Nicht mehr als sie es waren.«

»Will er ein Kind?«

»Ich glaub's nicht«, erträgt der Dicke das Verhör gelassen.

»Was will er dann in Wiesbaden?«

»Er wartet auf dich, du Großmaul!«

Darüber fällt der Wenzel wieder in sein übliches Schweigen und man kann denken, er will wieder in den »Hollerbaum« zurück.

Das läßt der Dicke aber nicht zu. Er soll mitkommen.

»Nicht jetzt!« widerspricht der Wenzel.

»Wann? Wann paßt's?«

Der Dicke will den Wenzel auf dem Roß des Ritters mitnehmen. Das Schlachtroß trägt mit Leichtigkeit zwei ausgewachsene Männer. Der Wenzel braucht nur aufzusteigen, dann sind sie noch den Vormittag bei dem Herrn Gawer.

Der Wenzel bedenkt das und kratzt sich dabei den Bauch. Er will zu dem Ritter gehen und er will die Entscheidung nicht ohne Anna treffen. Wie soll er sich also verhalten? Der Dicke drängt. Er soll seine Sachen nehmen, wenn er welche braucht, und mit ihm kommen.

Der Wenzel sinnt mit unfreundlicher Miene darüber nach und entschließt sich nach quälend langer Zeit, mit dem Söldner zu reiten. Dem Heiner sagt er, er soll Anna bestellen, hier brauche man ihn den heutigen Tag nicht und er sei bald zurück. Der Badtag, den sie diese Woche halten dürfen, ist eh vorbei und bis der nächste komme, sei er mit Gottes Hilfe lange zurück.

Der Heiner muß ihm eine Tasche mit seinen Sachen angeben, wie er hinter dem Dicken auf dem Roß sitzt. Es ist der Gaul, den der Ritter bei seinem Auszug nach Frankreich besessen hatte; nur ist er jetzt ohne Decken und Wappen und kann deswegen viel weniger Eindruck schinden.

Anna ärgert sich sehr, als sie zurückkehrt und erfährt, der Wenzel hat sich einen anderen Herrn gesucht.

»Soll er bleiben, wo er ist!«

Käthe, wie sie hört, der Ritter ist zurückgekehrt, aber nicht zu ihnen, blickt bestürzt, als seien sie Opfer von Trug oder Verleumdung geworden.

Warum ist er nicht zu ihnen gekommen?

»Was weiß ich.«

Käthe hat die Frage aber nicht an Anna gerichtet, sondern an den Heiner. Der weiß nur, was der Dicke gesagt hat: Die Wasser in Wiesbaden sollen heilen. Viel mehr kann er nicht sagen. Es waren ja nur sehr trockene Worte, die der Dicke darüber verloren hat.

»Ist er im Kampf getroffen worden?«

Der Heiner kann's nicht sagen. Woher soll er's wissen?

»Schon uns nicht. Steht's schlecht um ihn?«

»Ich weiß es nicht«, beteuert der Heiner erneut.

Käthe gibt sich mit allem nicht zufrieden. Sie benimmt sich vielmehr, als sei der Ritter ihr Mann, und der Heiner verheimliche ihr, wie es um ihn stehe. Sie tut ganz so, als habe sie ein Anrecht, alles über den Ritter zu erfahren.

Auch Anna scheint es zu empfinden. In ihrem Ärger, daß der Wenzel für sie und statt ihrer entschieden hat und auch ärgerlich über das Betragen der Schwester, sagt sie heftig zu Käthe: »Geh zu ihm, wenn's dich so drückt. Geh hin!«

Käthe hört die Wut nicht heraus oder will sie nicht hören. Sie, die ewig fügsame Käthe, erwidert: Ja, sie geht zu ihm. Der Heiner soll sie begleiten.

Das gibt Anna nicht zu. »Auch noch. Noch eine, die weg will! Bleibt für mich nur die Arbeit? Ich schließ das Haus zu und werf den Schlüssel weg!«

Es ist einerlei, ob sie nun freundlich oder unfreundlich ist, verständig oder nicht. Die blasse, nie etwas für sich fordernde Käthe zeigt einen Willen, wie er eiserner nicht sein kann. Noch diese Stunde rollt sie ihr gutes Kleid zusammen und will aufbrechen.

»Wie willst du den Ort finden?« will Anna sie aufhalten.
»Ich kann fragen.«
»Willst du allein gehen?«
»Warum nicht?«
Das läßt Anna nicht zu. Sie komme keine drei Meilen weit, da sei sie in Not. Wenn sie denn zu dem Ritter wolle, solle der Heiner sie begleiten.

Die beiden haben nur ungefähre Vorstellung, wo Wiesbaden liegt. Es ist auf der anderen Seite des Rheins, ein Ort der Grafen von Nassau. Aber welchen Weg sie einzuschlagen haben, um dorthin zu gelangen, das wissen sie nicht.

Den Weg zu finden, fällt ihnen leichter, als sie vermutet hatten. Sie laufen nach Mombach, wie ihnen Leute raten, die sie fragen, und dort lassen sie sich von einer Fähre auf die andere Seite des Rheins übersetzen. Der Fährmann sagt, sein Vater und dessen Vater hätten schon an der Fährgerechtigkeit teilgehabt, die der deutsche König Adolf, ein Nassauer, dem Kloster Klarenthal gewährt habe und seit dieser Zeit betrieben sie ihr Gewerbe für die Nonnen des Klosters. Von solch einer Hitze habe er nie vernommen und gehe es noch eine Weile so weiter, könne man das andere Ufer trockenen Fußes erreichen. Wirklich müssen Käthe und der Heiner ein ganzes Stück weit ins Flußbett hineinlaufen, bis sie an die Fähre gelangen und auf der anderen Seite ist es nicht anders. Auch dort, am Biebricher Ufer, ist das Erdreich hart und rissig wie ganz altes Holz und die Bettler, die sie empfangen, scheinen ohne Leben zu sein gleich der Erde und nur aus Gewohnheit zu betteln, nicht weil sie etwas erhoffen.

Jemand beschreibt der Käthe und dem Heiner die Wegzeichen, auf die sie achten müssen und daran halten sie sich. Sie müssen über eine Anhöhe gehen und durch Wald und endlich gelangen sie in eine Talsenke und haben den Ort vor sich, von Gebüsch und sumpfigen Wiesen umgeben und nur über hölzerne Brücken zu erreichen.

Das Tor steht weit auf, und sie wollen in die Stadt eintreten; sie sind auch schon darin, als ein bäuerischer Kerl aus einem Gasthaus kommt und sie anhält.

Der Heiner sagt, er ist Bader und will zu einem kranken Ritter, der ihn gerufen hat.

Der Knecht glaubt es nicht. Er soll nicht frech lügen. Der Heiner sei viel zu jung, daß ihn ein Herr hole! Er soll verschwinden, sonst kriege er was in die Rippen. Er, der Knecht, lasse keine Leute in die Stadt, die vorgeblich Brot und Lohn suchten und in Wirklichkeit auf Bettel aus seien. Sie sollten sich trollen, aber rascher als sie gekommen seien.

Wie nun der Heiner der Käthe zu verstehen geben will, dann müßten sie eben umkehren, sagt die brave, gottesfürchtige Käthe, es sei, wie der Heiner gesagt habe. Aber der Herr Gawer wolle Erleichterung von ihr und nicht vom Heiner.

Damit der Wärter versteht, was es sein könnte, hebt sie das Kleid hoch bis zu den Schenkeln und läßt den Knecht einen langen Blick auf ihre dünnen Beine tun.

Das überzeugt den Knecht und er läßt Käthe und den Heiner ein. Erst, wie sie ein Stück weit vom Tor sind, ruft er ihnen nach, wo sie denn den Ritter suchten?

Selbst jetzt, wo sie sagen müßte, sie wisse es nicht, ist Käthe nicht ängstlich. Sie ruft dem Knecht zu, ja, sie wisse den Weg und geht entschlossen weiter, als brauche sie nicht zu fragen.

Erst, als sie in einer anderen Gasse sind und nichts mehr vom Stadttor sehen, beginnt sie zu überlegen, in welchem Haus sie den Ritter suchen sollen.

In Wiesbaden gibt es nicht wenige Badhäuser. Die Stadt ist kaum größer als ein Dorf, um eine wenig ansehnliche Burg gebaut, und hat auch sonst nichts, worin sie sich mit Mainz messen könnte. Aber hier steigen heilende Wasser aus dem Boden, manche faulig stinkend und lau auf der Zunge, andere kochendheiß, daß man sich verbrühte, hielte man Hand oder Fuß hinein und trinkt man das abgekühlte Wasser, ist es salzig wie die Brühe einer Lake. Der Matthes und der Wenzel haben schon früher darüber gesprochen; sie meinen, darin zu baden, hat seine Vorzüge. Sie waren sich aber einig, badet man in Wassern, die mit den richtigen Kräutern und Essenzen getränkt sind (und vorzüglich den ihrigen), hat man besseren Nutzen.

Man schickt sie, als sie nach einem Bad fragen, wo sich der Ritter aufhalten könne, nach einem gewaltigen gemauerten Badbecken, groß wie eine Pferdeschwemme. Darin sitzen im Freien Männer und Frauen, manche nackt, andere in Badhemden, aber alle haben etwas auf dem Kopf; geflochtene Hüte oder Schleier und die Mägde und Knechte, die sie bedienen, sind ebenfalls so wenig bekleidet wie eben möglich. Dennoch läuft ihnen der Schweiß, als würde auch ihr Fleisch gesotten.

Käthe und Heiner gehen umher, suchen und fragen nach dem Ritter. Hier kennt man ihn nicht, aber einer der Badgäste schickt sie nach einem Gasthaus, das den Namen »Großer Bock« trägt; die Gasthäuser hätten nämlich eigene Quellen, und sei ein Mensch mit offenen Wunden geschlagen, suche er meist in diesem Badhaus Hilfe.

Sie haben Glück und schon im ersten Haus, in welchem sie fragen, sagt man ihnen, der Ritter Gawer sei hier.

Käthe geht, kaum hat sie diese Auskunft erhalten, zu ihm, als könne es gar nicht anders sein. Als sei es üblich, daß ein Badmädchen aus Mainz einen Ritter besucht, der krank auf seinem Lager liegt.

Das macht sie so bestimmt, daß die Leute im Haus meinen, sie sei gerufen worden, nicht anders als der böhmische Mensch, der vor ihr diesen Tag gekommen ist.

Die Stube des Ritters, hat man ihr gesagt, ist im ersten Stockwerk des Gasthauses. Sie muß eine Treppe hinaufsteigen und über einen offenen hölzernen Gang gehen, der rund um einen Hof läuft und hinter der dritten Tür, von der Treppe aus gezählt, liege der Ritter.

Wie sie anklopft, wird sie nicht von dem Herrn hereingerufen, sondern vom Wenzel. Sie braucht nur einen Blick auf den Mann zu werfen, da ist ihr gewiß, er wird sterben. Das Fenster steht weit auf und Sonnenschein fällt auf ihn, und doch sieht man keine Farbe in seinem Gesicht. Seine Hände und seine Arme liegen trotz der Hitze unter der Decke. Kann es sein, er ist schon tot?

Käthe wendet sich um, schickt den Heiner hinaus und schließt hinter ihm die Tür.

Der Wenzel sitzt, die dicken Arme schwer auf die Schenkel gestützt, die ganze Weile stumm auf einem Hocker und betrachtet den Mann, als halte er Totenwacht.

»Ist er noch bei uns?« fragt Käthe.

Der Wenzel erhebt sich, hält seinen metallnen Spiegel vor den Mund des Schlafenden und wie sich zeigt, es ist noch Atem in ihm, gibt er ihr zu verstehen, lange kann es nicht mehr dauern, bis das Ende herbeikommt. Die Sterbesakramente hat er bereits erhalten; bis vor wenigem war ein Priester bei ihm, berichtet ihr der Wenzel. Lange gehe es nicht mehr mit ihm.

Als wolle der Ritter sagen, daß er noch lebe und noch nicht begraben werden könne, seufzt er jetzt wimmernd.

Er ist nicht bei Bewußtsein. So habe er ihn schon angetroffen, sagt der Wenzel. Er wisse kein weiteres Mittel, dem Mann zu helfen.

Und als die Käthe ihn dennoch anhält, er solle für den Ritter tun, was er für den Matthes getan habe und als sei er der Matthes, antwortet ihr der Wenzel, so habe er es gehalten und mehr könne niemand für den Ritter tun als er gemacht habe. Zum Beweis hebt er die Decke und darunter liegt das linke Bein wie ohne Blut und das rechte ist nur noch ein Stumpf. Alles, was einmal Knie und Unterschenkel und Fuß war, ist abgeschnitten und der Rest mit blutigen Tüchern verbunden.

Der Wenzel sagt, der Ritter hat ihn zu spät bestellt. Das Bein war brandig. Es hätte schon früher abgenommen werden müssen. Er hat geschnitten und gebrannt, aber viel werde es wohl nicht helfen. Das Gift stecke in seinem Körper und werde ihn verzehren.

Er will die Decke wieder über den Unterleib und die Beine des Mannes legen. Käthe läßt es aber nicht zu. Sie schlägt die Decke noch um einiges weiter auf, kniet nieder und küßt inbrünstig den gesunden Fuß des Ritters, als könne sie ihm so zu Leben und Gesundheit verhelfen.

Der Wenzel läßt sie nicht gewähren. Hart, wie ohne Empfinden, hebt er sie auf und weist sie zurecht. Sie solle nicht solche Gefühle zeigen.

Darauf reißt sich die Käthe los, kniet ein zweites Mal nieder und küßt nun den blutenden Stumpf des Mannes.

Der Wenzel sieht ihr zu, erkennt, daß ihre Augen ohne Tränen, aber von einem unnatürlichen Glanz sind und läßt ihr ihren Willen.

»Käthe . . . Mädchen«, warnt und mahnt er sie aber.

Der Dicke kommt herein, nach seinem Herrn zu sehen. Er hat dem Wenzel beigestanden, als der dem Ritter mitten im Hof das Bein abgesägt hat. Er hat auch die Fleischerbank geholt und in den Hof getragen, auf welcher der Ritter bei seiner Operation lag.

Auch dem Dicken muß niemand sagen, wie es um seinen Herrn bestellt ist.

Der Dicke gähnt, erklärt, daß er eingeschlafen war und meint, den Abend werde der Ritter wohl nicht erleben.

Der Herr Gawer sei schon lange nicht mehr im Glück gewesen. Sie seien in Frankreich umhergeirrt, hätten jedoch weder die Truppen des englischen noch des französischen Königs getroffen. Und wo sie hingekommen seien, habe man sie weitergeschickt, und sie seien wohl im Kreis gezogen. Bei ihrem Umherziehen seien die alten Wunden aufgebrochen und neue geschlagen worden – von Gesindel, das sich in großer Zahl auf sie gestürzt habe, Bauern ohne Acker und ohne Brot und nun furchtlose Landstreicher, die eher Mördern glichen als Bettlern. Das französische Land werde verwüstet und damit würden auch die Menschen verdorben. Einer der beiden anderen aus der Gleve des Ritters hatte bei solchen Kämpfen, die sie nur um ihr Überleben führten, den Tod gefunden. Der andere hatte dem Dicken noch geholfen, den Ritter nach Wiesbaden zu führen, dann hatte er seinen Eid gebrochen und sich davongemacht. Wohl weil ihm der Ritter keine Beute mehr versprechen konnte und nicht mal versprechen wollte. Den Ritter hatten sie nach Wiesbaden gebracht, weil ein Kanoniker, den sie getroffen hatten, es ihnen empfohlen hatte.

Der Wenzel und der Kriegsknecht sprechen miteinander, wie sich Dienstleute unterhalten, sind sie ohne ihren Herrn. Wo der Söldner einen neuen Herrn finde, bedenken sie und ob er noch Löhnung erhalten werde und solche Sachen.

Es ist wahr, der Knecht bewahrt seinem Herrn die Treue, die er ihm geschworen hat. In seinen Gedanken ist er aber beim nächsten Tag und da weiß er nicht, wo er fragen und anklopfen soll.

Käthe achtet nicht auf die Männer. Wie der Söldner nun aber eine lustige Begebenheit erzählen will, die ihm vor kurzem widerfahren ist, hält sie sich die Ohren zu und beginnt zu schreien und zu schreien, daß die Mauern einstürzten, nähme der Wenzel sie nicht in den Arm und verschlösse ihr nicht den Mund, bis sie nach Luft ringt.

Eine Stunde später ist der Ritter Gawer tot.

Die Wirtsleute kommen, murmeln Gebete und stellen auch zwei Kerzen neben dem Toten auf. Ehe sie aber weiteres für den Ritter tun wollen, verlangen sie Geld.

Der Dicke, der letzte Gefolgsmann des Ritters, öffnet den Beutel, den der Ritter immer an einem Gürtel unter seinem Gewand getragen hat. Die wenigen Münzen, die darin sind, nehmen sich die Wirtsleute für die Zeit, die der Ritter bei ihnen war und gegessen und getrunken hat.

Käthe verspricht ihnen, ihr Vater oder die Anna werde alle Kosten, die eine würdige Beerdigung verlange, ersetzen. Die Wirtsleute schließen aber die Kammer ab und sagen, erst solle sie Geld bringen, dann könne man über alles weitere reden.

Käthe läuft nach Mainz zurück, als werde sie mit einer Peitsche getrieben. Ein Stück nimmt sie ein Händler auf seinem ungefügen Pferdekarren mit; den größten Teil der Strecke läuft sie aber, ohne auf etwas zu achten. Der Wenzel und der Heiner haben Mühe, ihr zu folgen und immer bei ihr zu bleiben.

Im Badhaus berichtet sie Anna mit großer Genauigkeit, was vorgefallen ist. Und wie die zögert, einen Ritter beerdigen zu wollen, zeigt sich wieder eine wilde Entschlossenheit auf dem Gesicht der Käthe, die an Wahnsinn grenzt.

Sie will, daß der Ritter zu seiner Burg gebracht wird und dort seine letzte Ruhe findet. Mit nichts anderem gibt sie sich zufrieden.

»Käthe, komm zu dir! Bei der Hitze verwest jeder in Stunden. Der bläht sich in seinem Sarg auf. Der wird zu einem stinkenden, faulen Brei, wenn du ihn durch die Hitze schleppen willst. Er muß in geweihte Erde und morgen schon!«

Die Käthe, in allem, was den Ritter angeht, von unbeugsamer Strenge, willigt nicht ein.

»Was hast du zu wollen? Bist du seine Frau? Bist du seine Braut? Hat er dir je an die Brust gefaßt oder unters Hemd?«

Anna kann schreien oder wütend werden, mit guten Ratschlägen kommen oder mit der Mahnung, endlich zur Einsicht zu gelangen: Käthe verlangt, daß der Ritter auf seine Burg gebracht wird. Dorthin, wo er hergekommen sei. Alles, was dafür gezahlt werden müsse, müsse Anna geben.

Anna denkt nicht daran. Warum soll sie für einen Mann, den keiner von ihnen ...

Käthe läßt sie nicht ausreden. Sie droht, sie werde, was sie Schlechtes vom Matthes wisse, dem Rat melden. Und gingen sie dann unter, sei das gerechte Strafe für Habsucht und Geiz und weil man dem Ritter seinen letzten Willen nicht erfülle.

»Was weißt du von seinem letzten Willen? Hat er ihn dir anvertraut?«

»Ja.«

»Wieso ja?« fragt Anna verwundert.

»Weil er's gewünscht hat. Er hat's mir gesagt ...«

Anna zwingt die Schwester, sich ins Bett zu legen und zu ruhen. Den morgigen Tag werde man über alles reden.

Wenigstens darin gibt die Käthe nach und legt sich, nachdem ihr der Wenzel einen Sud aufgekocht hat, der den Körper beruhigt, in die Kammer schlafen. Anna spricht mit dem Maler, weil sie jemanden braucht, der ihr Rat erteilt. Der Meister Alban sagt ihr, sie habe recht, bei dieser Bruthitze könne man keinen Toten umhertragen oder umherfahren, auch nicht einen, der ausgenommen und gesalbt und geölt und in Binden gewickelt sei.

Er sei aber, wie sie wisse, in Venedig gewesen und dort und auch in anderen Städten Italiens sei es Gewohnheit, daß man mit Wachs vom Gesicht und von den Händen des Toten Abdrücke nehme und damit eine Puppe forme, die in die Gewänder des Toten gehüllt und feierlich im Haus des Toten oder in einer Kirche aufgebahrt werde und von welcher die Menschen Abschied nähmen wie vom Toten selbst. So könne man auch mit dem Ritter verfahren.

Anna will erst nicht glauben, was der Mann sagt. Der bleibt aber dabei, er selbst habe als Gehilfe eines Malers Bruschelli mehrmals geholfen, solche Puppen zu fertigen. Sie seien so echt erschienen, daß keiner von denen, die sich von dem oder der Toten verabschieden wollten, darüber nachgedacht habe, ob da der wahre Leichnam liege oder seine Nachbildung. Nur so seien Leichenfeiern möglich gewesen, die acht oder mehr Tage gedauert hätten und bei denen die ganze Stadt um den Heimgegangenen geschritten sei.

Unentschlossen sagt Anna, wenn ihr der Meister Alban helfen wolle und man so handeln könne, solle es ihr recht sein.

Die Käthe hört starr an, was ihr Anna den nächsten Morgen, wie sie erwacht, vorschlägt.

Anna bittet sie, alles recht zu bedenken.

Komme sein Leib nicht in die Erde, von welcher er stamme, so wenigstens sein Bild und sei es für einen Christenmenschen, dessen Seele zähle und nicht dessen irdische Hülle, nicht gleichgültig, liege er hier oder da? Und doch könnten, mache man es, wie der Maler vorgeschlagen habe, die Verwandten des Toten einen letzten Blick auf ihn tun und ihn so behalten, wie er zuletzt gewesen sei und im Tod ausgesehen habe, ganz als bringe man ihn selbst.

Käthe erkennt, ihre Schwester ist ihr wohlgesonnen, wirft sich an ihren Hals und weint und weint und schließlich sagt sie, ja, so solle man es halten.

Sie begleitet den Maler und seine Gehilfen nach Wiesbaden. Die Wirtsleute und der Pfarrer, auch der Schultheiß, den sie dazuholen, hören den Maler an, wie sie Käthe oder sonst jemanden aus dem Badhaus des Matthes Fuß nie angehört hätten. Wie sie auch noch Geld sehen, geben sie ihre Zustimmung, daß von dem Leib des Toten ein Abdruck genommen wird und er selbst in geweihte Erde kommt. Auch gelobt der Pfarrer, zwölf Messen für das Heil des Toten zu lesen und die kommenden Jahre an seinem Totentag.

Es dauert mehr als einen Tag, bis nach der Gestalt des Ritters eine Puppe aus Weidengeflecht geschaffen ist; der Körper in leibhaftiger Größe und nur Hände und Füße und der Kopf aus Wachs. Die Puppe wird mit Gewändern des Toten bekleidet, und als man ihm noch den Helm des Ritters auf den Kopf setzt, können selbst die, die das Werk geschaffen haben, fürchten, das sei der Tote.

Zu der Zeit ist der Ritter schon unter der Erde, von Klageweibern beklagt und noch einmal mit geweihtem Wasser gesegnet und von Käthe beweint.

Nach der Beerdigung will Anna die Schwester mit nach Mainz zurücknehmen. Die läßt sich aber nicht wegführen. Sie bleibt bei dem Maler, beobachtet, wie das Abbild des Toten in einen Sarg gelegt wird und der auf einen Karren gestellt. Damit macht sich ein Fuhrmann auf, die Burg Hohenhardt zu suchen, die die Heimat des Ritters Gawer war.

Käthe folgt dem Karren wie eine Witwe.

Heiner, den Anna bei der Schwester gelassen hat, fragt sie, wie lange sie noch gehen.

Käthe gibt keine rechte Antwort, und so laufen der Heiner und das Badmädchen hinter dem Karren und dem Sarg her, bis beide erschöpft innehalten.

Käthe verlangt vom Fuhrmann anzuhalten, und der folgt der Aufforderung unwillig. Wie Käthe nun auf den Wagen klettert, nimmt er an, sie will gefahren werden. Doch er wird ganz mürrisch, als sie beginnt, an dem Deckel des Sarges zu zerren. Heiner kommt zu ihr und fragt, warum sie den Sarg öffnen wolle. Käthe gibt keine Anwort, reißt und zerrt vielmehr weiter an dem Deckel, bis ihre Finger blutig sind. Dann heißt sie den Heiner, den Deckel zu öffnen, und wie er das macht und eigentlich nur, weil er sich vor der jetzigen Käthe fürchtet, schiebt sie ihn zur Seite, wirft sich über den offenen Sarg und beginnt, das Haupt aus Wachs zu küssen.

Der Fuhrmann macht dem ein Ende und jagt Käthe und Heiner davon.

7.

Der Matthes erwacht von fremden Lauten und weil man ihn anstößt, und wie er die Augen aufschlägt, weiß er erst nicht, wo er ist.

Dann findet er sich zurecht. Er ist in der Pilgerherberge in Trier, die sein Heim geworden ist. Schon mehr als eine Woche ist er hier; er schläft mit vielen Männern zusammen, nur mit Männern. Bei der Ankunft hat man die Männer von den Frauen getrennt. Die Frauen schlafen im oberen Saal, die Männer im unteren. Deswegen hat er alte und junge Kerle um sich, gesunde und kranke, aber nur Männer. Er vermißt ein wenig die Witwe Margret. Ist sie ihm auch nicht begehrenswert, ist er doch an sie gewöhnt; wie man sich an einen treuen Hund gewöhnt und wenn er nicht da ist, fehlt er einem.

Die Männer, die um ihn sind, sind Pilger aus dem Hennegau, aus Brabant, den Seelanden, aus Lothringen, dem Elsaß, selbst aus dem Arelat kommen sie. Neben ihm in seinem Bett schlafen zwei ältere Männer aus diesem Land. Es ist ein Land, haben sie ihm erklärt, mit anderen Gerüchen und anderer Sprache; alles sei kräftiger: das Blau des Himmels und der Duft der Blumen; manches strenger, manches lieblicher und selbst das Lachen der Mädchen klinge anders als hier. Dort, haben sie ihm gesagt, gibt es den großen Fluß Rhône, und an deren Mündung endet das Reich des Kaisers; das Arelat, ein Land zwischen den Städten Genf und Marseille, ist Reichslehen und doch greift die französische Krone beharrlich danach. Jetzt ist der Dauphin von Frankreich der Erbe des Grafen von Vienne geworden und hat die Grafschaft an sich genommen. Hat er dem Kaiser auch den schuldigen Lehnseid für diese Grafschaft geschworen, wendet sich das Land doch mehr und mehr den Franzosen zu und entfremdet sich dem Reich.

Der Matthes hört von den fremden Pilgern Dinge, von denen er nie vernommen hat. Ihm sind sie nicht wichtig, weil er sie sich nicht vorstellen kann; wer welche Herrschaft hat, macht ihm wenig aus.

Er behält nur, an dem Fluß Rhône lebt der Herr Papst und da ist die Stadt Avignon, von welcher der Prokurator so oft gesprochen hat, und die Rhône ist ein Fluß voll klaren kalten Wassers, das aus den Bergen kommt, und sie fließt in ein anderes Meer als der Rhein. Solche Dinge kann er behalten, und selbst sie haben kein wirkliches Gewicht.

Der Matthes steigt aus seinem durchgelegenen Bett, bekreuzigt sich flüchtig und spricht ein ebenso flüchtiges Morgengebet. Dabei und danach streift er seine Kleider über, fährt sich mit den Fingern durch die wenigen Haare, die ihm geblieben sind, und sucht unter seinem Kissen nach dem trocknen Brot, das er den gestrigen Tag nicht gekaut hat. Auf das Brot beißend geht er zu seinen Leuten, den Menschen aus Mainz.

Noch einmal werden sie heute im Dom von Trier eine feierliche Messe anhören und den Leib des Herrn und den Segen empfangen, dann werden sie zurückkehren. Dann wird es heißen, Abschied zu nehmen.

Er sucht nach dem Kerzenzieher.

Einer sagt ihm, er sei schon rausgegangen und warte im Hof. Der Kerzenzieher gehört zu den Frühaufstehern; er hat immer Sorge, er verpasse das Beste und das Wichtigste, und deswegen ist er meistens der erste am verabredeten Ort und dort fürchtet er, es sei der falsche und man finde ihn nicht.

Jedenfalls steht er jetzt mit zwei Frauen aus der Mainzer Pilgerschar in einem Fleck Schatten. Sie warten auf den Pilgerführer, der sie in den Dom bringen will.

»Schmeckt's?« fragt der Kerzenzieher mit einem begehrlichen Blick auf das Brot des Matthes; der gibt keine Antwort. Soll er sein Essen besser einteilen oder, hat er Hunger, sich den Bauch mit dem Brei vollschlagen, den es hier für jeden gibt. Tag für Tag den gleichen und nie guten. Alles ist knapp und teuer in Trier. Wegen der großen Wassernot sind alle Preise lachhaft hoch. Das Bier kostet das Drei- oder Vierfache von dem, was es das letzte Jahr gekostet hat, und der Wein ist ums Doppelte aufgeschlagen, empören sich die Mönche und nennen es Wucher und dafür verfluchen sie die Trierer Bürger. Der Matthes stimmt in diese Litanei nicht ein; die Ablaßbriefe, die die Mönche an Ständen verkaufen wie anderswo die Hühner verkauft werden, sind auch nicht gerade billig. Und dann, er würde es nicht anders halten und jeden Wirt einen Dummkopf schelten, der in solchen Zeiten die alten Preise verlangte.

Der Kerzenzieher sagt, wie er merkt, der Matthes gibt ihm nichts von seinem Brot ab: »Matthes, dann war's das, trennen wir uns heute . . .«

»Ja, heute ist es soweit.«

»Und für dich beginnt erst der Weg.«

»So ist es«, erwidert der Matthes tiefsinnig. Die Pilger aus dem Arelat haben ihm geraten, er soll mit ihnen gehen und dann bis ans Meer laufen. Dort kann er ein Schiff nehmen und übers Meer fahren, und so gelange er nach Spanien. Das sind Pilgerwege, die auch andere nehmen. Er braucht dann nicht lange nach Pilgerzügen zu suchen. Der Matthes ist unentschlossen. Vielleicht sollte er es wirklich so machen.

Endlich kommt der Pilgerführer mit dem Herrn von Stadecken und seinem Kaplan und damit ist die Schar fast vollständig.

Die Mainzer stellen sich zu einem Zug auf, wie sie es in den letzten Wochen oft gemacht haben. Jeder kennt nun seinen Platz bei diesen Bittgängen und Ein- und Auszügen. Der Pilgerführer läuft dennoch von der Spitze zum Ende und wieder zurück, zählt und sucht und fragt, ob alle beisammen seien. Selbst dabei schwitzt er die Aufregung wieder durch alle Poren aus. Es ist eigenartig mit dem

Mann. Er hat alle Schäfchen treulich hierher geführt, als sei er oder sie ihm die Liebste oder der Beste. Er hat immer Herberge gefunden, nie den Weg verfehlt und alles Gepäck ist noch vorhanden. Niemandem ist ein Haar gekrümmt worden. Dennoch hat er immer noch nicht das rechte Zutrauen zu sich gefunden. Wie ihm nun der Matthes sagt, die Witwe Margret sei noch nicht hier, blickt er bestürzt, als habe er Schreckliches erfahren.

Er schreit: »Wo ist die Margret? Wer weiß es?«

Da kommt sie aber schon aus der Herberge gelaufen, das Gebende feststeckend. Außer Atem reiht sie sich beim Matthes ein. Daß sie neben ihm geht, ist selbstverständlich. Aber heute morgen freut es den Matthes, und er gönnt ihr einen freundlichen Blick, von dem die Witwe nicht weiß, was er bedeutet.

Wie sie neben ihm läuft, fragt sie: »Gut geschlafen?«

Der Matthes sagt: »Ja. Aber schlecht geträumt.«

»Erzähl mir's später«, erwidert die Frau.

Sie sind beide so daran gewöhnt, daß der Matthes ihr seine Träume berichtet, und daß sie sie ihm deutet, daß beide nicht daran denken: Auch das wird heute enden.

Die Mainzer ziehen hinter ihrer Fahne zum Dom. Auf dem Weg dorthin sehen sie andere fromme Pilger, die hinter anderen Fahnen und anderen Priestern hergehen und ebenfalls zum Dom und zu den Reliquien streben, die dort aufbewahrt werden. Die Trierer laufen dabei in ihren Gassen umher, weichen den Zügen kaum aus und kümmern sich im übrigen nicht um die Fremden. Dem Matthes will es vorkommen, in allen Orten auf dem Weg hierher wurden die Pilger mehr geachtet als hier und heilig will ihm die Stadt nicht vorkommen, trotz all der Gebeine, die sie angesammelt hat.

Gewiß, es gibt hier nicht weniger Kirchen und Klöster als in Mainz, und der bunten Kutten sind es auch kaum weniger. Selbst die Bischofskirche ist nicht wesentlich kleiner als der Mainzer Dom. Allerdings, ist der ein Bau, der Jubel und Majestät verbreitet, ist die Kirche hier gleich einer Festung, breit und stark und unerschütterlich und man denkt mehr an Kampf und Sieg, sieht man sie, als an Demut und Liebe.

Doch wie er singend in den Dom einzieht und ihm und seinen

Gefährten ein Chor aus der Höhe antwortet, vergißt der Matthes sein kleinliches Murren. Langsam schreitet er durch das Hauptschiff auf den Hochaltar zu, wieder umfangen von schwerem berauschendem Gesang, betäubendem Weihrauch und der Inbrunst der Menschen, die um ihn sind. Farbiges Licht fällt durch leuchtende und glühende Fenster herein, als wolle es sich auf die Betenden stürzen, verwandelt und verschönt noch den Häßlichsten. Man sieht nicht mehr die wulstigen Lippen des einen und die Narben des nächsten, nicht mehr stört das ausgeschlagene Auge oder abstehende Gliedmaßen.

Dies und das hoffende Bitten der Gläubigen und das Gebet der Priester rührt die Seele des Baders auf.

Jemand sinkt auf die Knie nieder und nach und nach folgen andere dem Beispiel und endlich sind alle, die in der Kirche sind, bis auf die Priester, auf ihren Knien und rutschen auf den Altar zu, soweit sie es in der Fülle der Menschen vermögen. Die Messe wird gelesen und Brot und Wein in Leib und Blut unseres Herrn verwandelt und ein Priester hält den goldenen Behälter in die Höhe, in welchem sich der Nagel vom Kreuz befindet, an welches unser Heiland geschlagen wurde.

Ein Stöhnen, brünstig wie beim Liebesakt, kommt den Frauen über die Lippen. Die Pilger beginnen, den Herrn um die Erfüllung ihrer Wünsche zu bitten; sie wollen von Leiden geheilt werden, ihre Kinder oder ihre Eltern oder andere Lieben sollen heimkehren oder zur Einsicht gelangen, Feinde sollen gestraft werden. Die Menschen sind im Innersten aufgewühlt; Wunder können geschehen und werden wohl auch erwartet. Rundum hängen an den Wänden Krücken und Stöcke, die Kranke nach ihrer wundersamen Genesung zurückgelassen haben; warum soll nicht auch jetzt ein Lahmer wieder laufen können oder ein Blinder wieder sehen?

Die Margret neben dem Matthes bittet laut und vernehmlich für ihren Mann. Eindringlich und klagend fleht sie den Herrn an, er möge ihn zu sich ins Paradies rufen und ihn nicht zu Hölle und Qual verdammen.

Der Matthes hört und sieht nichts als den Priester, der weiter den Nagel vom Kreuz triumphierend hochhält und als wäre es nicht er, der spricht, sondern jemand in ihm, wirft er plötzlich all seine Qual auf das Heiligtum. Ohne daß er nach Worten oder Gedanken sucht, bittet er für den Bader Herbold, seinen Wohltäter und sein Opfer. Der Herr möge ihn aus dem Fegefeuer lassen und zu sich rufen, daß er in Seinem Angesicht sein dürfe. Und er fleht für die Rose. Über Wochen hat er nicht an sie gedacht, nie von ihr geredet und nun keucht und schreit er, der Rose solle es gut ergehen und sie solle nicht verkommen und nicht verderben. Er denkt nicht an Anna oder Käthe oder sein Haus oder sich selbst; er bittet nur noch für die Rose und dabei laufen ihm die Tränen über das Gesicht.

Sogar nachher, wo er die goldene Hülle küssen darf, worin sich der heilige Nagel befindet, denkt der Matthes dabei an die Rose und wie er ihrer bedarf.

Der Abschied von seinen Leuten - anders kann er sie nicht nennen; in den vergangenen Wochen waren sie seine Familie, und jedem von ihnen hat er so tief ins Herz geblickt, als kenne er ihn seit seiner Geburt - geht ganz leicht vonstatten. Die Pilger haben nur mit praktischen Angelegenheiten zu tun; welche Sachen sie den Angehörigen zu Hause mitbringen und solches. Sie wollen noch den heutigen Tag umkehren und deswegen sind sie mit sich beschäftigt und haben wenig Sinn für den Matthes.

Dem Bader ist das recht. Zum Abschied umarmt er die Witwe und merkt, sie ist ihm doch mehr ans Herz gewachsen als er vermutet. Er wünscht ihr, sie solle einen guten Weg zurück haben, und lädt sie ein, ihn im Badhaus aufzusuchen, wenn er übers Jahr wieder in Mainz sei.

Die Witwe verspricht's, hofft, daß er sein Ziel erreiche und daß er wohlbehalten zurückkehre. Wie alles gesprochen ist und sie nichts weiteres mehr wissen, sagt sie: »Sollte ich dir nicht deinen Traum deuten? Was war's?«

Der Matthes ist nicht mehr in der Laune, darüber zu reden. Er sagt, er habe es vergessen und dann könne es nicht viel gewesen sein, was er erfahren habe. In Wahrheit weiß er sehr genau, was er gesehen hat. Er hat vom Apostel Matthias geträumt. Der hat neben seinem Grab in der Krypta der Klosterkirche von St. Matthias gestanden, zwei Benediktiner wie Wachen an seiner Seite und hat dem Matthes gesagt, die Hölle sei im tiefsten Teil der Erde; dahin falle und falle man wie in einem schier endlosen Schacht. Den Himmel aber müsse man auf einer Leiter ersteigen, die kein Ende nehmen wolle. Und dann hatte er eine Treppe gesehen, die einen Berg hinaufwuchs, und der Berg und die Bergspitze verschwanden in Wolken. Er, der Matthes (seltsam verwandelt und doch hatte er gewußt, er ist es) hatte am Fuß der Treppe gestanden und nicht die Kraft gehabt, seinen Fuß auf die unterste Stufe zu setzen.

Die Witwe sucht nach Worten, die den Abschied verlängern. Der Matthes will sie aber nicht hören, packt kurz ihren Arm und drückt ihn und entfernt sich.

Er hat keine Pflicht und kein Ziel. Er geht nur in der Stadt Trier umher, wie wenn er sich alles ansehen wolle. Dabei kennt er nun alles recht gut und um nichts beneidet er die Trierer, nicht mal um den Wein, von welchem sie mit so viel Andacht sprechen.

Die Pilger und ihr Gerede von Heimkehr und wie sie es wohl bei ihrer Ankunft antreffen werden (auch die Überlegung, ob sich ihre Bitten erfüllen werden) vermochte er nicht weiter zu ertragen. Er hat auch kein Bedürfnis, über sein eigenes Weitergehen nachzudenken. Der Matthes fühlt sich leer; ein Gefäß, das man ausgeschüttet hat. Er spürt eine Unzufriedenheit, als sei er bestohlen worden. Den Morgen war er hochgestimmt und gerührt und allen Menschen wohl, die um ihn waren. Zuletzt hätte er jeden für seine Eigenarten erschlagen können: den Kerzenzieher für sein stupides Schnalzen, das ihm entfährt, wenn er tadeln will, und die Witwe für die Weise wie sie melodisch furzt, hat sie Kohl oder Rüben gegessen.

Er sinnt darüber nach, daß er vor kurzem noch außerhalb seiner selbst war und nun, beinahe wütend, nur an ganz Unwichtiges denkt. Wie kann es sein, daß wir den einen Moment so aufwallen und den anderen so kalt sind wie Eiszapfen?

Da erregen wir uns, daß wir morden und sengen oder alles verschenken können, was wir haben, und den nächsten Augenblick feilschen wir um einen Pfennig und verachten, wen wir eben noch liebten.

Wo ist das in uns, dieses Heiß und Kalt?

Und kann es denn anders sein? Könnten wir mit weniger Wut und weniger Liebe existieren? Und welches Leben wäre es, gäbe es ewige Gleichmut und Friedfertigkeit? Gewiß, wir fürchten den Tod und das Elend, das hinter jeder Ecke lauert. Dabei bereiten wir uns aber selbst die meiste Qual. Da endet ein belangloser Streit mit einem Messerstich und dort erlangt ein Herr nicht, was er begehrt und auf was er ein zweifelhaftes Anrecht hat, und schon überzieht er ein Dorf oder zehn Dörfer mit Brand und Brandschatzung. Mehr sterben durch Gift und den Dolch und den Strick als durch die Wechselfälle des Lebens. Der Prokurator hat ihm einmal gesagt, er schätzt, doppelt so viele sterben von Menschenhand, als daß sie von der Leiter fallen oder weil sie vom durchgehenden Gaul zu Tode geschleift werden.

Aber auch das Glück flammt auf, wann und wo wir es nicht erwarten. Hat die Rose ihm nicht schon die erste Nacht, da er sie hatte, ein Glück bereitet, wie es tiefer nicht sein kann? Wie oft hört man, welche, die eben noch stumpf und unwissend waren, sind den nächsten Augenblick beredsam und können die Herzen gewinnen. Erzählt denn eine Geschichte von Heiligen etwas anderes, als daß von einem Moment zum nächsten aus Schwarz Weiß wurde oder aus Haß Liebe?

Was wäre gewonnen, die Menschen wären duldsamer?

Können wir uns denn Duldsamkeit gönnen, die wenigen Tage, die wir auf Erden sind? Eben waren wir noch Kinder, da sind wir schon Vater oder Mutter. Wer schläft oder rastet, dem zerrinnt die Zeit und nie kehrt sie wieder; das Leben ist kurz.

Manchmal glaubt der Matthes, es ist umgekehrt. Wir wachsen nicht zu schnell; wir sind noch zu jung, wenn wir sterben. Wir sind dreißig, wir sind vierzig Jahre in diesem Jammertal. Vor dem Herrn ein Tag und selbst für uns nicht viel länger. Wir haben nicht die Zeit zu reifen. Wir bleiben Kinder und spielen nur, erwachsen zu sein.

Wenn das alles so ist, da soll man dulden?

Bei so wenig Zeit will er ein Jahr dafür geben, nach Compostela zu gelangen? Was soll er da?

Kann ihm der Jünger Jakobus mehr beistehen als der Apostel Matthias?

Soll es denn einen Wettstreit im Himmel geben und der eine Heilige sticht den anderen aus?

Hat er dem Herrn eine Pilgerfahrt gelobt oder dem Prokurator? Wie kommt er dazu, Töchter und Haus und Gewerbe sich selbst zu überlassen, nur weil es ihm der Richter empfohlen hat? Kann es nicht sein, der verfolgt eigene Absichten und hat ihm deswegen dazu geraten?

Er tritt auf einen Stein und wie er ihn schmerzlich spürt, merkt er, bei seinem Wallen hat er die Stiefel durchgelaufen; er muß sich einen Schuster suchen.

Da muß er nicht weit laufen; in einem Verschlag, der sich an ein zahnlückiges Haus lehnt, klopft und hämmert ein Schuster und der Matthes gesellt sich zu ihm. Der Schuster hat Kundschaft; ein ärmlich aussehender Priester steht auf einem Fuß, den anderen hält er ein wenig hochgehoben und zeigt seine hornige Sohle und wartet darauf, daß ihm der Schuster seine Sandale richtet.

Der Priester fragt den Matthes, wo er herkommt und wo es noch hingehen soll und wie es ihm der Matthes gesagt hat, windet der sich ein wenig. Offenbar fällt es ihm nicht ganz leicht zu sagen, was er sagen will; endlich bringt er es heraus. Er bietet dem Matthes an, für wenig Geld eine Messe für das Gelingen seines Vorhabens zu beten, oder was dem Matthes sonst noch am Herzen liegt, fügt er rasch hinzu, als er merkt, der Matthes denkt jetzt nicht in der rechten Weise an seine Pilgerfahrt.

Der Matthes gönnt dem Priester einen Blick. Der hat anscheinend nicht das Brot über Nacht; sicher tut er ein gutes Werk, läßt er ihm eine Messe.

Ehe er aber allzu freigiebig wird, fragt er, was der Schuster fürs Sohlen nehmen wird und als er erfährt, der ist nicht unverschämt, sagt er: »Gut, dann eine Messe für den Matthes Fuß . . .«

Der Priester nimmt die Münze so dankbar, daß der Matthes meint, das war das erste wirklich gute Werk, das er seit langem vollbracht hat.

Wie er später Hunger verspürt, geht der Bader in ein Gasthaus und beschließt, er schlägt sich mit dem Besten, was es gibt, den Bauch voll. Kostet alles so viel, muß er es nicht gerade an seinem Essen wieder einsparen.

Der Wirt hat ein Stück Fleisch im Kessel und er kann ihm einen Fisch machen. Was will er?

»Dann den Fisch.«

»Gekocht oder gebraten?«

»Aus der Pfanne. Und eine Tunke aus Nüssen und getrockneten Trauben.«

Über die Bestellung verzieht der Wirt den Mund, sagt aber wider Erwarten nichts dazu und trägt der Köchin auf, was sie machen soll.

Wie er in der niedrigen nach Fett und Suppe riechenden Stube sitzt und wartet, daß man ihm sein Essen bringt, denkt der Matthes, er war ein Narr, daß er die Witwe nicht angerührt hat. Die Schlechteste war sie weiß der Himmel nicht, und ihre Voraussagen sind oft eingetroffen. Was das Glück angeht, das ihm beschieden sein soll, glaubt der Matthes, damit habe sie wohl sich selbst gemeint.

Er hätte sie danach fragen sollen, was es mit dem Traum auf sich hat. Warum hat ihm der Apostel gesagt, man falle in die Hölle wie ein Stein in den Brunnen fällt und die Leiter zum Himmel zu erklimmen, bedeute unendliche Mühsal? Kann es sein, er wollte ihm zu verstehen geben, für einen Bader lohnt sich solche Anstrengung nicht? Er erreiche das obere Ende nie? Er könne versuchen, was er wolle, es sei vergebens?

Der Wirt bringt einen Becher Wein und stellt ihn vor den Matthes.

Der Matthes hebt, wie er es dem Herrn von Stadecken abgesehen hat, den Becher und nickt dabei dem Wirt grüßend zu.

Das ist wohl eine höfische Geste. Der Matthes hat sie manchmal im Scherz gegen die Witwe gewandt. Als er sie jetzt wiederholt hat, geschah das ohne nachzusinnen und der Matthes fragt sich, was der Wirt wohl davon hält. Der wird doch nicht glauben, er wolle sich besser machen als er ist?

Der scheint sich aber gar nichts zu denken oder er glaubt wohl, das sei da Sitte, wo der Matthes herkommt. Er fragt vielmehr, was man so fragt. Nach dem Woher und Wohin und der Matthes sagt ihm ohne rechte Lust, er erfülle ein Gelübde und sei auf dem Weg zum heiligen Jakob von Compostela. Er fürchtet, der Wirt werde ihm nun viele Fragen abverlangen; ob er sich nicht vor der Wegstrecke fürchte und ähnliches.

Der Wirt sagt wirklich, da habe er sich nicht wenig vorgenommen. Er kenne einen braven Mann, der den Weg schon hinter sich habe und der ihn nicht ein zweites Mal gehen wolle. Dabei pilgere der Mann, wohin man wolle. Trage man ihm auf, er solle nach Aachen gehen, gehe er dahin und sagt man ihm, er soll nach Rom pilgern, macht er sich dahin auf.

»So«, antwortet der Matthes unlustig.

Was muß man ihm das sagen?

Er kennt auch manche Leute, die aus dem Pilgern ihren Lebensunterhalt ziehen. Es gibt welche, die für ihre Stadt oder einen reichen Herrn laufen oder für eine Witwe, deren Mann eine Wallfahrt gelobt hat und nun das Versprechen nicht halten kann.

Meistens sind es wenig vertrauenerweckende Gestalten; bessere Bettler. Dennoch ist es nicht wenig, was sie für ihren Liebesdienst erwarten. Und Gott nimmt auch ihr Opfer an; er will, daß gehalten wird, was man ihm versprach.

Eigentlich nur, um nicht ganz maulfaul dazusitzen, fragt der Matthes, wo sich der Mensch nun herumdrücke?

Er erwartet, der Wirt wird einen Ort nennen, von dem er noch nie gehört hat und womit der Wirt prahlen wolle. Der Wirt sagt aber, der Mann sei zur Zeit hier.

»So? Hier ist er?«

Ja, gibt der Wirt zurück, er halte sich bereit, daß man ihm die nächste Pilgerreise auftrage und sei darüber auch schon im Gespräch.

Der Matthes nickt.

Es werde nicht einfach sein, einen zu finden, der solches verlangt und bezahlen kann, denke er.

Doch, diese fänden sich immer, erwidert der Wirt. Er tut so, als rede er ganz allgemein vom Pilgern und dem berufsmäßigen Wallfahren, allmählich erkennt der Matthes aber, er bezweckt etwas. Allem Anschein nach will er dem Mann (der Matthes vermutet, es wird ein Verwandter sein oder gar ein überzähliger Sohn) zu Brot und Verdienst verhelfen.

Gerade als der Wirt ansetzt, das treue Wesen des Pilgrims zu schildern und daß er keine Gefahr scheue, sein gelobtes Ziel zu erreichen, bringt die Magd den Fisch und der Matthes macht sich darüber her, als sei er ausgehungert und habe für nichts anderes mehr Sinn.

Der Wirt sieht zu, wie es dem Matthes schmeckt und läßt ihn endlich allein.

Nachher, wie er bezahlen will, kommt der Wirt mit einem forschen Mann in einem ungenauen Alter zwischen zwanzig und dreißig, mit krummen, beinahe runden Beinen, ein wenig abgerissen, aber nicht abgezehrt. Das Gesicht ist merkwürdig; als sei es aus zwei Teilen zusammengesetzt, die nicht zueinander passen. Der untere Teil eckig und hart, der obere weichlicher. Im Ganzen wirkt der Mensch beflissen und herrisch gleichzeitig.

Es wird wohl der Gewerbspilger sein.

Der Wirt führt ihn vor, als habe der Matthes ihn bestellt.

»Das ist er«, sagt er. »Von ihm haben wir gesprochen.«

Der Matthes bestätigt es; ja, sie haben über ihn gesprochen.

Der Wirt fordert den Menschen auf zu sagen, wo er überall schon war. Der Mann nennt hochfahrend einige Namen, die der Matthes nie vernommen hat. Walsingham - das sei ein Ort in England und wolle man dahin gelangen, müsse man ein Schiff nehmen, weil England eine Insel sei, von tiefem Wasser umgeben. Und in Castelmonte war er auch schon, das liege im Friaul. Um es zu erreichen, müsse man über hohes Gebirge steigen und in beiden Orten werde zur lieben Gottesmutter gebetet.

Ihn hätten sehr fromme alte Menschen dorthin geschickt, an ihrer Statt zu beten und den Auftrag habe er getreulich erfüllt, so daß Ablaß und Segen seinen Auftraggebern zugeflossen seien, wie es sich gehöre.

Der Wirt fordert ihn auf zu sagen, welche Schinderei es sei, nach Compostela zu gelangen.

Darauf führt der Pilger aus, als habe er sich alles schon gut zurechtgelegt, es gebe mehrere Straßen durch Frankreich. Eine durch bergiges Land im Inneren, wo Räuber auf einen warteten. Oder man könne die Rhône abwärts gehen, wo man leicht dem Sumpffieber erliege, oder durch die Landes. Diesen letzteren Weg wolle er nur Selbstmördern empfehlen. Da gehe es durch flache, gottverlassene Landstriche mit wenigen verhungerten Orten, die keine Kenntnis von den Gütern dieser Welt besäßen. Habe man Glück, erhalte man ein Stück steinharten Käse und einen Schluck faules Wasser. Nur Sand gebe es da im Überfluß und riesige Fliegen, Roßfliegen genannt. Und habe man diese unglückliche Landschaft durchquert, in der man rasch Weg und Leben verlieren könne, müsse man über schwer zu erklimmende Berge, welche die Pyrenäen genannt werden und wo man sich dreimal bekreuzige: Wenn man sie erreiche, wenn man auf der Paßhöhe sei, und sei man abgestiegen, das dritte Mal.

Der Matthes erwidert, der Weg sei ihm oft von jemandem beschrieben worden, der ihn selbst gegangen sei, und da ihn Tausende und Hunderttausende andere auch gezogen seien, werde es wohl nicht ganz so arg, und er wolle sein Mahl bezahlen.

Die beiden, der Wirt und der Pilger sehen sich an und in ihren Augen steht die Frage, was sie falsch angefangen haben.

Den Abend, kurz bevor die Tore geschlossen werden, kehrt der Matthes zum Pilgerhospiz zurück. Eine ältere Frau, die sich mit Kerbhölzern merkt, wie viele Pilger täglich beherbergt und gespeist werden, hält ihn an. Er sei doch einer von den Mainzern; wieso sei er noch hier?

Als der Matthes ihr sagt, er ziehe mit ihrer Erlaubnis weiter nach den Königreichen Aragon und Kastilien, knurrt sie und läßt ihn ein.

Wie er einige Schritte von ihr entfernt ist, ruft sie ihm nach, er solle nicht glauben, er könne sich hier auf die faule Haut legen. Sie halte ein Auge auf ihn!

Lange findet der Matthes keinen Schlaf. Er wälzt sich auf dem Bett und wird von den übrigen gemahnt, Ruhe zu halten. Da steht er wieder auf und geht in den kleinen Garten, welcher des Tags verschlossen ist. Jetzt ist das Tor auf und lädt ihn ein einzutreten. Der Matthes will erst umhergehen, dann bemerkt er eine steinerne Bank an einer Mauer und läßt sich darauf nieder.

Mondlicht, Licht von Milch und Kälte, und Schatten verwandeln den Ort, machen aus den Bäumen und Sträuchern des Gartens Riesen und Zwerge und andere Wesen, wie sie dort hausen, wo man nichts von Gott dem Vater und dem Sohn und dem Heiligen Geist weiß, und wohin zu gehen für den gewöhnlichen Menschen wenig Sinn macht.

Der Matthes denkt wieder an die Zeit, die er noch hat, ehe er sich zum letzten Schlaf niederlegt.

Es können ein Jahr sein oder zwei, die ihm noch bleiben. So wie sich der Harn wieder von Blut gefärbt hat, eher eins als zwei. Da soll er sich durch Herbergen und Klöster quälen, über heiße und verschneite Straßen, in Gefahr ausgeraubt und erschlagen zu werden? Und warum das alles? Was kann es Gott erfreuen, ob er sich noch eine Nacht und noch eine an Kranke drückt, die auf Heilung hoffen, an Lebemänner, die Abenteuer wollen, an Frauen, die sich Kinder machen lassen?

Wie er sich nachher wieder von der Bank erhebt, hat er einen Entschluß gefaßt. Er wird morgen umkehren.

Am nächsten Morgen, gleich nach der ersten Messe, geht der Matthes zu dem Gasthaus, wo er den Tag zuvor gegessen hat.

Zu dieser frühen Stunde sind noch alle Türen und Fenster mit schweren Balken und Läden verschlossen, und der Matthes muß eine Weile klopfen und bummern, bis sich der Wirt an einem Fenster zeigt.

Der Matthes fragt, wo er den Gewerbspilger finde.

Darauf sagt der Wirt, was er von ihm wolle. Der Matthes ist ungeduldig. Er soll ihm nur antworten, wo er ist, sagt er.

Der Wirt erkennt wohl, daß der Matthes nicht ohne Grund so heftig ist und wird sonderbar verlegen. Endlich gesteht er, er sei hier im Haus.

Der Matthes bittet, daß man ihn weckt und ihn herausschickt, oder daß man ihn zu ihm läßt.

»Ja, gleich«, erwidert der Wirt.

Darauf geschieht eine Weile nichts. Dann wird die Tür umständlich geöffnet, und der Wirt läßt den Matthes ein.

Der Balduin (das ist offenbar der Name des Pilgers) liege noch bei seiner Frau, sagt der Wirt und führt den Matthes zu einem Verschlag im Hof, eher ein Stall als eine Kammer. Wie er die Tür öffnet, halten sich darin wirklich der Pilger, ein junges Weib mit kurz geschorenen schwarzen Haaren und ein Halbwüchsiger auf; der Junge vielleicht zehn oder zwölf Jahre alt und mit ähnlichen Gesichtszügen wie sein Vater. Alle drei schlafen in gleicher Stellung: sie hocken mehr an einer Wand als daß sie liegen, und Mann und Frau sind dabei mit den Köpfen gegeneinander gesunken.

Der Matthes weckt den Pilger, indem er ihn rüttelt. Als der erwacht, läßt ihm Matthes nicht viel Zeit und fragt ihn, ob er für ihn wallen wolle.

»Wohin?« fragt der Balduin schlaftrunken.

»Wovon haben wir denn gestern gesprochen?«

»Nach Compostela?« fragt der Pilger nun mit sichtlich aufkeimender Hoffnung.

»Eben dorthin«, sagt der Matthes. »Machst du es für zehn Mark, kannst du heute noch gehen. Willst du mehr, suche ich mir einen anderen.«

»Langsam, langsam«, verlangt der Mann, erhebt sich, dabei mit beiden Händen sein Geschlecht bedeckend. Seine Frau wird von der Unruhe wach und betrachtet ohne Verstehen die Männer, die sich in dem muffigen Verschlag drängen.

Der Matthes läßt dem Balduin keine Zeit, etwas zu bedenken oder zu feilschen. Er wiederholt, für zehn Mark gibt er ihm den Auftrag, will er mehr, nimmt er sich einen anderen Wanderer.

»Zehn Mark . . «, versucht der Wirt dem Pilger beizustehen. »Er nimmt seine Frau und seinen Bub mit. Da kommt er mit zehn Mark nicht aus.«

»Soll er sie hier lassen«, fährt ihn der Matthes an.

Noch was! Er will niemanden heißen, seine Familie spazierenzuführen. Mehr gibt er nicht aus als zehn Mark. Und das ist schon zuviel. Für zehn Mark gibt's in guten Jahren zwei Pferde oder vier Ochsen oder eine Herde Schafe. Das soll wenig sein oder schlecht bezahlt?

Wie der Pilger stumm, nur mit Blicken mit seinem Weib feilscht, dreht sich der Matthes um, sagt: »Dann nicht . . .«, und tut, als habe sich der Handel erledigt.

Der Wirt hält ihn auf: »Warte mal.« Nun redet er dem Pilger zu, zehn Mark seien knapp für eine so weite Wanderung. Aber immerhin zehn Mark. Ganz offenbar ist er ein naher Verwandter, wenn nicht gar ein Bruder des Wirts, und ihm liegt viel daran, daß der andere sich wieder davonmacht.

Die Frau sagt aber: »Nicht für zehn Mark.«

Der Matthes hat es zu eilig, als daß er lange feilschen könnte. Er legt noch zwei Mark dazu und damit werden sie sich einig, wie nicht viel anders zu erwarten. Noch diese Stunde legt der Pilger in der nächsten Kirche - vor einem Bild der heiligen Muttergottes und im Beisein eines Priesters - den Eid ab, daß er in geziemender Weise zur Kirche des Apostels Jakobus in Santiago de Compostela pilgern werde und, erreiche er den Ort, dort für den Gegenwert von einer Mark Ablaß für den Matthes Fuß kaufen werde und dessen Seele dem Herrn empfehle.

Darauf empfängt er, immer noch vor dem Altar und unter den Blicken des wachsamen Priesters, vom Matthes das vereinbarte Geld und den Rat, sich möglichst rasch auf die Strümpfe zu machen.

Der Pilger, glücklich, Auftrag und Brot erhalten zu haben, möchte im Rausgehen dem Matthes von seiner großen Erfahrung berichten und was er früher erlebt hat. Zum Beispiel, daß unmittelbar vor der Stadt Santiago ein Fluß sei und es sei Gewohnheit, daß die Pilger hier badeten, um erfrischt in die Stadt zu kommen und gerade hier würden sie oft bestohlen und ihrer Habe beraubt, und wer da nicht . . . Der Matthes will das alles nicht anhören.

Er gibt dem Pilger und dessen vor dem Gotteshaus wartenden Frau und dem Jungen die Hand, wünscht ihnen Glück und Gottes Segen und will davongehen.

Der Balduin läuft ihm nach. Wohin er die Jakobsmuschel bringen solle, auf die der Matthes Anspruch habe?

Der Matthes sagt ihm, komme er nach Mainz, solle er sie im Badhaus »Zum Fuß« abgeben.

Das alles geschicht in solch ungebührlicher Hetze, weil der Matthes mit einem Kaufmann verabredet hat, daß der ihn auf seinem Fuhrwerk mitnimmt. Der Kaufmann muß nach Köln und bis zum Rhein kann der Matthes mitfahren. Den Rhein hinauf und auf Mainz zu findet er vielleicht ein Schiff. Wenn es sich alles so fügt, wie der Matthes hofft, kann er schon in einer Woche oder früher wieder zu Hause sein.

VII.

1.

Baddirnen rufen nach frischer Wäsche, in allen Wannen hocken Leute, die sich reinigen und salben wollen, und selbst vor dem Schweißbad sitzen noch welche und warten darauf, daß sie hineinkönnen. Der Matthes kommt von draußen und hat Pferdemist an den Füßen; er ist eh wegen der vielen Arbeit mißgelaunt und wischt nun laut schimpfend den Dreck weg. Wie der Spielmann einige Verse auf seine Kosten erfindet und singt, hätte er Lust, dem Kerl das Maul mit dem Strohwisch zu stopfen, mit dem er sich reinigt.

Anna will, daß er sich das Überbein einer alten Frau besieht und ihr rät, was sie machen kann und zwischen den mit Arbeit überhäuften Reiberinnen gibt es Eifersüchteleien, und der Matthes muß dazwischenfahren. In all diesem Trubel schabt und schabt die Tranfunzel von Barbier an den Bärten der Leute herum. Der Matthes kann ihm nicht zusehen. Am liebsten ginge er hin und nähme dem Lahmarsch das Messer aus der Hand und führte ihm vor, wie es geht. Wie man Bärte stutzt!

Der Barbier scheint zu ahnen, was der Matthes von ihm hält.

»Ich hab nur zwei Hände«, sagt er verstockt und schiebt die wulstigen Lippen vor, als wolle er den nächstbesten Kunden küssen.

»Hab ich was gesagt?« fragt der Matthes. Er hat's längst aufgegeben, den Barbier bessern zu wollen. Er wundert sich, daß die Leute so geduldig ausharren. Er, der Matthes, ließe sich von dem nicht scheren.

Man merkt's, es geht wieder einmal auf Ostern zu; die nächste Woche ist die Karwoche. In Mainz ist es das Jahr des Herrn 1360, in Trier noch 1359. Die Trierer lassen das neue Jahr nämlich Ostern beginnen.

Der Matthes denkt, wenn ihm Zeit bleibt, gern an Trier. Er erzählt oft von seiner Wallfahrt. Die Erinnerungen haben alle Rauheiten, die vorgekommen sind, geglättet. Nun scheint ihm, es war die friedfertigste Zeit seines Lebens.

Manche, die mitgezogen sind, sind seine Gäste im Badhaus geworden, und wenn sie kommen, wird nur davon geredet, wie es auf der Pilgerfahrt war und wie man seinen Spaß hatte. In ganz stillen Stunden gestehen sich die Pilger, sie haben sich gewandelt. Seit ihrer Fahrt sind sie duldsamer geworden.

Der Matthes denkt nicht anders darüber. Er meint, wäre er auf der Wallfahrt nicht ein anderer geworden, hätte er den Barbier schon lange aus dem Haus gejagt.

So geschäftig geht es also im Badhaus zu, als die Käthe mit einem Bündel in die Badstube kommt und hören will, wem das Kind gehöre.

»Welches Kind?« fragt der Matthes, und darauf zeigt ihm Käthe, in dem Bündel steckt ein Säugling, an die zehn Wochen alt. Der Matthes kennt sich darin nicht gut aus.

Es ist ein Kind mit großen blauen Augen und einer winzigen lustigen Nase. Man ist versucht, sieht man das Kindchen, sie anzustoßen, so keck richtet sie sich auf. Das Kleine hat noch weniger Haare auf dem Kopf als der Matthes, fühlt sich mit den wenigen aber anscheinend ganz wohl. Seine Haut ist glatt und gut gestopft. Offenbar ist das Kindchen recht genährt und selbst im Augenblick scheint es satt zu sein. Jedenfalls liegt es still auf dem Arm der Käthe; nur seine Augen bewegen sich ein wenig. Im ganzen ist das Kind, so weit man etwas von ihm erkennen kann, ein Wurm, wie man ihn sich wünscht.

»Wo hast du's her?« fragt der Matthes.

»Es lag auf dem Holz, draußen im Hof ...«

»Da gehört's hin«, sagt der Matthes, ärgerlich, daß jemand sein Kind ablegen kann und vergessen. Was sind das für Mütter?!

Er ruft den Frauen zu, die in und vor den Wannen sitzen (manche mit Männern zusammen, manche mit Frauen): »Wir haben ein Kindchen gefunden. Wer will's?«

Die Frauen heben die Köpfe und unterbrechen auch ihre Unterhaltungen, aber keine sagt, es ist ihr Kind und verlangt, daß man es ihr gibt.

Das hat der Matthes nicht erwartet und dadurch verwirrt, sagt er in anderem Ton zur Käthe: »Hast du draußen gefragt?«

»Ja«, antwortet sie.

»Keiner gehört's?«

»Nein.«

»Dann muß es ... Dann wird eine es draußen hingelegt haben. Hast du im Privé nachgeguckt? Daß eine scheißen will und ...?«

»Es ist niemand draußen.«

»Niemand legt ein Kind hin und geht weiter«, ärgert sich der Matthes. Sie sollen nur richtig gucken.

»Es ist niemand da.«

»Das gibt's nicht!«

Er nimmt ein Badtuch, hängt es sich um, schlüpft nach den vorherigen Erfahrungen mit dem Gaulsdreck in seine Holzschuhe und geht in den Hof. Käthe, das Kind immer noch im Arm, folgt ihm.

Es ist, wie Käthe gesagt hat: Im Hof ist keine Frau; nur der Heiner, der Lindenholz hackt.

»Hast du jetzt nichts Besseres zu tun?« fährt ihn der Matthes an.

»Der Wenzel ...«

»Frag mich, was du machen sollst!«

»Der Wenzel wollte ...«

»Der Wenzel hat nichts zu wollen. Wo hat das Kindchen gelegen?«

Käthe zeigt ihm, wo sie es gefunden hat.

»Wie lange hackst du hier schon rum?« fragt der Bader seinen jüngeren Knecht.

»Er sagt, es lag schon da, wie er rausgekommen ist«, spricht Käthe für den Heiner.

Der Matthes sieht auf die Straße, ob da eine ist, die ein Kind weggelegt hat.

Als er vom Tor zurückkehrt, ist er sehr aufgebracht: »Gott steh uns bei! Sie werden uns doch nicht einen Balg vor die Tür gelegt haben ...«

»Wer sie?« erfragt Käthe.

»Woher soll ich's wissen«, wütet der Matthes.

Käthe wiegt das Kleine, schäkert mit ihm und sagt ihm, wie lieb es ist. Das Kindchen hält geduldig still, schließt sogar die Augen, als genieße es die Bewegung und öffnet sie nur, wenn Käthe die Arme ruhig hält.

»Eine muß es hergebracht haben. Frag die Beghine. Das fromme Aas hört und sieht doch sonst alles.«

Die Beghine kann man nicht fragen, weil sie nicht im Haus ist.

Wüßte sie etwas, hätte sie es kaum für sich behalten. Zur Sicherheit fragen die Töchter noch einmal in der Badstube und im Schweißbad nach jemandem, der das Kind will. Auch jetzt finden sie keine Frau, die das Kindchen für sich verlangte.

»Was machen wir damit?« überlegt der Matthes.

Anna, die es jetzt nimmt, sagt: »Ganz naß ist es.«

»Gebt ihm saubere Tücher und dann bringt's zu den Weißfrauen«, bestimmt der Matthes und will wieder zu seiner Arbeit.

»Erst kriegt's was zu essen«, widerspricht Anna.

»Es will doch gar nichts!«

»Es kriegt aber was«, erwidert Käthe störrisch.

»Halt dich aber nicht den ganzen Tag damit auf.«

So etwas geschieht immer, wenn einem die Arbeit bis zu den Ohren steht. Nie zu anderer Stunde!

»Ja, ja«, erwidert Anna und schickt den Vater zu seiner Arbeit zurück.

Wie die Frauen die Windeln abnehmen sehen sie, das Kind ist ein Mädchen. Sie reinigen und küssen es, bedauern sein Schicksal und kochen ihm aus wenig Milch, wenig Hafer und viel Wasser einen dünnen Brei und flößen ihn dem Kindchen ein, das das geduldig mit sich geschehen läßt.

Anna hält dabei das kleine Mädchen auf dem Arm und Käthe füttert es.

Es kann nicht anders sein, als daß sich die Schwestern darüber Gedanken machen, warum man ihnen das Mädchen gebracht hat und es nicht auf eine Kirchentreppe gelegt hat.

»Bekämen wir für jedes Findelkind einen Groschen, welches weggegeben wird . . .«, sagt Anna.

»Ja, aber, warum uns auf den Hof?«

»Wem sonst? Dem Hollerwirt?«

»Kann es nicht sein, die Mutter hat sich was dabei gedacht?«

Natürlich kann das sein. Vielleicht vermutet oder weiß sie, einer der Männer im Badhaus »Zum Fuß« ist der Vater. Wer kann es gewesen sein? Der Matthes? Der Wenzel, der Heiner, der Barbier? Können die Kerle nichts sonst, ein Kind zeugen, das werden sie schaffen.

Doch wer wird die Mutter sein?

Käthe fällt ein, sie haben die Margret, die pilgernde Witwe, einmal mit dickem Bauch auf der Straße gesehen und der Matthes hat sehr freundschaftlich mit ihr gesprochen.

»Sie hat doch gesagt, sie will wieder heiraten.«

»Wer weiß, ob's stimmt!«

»Wenn's vom Matthes wär, hätt sie's doch nicht einfach hingelegt und wär gegangen.«

»Kennst du sie? Kann's nicht sein, sie hat's dem neuen Mann verschwiegen?«

»Hat sie einen?«

»Sie hat's doch gesagt.«

»Wie soll er ihren dicken Bauch nicht sehen?«

»Oder er will's nicht. Hat verlangt, sie soll's dem bringen, der's in die Welt gesetzt hat.«

Der Matthes fährt die Töchter an, sie hätten den Verstand verloren, als sie ihn in die Küche rufen und ihn fragen, ob es sein Kind ist.

»Rechne erst, ehe du schreist. Neun Monate zurück . . .«

»Brauch ich nicht zu rechnen. Da gibt's nichts zu rechnen!« tobt der Matthes und zum ersten Mal rührt sich nun das Kindchen und beginnt zu plärren, und darauf verläßt der Matthes schnaubend die Küche, die Tür hinter sich zuschlagend.

Gleich danach kommt er noch mal zurück, fährt die Töchter wieder an: »Bringt's zu den Nonnen und schafft endlich was!«

Doch so rasch wird dem Matthes der Wunsch nicht erfüllt. Voller Stolz trägt die Käthe das Kind im Haus herum, zeigt es den Frauen und verlangt es ungeduldig zurück, wenn eine es zu lange halten will. Offenbar betrachtet sie das kleine Wesen, weil sie es gefunden hat, als ihr Kind.

Es ist eigenartig, wie unterschiedlich sich Männer und Frauen in dieser Sache zeigen.

Die Männer haben vor der lebendigen Puppe eine seltsame Scheu, die sie hinter Witzen und Zoten verbergen. Alle Männer im Haus werden rundum und der Reihe nach der Vaterschaft verdächtigt. Selbst der Barbier, von dem man nicht glauben kann, er werde sein Werkzeug je richtig benützen, muß sich anhören, das Kind sei ihm aus dem Gesicht geschnitten.

Die Frauen denken nicht über den Vater nach, sondern nur über die Mutter, und was sie für ein Rabenweib sein müsse, daß sie ihr Kind weggebe.

Dabei wird nicht eine im Haus sein, die, denkt sie im stillen darüber nach, nicht verstehen kann, was die Mutter dazu getrieben hat.

Ist sie arm und von niederer Geburt und hat sie keinen Mann, wird sie Not haben, es zu ernähren und zu kleiden. Und selbst, hat sie einen, reicht oft genug das Brot nicht für drei oder vier Mäuler oder sechs oder acht Mäuler. Oder ist sie jung und von hohem Rang und hat es vor der Ehe empfangen, wird sie keinen finden, der sie heiratet, zeigt sie das Kind vor. Ein Mann kann einen Bastard haben oder zehn, kein Hahn kräht danach. Schanzt er seinem natürlichen Sohn oder zehnen von seiner Sorte wichtige Ämter zu, nickt jeder verstehend. Aber eine Frau, die ein Kind in die Welt bringt und kann den Vater nicht vorweisen, büßt alle Achtung ein, und wird nicht anders betrachtet als eine Stockerin.

Noch ein- oder zweimal drängt der Matthes an diesem Tag, das Kind aus dem Haus zu geben. Er will nicht, daß die Käthe ihr Herz daran hängt. Sie haben keine Zeit für ein Kind. Wer soll sich darum kümmern?

»Bring's weg«, sagt er, als er nach der Non das Kind immer noch im Haus sieht.

»Morgen«, bettelt Käthe.

»Heute! Auf der Stelle!«

»Wo soll ich's hinbringen? Wer will es denn?«

»Frag nicht so blöde. Die Nonnen.«

»Und welche Nonnen?« fragt Käthe aufsässig.

»Deine! Ich hab's dir befohlen, bring's zu den Weißfrauen! Wenn du zu ihnen wolltest, werden sie für das Kleine auch recht sein!«

Damit erinnert er daran, daß sich die Käthe nach dem Tod des Ritters Gawer in diesem Kloster einschließen wollte. Des langen und breiten hatte sie schon mit den Nonnen verhandelt und die waren endlich bereit gewesen, sich daran zu erinnern, daß sie einmal ein Orden der reuigen Sünderinnen gewesen waren und sie aufzunehmen. Bei der Mitgift, die Käthe anbot, wollten sie sogar eine Baderstochter bei sich dulden. Anna mußte die Schwester fast mit Gewalt daran hindern, den Schleier zu nehmen.

Käthe sträubte sich weiter, das Kind aus dem Haus zu geben. »Und wenn seine Mutter kommt und will es wiederhaben?«

»Die will's nicht wiederhaben. Die ist froh, sie ist es los.«

»Aber wenn sie die Reue überkomme?«

»Soll sie sich's bei den Nonnen holen. Die geben's ihr gern zurück, die handeln nicht mit Kindern.«

Wieder einmal zeigt sich Fuchsschläue bei der Käthe. »Die geben kein Kind raus. Können sie gar nicht. Wem denn? Wie soll die Mutter denn beweisen, es ist ihr's?« Ganz steif behauptet Käthe, die Nonnen gäben nichts mehr her, hätten sie es erst einmal. Die Nonnen ...

»Die Nonnen! Die Nonnen!« verliert der Matthes die Beherrschung. »Das Kindchen hat's da gut. Besser als bei seiner Mutter. Die Rose ist bei den Klarissen groß geworden. Hat's ihr geschadet?«

»Nicht einen Tag länger als sie mußte«, erwidert Käthe schnell.

»Aber gelernt hat sie. Wo lernt ein Mädchen sonst lesen und schreiben und andere Künste, wenn nicht bei den Nonnen?«

»Na, die Künste, die sie da gelernt hat ... Die Frommste ist sie nicht geworden«, wirft Anna ein.

»Und was lernt das Kleine hier?«

»Beten«, antwortet der Wenzel für die Töchter. »Mehr als hier gebetet wird, kann sie in keinem Kloster beten.«

Gerade weil niemand vom Wenzel Witz erwartet, wirkt seine Erwiderung drollig und macht lachen. Selbst der Matthes fällt darin ein und gibt sich geschlagen. Nach einigem weiteren Hin und Her ist er damit einverstanden, daß das Kind erst den nächsten Tag zu den Nonnen gebracht werden soll.

In der Nacht schreit das Kleine erbärmlich. Damit weckt es nicht nur die Schwestern, die es zu sich in die Kammer genommen haben, sondern auch den Matthes.

Er hört die Töchter das Kindchen beschwichtigen, hört halblaute Stimmen und nackte Füße auf der Treppe und weiß, die beiden mühen sich um das kleine Wesen.

Der Wenzel schnarcht, und beim Umdrehen stößt er seinem Meister in die Rippen. Die beiden Männer schlafen wieder in einem Bett; der Matthes hat ihn wieder zu sich geholt. Jede Nacht, wenn er allein da lag, fiel ihm seine Rose ein und daran wollte er nicht ständig erinnert werden.

Er denkt darüber nach, was wohl der Grund ist, daß man *ihm* das Kind gebracht hat und es nicht vor die Domtür gelegt hat. Er meint wie Anna, es wird kein bloßer Zufall sein. Welche Mutter will, daß ihr Kind zur Baddirne heranwächst?

Er ist heilfroh, daß er seine Finger von der Böttcherwitwe gelassen hat. Immer wieder geht ihm das Bild durch den Kopf, wie er die hochschwangere Witwe auf einem Markt getroffen hat. Die wird doch nicht in einem Wahn glauben, sie habe es von ihm?

Man braucht sich nur die Beghine anzusehen, dann weiß man, was sich Weiber alles einbilden können.

Gleich am Morgen wird er zu ihr gehen und nachsehen, ob sie ihr Kind bei sich hat.

Kann eine der Baddirnen, die ihm hier und da gefällig waren, die Mutter sein? Doch welche von ihnen sollte es sein und, ist es so, warum hat sie sich nicht gezeigt?

Wie er die Töchter rumoren hört (sie scheinen das Kindchen auf dem Arm zu wiegen und mit ihm in der Kammer herumzulaufen, daß es sich wieder beruhigt), sinnt er über sie nach.

Was anderen das Selbstverständlichste ist, nämlich daß sie heiraten und einen Mann haben und Kinder, wird ihnen verwehrt bleiben; weder die Anna noch die Käthe wollen, was sie haben können: Männer ohne Ansehen und Männer, die nicht einmal Achtung vor sich selbst haben. Die Kerle, die sich ihnen anbieten, sind nicht nur nieder geboren, sie fühlen sich auch so.

Einzig der Wenzel ist eine Ausnahme. Der Matthes begreift nicht, was Anna gegen ihn hat. Aber wenn sie ihn nicht will, soll er sie zwingen?

Wo liegt sein Vorteil? Wird der Wenzel sein Sohn, will er keinen Lohn. Aber dafür die Mitgift und einen Anteil am Gewinn. Nein, billiger wird er nicht. Und daß er einmal weiterzieht, kann sich der Matthes nicht denken. Warum sollte er ihn dann seiner Anna aufnötigen?

Ist es wahr, haben es wirklich die übrigen Frauen so viel besser als seine?

Wie er darüber nachsinnt, bemerkt der Matthes, es gibt beinahe mehr, die sich recht und schlecht mit irgendwelchen Männern zusammengetan haben als solche, die ihr Glück bestimmen konnten. Da hat die Witwe des Meisters den grindigen Gesellen genommen, weil sie ans Gewerbe denken muß und dort ... Die Schwägerin des Schneiders Maskopp schläft mit dem Schwager (einem Bruder des Maskopp), weil ihr die Pest oder sonst ein unbarmherziger Tod den Mann genommen hat und sie keinen anderen findet als den geilen Verwandten. Und tausendmal kommt es vor, die Eltern haben die Tochter irgendwelcher Vorteile wegen weggegeben und die muß sehen, wie sich herumplagen. Die allermeisten haben eh zu wenig, als daß sie je heiraten könnten und sich einen eigenen Herd mauern.

So betrachtet hat kaum eine den, den sie wollte oder will. Die meisten behelfen sich irgendwie und da soll er seine bedauern? Was fehlt ihnen denn?

Am Morgen bringt Käthe das Kindchen weg. Es dauert jedoch nicht lange, da ist sie wieder da und behauptet, die Nonnen hätten es nicht angenommen. Der Matthes widerspricht nicht mit einem Satz. Er tut, als glaube er die Lüge. Sollen die Weiber es behalten! Was verlangt ein Kind schon viel. Es wächst von selbst und hat er an der Käthe ein gutes Werk getan, warum soll sie es nun nicht an einem anderen Menschen tun? Gibt es eine andere Art, unsere Schuld abzutragen? Und ist es nicht die bessere, als Ablaß zu kaufen und sich die Füße wundzulaufen nach Wundern und Segen?

Nun ist ein solcher Entschluß leichter gefaßt als verwirklicht.

Die Reichen können ein Kind einer Amme in die Hand drücken und es wieder an sich nehmen, wenn es groß ist. Arme Leute (und dazu zählt sich der Matthes) müssen es selbst aufziehen. Die Käthe will das auch mit viel Eifer besorgen. Aber wie? Ein solch kleines Kind kann man nicht nur mit Haferbrei vollstopfen. Es muß einer Frau an der Brust liegen, doch keine der Baddirnen stillt.

Käthe, die besorgte Mutter, kommt darauf, man könne die Böttcherwitwe fragen. Nähre sie ein Kind, könne sie auch zwei füttern.

Der Matthes stimmt ihr zu. Er macht sich selbst auf, die Frau zu fragen. Wegen des Kindchens und vor allem, um seine Neugier zu stillen. Er muß erfahren, was mit ihrem Balg geworden ist und sicher sein, daß es nicht ihr Kind ist, daß sie großziehen wollen.

Mit dem Kind der Witwe ist alles in schönster Ordnung, stellt er fest, wie er in das kleine Haus kommt, in welchem sie unter dem Dach wohnt. Die anderen Räume hat sie gegen Miete hergegeben und davon und von einer Gabe der Zunft lebt sie. Sie hat einen rundbäuchigen Bub in der Wiege, der wie seine Mutter ist. Über den Vater spricht sie nicht, und der Matthes fragt nicht danach. Was nun das Findelkind angeht, wegen dem er gekommen ist, da erklärt sich die Böttcherin ohne großes Gerede bereit, es zu säugen. Sie will zweimal den Tag ins Haus kommen und es sättigen. Daß sie genug Milch für zwei Kinder hat, zeigt sie, wie sie ihr eigenes an den vollen Busen legt und dem Matthes ausgiebig Gelegenheit gibt, das gesunde Kind und ihre stramme Brust zu bewundern.

2.

Schon den nächsten Tag wurde das kleine Mädchen auf die Namen Elsbeth und Katharina getauft; Elsbeth nach seiner Patin, der Frau des Schneiders Maskopp und Katharina nach seiner zweiten Patin Käthe. Keinen Tag durfte man mit der Taufe zögern. Wäre das Kind, warum und woran auch immer, ungetauft gestorben, wäre es mit der Erbsünde beladen für immer in die Hölle gefahren.

Wegen der Nachlässigkeit derer, die an seiner Statt handeln müssen, würde das Kind alle Ewigkeit mit glühenden Ketten an einen eisernen Rost gefesselt und Teufel rissen ihm mit Zangen die Glieder einzeln aus oder zersägten es oder hängten es an der Zunge auf und übergössen es abwechselnd mit kochendem oder eiskaltem Wasser.

Zurecht haben wir Menschen vor nichts mehr Furcht als vor der Hölle. Und zwar alle Menschen ohne Unterschied, gleich ob wir hoch oder nieder geboren werden und gleich welches Leben wir führen, wüst oder wie Heilige. Zwar ist noch keiner von denen, die dort ihr furchtbares Dasein fristen, von daher zurückgekehrt. Weiß nicht jeder dennoch über die Hölle Bescheid, als wäre sie sein Haus? Schildern uns denn die Priester nicht in tausend Predigten wie es dort ist und wie es dort zugeht? Wie es da nach Schwefel stinkt und wie das Feuer, über welchem die Sünder geröstet werden, kein Licht aussendet, so daß entsetzliche Finsternis alle Qualen und alle Pein der Opfer verhüllt?

Der Matthes hat mit dem Prokurator darüber gesprochen, ob es denn sein könne, daß Gott in seiner unendlichen Güte ein harmloses Wesen wie die kleine Elsbeth der ewigen Verdammnis überlasse, nur weil die Menschen es verrieten und ihm nicht gäben, wessen es bedürfe, enthielten sie ihm die Taufe vor?

Der Richter hat ihm mit dem Wort des Evangelisten Markus »Wer da glaubet und getauft wird, der wird selig werden; wer aber nicht glaubet, der wird verdammt werden«, geantwortet, und auch mit der Auslegung des heiligen Anselm, die Verdammung ungetaufter Kinder sei nicht unvernünftiger als die Übung, daß die Kinder von Sklaven als Sklaven auf die Welt kommen und fürderhin alles erdulden müssen, was das Los der Sklaven ist. Und solcher Umstand erscheine uns höchst vernünftig. Warum solle dann Gott anders handeln?

Die Beghine, die das Gespräch kichernd und Faxen schneidend angehört hat, hat nachher dem Matthes in ihrer eigenartig verdrehten Art gesagt, er solle sich wegen der Hölle nicht solche Sorgen bereiten. Sei man erst mal da, gewöhne man sich daran wie an jeden anderen Ort auch.

Der Matthes hat mit dem erstbesten Besen, der gerade zur Hand war, nach ihr geschlagen und ihr geraten, diese Ketzermeinung nie laut werden zu lassen. Sonst jage er sie auf der Stelle zum Satan.

Nun ist das Kind also getauft, und den Sonntag nach Ostern wird mit einem großen Fest im Hof des Badhauses gefeiert, daß es in die Gemeinschaft der Heiligen aufgenommen ist und wohl auch, daß es im Badhaus »Zum Fuß« von Herzen willkommen sei. Bis das Kind seinen Taufschein hatte (die Käthe hat ihn an Mutter Statt in Empfang genommen), mußte einiges geregelt und gezahlt werden.

Wie schon früher war der Herr Melchior der gewichtige Protektor und Anna hat ihn im Scherz zum fünfzehnten Nothelfer erklärt. Ein Wort von ihm hatte genügt und der Pfarrer hat nicht länger nachgeforscht, wo das Kind herkommt und ob das Badhaus des Matthes die rechte Pflanzstätte für es ist.

Für die Kindstaufe wird an nichts gespart: Zwei gutgemästete Schweine werden am Spieß gedreht und Fische werden gebacken und gesotten und Kuchen, mit reichlich Honig getränkt und mit Zimt und Zucker bestreut (und mit nicht wenig Zimt und Zucker bestreut, den edlen Gewürzen, wie der Matthes mißbilligend feststellt) stehen für die Gäste bereit. Aus einem Faß Wein kann sich jeder zapfen, so viel er mag. Der Brauer Dertsch vom »Hollerbaum« hat ein Faß Bier auf einen Bock gewuchtet für die, die sich lieber an seinem Dünnbier berauschen wollen. Der ganze Hof ist mit frischem Grün geschmückt, und wo Platz ist, stehen Bänke für die Nachbarn und die Freunde und die Leute des Matthes. Der Spielmann hat noch einige Fiedler aus anderen Häusern mitgebracht. Spielen sie nicht zum Tanz auf, unterhalten sie die Feiernden mit einem komischen Sängerwettstreit. Einer der Musikanten macht den Narren; in immer neuen Anspielungen und Verrenkungen zeigt er, wie das Kleine wohl gemacht wurde und erntet damit stürmische Zustimmung.

Käthe zeigt das Kleine stolz herum. Sie und die Schneidersfrau bewundern es, als hätte es nie ein schöneres Kindchen gegeben. Der Maskopp war sehr gerührt, daß der Matthes ihm die Ehre der Patenschaft angetragen hat. Dabei hat der Matthes geschwankt, ob er dieses Amt dem Schneider oder dem Wenzel anbieten solle; das hat er den Schneider natürlich nicht wissen lassen. Von der Wahl seines Paten hat das Kindchen schon den ersten Vorteil: Es hat ein schönes Taufkleid an, als wärs das Kind eines Edlen. Der Schneider hat es flugs und doch mit viel Sorgfalt gemacht und alles andere liegen lassen, kaum hatte ihm der Matthes von dem Kind gesprochen.

Bei dem Tauffest bemüht sich die Böttcherin mehr um das Wohl des Matthes als um das des Säuglings. Nicht nur Anna denkt, sie kommt so fleißig ins Haus, weil sie dem Kindchen nicht nur Amme sein möchte sondern, fügt es sich, lieber Großmutter. Den Mann, von dem sie selbst gesegnet wurde, hat sie auch an diesem Tag nicht mitgebracht. Über den redet sie wenig; immerhin hat sie gestanden, er ist einer von denen, die das Tretrad im Rheinkran bewegen, eine stupide Tätigkeit, die gesunde Beine verlangt und sonst wenig. Welche Vorzüge er noch hat, weiß keiner zu sagen. Die Böttcherin versteckt ihn und von den Leuten, mit denen der Matthes Umgang hat, kennt ihn keiner.

Wie sich alle die Bäuche vollgeschlagen haben, rutscht der Hollerwirt zum Matthes, lobt das schöne Fest und den guten Sinn der Käthe und tuschelt, er muß dem Matthes was Wichtiges sagen.

Der Matthes wirft ihm nur einen abschätzigen Blick zu. Der Hollerwirt wird gleich wieder anfangen zu klagen und bitten, der Matthes solle ihm größeren Verdienst von den Speisen und Getränken lassen, die er ins Badhaus bringt.

Der Bader beugt vor und sagt, er solle sich und ihm, dem Matthes, heute alle Jammerei ersparen; wie es nun mal zwischen ihnen eingerichtet sei, sei es und er könne daran nichts verändern.

»Laß mich reden!« verlangt der Hollerwirt darauf ärgerlich.

»Es ist alles geredet.«

»Dann sag's dem Dertsch. Und viel Glück dabei!« knottert der Hollerwirt und will wieder wegrücken.

Der Matthes hält ihn fest. »Was soll das heißen?«

»Du willst es ja nicht hören.«

»Was?«

»Ich geb die Wirtschaft ab.«

»Wieso gibst du ab? An wen?«

»Es ist alles schon mit dem Dertsch geregelt und die Zunft hat zugestimmt. Der Dertsch wird mein Nachfolger.«

»Da werde ich nicht gefragt? Das kriege ich hingeworfen wie der Hund einen Knochen? Was habe ich mit dem Dertsch zu schaffen? Mit dir hab ich was vereinbart.«

»Der Dertsch ...«

»Ich hab mit dem Dertsch nichts!«

»Das glaube ich! Der hat Haare auf den Zähnen. Den kriegst du nicht klein, wie du es mit mir gemacht hast. Der verlangt für jedes Stück Braten seinen Preis. Der verlangt! Ich steh in der Küche, ich schenk aus, ich bin mein eigener Schankbub und was bleibt mir? Du drückst mich und wirst fett ...«

»Fett«, widerspricht der Matthes. Dabei hat der Hollerwirt in diesem Punkt (und sicher auch in den übrigen) nicht mal so Unrecht. Er hat sich, seit er von seiner Wallfahrt zurückgekehrt ist, einen Bauch angefressen. Seit er den trüben Brei der Klöster und Hospize gekostet hat, schätzt er doppelt, was seine Küchenmagd bereitet.

»Dann weiß ich Bescheid«, sagt der Matthes, »halte ich mich an den Dertsch.«

Der Hollerwirt ist von dieser ungnädigen Entlassung überrascht und ist unschlüssig, ob er dem Matthes seine weiteren Pläne schildern soll oder ob er sie für sich behalten soll. Da der Matthes brüsk von seinem Platz aufsteht und mit der beglückten Böttcherin hopst, wird ihm diese Entscheidung abgenommen.

Es fängt an dunkel zu werden und Fackeln werden entzündet, doch niemand hat Lust zu gehen. Im Gegenteil, die Stimmen werden lauter und die Herzen froher und die Hände der Männer verschwinden unter den Röcken der Weiber. Der Matthes hat, wie die meisten, mehr getrunken als ihm den nächsten Tag gut tun wird. Aber jetzt liebt er alle und jeden im Hof, selbst den verräterischen Hollerwirt.

Ein Besoffener, einer der guten Badgäste, die der Matthes auch eingeladen hat, schüttet dem Matthes einen Krug Wein über Kopf und Hemd. Der Matthes macht gute Miene zu dem Spiel. Wie er eine Weile so sitzt, wird ihm das nasse Hemd unangenehm und er geht hinauf in seine Schlafkammer, ein anderes anzuziehen.

Jemand sitzt auf seinem Bett und erst denkt der Matthes, es ist die Käthe, die sich eine Weile von dem Trubel im Hof ausruhen will.

Wie der Matthes sie aber anspricht, steht die Gestalt unsicher auf, wie auf der Hut, und nun erkennt der Matthes, es ist die Rose, die da vor ihm steht.

Er kann nichts sprechen. Der Suff, der ihn eben noch eingehüllt hat wie ein wärmendes Kleidungsstück, fällt ab und den Matthes friert plötzlich.

Die Rose weicht ein weniges zurück; weiter kann sie nicht, weil sie nun mit dem Rücken an der Wand ist und ganz leise, beinahe zitternd, bittet sie, der Matthes soll etwas sagen.

Der Matthes bringt nichts heraus, was er eigentlich sagen müßte und möchte.

Gegen seinen Willen fragt er einfältig, wie sie ins Haus gekommen ist und wie lange sie hier schon sitze.

Die Rose antwortet, sie hat sich hereingeschlichen, als alle wegen der Vorbereitungen herumgerannt seien und sie sitze schon den halben Tag hier.

Der Matthes zieht das besudelte Hemd aus, hockt sich, ohne ein anderes überzustreifen, auf das Bett und fragt, was sie hier will.

Stöhnend, wie unter Qual, antwortet die Rose, ob er sich nicht denken könne, wer das Kind in den Hof gelegt hat und wer seine Mutter sei.

Der Matthes fragt, wo sie gewesen ist und wie es ihr ergangen ist.

Die Rose setzt sich, noch immer so vorsichtig, als müsse sie sich gegen den Matthes wappnen, neben ihn auf den Bettrand.

Sie beginnt zu weinen und stöhnt, wo sie hingehen solle. Er sei ihr Mann und niemand anders und was sie gemacht habe, reue sie. Jage der Matthes sie aus dem Haus, ertränke sie sich.

Der Matthes faßt nach ihr. Sie deutet die Geste falsch und fürchtet, er schlage sie und weicht wieder.

Der Matthes legt sie aber zurück und legt sich auf sie.

Er kann nicht anders, als sie voller Hunger und Verzweiflung zu nehmen.

Anfangs ist die Rose dabei steif und erträgt ihn, wie sie seit der Zeit, da sie umhergeirrt ist, manchen ertragen hat.

Doch nach und nach finden sich die beiden wieder und die alte Begier wächst in ihnen. Sie werden schamloser und lauter und immer glücklicher.

Wie sie sich endlich trennen, ist ihnen die alte Vertrautheit wiederhergestellt.

Eine Weile schweigen sie und liegen nur beieinander. Dann beginnt der Matthes zu weinen und zu schluchzen, und die Rose kann nicht anders und auch ihr fließen die Tränen.

Sie reden, als sie wieder sprechen können, nicht über die Zeit, die hinter ihnen liegt, nicht über den Kindsvater und wo er ist und warum sie nicht ihm das Kind gebracht hat sondern dem Matthes. Sie reden nur über das Allerunwichtigste. Daß der Hollerwirt weg will und der Dertsch ihm nachfolgt und solches Zeug.

»Soll ich hier bleiben?« fragt die Rose schüchtern, als der Matthes endlich ein wärmendes Hemd überstreift und zum Fest hinuntergehen will.

»Hier gehörst du hin und hier bleibst du!« sagt der Matthes fest.

Er zündet eine Kerze an und betrachtet sie. Die Rose ist, wie er gespürt hat, fülliger geworden, auch gewöhnlicher. Das beunruhigend und irremachende Madonnenhafte ihrer Gestalt und ihres Gesichtes ist geschwunden; sie ist nun eine junge Frau, hübsch anzusehen und gut anzufassen, nicht mehr dieses Geistwesen wie ein Engel geschnitzt und ausschweifend wie eine abgebrühte Hure.

Einen Bruchteil eines Augenblicks ist der Matthes enttäuscht. Als habe man ihm eine andere Rose untergeschoben.

Dann erfreut er sich an ihrem neuen Anblick, streichelt sie, ihre Brust, ihren Bauch, die Beine, wendet sie halb zur Seite, streicht ihr über die Hüften und den Hintern. Selbst der hat sich verändert, meint der Matthes, und gibt ihr einen leichten Klaps darauf, was sie zuckend und murrend hinnimmt; nie hat sie diese Zärtlichkeit gemocht.

»Komm, zieh dich an«, fordert er sie auf.

»Darf ich nicht hier oben bleiben?« fragt sie.

»Ob sie dich heute sehen oder morgen ... Warte ab, es dauert keine Stunde und alle haben sich daran gewöhnt, daß du wieder bei mir bist.«

Natürlich, wie der Matthes, die Rose an der Hand, wieder unter seine Gäste tritt, verstummen alle und suchen zu verstehen, was es bedeuten könne.

Der Matthes sagt nur wenige Sätze: Die Rose sei weggewesen und nun sei sie wieder da und man habe nun doppelten Grund zu feiern; die Rückkehr der Baderin und die Ankunft des Kindchens.

Käthe ahnt, wie das eine mit dem anderen zusammenhängt und preßt das Kindchen an sich, als wolle sie es nie wieder hergeben.

Der Matthes sagt, sie brauche nicht darum zu fürchten. Er mache der Rose ein weiteres.

Anna ist von der Wiederkehr der Rose nicht sehr begeistert, macht auch kein Hehl daraus. Der Matthes achtet nicht darauf. Was haben sie sich schon gestritten und am Ende doch wieder zusammengefunden. Warum soll es für die Zukunft anders sein?

Dann sieht er den Brauer Dertsch und winkt ihn heran.

Er habe von dem Hollerwirt gehört, er wolle der neue Wirt sein?

Ja, bestätigt der Dertsch, das sei so verabredet.

»Aber unter uns bleibt es wie es war?«

»Unter uns war nichts«, erwidert der Dertsch kräftig. Offenbar will er gleich die Grenzmarken eingraben. Er sei gerne bereit, dem Matthes Speisen und Getränke ins Badhaus zu bringen. So selbstlos wie der Hollerwirt könne er jedoch nicht sein. Er müsse andere Preise verlangen; keine übermäßigen, setzt er rasch hinzu, nur die, welche die übrigen Mainzer Wirte auch verlangen.

»Dertsch«, sagt der Matthes drohend, »soll so unsere Freundschaft getrübt werden? Du willst mich ausnutzen? Ich schweig still und seh zu, wie du mit einem Weib, das nicht deins ist, lebst, füttere dein richtiges Weib und du willst mich aussaugen? Gibt's denn so viel Undankbarkeit? Soll ich denn dem Rat nur einen Wink geben, was du dir leistest? Den morgigen Tag jagen sie dich mit Peitschen aus der Stadt, Mensch! Wenn sie dich nicht aufhängen. Zwei Weiber in einer Gasse, und will mich aussaugen!«

Kleinlaut gibt der Dertsch nach und meint, sie einigten sich schon.

»Wußte ich doch, daß wir uns verstehen«, stimmt der Matthes großmütig zu, reicht dem verwunderten Dertsch die Hand und der kann nicht anders als sie zu nehmen.

Wie der Dertsch danach kleinlaut abzieht, schlägt ihm der Matthes noch mal freundlich auf die Schulter, und als sich der umwendet, nickt er ihm aufmunternd zu; selten war der Bader so mit sich im reinen wie in diesem Augenblick.

Er würde singen, wäre ihm diese Gabe gegeben.

»Eine von Deutschlands First Ladies des historischen Romans«
Bild am Sonntag

Württemberg im Jahre 1850: Auf der Suche nach dem Mann, der sie geschwängert hat, kommt die junge Hannah Brettschneider in ein Dorf am Fuß der Schwäbischen Alb: Gönningen ist die Heimat der Samenhändler, die seit fast zwei Jahrhunderten vom Geschäft mit Tulpenzwiebeln, mit Blumen- und Gemüsesamen leben. Doch Hannahs Begeisterung für den ungewöhnlichen Ort währt nicht lange: Helmut, dessen Kind sie erwartet, ist mit Seraphine, dem schönsten Mädchen im Dorf, verlobt …

»Petra Durst-Benning versteht es wunderbar, zu unterhalten und vergessene Orte mit Leben zu füllen.«
SWR

Die Samenhändlerin
Roman
ISBN-13: 978-3-548-26424-0
ISBN-10: 3-548-26424-7

ULLSTEIN

UB324